龙骨焚箱 下

尾鱼
LONGGU
FENXIANG
著

四川文艺出版社

前是菜华后空蕊,断钗离枝入大荒。
山不成仙收书布,石人一笑年岁枯。

龙骨焚箱

目录

第八卷 昆仑天梯　001

第九卷 石人一笑　149

曲终　357

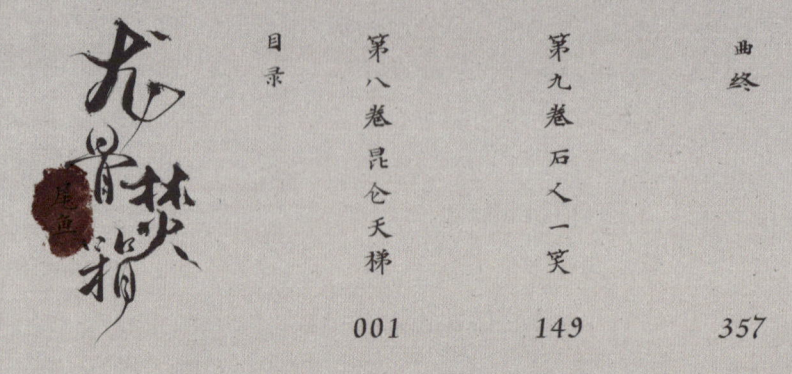

昆仑天梯

第八卷

【01】

　　正如江炼预料的那样，水鬼的到来，是十二个小时以后的事了，但这十二个小时，他并不觉得漫长。

　　相反地，时间"嗖嗖"过得奇快。

　　他一直在和孟千姿说话，讲那些一直以来不愿意和人提起的事。

　　很多事，他以为自己早已忘了，没想到说起来滔滔不绝、如在眼前，比如刚出锅的还泛油泡的油饼是多么烫，因为他曾抓了就走；又如旧报纸其实并不搪风，他曾在数九寒天的破桥洞下给自己裹了十几层旧报纸，但仍冻得一佛出世二佛升天。

　　曾经他以为，说起这些事的时候，一定会伤感或者难过，没想到一点也不，反而有些庆幸，自己居然积累了这么多稀奇的过往，可以讲给她听。

　　孟千姿一直听着，有时候笑，有时只更紧地去攥他衣角，还有些时候，她也要说，尽管江炼不大让她说话，但她还是坚持，仿佛听了他这么多，自己不说点什么，不大公平。

　　于是江炼知道了，她不大想死后被收骨在小蒙山，因为那里偏得终年无人过往；她梦想着能卸任山鬼王座，因为她始终觉得，在那个位置上像穿一件僵硬的甲衣，而没法自由自在地做自己；她还曾拽人私奔过，其实她不大喜欢那人，但没办法，私奔需要男主角。

　　就这么一直说，有时笑，偶尔，他也低头吻她眉眼、唇角，拿下巴轻蹭她脸颊、鬓发。

　　又有些时候，两人会突然都不说话，仰头看那圈凤凰翎，也看那个奇怪的水团。

　　明明困于斗室，生死危悬，心境却舒展得无穷无尽，仿佛只是在一个普通的星月夜，肩并着肩，吹着风，看万家灯火，云卷云舒。

世界那么大时，烦恼那么多，而今天地窄到肘侧，却无忧无虑，也无欲无求。

孟千姿是被巨大的吸力吸进来的，用她的话说，一下水，就被这吸力带过来了，否则，以她那水性，早被巨鳄给活吞了——那吸力如此猛烈，以致巨鳄虽穷追猛撵，始终也没追上她。

江炼却是在水团里挣扎不休，如小鸡破壳，又啄又顶，拼尽全身的力气才得以出来的。

这水团是怎么回事，对男女还区别对待吗？

还有，既然真正的凤凰翎在这儿，那段太婆留书说"段文希于此取凤凰翎"该怎么解释呢，她取走的又是什么呢？

对此，两人有小小分歧。

江炼认为，段太婆取走的大概是根野鸡毛，她被骗了，反正她也被骗习惯了，一次两次的，总是时运不济、棋差一着。

孟千姿则维护自家太婆，觉得她不至于拿野鸡毛当宝，凤凰翎有这么多根，段文希也许只拿到了一两根，也以为凤凰翎统共只有这么一两根。

最后的最后，两人都累了，是真的累，靠精神强撑已经撑不住了，江炼直觉，哪怕拿小火柴棍来撑住眼皮，里头那颗眼球，也是颗睡着的眼球。

只能睡了，却不敢都睡，于是相约轮流睡觉，你先睡，我守着你，我叫醒你，你再守着我。

孟千姿睡时，江炼扣住她手指，拿掌心焐她掌心，一直听她呼吸，默算频次，直到自己实在意识恍惚，才叫醒她。

轮到他时，他让孟千姿记数，数到一百，就把他叫醒——他怕自己睡着睡着，她也睡过去了。

孟千姿满口答应。

然而真正到一百时，她没叫他。他太累了，她想让他多睡会儿。

她不会睡过去的，她的一只手搁在大腿伤处，精神不济时，她就拿手指往那儿试探性地抠摸，伤口疼得一痉挛，她就不想睡了。

她不怕伤口感染，也无所谓那儿会烂肉坏死。有人拼命对你好时，你掉块肉算什么呢。

但后来，江炼还是自己醒了，眉心拧得厉害，眼球在眼皮底下一直转，然后忽然就睁开了。

孟千姿镇定地说："才数到五十。"

江烁盯着她看，说："你这个骗子。"

他做了个梦，梦里，干爷在赶尸，浩浩荡荡的尸队，不知道从何处来，也不知道要往哪儿走。

他就在那儿挨个数，从一数到一百，又从一数到一百，数着数着，悚然心惊，觉得自己超时了。

所以，她怎么可能只数到五十？

孟千姿垂了眼帘，一脸讨打，她说："那……大家要是连最基本的信任都没有，那就分手吧。"

江烁有点受伤："我就睡了个觉，一醒来就被分手了？"

于是两人都笑，他把脸埋进她颈窝，耳根被她细碎的发蹭得发痒。

这是最好的时光。

最好的时光，莫过于你在闹，我在笑，无关旁人，天静风也悄。

再后来，无意间一抬眼，他忽然看到，那水团里，沉下一张脸来。

原来，人在那水团中，形体面目是会有些失真的，像从放大镜里看人，眼睛被拉长，鼻子也被扯歪。

来人了。

这十二个小时，神棍过得垂头丧气、患得患失，却也斗志昂扬。

垂头丧气是羞于见山鬼。他总觉得，事情的源头在自己，要是没当初那失足一落，所有事就都不会发生了。

患得患失是担心江烁，他自从下水，就再也没冒过头，神棍心里如坐跷跷板，一会儿觉得他必然是成事了，一会儿又觉得，他是和孟千姿一起，双双被吃了。

至于斗志昂扬，是要不负嘱托——江烁真回不来，况美盈的事，就要靠自己一力承担了。

所以神棍基本没上过地面，一半的时间对着段文希的留言苦思冥想，那句"何谓神"把他给问住了，心内隐隐觉得，神是多么伟大而又万能的存在啊，阎罗这样的人，穿上龙袍也不像太子，吞吃了麒麟晶，能多活个一两世已经不错了，怎么还成神了呢？

想不通。

另一半的时间，就坐在岸边等。

中途，孟劲松拿着探测仪进来，就蹲在他身边。几番操作之后，低头看探测仪上的图像，居然面露喜色。

神棍瞥了眼那探测仪。

这图像，还不是跟先前一样吗：底下只有巨鳄，而巨鳄伏在湖底，一动不动，跟死了似的。

他没来由地一阵反感，这孟劲松，还说是跟了孟小姐十几年的贴身助理呢，现在孟小姐生死未卜的，也不见他着急，还笑——怎么着，山鬼规定，大佬死了，助理能上位？

于是戗了他一句："你就这么干等着，不做点什么？"

孟劲松说："你是莲瓣，我也是莲瓣，大哥别笑二哥，你不也是在干等着？"

神棍脸上发烫，为自己辩解："我那是不会水……"

"你以为我有多会？我最多也只能游个几十米。"

神棍一时语塞，老实说，现在除了等水鬼，他也想不到什么别的法子。

孟劲松笑了笑："现在是七姑婆主事，不是我。话说回来，就算是我主事，该怎么办，我还是会向上头请示的——做了大半辈子助理了，小事上偶尔阳奉阴违，大事上从来不敢做主，人已经定型了，改不了了。"

顿了顿又喃喃道："姑婆们选我当助理，还不就是看中我这一点吗？"

如此坦诚，神棍倒不好说他什么了，嘀咕了句："那你也不着急。"

孟劲松笑笑："急啊，但着急，一定要表现得坐立不安、抓耳挠腮吗？"

他把探测仪递到神棍面前，问他："看出什么了吗？"

能看出什么？神棍莫名其妙。

孟劲松说："这上头，显示不出江炼的尸体。一般人会觉得，可能也是被巨鳄吃掉了。

"但是，巨鳄再大，一个成年人对它来说，也已经是大餐了。我连线过专家，对方说，鳄鱼除非是饿急了或者受到威胁，否则不大会去攻击人，而且它相当耐饿，有时候一年只吃一两顿。

"假设它吃了千姿，那它短时间内，无论如何也吃不下江炼。江炼被咬死的话，尸体要么浮起来，要么沉在水里——不管是哪一种情形，探测仪都能探测得到。

"既然探测不到，那就说明，江炼的揣测是对的，这巨鳄肚皮底下，真的有一处奇怪的所在，而他顺利去到了那儿。

"千姿要么也在那里，要么就在巨鳄肚子里，五比五的概率。"

他拍拍神棍的肩膀："我选择往好处想。"

神棍一颗心"怦怦"的，连孟劲松什么时候走的都没发觉。

他没想到，探不到人的探测仪，反给出了人可能还平安的最有力佐证。

水鬼只来了一个人，甚至不属于水鬼三姓。

这人姓宗，叫"宗杭"。

冼琼花看着他被山户带过来，脑海中浮现的第一个念头就是：是不是搞错了？

山户中人，都自有一种别于普通人的气质，不只山户，那些山户的"好朋友"也是如此，搁在古代，可能就是"江湖气"，现代嘛，不好描述，只可意会。

但宗杭没有，他干干净净，长得也很乖，被那么多山户围着看时，面上还露出了几分腼腆。

说是走错路的大学生她也信。

目送宗杭进帐的山户们也纷纷咬耳朵，貔貅低声对路三明说："路哥，这人身上没鱼腥味，不像打鱼的啊。"

路三明故作老成："出来社交嘛，能不洗洗干净捯饬一下？"

貔貅恍然大悟。

冼琼花上下打量了宗杭好久，跟曲俏一再交换眼神，才问他："你会破鳄？"

宗杭说："其他人都不方便来。"

这倒是真的，水鬼认为自己是祖牌耳目，做什么、说什么都会被漂移地窟里的东西探知，所以这些日子以来深居简出、安分守己，甚至不敢主动联系山鬼，生怕露了蛛丝马迹。

而山鬼联系水鬼，也是件大费周折的事，有话不能直接说，得曲里拐弯、想方设法暗示。

唯有这个宗杭，他有水鬼的能耐，却不是水鬼，也就并非"耳目"。

说起来，他跟阎罗一样，曾真正死过，而后复苏。

至于过程是否跟"阎罗生阎罗"相同，问他也不知道——因为他从"死"到重新醒来，隔了差不多一个月，其间到底发生了什么，他压根儿说不出来，而知道真相的那个女人，即他的女朋友易飒的姐姐易萧，早已死去多时了。

其他人不方便来，只有这一个可用，也只能用他了。冼琼花不放心，再次确认："你会破鳄？"

宗杭说："他们不好教我，来之前，我翻了水鬼的资料，自学了点。"

还是个现学现卖的，冼琼花真是发脾气都没力气了："你要是不行，趁早回去吧。我看你年纪轻轻的，不想你把命送在这儿。"

宗杭笑起来，他笑的时候，眼睛弯弯的，特别阳光。

他说："你放心吧，我觉得我学得挺好的。"

又问："你们是想它死呢，还是要它活着？"

冼琼花已经从孟劲松那里知道了江炼的推测可能不虚。她说："第一，希望你能把它引开，好叫我们看看，它肚皮下头究竟压藏着什么；第二，如果它吃了千姿，杀人偿命，我们要它死，但如果没有的话……"

这种这么大块头，来历又说不清的东西，杀了不祥，冼琼花倾向于填死坑道，让它自生自灭。

宗杭听懂了她的弦外之音，点了点头，说："行。"

神棍听到洞穴外传来脚步声。

抬头时，正看到背了大包的宗杭进来，包很重，他背得有些吃力，额上汗津津的，还抬臂擦了下汗。

见洞中有人，他很有礼貌地朝神棍点了点头，径直走到岸边，放下大包，一样样地朝外头拿东西。

神棍觉得他眼熟，顿了会儿才想起来，在水鬼的视频里看过。

他忍不住走近，看宗杭拿出的东西。

有一件皮衣，连体的，不知道是什么材质，很厚，溜滑，有连着五指手套的衣袖，可以全封闭，头部尖尖，两腿是套进尾巴里的，穿上去像鱼。

还有个奇怪的物件，正面看如同"工"字，像是截铁棒，两头焊了铁饼，但细看就知道是个精心打造的精钢机关，因为上头有明显的按扣。

见神棍好奇，宗杭很有耐心地给他解释，这是鳄挡，鳄鱼的咬合力很强，鳄挡是用来撑住鳄鱼上下颌的，机关可以弹出药针，让鳄嘴发麻，无力咬合，这样，人在钻进鳄鱼肚子里的时候，就不会有大的危险。

衣服是鳄衣，因为鳄鱼有很强的胃酸，时间久点，甚至可以把人的骨头蚀化，所以得穿着鳄衣进——进去之后得手脚麻利，不管是剖腹而出还是打兽麻醉药，都得飞快，万一在里头窒息，可不是闹着玩的。

神棍听得目瞪口呆，说话都结巴了："你……你是要进到它肚子里吗？"

宗杭说："是啊，不进不破嘛。"

顿了顿又补充："现在的鳄鱼越长越小了，我看水鬼的记载里说，只有很久很久以前，才有这样的巨鳄。"

神棍头皮发麻："你、你不怕吗？"

宗杭奇道："怕什么？"

他将身子套进鳄衣里："孟小姐他们在帮水鬼的忙，就是在救飒飒；我帮孟小姐的忙，也是在救飒飒。我救飒飒，有什么好怕的？"

神棍这才想起来，宗杭的女朋友易飒……据说是已经发病了。

而在她之前，所有发病的水鬼，都死了。

【02】

神棍目送着宗杭入水。

有半数的山户都进洞了，冼琼花和曲俏她们也来了，不过并非杂乱无章地围在岸边，他们有队形，按层次错落排开，第一梯队都是扛麻醉枪的，有趴伏在岸边瞄准的，也有爬到高处占据高点位置的，剩下的那些，有人扛真枪，有人身背喷火器，还有人试图在水岸附近结起兜网。

这天罗地网的架势，神棍真心叹服，山鬼的确是稳扎稳打、步步为营，怎么说呢，船小是好掉头，但船大……也的确是人多力量大。

他看到路三明正守着一堆仪器，猜到了是探测仪，也凑过去看。

屏幕上，能看到两个亮点，一个窝在湖底，另一个正快速接近。

神棍嫌这成像不精细："只能看到亮点吗？不能看到是个人的形状？"

路三明给他扫盲："神先生，你就知足吧，红外光在水里衰减得快，热成像很难长时间跟拍水下的，我们这个是和生命侦测绑在一起的，很先进了。"

也是，神棍觉得自己真是飘（网络用语，意为得意）了，以前是赤手空拳的配置，他也没嫌弃过，现在给他这么高精尖的，他还挑三拣四的。

他屏息细看。

两个亮点间的距离越来越近，最后会作一处，也不知道是打起来了，还是正两相对峙。

正心焦气浮，边上的貔貅忽然指着水面一处大叫："看，看，看那儿！"

那一处水浪推涌，显然是下头对接上了，神棍正瞧得心惊肉跳，路三明又拽他："动了动了！看！动了！"

低头看时，屏幕上那个趴伏在湖底的、长久没动的点，果然很突兀地挪开了。

周围那些个严阵以待的山户，显然听到了这头的对答，或多或少都松了口气，还有人感叹："这种事，就该找水鬼来办，咱们走山的，哪管得着水里的东西啊。"

神棍顾不上去附和，只不断变换位置，想看看能不能再捕捉到那微弱流转的、彩色的晕光。

不只是他，冼琼花和孟劲松他们也不住瞧向水面，但有时候，事情就是这么令人恼火，越想看到，就越看不到。

就在这个时候,"哗啦"一声水响,宗杭自湖中央冒出来了。他那个鳄衣的鱼头帽已经取下来了,松垮地搭在颈后,伸手一抹脸上的水,大声道:"我看到孟小姐和她那个朋友啦,都在下面呢。"

说完,加紧往岸边的方向游来。

在下面?

神棍大喜,小跑着迎上去,冼琼花他们也簇拥过来。人太多,把那一处岸边都站满了,反叫宗杭泡在水里没法上岸了。

他踩着水,仰头看这些人,说:"你们别担心,那两个人都没事。他们还冲我招手呢。"

曲俏听了,瞬间红了眼圈,冼琼花长吁一口气,又有点糊涂:这湖面并没有哪一处下泄,也就是说,并无水道打通,这招手从何说起呢,两个人又是在哪儿招手的呢?

宗杭说:"这下头,有个囦(yuān)团。"

说到这儿,他有点不好意思:"那个……你们能不能让一让?我来得太赶了,很多东西没学完,不太熟悉。都拍在手机里了,我得……翻一翻。"

大家愣了一下,又同时反应过来,忙不迭往后让道。宗杭上了岸,拿过自己的包,从里头翻了个手机出来。点开时,又抬头看了眼周围,在这众目睽睽之下学东西,怪不自在的。

孟劲松轻咳了两声:"七姑婆,既然千姿没事,水鬼又有办法,就让他们弄吧。咱们别围着了,人家的独门秘法,咱们在这儿围着看,不好吧?"

冼琼花暗骂自己糊涂了,这要搁老规矩严的时候,窥人技艺,等同偷师,轻的废一对招子,重的要偿命的。

她忙招呼一干人退后,再退后。

其实宗杭本非三姓出身,压根儿就没这想法,而且水鬼找山鬼帮忙,本身的原则就是毫无保留、坦诚相见——见冼琼花他们误会,想解释一下,一行人又已经去得远了。

他点开手机,一页页翻图片。来时太仓促了,没能自学完,好多书页他都是拍了存在手机里的,以便不时翻看。

正翻着页,忽然觉得不对。一抬头,看到神棍正在边上蹲着。

神棍对宗杭真是十二万分好奇,又听到他说"囦团",偏自己不懂,抓心挠肝的,又不好打扰他干正事,忽见他看自己,赶紧说了句:"你忙,你忙。"

又偏转脸去瞧那水面,自己嘀咕:"囦团,嗯……囦团。"

宗杭对所有山鬼都有好感，从小，母亲童虹就教他"人家对你好，你就该感恩，可不能做咬人的白眼狼"——所以，山鬼既然在帮水鬼、帮飒飒，那他就该对每个山鬼都友好客气。

他低下头，一边翻页，一边说："囤的意思，就是'水中之水'。一般人看水，会以为都是水。其实，水里头的玄虚可大了，就好比给你一块透明玻璃砖，就一定都是玻璃制的吗？没准儿其中有一部分是透明水晶呢，你的眼睛分辨不出罢了。"

这是在给他科普吗？神棍赶紧凑过来。

宗杭一心二用，一边浏览一边给他讲："水里头的囤团有好多种，比如有一种叫'养尸囤'，说白了是水棺材，死人放进养尸囤，过许多年都不腐不化，眉目如生。历史上有一段时期，还专门有人找水鬼帮忙，希望能沉棺养尸囤呢，但是后来就不流行了——这种囤团太少了，很难找。"

神棍只恨自己没有把小笔记本带在身上，否则，早"唰唰唰"记开了。他见宗杭不怕被打扰，也就厚着脸皮多请教两句："那……比如说啊，沉棺养尸囤，要是这儿忽然要开河道，会被发现，可怎么办呢？"

宗杭说："赶尸囤啊，就好比赶羊、赶牛那样，把这水棺材给赶去别的地方。"

这画面……

神棍觉得，应该说给江炼听：这不就是水下的赶尸吗？脑补一下，水鬼挥舞着手中的鞭子，"唰"地一甩，驱赶着大队的水棺材在河水深处缓慢行进……

怪带劲的。

正胡思乱想，宗杭忽然面露喜色，将屏幕上的那张书页图放大细看，然后不住点头："找到了，我就说有印象，应该是这个，定水囤。"

定水囤又是什么呢？神棍只能联想到孙悟空的定海神针："是能把水定住的东西吗？"

宗杭给神棍解释："就好比一截流动的水道，你在两头各放一枚塞子，这截水道是不是就被定成了一截死水，不再流了？又好比浴缸池子，你塞住下水口，这缸水也就泄不了了。定水囤，就是这个功能。

"人可别贸然进这截水，因为大多数时候，进去了就出不来了，会困在里头淹死的——有时候，这人明明会水，但掉进河里，怎么都游不上来，岸上的人只看到他拼命挣扎，这种的，可能就是困进了定水囤里了。"

神棍听得背后直冒凉气，暗自庆幸自己不会水。

他忍不住问了句："那人淹死在里头，就一直待在里头了？"

宗杭摇头："定水囤不是养尸囤，它会把死人吐出来的。或者，得有很大的力牵扯，才能把人拉出来——也不知道孟小姐和她的朋友是怎么进去的。看起来，好像是那头的洞里，有什么力道把他们拉进去似的。"

神棍着急："那……这该怎么救啊？是不是放根绳下去？"

宗杭的话如泼他一盆冷水："放不进去的。你想啊，这就是个塞子，死的东西进不去，活的进去了，把你变成死的，再吐出来——也就等同于什么都放不进去。我不怕淹水，但我刚才试了，进了困团，怎么也去不到另一边，只能又退回来。所以我才说，孟小姐和她的朋友，进得很怪。"

神棍脑子里一团乱："你的意思是说，现在没办法了？"

宗杭没吭声，又低下头，反复看手机上的书页，前几页后几页，翻来覆去地看，嘀咕了句："困团怎么会在这儿呢？不该长在这儿的啊……"

神棍心里慌慌的："那该长哪儿啊？"

"大江、大河、大湖啊，困团很稀少的，只有那种浩瀚的环境才能孕育出困团，这个，肯定是被赶过来的。"

电光石火间，神棍脱口问了句："水鬼赶过来的？"

宗杭随口回答："可能吧，除了水鬼，好像也没人会赶了。"

神棍结巴："水、水鬼也参与这儿了？"

这话，宗杭就听不懂了，他纳闷地抬头看神棍。

神棍顾不上跟他解释了，只觉得口唇发干。一定没错，水鬼也参与这儿了。

蚩尤族人浇筑青铜盖，盛家以铃收骨，立了三口棺材，况家也在，不然况家后人不会知道这秘密，而水鬼赶来了定水困，没准儿还设下了鳄鱼……

都参与了，共同把这儿做成了一个藏东西的绝地。

两人对视了会儿之后，神棍突然冒出一个大胆的念头来。

他问宗杭："活的进去了，把你变成死的，再吐出来——那是从这一边吐出来呢，还是从另一边吐出来？"

宗杭没想过这个问题，迟疑了一下才回答："都有可能吧。"

江炼还以为，终于来人了，距离脱困也就不远了。孟千姿也是这想法，还一度惆怅，觉得这儿挺好的——出去了，又得面对好多人，好多纷扰。

没想到的是，那张人脸往下瞅了瞅，对着他们笑了笑之后，就再也没出现了。

什么意思？两人面面相觑，一时间忘了饥饿，也忘了劳顿。

那张脸应该不是山户，而且，能进到这水团，又没张皇失措，显然不是普通人——江炼猜测这人是水鬼。

水鬼来都来了，都跟他们打上照面了，这意味着上头的巨鳄一定移开了，为什么不顺势把他们给救上去呢？

不知道，也猜测不出，江炼安慰孟千姿："没事，好事多磨，也许他们被别的事儿耽误了。"

孟千姿"嗯"了一声。

原先，她想着救援就快来了，被人看见她躺在江炼怀里，有点怪不好意思的，于是强撑着坐起来，哪知坐来坐去，没个动静，于是又假了回去，还打了个小盹。

怪了，又梦见被火烧，熊熊烈火，焰头逼得她睁不开眼。

她在火里左冲右突，忽然寻到方向，急往那儿冲，但刚到跟前，下意识停下，心内有个声音说："别去，千万别去！"

被江炼晃醒时，她满头细汗，嘴里犹在呢喃："别去，别去。"

江炼担心地看她，孟千姿冲他笑笑，想解释是个噩梦，但话到嘴边，整个人突然僵住了。

江炼察觉了她的身体变化，也注意到了她的目光，脊背陡然生凉，迅速回头。

是巨鳄下来了！

应该是那头小巨鳄，因为以大巨鳄的身形，是断进不了这水团的——满是尖牙的鳄头在水团间拼命挣扎乱撞，再加上被水团映衬得扭曲变形，看上去分外可怖。

上头一定是出事了，不然，怎么会容巨鳄冲进来？

江炼想笑，他真是连挥出一拳的力气都没有了。再说了，下头这么小，能躲去哪儿？

鳄头冲破水团的刹那，江炼只觉得脑子里嗡嗡的，他一把搂住孟千姿，低声说了句："千姿，别怕，就这样了。"

孟千姿双目紧闭，也回搂住他，只低低"嗯"了一声。

然后，除了腥臭，再也没动静了。

江炼觉得奇怪，顿了会儿之后，他回头去看。

那巨鳄的头连着半截身子倒挂下来，悠悠悬着，已经死了。鳄脖子上缠着一圈麻绳，还吊了个玻璃瓶，瓶里头有根还没用过的照明棒，外加一个纸卷，看上去像漂流瓶。

江炼松开孟千姿，示意她别动，自己慢慢起身，凑近去看。

孟千姿紧张极了，生怕那鳄是装死，或者回光返照，转头就给江炼来上一口。

幸好没有。江炼打碎那个玻璃瓶，将纸卷展开，只略扫一眼，立刻过来抱起她："走，千姿，这小巨鳄就是他们放进来救我们的绳子。"

起身时，没太注意，蹭到了那圈凤凰翎。这翎毛原先像是处在微妙的平衡之中，是以悬浮不落，而今平衡被打破，不知道是不是静电作用，贴着衣物就粘，落得两人满身都是。

江炼也顾不上去掸了，他迅速解下小巨鳄脖子上缠绕的绳索一头，把自己和孟千姿的肩、腰缠住，吩咐她："深吸一口气，要进水了。"

说着，掰亮照明棒，对着上头连连晃动。

不多时，忽然一股大力涌来，两人同时被带了上去，直出水团。这还没完，又在水底撞碰不休。

江炼紧搂住孟千姿的身子，拿手护住她后脑勺，又拼命睁眼去看，心头狂跳不止。

他不知道自己是不是看错了，两人固然是拴在小巨鳄头颈处的，但小巨鳄的尾巴好像是跟大巨鳄的尾巴连在了一起——难怪小巨鳄死时，没有直接坠落进洞，它的尾巴还连在大巨鳄身上呢。

而那股奇大的拉力显然来自大巨鳄。大巨鳄在这湖底狂走狂爬，突然间回身来咬，眼见那鳄头逼到近前，江炼头皮发麻，好在离着还有一段距离时，这巨鳄便不动了。

而且，就算咬过来了，其实也没事——江炼看得分明，这巨鳄的嘴是张开的，上下颌之间，有根什么东西正死死抵着。

接下来，更让他愕然的事儿发生了。

巨鳄的喉咙口竟爬出一条怪模怪样的鱼来。这鱼长胳膊长手，还拿手去掀那鱼头。

江炼再憋不住气，他呛水了。

模模糊糊间，他看到鱼头掀起，露出的是一张年轻的、带笑的脸。那人迅速过来，手起刀落，挑断了他们身上的绳索，然后带起他和孟千姿的身子，向着湖面浮去。

【03】

上了岸，江炼直接仰躺在地，没能吐出水来，因为都喝下去了。勉强睁眼去看，只觉无数人围着孟千姿，而自己这头无人问津。

好在都习惯了。见路三明和貔貅等相熟的几个有过来问候的意思，江炼还挥手撵他们："没事，我没受伤，没关系。"

他闭上眼，长呼、长吸了几口气，听到嘈杂声渐远。孟千姿是真受伤了，得尽快医治吧。

再睁眼时，洞里冷清不少，迎面一张大脸，是神棍正居高临下看他："小炼炼，你这是钻进鸡窝里了吗？"

江炼翻了他一个白眼，摸着从脖颈处拈起一根凤凰翎，这玩意儿粘得可真牢，仿佛带了胶，连带着他的皮都被扯起来了，疼得龇牙咧嘴。

江炼拈起了给神棍展示："什么眼神啊，你家鸡长这么漂亮的毛？"

说完，又躺着不动了，这连番折腾，筋疲力尽，连爬起来走路都嫌烦，恨不得就地睡足二十四小时。

他喃喃说了句："能不能给搞点填肚子的？你要看着我饿死吗？"

神棍如梦方醒，赶紧屁颠屁颠跑开，回来时拎了个山鬼箩筐。他殷勤地把矿泉水拧了盖递上，又帮他撕开能量棒的包装袋。江炼撑起身子坐起，递什么接什么，灌一口水嚼一口餐，受用得心安理得。

神棍从他身上一根根收拣凤凰翎，那些只粘在衣服上的还好，但要是粘在皮肤上的，拣起时必有一番"扯皮"，这让江炼生出滑稽的感觉来，觉得神棍像在从他身上薅毛。

收拣完一数，居然有二十多根，神棍忽然想起了什么："糟了，孟小姐身上也有！"

江炼没好气："山户也会收拣起来的。这种一看就知道是稀罕玩意儿，他们会当垃圾丢了？"

又四下去看："那个……鱼头小哥呢？"

神棍提醒他："那个是水鬼，叫'宗杭'，水鬼的视频里他露过面的。你忘了？刚山户把孟小姐抬走，他也跟着上去了。"

说着，又拈起了凤凰翎细看："段小姐只带走了一根，谁能想到这儿居然藏了这么多呢，加上孟小姐身上粘的，得有四五十根吧……"

又问江炼："下头的都带上来了？没有落在水里的？"

这玩意儿在身上粘这么牢，落进水里的可能性不大，至于下头洞里的是不是都带上来了，江炼就不好说了："大部分吧。再说了，你管它有没有全带上来——你又不知道它怎么用。"

怎么不知道了？神棍反驳他："凤凰翎烧着的火焰，可以点燃龙骨啊。"

"那龙骨呢？你有吗？"

神棍哑口无言，他比阎罗还不如，人家阎罗手里还有龙骨残片呢。

肚子里有东西，气力多少恢复了些，江炼这才起身，半由神棍扶着出了地坑。

这两天没下雨，地坑旁已经搭起了好几个大小帐篷，江炼也不知道孟千姿被抬去了哪儿，好在路三明迎面过来了，江炼忙拽住他打听孟千姿的伤势。

路三明也说不清楚，但他活用了察言观色："我看医生跟六妹、七妹说了好多话，六妹没哭，七妹也很放心的样子，保准是没事。"

那看来是没事了，江炼放下心来，拍拍路三明的肩膀，眼里再无其他。

他摇摇晃晃走进最近的一座大帐，这帐篷好像是堆放物资的，有油罐，有绳索，也有瓢盆，江炼左看右看，挪开一堆瓢盆，拽过一捆绳索当枕头，躺下就睡着了。

中途醒过一次，觉得像被人抬着走，身子一直打晃，迷迷糊糊间又觉得枕头很软，床铺也很软。

睁眼看时，面前居然站着冼琼花，他想坐起来。冼琼花伸手拦了一下，说："你先睡吧。"

于是江炼又睡了，闭眼时有点懊恼，想起上次见五姑婆仇碧影，也是睡得没个好样儿——他怎么总让孟千姿的妈把他的狼狈一面给看了去呢。

再次醒来时，发现自己安稳躺在一个小帐篷里。

外头人声嘈杂，江炼跪起身子拉开帐篷的拉链，顿时被光亮刺得睁不开眼，适应了好一会儿再看，居然看到一个人扛着摄像机走过。

什么情况？

江炼怔在当场，好在很快看见了熟人——神棍正捧了盒饭往这头走。见到他时，一脸惊喜："小炼炼，你醒啦？你都睡一天了。盒饭吃不吃？有鸡腿。"

江炼很懵懂地接过盒饭，又指那人背影："这是……干什么？山鬼办事，还拍纪录片？"

神棍兴高采烈答："拍戏啊，我刚还去客串了呢，领了盒饭。"

见江炼还是一头雾水，神棍点拨他："你傻啦？这么多人，带这么多物资进山，兴师动众，不得有个冠冕堂皇的理由？路路通说，反正投资过影视，拉个剧过来取几天景，正大光明在有关机构备了案，还去村子里招群演呢。那声势，反响可热烈了。"

江炼环顾四周，这才发现已经不在地坑附近了。神棍猜到了他想问什么："我们是先撤出来了，留了一半人在那儿埋棺、回填，总得把场子恢复原样吧。"

原来如此，江炼掀开盒饭，掰开一次性筷子时，忽然想起了什么："那千姿……"

"也在这儿呢，"神棍往远处一间大帐努了努嘴，"她跟你一样，也睡了很久，才醒。小杭杭进去跟她说话了。"

江炼皱着眉头看他："这就喊上'小杭杭'了？你对千姿是不是有意见？认识这么久了，也没见你喊她'小千千''小姿姿'什么的。"

神棍理直气壮："我不是她的三重莲瓣吗？她是我的领导，领导怎么能乱喊？"

015

看不出来，神棍还有这种尊敬上级的觉悟。江炼拿起筷子："冼琼花来看过我？"

他得确认一下是不是自己在做梦。

神棍点头："是啊，她安顿好孟小姐，说要找你，结果看到你抱着碗睡觉，冼家妹子就让人给你挪了铺。"

江炼默默扒饭。本来，他希望那只是个梦。不是梦的话，也希望自己的睡姿能稍微入眼点。现在看来……抱着个碗，什么都不指望了。

他岔开话题："这两天，你跟水鬼交流不少吧？"

这是当然的，神棍神秘兮兮："小炼炼，你知道那个困团正确的破法是什么吗？"

江炼停下筷子，他正想问呢，为什么这趟营救这么费事，要动用两条巨鳄？

神棍便从"困"开讲，定水困是如何神奇，小杭杭如何突破不了，关键时刻，他又是如何灵机一动，想到了利用那两条巨鳄。说到这儿，他略带惭愧："我们也不想杀生的，但实在没别的法子了，以后，我给那条小巨鳄多烧烧香吧。长那么大，怪不容易的。"

江炼宽慰他："你滑头点想，杀小巨鳄的是定水困，宗杭只是把小巨鳄送下去打头阵而已……那，正确的破法应该是什么？"

"赶困。小杭杭给我看了书页上的记载，说是水鬼'攥土在手，扬撒成鞭'，就可以驱动困团在水里移动。"

攥土？

江炼纳闷："土攥在手里，扬进水中，不是很快就溶散了吗，怎么还能'成鞭'呢？"

神棍说："我起初也以为只是土，后来我想明白了。小炼炼，你也不想想，水鬼曾经有过什么？"

江炼心中一动，脱口答了句："息壤？"

神棍缓缓点头。

息壤这玩意儿，是见水则长的。试想想，水鬼只攥一点点于掌心，扬撒时长成长鞭，拨动困团，不可思议，却也蔚为奇观。

江炼沉默，很有可能，水鬼也参与了凤凰眼的设置。

那个一直盘踞在心头的谜题又来了：这些人，究竟想干什么呢？

他寄了一半的希望于神棍："你见到凤凰翎，还亲手摸了，有再做什么梦吗？"

神棍摇头。

不过，江炼这话提醒了他："但是在那之前，困在洞穴里的时候，我是做过梦。"

他把自己的梦给江炼讲了：点算箱子的现场是多么热闹，放进箱子里的东西是怎样的千奇百怪；有两个人在深夜的山洞里窃窃私语，提到凤凰翎、龙骨灰以及制作箱子的匠工；自己莫名其妙被人开膛剖肚，遭了挖心抽肠的苦刑……

江炼这才意识到，和神棍之间的信息不对等已经好久了。他斟酌了一下，把自己关于"神族"和"人族"的设想跟神棍说了。

神棍听得瞠目结舌，良久一拍大腿："我就说嘛！阎罗这人，披上龙袍都不像皇帝，怎么还能让他'成神'了。段小姐也问'何谓神'，她当时一定也觉得这里头说不通。"

江炼点头："而且我一直觉得，'神族'对这个世界的认知，已经达到了相当深的程度，咱们现在的科技可能还没跟上。你说……那个女娲抟土人偶，会是它们的'机器人'吗？"

神棍没能消化得了这信息："那不是用土捏的娃娃吗？女娲抟土造人的传说啊。"

江炼笑笑："我们人类现在都能制造机器人了，只不过水平还有限，但再过几十年，甚至只是几年，说不定就能做到以假乱真——它们为什么不可以呢？也许女娲造人，造的是它们认知里的'机器人'。没错，我们用的材料是金属，但物质这种事儿无贵贱之分，兴许它们用的就是土呢？把抟土人偶放进箱子里带走，没准儿是根本不想把这技术传给我们，连蛛丝马迹都不给你留下。"

神棍初听觉得荒谬，细想却无从反驳。再思忖一回，竟陷进去了，喃喃道："它们说'正本，《山经》一卷，《海经》一卷，《大荒经》一卷'。其实《山海经》里的地图，跟今天真实的地图，相似程度挺高的，所以现在很多学者都怀疑，《山海经》不是杜撰的，而是上古时代的历史、人文、地理书，记载的就是当时的真实状况。"

江炼好奇："《山海经》我们也有啊，很容易买到。它们为什么要强调是'正本'呢，难道我们现存的是副本？"

神棍猛点头："没错，区别最大的应该就是《大荒经》，我们现在的《山海经》里，关于大荒的记录很奇怪，依然是在讲山海，所以我一直怀疑，真正的《大荒经》早已被篡改了。"

江炼问了句："那大荒，到底指的是什么呢？"

今人会把边远荒凉的地方叫作"大荒"，二十世纪五六十年代，国内还喊过开垦"北大荒"的口号，但上古时期，人对大荒的理解一定不是这个。

神棍咽了口唾沫："这个，你就要先搞清楚古人对世界的认知。他们认为大陆上有山，大陆是被海包着，而大荒，是比山和海还要远的存在。"

江炼失笑："这认知也没错啊！现在的世界也是一片海，海里面散布了七大洲，也就是海包着大陆——偌大世界，无非山海，比山和海还要远的地方，不会是宇宙吧？"

说到这儿，自己心里先咯噔了一下，神棍也半张了嘴，半天说不出话来。

江炼觉得，自己这随口一说，没准儿蒙对了。

人类都已经在探索宇宙的奥秘了，如果设定"神族"当时对一切的认知都高于现在的人类，那么它们研究医药、研究维度、研究人死后的去处，怎么会不研究这个世界之外呢。

两人沉默了会儿，神棍突然冒出一句："你知道吗，七根凶简，古人理解的是星辰之力，认为这可怕的力量来自北斗七星，还曾经把凶简称为'星简''星君'。"

江炼没说话。

七根凶简的源头是七块兽骨，也出现在那场点算中，被放进了那口箱子。

如果设想不虚，"神族"的时代，确实当得起瑰丽、辉煌这样的字眼：它们对山、水、人，乃至世界之外的探求，都已经达到了相当成功的程度，实在让人向往……

正想着，余光突然瞥到宗杭从那个大帐里出来了。

江炼的思绪登时就从浩瀚时空回到了世俗琐碎。宗杭出来了，那千姿应该有空了，他可以去看她了。

这些深奥的课题就留给神棍去想吧。

他把餐盒一搁，向着神棍说了句："走了啊。"

离着大帐还远，江炼的一颗心就已经急跳开了。自水下出来，他就没再见过孟千姿——水下是绝地，当时生死未卜，人反而会百无禁忌。现在出来了，再见面时，会尴尬吗？会不自在吗？

正心神不定，忽然看到冼琼花和曲俏两个人恰从旁侧过来。看那方向，也是往大帐去的。

若只有曲俏，江炼是不怕的，但冼琼花……

他知道这位七姑婆对他印象不好，觉得见面必有尴尬，能避还是避开吧。

但掉头就走又太突兀了，他装作忽然忘了什么，手在上下兜里来回摸寻，然后弯下腰，在地上认真地找，又转身往回找，就这么一路往远处找去。

冼琼花早看到他了，见他装模作样的，不觉停下脚步，皱着眉头看了会儿之后，向曲俏说了句："你看看，这装的。"

曲俏笑："他大概还以为装得不错，咱们看不出来吧。"

冼琼花没好气："谁不是从年轻人过来的，都是我们玩剩下的，谁会看不出来？"

估摸着走得差不多了，江炼回头去看，冼琼花和曲俏刚刚进了大帐。

好险，他暗赞自己机警。

正想折回帐篷，忽然看到，宗杭正坐在不远处的林子里，低着头，手里拈了根树枝，也不知道在地上戳弄些什么。

脱困之后，还没来得及谢他呢，江炼觉得自己该去打个招呼。

他一路过去，其实脚步声并没有刻意放轻，但宗杭正走神，也没留意到，直到江炼伸手拍他肩膀，他才惊了一下，愕然回头。

江炼看到，宗杭的眼圈红红的。

他愣了一下，还没来得及说话，宗杭已经迅速低头，狠狠眨了几下眼睛，又抬头笑了笑，说：" 是你啊。"

江炼"嗯"了一声，装作什么都没注意到，故作轻松地在他对面坐下："刚看到你去找孟小姐了，聊什么了？"

宗杭说："也没聊什么，我就是问问孟小姐，有没有什么进展。"

只一句话，江炼就全明白了。

平心而论，这一两个月，他自我感觉进展已经挺大的了，但这进展，对水鬼，对宗杭，或者说对宗杭那个生病的女朋友易飒，等同于无。

江炼斟酌着问了句："易飒，是不是病得挺厉害的？"

宗杭的身子震了一下，头垂得更低了。

过了会儿，他低声说："其实，我不愿意待在家里干等着。这种事，应该靠自己，不能指望别人。但是，飒飒身体不好，我得照顾她。老在外头，我父母又会特别担心……"

说到这儿，他沉默了一会儿，才又开口："我就只能帮上这么一点儿小忙，让你们为了这事遇到这么多危险，真是不好意思。"

江炼赶紧纠正他："不不不，这不是小忙，是大忙。我特意来谢谢你的。还有，也别把我们想得这么伟大，不管是我、孟小姐，还是神棍，都只是忙自己的事，顺带着查一下你们的事而已。"

宗杭说："不管怎么样，也不管最后的结果是什么，都谢谢你们。还有，如果有我能帮得上忙的地方，你们一定要跟我说……我走了，刚已经跟孟小姐道过别了，我还得赶回去呢。"

他站起身，向着江炼笑笑，转身向外走去。

江炼看着他的背影，心里堵得厉害，觉得一定要说点什么，忍不住叫住他："宗杭？"

宗杭回头。

江烁说:"你别担心,事情一定会好起来的。

"我们在五百弄乡,遇到一个人叫'阎罗'。他可能是跟你们一个情况,都是重新复活的。他是二十世纪九十年代初复活的,到现在,都快三十年了。我们见到他的时候,他好端端的,并没有什么发病的迹象……"

宗杭的眼睛亮起来了。

"我记得他刚出现时,是泡在一个水塘里的,还吓到了我们的骡工。他明明住得离水塘很远,还要去泡着。也许,是想从水里汲取点什么——如果易飒情形不好,你可以试试看,让她每天都浸水,可能……可能会有点用。"

说到后来,江烁有点心虚,觉得自己说的都是些诸如"生病多喝热水"之类的废话。

但宗杭笑起来了,眼睛弯弯的,一如在水下脱下鱼头帽时那样,仿佛拿到了什么灵丹妙药,然后很使劲地点了点头,说:"谢谢你了。"

【04】

冼琼花和曲俏进帐的时候,孟千姿正倚卧在铺上发呆。以前帮水鬼的忙,只是出于交际,帮得上很好,帮不上也无所谓,但真的见到了当事人,感受大不相同——宗杭一再拜托和感谢她,让她觉得受之有愧。

曲俏轻咳了两声,在她铺边坐下,指她的伤腿问:"疼吗?"

孟千姿点头。

冼琼花拖了张帆布马扎过来,在孟千姿对面坐下:"伤这么重,我看啊,还是赶紧回山桂斋,好好养上一阵子。"

孟千姿嘀咕了句:"哪儿重了?"

冼琼花瞪她:"还好意思问,没照镜子?血流了有一担,你看你那嘴唇,一点颜色都没有。"

曲俏笑着轻轻拍了拍孟千姿的手背:"这儿条件是有限,回去了,让柳姨给你多煲点汤水,也能好得快些。"

孟千姿不吭声了。

冼琼花看了她一眼:"姿姐儿,我有话跟你说。"

孟千姿觉得这话必不是什么中听的,她脊背挺起,满眼防备:"你说。"

"这趟太危险了,差点儿命都丢了。我跟大姐说了这事,她脸都吓白了。"

孟千姿说:"七妈,这就是你的不对了,明知道大娘娘身体不好,又不经吓,何必跟她说这些——我要是死了，你躲不过给她报丧……我又没事，你遮盖一下，事情不就过去了吗？"

冼琼花让她给气笑了："我还没说你呢，你倒先怪起我了？"

顿了顿，她步入正题："你是山鬼王座，手下那么多人可以用，干吗非要自己涉险呢？这些事，你派给劲松，派给路三明，自己舒服躺着，听听汇报不就行了吗？"

孟千姿笑笑："七妈，我又要纠正你了。

"我从来没有非要自己涉险，悬胆峰林那一次，是你们七位一致点头，我才去剖山的。至于随之遇到的危险，那都是没预料到的。这趟，我也只是过来给六妈贺寿，无意间听说段太婆的死可能另有玄虚，才追查了一下。那时候，谁能知道棺材底下会有迷宫，里头还养着巨鳄呢？七妈，并不是我追着危险跑，是这世界上凶险本就无处不在，舒服躺着就一定安全吗？没准儿躺出富贵病来，走得比谁都早呢。"

冼琼花不擅强辩，一时间被她噎得说不出话来。曲俏"扑哧"一声笑了，伸手去拧孟千姿的嘴："这张嘴，越来越厉害了。"

旁敲侧击这招看来是行不通了，孟千姿是惯会揣着明白装糊涂的，冼琼花索性打开天窗说亮话："以后，江炼和神棍的事，你别瞎掺和了——江炼是为了况家找东西；神棍是你的三重莲瓣，追查山胆的事，咱们委托了他的，人力、财力上全力支持，让他去办就是了，你就安稳待着。至于段娘娘的下落，你也别操心了，山鬼有的是人接手，我说句不中听的话，给段娘娘收葬是重要，但总不能为了一个死的段娘娘，赔上一个活的孟千姿吧。"

孟千姿不气也不恼："这是大娘娘的意思？"

冼琼花点头："没错，大姐也是这意思。"

孟千姿嗤笑一声："我还记得，在湘西的时候，大娘娘跟我视频，还说什么这扶手啊，扶着扶着就垮了，是时候都放手，让我去解决一切了。现在又说外头危险，山鬼多的是人办事，让我舒服躺着——你们想要一个精明强干、威风八面的王座，可我从来没听说过，谁是这么躺出头的。七妈，你这是又想老虎有野性，又怕放它出笼被鸡啄呢。"

她撤开背后的腰枕，闭了眼缩进睡袋里："累了，都出去吧。别说话了啊，说了我也不听。"

孟千姿其实不累。

她窝在睡袋里，脑子里一团乱，一会儿觉得自己措辞还不够狠，一会儿又觉得，七妈的用心还是好的，就是表达欠委婉，自己不该阴阳怪气地叫她下不来台。

正辗转反侧，听到有脚步声进来，孟千姿没好气，说了句："我不是说都出去吗？"边说边恼怒回头。

是江炼，他被她吓了一跳，站在原地，说了声："哦。"

又指指外头："那我走了啊。"

他还真往外走。

孟千姿又好气又好笑，吼他："回来。"

江炼又老老实实回来，坐到铺边时，还抱怨她："一会儿让人走，一会儿让人回来，真难伺候。"

孟千姿笑，歪着脑袋打量他。他应该是刚洗漱完，整个人很精神，头发湿漉漉的，朝上竖着，身上有股淡淡的肥皂水味儿，怪好闻的，就是衣服……有点松垮。

她奇怪："衣服是不是大了？"

江炼笑了："衣服不是都撕破了给你包扎吗？又买不着新的，路三明帮找了一身，先凑合穿着。"

孟千姿"嗯"了一声，忽然不知道该说些什么了。江炼也是一样，很多话想说，又觉得哪句都起不了头。顿了顿，听到孟千姿问他吃了没，便应了句"吃了"，又拿这话问她，她也说吃了。

很好，两人都吃了，真是交换了……重要的信息。

帐里安静，帐外的声音便分外清晰。帐篷顶开了天窗，有一格光亮恰映在地上，江炼低头，看到脚边有粒小石子，便拿脚轻轻一拨，想来个射门，哪知道使的力大了，那小石子"骨碌碌"越过那格亮，出界了。

怎么突然就尴尬了呢？在水下洞穴时，明明像是相爱了很久很久，接吻、拥抱都那么自然。

江炼找话说："好像下午，咱们就得拔营了，说是先回桂林。"

孟千姿点头，她也听说了。

"我给美盈打了电话，韦彪陪着她，都已经到西宁了。我跟神棍商量了一下，桂林之后，我们就直接去昆仑，千姿，你回山桂斋好好养伤，这段时间就别操心了。"

孟千姿越听越不对味，及至听到最后，腾地一下坐起来，问他："是不是我七妈跟你说什么了？她说什么了？"

她睡袋一拉就想起身："我去问她。"

江炼伸手，一左一右攥住她两条胳膊，把她身子硬扳回来："你去问她，爬着去问？"

孟千姿胸口剧烈起伏着："你不要听我七妈乱讲……"

江炼笑:"七姑婆没乱讲啊,人家讲得有道理。"

冼琼花找到江炼,先道了歉,又道了谢。

彼时,江炼刚洗完澡,头发还在往下滴水呢,不自在地拿毛巾胡乱抹了把头发,说:"我应该做的。"

冼琼花说:"伤筋动骨一百天。千姿虽没伤着筋骨,但至少得养一个月。她脾气大,不听我的。你帮我劝劝她,你也不想看着千姿以后落下个残疾什么的吧。"

江炼一直点头:"我知道,我会劝她。"

孟千姿奇道:"只说了这个?"

江炼说:"是啊,所以人家七姑婆说得不是挺有道理吗?你至少得养一个月的伤,但我们不能都跟着养,事情还得往前推进吧?你伤都没好,硬要跟来,到时候拄着拐又蹦又跳的,也撑不上我们啊。"

孟千姿哭笑不得:"你又胡说。"

江炼轻轻松开握住她胳膊的手:"所以啊,你回去好好养伤,多喝点汤水,多补点人参,养好了身子,再来找我们不迟。"

其实,冼琼花不止说了这些。

冼琼花当时问他:"江炼,你是喜欢我们姿姐儿吧?"

得了江炼默认之后,她慢悠悠地说:"不用我说你也清楚,你们的事儿越来越危险了,你要是真喜欢姿姐儿呢,就别让她老掺和这事。男人嘛,身前凶险,身后世界,你该把她放到你身后去。"

江炼觉得七姑婆说得真好。

身前凶险,身后世界,他真是不想让孟千姿再涉险了,那些乱七八糟、见血要命的事儿,他来对付就好,只要一回头,就能看见她在他的世界里安安稳稳待着,不受伤、不受罪就好。

他希望能借着她养伤的这段时间,把事情给了结了。

当天晚上,前队人回到秀岚居。

江炼刚进房间,还没安顿好,就收到神棍的电话,说是要让他看"好东西",江炼过去了才知道,是石嘉信寄出的山鬼人肉快递(网络用语,意为把物品亲自送到)的路铃到了。

说实在的，这路铃看起来相当普通，遍身斑斑铜绿，没什么特别的——但是，不管神棍拎起它怎么摇晃，那撞柱怎么互相碰撞，这个铃就是不响。

江炼对铃倒没什么兴趣，只是吩咐神棍好好睡觉，他还就不信了，神棍都亲手摸着凤凰翎了，怎么能不做上两个有建设性的梦呢。

回房的路上，恰遇到曲俏。江炼打了招呼，又侧了身，本想给曲俏让路的，哪知心中一动，又上前拦住了，问她："六姑婆，能借一步说话吗？"

江炼想问问孟千姿从前的事，尤其是关于那个誓。

然而曲俏不想多说："这事，我也不知道该怎么说，以后有机会，你自己问她吧。"

江炼问她："千姿以前是喜欢过什么人吧？"

曲俏没吭声，多半是了。

江炼说："你以前送过我一句话，说千姿身边的人是不会欢迎我的——千姿的上一段，是被姑婆们给拆散了吗？"

曲俏笑了笑，径直走了。擦身而过时，江炼听到她轻声说了句："要是拆散了，就好了。"

什么意思呢，江炼听不懂，只觉得满心惆怅，而分别在即，又更加剧了这失落。

第二天是个阴雨天。

孟千姿一行的机票是上午的，冼琼花随行护送。送行的人太多，江炼夹在一堆人之中，也没能跟孟千姿说上几句话。车队驶离的时候，江炼站在厅廊下目送，忽然听到手机信息进来。

点开一看，是微信消息，发信人叫"×2"。

江炼一下子笑了。

孟千姿打了好长一段话数落他："你那什么表情啊？都什么时代了，想听声音就语音，想见面就视频，再不然你就买张机票来看我，听说你现在身家也还行啊。"

还发了个红包给他，留言曰："巨大的红包。"

点开一看，五毛钱。

真是越有钱的人越小气，江炼想回复她，输入了又删。顿了顿，从网上找了张图，把头像给换了。

换了没两秒，孟千姿的信息就来了，问他："你把头像图片换成'÷2'，是几个意思？"

江炼回复："我跟你中和中和。"

你乘我就除，你上我就下，你哭我就逗你笑，你难过肩膀就让你靠。

中和中和，就是这个意思。

然而孟千姿一定没懂，给他发了个大砍刀的表情过来。

江炼和神棍的飞机是下午的。

路三明开车把两人送到机场，说是西北那头已经打好招呼了，一落地就会有人接——西北一带现在正紧锣密鼓地巡昆仑山，试图寻找失踪多年的段文希的尸体。在那头坐镇的，是孟千姿的四妈景茹司。

四姑婆景茹司，常年在华山伴山，而华山离着西安不远，某种意义上说，西安是西行的第一站，所以，西北线的事，也该四姑婆出面。

江炼问清了西宁的下榻酒店之后，把地址发给况美盈，约她在酒店见面。

临起飞之前，江炼问神棍："昨晚做梦了吗？"

神棍对他很不满："老问我做梦了没有，你是真指望我梦出个大结局来呢？你怎么不做？"

江炼乜斜了他一眼："我要是能做，还指望你？反正要飞挺久的，你飞机上再睡一觉试试。"

神棍愤愤，说他是江扒皮。

然而没想到的是，这一路上，神棍没有做梦，江炼反做了。

梦见自己被火烧。

熊熊烈焰，迫得他左躲右闪，唯一有一条黑漆漆的路，内里无烟无火，他抬腿就往里跑，忽然听到孟千姿带着哭腔在背后大声叫他的名字。

他心内大恸，想退回来，却再也找不到路了，只能听到孟千姿的哭声，真是哭得他一颗心都要碎了。

江炼醒来的时候，还觉得双眼发潮，胸口窒闷得厉害，身侧的神棍呼呼大睡——不只是神棍，长途飞行，大半个机舱的人估计都睡了。

他再睡不着，打开了机窗的遮光板，触目所及处，心下一怔。

这是，飞临昆仑山的上空了吗？

也许并不是昆仑山，反正西北多山，到处都是雪岭，而高处俯视，分外壮丽，那条条蜿蜒脊脉，真像是匍匐弯曲着的条条巨龙啊。

况美盈和韦彪早了两天到西宁，并不知道山鬼在这儿也有产业，自行订了酒店住下了。收到江炼发来的地址，才又忙着退房、重新预订。

这家新酒店她很喜欢，主要是位置好，靠近市内最有名的小吃街。

放好行李之后，她拉着韦彪去逛夜市。

韦彪其实是不大喜欢西北的美食的：羊肉串的肉块都太大；酸奶酸得要命，要往里头搅白砂糖；馕饼什么的，又太硬了。

总之，都不适合况美盈。她身子太弱，胃也不行，消受不了这些——然而，架不住美盈喜欢啊。

韦彪只得全程跟着，偶尔劝两句，幸好况美盈于各色小吃都是浅尝辄止，并不大吞大嚼。

且走且停，况美盈又被一处小吃给绊住了。

叫狗浇尿饼。

韦彪真是没好气："哪有饼叫狗浇尿的，这都是瞎起名字，博眼球的。"

况美盈偏跟他对着干："那我爱吃。你不喜欢，你走开点好了。"

韦彪悻悻，狗浇尿饼制作需要时间，他老实在边上陪等。

正等得无聊，忽听不远处有人喝骂。抬眼看时，就见一个干瘦男人一脚踹翻一个满头白发的老头，嘴里骂骂咧咧："死别处要钱去，别挡我做生意！"

邻近人等只淡淡一瞥，又各忙各的了——今人习惯不管闲事，要饭的嘛，打了骂了都没关系，总不见得他会闹事维权。

况美盈却大怒，喝了句："你干什么？"

她是素来敢见义勇为的，虽然自身没什么战斗力，但从小到大，身边作陪的不是江炼就是韦彪，无惧任何黑恶势力。

她边说边往那头走，这头的饼已经好了，装袋递出，韦彪赶紧接了，随后跟上。

到了近前，况美盈怒视那男人："人家要钱怎么了，不给也就算了，怎么还打人呢？"

那人见只是个娇弱女子，冷笑一声，正想戗她两句，忽见她身后站过来铁塔一样的一条汉子，登时气短三分，嘟囔了句"关你什么事"，匆匆退回店里。

况美盈也不嫌脏，俯身去扶那老头："大爷，你没事吧？"

这老头看起来得有七八十岁了，让她想起刚过世不久的太爷况同胜，移情使然，怜悯之心更甚。

那老头抬头看她。

况美盈猝不及防，吓了一跳。

这老头，竟是个瞎子！

说是瞎子也不确切，但他面颊干瘦，两只眼睛里长满了白苍苍的翳，这一抬眼，仿佛翻的全是眼白，吓得况美盈哆嗦了一下。

但她很快镇定下来，顺手从韦彪手里拿过那袋饼递过去："大爷，你要是没东西吃，就吃这个吧。刚做的，还热呢。"

那老头摸寻着接了，说了句："姑娘好心人，好命人哪。"

这"好命"二字，一下子勾动了况美盈的心事，她苦笑了一下，低声说了句："好什么命啊。"

忽然间意兴阑珊，也没了逛夜市的心情。她看向韦彪，示意他，自己想回去了。

才走了两步，那老头在背后叫住她。

况美盈回过头。

怪了，明明是个瞎子，她却觉得，那老头在端详她。

过了会儿，那老头点了点头，说了句："胎里祸患，但有贵人相助，可过坎过劫，姑娘好命人哪。"

【05】

黄山，山桂斋。

不同于市区里那所装饰得富丽堂皇的养生馆，这儿才是山鬼真正的总坛。

这是一幢很老的建筑，位置偏僻，深居山内，始建于唐中期。修筑伊始，就考虑到了兵灾战祸，所以并不雕梁画栋，筑屋材料选用了沉重的条石，地下广掘空间。真需要逃离时，所有人轻装离斋，家什、细软藏进地下，地面先放一把火，自砸门窗，反正屋架牢固，不会造成什么实质性的损坏——先下手为强，只是叫那些兵匪知道，这儿已荒废了，没什么可烧抢的了，您别处瞧瞧去吧。

待兵灾过去，重新拾掇一番，又是屋坚舍固一大宅。

而且，山桂斋深谙"以山藏宅、以屋藏屋"之道，外人从未见过它的真正门面，今时今日亦如此。进门时只不过是普通度假村，车子在里头七拐八绕之后，才会驶进真正的中心。同时，也驶进古老的岁月、不间断的传承。

时近深夜，冼琼花走在山桂斋曲曲折折的鹅卵石小道上，斋内虽然已经引入现代家居，但仍最大限度地保持了古色古香，别的不说，花园里的照明喜欢用烛火，那些错落的假山石间，或高或低，或前或后，都燃着被透明挡风罩护着的幽幽烛火，偶尔能听到"噼啪"一声烛花爆裂的声响。

冼琼花喜欢这感觉，外头的世界争分夺秒，但踏入山桂斋，会让人觉得岁月冗长，风景这边独好。

她走到一间大屋的门口，伸手叩门。柳姐儿很快应了门，顾不上跟她打招呼，就朝屋里报备："七姐儿来了。"

进门就是客厅，高荆鸿和仇碧影正围桌而坐。

高荆鸿穿绿色的真丝绑带家居睡袍，正拿镏金贝壳柄的小茶勺轻搅面前的茶汤，仇碧影却穿件松松垮垮的大黑T恤，手边摆啤酒、咸水花生米，还有好几碟凤爪、鸭脖卤味。

冼琼花跟仇碧影打招呼："五姐还没走呢？"

仇碧影说："走了从不惦记这儿，来了又想赖着不走。"

又招呼她："来尝尝我店里的卤味，今天刚快递来的。"

冼琼花对卤味没兴趣，掏出烟来，先看高荆鸿："大姐，不介意吧？"

高荆鸿说她："你也少抽点。"

边说边拿手在鼻端扇了扇，好像那烟味儿已飘过来似的，还吩咐柳姐儿："把土空调打开，给屋里透透气。"

柳姐儿应了一声，先拿了个烟灰缸过来给冼琼花，然后弯下腰，手指抠进地里，用力拎起一个菜碟大小的石盖。

有"飕飕"的冷气自下头蹿上来。

这是老徽州一带富贾官家流行的土空调，原理是在下头挖个一两米见方的地窖，利用恒温地气，再引来山泉水，带动空气对流影响室温，虽说跟现代空调的制冷效果不能比，但胜在清凉天然。

古人的智慧也是不可小觑的。

做完这些，柳姐儿走到屋子另一侧角落处的椅子上坐下，拧亮台灯，自顾自戴上老花镜，又拿起绣绷、绣针——她的绣工好，女儿把她的绣件挂上淘宝店，好多人排队等着买。

她不缺这钱，但被那些素未谋面的人念盼，很有成就感。

冼琼花把目光自柳姐儿身上收回，吸一口烟，缓缓吐出，低头看土空调口处冒上来的丝丝白气，耳畔传来茶勺和杯壁磕碰的轻响。

高荆鸿问她："姿宝儿睡了？那伤，没大碍吧？"

冼琼花"嗯"了一声："从小那些山味奇珍不是白吃的，就差把她养成'药人'了。这种伤，还扛得住。"

仇碧影问她："那个江炼，又把小千儿给救了？"

冼琼花点头："这趟要不是他，真要给你们报丧了。"

仇碧影喃喃地说了句："这都两回了啊。"

冼琼花把烟灰磕进烟灰缸里："以后，姿姐儿要是真和他好，我也不好说什么了。我早说过,有些事,要么别叫它发生,一旦发生了,你还止得住吗?这回跟上回还不同。"

高荆鸿停了手,慢慢把茶勺取出,搁在茶搁上:"葛大……还找不着呢?"

仇碧影嗤之以鼻:"大姐,你就别惦记他了。一个流浪汉,今儿在这儿,明儿在那儿,满中国乱跑,居无定所。这种的,上哪儿找去?再来两三个万烽火帮忙,也没办法啊。"

高荆鸿纠正她:"不是满中国乱跑,人家葛大先生,只在长江北转悠。"

仇碧影给自己倒酒:"长江北……还小吗?葛大要还活着,你算算他多大了?没八十也七十好几了吧,说不定已经过身了。再说了,他眼睛好的时候都看不出来,眼瞎了还能看出来?"

高荆鸿叹气:"我就是想问问,那些话到底是什么意思。当年那事,做得对不住姿宝儿。她那性子,一直别扭着,你看不出来?"

冼琼花苦笑:"怎么看不出来?拿人手短,吃人嘴软,做了不地道的事腰都弯——姿姐儿跟我说硬话,我都不敢回她。"

仇碧影有同感:"谁不是呢。"

高荆鸿沉吟了会儿,心中一动:"你们说……那个神棍,行吗?老七,当初是你去查他的底,你觉得他怎么样?"

冼琼花想了想:"人品没问题,朋友关系什么的,也都是真的……"

高荆鸿打断她:"关键还是看能力。"

"要说能力,这一行,也确实是他资深了,跟段娘娘一样,半辈子都扑在这些怪事上。虽说他不会打卦看命,但路子肯定比咱们多。姿姐儿不是也说过吗,咱们的山胆,专往他手上落——人不可貌相,我看,也是个有来头的。"

高荆鸿点了点头,顿了顿,试探着说了句:"要么,让他查查看?"

昨儿飞机晚点,江炼到酒店时已是半夜,匆匆跟况美盈打了招呼、办了入住之后就倒头大睡,一睁眼已是日上三竿。

好在酒店的早餐时间还没过。江炼洗漱了出来,路过神棍门口时,抬手敲了敲——人在的话就叫上他一起,不在嘛,那估计是先下去吃了。

敲了两下,门开了。

江炼被神棍的形象吓了一跳。这人头发蓬乱,眼神呆滞,眼镜都戴得有点歪斜,两个硕大黑眼圈,透露出些许一夜无眠的意味。

江炼心中一动:"是不是昨晚做什么梦了?"

神棍没好气:"小炼炼,你除了追问我有没有做梦,就没别的话了?我那是搞研究呢。"

江炼探头往里看,这研究的现场还真是狼藉,又是满地纸。

但有面墙引起了他的注意,上头拿四张 A2 纸贴出了一张大图。图上写满了字,画满了线条,字和线条都还分了不同颜色。

江炼拿嘴示意了下那个方向:"那是什么?"

神棍骄傲:"我奋战了一夜的成果,集目前所有进展之大成,还推导出了一些新的联系。"

是吗?那就得好好观摩观摩了。江炼走近前去,一眼就看到图最中央的位置居然画了一座大山。

还没来得及发问,神棍已经拿了房间提供的鞋拔子过来,拔头往那座大山一点:"昆仑山,这是一切的源头,是事情最早发生的地方,也必将是一切的归宿和终结。"

江炼抱住双臂,不太置信地乜斜了他一眼:"这话怎么说?"

神棍说他:"小炼炼,我一早就说过,你得有全局意识。事情最早就是从昆仑山开始的,这儿发生了好几件关键的事。

"第一,神族人在这里聚集,仿佛进行着大撤离、大哀悼。它们点算箱子,把重要的东西放进去,那些物品包括山胆、兽骨、《山海经》正本以及女娲的抟土人偶,等等,很显然,他们不希望这些东西外流,想送走,或者永远封存。

"第二,金翅凤凰死了,巨龙陨落,在这之前,最后一头麒麟也死了。

"第三,有一口箱子被偷走了。这说明,神族人有对头。你还记不记得我做的梦,梦里,两个人鬼鬼祟祟地在山洞里说话,提到凤凰鸾图案的箱子有四十口,还要打听匠工……"

江炼接口:"匠工姓况,你是不是怀疑,美盈祖上就是匠工出身?"

神棍点头:"一般人搬家,会打包箱子,神族人的这场大撤离,一定也需要很多箱子,而且这箱子得特别保险,一般人打不开。

"它们安排了特殊的匠工承制。匠工不止一家,各有手艺。况家负责了其中四十口。而被偷走的那一口,恰好是况家人制作的。我猜况家人的血,其实是特殊的密码,就好像现代有指纹密码箱、眼纹密码箱。况家做的箱子,以血开箱一定是其中重要一环,所以那对头偷走了箱子之后打不开,还得打听匠工。"

江炼恍然:"所以山洞密聊的场景,发生在箱子被偷之后?"

神棍"嗯"了一声:"这对头一定找到况家人,许了什么好处,拉他们入局了,

030

得以成功开箱，因为现在我们都知道，箱子里头的物件四落，而况家人手里，最终只是一口空箱子——这就是当年昆仑山发生的事儿。"

江炼低声说了句："这么一听，况家祖上，像是背叛者啊。"

他看那图，以昆仑山为中心，四个方向延伸出了四条大线。

神棍拿鞋拔子点向其中一条："这一条，是湘西线。湘西线，又分为两条：一是娄底况家，况家人常年居住娄底，俨然普通人家，唯一不普通的是，他们得看守着一口空箱子。一旦失职丢了箱子，他们就会遭到恶疾的反噬，算是跟箱子绑一条藤上了。"

江炼心头涌起一股不明的情绪——况家人长久以来，都把这任务完成得很好，直到七十多年前的那次举家逃难……

话又说回来，况家人没出意外，今时今日，他江炼也不会站在这儿了。

神棍继续往下说："二是悬胆峰林，涉及青铜支架、山胆、结绳记事以及洞神。"

江炼细看图上的字，神棍提到的这些，各有对应。

青铜支架——蚩尤族人

山胆——山鬼

结绳记事——花瑶

洞神——水精，白水潇

湘西线就说到这里，神棍点第二条："这是广西线。"

广西线就发生在几天前，记忆犹新，无须赘述。

图上，广西线也有两条分支：一条是镇龙山，有龙骨残片；一条是凤凰山，有凤凰翎。

而凤凰山的对应也不少：定水困对应水鬼，棺材和尸骨对应九铃盛家，青铜盖对应蚩尤族人。

神棍说："还记不记得昆仑山陨落的巨龙？我认为，这巨龙的骨架是被烧了，不然，不会有龙骨灰和龙骨残片的说法，而只有凤凰翎烧出的火焰才能点燃龙骨。很显然，龙骨是柴，而凤凰翎是引燃物。"

江炼心中一动："凤凰眼里，段太婆拿走了一根凤凰翎；水下洞穴里，留有五六十根。但一只凤凰的羽毛，绝对不止这么点儿！"

神棍夸他："没错，小炼炼，我跟我们解放曾经朝夕相处。你别看它只是只山鸡，身上的毛，绝对有上千根。一只金翅凤凰，怎么可能只有五六十根毛？唯一的解释是，这五六十根，是特意留下来的。那么问题来了，留就要留全套，凤凰翎是用来烧龙骨的，既然留下了部分凤凰翎，就一定还留下了部分龙骨。"

没错，江烁又想起神棍的梦里，那段山洞密聊：

一个人问："龙骨呢，怎么是一包灰？"

另一个答："这是烧过的，我全刮来了。另外的实在找不到，不知道被他们藏哪儿了。"

这段对话，其实很清楚地表明：这世上的某个地方，还藏有部分龙骨。

龙骨，凤凰翎，箱子……

江烁心头蓦地一跳，有个念头迅速成形，他脱口说了句："那些箱子会不会是被烧了？"

神棍没反应过来："啥？"

江烁心跳得一阵急过一阵："不是有很多箱子吗？一直以来，我们只找其中一口，那么其他那么多箱子都去哪儿了呢？

"龙骨是柴，凤凰翎是引燃物。那烧龙骨，到底是为了烧什么的？会不会是把那些箱子里的、它们的那些研究和发现，通通付之一炬？而之所以留下了部分凤凰翎以及部分龙骨，是因为有一口箱子被偷走了！"

留下的凤凰翎和龙骨，是为那口被偷走的箱子准备的。

他顺着这条思路想下去："还记得我们聊过吗，有人故意让这口箱子五马分尸，让不同的人带走箱子里的物件，甚至连空箱子都有人保管，还使得这些人互不往来，是为了什么呢？"

神棍倒吸一口凉气。

当时想不明白，现在约略懂了。

是因为如果这些东西聚到了一起，装进了箱子，再加上龙骨、凤凰翎，焰头燃起，一切就会被焚毁，烟消云散。

所以箱子里的物件被拆得七零八落，不太重要的，譬如兽骨和铃，就任由它四散，关键点的，像山胆和凤凰翎，就藏得极隐蔽……

神棍忽然想到了什么："那龙骨呢？"

江烁沉吟："龙骨，可能这对头并没拿到，因为你的梦里，有一段剖腹抽肠的场景，看起来，很像是事发被问罪，那人大概是个奸细，协助那个对头偷到了箱子、拿到了凤凰翎，但还没来得及打听到龙骨的所在，就东窗事发了——不然你想，一大堆箱子，从外观来看有四十口是相同的，那双从浓雾中伸出的、偷箱子的手，怎么就那么精准，一下子拿走了想偷的那一口呢？没有内应的指引，是绝对办不到的。"

神棍怔了半晌，这才想起话还没完，于是拿鞋拔子去点第三条线："这一条，是七块兽骨线，是我的私心，单列出来，因为跟我的几个朋友有关，但这条线，也是目前线索最少的。

"我怀疑，当初七块兽骨出了箱，七道戾气放出，就直接入了世，再也没归过位了。那七块兽骨，也被随意丢弃，它们的下落如何，只有巴梅法师解读出的那句话。"

——眼睛会受蒙蔽，但手会帮你认出它们。

神棍近乎惆怅地看着那条线。这件事儿，他还一直没跟那几位朋友说呢，因为曹严华，即梅花九娘的徒孙，有句名言："愿这世上，躲不过的惊吓都只是一场虚惊，收到的欢喜从无空欢喜。"

事情还不确定，他不想咋咋呼呼，送自己的朋友们一场空欢喜。

他叹了口气，目光落到第四条线上："这一条，是水鬼线，也分两个支线。一是金汤穴，二是漂移地窟。

"这就是目前，整个事件的架构。事情可以说是从水鬼这个点爆开的。本来因着祖师爷的遗命，他们是一直老老实实当傀儡的，结果二十多年前的一场漂移地窟之行，酿成了惨剧。"

江烁接下去："他们开始怀疑祖师爷，找到了山鬼。千姿为了帮忙，去湘西查看山胆，而我恰好在那儿为了美盈钓蜃珠。"

谢天谢地，如同支流汇入大河，他在那儿找到了正确的路子，否则，恐怕时至今日还在武陵山苦苦钓蜃珠，每天捧着残破的画面苦思冥想呢。

神棍长吁一口气："我还没讲完呢。这些事情之间，互相又有着隐秘的关联，比如洞神，它在临死之前，不惜牺牲白水潇，对外放出了重要讯息，应该就是通知漂移地窟里的那些'它们'，事情不妙。整个漂移地窟，现在大概都已经藏到了最严密的地方，水鬼再怎么找也找不到了。

"整件事里，还涉及三个非常重要的人。

"一是阎罗，其实整个大布局中，从来没有他。他是一个意外，误打误撞，作为况家的支线插入进来。他拿到了箱子，拿到了关于凤凰翎和龙骨残片的指引，甚至去了昆仑山，吞吃了麒麟晶。但他的经历，反而给了我们启发——如果漂移地窟里的那些类似葡萄串的就是麒麟晶，阎罗是怎么都不可能进入漂移地窟的，水鬼进去，还死了那么多人呢，何况是阎罗？

"阎罗入了昆仑山，可见昆仑山里一定有什么通道，也能通往漂回原地的漂移地窟。

"二是段小姐，她一定有着特殊的作用，阎罗才会千方百计、不惜将大秘密拱手奉上，也要诱骗她同去昆仑山。只是这作用是什么，我们还不知道。

"第三个，就是我了。"

说到这儿，他满目茫然："我到底是谁，我在这整件事里，又是个什么角色呢？"

【06】

江炼能理解神棍的困惑，甚至能隐约嗅到这困惑里带着沉沉的压力。

因为从他一连串的梦境来看，神棍，抑或神棍的祖上，当年扮演的角色，似乎不是那么伟、光、正。

尤其是，在这梦里，神棍有被剖腹抽肠的记忆，什么人会遭此酷刑？江炼觉得，诸如"奸细""叛徒"的字眼，已然呼之欲出。而且，神棍成年之后，肚腹长出的那条像是被抻长的"S"形胎记，实在也太像剖腹之后的伤口了。

还有，阎罗体内的那个人，曾诡异地表示"认识神棍"，并画了一张似乎是两个人交递箱子的图，也许再现的，就是当年偷箱子的事。

江炼笑笑："你是什么角色，迟早会水落石出，但是，用不着为这个有压力——祸不及子孙，事情都过去多少代了？况家的祖上，还是背叛者呢，难道现在要美盈去赎罪？"

甚至还有山鬼、水鬼的祖上，看起来，都是偷窃窝赃这一派的。

神棍没吭声。

祸不及子孙是真的，但万事有因果，子孙说不定会被很久之前种下的因连累：况美盈身上的病，还有水鬼遭的殃，难道是现世报应？还不是为很久很久之前某些人的所作所为买单吗？

早饭过后，江炼见到了昆仑归山筑这头给他安排的对接人。

是个年轻姑娘，跟况美盈差不多大，长得很秀气，白皙甜美，不像西北佳丽，倒像江南美人，名字也好听，叫"陶恬"。

况美盈和她几乎是一见如故，聊了没几句就已投缘得不行，话题甚至一度延伸到了日常穿戴、粉底色号。

江炼却有点不自在，一直以来，他接触到的山鬼，例如柳冠国、邱栋、路三明、貔貅，等等，都是男人，同性打起交道来比较不受拘束，而且，昨晚接机的人明明是个年轻小伙子，怎么今天就换了呢？

但他也不好说什么——安排专人跟你对接，已经不错了，你还挑什么男女肥瘦？

陶恬给他带来了昆仑山的山谱打印版。一看数据标注，江烁就知道之前那什么"神棍当探针，美盈做辅助"的想法有多么不切实际了。

昆仑山是个大山系，西起帕米尔高原，横贯新疆、西藏，延伸至青海，全长差不多在2500公里，总面积在50多万平方公里，这还没算高度——人家平均海拔五六千米，很多区域怕是亘古以来无人涉足。

这么大的面积，靠神棍这根时灵时不灵的探针，得探上好几年吧？而且，别说况美盈那小身板了，她就是辆血车，那血也不够洒的啊。

江烁茫无头绪，对着山谱沉默良久。

陶恬不明就里，还在认真地给他介绍情况。她指向一处打红点的地标："这是万烽火那头提供的、二十世纪七十年代时见到段太婆的地点，但这个地点，对我们来说，没什么实际意义，因为你根本不知道，段太婆循着那个方向，是走了几公里、几十公里，还是几百公里。

"目前，我们的重点还是昆仑山的青海段，重中之重是三江源那一带，前期进山人员两百名，都来自昆仑山的大归山筑——你别看两百好像挺多，一旦散布开，少得可怜，加上高海拔地区行动不便，四姑婆还在考虑要不要再加人。

"我是负责你们这条线的，四姑婆说你们也在找东西，让我少问多做事，全力配合。你看，你们是想从哪儿开始找？确定了之后我安排调度，最早明天就能出发。今天剩下的时间，我建议你们补充点装备，主要是衣服鞋帽什么的，西宁还是夏秋，昆仑山可是早就入冬了。"

江烁沉吟了一会儿，指向三江源："我们也从这儿开始吧。"

想了想，又问陶恬："会和四姑婆碰面吗？"

陶恬点头："大家都在那一带。就算没碰上，车子过去，你总得打声招呼吧，神先生是孟小姐的三重莲瓣，四姑婆还惦记着见一见呢。"

江烁犹豫了一下："四姑婆这人，好相处吗？"

陶恬嫣然一笑："好相处，四姑婆这人，对谁都是笑眯眯的，从来没听她说过一句重话。"

说到这儿，压低声音："但我们私底下都叫她'笑面虎'。她是那种，和你笑过，刚转脸就能治你的人，你得小心点。"

说到这儿，脸颊泛红，似是为自己说了姑婆的小话而不好意思，眼睛左瞟右瞥的，很是可爱。

江烁笑了笑，说："谢谢你了。"

送走陶恬之后，他仰躺进沙发里，双手捂脸，长叹一口气。

孟千姿，怎么会有七个妈这么多啊？

再不入长辈眼的毛脚女婿，也最多就挨一个妈削，他倒好，一个接一个的。要是七份"荣宠"也就算了，这摆明了，是七种花刀啊。

这一天过得闲适，主要是购买衣物，江炼原本想把神棍那一份给包了，哪知人家有山户一力承办。

三重莲瓣，果然待遇不同。

到了晚上，况美盈又拉几个人去夜市。她昨天已经逛完一趟了，兴致不减，极力向江炼和神棍推荐，说起好吃的如数家珍，就跟那夜市是她家开的似的。

神棍很有兴趣，他十多年前来过这儿，也逛过夜市，很想故地重游一番，江炼却推说有事不去。

况美盈最喜欢一大拨人热热闹闹的，江炼不去，热闹就减了四分之一，她嘟了嘴，说他："你最扫兴了。"

江炼其实是跟孟千姿约好了要视频。

头一次约，还有点放不开，委婉地说是跟神棍又理出些头绪来，要给她讲讲，以免她缺课太多。

看来即便确定了关系，也势必有一个从装模作样到没脸没皮的过程。

回到房里，江炼购物袋一放，先给孟千姿发微信："现在空吗？我打过来？"

孟千姿回他："批准。"

批准什么批准？这什么态度！

江炼觉得不能太纵容她，于是停了足有一分钟，才拨过去。

屏幕上，孟千姿正倚坐在大床上，穿缎面短袖的家居服，长发披落，带些许卷儿。

孟千姿其实不是卷发，这势必是辛辞的手笔。

再仔细看，她其实是化了淡妆的，嘴唇上泛微微釉光。江炼喉头微干，很想去吻，鞭长莫及。

她还假模假样了一番，问他："我是不是气色很差？唉，躺着养病，真的是，蓬头垢面的，头都没洗。"

这要是人在跟前，江炼真想上手掐她。从前他觉得，有电话、有视频，跟见面也差不多，现在知道是自己浅薄了，对有些人，你永远不满足于只听见声音和看见画面。

他想念她的气息，想念手指绕进她发间时的柔韧丝滑，也想念拥她在怀时，那种温软、自然和熟悉。

所以他不戳破她，也不顺着套路让她得意，只笑着看她，问她："伤好点了？"

"这才几天，哪里就好了，出入还都是轮椅呢。你呢，你们要进山了？"

江炼点头："进山碰碰运气吧，总不能干坐着。"

孟千姿忽然想起了什么："不是说和神棍又理出些头绪来吗？是什么？"

哦，对，差点儿把正事给忘了。江炼心中顺了下逻辑，把事情一五一十地向孟千姿讲了。

孟千姿的理解永远粗暴但干脆："所以说，神族人有了分歧，分成黄帝和蚩尤两派，蚩尤战败之后，黄帝开始焚箱——他干吗要把这些东西烧掉呢，都是无数代积累下来的心血啊。"

江炼说："我倒是挺能理解的。神族人一直以来被当成神来膜拜，他们有着远超于人族的文明、认知和力量，能够驾驭和使用那些神奇的物件。

"但是，一旦成为普通人，他们会失去这种控制力，也没法保证这些物件不会落到别有用心的人手上——某些物件的使用，是需要有着与之对等的认知和文明程度的。就好比七根凶简，据说可以控制和改换人心。某些心术不正的人得到，怕是会把所有人都变成自己的奴隶。"

孟千姿若有所思："也就是说，黄帝认为，当时的人文明程度太低、认知太浅薄，得到这些东西，对人族来说不是什么好事，甚至有可能引发灾难？"

江炼点头："黄帝也许是想完成最平稳的过渡，物竞天择，适者生存，神族就是被自然规律淘汰了，不想彻底毁灭的话，唯一能做的，就是把自己变为人，接受人的起点，适应人的步伐，不拔苗助长，不去扰乱人类正常的发展轨迹。因为未来有一天，人类的发展水平不会低于当年的神族，甚至会高过他们。"

孟千姿失笑："黄帝真是这想法的话，确实挺有胸襟和气魄的，但蚩尤一方激烈反对，也可以理解，怪不得他们会去偷箱子。"

江炼提醒她："蚩尤方偷的不是随便哪口箱子。他们是有目的性的。那口箱子里，有对他们来说至关重要的东西。"

孟千姿想了想："是水精吧。"

水精是他们灵魂不灭的关键。

江炼"嗯"了一声："他们一定买通了黄帝部族的某个人做内应，而买通内应不难，即便是追随黄帝的人，也可能有私心，不愿意放弃曾经的辉煌。"

孟千姿喃喃道："箱子里有水精、山胆、兽骨……"

说到这儿，忽然觉得不对："山胆制水精，这两样东西放在一起，水精不会被秒杀吗？"

江炼笑笑："这就要说起那口箱子了，那口箱子的材质应该也很特殊，你记不记得，黑三爷曾经拿斧头砍过那口箱子，结果连个豁口都没留下，那口箱子应该起到一种抑制和屏蔽的作用，那么多物件放进去，本身的属性被抑制住了，所以能够共处一箱、相安无事。"

孟千姿好笑："那等蚩尤一方的人打开箱子，发现山胆也在，不是吓得脸都白了？"

江炼吁了口气："所以山胆和水精得分开，山胆被藏得那么严实，附近还有洞神监视着。"

孟千姿心中一动："那凤凰翎呢，凤凰翎也被藏得很严实啊。"

她边说边看向屋内的一个保险柜：神棍从江炼身上收拾到二十多根凤凰翎，而她身上粘得更多，有三十来根，都会集到一起，先由她带回山桂斋了——保险柜很严实，但永远遮盖不住那晕光，云团般在那个角落氤氲。

白天的时候，柳姐儿还在外头嚷嚷，说千姿的房顶上怎么跟有七彩祥云似的。

孟千姿可算是理解凤凰翎那儿为什么要动用定水囷和尸骨去遮盖这流光了，幸亏山桂斋深处山内，地势较偏，这要是放在闹市，得引来多少搞直播、拍抖音的啊。

江炼说："凤凰翎能不藏吗？黄帝发现箱子被偷之后，留下了部分龙骨和凤凰翎，这很明显是要设法安排再次焚箱的。蚩尤一方最理想的情况就是偷到龙骨和凤凰翎，用凤凰翎烧了龙骨，这样，那口箱子没了天敌，永远安全了。"

孟千姿恍然："但是他们只偷到了凤凰翎，找不到龙骨，所以只能把凤凰翎藏好……其实，他们也可以毁了凤凰翎啊。"

江炼摇头："没那么容易，山胆没出现之前，祖牌是没法毁掉的。这些物件材质都很特殊，不是说毁就能毁的，人家说凤凰浴火，反正你手头有凤凰翎，不妨拿一根出来做实验，恐怕是烧不掉，也毁不掉——我猜，凤凰翎去烧龙骨，能产生什么化学反应，双方互毁。"

原来如此，找不到龙骨，留下这么大一个隐患，难怪蚩尤一方要把那口箱子拆得七零八碎，想让它万世不聚。这用心，不可谓不深了。

孟千姿嘀咕了句："怎么我就想不到这些弯弯绕绕的。"

江炼笑："你不是不在吗？我也是和神棍讨论了好久，才有这些结论的。"

孟千姿倒是很实在："我看就算我在，也是一会儿看你，一会儿看他，只有听你们讲的份儿。"

冼琼花临睡前，惦记着再去看看孟千姿。

她穿过小院，绕过假山，正要拐上连接院落的廊道，忽然听到身后有人叫她：

"七妹。"

是仇碧影，冼琼花停下脚步，顺手正了正面前假山洞里一盏烛火的挡风罩。

仇碧影过来，左右看了看，压低声音："我刚跟老四打完电话。你知道吗，老四玩了手阴的？"

冼琼花一怔。

"她把咱们昆仑的归山筑一个最漂亮的单身小姑娘，调去对接江炼了。"

冼琼花脱口说了句："色诱？"

仇碧影不满地看了她一眼："说什么呢，你把我们山户的女娃娃想成什么人了？老四的意思是，小千儿现在跟江炼不在一处，谁知道江炼会不会偷腥呢？调个漂亮小姑娘过去，没准儿江炼去招惹她呢？这样，问题不就迎刃而解了吗？问起来，我们什么都没做，是江炼把持不住。"

冼琼花没好气："多此一举。"

她甩下仇碧影，大步进了孟千姿的院子，进了大厅，转向卧室。到门口时，就见孟千姿的房门半开，辛辞和孟劲松站在门口，窸窸窣窣，正说着什么。

冼琼花悄无声息走近。

就听辛辞说："我到千姿身边一年多了，连本书都没见她翻过……头一次见到她这么下功夫。"

孟劲松难得和辛辞意见一致："谁说不是呢，千姿从小到大就不是聪慧型的，一路低分过关。"

越说越不像话了，冼琼花轻咳了一声。

两人忙不迭回头，孟劲松自知失言，脸色略变，辛辞幸灾乐祸，心说：该！叫你说千姿的小话。

冼琼花透过门缝朝里看，就见孟千姿坐在床上，马尾高扎，正认真翻着什么，身侧都是大大小小的书籍。

冼琼花奇怪："大晚上的不早点休息，这是干什么呢？"

孟劲松说："刚突然让我们把段太婆当年的记录什么的都搬来，说她要研究。劝不住。"

冼琼花"嗯"了一声，抬脚进屋，防这俩再偷窥，顺手关了门。

孟千姿听到声音，抬眼看过来，喊了声："七妈。"

一听这语气，就知道她必是心情不错。

冼琼花笑了笑，推开一堆书，在床边坐下："这是干什么，都是老物件，堆成这样，把床都弄脏了。"

孟千姿说："我是想着事情跟段太婆有关，翻翻她曾经的记录，说不定能有收获。"

说到这儿，又看冼琼花，犹豫了一下，问了句："七妈，我是不是……有点笨啊？"

冼琼花说："怎么会，哪儿冒出的这想法？"

孟千姿垂下眼帘，指甲轻轻抠册页："我就是觉得，每次有什么进展，发现什么线索，都是江炼和神棍在说，我从来都迟人半步……七妈，你说江炼会不会嫌我笨啊？"

冼琼花骂她："你又胡说八道，你干吗跟这两人比？神棍这一辈子，都在遇事解谜，人家当然比你经验丰富。至于江炼，不是说他是被况同胜训练来做事的吗？要的就是眼快脑也快。韩信会打仗，萧何能治国，还不是刘邦做皇帝？这俩再聪明，一个是你的三重莲瓣，一个是你的……"

她一时卡壳。

孟千姿却顺杆子爬了："一个是我什么啊，七妈？"

冼琼花瞪她，她却笑嘻嘻去拉冼琼花的衣服，无意间带倒身侧一堆书，有一本里头，一连滑出好几张夹着的照片。

孟千姿捡起了看，那是一张合影，女的是段太婆，时年四十来岁，男的却是个英俊的年轻小伙子。

冼琼花看她那表情，就知道她在往歪处想："多半是你段太婆的助理，她每到一处，都会留影的。"

孟千姿"哦"了一声，又捡起一张。这一次，是三人合影，中间的是段太婆，右手边是个矮小干瘦的老太太，左手边却是个十七八岁的靓丽小姑娘。

背面有字，写着："黑苗蛊王及其传人阿木理（音译）。"

孟千姿"啧啧"道："黑苗蛊王哎，我段太婆真是见过太多牛人了。"

冼琼花好奇："我看看。"

她接过那张照片，看了两眼就搁下了，正要说什么，像是忽然断片，过了会儿，又拿起那张照片，看着看着，眉头渐渐拧起。

孟千姿心头忐忑："七妈，怎么了？"

冼琼花说："这个阿木理，看起来挺眼熟的……"

她忽然想起来了："当初，我着手安排人查过神棍在有雾镇的宅子。他的床头还是书桌上，放了张照片。照片上的女人，跟这个阿木理很像……"

孟千姿心中一动："你是说神棍那个假想的女朋友？她是黑苗蛊王的传人？神棍知道这事吗？"

冼琼花觉得她问得好笑："神棍知不知道这事，你该问他啊，怎么反来问我呢？"

神棍没能接到孟千姿的这通问询电话，他出来逛夜市，压根儿就没带手机。

彼时，他正和况美盈坐在一家烧烤店外撸串儿，而韦彪被打发去给两人买酸奶。

吃得正欢时，韦彪拎着打包的酸奶回来，一人分了一杯，又向况美盈说起路上见到的："美盈，昨天那瞎眼老头你还记得吗？居然是个算命的。"

况美盈当然记得："他说我好命呢。"

又转向神棍："神先生，你说，算命的话能听吗？"

神棍还没来得及答话，韦彪又插了句："我随口问了句多少钱一算，他说起步三百，三百！这抢钱呢，人家五块、十块钱就能算——怪不得他穷成要饭的，一点儿都不脚踏实地。"

况美盈没吭声，倒是神棍怔了一下："三百？"

"对啊。"韦彪愤愤，仿佛那老头已经把他的钱诈了去似的，"那些本来想算着玩的人一听，都骂他神经病。"

神棍追问："那他被骂，是什么反应？"

"无所谓呗，就一副很清高的模样。"

神棍一颗心突突跳："他有什么特征没有？"

况美盈答了句："瞎子啊，他两只眼睛里，长满白茬茬的翳，怪吓人的。"

神棍连串儿也不吃了，腾地一下站起身："他在哪儿？"

韦彪吓了一跳，下意识指向街口。

神棍拔腿就往那头跑，跑了一小段又回来："钱，钱，三百。"

韦彪赶紧掏了递给他，神棍攥着钱，直奔街口。

近前时，果然看到一个七八十岁的老头儿席地而坐，歪着头，似在打瞌睡，身下垫了块脏旧的看卦布，而布面上有个空空的破瓷碗。

神棍一语不发，径直把钱投进了碗里。

那老头没动，却有近乎沙哑的声音飘了上来："客人看什么？"

神棍说："看看……我的命。"

那老头抬起头，圆睁着长满了翳的眼，端详了他好一会儿，说了句："半生漂泊，半世安稳，好命，长命。"

神棍舔了舔嘴唇："能看来历吗？"

老头"嗯"了一声："姓什么？"

神棍答了句："姓神，不不，姓沈。"

老头"呵呵"笑起来："你这不是胡说吗？都是凡人，哪有姓神的？沈家人万万千千，也没你这号啊，三百块，就这么多了。"

041

说着，老头起身，摸起卦布，揣上钱碗，竟是要走的架势。

但这话没错，沈木昆，本就是"神棍"的谐音拆字，是他当年作为盲流要落户时，给自己起的像模像样的名字。

神棍喉头发干，问了句："那我姓什么？"

老头像是没听见，只蹒跚着往外走。

神棍大急："你是不是葛家人？传说中一世走江北的葛大？葛大先生，你知道我本家姓什么吗？我是被扔在一个小村口的，我从来不知道本家姓什么。"

葛大身子一停，顿了顿，重又迈步往前走，神棍听到，有喑哑的声音缓缓飘来："十豆穿衣衫，桔木伐倒来种杉，八百年岁一圣贤……"

这是字谜。

神棍的脑子飞快地转着。

十豆穿衣衫，是个"彭"字。

桔木伐倒来种杉，还是个"彭"字。

而八百年岁一圣贤……

那老头的最后一句话幽幽而至："你祖上，姓彭。"

【07】

江炼已经睡下了，又被夜市归来的神棍给拽了起来。

这感觉颇不好受，脑子昏昏沉沉，眼皮耷拉欲合——都说起床气难忍，起床气至少是睡足了的，哪像他这样，床铺都没焐热乎。

江炼拿手去揉展眉眼、面颊，喃喃低语："一个算命的，封建迷信，你怎么会去相信一个算命的？他说你姓彭你就姓彭？当然了，姓盆、姓碗是你的自由……但你不能一听说自己祖上姓彭，就把自己往彭祖身上靠吧。"

彭祖那是谁，传说中的华夏第一长寿之人啊，号称活了八百岁。这岁数，没准儿有炒作的成分，但人家极其长寿那是没说的。

八百岁，不知道跟近些日子以来频繁唠叨的自体繁殖有没有关系。

神棍纠正他："小炼炼，你不能一听说算命的，就以为是村口那种花言巧语、招摇撞骗的神汉。我告诉你，算命的分三种。"

他掰手指头："第一种，纯骗子。五块、十块算一卦，信口胡说，全靠蒙。

"第二种，其实是有点技术含量的，推理派。人家靠的是察言观色、套话技巧。

"第三种，就是葛大先生这样的，纯天赋派。代表人物是唐代的袁天罡和李淳风——这两位可是被唐太宗重用的啊,你觉得人家太宗会被江湖骗子给糊弄了?"

这反驳挺有力道,江炼没吭声,袁天罡和李淳风他是听说过的,还拜读过这两位的大作《推背图》。

据说这两人有一天闲来无事,推算大唐国运,一下子推上了瘾,没 hold(收)住,一推推到了唐之后两千余年,后来袁天罡唯恐天机泄露太多,就推了下李淳风的后背,说,咱们就在这儿 stop(打住)吧。

所以叫《推背图》。

江炼问了句:"这葛大……还能跟袁天罡他们相提并论?"

神棍叹气:"这葛家兄弟,我听说过很多年了,就是一直没机会见到。据说他们擅长'打卦看命',一双眼最厉害——这眼不是肉眼,是心眼。肉眼堕,才能心眼开,所以这两兄弟,都是瞎子。

"葛大为人正派,恪守本分。他兄弟葛二却阴险奸猾,总为了钱做缺德事。葛大一气之下,和葛二以长江为界,一个不入江南,一个不跨江北,死生不复相见了。"

江炼原本是姑妄听之,听着听着,就听入了耳。

神棍说:"关于打卦看命,我还专门关注过。有一次,我在一个论坛上看到一种说法,把看命解释成是利用了维度差异。

"我们这个世界,是三维的,所以大家只知过去,不知未来,觉得未来太莫测了。但这个宇宙不是啊,宇宙也许是四维、五维的,在这样的维度上,未来就是可见的。

"既然可见,那一个人的一生,一目了然,就是一条完整的数据链,而所有人的一生,汇总成一个巨大的数据库——这个数据库不知道存在于哪里,也许在宇宙深处,但它是可以被查看的,只要你能接收到。人脑就是那个接收器,只有绝少部分人的脑子频率是对的,能连接这个数据库,进入浏览。"

江炼听得头皮发麻:"你的意思是,袁天罡他们的推算,其实是他们的大脑连接到了那个多维度时空里的数据库,不断往后浏览?"

神棍点头:"但是,这种浏览有着局限性。一是,只见表象,而不知原因。就譬如他看到一个人在未来的某一时刻正在挥刀砍人,但这人到底是行凶,是见义勇为,还是自卫反击呢?一瞥之下,很难界定……"

江炼"嗯"了一声,这个好理解,就跟现在的某些新闻似的,眼睛看到的,往往只是表象,而非真相,但太多人容易为了表象而兴奋。

"……除非再深入浏览,点击详情,但这种深度查看就难了,非常耗费自身精力,不一定能成功——不过这个砍人的场景一定是确凿发生的,因为被他看到了。

"二是，受他们自己的文明程度制约，即便看到了某些东西，也不知道是怎么回事。

"举个简单的例子，《推背图》中有一象叫'飞者非鸟，潜者非鱼，战不在兵，造化游戏'。有人解读说，这一象描写的是现代战争，袁天罡看到的是现代战争的场景：天上飞的是歼敌机，水里潜的是潜艇——但他是唐朝人啊，没法理解这些，只能如实描述说，天上有东西飞，但不是鸟；水里有东西潜着，但又绝不是鱼。

"现在你知道，为什么我会对葛大先生的话这么重视了吧？他不是信口胡诌，也不是调查推理，他就是'看'见的。听说他们这一行，医者不自医，能帮别人看，却看不到自己以及自己亲近的人，也是挺煎熬的。而且，窥视太多天机，大多会在贫、夭、孤间犯一样禁忌，以葛大的本事，他要是去服务富商权贵，那还不是日进斗金？但他不敢取这财。

"听说早些年帮人看命，一百一次，从不多说，惜字如金。现在涨到三百了，可能经济发展了，人民生活水平提高了，所以收多点——但他收这钱，绝对不会存着，你瞧着看吧，说不定现在已经花光了。"

又喃喃地说了句："很多人寻他、找他，他常年漂泊，也是怕这些麻烦事。我把他认出来了，他怕消息传开，肯定连夜远走，老爷子都这把岁数了，得有……八十了吧，估计不会见第二回了。"

江炼没吭声，他有点后悔。

今晚上为什么没跟神棍去夜市呢，错失了见到一代奇人的大好机会，如果见到了，他愿意出十个、百个三百块，请葛大先生帮忙看看，美盈的箱子找到了没有，他和孟千姿有没有在一起生活，以后生的是儿子还是女儿，小家伙将来是不是有出息……

他突然反应过来，质问神棍："这么难得的机会，你不去问箱子，只问了自己姓什么？"

神棍没好气："不是跟你说了吗？很多详情，他是看不到的，硬看会损他自身。而且，他能跟你讲两句话，已经很不错了。有些人，把钱扔进他碗里，他还会拣出来扔回去呢。"

好吧，江炼已经有点被葛大先生圈粉（网络用语，意为被对方吸引）了："葛大先生既然说你祖上姓彭，那你多半是姓彭。但你这……顺杆爬得也太快了吧，说自己祖上是彭祖，人家彭祖……认你吗？"

神棍翻白眼："我又不是看他名气大碰瓷他。实话跟你说，没参与这整件事之前，我对彭祖就挺有兴趣的。我一直觉得，他是末代……末代……"

他想了想，换了个说法："我一直觉得，他是上古最后一位神祇。"

江炼说了句："就因为他活得长？"

没错，神棍起初有这认知，就是因为彭祖活得长。

一直以来，他都有这么个感觉：上古那些神祇，寿命固然是很长很长的，但并非无穷无尽，否则女娲、伏羲、精卫，等等，早活到现在了——所以，他们还是有个寿限的。

而彭祖，可能是这些神祇里最后逝去的一位，以至于活过了上古，活过了夏商，活在了普通人中间，因而广为人知。

再后来，卷进山鬼的事，知道了自体繁殖，再回头看彭祖，就更加意味深长了。

神棍说："彭祖不是活得长，是很长——中国古代，活过一百多岁的人不少，而且，越往上古去，人的岁数越长，据说尧活了一百四十五岁，舜活了一百一十岁。彭祖要是只活了一百二三十年，在当时不算稀奇，不可能那么有名，还被国人尊为'华夏第一长寿之人'。"

江炼"嗯"了一声："你怀疑寿数八百是真的，他是自体繁殖，也是神族人？还有，你强调他是'末代''最后一位'，是有所指吧？"

当然有。

神棍有点激动："神族人被自然选择淘汰了，这淘汰是一个过程。神族人也有老有少，必然有人先死，有人后死，考虑到它们的寿命都很长，这'先后'，可能会相差好几百年。"

说到关键处了，他一颗心跳得厉害："你如果是黄帝，焚箱这件事儿出了差错，有一箱子关键的物件失窃了，你要想办法追回弥补，你会派谁去？"

江炼说："最……精明能干的那个人？"

神棍叹气："小炼炼，你脑子挺灵的，怎么一到关键时刻，就长了个憨脑壳呢？再精明能干，活不长有什么用？"

江炼一下子反应过来："最年轻的那个？"

"那必须啊！黄帝一族长居中原，但蚩尤族人流亡，进的可是湘西、贵州、云南这种当时的绝地，黄帝一族根本就不了解，而且，箱子又被拆得七零八落，这儿藏一件那儿收一件，找回箱子、找回凤凰翎，能是一时半会儿的事儿吗？

"再加上时间越长越难找，因为知情人陆续死了，而这个秘密，根本没有向后人透露——这一会儿广西，一会儿湘西，一会儿昆仑，想把这些全部串联起来，理出个头绪，那简直是不可能的任务。别说彭祖寿数八百，再给他加个八百，他都不一定能做到。而中国人的习惯，上一代没做到的事，总会交托给下一代。"

江炼约略摸到点头绪了:"你的意思是,彭祖的后人也被卷进来了?这个后人……就是你?"

细细一想,好像有点道理,且早有端倪:神棍能识别山胆的真假,而山胆认神棍,随着探险的深入,神棍时不时会做梦,这些梦至关重要,得以串接起看似毫无关联的碎片,也许那些并不是梦,而是神棍逐步被唤醒的记忆。

江炼忽然想到了什么:"那你追寻这口箱子,最终的目的,是要焚箱?"

这种时候,很难不自私一把:美盈要靠这口箱子活命,神棍却是要焚箱的。箱子焚毁了,美盈还有命在吗?

神棍有点茫然:"不知道,我没什么想法,其实我现在最想做的,是找到那七块兽骨,引出我朋友身上的凶简。那七块兽骨,我是确实想烧掉的……"

江炼打断他:"箱子里物件的材质都特殊,单纯的损毁是毁不掉的,放进箱子是必经的程序——说到底,想烧兽骨,也得通过那口箱子才能烧吧?"

神棍没话说了,顿了顿才开口:"你要是担心这事会影响况小姐……我听说,况小姐昨晚就见过葛大先生了,葛大先生还送了她一句话。"

江炼的心一下子提了起来:"是什么?"

好命,有贵人相助,可过坎过劫。

江炼愣住了,有点不敢相信。过了好一会儿,才嗫嚅着问了句:"葛大先生的话,应该没错的吧?"

干爷若是能多活几天,亲耳听到这话,走也会走得欣慰吧。

神棍回房前,欲言又止,磨蹭了好一会儿,才拜托江炼:"今晚这事,你就……先别跟孟小姐说了。"

江炼没反应过来:"为什么?"

神棍苦笑:"她要是知道了……你觉得,对一个有可能会去烧山胆的人,山鬼会怎么做?"

会怎么做?

送走神棍之后,江炼就这问题想了很久。

他觉得孟千姿大概不会太在意。毕竟山胆这东西,除了能克水精,对山鬼来说,好像毫无作用。

但孟千姿那七个妈就很难说了。老人家趋向保守,东西宁可安稳藏着,也不愿轻易去动,更别提是要烧了。

他突然有点好奇。

彭祖的后人神棍,有什么天赋异禀吗?就目前看来,真的普普通通、平平无奇。进凤凰眼时，还险些命丧鳄口——他想焚箱，比唐僧西天取经还要难吧？

第二天一早出发。

陶恬调来了两辆车，一辆七座大SUV坐人，另一辆作备车兼装载各种装备。

她还给神棍带来了不同版本的《山海经》及注解，另有几本书是讲彭祖的，估计是神棍昨晚提了要求。

神棍显然是一夜没睡好。眼睛下头挂两个硕大黑眼圈，江烁还以为他是被认祖归宗这事给激动的。路上跟孟千姿聊天才知道，昨晚神棍回房之后，还跟她聊了很久。

原来神棍经常念叨的那个阿惠，原名阿木理，是黑苗蛊王的传人。

这里头，还有一个叫人扼腕的故事。

当年，段文希拜访黑苗蛊王时，察觉自己的年轻助理跟阿木理暗生情愫，曾委婉提醒过他：苗女擅蛊，尤其是黑苗女人，能别招惹就别招惹。

助理满口应许，段文希也以为就此无虞。

但她低估了年轻男女之间情爱之热烈。那助理压根儿也没听进去，觉得即便被落蛊也没什么可怕的：苗女落蛊，都是去惩罚负心人的，他言出必行、一心一意，有什么好畏惧的呢？

黑苗之行结束之后，那个助理要返沪继续学业，段文希也另有行程，两人便在昆明分手，没再联系了。直到几年之后，一个偶然的机会，段文希才听说，那个助理已经死了很久了，死因是蛊发。

段文希略一推算日子，就知道是在黑苗时种下的情孽，那助理必是跟苗女卿卿我我，回沪之后又见异思迁——虽说是那助理私德有亏、始乱终弃，但我不杀伯仁，伯仁因我而死。她深悔自己把无辜的人带入黑苗，从此再也没有聘用过类似的助理了。

这是故事的前半段。

而故事的后半段，是孟千姿昨晚才从神棍这儿听说的。

那助理并没有背信弃义。他完成学业之后，依照约定的日期，还提了一段时间，跋山涉水，又回了黑苗村寨，想给阿木理一个惊喜。

然而物是人非。此时蛊王已经过身，而阿木理于几个月前一次外出时，突然失踪，再也没有回来。

那助理没办法，便在阿木理的旧居住下，一心等她回来。没想到，没等到阿木理，反等来了自己的死期。

阿木理的蛊毒，那是闹着玩的吗？可怜那助理，一辈子斯文腼腆、文质彬彬，从未做过一件坏事，却落了个肠穿肚烂的不堪下场，在寨子里足足痛爬了三天三夜才死，算是被无数蛊虫活吃了的，连骨头都被钻噬得千疮百孔。

寨子里的人都很同情他，却束手无策，也是天要他死：若蛊王还在，也许还能试着去解阿木理的蛊，但蛊王偏偏又已经死了。

那助理被埋在了寨子外头，小小坟头不到一年就覆满了青草。

又过了一年，一个细雨霏霏的晚上，住得靠近村头的一户人家，忽然听到暗夜里传来女人撕心裂肺的凄厉哭声。那家的男主人心头发毛，便提了马灯出门来看。

在那助理的坟茔边，他竟然看到了失踪了很久的阿木理。

据他说，阿木理外出的时候，还是个娇俏的少女模样，现在完全像是个妇人了，她披头散发，穿汉人的褂裙，一身脏污，土坟已经被她硬生生拿手扒开了。

黑苗下葬，不时兴棺木，而且那助理又是个外人，当初只是拿苇席草草裹了入土的，这么久了，山里气候又阴湿，苇席早已朽烂成泥，跟骨碴儿、泥壤烂在了一处。

那男主人看到，阿木理痛哭流涕，拿手抓起坟间泥壤，一口口吞咽下肚。天上落雨，她嘴角流下一道又一道稀释了的黑色泥污，极其恐怖。

那男主人吓得跌坐在地，马灯骨碌滚出了几丈远，油火落出，把那一处的草地都烧着了，男主人忙脱下衣服扑打，好不容易扑灭，又想起阿木理，抬头去看，只看到夜色里，她跌跌撞撞往外远走的瘦削身影。

那助理的母亲还在上海，体弱多病，无人奉养。阿木理去了上海，一度当了舞女，给多病的老太太送了终。

再然后，多事之秋，战况吃紧，和况家举家避难一样，她也避祸去了河南的一个小山村，但不一样的是，她没有太多金银细软，却带了口棺材随行。

就在那个小山村里，她为自己择了穴，安排人把自己活着钉入棺材，以性命下了血蛊，诅咒害自己的人不得好死。

几十年后，游历到此的神棍遭遇了蛊虫。经历了一番"大战"之后，拿屁股把蛊虫给坐死了，还看到了因着地质灾害而损毁掀翻的棺材盖。

棺材盖上，有阿木理死前刻下的诅咒。

——路铃一脉，绝于三代。

车子已经出了市区，公路渐渐开阔，远山的轮廓恣意抹画于晴朗半空。

江炼调了调耳机的音量，点击孟千姿发来的又一条语音。

她说："你知道阿木理出了什么事吗？太夸张了，她好端端走在路上，被一伙人给打晕绑走了。而那伙人居然是盛家人，九铃盛家。

"盛家的路铃，在那段时间断了代。当家的给了下头的人一些钱，让他们买一个女人来，好融血，行'蝶变'，把这血脉再给续上。

"但是那几个人渣,把钱拿去赌了。没了钱,不好对当家人交代,居然鬼迷心窍,把主意打到了路人身上,想随便绑一个。阿木理正撞到枪口上,堂堂一个蛊王传人,要是正面对抗,那些人哪会是她的对手?"

江炼也说不出心里是什么感觉,但人生经常这样,阴沟里翻大船,平地翻重车,就好比段太婆,一时传奇,谁能知道,终结在阎罗手里?

孟千姿咬牙切齿:"我要知道盛家是这样的人,我才不会让山鬼给他们搞什么不探山住!"

江炼笑了,车里太安静,说句话人人都能听到,所以他一直在给孟千姿打字:"也不能这么说,盛家也有好人。"

孟千姿在那头冷哼,又说:"阿木理就是被抓去给路铃续代。我估计那时候她身上也没蛊了,一身本事使不出来,只能假装听话,为盛家生下了女儿,然后等看守松懈了,才逃了出来。

"但是她真的也是好狠,路铃一脉,绝于三代,那是把自己的女儿、孙子辈,还有重孙子辈都给诅咒了进去,可见她有多恨。还有,神棍跟我说,现在他认识的那个朋友,就是路铃的第三代。"

江炼一怔,迅速打出四个字:"可以解吗?"

孟千姿回他:"说是蛊虫死了,大概解了大半了,但神棍对黑苗也不了解。那之后还特意去了黑苗村寨,可蛊王也断了代,没人给他解惑。他不敢打包票,一直担心会不会还有后遗症。还有啊,他觉得,盛家九铃,路铃为尊。路铃绝了,其实是等于九铃都绝了,树倒猢狲散嘛,最重要的那一脉绝了,其他的还能……"

聊到这里,没信号了。

江炼抬起头,看视线里越来越近的苍莽山头。

路铃一脉,绝于三代。这绝的,是人,还是铃呢?

其实九铃盛家,如果没了铃,也就相当于是泯然众人,不存在了。

冥冥之中,江炼有一种感觉。

焚箱这件事,也许……一定是会发生的。

【08】

西北阔大,没一天的时间,赶不到目的地。

中午,两辆车开下公路,停车休息兼解决午餐。

备车上有加热装备,居然能捧出热腾腾的锡盒菜饭,比干粮、方便面什么的好多了，江炼在车后篷的遮挡下安稳吃完了饭，又拿起手机看了看，还是没信号。车行途中，有时有，有时没有，有时信号刚冒头，车子又蹿出了有效范围，叫人干着急，却没办法。

况美盈过来找江炼。

这一路，海拔越来越高，气温自然也是越走越低，但其他人都还能适应，唯独况美盈身子弱，已经穿上了薄棉服。这让江炼愈加觉得，把她叫来帮忙，不是个明智的决定。

这两天，况美盈该吃吃该玩玩，表现得还都挺淡定，而今正式上路，终于显露出几分紧张来。

她撸起袖子，把手臂展示给江炼看："到了那儿，我是不是就得拿刀子割自己了？"

"割多长的伤口合适呢？"

"只割一道可以吗？还是走一程，就要割一道？这一程是多远呢，一公里，还是两公里？"

看得出来，她想得也是挺多的。

可惜的是，江炼什么都答不出来。人容易纸上谈兵，真到了实地才知设想荒谬。别的不说，昆仑山不是华山、泰山，可以登顶看日出拍照——人家是有高度的，有雪线，也有雪峰。有些山头，专业的登山队员都犯怵，况美盈这样的……能上？

他含糊以对："你放轻松就行，到了那儿再说吧。"

打发完况美盈，江炼去找神棍。

神棍没下车，窝在副驾上，抱了本《养生鼻祖彭祖》看得津津有味。

江炼扶住车门，没好气。这不骗人吗？明明自体繁殖，还非说是养生。

阳光炽烈，他拿手当檐遮住额头，眼睛都睁不开："昆仑山太大了，我觉得咱们的想法行不通，不能漫无目的，必须有个明确的线索。"

神棍正看得入神，左耳进右耳出，随口应了一声。

"你有再做梦吗？"

"没。"

还没做，从前没人盼他做梦，他梦来如腹泻，而今天天催盼，他这梦还便秘上了。

江炼心头浮躁，看神棍这态度便有点不爽："就这么好看？这不都后人瞎编的吗？"

他随手抓起一本，这本是讲古代神仙的，彭祖有专卷，陶恬还贴心地在彭祖篇那儿贴了张便笺。

所以江炼一翻就翻到了正篇。

他一目十行，目光很快被其中一句给吸引住了："彭祖居然娶了四十九个老婆？"可见这位老人家虽在寿数上有造诣，但爱情方面，也太不专一了。

彭祖娶了四十九个老婆这事，神棍是知道的。晋代的《神仙传》和宋代的《太平广记》中都有记载，说彭祖"失四十九妻，丧五十四子"，大概是为了侧面烘托彭祖的长寿。

他抬眼看江炼："小炼炼，你看看你这关注点。我看这书，是为了查找有没有什么潜在的线索，而你只看到了人家老婆多。"

江炼为自己辩解："我也是在找线索。他老婆这么多，儿子这么多，都走在他前头，侧面说明了他就是自体繁殖，也说明了由神到人，差距是巨大的，都是亲儿子，完全没继承到他的能力。"

神棍心中一动，脑子里有一线亮光闪了一下，可惜这亮太微弱了，没抓住。

倒是江炼，忽然想到了什么："儿子是走在他前头了，还有孙子孙女，重孙辈吧，彭祖这开枝散叶可以的啊，四十九妻，那是四十九房啊——你看人家宅斗剧，只三房就能斗八十集，这四十九房……"

他奇怪地看神棍："四十九房，要是繁衍到现在，那得是一个巨大的家族啊，规模不输山鬼、水鬼，怎么就剩下你一个后人了？"

神棍脱口回了句："你不能以偏概全。我是个例，被遗弃的，我是被扔在一个小村口的。"

喇叭声响，该重新上路了，江炼直起身子，把副驾的车门关上，嘀咕了句："不扔别人，偏扔你，你是什么异类吧。"

神棍坐着没动，茶色的车窗上，映出他一片茫然的脸。

下午，海拔一再攀升，温度持续降低，众人也都扛不住了，纷纷在车上加衣戴帽。近傍晚时，已经没了真正意义上的路，车行的依据只是卫星定位和地面的隐约辙印。

外头再美的风景也会看腻，更别提天色渐暗，已经看不到什么风景了。江炼歪在座位上打盹，迷迷糊糊间，忽觉车速放缓，再然后车身一顿，就停下了。

江炼睁开眼睛，下意识问了句："到了？"

陶恬陪着况美盈坐了前座，闻言回头："没有，但是四姑婆说，你和神先生可能会对这儿感兴趣，让到的时候停一下。"

感兴趣？

他为什么会对这荒野里的某一处感兴趣？

江炼向前方看去。

能依稀看到，那儿有几顶破旧的帐篷，正被风鼓得摇摇欲飘，但没灯光，没炊火，明显没人住，有一顶帐篷的后面还被撕破了，被风扯得掀来翻去，像一面诡异的旗帜。

神棍先反应过来："会不会是那个丁盘岭……"

陶恬连忙点头："对，就是这么跟我说的，说是一个叫什么'丁盘岭'的去世的地方。"

那是得看看了，神棍和江炼都随着陶恬下车，往那几顶帐篷的方向走。两个司机也开得有点疲惫，在车外抽烟。况美盈听说是什么死过人的地方，心里生出忌惮来，又嫌外头冷，于是窝在座位上不愿动，韦彪自然也就留下来陪她。

走不多久，那些帐篷便已近在眼前。

对水鬼的经历，江炼差不多已经了如指掌了。

水鬼于二十世纪九十年代中期一探漂移地窟。那一次，损失惨重，死了百十号人。没死的，也大多在后来的二十余年间陆续发病、一命呜呼——如今唯一幸存的，大概就是宗杭的女朋友易飒了。

一年多以前，水鬼二探漂移地窟。即便备齐了诸如喷火枪等装备，损失依然不小，尤其是折了当家人丁盘岭。

继任的丁玉蝶一直记挂丁盘岭的生死。他接连派出水鬼，以搞地质的名义在三江源一带不间断追索。眼前的这些帐篷，就是那些水鬼的驻扎营地。

再然后，一夜之间，营地的人都没了，只剩下一具尸体，那是失踪了一年有余的丁盘岭。

他拿刀子捅穿了自己的喉咙，还留下了三个半字——找山鬼邦（"帮"的上半部）。

进帐前，江炼深吸一口气，拧亮了手电。陶恬如一个称职的向导，在前头引路，给两人做介绍。

江炼看到了丁盘岭的尸身曾经倒伏的地方，尸体当然是已经搬走了，但伏尸的地方拿白粉撒过形，还插过木枝，仍旧依稀可见。

还看到了一小片地。乍看没什么特别的，但蹲下细瞧，就能发现那一处的土呈螺旋状，像是曾经旋转着闭合。

江炼和神棍对视了一眼，都心中有数。据说漂移地窟需要呼吸。夜晚时，在地面会出现开口，这叫"地开门，风冲星斗"，但天亮之后就会闭合。闭合时，那一处的地面会呈现出这样的螺纹——这螺纹也是水鬼追索漂移地窟的唯一线索。

陶恬的介绍也证明了这一点："丁盘岭死前，附近有一个人，叫'丹增'，为了给营地的朋友送羊肉，曾经来过这儿，还跟丁盘岭说过几句话。据他回忆说，他看到丁盘岭的时候，丁盘岭正拿着一个纸箱壳盖住一处地面，盖的就是这儿……"

话还没完，腰后的卫星电话忽然响了。陶恬一愣，向两人说了句"不好意思"，匆匆出帐接听电话。

陶恬居然有卫星电话？

江炼掏出自己的手机瞧了瞧，那信号没得真干净，干净得让他想上手去抠。他深悔自己考虑不足，没买个卫星电话带上。

陶恬既然有，自己是不是能朝她借用一下，或者买过来也行啊，这样跟孟千姿联系的时候也方便点。

他心中这么想着，不觉就朝帐篷边走了两步，恰听到陶恬扬高的、紧张到几乎变调的声音："怎么可能？怎么会这样？这可……怎么办啊？"

尽管没听到具体内容，但从陶恬的语调来看，他直觉一定是出事了。

过了会儿，陶恬进来了。

尽管她想装作镇定，但这个年纪的女孩子，倘若没真正经历过一些事的话，是镇定不了的。江炼略一打量，就看出她攥着卫星电话的手在微微发颤，且不自觉去舔嘴唇的频率明显变高。

江炼也不准备委婉了，单刀直入："怎么了，出什么事了吗？"

陶恬猝不及防，茫然"啊"了一声，欲言又止。

江炼朝神棍使了个眼色。

神棍真是一点就透，清了清嗓子，问她："出什么事了？需要我跟孟小姐说一声吗？"

三重莲瓣的身份还是好使的，陶恬语无伦次："不不，四姑婆应该会去说的……"

她定了定神，语调还是有点发抖："四姑婆他们早就进山了。两百多号人，分了二十多个小队，在不同的地段搜找，都是早出晚归的，平时就用步话机和卫星电话联系。每天晚上，哪怕人不回来，也必然会打个电话，报备一下当天的进展和搜找过的地段……

"有一个小队，大概八个人，两天前就失联了，四姑婆又派了一队去找……"

神棍紧张："又失联了？"

江炼哭笑不得，低声说他："能不能盼着人点好？"

陶恬摇头："说是从早上到现在，已经找着……三具尸体了，四姑婆都要疯了，带着人赶过去了，其他还不知道。大家议论纷纷的，都还在……打听呢。"

江炼不语。

从刘盛那件事可以看得出，山鬼是很在乎人命的。孟千姿带队，丢了一个刘盛，就已经很自责了。四姑婆这次，保底就是三条人命，还不知道人数会不会继续往上攀升——搁谁都得疯吧。

神棍吞咽了口唾沫："会不会是雪崩、失足滑坠什么的？"

陶恬回过神来："我觉得不会，这两天没听说有雪崩。如果是自然伤亡，不可能一队人都失联吧？一定是出大事了，四姑婆才会赶过去。"

管他出什么事，站在这儿胡猜肯定是没意义的。江炼略一沉吟："我们也赶紧上路吧，具体什么情况，到那儿就知道了，没准儿还能帮得上忙。"

陶恬忙不迭点头，几乎是小跑着，第一个出了帐篷。

江炼和神棍随即跟出。只在帐篷里查看的这么会儿工夫，外头就已经全黑了，远远地，能看到两辆打着灯的车。那点灯光，被周遭的黑暗挤压，微弱而又令人压抑。

走了两步，江炼突然回头。

没什么异样的，山线平静，旷野寂寥，那几顶破帐篷在夜色和风声里"呼啦"作响。

神棍凑上来，问他："怎么了？"

江炼笑笑："没什么。"

顿了顿，又补了句："就是觉得，脊梁骨上，有点发毛。"

神棍"哦"了一声，也往后瞧了瞧。沉默着走了两步之后，忽然冒出一句："你知道吗？我有个朋友，小棠子，就是盛家掌路铃的那一个，曾经的一些原因，一个人在外头漂泊了四年多。"

所以呢，怎么突然提到她了？跟眼下这情形有关系吗？

"她经常向我传授经验。有一句话，我印象特别深刻。她说，如果你在路上，突然觉得不对劲，那千万别怀疑自己，一定是有不对劲的地方。"

江炼没吭声，只是又回头看了看。

上车之后，重新发动。

车里的气氛相较之前沉闷了许多。况美盈察觉到了，却不明所以，只是好奇地一会儿瞧瞧这个，一会儿又瞧瞧那个。

夜色昏沉，车灯只能在前方辟出很窄的光亮，眼见视线里的那几顶帐篷渐渐远去，江炼轻吁了一口气，下意识摸了摸后脊骨，觉得自己可能真的是想多了。

就在这个时候，司机突然吼了句"妈呀"，紧接着，车身强烈颠簸，车头驶歪，直直冲向了旁侧。刚冲了一段，一侧的车轮不知道是不是碾上了什么尖锐的东西，突然爆开，车身侧倾着徐徐停下。

后面的车也不知道看见了什么，紧急转向，而后在不远处刹住。

这一头，况美盈已然面如死灰。她坐在死一般的寂静里，哆嗦地看着外头僵停在夜色里的车灯光柱，嗫嚅着说了句："我们、我们是不是轧到人了？"

车子那么大的颠簸，显然是轧到东西了，而且不会是小东西。

司机一拳砸在汽车仪表盘上，低声咒骂了句什么。陶恬反应过来，膝盖在座位上跪起，转身向后看。

借着两辆车的微弱灯光，她看到，车后不远处的确软塌塌趴伏了个人，车子显然是从那人身上直直碾过来的，而后车看到了之后，紧急转向，才避免了二次碾压。

那司机又骂了两句，也不知是骂自己还是骂那人，然后伸手去开车门，电光石火间，江炼脱口说了句："等会儿，先别下去！"

又吩咐司机："有手台吗？让那辆车的司机也先别下。"

话说得迟了，那辆车的司机已经拎着探照灯下车了。那是个络腮胡子，长得五大三粗的，大概人反正不是自己轧的，没什么压力，用探照灯略照了照之后，就冲这头发火："怎么还不下来！吓傻了吗？撞到人了不知道啊？"

话音未落，忽然身子一挺。

况美盈身子抖得如筛糠，喉咙里发出"嗬嗬"的声音，她吓失声了。

她看到，有一截尖利的东西，穿透那司机的后脑，从他的一只眼睛下方直戳了出来。

【09】

那司机的身体僵挺了两秒，一脸的不可置信，还试图伸手去抓那截东西，再然后，重重摔砸在地。

车子里安静极了，只余抑制着的喘息声时轻时重，韦彪恰坐在靠近那头的窗边，看得比别人分明，低声说了句："好像是箭。"

箭？

这年头，怎么还会有人用箭呢？

江炼不及细想，脱口说了句："关灯，赶紧关灯！"

这么漆黑的夜里，车内灯光大亮，那还不是活靶子吗？

司机听明白了，赶紧把车上的灯全部关掉。只一瞬间，车内就陷入了一团漆

055

黑。尽管车上门窗都紧闭，所有人还是不约而同地尽量把身子伏低。

江烁缓缓抬头，贴着车窗下沿往外看去。

外头倒是还有两处光源，一处是那辆备车，另一处来自横死司机跌落在地的射灯，而先前被碾压过的那个人依旧趴伏在地，一动不动——也不知道是被轧死了，还是本就是一具尸体。

江烁压低声音问陶恬："车上有什么防身的武器吗？"

陶恬差点儿急哭了。她临时被抽调，也就是负责接送，哪承想会遭遇现今这局面？一般的载客车不可能放什么武器，万一在公路上遇到拦截查车，不就"瞎"了吗？

四姑婆他们入山，倒是带了不少称手的家伙，但那些是专门运输的，走的也不是客道。

她一时间手足发凉，声音飘忽："没有啊。"

江烁心下一沉，又迅速打起精神："那这儿，你们之前来过吗？之前……没出过事？"

"来过啊，那几顶帐篷，我们去看过不止一次，听……听说丁家那头的人，还专门在那儿蹲守过，从……从来也没出过事啊。"

懂了，这儿像一处废弃的凶宅，别人来时都还正常，只他们这次出事了。

不管那么多了，身下这辆车已经爆了胎，显然是指望不上了。即便带有备胎，也没人敢下去换。江烁咬牙，看向那辆亮灯的备车："师傅，你看那辆车，还能开吗？"

司机知道是跟自己说话，赶紧接话："能，那辆车没问题，还是完好的。"

两辆车之间，相隔了有十余米，江烁把自己的想法和盘托出："管它是人是鬼，我们在明处，形势对我们不利，走为上策。咱们以最快的速度上那辆车，开了就跑，人平安出去了，再查不迟。"

也只能这样了，困在车里，还不知道会发生什么事呢。

陶恬口唇发干。她掏出卫星电话，想把遇袭的事往外报备一下，哪知手一直发颤，一个没拿住，卫星电话跌落下去，车里太黑，她伸手去摸，越急越摸不着。

时间紧迫，当即行事。

江烁收拢了车上所有的狼眼手电，都揣进一侧衣襟内，手上只攥了一把。他屏住呼吸，等到司机和神棍都已经从前座爬进后车厢了，才动作极轻地、缓缓移开了车门。

然后吁了口气，再次嘱咐："我一跑，你们马上跑！"

说完，蓦地拔足向一侧奔跑，同时拧亮了手中的手电，他的速度飞快，电光几乎移作了一道弧。

而剩下的人，司机打头，韦彪背着况美盈行第二，陶恬和神棍落在了第三，都瞅准那辆车没命般冲了过去。

江炼不敢跑太久，他心跳如擂鼓，估算已经跑开了五六步之后，身子一滚，贴地而倒，与此同时，手一扬，把那个手电往更远处抛去——乍一看，就跟他仍在攥着手电奔跑似的。

果不其然，手电才离手不久，就听到一阵劲烈的破空之声，这声音直激得江炼头皮发麻，手臂上浮起一层鸡皮疙瘩。有一杆长箭，正擦着手电筒的边缘，直蹿了出去，然后"噌"的一声钉入远处地下。

热火器时代，冷兵器已经被人忽视太久了，总被认为是"落伍""过时"，江炼从前也是这看法。

但现在，远离都市，身处荒郊，再加上手无寸铁，他觉得箭这种冷兵器简直太可怕了！那破空之声，像是杀人前奏，让你清楚听见，遍体生寒。

他咽了口唾沫，掏出另一把手电，揿亮了如法炮制，但这一次，胆子小了些，只跑出了三四步，就把手电抛了出去，然后反身向着车子狂奔。

让人欣慰的是，神棍和韦彪他们都已经上车了，司机坐在驾驶座上，正试图启动车子。车门向着他大开，陶恬和神棍都忍不住将身子探向他的方向，像是忍不住就要伸手拽他，恨不得替他跑。

就在这个时候，身后突然又有破空之声，空气被迅速"撕破"，发出尖锐的声响。

江炼来不及回头，却能看到况美盈双眼一翻，已然昏厥过去，陶恬的一张脸也是瞬间没了血色。他知道大事不好，迅速偏侧身子，但那箭实在来势太快，从他后肩直刺而入，那力道，几乎将他身子短暂带离了地。

江炼眼前一黑，重重伏栽在地，身子蜷地滚翻，世界也突然迷幻，他听到神棍失声大叫，听到车子猛然发动的声响，听到韦彪怒吼"干什么"，还听到司机扯着嗓子大叫"不知道遇到什么变态，能逃几个是几个吧"……

车子的引擎轰鸣声远去，江炼忍着痛抬头去看，车子是走了，但车里头人影幢幢，显是有激烈争执。

走就走吧，车子都走了，他还追得上吗？

江炼只觉得心慌气短，呼吸上不来。一般人初上高原，本就容易引发高原反应，他刚才剧烈活动，现在又受了伤，剧痛之下，头也跟着阵阵发涨，似是要炸裂开来。

他拿手摁住心口，急呼急吸了几口气，不敢直起身子，怕又遭遇突来一箭，受

057

伤那一侧的肩膀连带手臂都已经麻木掉了，使不上力。他咬紧牙根，单手抠地，拖带着整个身子往爆胎的那辆车子旁爬。

才刚爬了一两米远，忽听到"轰"的一声，回头看时，是刚刚逃离的那辆车，不知道是车上人争抢方向盘还是又遇到了什么变故，居然侧翻了。

江炼心头一沉。

车上太多他牵挂的人了，但他现在这情形，也没法过去查看。他勉力爬到车边，踉跄着爬上去，用力关上门。

闭合的车子把风声阻隔在了外头，车内好像一下子安静下来，江炼伸出手，想掰折箭杆，这才发现箭镞和箭身好像都是一体的，根本掰不动。

他嘘着气，扶住椅背抬头往外看，四周还是静悄悄的。远处，那辆没能逃脱的车侧翻着，车轮在微弱的车光中打转。

对方，到底是什么人啊？

他想躺下去，才刚一后仰，痛得立马侧翻，呻吟出声。箭杆还戳在肉里，这一仰，血肉在杆身上摩擦，疼得他额头直冒虚汗，一张脸都扭曲变形了。

不过，也正是这一痛，让他瞥见，这一头的座位底下，有个黑漆漆的物事，上头有信号灯，一亮一亮的。

陶恬的卫星电话？

信号灯闪烁，表示搜星状态不好，但人家至少有星，强过他信号为零的手机。江炼伸长手臂，指尖寻索着触到机身，一点一点地把机身往这儿挪，然后一把攥到手中，拿至脸前，先调整了下机身上的天线，待搜星稳定了一些之后，这才开始拨号。

孟千姿的微信号是直接跟手机号码绑定的，江炼记得她的号码。

他一个按键一个按键地揿下孟千姿的号码，然后等待接通。

等待的当口儿，他还不时看向四周，以防有人靠近。

终于接通了，孟千姿应该对这号码不熟悉，接得有点迟疑："喂？"

江炼不觉微笑。

哪怕生死一线、情势危急，听到她的声音，他还是没来由地心头一松，像是什么重要的事定了音，又像是最后那点悬着的牵挂有了落处。

他说了句："千姿……"

才刚说了这两个字，身子陡然一僵，自觉体内的血液都凉了下去。

有一片暗影罩住了他的身子。

有人来了，就站在车窗外。

孟千姿这一天还是养伤，又和江炼断了联系，好生无聊。饭后又试着拨打了一回电话，依然打不通。

她百无聊赖，随手翻了一本段文希的笔记来看，看着看着，目光便被保险柜处氤氲着的七彩晕光给吸引了过去。

为了掩人耳目，白天她已经让孟劲松安排，在屋外装上了七彩射灯，不分昼夜都亮着，若是有人问起，就以灯光的名义遮掩过去。

现下看到，江炼的话又浮上心头。

这凤凰翎，真的不会被损毁吗？

反正保险柜里锁了五六十根之多，也不怕牺牲个一根半根。她说干就干，自己将身子挪上床边的轮椅，坐上去一路滑到保险柜处，开柜取了根最小的出来，又翻出用来点香薰的点火器，小心翼翼，一手拈羽根，一手揿着点火器，沿着翎毛边缘慢慢点燃。

完全没想到，那根小小翎毛，只有她半个手掌大小，点燃之后，居然蹿扬出了两米来高的火焰，在屋顶挂着的大水晶吊灯的坠簌间不住跃动，水晶材质本就容易折射透光，一时间七彩晕光弥漫全屋，在墙壁之上缓缓流转。

过了足有五分钟，那火焰才渐渐熄下去，而那根翎毛，非但没有焦化，反而如经水洗，莹润更胜先前。

孟千姿愣了半晌。

这发现，当然最适合说给江炼和神棍听，可惜了，联系不上，只能先自己揣着。

就在这个时候，手机响了。

孟千姿的手机经过特殊设置，装有过滤软件，一般是接不着什么推销电话的，虽然号码看着陌生，她迟疑了一下还是接了。

没想到，那头竟是江炼。

她大喜过望，迫不及待就想跟他分享："江炼，你知道吗？我刚真的烧了……"

话刚说到这儿，听筒里传来玻璃被粗暴砸碎的声音，不止一下，接连不断，其间还夹杂着江炼剧烈的喘息声。

孟千姿一怔："江炼，出什么事了吗？"

没有应答，反而有一声闷响，她直觉是手机摔落到地上了。紧接着，听到扭打声、闷哼声，偶尔还有一两声玻璃掉落的脆响。

再然后，什么声音都没了。

这么说也不确切，还是有声音的，那种隐隐约约的风声。

孟千姿口唇发干，她心跳得厉害，血冲上脑，知道事情不对，也顾不得许多了，大叫："江炼？江炼！"

如此反复了十数次之后，那头终于有人接起了手机。

孟千姿听到听筒里传来的声息，先是一喜，但那丁点儿欣喜如被大浪盖头，瞬间席卷了个干净，反落了个周身冰凉。

那一定不是江炼。

她慢慢倚靠进轮椅里，一手攥住扶边，耳边"隆隆"声响，室外的那些嘈杂碎音完全听不见了，心内却出奇的平静。

她问了句："你是谁？"

没有回答，只有"嘀嘀"的吸气、呼气声，粗重，泛着不明的危险意味。

孟千姿语气柔和："我们谈谈。

"不要伤害我的朋友，一切都可以谈。你想要什么，你希望得到什么，尽管开口，这世上，一切皆有出价。你放心，我一定出得起。"

那头，还是那种沉闷的喘息声，一下重过一下，但不知怎的，就是不开口。

孟千姿还想再说些什么，就听"咔嚓"一声裂响，再然后，电话就断了。

如果所料没错的话，那个人，是把手机给攥碎了。

孟千姿仍然保持着接听手机的姿势，只是扶住轮椅扶边的手下意识攥起，指节都被攥得有些泛白。

过了会儿，她放下手机，拿手抚住狂跳的心口，依着辛辞平日里教她的，反复深呼吸了几次之后，才伸手去摁床头的唤铃。

哪知手还没触到，门外就传来急促的叩门声，孟千姿缩回手，说了句："没锁，进来。"

进来的是孟劲松，他面色有点不对，喉结一再滚动，显是心中慌乱。

孟千姿说："你说。"

"四姑婆在昆仑一带，组织人搜找段太婆的尸体。有一队，八个人，失联两天。刚打来电话，截至……"

说到这儿，他抬起手腕，瞥了眼时间："晚上九点，找到四具尸体了。"

"天灾还是人祸？"

"人祸，说是业已发现的四具，两具是被刀捅死的，两具是被掐死的。"

"验尸了吗？有初步发现吗？"

孟劲松摇头："详细的验尸没法做，带去的人没有通这行的。四姑婆初步检查了一下，只知道对方力气一定很大，因为刀伤的两具，是拦腰砍断……"

孟千姿略略变色："那就是四截？"

孟劲松不敢看她："是。"

然后硬着头皮说下去："被掐死的那两个，颈骨都……折了。"

"神棍和江炼呢，有什么消息？"

神棍和江炼？

孟劲松愣了一下："没有啊，他们是今天才从西宁出发的。我听说是哪怕赶夜路，也得半夜才到。如果不赶夜路，得明天上午才到。他们……离着四姑婆那儿，应该还远呢。"

孟千姿抬手把手机扔了过去："查我最近一通电话，是从哪儿打来的。"

【10】

一天后，西宁，机场。

午夜时分，机场也相对冷清。孟劲松推着行李车先出接机口，一眼就瞥到了那个扛着大牌子接人的山户何生知。

怀中还夸张地抱了两束大花。

孟劲松快步过去："花扔掉，为什么事来的不知道吗，还搞这套？"

何生知起初都没认出孟劲松，听了这话才反应过来。急匆匆奔到最近的垃圾桶，把花束往筒边一扔，又一溜风跑回来，忙不迭汇报情况。

"车子备好了，从司机到随行都是从山户里精挑的。你们……要不要先去酒店休息一下，天亮了再出发？"

孟劲松摇头："直接上路。"

何生知还没来得及说什么，就见又有一行三人出来。

坐轮椅的孟千姿，推轮椅的辛辞，以及随行的冼琼花。

大姑婆没来。看来山户中纷传的大姑婆身体不好的消息是真的。

五姑婆也没来。五姑婆这辈子没上过高原，可见她有严重高反的传言非虚。

一行三辆车，疾驰着出了机场道。何生知给孟千姿、冼琼花和孟劲松三个人各递了一个电子平板，犹豫着要不要给辛辞递时，辛辞冲他摆了摆手，示意不用。

这种自己能力范围之外的事，他从来没好奇心。千姿现在行走不便，他这趟过来，就是照顾她兼专职推轮椅的。

孟千姿接过来，先点开了地图看上头两个荧荧红点，一为山鬼搜山出事的地方，另一为江炼等人的失踪处，两地相隔了有几十公里。

那红色有点刺眼，看得她胸口一闷。

何生知小心翼翼介绍情况："我们现在有两辆车，两个小队，共计十五人，已经在神先生他们失踪的地方搜寻了。"

孟千姿没吭声，这些她都已经知道了。孟劲松确定最后一通电话的经纬度之后五个小时，搜寻人员就已经赶到了现场。

现场没有尸体，也没有人，但发现了几处血迹。

还留下了两辆车，一辆车爆胎，车窗被砸碎。另一辆车侧翻，初步怀疑是为了躲避什么，当时在作曲线行车，横向加速度过大引起的。

孟千姿问了句："神棍失踪的地方……那一带，真没有什么异常？"

何生知知道她想问什么，赶紧摇头："没有，去昆仑要经过那一带。我们都去过，那里真的没人烟，只剩几顶破帐篷了。当初四姑婆也在那儿看了好久，怀疑地下是不是有玄虚，还专门让人用探测器测过呢。"

所以，只在江炼和神棍他们去的时候出了问题？

会是因为神棍吗？

当初在凤凰眼时，也是其他人都没问题。只有他出现时，下头的小巨鳄发了疯，一头撞破了棺底。

孟千姿看了眼周遭，觉得实在没人讨论，只得又将话咽回去。想了想，点击了陶恬的资料来看。

先跳出来的那张正面免冠照把她的目光吸引了有两三秒，陶恬人挺漂亮的，甜美也恬静。

她继续看个人资料，没看两行，眉头就皱起来了："内部技能评定，格斗才三分，怎么会派她随行？"

何生知一时语塞，冼琼花打圆场："她只是接待嘛，只负责把人从西宁送到昆仑，要那么能耐干什么？四姐大概是觉得好钢用在刀刃上。有能耐的都派去搜山了，接人……就随便派了一个，毕竟谁能想到路上会出事呢。"

倒也合理，孟千姿没再就这个发声，她关掉资料页，顿了顿才说："我只是觉得，如果随行的是个得力点的，江炼……多少也有个帮手。"

两辆车，失踪了六个人，六个人里，只江炼和韦彪战斗力强点，但韦彪这人，她也知道，必然一心只顾况美盈，于大局上能出的力不多，受累出力，还得是江炼。

孟千姿沉默，直到何生知提醒她："孟小姐，后面还有，是搜山那头的图片。"

搜山这头的图片就有些血腥了，尽管有心理准备，点开瞬间，孟千姿还是瞳孔收紧，边上的冼琼花只觉一股怒意直冲上脑，气得持握平板电脑的手都有些发抖，脱口问了句："事前，就没发现异常吗？"

千金难买早知道。何生知也实在："七姑婆，那是在山上，山里头是山鬼的天下，大家进了山，都很放松，尤其是雪线之上，长年没人的，登山队都很少去，最多是遇到雪豹——但雪豹，不伤山鬼啊。"

孟千姿问了句："那现在，有什么说法没有？或者，你们有什么猜测吗？"

何生知欲言又止。

孟千姿笑笑："没事，有话就说。"

何生知硬着头皮开口："大家都在说，一刀就能把人砍断，能把人的脖子拍折，这力气太大了，不像人，有点像……雪人。"

雪人？

雪人又叫"雪怪""大脚怪"，在高寒山区地带传说较多。据说身高接近三米，毛发灰黄，通体恶臭。

关于雪人，科学界流传着两种说法：一种认为，雪人其实就是棕熊；另一种则认为，雪人是巨猿，是人类的近亲，有认知，也能进行简单的思考，只不过没有语言能力罢了。

孟千姿看向孟劲松："咱们西北、西南一带，靠近雪岭的归山筑，巡山、探山，有见过雪人的记载吗？"

孟劲松点头："有倒是有，但一般都是相隔很远，忽然听见动静或者瞧见身影的，没有正面遭遇过——看不清，也不确切，只要体形类人或者庞大，都归入雪人里了，大概有两三则记载吧，没什么参考价值。"

孟千姿重新调出那张地图，点向搜山出事的地方："这座山头及其附近，可能有问题。哪怕那儿真有雪人居住，被惊着了，要么是被山户吓跑，要么把山户赶跑……掐死、砍死，更像谋杀。我们的人，可能真的在那儿发现什么东西了。要跟四妈说一声，把人手往那儿调，以防万一。"

没有更新的进展，再着急也是于事无补，孟千姿放下车座椅背，和衣沉沉睡去。

做了个奇怪的梦，梦见江炼陪着她说话，像那次在水下洞穴里一样，一直笑着，偶尔俯身吻她，后来不知道怎么的，两人说起要去放风筝。他还说，那是他的强项。

于是便放风筝，她"咯咯"笑着转动线轴，看风筝越飘越高。只是突然间，感觉周遭寂寞，环视四周时，都是白茫茫一片，江炼不知道什么时候已不见了。

她大惊失色，左顾右盼。这才发现，江炼在那个被她放高的风筝上，一直挣扎着向她招手，似是让她赶紧把他放下来。

她慌里慌张往回收线,哪知越慌越乱。突然间,一阵风吹来,那线从中绷断,江炼被大风卷掀,瞬间就不见了。

醒来时天已大亮,晃动着的金色日光透过车窗玻璃,温暖着她的一侧脸庞,玻璃上,映出眼角挂着的一行泪,她动作极轻地伸出手,悄悄抹掉。

车子里很安静,除了司机,大多数人都在打盹,她听到冼琼花在讲电话,声音压得很低,好像在说她。

"姿姐儿还好,我看她说话做事,挺正常的,没因为江炼的事受影响。"

"是,毕竟刚在一起。可能感情还不深,是我们想多了……"

孟千姿闭上眼睛。

江炼出事前,最后的电话是打给她的。

他想说什么呢,不知道。

不过没关系,下次见到他的时候,她问他好了。

会再见到的。她揪紧心口处的衣服,在因用力而泛白的指节间来回摩挲,又用力对自己强调了一次。

会再见到的。

江炼半夜时,痛醒了一回。

睁眼的时候,先看到天,黑色的天幕,星星很亮,人的眼眸里都被盛进了银色的光。

紧接着,他觉得自己的身子被人拖拽着走。那感觉,像拖一条死狗。

他向身侧看去。

事实证明,他这感觉没错,他是被人拖着,有一圈绳,圈绕在他腋下,方便捆住了拖行。

被拖的不只他一个,还有另外两个。他认出其中一个是那个最先死的司机,另一个看衣着服饰都陌生……

他猜可能是那个被车子碾压过的人。

三个人,三道绳,绳头攥成一股,牵在一个人手里——只知道这人身材高大,一拖三,力气也一定很大。剩下的,只是沉默的背影,和"呼哧呼哧"的用力声。

之所以被痛醒,是因为肩头的那根箭还没拔,在与地面的摩擦中来回牵动,血肉被不住牵扯,又把他给唤醒了。

神棍呢?美盈呢?

顾不了那么多了,现在,先顾自己吧。

这人为什么不杀他呢？

江炼想起昏迷前的那场殊死搏斗，对方力气很大，他又受了伤，半边身子几乎没知觉，最后，他是被这人掐住了脖子，嘴巴张开，舌头渐渐外吐，然后昏死过去的。

他心中一动。

会不会是，这人以为他死了，所以才把他当死人，也跟死人拴在了一起，一并……拖着？

那现在，是要把他们这些"死人"拖去哪儿呢？

江炼决定装死，以不变应万变，同时也借助这点时间恢复体力——尽管伤口的不断牵动，让这"恢复"有点痴人说梦。

也不知过了多久，那人在一处垒石后停下来。

高原上经常见到这样拿牛粪和石头堆就的垒石墙，应该是拿来圈牛羊的，因为每年都会在固定的季节经过，所以经常留下些常用的工具。

借着月光，江炼看到，那人拿起一柄废旧锹铲，开始在墙根处挖坑，而墙根处好像原本就有坑，如今只是拓大而已。

那人背后背着弓，还有箭囊，看不清脸，脸上好像是拿布缠了一条又一条，只露一双眼睛，泛阴森而又诡谲的光。

这是在给他们掘尸坑吧？难得，居然管杀还管埋——江炼浑身使不上力，侥幸地觉得也许可以偷懒一把，先闭气，被埋进去算了，等上头没动静了，再刨开坑出来。

可惜的是，事与愿违。

那人先把无名氏的尸体搬扔进了坑中，然后把司机的尸体拽到跟前，伸手握住箭身，狠命一拽，竟硬生生把那根箭拔了出来，然后搁到身边，又顺手操起一块石头，向着司机后脑补了一记。

那沉闷的声响，惊得江炼浑身一僵，连呼吸都暂停了。

这人看来足够节俭，不肯让自己的箭陪葬，临埋前要回收；也足够小心，其实拖行了这么久了，还被拔了箭，怎么都不可能还活着，居然还要补上一砸。

这种箭，前头箭镞，后头箭羽，不管从哪一头拔，都如同活剐，江炼觉得，自己势必会忍不住叫出声的。既然这样，还不如借着这一痛的力道，博上一把……

他瞥了眼那杆被拔出的箭摆搁的位置，看似垂耷的手慢慢挪摸过去。可惜了，差了一寸多，怎么都够不着。就在这时候，那人大手一伸，揪住江炼的衣领，把他拖到近前——江炼就借着这一拖的便利，迅速将那杆箭握到了手中。

同一时间，那人也攥住了插在他左肩头的那杆箭。

江炼在心中默念"一、二、三"，就在箭羽拔出血肉的瞬间，借着这让天灵盖都泛凉气的剧痛，他暴喝一声，使尽全身的力气坐起来，右手的箭猛然斜向上刺，就听"哧"一声入肉声响，定睛看时，那箭竟斜穿了那人的脖子，箭尖钻透颈皮，斜着支棱在那人耳边。

那人瞪着江炼，喉咙里发出断续的声响，双眼暴突，目光中流露出惊恐和不可置信，手中还攥着那根刚自江炼身上拔出的箭。

江炼自从中箭受伤，因着箭身未拔，前后伤口都被封住了，所以虽有血渗出，多被衣服给吃进了，并没有外流，直到此刻，温热的血才汩汩流出，伤口周遭被这热流一浸，居然有种近乎变态的刺激。

江炼嘴角牵扯出一抹艰难的笑，对那人说："你还不倒吗？"

边说边伸手出去，在那人肩上推了一把，那人死前不倒，身子本就处在一种微妙的平衡中，哪还经得住外力，软软瘫了下去。

随着他这一倒，江炼再也支持不下去，后仰着砸躺下去。他大口喘气，眼前眩晕，却又拼命咬住牙根，吸气、呼气，然后伸出一只手，扯解开那司机脖子上的围巾，送到嘴边拿牙狠狠磨咬，末了"哧"一声撕开。

他把半截团进嘴里，用力咬住，手上也捏了半截，一点一点塞进肩头的伤口。每塞一点，身子就痉挛一下。痉挛过后，再往里塞一些。他圆瞪着眼，眼角张裂般疼，脑子里尽量想那些美好的事，比如和孟千姿拥吻、痴缠以及更多。

及至塞完，满手是血，嘴里那块布也几乎被咬烂了。

他又躺了会儿，这才用力坐起，伸手去扯那人脸上的布，扯得七零八落之后，喘息着伸手入怀，去摸手电。

原本，他怀里收拢了一堆手电的，以作声东击西之用，也不知道什么时候都滚落了。还好，还有最后一把，因为末端插进了裤腰里，反而留住了。

他把手电摸出来，撤亮了，照向那人的脸。

这是一张头骨变形的脸，江炼这辈子都没见过比这再丑的人：他的一边颌骨正常，另一边却歪斜顶出，像给脸拉出了一个尖角；一边的颧骨是斜向上，另一边的却下耷，原本该平行的两侧颧骨，硬生生被歪扭成了一道斜线。

江炼想起了水鬼的那个视频。

就在这个时候，不知道是哪个方向，似乎传来女人的尖叫声，不知道是美盈还是陶恬，而且，他直觉，是往这个方向来的。

江炼身子一震，迅速回到了现实之中。他撤灭手电，一脚把司机以及那人的尸体踢入坑中，自己也顺势滑了进去，然后伸手快速把刨开的土兜过来，尽数覆盖在自己和其他尸体身上。

他在这松软的泥壤里睁开眼睛，一动不动地盯向外头。很快，视线里出现了一个女人的身形。

她跌跌撞撞、气喘吁吁，嘴里发出近乎呜咽的声音，向着这堵垒石后奔了过来。

借着月色，江炼看清楚，这是陶恬。

他长吁一口气，身子微欠，正想出来招呼她，见目光所及处，心下一沉。

陶恬的身后远处，还有人，而看那人粗壮的身形和平稳的姿态，绝不是同伴。

江炼深埋在土下的手微微蜷起，忽然蹭到了什么东西，那是刚刚死在他手上的人，背在背后的……弓。

【11】

陶恬一瘸一拐，冲到垒石旁。

她也实在是没力气了，高原上的剧烈奔跑，比之平地，要付出更多的体力——她扶住垒石，惊恐地抬头看几十米外逼近的那个身形，头皮一阵阵发麻，一条腿已经没了知觉，另一条抖得几乎站不住。

就在这个时候，余光忽然瞥到身侧的地面冒起一团黑影来。

陶恬一颗心几乎跳停了，骇叫声已然冲到了嗓子眼，听到那人说："我。"

谁？

陶恬第一时间居然没反应过来。

江炼单手拽住弓和箭囊，也不多废话："他们几个人？"

这是……江炼？

陶恬大喜。这种时候，哪怕说话的是况美盈——只要是自己人，她都会喜极而泣的。

只要不是自己一个人面对就行。

"好几个吧，追我的有一个。"

好几个？再加上坑里的那个，不算少了，居然成群结伙，这些人是哪儿来的？

江炼顾不上想别的，他尽量伏低，身子倚住垒石，单手操作实在不利索："过来帮我，赶快。"

陶恬如梦初醒，小跑着上前，看到江炼把一张弓搭在垒石边，一时间有点发蒙，不知道自己该干什么。

江炼压低声音："把箭拿起来，搭上，我只有一只手能使力，得有你配合，你来稳住前弓，我来拉弦。"

陶恬不住点头，她其实颇伶俐，只不过年纪小，又没经历过什么凶险，一时间慌了神，现在有江炼安排，直如有了主心骨，手脚也麻利起来，只几秒工夫，已然就位。

江炼拉弓时，弓身渐渐弯起，弦也被抻得发出"刺刺"声响，陶恬两手死死握住弓身，生怕有丝毫颤动，影响了江炼发挥。

那人已经走到二十来米外了，陶恬额上渗出汗来，顺着一侧面颊滑落。

江炼轻声说："我射箭只是外行玩家，得等他近点。"

陶恬"嗯"了一声，听江炼气息就响在耳边，略带浊重，忽然想起他说只有一只手能使力："你……受伤重吗？"

"其他人呢？"

"我们分开跑的，神先生说这样胜算大点。"

"这人也用箭吗？"

陶恬不敢摇头，怕身体动作牵带了弓身："他朝我砸过石头。"

难怪陶恬像瘸了一样，看来是被砸中了。那人追得不紧不慢，直如老猫戏鼠，估计是笃定猎物逃不了吧。

那人在十几米外处停了一下。

江炼心中一动，立刻猜到是这头太久没动静，那人也起了戒心，立马吩咐陶恬："出点声，越害怕越好。"

陶恬发出不高的抽泣声，这声音里间杂着战战兢兢的喘息，显得惊惧惶恐。

那人果然又往这儿来了。

江炼笑了一下，夸她："挺好。"

陶恬听他轻笑，不知怎的，脸上一热，心里也一下子踏实了。她目视那人身影，喉头处轻滚了一下。

十米，八米……

七八米的时候，江炼手一松。

冷兵器曾雄霸中国战场数千年，而弓箭被称为"战争之王"，远非过家家时扎制的小弓小箭可比。那杆重箭裹挟风声直冲出去，势不可当，直接没入那人身体，那人没一点防备，被箭力带翻在地，痛极翻滚，发出低沉的闷哼声。

奇怪，居然没大喊大叫，话又说回来，事发以来，好像从没听过对方说过什么。

江炼瞄准的是躯干，因为箭术实在非他强项，"靶子"大一点才有准头，射不死也好，抓个"活口"在手上，不是什么坏事。

他正想吩咐陶恬去尸坑里割扯些布条来当绑带，忽听尖厉哨响，竟是被射倒那人在嘬哨，很快，东面、西面、南面各有哨声回应，听音辨位，有些距离并不远。

江炼悚然心惊。他收弓在手，吩咐陶恬："带上箭囊，咱们往北跑。"

陶恬应了一声，箭囊往身上一挂，快速跟着江炼冲了出去。尽管腿脚不便，还是尽力奔跑。耳边风声"呼呼"，也不知道是不是错觉，总觉得有石头砸扔过来，但因为距离渐远，只零落地"咣当"落于身后。

也不知道跑了多久，江炼忽然停下，转身后望。陶恬紧张得连风声都听不到了，只觉头脸处萦绕的尽是两人不成节奏的喘息。

她上气不接下气，连连催促江炼："跑……跑啊，被追上，就完了……这些怪物，像……像狩猎一样。"

是像狩猎，黑暗中的狩猎。

在这片没有人烟的森森旷野，张弓、持箭，或者飞石，进行着最古老的行猎方式。

江炼说："是像狩猎，但是，如果你只把自己当成猎物，那你只剩下被追逐猎杀的份儿了。"

"要想活命，你也得狩猎。"

陶恬语无伦次："不是，江炼，你没看到它们的样子……"

她想起翻车前的所见，浑身激灵打了个寒战。

中午，地近三江源，极目四顾，山山相连，山头都有雪覆盖，在刺目的阳光下连成一片。

这还不是昆仑山，三江源所见的山峰，主要为巴颜喀拉山、唐古拉山及东昆仑山的支脉。

车队停车用餐，吃的依然是锡盒加热饭。孟千姿拿起饭匙的时候，注意到冼琼花在边上看她。

她舀起一大匙菜饭送进嘴里，狠嚼了咽下。长辈们的想法也很奇怪，她担心江炼，就该茶饭不思、以泪洗面吗？

她偏不，她要吃得好、睡得好，拼命补充营养，身体好起来了，她才可以去做一切事，没有人会比她更在意江炼的下落，她倒了，就是把搜寻江炼这事交到一群不在意他的人手里。

她偏不。

刚扒拉了两三口，何生知忽然攥着电话，气喘吁吁地跑过来，一脸惊喜："孟小姐，前方……就是三江源那搜救的人说，找……找到一个了，生……生还者。"

孟千姿一口米饭噎在喉里,大声呛咳起来,边上的辛辞忙给她递水,她大口骨碌咽下,问何生知:"哪……哪一个?"

她一万个希望,那个人是江炼。

可惜事与愿违。

何生知说:"说……说是其中一辆车的司机。受了轻伤,被吓着了,也冻着了,现在话还说不利索。不过队医瞧了,说大问题没有,一会儿就可以问话了。"

孟千姿把餐盒一搁,接过辛辞递来的帕巾抹了抹嘴,吩咐何生知:"都别吃了,马上出发,到了再吃。"

孟千姿第一时间见到了那个司机。

说实话,她心里挺失望的。

怎么偏偏是一个司机?就算不是江炼,是神棍,是陶恬,是况美盈或者韦彪都好啊,偏偏是一个无关紧要的。

她知道这想法不对,太过自私,但没办法,人心是杆秤,称什么都有轻重。

尽管原地有几顶水鬼的破帐篷,但毕竟死过人,山户有些忌讳,另择了地方扎营。

司机叫孙耀,四十来岁年纪,个子不高,但挺敦实,看脸就知道为人精明、处事也圆滑,这人并非山户,只是常跑这条线的老手。

孟千姿见到他时,他已经缓过来了,裹一条羊毛毯,喝着咖啡镇定心神——山户已经许诺了他一笔优厚的封口费。这让他觉得,这一趟虽然凶险,到底还是值得的。

他向孟千姿讲述当晚的情形。

"就是刚看完那个帐篷景点不久,陶小姐要看的。重新上路没多久,车子突然轧到人,还爆胎了。

"那辆车的司机,大黄,他傻呀!我们常跑这条线都知道,晚上遇到状况,要防人下套,应该待在车里不出来。结果他下车看,一箭过来,把他的头都给穿过去了。"

"一箭?"

孟千姿看向孟劲松,孟劲松冲她摇了摇头,低声说了句:"现场没找到箭,也没尸体。"

孙耀朝他压了压手:"我还没讲完,讲完了你就知道了。

"后来我们就想办法,得冲到那辆车,开车跑。那个炼小哥,他身手好,假装逃跑,帮我们声东击西,后来我们都上车了,就等他了,谁知道那个箭太快,'唰'的一下,他也完了,死了。"

帐篷里忽然安静,孟千姿只觉脑子里一片空白,她知道所有人都在看她。

070

她嘴唇嗫嚅了一下："死了？"

其实当时没死的，但后来必然是死了，所以，一口咬定死了就对了。这样，他自己的行为就好解释了："我看到的，一箭把人给贯穿了，我心说不能全陪葬啊，我就开车跑，结果其他人吼我停车，尤其是那个韦先生，他说他要下去……孟小姐，如果你们之后找到他们，要帮我解释一下的，我当时，是真的想着把现有的人给救出去……"

孟千姿坐在轮椅上，只觉得身子一会儿冷，一会儿热，声音也飘飘的："嗯……你继续往下说。"

往下……

孙耀打了个寒噤。

"然后就开车，我本来就心慌，车里人还在又吼又叫的，就在这个时候，车前方突然出现一个……"

他连咽了几口唾沫，似乎也不知道该怎么形容："怪物。孟小姐，我一辈子都没见过这种的，像个螳螂，头特别大，脖子细，那个胳膊，有一般人两倍长，腿也是，它就……蹲在那儿。我吓……吓疯了，猛打方向盘，那儿路也不好，就翻车了……我这胳膊，就是翻车受的伤。

"但还好，应该都伤得不重，大家伙都吓着了。那个韦先生踹开了车门，我听见神先生说，分头跑，大家分头跑，这样，没准儿还能跑掉一个、半个。"

当时，孙耀多了个心眼：如果黑暗中，这些人慌慌张张、四散逃窜，对方一定会忙着去追，谁会猜到，还有人待在车里呢？

所以他关掉了车里的灯，应和着吼了句："快跑啊。"

然后伏在车内不动，还偷偷拽了件衣服，把自己的身体给遮住。

事实证明，他这举措是对的。车里的人都跑了，散向各个方向，只留一辆翻倒的"空车"，谁也没注意到，车里还藏了个人。

孟千姿没说话，她脑子里有点乱，仅余的那点儿气力，只够她保持着姿态不倒。

冼琼花看了她一眼，代她发问："那你为什么不一直待在车里等救援呢？"

孙耀说："我也想的啊。我想着，就这么藏到天亮，反正也没人发现我——可是，两辆车不是相隔不远吗？过了会儿，我就听到有人在砸那辆车……"

孟千姿突然反应过来，急急打断他："不对啊，江炼给我打过电话，打电话的时候，有人砸车的。他如果死了，怎么给我打的电话？"

孙耀张口结舌，顿了顿才说："那可能是，当时还没死透？还想着打一通电话。"

也对，孟千姿又不说话了。那时候，江炼叫她"千姿"，声音听起来是很虚弱。

孙耀定了定神："我一看，原来那些人还会搜车，这谁还敢在车里待啊？我就寻了个机会，偷偷跑出来。当时我看到，那个砸车的人，用绳子把三具尸体给系上，力气很大，一驮三，像驮死狗似的……"

孟劲松咳嗽了一声。

孙耀猜到是"死狗"这词不雅："就驮走了，三个人头朝下吊着，都一动不动……我就知道这三个是死了，至于其他人怎么样了，我就不清楚了，当时一片黑，对方上来就杀人，还有那么可怕的怪东西……"

说到这儿，又打了个哆嗦："我找了个石头缝躲起来，都没敢出去。能捡回这条命，也算祖上积德了。"

没什么好听的了，孟千姿拍了拍扶手，吩咐辛辞："推我出去走走。"

辛辞应了一声，推着轮椅出帐篷。冼琼花想上来说些什么，孟千姿拿手往外推："七妈你别跟来，谁都别跟来。"

辛辞一路把孟千姿推出营地，但也不敢距离太远。这种地方，还是离人近点安全。

其实这地面，崎岖不平的，很难推，再加上三江源地带，所谓的河流如寻，土壤水含量比别处要高——只推了这么点距离，两个椅轮上就都裹上了淤泥、杂草。

孟千姿忽然弯下腰，呕吐起来。

那个几天之前，还温柔亲吻她的人，被一箭射穿，然后，狗一样被驮走了。

辛辞叹了口气，上去给她摩背。说什么呢？他觉得什么都不说最好。有些时候，言语无力，况且人家当事人未必想听到什么"节哀顺变"之类的场面话。

正摩挲着，手腕忽然一紧，低头看时，是被孟千姿死死攥住了。

她缓缓抬头，眼圈泛红，但眼神里头都是煞气。

辛辞有点心慌："千姿？"

孟千姿说了句："我要报仇。"

那是，辛辞赶紧点头："是得报仇。这么多人，大家不都在拼命找吗？等找到了，有它们受的。"

"不要'大家'，是我的事。那些人，不管几个，应该死在我手里，才对。"

辛辞没听懂："是，你想亲手报仇，也是……没错的。但你现在不能走路啊。"

孟千姿纠正他："不是不能走路，是走路腿疼而已。"

当天，孟千姿没有继续赶路。

她这心情，冼琼花大致了解，也没催她，只是晚饭后，拉着她说了一回话。

无非是什么"事已至此，要着力于眼前"，等等，让她意外的是，孟千姿的情形要比她想的要好，一直点头，末了还反过来让她放心，说自己没事，睡一觉就好了。

冼琼花甚感欣慰。

只是这欣慰里，总掺了那么一丝不对劲。晚上睡下之后，越想越蹊跷，又披上衣服过来。

到了帐篷口，犹豫了一下，思忖着自己是不是疑神疑鬼。正迟疑间，有个脑袋鬼祟地探了出来，似是要望风，恰和冼琼花四目相对。

这是辛辞。

辛辞没提防会见到她，那脸色如见了鬼，"妈呀"一声，急退回去。

这一下，正坐实了冼琼花的怀疑，她一个箭步冲了进去，一眼就看见孟千姿站在当地，劲装束发，正将山鬼箩筐背上后背。

看到冼琼花时，她也愣了一下。

冼琼花脑子里嗡嗡的，下意识问了句："姿姐儿，你怎么站起来了？"

话未说完，目光在帐篷里急扫，一下子就看见了几个空的、扔在地上的药剂空瓶，其中一个瓶口还插着注射针。

冼琼花一下子明白过来，瞬间变了脸色："你疯了吗？你注射这么多，它只会让你对疼痛没感觉，不是让你愈合——你这样走出去，你的腿会废的！是谁？是不是辛辞帮你去偷药的？"

辛辞本来就已经心慌得不行了，又听到自己被点名，吓得一个激灵。

孟千姿反而轻轻笑了，问她："腿废了又怎么了？江炼都已经死了，我就废条腿，废了腿，还不配坐王座了吗？"

又指辛辞："我让他去拿的。你要罚他，等我回来了再说。"

说着就要往外走，冼琼花又急又气，一个箭步上来，挡在孟千姿面前。

说实在的，七个妈和孟千姿的关系很微妙。孟千姿不强硬时，是七个妈占上风，但她一旦强硬，还真拿她没辙。

冼琼花尽量平复情绪："姿姐儿，我明白你的心情，我也知道你难过，这件事，我们从长计议。这么多人，都是为这事忙的。急不得，更不能一个人去涉险。你连对方是什么人都不知道，这不是去找死吗？"

孟千姿说："我不需要知道它们是谁，我只需要它们死在我手上就行了。我也不难过，等我了结了这事，找回了江炼的尸骨，我再难过也不迟。"

冼琼花脑子里一团乱，只觉得自己口拙嘴笨，脱口说了句："你身份不一样，要想想自己的责任……"

孟千姿笑："一个坐王座的，连自己爱人死了都没点动作，也好意思谈责任。"

她搡开冼琼花，又要往外走，冼琼花回过神来："姿姐儿，你至少带上人！"

孟千姿回头看她："七妈你还不懂吗？这是我自己的事，我就想亲手做这件事，每个环节，都是我亲手做，不要别人经手。"

冼琼花盯着她看，看着看着，终于服软，说了句："那你至少，带上枪。"

孟千姿笑起来，说了句："你问辛辞。"

说完，帘门一掀，就出去了。

冼琼花一颗心狂跳，看晃动不止的门帘，怀疑自己是不是在做梦，又惊讶于自己居然会放她出去。过了会儿，她忽然想起那句"你问辛辞"，于是转头看辛辞。

辛辞小心翼翼比画了个"二"的代表胜利的手势，冼琼花怒意又起："你还高兴！你很得意是吗？"

就听辛辞诚惶诚恐说了句："两把。"

【12】

孟千姿一个人开了辆四驱车。

她很少一个人，从小到大，身边都围满了人。记忆中，好像从来就没有哪一次是真正纯粹一个人去做什么事的，哪怕私奔，还拽了一个呢。

她也很少自己开车，因为一直有司机；偶尔自己开，也小心翼翼，因为城市交通复杂，人流、车流量都大，容不得信马由缰——但高原不同，一眼望出去，别说人了，鬼都没一个。

她把油门踩到最大，身子随车子一起飘，觉得整个人像颗出膛的子弹，滑出逼仄幽暗的枪管，滑进陌生阔大的世界。

她开过江炼他们出事的地方，那两辆车太笨重，还那么倒翻着。高原上就这样，拖车耗费太高，一般人会拆件回收，任车架子原地横陈。后来者看见了，也不会惊讶，只会以为是出了行车事故，然后警醒自己"道路千万条，安全第一条"。

一直把车开到黑压压的群山附近，她才停下。

周围安静极了，只偶尔有风声"飒飒"，孟千姿在车内翻了翻，从手套箱里找到了烟和打火机，还在后座上找到了两瓶黄河啤酒。

有酒好，酒让人兴奋，她接下来想把事做好，就是得让自己保持在一个亢奋、兴奋甚至半癫狂的状态。

有烟也好，舒缓、放松，人不能太紧张，太紧张，就成不了事了。

孟千姿点烟就酒，烟头的灰烬慢慢积起，像极了她迟来的情绪。

江炼的死太突然了，像一盆水凌空浇下，而她恰好立于棚下，要过好久好久，才会有点点水滴从棚顶渗下。

不过现在，她用不着想他。等事情了结，她又没死的话，会瘸一条腿，再坐几十年王座，几十年，够她去哭、去痴、去回味、去形销骨立。

不差这一晚，不差这两天。

一瓶酒下肚，脸颊发烫，人也微醺，孟千姿从山鬼笭筐里掏出形如滴眼液的瓶子，仰起头，往两只眼睛里各滴了两滴，然后闭上眼睛，迅速转动眼珠。

这叫"亮子"，是水鬼的玩意儿，用于夜间视物，据说制作原料来自猫头鹰和壁虎，都是夜视能力绝佳的生物——这"亮子"的夜视程度虽然不如手电，看路是足够了，而且胜在隐秘，夜间活动，不会被光亮暴露。

眼睛适应了之后，她伸手抚了抚右脚踝上的金铃，穿戴好武装带，背起山鬼笭筐，两把枪，一把插背后，一把插腿侧，小腿边还插了把套层的匕首。

然后下车，一直往空地上走，车上有定位仪，后续自有人来回收。

走到中央处时，她单膝跪下，嘴里默念咒声，然后上身慢慢下伏，直至伏于地面，双手抓捻泥壤，又摊平抚开。

过了会儿，她站起身子。

比之刚才，什么都没变，风还是不定的风，人还是人。

但又什么都变了，风里，渐渐有了味道。

这是金铃的又一个功能，山风引。

这世上，万物都有味道，有时候，看似消散，实则留存，只不过是太稀淡了，你闻不见而已。

山风引，不大适合南方水泽山林，因为那里太潮湿，动植物又太多，各种朽败、腐烂以及生物的味道混杂在一起，很难分辨，往往闻着闻着，自己反而头晕眼花——但这一招儿，非常适合西北雪岭。这里人少，牲畜也单一，味道的基数小，想从中择出特殊的、奇怪的或者血腥的，很容易。

找特定的人比较困难，但如果这人体味特殊，或者喜欢用浓郁味儿的香水的话，也不难操作。

孟千姿鼻翼微微翕动，伸手在鼻端不断拂动，那感觉，像是有无数味道过来，排队等她甄选，而她排除掉一道又一道。

过了会儿，她垂下手，转向一个方向，快速奔跑起来。

其实山风引类似于贴神眼，人在操作时，都是进入一种恍惚的状态为最佳，大概这样，才能全身心投入、不疯魔不成活，但孟千姿不大喜欢山风引，总觉得这样嗅嗅追追，好像一条狗哦。

她对教她这一招儿的二妈唐玉茹抱怨过，唐玉茹斩钉截铁地说："狗才不如你呢。"

真不知道是贬狗，还是贬她。

约莫两个小时之后，孟千姿循着一股奇怪的腥臭味，追踪到一个洞穴。

洞穴位于半山腰，入口很隐蔽，如果不是循味道，只凭眼睛看的话，白天都很容易错过，孟千姿在入口外立了一会儿，静听里头动静。

没声音，味道也没波动，这儿，可能只是个无人的栖宿地。

孟千姿揿亮手电，缓步走了进去。

洞穴不大，但也足有五六十平方米，手电首先照到的，是一摊血迹，孟千姿盯着那摊血看了会儿，这种血量，应该是受伤。

她移开手电光，很快，光的尽头处有什么东西闪耀，是一副眼镜，半边镜片碎裂，另半边完好。

孟千姿走过去，拎起了看，她很快就认出，这是神棍的眼镜。

那个叫孙耀的司机说，车里的人是分开四散逃跑的。

如果对方是冲着神棍来的，那神棍就是重点目标，他被抓住，是顺理成章的事儿。

神棍死了吗？不像，这儿距离事发地已经很远了，神棍那体魄，跑这么远够呛，也许是被带来的，然后，又被带走了。

带去哪儿了呢？这儿是巴颜喀拉山脉，但她一路行来，方向很单一，是往西北。这个方向，走得足够久，会连接上昆仑。

孟千姿沉吟了会儿，把只剩了一个镜片的眼镜腿塞进包里，站起身时，又在山壁上看到了一样东西。

那是一块……人皮？

泛白、发烂，松松垮垮粘在山壁上耷拉着，孟千姿嫌脏，没有伸手去触摸，凑近闻了一下——现在的嗅觉太灵敏了，有点生理不适，又退回来。

没错，是这味道，奇怪的腥臭味。

她掏出经纬度定位器，记下这一处方位，时间紧迫，药剂的作用四个小时后开始减弱，届时需要重新注射，而身体有可能会产生抗药性，也就是说，第二次和第三次注射的效果将远不如之前。

得抓紧时间了。

孟千姿正想往外走，鼻翼下意识地又是微动。

有腥臭的味道过来了，越来越近，而且这味道里带燥热。

活的。

孟千姿迅速揿灭了手电，左右看了看，避身在一块山石后，抽枪在手，搭于石上，屏息瞄准。

没过多久，那个东西就进来了，形体怪异，一看那脑袋，孟千姿就知道这是"谁"了，果然是脑袋硕大，四肢细且长，宛如螳螂人。

孟千姿咬牙，枪口下压，瞄准它一截细腿，扣下扳机——说实在的，她的射击跟她钓鼋珠似的，时中时不中，纯看运气，今儿戾气重，似乎运气也好，一击即中。

那螳螂人翻滚开去，发出很低的怪音。这声音让人心头发毛，似乎是喉咙和声带没发育好，没法正常发声，但偏又要挤出些来。

孟千姿揿亮手电。

这一下，看了个分明。

这螳螂人是穿着衣服的，衣服也不知道是谁的，左穿一件，右套一件，只起个蔽体保暖的功能，正常人绝不会这么穿。脑袋也不是大，是后脑凸起，像是长了两个头的畸形儿，但一个头未能独立，被另一个吸收。更骇人的是它的四肢，袖子和裤子只遮住肢体的一半，另一半是露在外面的，不知道是不是被手电光惊到，那露出的一半居然翻折了回去。这一翻折，体形倒是比先前正常，像是个人了。

地上，落了跟细秸秆一样的腿，是被她打断的那截。奇怪，断了腿，居然没流什么血，而且，那截腿上的皮肤，看起来腐烂而又松垮，有几处的皮耷拉欲坠，像是在哪儿稍稍一蹭，就会被蹭带下来。

孟千姿一下子想到了水鬼。

没错，一定是水鬼。当年水鬼在三江源出事，死状千奇百怪。她印象最深的，是听说有人的骨头长得戳破了皮肤——这是皮肤的生长速度没赶上骨头，若是赶上了，人又活下来了，就是眼前的螳螂人了吧。

但这是哪一拨的水鬼呢？

电光石火间，她一下子想明白了：三江源的那几顶破帐篷，原本是一个营地，里头至少也有二十来号人。后来，丁盘岭出现的时候，那一个营地的人全都失踪了。

山鬼介入之后，水鬼已经安分守己了，不再四处活动。理论上，漂移地窟断了"手脚"，也失了"耳目"——最后失踪的那批水鬼，正是它们最后的爪牙和倚仗。

孟千姿从藏身处出来，枪口始终朝向它，防它再有异动："会说话吗？"

这一句，问了也白搭，断了腿都没能呼痛，这嘴长的，她是不指望了。

"那总会画画吧？"孟千姿示意了一下地上的一颗小石子，"捡起来，我问，你画。"

螳螂人犹豫了一下，手臂又折开，捡了石子在手上。

孟千姿单手入兜，取了神棍的眼镜出来晃了晃："这个人，去哪儿了？"

她原本想问，是活着还是死了，转念一想，不能给选项，得让它答。

螳螂人低下头，细长的胳膊在地上画来画去，孟千姿看着看着，忽然毛骨悚然。

她还以为，这些人跟阎罗身体里的那个一样，只会画一些拙劣的笔画，但没想到的是，这人居然会写字——看这样一个怪物写字，实在让人心头发瘆。

这一晚，她抱了拼命的决心，自觉已经无畏无惧，但这几个字，还是叫她顷刻间头皮发紧。

螳螂人写："我认识你。"

她很快定了神，冷笑一声："你见过我？"

没准儿是对方装神弄鬼，故意扰她心神。

螳螂人指向她脚踝。

孟千姿低头去看，是伏兽金铃。她之前动咒时，为了方便行事，曾挽起裤脚，让金铃露出，因为这条腿打了针剂，无痛无感，也不畏阴森寒冷，所以忘了放下。

这人不是见过她，是见过伏兽金铃。

孟千姿说了句："这就是个金链子，到处都有卖的，没什么稀奇的。"

螳螂人摇了摇头，又低头去写字。这一次，它身子趴得很低，头也垂得很低，手臂发颤——孟千姿想起阎罗的自杀，管他呢，这东西要自杀，就让它死。

但是，它写的字，引起了孟千姿的注意。

打头那两个字，就是"天梯"。

伏兽金铃，据说对应九种符样，孟千姿最常用到的，就是"动山兽""避山兽""伏山兽"，连"山风引"都用得少，但少归少，她至少知道是怎么回事，唯有最后一道"启天梯"，空有符样，但没有符咒，也没有符舞，问大娘娘时，只说没传下来。

没传就没传吧，历史上，各行各业，失传的、断代的，多了去了，也无所谓这一样。

这个人，是真的见过伏兽金铃。

孟千姿心中疑窦丛生，她端着枪，慢慢绕到螳螂人身侧，又绕至身后。

这个角度，可以看到更多的字，它写："你在那里，你要小心，你……"

为什么都用"你"字打头呢，好像要对她嘱咐什么。

就在这个时候，螳螂人后脑上、褶皱的皮层间，突然一张，睁开两只眼睛来，凶光毕露。

与此同时，它的双臂、双腿，猛然往后翻折。它后脑多出的那块，居然是张无鼻无嘴的脸，四肢可前可后，运用自如，换言之，它背后，也是个人！

就说不可能这么配合！

孟千姿一咬牙，枪口急垂，对准那双眼之间扣动扳机，就听"啪啪"数声枪响，直打得那玩意儿脑浆四迸，但它身体居然没立刻死，细长的胳膊和腿急速在地上窜动，蹿出了几米开外，还扭动痉挛了一会儿，才没了声息。

孟千姿站着不动，还持枪等了好一会儿，才长呼一口气，然后低头看那些字。

它写的是："天梯，你在那里，你要小心，你会死在那里。"

果然写不出什么实在的东西来，这是在咒她呢。

【13】

孟千姿出了洞穴，尽量远离洞口，让过往山风洗涤盈满腥臭的鼻子，省得影响接下来的追踪，又拨了个电话给冼琼花。

冼琼花还没睡。当然了，哪能睡得着啊！这消息她还捂着呢。孟千姿不出事还好，一旦出事，她就是第一责任人。

难怪大多数人都不愿担责任，没尘埃落定之前，太煎熬了。

她飞快接起电话："姿姐儿，是要后援吗？"

孟千姿说："不用，进山了，他们跟不上我。"

跟不上……

冼琼花立刻反应过来了："你是用了山风引？你那腿，真不想要了？"

用山风引的人逐味而动，速度相当快，普通人压根儿追不上，冼琼花就是担心她那腿，剧烈运动，肌肉撕裂，这可怎么得了！

孟千姿低头看自己的腿："没关系，现在科技那么发达，以后装条多功能腿，说不定比原装的强……七妈，你联系一下那个宗杭。"

这是事来了，冼琼花不觉坐直身子。

"问问他，那个最后的营地，失踪的水鬼，一共多少人。我怀疑其中有一部分，已经被……"

她停顿了一下，都不知道用什么词好："已经被'它们'给夺舍控制了。袭击江炼他们的，就是这些人——它们攻击营地的可能性不大，但你也得加强戒备。从现在开始，我每隔半个小时给你发一次经纬定位，有需要帮忙的地方，我再联系你。"

冼琼花还没来得及应声，电话已经挂断了。

孟千姿先把当前的定位给发出去了，长吁一口气，活动了一下肩颈之后，重新循味而去。

那股味道很淡，好在如一脉柔韧游丝，尽管有时会突然追掉了，但原地站定，四面嗅查之后，又能很快接上，方向还是那个方向，看来昆仑山这个目的地，是不会错的了。

孟千姿心念微动：这几个前水鬼，明显是从漂移地窟出来的。按照神棍的设想，漂移地窟不漂移之后，很可能蛰居昆仑——现在这几个怪物，又在往昆仑行进，而四妈在昆仑那头的搜山，突然见血要命……

两者之间，会有关联吗？

她只觉得匪夷所思，两地相隔好几百公里啊，开车没一天都到不了。

正待翻过一个山头时，孟千姿蓦地停下，过了会儿，侧身向南，又嗅了嗅。

有血腥味，味挺重，不凉，没有动物的那种臊臭，应该是人。

孟千姿犹豫了一下，还是先折向，循着那血腥味过去。

走了一公里左右，乱石渐多，偶尔下脚去踩，会有滑石"哗啦啦"滚落，孟千姿不得不取出手电照明——灯光里，她看到自己呼出的团团白气。越来越冷了，巴颜喀拉是一连串褶皱山脉，越高处越冷，一山有四季那是惯常事儿，山脚下还牛羊漫步、绿草如茵的，上头却雨雪交加。

很快，她照见了一处蜿蜒的山间裂缝，有二十来米长，宽度不定，最窄处十多厘米，最宽处也不到半米，如一张微微启开的山石巨嘴。

这种裂缝属于山体开裂，成因复杂，有时是因为地震，有时是因为炸山，还有些只是因为时间太久了，山的纹理自然开裂——毕竟山也如人，尽管跟人的计命维度不同，总有残败塌衰的一天。

她打着手电照向裂隙。这裂隙还挺深的，一时间居然照不到底。手电光在下头梭巡了一回，陡然定住。

手电尽头处，恰露出一张满是血污、双目圆睁的脸。

孟千姿头皮一麻，旋即就发现，那人居然是韦彪。

这是……死了吗？她嘴唇发干，身子僵了有一两秒。

好在，她很快发现，韦彪还没死，他一只手臂正虚弱地往半空探抓，似乎是在求人救他。

孟千姿深嗅一口气，确定方圆二三里内没有什么大型活物靠近，迅速从包里取出缒绳，一头结在一块稳妥的大石上，另一头过肩系腰，把手电插在肩扣里，然后从裂口处一步步下去。

越是靠近，越是心惊。

很显然，韦彪是被人从裂隙口扔下来的。倘若一落到底，势必脑浆迸溅、一命呜呼，但万幸的是，韦彪人高马大、腰圆背厚，那衣服码子，比一般人大了一两号不止，于那裂缝的收窄处，居然卡住了，不上不下，一直悬吊着。

这要是换个瘦子，早见阎王去了。

但这样一来，痛楚也加剧，任谁用胸腹处的挤压去架全身的重量，都不可能好受的，而且，韦彪还受了伤。孟千姿注意到，他嘴里只能发出沙哑的"嘶"声，就没个成句的话，小腹上应该是有大创口，就差开膛露肠了，一只手死死捂了兜住，两条空悬的腿痉挛着，似是想找方位来踩，但脚下偏偏就没有能踏的地方。

这简直比下地狱受活剐还惨啊。

孟千姿鼻子一酸，她迅速从包里掏出一管葡萄糖，掏出匕首，横刀削了管头，先喂到韦彪嘴里，吩咐他："先别说话，保持体力。"

然后又降了一米多，用匕首在相对的山壁上凿了两个上下的凹窝——给她配的匕首，虽然不至于削铁如泥那么夸张，但凿石劈砍什么的，足够应付了。

凿好之后，她两手抓抬韦彪的腿，帮他把脚踏定。

双脚终于能够踏到实处，稍稍分担些胸腹处的压力，于此时的韦彪来说，简直是世上最幸福的事儿了。他咬着管身，长长呼出一口气。

孟千姿又取了带有药粉的绷带，先给他大致包扎了伤口，这才又顺着绳子爬高到与韦彪身位平齐，右腿蹬踏山壁，把身子给稳住。

腿上有些发虚，好像是知觉在渐渐恢复，伸手去摸，大腿的裤面上洇了一层血，孟千姿吁了口气，摸到腿弯处的拉链，把裤管拉开——幸好穿的衣服都是方便拆卸的，否则裹个伤还要脱裤子，忒麻烦了。

她抹掉腿上的血，自己给自己缠绷带，韦彪在边上看她，嘴唇微微翕动，那管还剩了些的葡萄糖，就坠入了裂缝深处，连个响都没听着。

韦彪的声音干涩、微弱、喑哑，从喉咙口硬挤出来："美盈……"

况美盈？

孟千姿动作一滞，瞬间抬头，连伤都忘了裹。

"孟小姐，你救……救美盈……"

他说话太费劲，孟千姿尽量把话问全："美盈被那些人带走了？"

韦彪"嗯"了一声:"她……她发病……"

孟千姿只觉一股凉气从心头升起:"发病了?那种皮肤会自行裂开,还会流血的病?"

韦彪又含糊应声。

这病发的,还真会挑时候。孟千姿沉吟了会儿,垂下眼帘,继续裹伤:"不用担心。要杀她的话,早杀了。现在不杀,说明一时半会儿的还不会杀。"

而且,追根究底,况家跟"它们",在古早的时候,曾经是一头的,也许正是看在这层情分上,况美盈暂时能得周全。

包扎完毕,她接上裤管,又拿出备用的针剂,给自己做二次注射:"况家女人那种病,从病发到死,还得有段时间呢,想做些什么,还来得及。"

她给自己做肌注,针头入肉的瞬间,有一丝尖细的痛,一路循行,像是正拽着心口,微微扯了一下。

孟千姿声音忽然带了颤,她尽量保持正常:"我问你啊,江炼……"

不问还好,这一问,韦彪居然红了眼圈,颤抖着说了句:"太……突然了,我想回去救他的,他一开始就……"

孟千姿"哦"了一声,低头慢慢去推推柄,耳边兀自听到韦彪的喃喃自语:"我们一起长大的。干爷说,三个人要相依为命。是我太没用,干爷这才走了多久,没能救回他,也没保护好美盈……"

推柄推到了底,孟千姿视线也渐渐模糊,她猛闭了下眼,又睁开,拔出注射器,扔掉用过的针头:"这也是没办法的事,有人生,有人死,看开点吧。

"我没法救你上去,我会把定位发给山户,在顶上做个显眼的记号,你尽量保存体力,等救援。有一些情况,跟你确认一下——方便说话,你就说。不方便,点头摇头,'嗯'一声,或者给个眼神也行,我看得懂。"

从韦彪口中,孟千姿大致知道了翻车后发生的事。

当时,车上的人四散奔逃,依着神棍的建议,各跑各的,尽量分散,没人知道那个司机孙耀藏着没动。

况美盈晕死过去了,自然是由韦彪背着。他慌不择路,一口气奔出了好远。大晚上的,又没有灯光照亮,压根儿也不知道自己跑到了哪儿,到了后来,身周一片死寂,反不敢跑了,怕"呼哧呼哧"的喘气声和"啪嗒啪嗒"的脚步声引来什么东西。

韦彪觉得山上会比旷野安全,毕竟山上有遮有挡的,所以他一路往山里走,想找个山洞或者避风的地方凑合一晚——等到天亮了,事情或许会好办些。

082

他在半山腰处找了个避风的所在，抱紧况美盈，自己不敢合眼，警惕地环视周遭。

因为一直没异样，他心理上有些放松，后半夜打起了盹。也不知道是哪一次打盹醒来时，忽然发现，前方不远处的山梁上，立了条诡异的影子。

是那个螳螂人。当时，它的四肢都是翻折开的，又细又长，手脚着地，头颅又奇大，看起来极其瘆人。

韦彪吓得大气都不敢喘，暗自庆幸自己的藏身之处还算隐蔽，那个螳螂人在距离两人很近的地方走过一两回，好在没发现什么，又渐渐走远。

况美盈就是这时候发病的。

皮肤的撕裂，那可相当难忍。况美盈在昏睡中胳膊一抽，呻吟出声。尽管韦彪当即捂住了她的嘴，那个螳螂人还是又被招回来了。

韦彪捡了块石头在手上，看着那黑影背对着他停于身前，心说一不做二不休，砸晕最好，砸死活该。哪知刚一抬手，那螳螂人就扑到了他身上。一条细长的胳膊牢牢钳住了他的脖子，然后双腿腾跃，带着他不断奔窜——这螳螂人若停下，韦彪或许还能跟他厮斗一番，但它一直不停，谁能架得住自己脖子如被套上了缰绳般一直拉着跑呢？

他不断挣扎，双腿踢踏，很快晕了过去。

再醒来时，就是在孟千姿到过的那个洞穴里了。当时天已大亮，整个人手脚被绑，况美盈躺在他身边，身边蓄积了一小摊血——头遭发病，症状还算轻微。

神棍也在，颓然坐在一边，他倒是没被捆，可能那点战斗力根本不入对方的眼，不过，不知道他是不是挨过打，眼镜的一边镜片裂了，鼻血长流。

洞穴里，没有那个螳螂人，只有一个包着头脸、只露眼睛、敞着衣服的男人。

这男人的身体很可怕，白茬茬的颜色，像在水里泡久了，又肿又烂，乳下有个大的创口，但没有血，只翻着肉，手里头拽着根绳，绳头上结了个网兜，里头兜了块石头。

见韦彪醒了，神棍低声吩咐他，千万别有异动，那个投石男的准头很可怕，刚刚他想寻个机会去套个话。那人一个抬手，那块网兜里的石头荡过来，破了他的镜片，还让他流了鼻血。

又说，这种结绳投石，是古早的时候才流行的。

韦彪不关心这些，他只奇怪，那个螳螂人哪儿去了，还有，大家都被拘拿在这儿，少了司机，少了陶恬，那两个，是逃出去了呢，还是仍在被猎杀？

就这样，硬生生挨到了半夜，又有个高大的男人进来，同样包头遮脸，身形比韦彪还要粗壮，拎一根木棍。

木棍男停在投石男跟前，明明没发出声音，但很奇怪，韦彪觉得这两人在交谈，那个投石男似乎很愤怒，整个人歇斯底里，还不断去指身上的创口。

过了会儿，木棍男也坐到一边。

况美盈已经醒了，吓晕过一次之后，多少有了点耐受力。这次没晕，只挨着韦彪瑟瑟发抖。有时候哭，半是为了自己开始发病，半是为了江炼。

就这样，三个人挤成一团，粒米未进。又过了一夜，这一次，韦彪睡了过去。

再醒来时，又是一个白天，那个螳螂人已经回来了，和两个同伴凑在一处，依然是那种无声的交谈，螳螂人还一直拿手去指神棍和况美盈。这样韦彪心底生出不祥的感觉来：为什么单单不指自己呢？

看得出来，投石男仍然恼怒，但似乎是被说服了，没过多久，就过来拽拉三人。

况美盈吓得说不出话来，只被推着走。神棍倒是被大折腾了一番，还跌落了眼镜，不过韦彪怀疑神棍是故意的，他大概想给搜救的人留下点线索。

三人就这么被驱赶着，开始了在山里的跋涉。况美盈是累不得的，这也是好事，她一个人拖慢了整个进度。再后来，就到了这个山头，那个螳螂人像是早知道这儿附近有山裂缝，拖着韦彪便走。

情形一片乱，况美盈失声哭叫，神棍也试图过来帮忙，韦彪奋力反抗。混乱中，被螳螂人尖利的趾爪剖了腹，又被半拖半拽着带走，扔了下来。

被扔时，太阳还没落山，也就是说，那差不多是七到八个小时之前的事了。

孟千姿给冼琼花打了第二个电话，通知她三件事。

带人救助韦彪，山户陶恬下落不明以及提防箭手。

那个射死司机和江炼的箭手，至今没有出现，也没有和自己的同伴会合。

做完这些，她也喝了管葡萄糖。

七八个小时前。

以况美盈和神棍的速度，七八个小时也走不了多远，说不定他们还会停下休息或者睡觉。也就是说，快了，这一次，她就快赶上他们了。

孟千姿拔足奔跑，偶尔猿纵挪跃，浓重的夜色就在她的奔跑间渐转稀淡，天边进出第一线亮时，她突然脊背一紧，瞬间止步。

这一次，不是因为味道。

是因为声音，那种重箭破空的声音，而且，她也看到了，有一杆长箭，从前方远处射出，不知道是要射谁，居然斜上中天——总不会是后羿射日，多半是失了准头，射偏了。

孟千姿笑起来，她抹了把额头的汗，将濡湿的头发拂到耳后，又抽了枪在手上，牙关一咬，也不去管什么味道了，向着那箭射出的方位直奔而去。

跑了一夜，跑废了她一条腿的人，在这儿呢。

才跑至中途，就听那一处尖叫声和嘶吼声并起，尖叫声是女人的，也许是况美盈，她和对方不熟，不大能分辨得出声音，但嘶吼声像是神棍——怎么着，这两人忽然奋起反抗了？

她脚下不停，事发地位置较低，得不断往下。很快，场内情形明晰，孟千姿咒骂了一句。

不能用枪了。

简单说起来，下头是打成一团的。神棍咆哮着，和一个男人扭打在了一起——再没战斗力，拼命也有三分力，一时间难分高下，但孟千姿那射击技术，打中东西都够呛，何况是这样扭股糖样滚在一起的？

而另一处，就更危急了，一个身形极粗壮高大的男人，正俯身跪掐住一个人，有个嘶声号哭的女人，正拼命想去抓扯开那人。场内没看到别人，却另有一个女人趴伏在地。

这还瞄准个啥啊。

形势危急，脚下路尽，算是个低矮悬崖，从边上的斜坡绕下去已经来不及了，孟千姿吼了句："你给我起来！"

她自己都说不清，是吼那女人，还是吼那男人。

但效果是达到了，那男人悚然回身。孟千姿觑准方位，如一只大鸟直扑下去，瞬间骑抱住了那男人肩颈，然后身子顺势一拧。

她自己的力量不够，想借这整个身体的飞扑拧转之力，把那男人脖颈给拧折了。

但万万没想到，那男人头颈如此坚实，这么大力道，居然没奏效，两个人只在地上滚了一滚，孟千姿枪械落地，不及去抓。她听韦彪描述过，知道这人力气极大，不能跟他斗久，只能以快打快。

她借着坐起之势，小腿一屈，迅速拔出腿边插着的匕首，向着那男人咽喉便刺，那男人动作极快，居然伸手来抓。他手掌也极大，茧硬掌厚，硬生生把刃尖给抓住了。

这一下正中下怀，孟千姿笑了一下，说了句："你去死。"

这本就是把套层匕首。

她虎口轻蹭暗扣，手起横扫，在那人喉前划过，那人还没反应过来，手中仍抓着匕首的壳，孟千姿回手抓起地上的枪，抵住那人下颌，毫不犹豫补了一枪。

枪声里,就听神棍大叫:"孟小姐,快救救我啊。"

原来神棍虽然打斗不行,脑子却很灵。知道救兵来了,也知道自己打不过那人,是以趁着那人没回过味来之际,撒腿就跑。那人反应也快,哪容他走脱,拔足就追。

孟千姿喘得厉害,还是立马端枪,神棍看到枪口朝向这头,赶紧折向往边上跑。

孟千姿开了第一枪。

没中。

又开第二枪,还是没中。自己这打靶准头,果然不行。

那人原先被这两枪惊到,略有迟疑,待见她总瞄不准,心下也就没那么紧张了。只是这么一来,很难把人带走了,他心下一横,甩起兜石绳。

孟千姿细细瞄准,开了第三枪。

这一枪,中了,那块还未及抛出的石头失了准头,高高扬上半空,而天边,晨曦正四下升起。

可见,开枪不能着急,还是应该瞄准的。

身后有人叫她:"千姿。"

又说:"你为什么能站起来了?"

孟千姿猝不及防,下意识应了一句:"啊?"

【14】

孟千姿一怔,都没敢立刻回头。

她低头去看自己的右腿。

这右腿,像是脱离了她的身体,默默成了精,被这句话一问候,突然意识到自己的辛酸和委屈似的,开始跟她作对,撂摊子不干了——孟千姿觉得伤口处隐隐作痛,像有无数带着疼痛的纤细蛛丝顺着肌肤的纹理蔓延,整条腿有点虚,有点晃,有点支撑不住她右半侧身子。

当然,或许只是剧烈打斗之后,药劲儿过去了。

神棍也奇怪了:"是啊,孟小姐,前几天,你不是还坐轮椅的吗?"

孟千姿敷衍地"嗯"了一声,转身去看。

还真是江烁,他被陶恬扶着,也有些立不稳,一只手正抚着喉头,左边肩膀到衣襟,一片血污。

孟千姿心头一紧:"你受伤了?"

086

江烁笑起来，说了句："命还在，很不错了。"

孟千姿点了点头，顿了顿，似乎忘记自己点过头了，又点了一回，伸手扶住就近的石头，忽然就想坐下了。

她环视周遭："就这两个？"

不是还有个射箭的吗？

神棍给了她肯定的回答："就这俩，本来还有个螳螂人，昨天带走了韦彪，没再跟来。"

孟千姿"哦"了一声，看来那个螳螂人处置了韦彪之后，一番梭巡，半夜回了洞穴，正被她给撞上了。

鼻端依然飘着各种气味，以这山谷里的最为血腥浓重，越往外去，就越疏淡，她背倚山石，慢慢滑坐下去，又指了指不远处："美盈怎么了？吓晕了吗？"

神棍这才想起在那儿趴着的况美盈："没有没有，参战了。"

说着，一溜烟儿地跑过去，把尚在昏迷的况美盈背过来。

孟千姿先向几人简单交代了一下目前的伤亡情况，几人听说司机逃生、韦彪获救之后，都长长舒了口气，均觉这两天虽然遭罪，命还囫囵着，倒还不赖。

事还没完，孟千姿把经纬位置发送出去，又拨了冼琼花的电话。幸好早前已经安排山鬼去援救韦彪了。那部分人救了韦彪之后，再往这头来，应该不会耗时太久。

陶恬其实不认识孟千姿。孟千姿的照片也不可能在山户间到处传阅，只是看到她背着山鬼箩筐，神棍又对她很客气，称她"孟小姐"，心中先有了嘀咕，后来听她打电话，叫了声"七妈"，顿时心中透亮，又好生紧张，瞬间手足无措。

怕什么来什么，孟千姿打完电话，先抬眼看她："你知道我是谁吗？"

陶恬赶紧点头。

"刚刚，"孟千姿示意了一下那个被割喉的男人，"我看到你在试图拉他，是在干什么？"

陶恬茫然，又去看江烁："就是，江烁伤得厉害，打不过他。那人去抓他伤口，还掐他脖子，我想去帮忙……"

孟千姿说："我只听到，你哭叫的声音很大。试图拉开他，就你们的体形对比来说，三个你也拉不开他。"

这是在……训人吗？

神棍假装没听见，江烁也不好吭声。

"照你这帮法，时间再久点，江烁就被掐死了。你该去搬块石头，砸他的太阳穴，或者抠他的眼，踢爆他的……那个地方……"

神棍脊背一凉，江炼裆部一紧。

"试图拉开，又不是拔河！你自己想想，这么救人，人是不是就让你给救死了？江炼死了，那人转头就来对付你，你还活得成吗？"

陶恬眼圈泛红，不住点头。

孟千姿看她那样儿，又觉得怪可怜的，其实自己今夜之前，还不是连只鸡都没杀过？

她语气放缓："这次是你运气好，好运气不来第二次，下次，你再遇到这种情形，希望你学会该怎么做。"

说着，把卫星电话递给她，又把枪扔了过去："后援应该两三个小时内能到，你负责外围警戒，跟他们保持联系，必要的话迎一下。"

陶恬"嗯"了一声，接过了就往高处跑，孟千姿看她身影，觉得自己的判断没错，她应该没受什么伤。

有时候，结局还真不能以实力强弱论：最先逃出生天的，是那个普普通通的司机；没什么损伤的，是陶恬；战斗力最强的两个，江炼去了半条命，韦彪呢……差点儿成了山裂缝里一具卡到天荒地老的干尸。

她拉开包链，头也没抬，说了句："过来，我给你看看伤口。"

应该是对自己说的，江炼老实地蹭近。

孟千姿拿着剪刀，"咔嚓"剪开江炼那狗啃一样的胡乱包扎，又一路剪开外衣。

江炼先瞥了一眼不远处的神棍。

差不多赶了一夜的路，两天没进食，又惊又吓的，神棍也累得够呛，挨着昏迷的况美盈，双目合着，已然打上小盹了，脑袋一点一点的。

江炼低下头，看还在仔细运剪的孟千姿，低声说了句："不容易啊，咱们千姿揍完对头、安排营救、训过下属之后，终于想起我来了。"

孟千姿停下手中的动作，略偏了脸看他，说："你又胡说八道什么？"

两人就这样，一个目光下瞥，一个眼尾上扬，你看我我瞧你，看着看着，孟千姿眼眶发酸，偏过了头去。

就在这个时候，江炼欺身过来，一手搂住她的腰，额头抵住她鬓角，鼻唇都贴近了她侧颊。

孟千姿吓了一跳，却也不敢推他，生怕手上没轻没重，带到他伤处，但眼见他那刚剪露出的伤口被这样一带，牵动模糊的血肉，头皮都有点发麻，忍不住说他："能不能坐好了包扎？胳膊不想要了是吗？"

江炼低声说了句："就一会儿。"

他倒也不是着急，就想跟她亲近些。怀里有人，有温度，回应实实在在，这感觉太好。

孟千姿没再说话，刚刚的见面"兵荒马乱"，人多，事也多，她那一包揣着的芜杂心绪无处安放，也需要这"一会儿"去发散。

她腾出一条手臂，抚住江炼的背，但目光实在没法从他伤口处移开。

那一处真是，流血堵脓什么的也就算了，孟千姿心算了一下时间，生怕他伤处已经感染或者肌肉坏死。再仔细看，越看越怪，心里一颤，问他："你是不是塞了什么进去？"

几乎都要跟肉以及血脓长在一起了。

江炼"嗯"了一声："你下手就行。"

这个手下起来可真不容易。孟千姿吁了口气，单手摸着从包里掏出注射针剂，先帮他局麻。

江炼先还以为必然又要遭一回痛楚，哪知肩膀处针刺般一点锐痛，紧接着那一处渐渐没了感觉，立刻猜到了原委，舒了口气，喃喃说了句："真是科技改变人生啊。"

孟千姿只觉鬓边、颊上都是他说话时的温热气息，又听他的感慨，有点好笑："什么科技改变人生？人家华佗一千多年前就用麻沸散了。你就这么趴着吧，别回头看啊。"

她掏出封装的酒精棉，抠破了袋口，净了手，又把匕首柄咬在嘴里，擦干净刃身之后，先去剔割碍事的干脓烂肉，然后心一横，攥住那破烂的布头，一把扯了出来。

尽管有局麻护航，江炼的身子还是止不住抖了一下，环着她腰的手臂下意识勒紧，又很快松开，痛嘘着气倚靠到山石上。

最艰难的一关已经过去了，考虑到他这伤口太严重了，孟千姿把急救包全摊开，预备尽数用上——山鬼箩筐本就考虑到了进山应急的需要，孟千姿这种级别的，配置就更高，虽说都是小瓶便于弃置，但生理盐水、双氧水、络合碘等还是应有尽有。

尤其难能可贵的是，破伤风针还是"人破"款——目前通用的破伤风针分"马破"和"人破"两种，区别在于是从马的血清还是人的血清中提取。前者比较通用，一般医院都能打，但打前需要皮试，还可能有致敏风险，后者就要安全许多，不过量少价高，不是所有医院都能打，还常断货。

孟千姿的急救水平虽然一般，但步骤到位、药品上佳，再加上救援可期，大不了到时候让随行的医生再完善一下，所以心中渐渐安定，忽然想起神棍之前的话来。

她一边清创一边问江炼："美盈这样的，还参战？"

江炼苦笑："我也不知道，我也是刚刚才跟他们会合——话都没能说上呢。"

江炼大致把之前发生的事跟孟千姿讲了一下，如何被当成死人，如何绝地求生，如何遇到陶恬，又如何射伤了投石男之后逃走。

只是，"反狩猎"这事，始于口头，终于口头，被证明只是空想：他射箭只是普通水平，受了伤，拖着一个陶恬，夜色浓重难于瞄准，对方不止一个人且还在穷追猛打……

这种情况下，能保全自己，已经是老天格外眷顾了。

江炼只记得，当时实在搞不清楚对方人数，旷野上又无遮无挡，只能拼命往山里跑。有时候，好不容易在一个僻静处歇下气来，没隔多久，远处窸窣声又起，只能打起精神，觑准时机再逃。

总之是，那一夜都在山里兜转，不知不觉迷失方向，越逃越深，也曾暗暗叫苦，毕竟出事故之后，重返现场附近最易于被救援，但事已至此，只能走一步看一步了。

天亮之后，一个偶然的机会，江炼远远觑到了追猎他的两个人，一个是形体诡异的螳螂人，另一个是手提木棍、身形比韦彪还要大一码的壮汉。江炼一见，心里就凉了半截，觉得敌我实力悬殊，而且，这两人显然吸取了投石男被射倒的教训，从不在开阔处站定。偶尔经过，也必然加快速度，让江炼即便有心偷袭也无从下手。

如此筋疲力尽地浪费了一整天，入夜之后，那个木棍男离开了，这给了江炼希望，觉得对方可能也疲惫了，流露出了放弃追踪的意思。

听到这儿，孟千姿摇头："韦彪跟我说，那个投石男一直处于愤怒的状态，现在我明白了——你杀了一个，还伤了一个，不把你揪出来，它们是不会罢休的。"

转念一想，这其实也是好事。正是因为对方发狠，一心想把江炼给抓住，才一再耽误行程，反为她赢得了时间，否则，它们抓住神棍和况美盈的当夜便出发，两天时间过去，山风引的效果大打折扣，找起来可就难了。

江炼点头："确实没罢休，只走了一个，那个螳螂人还在。你也知道，西北的山光秃秃的，没太多地方可藏，只要它在高处，一切尽收眼底，我们只能蜷缩着，不敢跑，也不敢有大动作。"

饥寒交迫中，江炼和陶恬又熬过了一夜，终于熬到了那个螳螂人离开，两人大喜过望，还怕是计，又躲了一阵子才现身，但心头到底忐忑，向着螳螂人离开的方向跟了一段路，就是在这段路上，发现了况美盈的头饰。

孟千姿心头一突:"这是……饵吧?"

韦彪和况美盈早就被抓了,而且听叙述,韦彪两人和江炼他们逃跑的方向完全南辕北辙,况美盈的头饰,怎么也不可能出现在那儿。

江炼"嗯"了一声:"我当时也怀疑是饵,但它至少暗示了一点,那就是美盈在它们手上。"

"所以你又跟了?"

江炼反问她:"换了是你,你能怎么做?"

也是,当时两人已经迷失了方向,不可能再回到事故原处,乱摸乱撞没有意义,唯一能做的,就是盯紧况美盈这条线了。

孟千姿感慨:"这个螳螂人,还挺聪明。它知道你们就在附近,与其费心去找,不如下饵来钓……"

怪不得韦彪说,螳螂人回洞之后,那个投石男就让步了,即刻驱赶着几人上路;半途处理了韦彪之后,那螳螂人也没有再前行,看来是负责断后兼一直等着江炼呢。

她喃喃地说了句:"那你运气还挺好,居然跟住了,没被发现。"

江炼自嘲地笑。

哪有说的那么轻松?他一路磕磕绊绊,尽量去寻蛛丝马迹,但还是没跟上,巧的是,远远地,忽然听到了况美盈的哭叫和神棍的嘶吼声。

那一刻,正是韦彪被螳螂人带走,况美盈和神棍不顾一切上去阻拦的时候。

江炼没能看到发生了什么,却依据这声音定位,带着陶恬偷偷绕到了它们前头,预备着在合适的地方偷袭。

他指了指周遭:"就是在这儿,以逸待劳,准备偷袭来着——我这准头,只能等对方走近才敢下手,但是它们渐渐走近之后,我才发现少了一个,当时就觉得不妙……"

孟千姿想起片刻前看到的那杆射歪的箭:"它们早有防备,反偷袭你了?"

江炼苦笑默认。

孟千姿正想说什么,不远处的神棍肚子"咕咕"叫了几声。

说来好笑,神棍没被两人说话声吵醒,没被冻醒,反而被饿醒了。

不过这几声肚子叫提醒了孟千姿,忙把包里那几根能量棒倒出来,剥了根递给江炼,又扔了根给神棍,问他:"你是怎么被抓住的?"

神棍的回答让她啼笑皆非:"我是很快被抓住的。"

不然呢,既不能打,又跑不快,当然很快就被抓住了。被一棍子敲晕,醒来的时候,韦彪和况美盈已经在边上了。

好吧，他这逃生经历还真是乏善可陈，孟千姿下意识屈起手指点数："射箭的、投石的、螳螂人，还有那个使木棍的，是不是就这四个？"

神棍把能量棒咬得"嘎吱"响："应该就这四个，我只见到三个，那个射箭的我都没见着。"

江炼正待点头，蓦地想到了什么，脱口说了句："不对，至少五个。"

他一颗心跳得厉害："当时，我已经杀了那个射箭的，又射翻了投石的。那个投石的嘬哨向同伴求救，我记得是三个方向有声音回应它，二加三，至少是五个。"

五个？

孟千姿心中一紧，不觉坐直身子。

神棍也停止了咀嚼，愣了两秒之后，忽然反应过来，忙不迭四下去看，声音都变调了："五个？那最后一个，在哪儿呢？一直也没见露过面啊……"

说到这儿，面色忽然白了："陶……陶小姐，一个人带了枪去外围警戒，不会出……出事吧？"

【15】

孟千姿让神棍这么一说，瞬间头皮发麻，不过她很快反应过来，说："不会。"

为了佐证，她让两人先别说话，自己合上眼睛，又仔细嗅辨了一回周遭的气味，至少目前，周遭这二三里的范围内，除了几个人，没大的活物，也能感觉到陶恬，味道疏淡，温度也合宜，距这儿不到一里。

她睁开眼睛，再次摇头："没有，那最后一个，不在附近。"

神棍莫名，下意识也去嗅："你是闻出来的？我怎么闻不到？"

孟千姿斜他一眼："谁都能闻出来，还要我干什么。"

江炼也好奇："你有这本事，那岂不是……"

孟千姿知道他想多了："不行的，山风引其实局限性很大，像城市里，人太多，味道也杂，什么下水道的、垃圾堆的，一种味道过重，就很容易把其他味道压过去——这儿之所以能施展得开，是因为人口密度低，每平方公里大概一个人都不到，动物也少，又没有太多植被的、人的以及奇怪的气息，相对好识别。"

神棍嘀咕："那不是还不如狗吗？人家警犬，你给它嗅嗅犯罪分子的物件，它还能在城市里展开……"

说到这儿，忽然意识到不妥，生怕孟千姿揍他，赶紧缩脖子，江炼没反应过来，只是下意识接茬儿反驳："那不一样，比狗还是强的。狗只能追着一种味道，千姿这种，可以分辨出不同的……"

孟千姿没好气，果然，只要动用山风引，跟狗的高下对决总是免不了的。

好在，江炼也察觉到失言了，立马"急刹车转弯"："那个……美盈怎么也参战了？"

江炼对况美盈的要求实在不高，能不被吓晕，他就已经很欣慰了。

神棍奇道："这有什么奇怪的，她不想活了啊。"

原来，韦彪被螳螂人带走之后，况美盈哭得嗓子都哑了，还曾偷偷跟神棍说，三人从小一起长大的，而今太爷刚死没多久，江炼就死了，韦彪也凶多吉少，她的绝症病发，活着也没什么意思了，她会觑个空子跟这两个怪物拼个同归于尽，到时候神棍趁机逃走就行，不用管她了。

神棍感叹："况小姐……真是，看不出来，还有这勇气。不过，志向是远大的，实力嘛，确实不行。"

江炼到这个时候才知道，况美盈已经开始发病了，一时间脑子里"嗡嗡"作响，好在对这一天早有心理准备，倒也没变色失态。

他沉默了一下，才笑了笑："怎么大家都认为我死了吗？"

神棍说："不然呢，当时那情况，它们上来就射死了一个司机，你又被射得滚翻在地，我们的车翻了之后，韦彪那样孔武有力的都被抓回来了，你自己揣摩揣摩，谁还能觉得你还活着？"

说到这儿，又转向孟千姿："孟小姐，不是有个司机逃出了吗？他是怎么跟你说的？"

他愤愤："韦彪让他停车的时候，他就嚷嚷说'没救了''保活人要紧'，我就不相信他会跟你说小炼炼还平安。"

孟千姿敷衍过去："别嚷嚷了，保存点体力。待会儿出山，可没人抬你。"

这话在理，大山里车开不进来，路还得靠自己走，伤员或许能分到担架，自己这种只流了点鼻血的，多半没指望。

神棍不吭声了，过了会儿，换了个舒服的姿势，身子一蜷，又打上盹了。

江炼也合上眼睛。

但心头思谋着太多事了，没法像神棍那样心无旁骛地说睡就睡。顿了顿，听到身侧传来轻微的窸窣声。

他睁开眼睛，看到孟千姿卸下了右腿的一截裤管，正拿酒精球擦拭腿侧流下的血迹。

山里还是冷的，鼻息和说话时的呵气都会遇冷成雾，孟千姿露出的那截腿很白，但这白在漫山的清冷里就多了点萧索意味。江炼压低声音，说了句："你那腿，是用了强效针剂吧？"

　　孟千姿没想到他还没睡，含糊地"嗯"了一声，又把裤管接回。

　　江炼继续往下说："我干爷给我讲过当年南洋打仗的事。说是战地上会用这种针剂，有些人被炸掉了胳膊，打一针也不觉得疼，疯狂地往前冲，或者往回跑。"

　　孟千姿转头看他："你不睡一会儿吗？"

　　江炼答非所问："你也以为我死了？"

　　孟千姿不想聊这个，人还在就好，人没出事，心也定天也清，那些"以为"，就让它散了吧。

　　她搓了搓手："真是不能停下来，停下来就冷，腿都发僵。"

　　江炼朝她张开一边手臂："要不要过来？"

　　孟千姿乜斜了他一眼："你个伤员，你就算了吧。"

　　什么意思，瞧不起人吗？江炼拿下巴示意了一下自己没受伤的那侧肩膀："我这边，还能靠个人呢。"

　　孟千姿笑了，犹豫了一会儿，还是把头枕到了他肩上。江炼单手搂住她，下巴蹭她发顶，说了句："把手给我。"

　　孟千姿"嗯"了一声，两只手都伸给他，江炼单手包住她的手，只觉得她手上寒凉，不觉又握紧了些。

　　日头高起，山里没什么遮盖，入目透亮，明明白白。

　　江炼叫她："千姿。"

　　这语气听来郑重，孟千姿抬眼看他。

　　江炼说："这趟，我如果真死了，世上少了个人关照你，你该更关照自己才对——跟自己的腿较什么劲？如果折腾废了怎么办？"

　　原来是要说这个，孟千姿哼一声："我乐意。你死了，我愿意给你陪葬一条腿。"

　　江炼一时语塞，顿了顿后说她："同样是走黄泉路，人家带的是亲人的眼泪和牵挂，悲情而又浪漫，我扛着你的腿……别人会怎么看我？能不能考虑一下我的感受？"

　　孟千姿哭笑不得，伸手就去拧他的嘴，江炼没躲，任由她拧住。

　　对视之下，孟千姿心头一悸，不觉松开了手。

　　江炼轻声说了句："我说真的，千姿，死了的人和打翻的牛奶没区别，再也回不来，真到了那个时候，就由它去吧。"

孟千姿让他说得胸腔内一阵酸涩上涌，她埋首在他怀里，很坚决地说了一个字："不。"

风筝断线，犹有线头缠绕指根，牛奶真打翻在这儿，她就在这儿凭吊、立碑，哪怕百年之后也埋在这儿呢，又有什么不可以？

这世上，有人活成乱麻，一刀即断，有人活成莲藕，百十刀招来万千缕。

她大概是个莲藕体质，没法儿由它去。由它去了，也会屡回头。

偏不。

接下来，一切都顺利得很，那让人心头忐忑的"第五个人"一直没有出现，山鬼的后援也在预料的时间内到达。

这山谷，怕是千百年来都不曾迎接过这么多人，队医第一时间包扎了孟千姿的腿伤之后，赶紧招来担架把她先送出去——山鬼的登山杖是碳素钢的，有螺纹接口，两根一接就是个担架边杠的长度，穿进带边套的长条帆布，一副简易担架也就成型了。

孟千姿留了话，让江炼也上担架，但他没上，毕竟自己伤的是肩膀而不是腿，既能走路，也就不好意思大剌剌让人抬他，而且说实在的，他从小吃苦惯了，有些"福气"，送到跟前也享得不自在。

他在况美盈的搀扶下跟着大部队离开。走的时候，山谷里还留了不少人，有人把那两人的尸体装入尸袋，还有人在边上"咔嚓"拍照。陶恬解释说，这次的事挺大的，晚点应该会有个完整的调查报告出来。

江炼不关心什么报告，只是担心孟千姿的腿。他仔细回忆队医给她包扎时的情形，一会儿觉得队医的脸色很是凝重，一会儿又安慰自己，那人只是长了张不苟言笑的脸。

就这么走走停停，到下午时，才出了山界。

前车都已经走了，只剩了四五辆等着载人。江炼躺进一辆SUV的后排，听到窗外有人聊天，说是距离昆仑那头的营地还有七八百公里。

真是漫长的旅程，江炼合上眼就睡了。

一路无梦，睡得像块死沉的石头，再醒来时，居然已经是第二天中午了。

当时，车已停下，不远处传来重型货车过路的"轰隆"声响。江炼睁开眼睛，第一时间都没能适应半边天的灿灿银白。

他闭了会儿眼，再睁开看，这才看清车是在公路边——一条蜿蜒的山间公路，前后左右都是延绵起伏的山岭，山岭的上部都是雪盖，睁眼看去，像是一片连绵

095

雪原。

　　这种公路，周围极其荒僻，但公路本身并不寂寞，因为总有各色车辆匆匆而过。有车就有人，有人就有吃喝拉撒需求，所以在一些便利的路段，会自成小型"社区"，开几家毡帐旅馆、活动板房饭店以及小卖店。

　　停车的地方，就是这么个小型社区，还颇为热闹，能听到外头人声喧闹，江炼正奇怪车上怎么就只剩自己了，忽听到"哗啦"一声车门声响，抬眼看时，是陶恬上来了，还带上来一股热乎的香气。

　　她又惊又喜："你醒啦？美盈还让别吵你呢，说让你睡到自然醒。"

　　江炼看向她的手，肚子"咕噜"叫了两声。

　　她手里有个掰开的红薯，薯心还在往外冒热气，外皮烧得有点焦，瓤是诱人的金黄。

　　陶恬"扑哧"笑了出来，很大方地掰了一块递给他。

　　江炼单手撑住身子坐起，这才伸手接过，倒也不急着吃，而是示意了一下外头："这是……停车休息？"

　　陶恬说："已经是新营地了，那些开店的、进出的，都是山户。"

　　说到这儿，不能不提一提昆仑山的特殊之处。

　　昆仑山，号称"中华龙脉之祖"，横跨新疆、西藏、青海、四川四省，地理位置和战略位置都很特殊，其中某些地段，常年有军队驻守。

　　倘若真是游客，公路进出、来去匆匆也就算了，大群人员的长时间进驻，必然会引起有关部门的监控和注意，这也是为什么景茹司之前安排搜找时，要把人员尽量打散，二十多个小队，以游客或者考察的名义派往各个山头——真的两百多号人群聚同一地段，不出一顿饭工夫，就会被请走喝茶了。

　　后来，山鬼在其中一个山头出了事，这一块成为重点地域，营地自然也要迁过来，但营地也不能显眼，景茹司考虑再三，相中了这个原本就有的公路"社区"。

　　这儿有十几间板房、毡房对客服务，临街的七八间是简易商店、修车铺和饭馆，半山平地上的七八间就是大通铺毡房，店主以东北人、四川人为主，景茹司派人和他们聊，以大价钱买了他们一个月的营业期。换言之，各个店铺都照常开，只不过开店的、吃饭的、住店的，都是山鬼，真有游客经过，心情好就接待个一两车，心情不好就推说客满——没撒谎啊，山左山右都是客呢。

　　原来如此，江炼觉得这样也挺好，很自在方便。他犹豫了一下，问她："孟小姐的腿伤……好点了吗？"

　　陶恬摇头："我也不知道，我是听说队医在帮她瞧腿，但昨儿见到她，她不是……身手挺利索的吗?"

江炼这才想起陶恬是跟自己同车过来的,又是下头的人,这种事,问她没用。

他低头去咬红薯。

陶恬看了他一眼,迟疑了会儿,问了句:"你和我们孟小姐……很熟吗?"

这问题,路上她曾偷偷问过况美盈。

况美盈是个心大如网眼的,一心记挂韦彪的情况,只嫌车子开得太慢撵不上,回她:"不熟啊,从没听江炼说过和她熟啊。"

这话没能给陶恬什么安慰。她记得很清楚,那个时候,江炼是叫了声"千姿"的。

你和我们孟小姐……很熟吗?

这个问题,可怎么答啊?

江炼一时愣住了,拿着红薯发起呆来。

他和孟千姿,好像就那么水到渠成地……在一起了,没征求谁的同意,也没向谁宣布,连神棍这样的,都还不知道呢。

山户内部,孟千姿是明星一样的存在吧,一有个风吹草动就会被人议论,她没官宣(以官方消息的方式宣布)之前,他还是别瞎嚷嚷的好吧?

但总不能答不熟,这种昧良心的话,他可说不出来。

他"嗯"了一声,说:"挺熟的。"

说这话的时候,自己都没留意到,他的唇角已经不自觉翘弯起来。

陶恬看了他一会儿,心里头有点空,又有点怪羡慕的。她垂下眼,抠了抠车座上的皮套,又偏转头,看边上车窗开的那道缝——西北的风沙可真大,那道缝里,积满了细细的灰。

她喃喃说了句:"挺好的。"

江炼没听清楚:"什么挺好的?"

陶恬吓了一跳,旋即就笑了。她指江炼手中的红薯:"我是说,那个红薯,挺好吃的。"

【16】

江炼被安排跟况美盈、神棍、韦彪他们共住一个活动板房,和一般山户比,算是中高级待遇了。

进房时,先看到躺在床上、面色苍白的韦彪,江炼想起孟千姿说的,司机把车开走时,居然是韦彪大吼着要下车,不觉心头一暖,正想说点肉麻自己、感动别人的话，韦彪阴阳怪气来了句："哟，咱们炼小爷还活着呢，真能折腾。"

江炼一腔暖意无影无踪，回他："没你能折腾，听说人家山缝本来是裂开的，因为有你，又合为一体了。"

况美盈瞪他："韦彪都伤成这样了，你还挤对他！"

这心偏的，江炼气得牙痒痒，想强调一句自己也受伤了，又觉得势必也是自讨没趣，于是去找神棍说话。

神棍也没空理他，他正对着个平板电脑抬颔侧首、挤眉弄眼，江炼这才看清他在配眼镜，也不知道那是什么 App，各色镜架待选，打开照相镜头，随便点击，就能看到镜架上脸的效果。

估计又是山鬼给他提供的配镜服务。江炼觉得，神棍这三重莲瓣当的，还真是划算。

身体是革命的本钱，尽管况美盈已经发病，箱子毫无头绪，事态也不容乐观，但肩膀上一个血窟窿是实实在在的，三两天内长不好。

江炼耐着性子，安稳养伤。

每天早上，他都能看到山鬼小队进山。八人小队只找到四个，另外四个下落不明。这种事可不是闹着玩的——他们一般都在外一整天，日暮归来，有时是冼琼花带队，有时是景茹司带队。

景茹司跟仇碧影年纪差不多，中等身材，长相亲和且周正，一张脸总是笑嘻嘻的，颇似女弥勒。第一次见到江炼时，她就主动过来跟他说了不少话，基本都是好话，夸完样貌夸胆色，夸完胆色夸人品。江炼受宠若惊，直到景茹司走远，还沉浸在被认可的沾沾自喜中。

然后突然想起，陶恬说过，这位四姑婆有个绰号叫"笑面虎"，一般都是当面夸背后损，再回思那番溢美之词，登时就觉得不是那个味儿。

第三天，江炼见到了孟千姿。

其实在这之前，他就从队医那儿知道了孟千姿动了个手术，因为腿肉扭动得太厉害，最终缝了针，队医的说法是：究竟能不能恢复如常，要看疗养的情况，但伤疤必然是会留下的，而且不会美观。

这话让江炼情绪一度低落。他觉得孟千姿本质上是个爱美的姑娘，那么漂亮修长的腿上留下难看的疤，即便嘴上不说，心里也势必难受。

孟千姿跟两位姑婆共用毡房，江炼硬着头皮去探望了两回。时机不巧，她都在睡觉。倒是遇到了冼琼花，冼琼花让他有点耐心，解释说孟千姿一来手术之后精神不济，二来动用"山风引"，本就是伤元气的事，睡个三五天是正常事。

江炼窘迫非常，不住称是。第三天就管住了腿，免得在长辈眼里像个没耐性的愣头青。没想到的是，辛辞推孟千姿出来透气，居然就把她推到了门口。

当时是傍晚，供电有点不稳，屋里挂着的灯泡一闪一闪的。江炼正吃饭，忽然觉得门口一暗，于是下意识抬头，看到孟千姿笑盈盈坐在轮椅上，被辛辞给推了进来。

她没化妆，没了那些鲜妍的色彩在身，整个人有点雅淡，身子又轻又薄，穿得很厚实，还围了条毯子，反把人映衬得消瘦，很不真实。

江炼端着碗看她，一时也忘记了去打招呼，反而是况美盈慌里慌张迎上去道谢，架着一副加急送到的时尚新眼镜的神棍也忙不迭嘘寒问暖，连韦彪都半抬了头，努力跟孟千姿说"谢谢"。

这一趟，这一屋子人，确实都承她的情，你一言我一语的，江炼反而被冷落在外，无从插话。

后来即便说上话了，也是客气的寒暄，他总不能当着这么多人的面跟她眉来眼去。

不过，还是找到机会，暗通了款曲。

她离开的时候，轮椅的轴沿被门框卡了一下。辛辞没留意，还在使力，江炼说他："等会儿，要挪一下。"

边说边过去，蹲下身子，一只手握住轮椅底边的钢管，把椅身往边上移了移。起身的时候，忽然看到，孟千姿的一只手从盖毯的边缘滑出来。

他不动声色，借着身子和盖毯的双重遮盖，伸手包裹住她的手，拇指指腹在她的腕根处轻轻摩挲了一下，对辛辞说："轴沿被卡了，不能硬推。"

孟千姿没看他，指节颤颤弯起，蜷在他手掌温暖的大小鱼际之间。

辛辞让他放心："没事，我不会硬推的，那样会颠着千姿。"

江炼便倚着门框，看辛辞将轮椅推远，垂着的手微微攥起，似乎那滑腻触感和温度还留在掌心，舍不得放跑。

回屋时，还遭况美盈一顿数落："你看看你，那么不热情！孟小姐救了我们的命呢！人家进来的时候，你还坐那儿，碗都舍不得搁下，饭就那么好吃啊？"

江炼斜了她一眼，慢吞吞回了句："没错，就是那么好吃，她耽误我吃饭了。"

又过了两天，同样是吃饭的时候，陶恬拿着两台平板电脑找了过来。

况美盈这两天心思都扑在韦彪身上，没空想别的。看到陶恬，才记起这个新结识的朋友，忍不住说她："怎么好几天都不见你？也不说过来看看。"

又指江炼："人家江炼还救过你呢，恩人你也不过来瞧？"

陶恬面上一窘，嗫嚅着说了句："这两天，有点……忙。"

她把平板电脑分别交给神棍和江炼，说是这次三江源事件的调查资料都在里头，请他们帮忙看看，有需要补充的也提出来。

江炼还想问她这几天山鬼小队搜山有没有什么进展，哪知她像避讳什么似的，急匆匆就走了，惹得况美盈一阵嘀咕："这个陶恬，路上跟我们挺好的，怎么到了这儿，关系还疏远了呢。"

江炼没顾得上搭话，先点开界面。

这调查资料做得还挺详细，滑页互动式的，很多标注的地方可以点击看图文详情，扉页是张注明了经纬位置的路线图，清楚标示出了车祸、垒石埋尸、山洞、山裂缝以及最后的那个山谷位置，曲曲绕绕，深入山内有好几十公里。

江炼先点开了"山裂缝"看，里头有不少张实地图片，有一张高处俯视的，整条裂缝像极了黑色的长虫，深不见底，看得人生理不适。

况美盈也凑过来看，一页页图片滑过，两人都不觉沉默。

韦彪这一趟，可真够受罪的。

过了会儿，况美盈实在看不下去了，起身走开，说了句："发都发生了，还弄这些调查资料，有什么意思呢。"

神棍头也不抬："这话说的，得总结经验教训啊，照你这么说，历史书都是没意义的——发生是都发生了，还得给后人参考啊……"

说到这儿，忽然倒吸一口凉气，把正查看着的一张照片放大再放大。

江炼有点好奇，再多凶险，都已经实地亲身经历过了，还有什么了不得的，值得这么大惊小怪？

他凑过来瞧。

是石子在山洞的地面上硬划拉出来的几行字，有点没头没尾。

  我认识你。
  天梯，你在那里，
  你要小心，
  你会死在那里。

好在边上有注解，说是孟千姿和螳螂人对峙时，螳螂人故意写下一些字，引她靠近，想趁她放松警惕时偷袭，结果被孟千姿识破云云。

100

江炼总觉得这几行字意味不祥，忍不住要聊点什么，帮自己打消这念头："它们还真是挺喜欢玩这种'我认识你'的伎俩。上次，阎罗体内的那个人，也说认识你。"

神棍像是没听到，眉头蹙起，呢喃了句："天梯……昆仑山……昆仑……天梯……"

什么天梯？江炼只听过一首歌叫《天路》，好像是歌颂青藏高原修铁路的。

正待发问，神棍突然把平板电脑一扔，一阵风似的跑出去了，江炼也懒得去追，反正还会回来的。

果然，一刻钟之后，神棍抱着一摞书，又兴冲冲地回来了。

江炼还以为是什么好书，看到最上头的那本《养生鼻祖彭祖》，立刻意识到就是从西宁出发时陶恬帮神棍准备的那一摞书，后来翻车出事，书都散在车里了，估计是山户收拾现场，又把能回收的都回收来了。

江炼问了句："怎么着，彭祖还爬过天梯……锻炼身体？"

神棍嫌他聒噪："小炼炼，我这研究事情呢，你别打岔。"

江炼没好气，也就不再理他。

这儿供电都不稳，就更别提网络了，没什么娱乐活动，屋子里又以伤员居多，所以晚上都睡得早。江炼临睡前，还看到梨形的灯泡在屋顶一晃一晃的，而神棍坐着个小马扎凑在灯下，慢慢翻过一页书，又翻过一页。

睡到半夜时，江炼不知怎的就醒了。

睁眼便觉得刺眼，那灯还亮着，四周鼻息声四起，江炼还以为是神棍临睡前忘了关灯，皱了皱眉头，正要起身代劳，忽然发现，神棍的铺位是空的。

实实在在的空，人不在，连被子都不在。

稀奇了，难不成挪房了？江炼自觉这屋里的人都还好，不至于闹出什么"宿舍"矛盾，再一看，神棍的枕头在，随身的物件也在。

挪房的可能性不大，江炼思忖了一会儿，穿上衣服下床。

开门出来，只觉朔风凛冽。高原夜间的风可真不是唬的。叫它这么一扫，脑壳里瞬间一片凉。江炼把羽绒衣的雪帽拉上，缩着脖子去向守夜的山户打听。

还真打听着了，那山户指向高处，顺着这方向，再借助微弱的营地灯，江炼终于看见了神棍，那臃肿的身形，像长在山梁上的一个窝窝头。

江炼一路过去，走近一看，啼笑皆非，说了句："你也知道怕冷啊。"

原来，神棍正裹着那床被子，呆呆看向半空。

看什么呢，看星星吗？江炼挨着他坐下，也循向去看。

天上的确有星，但这数量和亮度，绝称不上惊艳。江炼瞧了会儿，觉得自己可

101

能是想错了，神棍好像在看山。

山有什么好看的呢？

江炼也跟着看，看着看着，心头冒起一股极其微妙的情感来。

这是昆仑山。

朔风带来山的寒凉气息，清冽而又冷漠。黑暗中，看不到山的细节纹理，只能看到一个接一个矗立的山头，横向无穷，竖向无尽，连成不绝的蜿蜒曲线，那起伏里藏着劲道，谷地间升腾着磅礴气息。

中国无数创世神话、历史传说、神仙列传，都跟昆仑山有着千丝万缕的关联，它是万山之祖、万水源头，也许也是人文之宗，是华夏最厚重的历史典籍，也是不语的观望者，观望这片土地由死寂至沸腾，由荒芜到繁盛，由寥寥数人到芸芸众生。

神棍忽然问他："小炼炼，你听说过'绝地天通'吗？"

江炼摇头，不过他直觉这几个字特拗口，为什么叫"绝地天通"呢，"绝天地通"听着都还更顺些。

神棍说："'绝地天通'的字面意思，是断绝天与地之间的沟通。《山海经》《国语》《尚书》里都有记载。经手这事的，是黄帝的孙子颛顼大帝——而且，据说黄帝是隔代传位，位子没传给儿子，直接传给了孙子。"

听到"黄帝"两个字，江炼心中一突。

神棍没看他，仍盯着远山出神："传说上古时候，天地是相通的，连接天与地的通道就叫'天梯'。还有传言说，蚩尤就是沿着天梯而下的凶神，在人间作乱，所以黄帝打败他之后，决心毁掉天梯，颛顼就操办了这件事。《尚书》里记载说，'使人神不扰，各得其序，是谓绝地天通'。"

江炼有点糊涂："那个螳螂人，也写了'天梯'两个字……"

神棍打断他："你别着急啊。

"《山海经》里的天梯，分两种：一种是树，这树不是普通的树，叫'建木'。说是长在'都广之野'，也就是今天的四川盆地一带；另一种是山。你不觉得很有意思吗，这两种，都是扎根土地，不借助任何外力，却可以不断往上生长的自然之物——而我们之前还聊说，神族人走的是玄学路线，善于运用自然之力，从自然万物中去探求一切。"

他伸手指向远处的山峦："比起树，山要更劲拔、持久。你看看这些山，长得这么高，离天这么近，像不像一座一座世界自带的、天然的发射塔啊。只是我们不懂它的奥秘，也不会用它，只当它是石头、风景——我们忙着造这个造那个，其实这世界自带谜题，也自有答案。"

江炼心中一动:"你是说,这昆仑山,就是能和天连通的……天梯?"

神棍嫌冷,又把手缩进棉被里:"中国人由来已久的认知,认为高山是出神仙的地方,神仙都从山上来。也许就是因为,上古时候,神族人发现了某些山可以与天外连通。

"颛顼绝地天通,砍建木,断天柱不周山,听说最终,只剩了昆仑山这一道,把它给封印了。

"我刚去找陶小姐要那些资料和书,路上遇到了冼家妹子。我就问她,山鬼内部是不是有天梯的说法。"

他向江炼解释:"因为那个螳螂人写那些字,是为了引孟小姐靠近,所以它写的,一定是孟小姐知道的或者关心的事。"

江炼点了点头:这话合理。如果写一些无关紧要的,千姿也不会感兴趣。

"冼家妹子还挺惊讶的,问我怎么会知道天梯,说一般的山户都不知道这事。然后告诉我说,孟小姐的伏兽金铃,有个说法叫'金铃九用',意思是金铃有九种功能,其中一种就叫'启天梯',但是究竟怎么用,天梯指的又是什么,他们都不知道,失传了。"

说到这儿,他长长吁了一口气,目光延伸向更多更远的、淹没在夜色中的山峰:"山鬼山鬼,怎么可能只是驱赶一下山兽那么简单啊。我在想,他们与山同脉同息,也许他们就是腰挂钥匙、可以开启天梯的人——这也符合他们追随蚩尤的立场,黄帝这头的人要绝地天通,他们嘛,自然就会反着来。"

江炼沉默了好一会儿才开口:"那天梯开启,那头是什么呢?"

神棍回答:"我在这儿想了很久了,你说……会不会是一条入口,大荒入口?

"我们研究地理,通常会把天文、地理并在一起,它们也许也一样呢。《山经》《海经》《大荒经》,山海对应地理,而大荒对应天文。"

这说法可真有意思,江炼笑了笑,又想起神棍刚刚说的。

——这些山,长得这么高,离天这么近,像不像一座一座世界自带的、天然的发射塔啊。

像,它们拔地而起,向天而生。人类想方设法,造出许许多多的信号塔、发射塔,但也许,这个世界自带一切功能,它出生于茫茫宇宙,自有和外界连通的触角,只是需要被认识、被激活而已。

江炼喃喃道:"绝地天通,就是彻底切断这儿和外头的关系?"

神棍点头:"古人的空间观念,把上下四方的六个方向称为'六合'。这个世界就是六合之内、三维世界。一切的荒诞、诡异、超出想象,都在六合之外。《庄子》

里说,'六合之外,存而不论',真想知道六合之外、莽莽大荒,究竟有些什么。"

说到后来,面上竟有了些向往。

江炼笑了:"可惜,绝地天通,一刀切了。"

神棍感叹着说了句:"是啊,绝地天通,神人跨代,凤凰浴火,龙骨焚箱。"

江炼浑身一震,脱口说了句:"你说什么?"

神棍奇怪地看了他一眼:"我没说什么啊,我说绝地天通啊。"

江炼一颗心"怦怦"跳起来:"不对,你后面还说了三句。"

神棍茫然:"还……说了三句?哪三句?"

【17】

神棍打死也不相信自己还说了后三句话:龙骨焚箱是什么意思?完全是个病句,只有火才能焚箱。

但以他对江炼的了解,江炼也不可能是胡诌,跟他开玩笑,抑或幻听。

两人面面相觑。末了,江炼忽然笑了:"我一直觉得,你做的那些梦,其实不是梦,都是你的远久记忆——这一阵子,你不做梦了,升级了,开始说些自己都意识不到的话,看来是这些记忆要苏醒了。"

他伸出手,隔着被子拍了拍神棍的肩膀:"说实在的,这几天,一想到美盈已经发病,箱子又没头绪,我就挺愁的。不过看到你吧,又觉得有希望了。"

江炼这半夜找来的希望,只支撑了他半夜的好梦。

凌晨时分,三人被况美盈的痛呼声惊醒。江炼反应很快,翻身下床,揿亮灯时,况美盈还没醒,一侧的肩膀不断抽搐,额上蓄满豆大的汗珠。

江炼晃醒况美盈,撸起她的衣袖看。

果不其然,她二次发病了。第一次发病时,左臂上出现了一道伤痕,自左手的腕根处开绽,裂到肘心处停止。

现在,这第二道来了,接着肘心的位置,向肩膀蔓延,停在肩头以下——道道细小的血迹侧淌,胳膊仿佛被血线捆绕。

天还没亮,窗边压着沉沉的黑,昏黄的灯泡在头顶荡着,雪白胳膊上的血迹像是活的,喷溅也泛泡。

没人说话,或粗重或急促的喘息声此起彼伏,这气氛,沉抑极了。

江炼觉得,自己没法儿安稳在屋里待着了,反正,养了近一周,这左半边肩膀、胳膊，只要不去磕碰或用力，也就不会疼。

他打定主意，今天要跟着山户的小队进山，他体力恢复了有六七成，应该不至于给小队拖后腿，到实地去走走看看，也许能有意外收获——哪怕什么都发现不了也比干坐着强。

吃完早饭，江炼径直去向半山处孟千姿的毡房，想直接跟冼琼花或者景茹司提一下自己的要求，也顺便看看孟千姿。才走了一小段路，忽然注意到，似乎有什么不同寻常的事发生了。

往常这时候，山户小分队都已经在做临行前的准备了，但今天，停车的那一处鸦雀无声，无人走动，却有十几号人簇拥在路头，似乎正翘首等待着什么，不时窃窃私语。

果然，没过多久，就有一辆黑色的越野车疾驰而至。那群人一拥而上，从车上迎下几个人来。

确切地说，其他下来的几个都是陪衬，重点是一个头上缠绕绷带的年轻男人，那人面色苍白，目光呆滞，偶尔又突然惊惶，嘴唇嚅动个不停——江炼离得远，也听不清那人在说什么。

那些山户簇拥着那人，径直往半山上去。看方向，目的地应该是孟千姿和两位姑婆的毡房。

江炼心跳得厉害，直觉这人必然有点来历，他心有不甘地跟了几步，从那群人嘈杂的议论里，依稀听到了"生还"两个字。

他一下子反应过来。

山鬼出事的八人小队，最终找到了四具尸体，另外四个下落不明——这个年轻男人，不会就是其中之一，抑或截至目前唯一的生还者吧？

那些山户把人送到了毡房门口，大概是没那资格入内，很快四散离开。

江炼很想跟进去看看，知道不妥，又忍住了，但就这么回房又不甘心，便在底排的板房前踱来踱去，可巧看见了陶恬，忙追过去打听。

他的猜测没错，这人果然是失踪者中的一员。

陶恬也不太清楚内情，只说这人好像是混乱中摔下了山崖，没死，但把脑子给摔坏了，醒来之后稀里糊涂，只往一个方向走，居然让他走出了山谷，还遇到一个放牧的牧民。

那牧民也不知道他是怎么回事，还以为是天生痴傻，因为忙着牲畜的事，也就先把他收留在帐篷里，直到前两天，才有空把他送到最近的派出所。这一送，山鬼得了消息，以最快的速度接了人。送医院检查之后，又马不停蹄地送了过来。

江炼听得喜忧参半：脑子摔坏了，从他那儿，还能得到线索吗？

看这架势，估计一时半会儿不会有结果，江炼先回了毡房，坐立难安，把神棍那几本书翻得书页"哗啦"响，至于里头的字，完全没看进去。

正心烦意乱，有个山户过来，说是孟小姐说的，请神先生和炼小哥过去。

江炼如释重负，赶紧拽着神棍出门。路上三言两语，把发现生还者这事跟神棍讲了。

一进毡房，便觉气氛沉闷，近乎诡异。

那个摔傻了的年轻男人，由何生知陪着，瑟缩着坐在毡房一角，手里捧了碗酥油茶，却不喝，只痴痴地向着何生知说话："茶……奶茶。"

何生知哄他："对，对，酥油茶。"

孟千姿倚坐在床上，拥着盖毯，面色疲倦——她这两天补元气，一般都是睡到中午或者下午，很少这么早起床。

景茹司坐在她床边，正帮她掖紧被角，冼琼花和孟劲松却坐在对面床上，低头看手中的一个摄录机。

见两人进来，冼琼花示意孟劲松把摄录机递过去："我也懒得讲了。你们自己看吧——姿姐儿说这事可能跟你们也有关，坚持要让你们也知道。"

原来过程都录下来了，江炼接过摄录机，调低声音，和神棍两个就地在毡毯上坐下，从头看起。

摄录的过程并不长。

开始是何生知介绍情况，和陶恬说得差不多。医院检查的结果是外伤致脑出血，中枢神经受损，大小便偶尔失禁，记忆力减退，但总体来说，不属于严重脑损，有复原希望。

然后，冼琼花问他："你还记不记得，当时发生什么事了？你的同伴是怎么死的？"

那人半张了嘴，愣愣的，似是听不懂，半天才口吃着说了句："我摔……摔下去。"

冼琼花很是耐心："你还记不记得，你是从哪儿摔下去的？"

那人又反应了半天，蹲下身子，拿手在地上画画绕绕："从开始，一直走，一直走，就到了。"

江炼曾听说过，脑部受损的人的脑回路跟正常人是不一样的，你问一个正常人今天去哪儿了，他可能回答百货商场、游乐园，但伤者会发蒙，他得重新从家里出发，把路线重走一遍，走到了那个地方，才能答得出自己去过哪儿。

106

视频里，景茹司有点不耐烦："把他直接带去发现尸体的地方不就好了，也许还能记得点什么。"

孟千姿说了句："如果发现尸体的地方，根本不是最初出事的地方呢？这些日子，你和七妈去现场好多次了，什么都没发现——我觉得，不如跟着他，从始发点开始，重新走一次。"

江炼也是这想法。这一周以来，山鬼小队日日进山，就快把那片山头给翻过来了。如果八人小队真是发现了什么秘密而被灭口的，那秘密，也一定不在发现尸体的那片山头。

他继续往下看。

这次是孟千姿问那人："那你记不记得，有什么奇怪的人或者稀奇的事儿？"

这一下，显然是问到点了，那人眼前一亮，不住点头，说话时嘴角歪斜，涎水流出，但还是艰难重复："龙，天上，有龙。"

江炼脑子里一嗡。

他明白为什么孟千姿要把他和神棍也叫过来了。事情确实和他们有关，但他们知道的是龙骨，这人念叨的……

天上还能有龙？会不会是这人当时摔傻了，眼前出现幻觉了？

视频里，冼琼花也是这想法："是不是你看错了？"

那人不住摇头，努力伸手比画："这么长……很长，很长，在云雾里飞，云雾……白色的，它是……青黑色的，很长，角，也长……鳞片，发亮……"

冼琼花再问什么，那人就跟没听见似的，只兴奋不已地向人描述自己看见的龙，多么震撼，多么漂亮，多么威严。

视频就到这里。

因为叙述得太详细了，"看错"的可能性不大，然而，也正是因为叙述得太详细了，真实性大打折扣，更像是想象或者脑补。

见江炼他们已经看完了，冼琼花才开口："真的龙，还是飞在半空的——我听说西北这一带天上地下的监控都很严，还有部队驻扎，活龙飞在天上，军方早发现了。"

这话没错，天上那么多卫星，可不是放着玩的。神棍突发奇想："会不会是，他看到了什么画？壁画或者雕刻，栩栩如生，但是他脑子摔糊涂了，分不清虚幻和现实？"

冼琼花叹气："也不排除这个可能。总之，商量下来，我们决定调派人手，重新走一下八人小队的路线，希望沿途能有什么发现。不过这一趟，可能比较凶险。"

江炼听懂了她的弦外之音。昆仑山这种地方，没法太过依赖现代武器，枪啊什么的，带归带，未必用得上，容易引发雪崩，也容易招来不必要的关注和麻烦——也就是说，万一真的遭遇强敌，很可能就是最原始的力量较量。

他没太犹豫："算我一个吧。"

神棍这几天，都快闷得长蘑菇了，但山鬼搜山都是精兵强将，他这实力，也不好去拉低平均值，现在一听有门儿，积极表态："我也可以去……做一下后勤工作。"

话说完了又后悔：说什么后勤啊，该说"顾问"才对，武力不行，就该强调自己的文化价值。

冼琼花笑了笑："要什么后勤啊？到时候，你就跟姿姐儿待在一起吧。她身边，绝对安全的。"

怎么，孟千姿也要去吗？

江炼心头一紧，脱口说了句："孟小姐的腿不是很方便，我看她就不用……去了吧。"

话到一半，才发觉自己属于多管闲事，但说都说了，也只能硬着头皮说完。

毡房里静了一会儿。

末了，景茹司笑吟吟地看着他，说得意味深长："我们会注意的。"

事不宜迟，定了午饭后出发，江炼和神棍先回去收拾行李。出了帐篷，江炼有点沮丧，问神棍："我刚是不是说错话了？"

神棍回想了好一会儿，确认江炼在毡房里说的话屈指可数："关心孟小姐的腿，怎么会是说错话呢？"

江炼苦笑，四姑婆那个语气，"我们会注意的"，真是满满的嘲讽意味，仿佛在说："我们不知道千姿的腿不方便吗？我们不关心她的身体吗？要你说！"

这一趟，山鬼动用了四辆车，挑了约莫二十个好手随行，景茹司领队。冼琼花坐镇营地，以便策应。

八人小队最初的入山点，是一条进山的狭沟，地图上没地名，但据说当地人把这条沟叫"才旦"，代表寿命永存。这寓意让江炼想起"阎罗生阎罗"，总觉得意味深长。

车到时，有几个人已经牵着牦牛在沟口候着了。这些牦牛都是黑色，体形硕大。虽是家养，那弯曲向天的牛角，倒都弯出些不驯的野性来。为首的那头最大，背上驮了个木质的躺椅。躺椅是老物件，木质发黑油亮，转角处被摩挲得光滑圆润，看得出上了年头了。

江炼这才明白，孟千姿是不用走路的。他长吁一口气，又觉得自己也挺傻的，两位姑婆怎么可能放她下地呢，自己还巴巴儿地上去提醒，实在多此一举。

不过，他还是觉得，孟千姿应该在营地歇着，没必要来。

一行人把行李都搬上几头牦牛的背，分前、中、后队，向着沟内行进。因为是轻装上阵，速度倒是不慢，连神棍这样的都没拖后腿。

走了一段之后，江炼觑了个空子，赶到孟千姿身边，伸手在躺椅上敲了敲。

牦牛走得晃晃悠悠，孟千姿这阵子本就瞌睡，让它这一晃，险些睡着了，听到声音，低头看他："嗯？"

这么大群人，只有她一人坐牦牛，高高在上，很有点地主老爷出行的派头，江炼问她："腿好点了吗？"

孟千姿回了句："不用力就不疼，这种小颠簸还过得去。你呢？"

江炼说："一样，比你强点，毕竟走路不用肩膀。"

又说她："你来了也是白来，不能打不能跑，一路躺着做大爷……就不能好好待在营地养伤吗？"

孟千姿斜他一眼："我就这么没用？你们现在所有人……"

她指指前队，又示意后队："都是我在罩着，懂吗？"

原来，为了确保安全，她这一路都会启用"山风引"，等于为队伍罩了个结界、开启了雷达，三五里路范围内，来自活物的异动，都能侦测到。要知道，一般手枪的射程，也就五十米左右，哪怕是专业的狙击枪呢，一千五百米射程顶天了，三五里的感应距离，足够保险。

景茹司和冼琼花其实也会"山风引"，但她们施展开的效果就远不如孟千姿了，所以，最后商议的结果是：你全程躺着都行，就当抬了口雷达锅随行了。

原来如此，江炼肃然起敬。正待夸她两句，孟千姿忽然想起了什么："有个东西给你。"

边说边从兜里掏出来，递了过去。

江炼接过来看。

他即便对化妆品再不了解，也能认出这是一支精致的香水小样，大概只两三毫升，而且，这一定是女用香水，因为那试管样的瓶身里漾动着的液体是柔粉色。

拧开盖子一看，还是滚珠头的。

孟千姿说："你将就用吧。辛辞在他箱子夹缝里找到的，也不知道是猴年马月掉在那儿的。不过我闻了一下，味道还没散。"

江炼奇道："我要用这个干什么？"

孟千姿笑嘻嘻的："越往上去，山地里的味道就会越单一。这种香水味道，我敢说在这儿独一无二。你擦在身上,我就可以知道你在我哪个方位,距离我有多远了。就好像风筝一样,有一根味道的线一直延伸出去,但线头一直在我这里……"

后头有两个山户过路,江炼把试管香拢进掌心,孟千姿也住了口。

直到那两人过去,她才继续:"我四妈都没这待遇呢!看你是伤员,我格外照顾你的。"

脚步声杂沓,是后队几个人过来了,江炼放慢脚步,不露痕迹地和她拉开距离,回了句:"我一个大男人,擦这个,你想什么呢。"

江炼打定了主意,绝不会用这个,可那一小管香水在掌心焐得温热,有形体有分量,执拗地提醒他自己的存在,再加上行路无聊,心里不免冒出七七八八的想法,又有点好奇:只擦那么一点点,能维持多久呢?她一直能闻到?

又一次暂作休息时,他瞅着前队已远、后队未至的短暂时机,迅速拔下盖子,拿滚珠头在颈上动脉处略滚了一下,又做贼心虚,手忙脚乱地收起。

重新上路时,便有些疑神疑鬼,生怕自己这一路行走,周身散发芳香味儿,会有山户在背后议论指点,难免有点不自然,不过走了会儿,见身周人等压根儿就没发觉,又渐渐放松。

只是,走着走着,前头不远处的孟千姿忽然回过头来,冲着他高傲地扬了扬下颌。

【18】

日暮时分,山里开始起雾。

因为人已经在相对高处行走了,所以极目下望,很多雾气是从沟谷间升腾起来的,像是下头架设了数不清的巨炉,焚烧时扬起大股白色烟气——只不过,这些烟气是冰冷的而已。

而峰顶也开始飘雾,有熟悉这一带的山户说,那些不是雾,是顶端的积雪被大风扬起,在高空张成了"猎猎"的旗帜。下头的人看不清,常以为是缭绕峰头的雾气。

总之,这场景极美。这一带经年累月无人涉足,夕阳的嫣红里带橘色,这颜色融进漫山遍野的雾,使得山里的一切妖冶而又瑰丽。

景茹司选了块相对平坦的低地,抓紧太阳落山前的最后时间扎营。

那个摔傻了的山户叫史小海,一路上都走得很卖力,忽然被叫停,急得团团乱转,拿手指向前路,口齿不清地重复:"往前,还往前……"

何生知这一路都在当史小海的保姆，耐着性子劝他："先休息，睡了觉，有了力气，才能继续走。"

史小海应该是听不进去。因为直到吃完晚饭，江炼从他身边经过时，还看到他紧攥空的折叠汤碗，反复念叨着"往前""还往前"。

即便有孟千姿的"山风引"打底子，山鬼还是安排了四班倒的夜间巡守。江炼伤还没好，不用轮值，他乐得承这情，和神棍共享一顶帐篷，早早就躺下了。

合眼没多久，忽然想起了什么，摸出那瓶试管香，偷偷又往颈上抹了一道。

别人不知道，她必然会知道的。他这也算是用你知我知的方式，在向她道晚安了。

江炼带着极大的满足睡去，满心以为会有个好梦。

夜半时分，还真的做了个梦，只是，是否"好梦"，还真没法判断。

他梦到段文希。

梦见还在凤凰眼，第三口棺材刚刚开盖，里头的尸骨被挪至两头。

棺底处掀开了一块盖板，两道长长的软梯，静悄悄从盖板的缺口处放下。

段文希和阎罗两个人，各自蹬一道软梯，进入了那个凤凰眼。段文希毕竟是七十来岁的人了，气力有些不支，反而是阎罗下得快，"噌噌"几下，差不多到了底。

棺底的环室里，只有浅浅的积水，中央处的圆台上，插着一根周身笼罩七彩晕光的、羽形极美的凤凰翎。

阎罗眼底迸发出惊喜的亮光，已经伸出手想去拿了，忽然又缩回去，面上换了副毕恭毕敬的表情，近乎谄媚地转头向段文希道："段当家的，您来。"

段文希看向那根凤凰翎，赞叹不已，伸手便去拈。

梦里，江炼显然是个旁观者，但不知为什么，看到这一幕，忽然着急起来，大声喝止："别动！别动！"

可惜了，他是透明的，也是无声的，段文希看不见他，也听不见他，只是屏住呼吸、近乎虔诚地看向那根凤凰翎，而那翎毛似有引力，慢慢吸附到了她的手上……

江炼醒来时，嘴里犹在呢喃着"别动"这两个字。

怪了，怎么会做这个与自己无关的梦呢，而且，他为什么要阻止段太婆去拿那根凤凰翎？那根单独插立于圆台的翎毛，有什么特别寓意吗？

他一时半会儿睡不着了，看了眼时间，凌晨两点多。神棍睡得正熟，鼻息声时重时轻。

帐篷里一片漆黑，外头却相对亮些，倒不是打了灯——为了避免成为靶子或目标，营地没亮灯——这亮，完全是天光、雪光、月光等，以及一切自然而生的亮光。

江炼有些烦躁，索性穿上衣服出来。

外头的雾更大了，因为没灯，人在对面都影影绰绰看不真切，才走了几步，前头突然有个声音问："干什么的？"

江炼吓了一跳，他都没察觉到那儿站了个人，下意识答了句："去方便一下。"

这一对答过后，两人同时认出对方来。

原来是孟劲松。

孟劲松自被孟千姿罚了一次"放大假"之后，整个人低调收敛许多，连话都少了，虽说事出有因，但多少跟自己有关，江炼为免尴尬，也就很少和他照面。

没想到，这时撞了个正着，好在是半夜，又有大雾，看不清面色，也就没那么窘迫。江炼加快脚步，想从他身侧过去，没提防踩到一块石头，身子一个趔趄，险些栽倒。

孟劲松笑了笑，说："我们都用亮子，习惯了，你的眼睛不一定能适应，打手电吧——山上不好走。"

说着，抽出手电扔了过来。

江炼抬手接住："不是不开灯吗？"

"营地不亮灯，这手电光才多强，打个一时半会儿的没什么。"

江炼谢过他，走到营地后头远处，即便四下无人，还是选了块较为隐蔽的大石，方便完，打着手电正往回走，无意间手一抬，手电的光一扫，正扫到一张脸。

江炼初时还不以为意，以为撞见了又一个夜半出来方便的山户，及至仔细一看，只觉得脑子里轰然作响，整个人定在当地，周身的血都凉了。

这人，毫无疑问，一定是"它们"之一，那个螳螂人的同类。

是那个一直未曾露面的"第五个"吗？听千姿说，水鬼营地那一趟失踪，共计二十七人，"转化"有一定的概率，一九九六年那次，百多号人暂活了二十多个，五比一左右，不知道过了这么些年，成功率是否有提升。

但最低不会低于五个。

这人身高不高，脸的形状很奇怪，像牛，额角一侧有突起，另一侧也有，但小得多，以致左右不对称，脖子上像围了圈肉色的围脖，细看就知道不是，那是畸生的又一对胳膊，末端还有趾爪。

更骇人的是，这人的脸正被笼在灯光尽头，直勾勾地瞪着他。

江炼的喉结轻轻滚了一下。他出来方便而已，一侧的肩膀不便使力，唯一的"武器"，就是手里这个没什么分量的手电了。

要么，把手电砸过去，转身就跑吧，虽说高原缺氧，剧烈运动容易上不来气，但为了活命，也顾不上那么多了。跑的时候，他还可以大叫，巡夜的人就会过来帮忙……

他打定主意，迎上那人目光，脚尖慢慢外挪，正待甩手狠掷手电，那人却突然回过头去，紧接着身子掉转，向着黑暗中疾步而去。

江炼猝不及防，有些手足无措，他还不至于天真到以为那人是要引他去看什么稀奇的——那人的神色、动作，倒像是被谁喊了过去。

他手心冒汗，急喘了几口气定神，并不准备跟过去——自己现在这战斗力，跟过去了也是送死。他后撤两步，迟疑地拿手电照向那一片，想看看那人往哪个方向去了，回去之后好通知孟劲松他们。

几下乱照之后，又一件让江炼始料未及的事发生了。

他居然看见了神棍！

不知道是不是也出来夜尿，神棍的身子掩在一块大石后头，只露了个脑袋——野外方便，没有固定场所，一般都是自找"掩体"。

只不过，神棍并没有看江炼，而是皱着眉头往一侧张望，似乎那儿有什么吸引了他的注意力。

要命了，那东西还在附近呢，江炼脊背发凉，正想出声示警……

真是怕什么来什么，就见两条章鱼须般细软的胳膊自后绕住神棍的脖子，瞬间就把他拖进了石后。

江炼只觉得全身的血直往脑袋里冲。这种时候，救人要紧！也顾不上什么从长计议了，他大吼一声"神棍"，又往营地方向急嘬了几记哨响，便向着那一块急奔而去。

夜晚的劣势在此时展露无遗，到处都是山石，灯光一移开，再打上去，哪儿哪儿都一样，江炼反复比对，才确认了那一处。急冲过去一看，不觉暗暗叫苦：大石后头，是道狭缝，尽头处通往谷地，也就是说，一出狭缝，遍地山石耸峙，七八条天生的夹缝道，或往上，或旁出，想拐去哪儿都行。

什么神棍，什么怪物，早不见影了。

这当口儿，孟劲松带着几个人，亮着手电赶了过来，营地处也陆续亮灯——虽说原则上避免亮灯，但现在出了状况，自当别论。

孟劲松的手都已经按上腰间的枪了，问他："怎么了？"

江炼气喘不定："有那东西，神棍让它给带走了。"

孟劲松脑子里一蒙，第一时间想到的是自己的失职：这时段该他轮值，没发现状况也就算了，还丢了个人！

他心跳得厉害，手电急照向江炼指的方向：这么多条岔路，这可怎么追啊，分

113

开追的话，又怕被各个击破……

就在这个时候，边上有个山户冒出一句："我们值夜，除了你，没看到别的人出来方便啊。"

现在不是分辩是否失职的时候，江炼也猜到了追找不好操作："能不能去找孟小姐？她应该能帮忙定位的。"

这一下提醒了孟劲松："不对啊，有那东西来，千姿不可能不察觉吧。"

孟千姿是在睡觉没错，但"山风引"说白了，是成倍放大身体的某些感觉，使得身体一直处在示警状态，真有"那东西"靠近，对营地的气味是个扰动，孟千姿应该会提前侦测到并及时醒来的。

江炼急得后背冒汗，时间分秒流逝，秒秒都是催命刀，正待说什么，孟劲松腰间的步话机发出了"刺刺"声响，景茹司略带睡意的声音传来："怎么了？"

孟劲松简略作答："江炼出来方便，看见了那东西，神先生还被抓走了。"

景茹司发出了短促的"啊"声，紧接着是一片杂音。再然后，孟千姿的声音传来："都回来吧，所有人都回来。"

江炼一怔："不是，千姿，神棍他……"

孟千姿叹气："神棍在这儿呢。"

江炼还没反应过来，就听到步话机里传来神棍茫然的声音："干吗啊，你们都跑到我帐篷里干吗？我……睡觉啊。"

江炼有一种极其荒诞的感觉。

难道自己在做梦？

他跟着几个人回了营地，隔着老远就看到自己和神棍的那顶帐篷帘门掀起，外头围了一圈人，神棍还没从睡袋里出来，披着件厚外套，睁着一双迷糊的眼，一脸蒙。

孟千姿也在，坐着轻巧的折叠轮椅——她原本的轮椅太重，不便携带，此行带了个轻便简易版的，只适合在营地推两步。

景茹司见是虚惊一场，挥手驱散看热闹的人："都回去睡觉，睡七分醒三分，别睡死了。"

警报解除，孟劲松心头一舒："我就说嘛，我们一直守着营地，没看见有人进来，也没见神棍出去啊。"

江炼脑子里一团乱，问神棍："你……你又回来了？"

会不会是神棍出去过，又趁着混乱，赶在被大家发现之前回来了？

神棍莫名其妙："我去哪儿了啊？我一直在睡觉啊。"

孟千姿说了句："他确实没出去过，我们进来的时候，他都还没醒呢，而且，何生知第一时间就检查了他的鞋底和鞋内。"

这个点，又是大雾，外头的泥土濡湿，但他的鞋底干燥，没沾上湿泥、碎草，鞋内也冰冷，如果刚被穿着跑动过，怎么都会留下点热量、温度。

所以自己看到的，是个跟神棍长得一模一样的人？

江炼也不知道该怎么说："那……那个东西，和那个像神棍的人，出现在营地附近，千姿你感觉一下，应该能感觉到他们来过吧？"

孟千姿迟疑了一下："就是没有，江炼，没有异常的味道，也没有什么活物的热量靠近过。"

江炼说："会不会是他们没味道，也没热量……"

他没再说下去，他觉得越说越乱，事实摆在眼前，应该是自己某个环节或某处认知出了错，他得捋一下，得往前回溯……

景茹司看他那表情，就知道他也糊涂了。大半夜的，虚惊一场，困意重又袭来，她觉得分外疲惫："应该也不是看错。你好好回想一下，有没有什么关键的。千姿，这儿有我，你先回去吧，你得休息好。"

孟千姿找借口："我待会儿再回，刚醒，一时也睡不着，精神着呢。"

她这些日子，很少能和江炼在一处，偶尔见到，也前是人后是人，难得现在有机会，能多说几句话也是好的。

她那点心思，景茹司哪会看不出来？自打听说孟千姿拼着废了条腿也要进山去找江炼的尸体，景茹司就知道，自己那点小动作是济不了事的。

再大点的动作，她也不敢做，当年做过一次了，亏心。

索性顺水推舟："那我先回了，你们把事情捋一捋，看能不能有什么发现。"

又盼咐孟劲松："千姿有什么事，你照看着。"

帐篷窄小，孟千姿的轮椅进不去，露天待着又太冷，孟劲松回了趟帐篷帮她拿毛毯。

过来的时候，才发现多此一举，江炼已经把自己的睡袋拉开，很仔细地帮她裹上了，裹得胖肿胖肿的，连脑袋都包住了，只露了张脸。

然后，江炼大致说了事情的经过。

神棍听得最为激动："真跟我一样？一模一样？他也戴了我这么……"

他边说边抓起手边的眼镜："时尚的眼镜吗？"

这眼镜是新配的，金属镜架，其实不大搭神棍的气质，戴上了像个低配版斯文败类，但神棍一见倾心——也不奇怪，他一向不讲审美的。

江炼摇头："当时太过仓促，手电一扫，照到一张脸，就以为是你，现在想想，细节确实不一样。"

那人没戴眼镜，自己也是太着急了，其实只要有时间细想，就会发现好多疑点：神棍夜半出来方便，怎么可能悄无声息、连手电都不打呢？

神棍喃喃自语："长得一样，难道是我的双胞胎兄弟？毕竟我是被扔在小村村口的，不好说是不是独生子女……但是，他怎么会跟那东西在一起呢？"

要命了，孟千姿皱眉："这件事根本就不合理，你们俩都没有夜半打手电的经历吗？"

她跟着二妈唐玉茹住过一段时间，唐玉茹是艰苦朴素、农村放养式长大的，不会给她提供什么好的环境，打手电走夜路或者上厕所这事，孟千姿颇有经验。

"黑漆漆的一片，只有你打手电，你就是靶子，是核心，是唯一亮点，别人自然而然都会看你，有心人也会避开你——那个怪东西明明可以躲起来的，但是不躲，被你照个正着；还有那个……冒牌神棍，他都被光照到了！"

一般人在黑暗中被光照到，会下意识闭眼、遮挡，或者向光源处张望，哪有那么淡定，还去看别处的道理？

江炼心里"咯噔"一下："你的意思是，我出现幻觉了？"

孟千姿不置可否："劲松他们都在值夜，虽然没打灯，但他们长期用亮子，周围有人出现，还是能察觉的。你也说了，那个怪物根本没遮掩自己，就那么大刺刺出现在空地上，他们好几双眼睛，怎么会都没看到呢？更重要的是，我确实没有闻到任何异常的味道。"

合着是自己出问题了？江炼头皮发麻，就在这个时候，神棍冒出一句："也不一定是小炼炼出了问题，你们山鬼不是有山外青山……楼吗？"

孟千姿听得一头雾水，倒是一直沉默不语的孟劲松反应过来："你是说山蜃楼吧？"

山蜃楼？

孟千姿一个激灵，这里的人，除了神棍，都太熟悉山蜃楼了，但也正因为熟悉，第一时间就把它排除了。毕竟，山蜃楼的首要条件是大雨。

神棍的话点醒她了，除了"大雨"这一条，所有的所有，都跟山蜃楼极其一致。

孟千姿和江炼对视了一眼，两人都有点口唇发干。这里是雪山，雪线上不可能出现瓢泼大雨。

雪山没有雨，但会不会有雨的替代物呢？

江炼想起了入暮前,那漫山遍野的……大雾。

孟千姿也想到了,她急向孟劲松道:"快,把那个史小海叫过来。"

史小海睡得迷迷糊糊的,被何生知拽了过来,一脸懵懂加一脸惶恐,紧抓住何生知的胳膊不撒手。

孟千姿心跳得厉害,语气尽量温婉:"我问你啊,你看到龙,是在晚上,还是白天?"

史小海想了想,说:"晚上,冷,在地上睡觉,一睁眼,天黑漆漆,头疼……"

说到这儿,还拿手去摸后脑勺,一脸痛楚状:"我就……打手电。"

这又是一条关键的,打了手电。

山魇楼得有灯光才能看见,史小海打了手电,江炼也打了手电,但孟劲松他们用的是亮子。

"然后,龙,就在天上飞,"说到这儿,史小海又兴奋了,"那么长,那么大,雾是白的,龙是黑的……"

说到这儿,他叹了口气,嘟囔了句:"不在这里,在前头,让你们往前走,你们都不走……"

至于龙去哪儿了,他说不上来,只是说,看着看着,龙就不见了。

孟千姿让何生知把史小海带走,定了定心神,才看向神棍:"我们可能……快到你梦里的地方了。"

神棍半张了嘴,还没反应过来:"什么梦?"

孟千姿说:"你不是梦见过龙在天上飞吗?还有很多很多人点算箱子?然后,那条龙就陨落了。还有很多人围成圈,唱很悲凉的歌。"

神棍恍然。

江炼接着说下去:"山鬼的说法里,蜃珠是龙的涎水。如果当时龙真的在这一带飞过,滴下一两滴涎水,很正常。"

神棍错失过江炼他们在湘西的那次蜃珠显像,但事后听江炼说起过是如何活灵活现,一直印象深刻。

他心头一突:"你的意思是,我们有可能看到点算箱子的场景?"

孟千姿觉得未必。最好的蜃珠是显形听音的,但依江炼的说法,没有声音,那两个人明明在石后,很快就不见了,看来这儿的这颗蜃珠,成色也不怎么样。

不过也可以理解,毕竟神棍的梦境里,那条龙没多久就陨落了,已经垂垂老矣。

然而神棍已然血脉偾张,越想越激动,以至于语无伦次:"如果场景再现,那我们不是能看到那些神族人、箱子，还有各种各样的东西了吗？啊，小炼炼，厉害了，你看到的不是真人，是上古时的显像啊……"

他突然怔住了。

小炼炼说，那怪物长了张牛脸，头上的突起不对称，还有对诡异的胳膊，怎么上古时的人也长得跟螳螂人一样畸形呢？

还有，那个跟自己长得一模一样的，又是谁呢？

更加重要的是，史小海说得很清楚，还没到地方，还得向前。也就是说，这儿并不是主场，是个偏远的、荒僻的，甚至无人的所在。那么，那两个人，在这种地方出现，又是为了什么呢？

【19】

这些问题，江炼也想到了。

他看向神棍："长得一模一样这种事，不会只是巧合，中间一定有个缘由或者说法——恭喜你啊，那些一直以来困扰你的事儿，可能很快就会有答案了。"

又强调了句："但是，有一点你得明确，他是他，你是你，你们是两个人，管他是正是邪呢，哪怕他真是你老祖宗，他的成就不会给你添光，他造的孽也不会让你丢人。"

神棍大为感激，知道江炼这么说是为了帮自己卸掉思想包袱，当下积极表态："我知道，我就是我，来自小村村村口的神棍！"

孟千姿裹紧毯子，真想向天翻个白眼。

她清了清嗓子："行了，营地的灯都关上吧，推我去高处，我得仔细瞧瞧，那个方向是不是真有山蜃楼。"

话音刚落，孟劲松和江炼两个，同时伸手握住了轮椅的推柄。

江炼有点尴尬，先松了手。

孟劲松也反应过来，觉得自己有点不知趣："你来吧，我还要……安排关灯。"

江炼打蛇随棍上："那行，我……帮你推她过去。"

做戏做全套，孟劲松很客气："那麻烦你了。"

孟千姿正襟危坐，假装自己并不在意是谁推。

神棍纳闷地看看这个，又看看那个，觉得这气氛，怪怪的。

江炼小心地把轮椅推上斜坡高处。

为安全计，没敢离营地太远，那几个值夜的，包括孟劲松，仍散布周围。他们人人都滴了亮子，置身其中，跟"大庭广众""众目睽睽"也差不多，不过江炼挺满足的，怎么说也是"独处"不是？

他感慨："不容易啊，你周围不是有妈就是有人，我推个轮椅都要跟人明争暗斗。"

孟千姿"扑哧"一声笑了出来，居然还跟他讲哲理："我大娘娘说，江河湖海，都是堤岸所致，绝对自由是不存在的，有约束才有自由——这么不容易，也没妨碍你喷香水啊。"

江炼纠正她："试管香没喷头，我只抹了一点点。"

到最高处了，他把轮椅挪向史小海指过的方向，孟千姿伸手往空中虚抓，又去抹眼睛。

江炼奇怪："你抓什么？"

"雾啊。看大雨里的山蜃楼，我会拿雨水抹眼睛。看大雾里的，应该拿雾吧。"

还挺会举一反三的，江炼搬了块石头垫到屁股底下，在她轮椅边坐下："你们就从来不知道，雪山上也会有大雾山蜃楼？"

孟千姿摇头："不知道，从没听说过。这儿太偏了，估计山鬼都没来过几次，西北山多，但我们来得少。你也知道，总堂是山桂斋。"

江炼纳闷："明明昆仑才是万山之祖，为什么山桂斋不设在昆仑呢？"

孟千姿瞥了他一眼："谁不想过好日子，活在山温水软的地方？住在昆仑，除了听上去高端、大气，新鲜蔬菜都吃不着，要么冻死，要么晒死，叫外卖都没人送。"

江炼啼笑皆非，不过她说什么他都觉得有道理，哪怕没道理，也有意思。

他仰着脸，看她被微弱夜光勾勒出的温柔面庞，顿了顿，又去披紧她毛毯下摆，老话说，"寒从底来，百病凉起"，这儿天气冷，孟千姿又腿上有伤，可不能冻着。

过了会儿，孟千姿蹙眉："不行，太远了，看不真切。不过那一片……"

她抬手指了个方向："边缘处确实扭曲，跟周围格格不入。"

江炼如听天书，她居然还能看出"扭曲"？他看过去，只是模糊的灰黑。

他忍不住问了句："为什么你的眼睛……能看出这个呢？"

孟千姿说："因为有金铃啊，动山兽、伏山兽、避山兽、剖山、看楼、山风引，都是'金铃九用'里的，其实我七位姑婆，也都有这种天赋，只是……"

她试图说得更简明了："就好像一个量筒，有一道一升的刻线，我七位姑婆的能耐，要么是半升，要么是零点九升。"

江炼懂她的意思："都没到一升，但也分出了高下。这高下，就是山肩、山眉、山髻的分别？"

孟千姿点头："但我到了一升，可能只是比她们高了那么一点，但这一升是个临界点、及格线，让我具备了'动金铃'的资格，这金铃……"

说到这儿，她略弯下腰，尽量不触动伤处，去拨脚边的盖毯。江炼猜到了，很自然地帮她代劳，将盖毯拨到一边，又把她裤脚卷起些，露出脚踝边的金铃。

不知道是不是为了金铃贴肤，她穿的是短袜，脚踝那一截的皮肤露着，暴露在清冷的空气中，迅速发凉，铃片也冰凉。

江炼下意识拿手圈焐了上去。

他掌心温热，又有点糙，凉热一激，那温热便顺着踝边上延，孟千姿的小腿有如过电，不觉瑟缩了一下，脑子里顿时卡了壳，足足过了好几秒，才想起自己要说什么。

"有时候我觉得，这金铃好像一个放大器，把我原有的那些能力又成倍放大，七位姑婆和我的差距，其实并不很大，但因为有金铃，这差距就成了鸿沟。"

江炼接口："所以，你是王座？"

孟千姿"嗯"了一声。

江炼笑了，略抬起手，指腹间拈住一片铃片："这么小的放大器吗？"

孟千姿说他："你别不相信，也许它其实是个特别迷你的精密仪器呢？山鬼历代王座，都没人能说清金铃的材质，也不是没拿去实验室分析过，都分析不出来——我听说最早的计算机，有几间房子那么大，后来越来越小，从台式，到笔记本，现在，手机都能凑合当电脑用了，保不准再发展下去，就跟这铃片一样大小。"

江炼心中一动。

孟千姿的金铃，据说是山鬼奶奶传下来的，而山鬼又在"黄帝－蚩尤"年代博过存在感，如果女娲的抟土人偶真是那个年代的"机器人"，那说这金铃是放大器也未尝不可——他们看不懂金铃，大概就跟古人看不懂手机是一个道理，古人会说，哎呀，这个非金非铜、手掌大小的砚台块，居然能唱歌、能指南、能让你看千里外的大戏，真是个神器啊。

所谓神器，也许只是发展和认知没跟上。

江炼将她裤脚抹下，重新拿毛毯裹好："那接下来，咱们怎么弄？"

孟千姿想了想："真想确定山魇楼的位置，看到所谓的上古图景，还得按照史小海说的，继续往前走。"

江炼迟疑了一下："你觉得这个史小海，会不会有诈？"

一个失踪了好几天重又出现的人，总让他觉得不踏实。

孟千姿知道他在顾虑什么："你是怕史小海已经被'它们'给转化了，引我们入圈套？"

她摇了摇头:"我觉得不会。一来,何生知送史小海去医院检查过,他的伤情非常合理,头部摔伤的人差不多就是那样的。二来,'它们'转化的人,其实都是水鬼。只有两个例外,一是宗杭,二是阎罗。宗杭你知道的,根本没受什么控制,阎罗也几乎没有,他身体里的那个人,只在阎罗沉睡的时候才能出来活动一小会儿。史小海是山鬼,想转化大概没那么容易。三来,如果史小海真的被转化了,他其实应该带着我们乱跑、偏离方向,带我们进圈套其实很不明智,我七妈还在后方策应呢。我们出事了,只会引来更多的人。"

也对。江炼略放了心,随即又想到一个现实的问题。

他钓过蜃珠,知道这玩意儿出没不定,明儿还会不会有大雾很难说,即便有,山蜃楼也不一定会出现。

"要么……我记得,你们有一颗最好的蜃珠,上次在湘西借给我用了,这次是不是也调过来,用那颗比较省力?"

孟千姿又气又笑:"你以为,随便拿一颗来就行吗?

"武陵山的那颗蜃珠,成色很差,但这差只是差在显像。换句话说,它记录下了一切,好比带子是完好的,只是放映机太差,放不出来,所以你看到的,都是破碎的影像。

"我调了最好的蜃珠给你,等同于帮助它以完美的画质和音质放映了,但没原始的带子,再好的放映机都没辙。"

江炼明白了:"还得靠运气,'等'山蜃楼出现,然后……你钓蜃珠。这颗蜃珠不好的话,再拿好的那颗来……加强功能?"

孟千姿默认。

理论上是这样,但是,还真不好说。

山鬼都知道,蜃珠是"一包水",但依托大雾出现的山蜃楼,蜃珠会是……一团雾吗?

这让她怎么钓?

第二天,孟千姿没急着出发,先跟景茹司商量了一下后头的安排。

景茹司也知道,再往下走,很可能就是八人小队出事的地方。那地方还有山蜃楼,使得情势又诡异三分。

最终商定的结果是放慢速度谨慎前行,冼琼花则加快速度,带一个小队过来,备足射灯,顺便也给孟千姿送抱蛛。

不过,这最后一段路并不很长,速度放得再慢,日暮前也到了。

这是山间一片相对开阔的谷地，甚至还有一片高原海子，在阳光下呈碧蓝色，天暗下去之后，颜色逐渐灰蓝，到末了，就是一片泛水光的黑。

神棍一看到这儿就有点紧张，他说不清梦里是个什么地势，但有一点是清楚的：得是开阔的平地，不然，那些人如何四下排开点算箱子呢？

更何况，还有高原海子。龙是喜欢水的，没准儿那条陨落的巨龙，之前就住在这片海子里。

他越想越激动，但在这儿，是不好太激动的，果然，激动到后来，居然有点缺氧。

孟劲松给他拿了瓶氧气，神棍把口鼻都凑进漏斗样的吸嘴里，大口吸着，样子颇为滑稽。

比神棍更激动的，是史小海。他指向谷地边缘处的山："向前，向前，爬上去，轰，掉下来。"

天快黑了，冼琼花还没到，景茹司可不敢冒险派人陪史小海再去爬什么山，她下令就地扎营。史小海老大不高兴，拽住何生知嘟嘟囔囔发牢骚。何生知烦得要命，职责所在，又不能凶他，只得耐着性子安抚。

晚饭前，孟千姿得了一好一坏两个消息。

好消息是，四野茫苍，白气涌动，已然有起雾的迹象了。

坏消息是，冼琼花人在半路，给她打了个卫星电话，劈头一句："这次你别指望抱蛛了，它死了！它们死了！"

说"它们"，是因为冼琼花带了不止一只。

孟千姿忍俊不禁，一下子笑了出来。

她知道不该笑的，但没办法，冼琼花居然用这种报丧式的口吻说抱蛛，莫名好笑。

冼琼花没好气："姿姐儿，你笑什么？就这么好笑？"

孟千姿咳嗽了两声："抱蛛怎么了？"

"还能怎么着，冻死了。在大本营看的时候，还好好的，我怕它们不禁冻，还让人在玻璃罐子外头包了厚实的一层，谁知道进山就不行了。我看它们那样子就不对，一路都注意着，现在全死了，带了三只，死得一个不剩，都僵了。"

挂了电话，孟千姿才回过味来：这儿的蜃珠，昨晚上已经被她定性为"成色不好"了，抱蛛没法用，就意味着她钓不到这颗蜃珠，也没法给它做修复。

只能拼运气了，希望这颗蜃珠不是太差。

她安慰自己，上古那群人不知道说的是什么古方言，不听也没关系，只要显像给力，还是可以接受的。

入夜之后，营地灯光全灭，方便孟千姿用肉眼观察山蜃楼是否出现，又是在哪个方位出现。

神棍抱了瓶氧气，坐在掀开了门帘的帐篷内等着。这瓶氧气是新的，孟劲松塞给他备用。还说："神先生，不管看见什么，你尽量克制，不要太激动。"

真是站着说话不腰疼，他做了那么久的梦，而今可能就要身临其境了，能不激动吗？

江炼坐在他边上，看周围四散疏落的帐篷。这种地方，席地而坐太冷了，除了外围值夜的，大家都不约而同地把帐篷挪向谷地低处，掀开帘门，不声不响地坐在黑暗中守候。

看着看着，江炼居然觉得，有等待盛大演唱会开场的心情。

不像吗？

届时，很可能谷底中央处就是舞台，而这一个个帐篷，是山户们的包厢看台，灯光亮起时，观众偃声，看一幕古远大戏，千古不朽。

也不知坐了多久，朔风渐烈，温度持续走低，江炼裹着睡袋缩成一团，几乎打上盹了。

神棍有点沮丧："今晚不会有了吧？小炼炼，你对山蜃楼比较熟，这种的，一般几天出一次啊？"

江炼回他："难说，不同的地方，不一样。我在武陵山蹲点了一两个月，也才见到四五回……"

说着说着，眼皮下耷，还真小睡上了。

感觉上，也没睡多久，蓦地脑袋一垂，又醒了，一睁眼，立刻发觉和睡前不同：营地多了好些人，正急匆匆地走来走去。

边上的神棍目光炯炯，小声给他播报进展："冼家妹子到了，现在在各个方位布灯呢。"

灯光就位，看来"演出"要开始了，江炼精神一振，赶紧坐正，顿了顿，又看向孟千姿的帐篷方向——她必然是没休息过，一直在观察方位。不管是山风引还是看楼，都是很消耗体力、元气的事。这两天，她虽然地主老爷样躺在牦牛背上，一步路都没走过，但实实在在，是最累的那个。

他想起兜里的试管香，正犹豫着要不要再抹一道，和她打个招呼，忽然听到尖锐的嗡哨声。

这嗡哨声有如号令，顷刻间，四下灯光大亮。

射灯有二三十盏之多，灯光强劲，光柱雪亮，方位显然经过排布，高低错落，将谷底一隅照得纤毫毕现。

长夜做幕,沟谷为台,那一处,图像碎裂,快闪不停,颇像电视信号遭遇干扰,紧接着,突然正常。

江炼看到了一片雪白。

那是茫茫雪地。雪地上,沟口边,正有一头牦牛晃悠悠走出,为这幕大戏开场。

要不是江炼记得很清楚,今儿扎营,冷归冷,但绝没有下雪,他几乎真要以为,是孟千姿一直乘坐的牦牛误入场内了。

神棍一愣,脱口说了句:"不是说,上……上古吗?"

江炼转头看他:"这么多年了,蜃珠得记录下多少场景?不一定一下子跳到点算箱子,什么牦牛迁移、藏族人打猎,说不定都能看到,总得有个调试的前奏……"

话还没说完,神棍的面色一下子变了,他瞪大眼睛,脖子上青筋迸起,鼻翼翕动得厉害,说话都结巴了:"那是阎……阎罗?"

江炼一怔,下意识循向看去。

第二头牦牛正自沟口处走出,牛背上坐了个人,昂着头,戴藏式毡帽,脖子上还绕了好大一串松石蜜蜡项链,赫然就是阎罗!

只是显像仍旧不好,频有扰动,阎罗偶会头身分离,牦牛也会突然肢体离析,颇为诡谲。

第三头牦牛紧随其后。

这一次,用不着江炼去认人了,因为至少有六七个山户惊呼出声:"段太婆!是我们段太婆!"

【20】

在山鬼中,段文希属于传奇人物,相片什么的一直有流传,再加上这趟进昆仑的人都是为了搜找她的遗体,对她的相貌很熟,是以立马就认了出来。

景茹司也呆了,段文希失踪时,她才十几岁,跟这位段娘娘压根儿连面都没照过,也谈不上有感情。之前搜找尸体,照办是照办,私下里很不以为然,觉得人都死了四十多年了,尘归尘土归土,天收地葬就好,何必非得劳师动众去找,这么多此一举……

而今看到这场景,才发觉自己想得浅薄了:不一样的,这是山鬼一脉仰止前辈,同宗同族,同根同蔓。

她眼圈发热,下意识说了句:"快,这个要拍下来,给大姐看……"

冼琼花倒还淡定,提醒她:"四姐,山蜃楼没法拍的,只能肉眼看。"

这当口儿,那牦牛驮队已然全部出了沟口,孟千姿看得分明,一共有四头牦牛,两头驮货,两头骑乘,没向导,也没人牵引牦牛——这倒也正常,牦牛是高山牛种,属于"山兽",有段文希在,可以驱驾自如。

至于驮的货物……

见目光所及处,孟千姿一颗心跳得厉害,其中一头牛背上麻布包覆着的,分明就是个箱子形状。

那口箱子,阎罗果然带进了昆仑山!

她屏住呼吸,垂于腿侧的手不觉攥起,她已经不关心什么上古场景了,只想知道当年段太婆发生了什么事,这颗蜃珠成色不好,显像还在扰动,说不准什么时候,这一幕就会跳掉……

驮队还在行进,段文希举起相机,四下取景,意态颇为悠闲,前头的阎罗却展开一张牛皮卷,望望周遭,又看看卷图,好像是在找路。

阎罗手里果然有路线图,八成就是从况家那些黑三爷认为不值钱、装卷轴书册的箱子里找到的,孟千姿口唇发干,大叫:"江炼!"

就听江炼远远答了句:"知道了。"

探身看时,江炼已经向着那一处飞身冲奔下去。

景茹司不明所以:"他……他干什么?"

孟千姿紧张得手心冒汗,暗暗祈祷这显像能持久些,别那么快跳掉:"江炼会贴神眼,只要他能看到一眼,我们就能知道牛皮卷是什么内容。"

景茹司有点惊讶,重又看向场内,喃喃道:"这能耐少见,这小伙儿……不错啊。"

孟千姿没吭声,心下怪受用的:四妈背后从来都是损人,难得能夸上两句。

很快,江炼就冲到了跟前。高原地带,疾奔快跑容易引发高反。一停下来,果然胸口发闷、颅脑发涨。他用力摁住心窝处,大口吸气,然后抬眼去看。

眼前这显像,比湘西那次可差多了,阎罗甚至会忽然竖向挪移成两半,更让他叫苦的是,阎罗是骑在牦牛上的,再加上举着个图,比他的个头高多了,想窥到卷图内容很不容易。

他知道得抓紧时间,也顾不上那么多了,撵着牛屁股又蹦又跳,一会儿绕到左边,一会儿绕到右边,有两次心下一急,忘了这是蜃景,居然伸手去扳牛角,想把它阻停,结果差点儿把自己绊了个趔趄。

原本蜃珠显像、段文希出现,情势相当紧张,人人都是屏了一口气的,但忽然来了这么一出，于旁观者看来，又实在笨拙滑稽……

孟千姿听到四下传来压得很低的笑声，老大不高兴，嘟囔了句："你行你上啊，还笑！"

景茹司原本想笑的，听她这么说，尽量忍住，轻咳两声，把那笑意化解了去，正待说些什么，眼前突然一空，定睛一看，只剩平展展一片地和空地上的江炼。

什么牦牛、阎罗、段太婆，都没了。

她脱口说了句："这就没了？"

孟千姿顾不上回答，只是盯紧了江炼。

空地上，江炼左右看了看，然后朝向孟千姿的所在，比画了个"OK"的手势。

这是看见了，孟千姿长吁了一口气。

场景回归现实，但江炼直觉，这次山蜃楼，可能还没结束。

不过四周都是人，他可不想大剌剌站在空地中央、聚光灯下，跟个模特似的接受那么多双眼睛的注视。

他裹紧羽绒衣，向着边上走。

才刚走了一半不到，忽然生出一种奇怪的预感，与此同时，头皮略麻，面上有点干燥拉拽，像是静电牵力……

果然，下一秒，眼前一花，显像又出现了。这一次，铺天盖地、密密麻麻，乍一看，还以为是成群的黑鸦四处飞散。

江炼还未及细看，四周已经传来山户经受不住的惊呼声，有帐篷被撞歪、支架被绊倒，甚至有人猝不及防拔腿就跑，骨碌滚下谷地。

还有人失声大叫："什么东西！这是什么东西！"

江炼终于看清四周的情形时，明知是假的，还是心下一激，全身的血都涌上了头。

他身前身后，整个谷地，乃至外围的营地里，居然高高低低、四下错落地飘浮着无数头颅以及残肢碎躯！

这一头，孟千姿也是头皮发麻。她是坐在帐篷里的，而就在她脚边，晃动着半颗头颅，正对着她的半张脸堪称丑陋，五官极不协调，居然还是活动着的。顷刻间已从她的脚边擦过，"飘"到了另一侧。

幸好她对山蜃楼很熟，很快想清楚原委："可能是出现的人物太多、场面太庞杂了，这颗蜃珠本来就不好，支撑不住，所以出的都是碎片。"

冼琼花"嗯"了一声，探出身子，厉声向着外头大喝："乱吵什么！假的也能吓到？丢不丢人！"

这一吼果然有用，整个营地和山谷顷刻间鸦雀无声，冼琼花吼完了，恰瞥到不远处的洼地里，有半条腿正一步一步挪动，心头一阵不适。

孟千姿也探身出来看，说了句："上千年下来，这里的地形多少会变一点，古早时候，我们坐的这一块，地势应该也是低的，现在高了。"

说着，抬手指向脚边的那半颗人头："原本这应该是个人，有头有身子，后来地面慢慢变高，身子的部分都没入地下，就只能看到头了。"

场内，江炼也渐渐冷静下来，猜到了应该不是残肢碎躯。

因为那些不完整的肢体都是在正常"走动"着的，有转头的，有手臂托举的，有长短不一的腿脚匆匆而行的。如果给他一支笔，把那些残缺的轮廓给补全，可以想见，这确实该是个人来人往、嘈杂沸腾的大场面。

江炼定下心来，忍住胸腔中那一阵阵的反胃感，细看身周的场面，渐渐地，他看出端倪来了。

他几乎可以肯定，这就是神棍梦中的、大群人点算箱子的场景。

因为，他看到了残缺的、不止一处的篝火，也看到了不止一只箱子，有的置于地上，只显出开盖的一角，有的飘于半空，不断前移——那应该是被人托着往前走，但人未能显像而已。

他还看到了不下几十个人头，有的是半个，有的只是一只眼睛连着额头，还有的是头连住一侧肩膀。

让江炼心惊的是，这些头颅中，有半数是正常的人头，但另一半，完完全全是可怕而又畸形的！

换句话说，另一半的头颅，可以归入螳螂人同类，脸如牛的、下颌尖如鼠的、头上另有头的，甚至脖子上诡异地长出触手的……

它们和那些"人"擦肩而过，甚至并肩作业。彼此都很自然，似乎早已习惯，压根儿就不在乎这种形体上的巨大差异。

江炼脑子里涨突得厉害，感觉自己就快抓到什么线头了，却又屡抓屡失。就在这个时候，他听到跟跄步声。抬头一看，是抱着氧气瓶的神棍过来了。

神棍似乎很激动，走几步就凑到氧气瓶的吸嘴里吸一口氧，但他目标很明确，目不斜视，甚至顾不上避开那些无实体的人，粗暴地从那些蜃景间冲撞过去，径直朝着一个方向。

江炼循向看去。

他明白神棍是向着谁去的了。

是那个假神棍，那人还算显像完好，头是完整的，只不过身子只有一半，正和对面的一个"怪物"合力抬起一口箱子，看那架势，是要搬去什么地方。

江炼目视着神棍和这个假神棍之间的距离越来越近。

同场景对比，才能看到更多的不同，比如脸是高度相似的，但发型不一样，假的那个头发披散，还露出了部分结辫，再比如衣着也不一样，昆仑自古苦寒，假神棍穿的是兽皮衣……

就在这两人即将隔空会师的时候，一切归于虚无。

什么显像都没了，连块残片都没留下，只余几十道白晃晃的射灯光，把阔大的谷地中央处照得更加空旷，那里站着还未回过神来、满脸木讷的神棍。

江炼向着神棍走过去，在他面前三两步处停下，问他："你做过那么多次关于这里的梦，为什么一次都没有提到过，里头有一半的人，其实不是人的样子？"

神棍足足过了好几秒钟才反应过来，觉得自己真是冤枉："这怎么能怪我？小炼炼，你忘啦，我每次都没有看到那些人的长相和穿着啊？"

想起来了。

神棍第一次说起这个梦时，说的是"还有人影，也看不清，就知道有人，也挺多的"。

上一次，在巨鳄的洞穴里做梦，说的是"那些人，依然只是幢幢的影子，但能看出，他们手上，拿着不同的东西"。

神棍自始至终都没能看清那些点算箱子的人到底是什么样貌。

江炼笑笑，说："我直到刚刚，才想明白一些事。

"美盈的老家是娄底，我为了查况家的事，去过那好多次。娄底有蚩尤塑像。那个塑像，蚩尤的头上，是长了两只角的。

"神话里，蚩尤长不同的样子。有时候是牛首、背生双翅，有时候是三头六臂、铜头铁额，又说他有兄弟八十一人，长相跟他一个模样。

"在湘西，我住在老嘎家。老嘎是个傩面师，会做各种各样的巫傩面具。他说，人不能直接跟神沟通，得戴上巫傩面具，以神的样子出现——这种面具你一定看过，虽然也有耳目口鼻，但是都形容扭曲，很可怕。

"我又想起，传说里，女娲是人首蛇身；刑天没有头，以乳为目，以脐为口……你说，'它们'会不会就是长这样的？"

神棍听到一半时，就已经明白了江炼的意思，只是一直没打断他，直到此时才开口："有可能。"

水鬼的视频里，把一九九六年出事的那批人说成是"畸形""变成了怪物"，怀疑是转化不成功的残次品。

他们这一趟，看到螳螂人，也是张口就称"怪物"，怕引起恐慌，还会委婉地以"那东西"作为指代。

但所谓的"畸形""怪物",完全是以"人本位"的审美为出发点的,也许在"它们"看来,它们才是完美,人反是奇怪丑陋、畸形的那一类。

就好比,如果这世界的审美是"鸡本位",大小公鸡、母鸡,见到人时该多嫌弃啊:天哪,人真是好丑,没有尖尖的可爱小嘴,身上光溜溜没毛,还多长了一对胳膊,畸形!

江炼心跳加快:"也就是说,一九九六年水鬼中出事的那批人,其实在外形上,反而是成功的?"

神棍说了句:"何止是成功啊,他们完美地回到了古早的体形样貌,最符合'它们'的预期。反而是易飒那种样子没变的,在'它们'眼里,是最失败的,长相异化,救不回来了。"

江炼忽然想到了什么:"宗杭和阎罗也没有变,他们不是水鬼,是外人,也就是说,水鬼的确体质特殊,他们是最完美的转化载体,唯有水鬼的重生,才能恢复它们古早的样貌?"

水鬼们曾对祖师爷的话深信不疑:自家的老祖宗啊,怎么会坑后代子孙呢?照做就对了。

孟千姿也曾嘀咕:"都是一家人啊,祖宗奶奶有什么事,传下话来让我们做就是了,何必神神秘秘、不尽不实,还编出瞎话来,把我们耍得团团转。"

现在明白了,为什么祖师爷要拿自己的后代下手,把他们引去漂移地窟。

因为在它们眼里,什么后代啊,早已不是同一阵营了,只适合利用,不能相信,也不能倚仗。

还有,这不叫"下手",这些子子孙孙早已长歪,也走得太远了。唯一的作用,就是拿来回收、改造、再利用而已。

【21】

江炼和神棍回到营地。

众山户对诡异情状的接受度其实已经远超一般人了,但这次还是受到了不小的震动,再加上绝大多数山户并不知晓内情,如此逼真的场景突然迫到眼前,难免会导致一些困扰。

他们三五成群,小声但激烈地讨论着。

"那些是什么东西?怪胎吗?"

"会不会是拍戏啊？人魔大战的那种，蜃珠把拍戏的场景给记录下来了？"

"拍戏只有演员，没摄像机，没工作人员？"

"也不像外星人，外星人都是高科技，人家有飞碟。"

冼琼花听得好笑，招手让孟劲松过来："这个……你想办法控制一下，他们既然看到了，讨论是难免的，但别往外扩散。"

孟劲松处理这种事儿，轻车熟路："要么，像洞神那件事一样，签个保密协议？"

山户都挺懂规矩，而且说来好笑，他们颇以能参与保密事件为荣，这种保密事件，一般会以"日期+地名"的形式命名，个人的履历后头多几件这样的事，宛如缀了一串勋章，彰显着个人有过不凡和奇诡的经历。

怎么样都好，达到目的就行，冼琼花点了点头。

这一头，景茹司已经大步迎上了江炼他们，劈头就问："你真看到了？"

江炼愣了一下，才反应过来她说的是贴神眼。

他点了点头："阎罗手里的那张牛皮卷，是正反面的，他看的那一面是路线图，反面写了很多字，极有可能就是况家祖上留下来的一些记述。"

景茹司还是有些不相信："你真能记下来？"

她记得，江炼当时在场内追着牛跑，又蹦又跳，一会儿在牛前，一会儿又在牛左——前后只几秒钟时间，那幅蜃景就跳没了。换了是她，怕是牛皮卷上是字还是画都看不分明。

江炼笑笑："我尽量努力吧。"

话都说到这份儿上了，景茹司也不好再说什么。她岔开话题："刚刚，你们两个戳在那儿，聊什么呢？"

这话题，就不适合当众说了，景茹司看出了江炼的顾虑，招呼他和神棍进孟千姿的大帐，留了孟劲松在外头料理杂事。

江炼长话短说，把自己和神棍的推测讲了。

孟千姿奇道："'它们'都长那样吗？可是我看黄帝的画像，挺正常啊。"

神棍说她："孟小姐，什么叫'正常'？你这是又犯'人本位'审美的毛病了。"

景茹司若有所思："这倒提醒我了。我常在华山伴山，离着宝鸡不远，那儿有个炎帝祠，我去祠堂里逛过。那个炎帝塑像也是长了牛角的。介绍里还说，炎帝是牛首人身。"

说到这儿，她看向冼琼花："我还以为，这就是个艺术的象征手法呢。炎帝是务农的，所以把他塑造成勤勤恳恳的老黄牛形象。"

冼琼花啼笑皆非。

江炼沉吟了一下:"其实不一定全长那样。我倒是觉得,一半一半。可能有些长得类人,有些则跟人的相貌相去甚远。"

因为点算箱子、封存宝器,是神族人的大事,不大可能让普通人参与,而且后来巨龙陨落,现场的那些人围着篝火大放悲歌,哀悼的明显是自身的命运。如果里头有普通人,跟着瞎嚷嚷什么"辉煌不再""我们将去往何方"岂不是太滑稽了?

再说了,它们的长相反正五花八门,牛首也有,螳螂头也有,有一部分类人,也不稀奇。

孟千姿冒出一句:"那黄帝那一边,类人的比率一定比较大,也容易和人族亲近,蚩尤那边正相反——怪不得蚩尤比较抗拒和人类融合这件事儿。他觉得自己美得很呢,血统也纯,说不定平时都看不上黄帝的样貌……这就好比,你让我以后长成个猴,我也不愿意啊。"

江炼真是哭笑不得,不过孟千姿这比方还真是直击人心:也许在蚩尤一族眼里,人的样貌,就等同于孟千姿眼里猴的长相。

神棍清了清嗓子:"其实历史上,炎帝和黄帝也打过仗,后来炎帝归顺了,可能也接受了黄帝的做法,因为黄帝是有妻有子的。炎帝嘛,我知道他有个女儿叫精卫。但蚩尤,传说也好,历史也好,大部分没有这方面的记载。"

孟千姿嘟囔了句:"他要自体繁殖呗。"

冼琼花忽然想到了什么,心头一紧:"长相畸形才是完美,那……当年水鬼被转化的那些,其实是转化成功了?"

江炼摇头:"只能说,相貌这项指标达成了,但是,它们最看重的应该是自体繁殖的能力。这一项,简直是惨不忍睹。"

理想的情形是千秋万代,实际上,能撑过二十年的都寥寥无几,反而是阎罗这种非水鬼,在重生的寿数上拔得头筹。江炼有种感觉,宗杭的寿命应该也不会比阎罗短。

景茹司喃喃道:"也就是说,只有水鬼重生才能有返祖的样貌,为什么呢?我看那些水鬼跟我们也没两样啊。"

孟千姿纠正她:"怎么会没两样?要我说,选水鬼是对的。不是说地球上最初的生命就是从水里来的吗?水鬼能和水同脉同息。他们的体质,原本就挺适合拿来做这种……转换吧。"

随便了,水鬼毕竟是外人,景茹司能给予他们的关心有限。她把话题拉回正轨:"段娘娘和阎罗在这儿出现过,我们的八人小队也来过,史小海还在这儿出了事，这是不是意味着咱们……到地方了？"

江炼点了点头："阎罗手里拿着一张路线图，他显然在比对着图寻找什么地方，图上很可能标出了最终的目的地，只要我们能把图复原出来，离找到段太婆……的尸体，应该就不远了。"

离找到那口箱子，也……不远了。

景茹司听得激动，脱口说了句："那你能尽快吗？早点画出来，我们也能早一些……安排起来。"

江炼还没来得及答话，孟千姿先开口了："别了吧四妈，他们贴神眼不方便晚上进行，怕不安全。这都半夜了，让江炼先休息，明早再画也不迟。"

景茹司一怔，但还是勉强笑笑，说："那也行……"

江炼见景茹司和冼琼花面上都有失望之色，心中一跳：这不正是自己表现的时候吗？

他说："我可以试试，毕竟是大事，不只为段太婆，还有四个山户下落不明，早一点找到，说不定还能有希望，大家也不用一直悬着心。"

这话真是说到景茹司心窝里去了。她喜不自禁，连连点头："是，是，小江真是……明事理，那就辛苦你了。"

孟千姿在边上，没好气地瞥了眼两人，瞧这一搭一唱的，自己真是枉做恶人。

景茹司虽然没亲见过贴神眼，但听说过不少："那咱们就马上……安排起来？是不是得给你安排个配合的人？劲松行吗，他办事挺稳妥的。"

孟劲松？

行吧，虽然不是自己希望的那一个，景茹司既开了口，江炼也不好多事。他正待点头，边上的神棍忽然冒出一句："那不行，必须得是女的，这是他们贴神眼界的规矩，上次我想帮小炼炼贴神眼，都被淘汰了。"

景茹司"啊"了一声："贴神眼还有这讲究？"

江炼几乎忘记了还有这么一出，自己定的规矩，说什么也得坚持下去，免得被揭穿："是，我们……这一派，是有这规矩。"

说这话时，一阵心虚。

好在景茹司对贴神眼所知甚少，派别什么的，更加没概念。

女的……

她看向冼琼花，原本是想问问是她来还是自己来——孟千姿看了半宿的山魇楼了，景茹司不想再劳动她。

哪知冼琼花说了句："让姿姐儿来吧，她和江炼熟，配合得应该比我们好。"

132

孟千姿眼帘一低，无可无不可地说了句："我随便，无所谓。"

孟千姿腿上有伤，不便挪动，所以"贴神眼"就在她的帐篷里施行。

准备好纸、笔后，其他人都退了出去，为保持安静，除了严令噤声，还把附近挨得近的帐篷都挪远了去。

江炼这些日子总想着能找到机会和孟千姿独处。忽然之间，所有人都在配合且"鼎力支持"他们独处了，他反而有些不自在。

外头的风忽大忽小，像无数或轻或重的脚在帐篷顶踏过，江炼抚平面前的纸。

没有铅笔，进山搜找，随身能带一两支水笔已经不错了。山鬼一番搜集，共得了十来支，江炼一支支瞧过，又看孟千姿："我应该不会频繁换笔，你要是嫌累，歇着就行。"

孟千姿捏着嗓子学景茹司说话："小江真是……明事理，那就辛苦你了。"

又冷哼一声："我说了什么，人家就像没听到似的。"

江炼叹气："我跟四姑婆也不熟，不欠她钱，也不图她地，她指东我就往东冲刺，指西我就往西打滚，为了谁啊？"

孟千姿"扑哧"一声笑了出来。

她坐到江炼身边，帮他摆齐画笔，问他："路线图和记述，应该不需要画得太精细，很快就可以了吧？"

江炼摇头："那不一定，那篇记述，我只瞥了一眼，都是繁体字，我其实不会写繁体字，也就是说，我要像画画一样，把那些字都给'画出来'，而且你看，这笔……"

他拔开笔盖，眉头拧起。

笔能出什么问题？难不成没水了？没水了就换一支啊。

孟千姿凑过去看，几乎是同一时间，江炼忽然偏头，在她唇上温柔亲了一下。

孟千姿还没反应过来，甚至还没来得及发蒙，他已经没事人样坐回原处，说了句："好了，我开始了。别说话了。"

说着，提笔在手，闭上眼睛。

孟千姿手一抬，就想给他后脑勺来一记，手停在半空，看他确实是在进入状态，于是没能拊得下去。

有这样的吗？不打声招呼也就算了，之后还不让她说话，一本正经做事去了，装得像模像样的……

孟千姿咬牙，手慢慢缩回，但也说不清为什么，鬼使神差般地伸出指头，轻轻

133

抚上自己的唇。

那一处，温软、微湿，她突然颊边火烫，像做了什么见不得人的事似的，忙不迭把手缩回来，不自在地理理鬓角，又抚顺头发，还心虚地左右探望，就跟边上有人窥视似的。

又疑神疑鬼：外头会有人看见吗？虽说在帐篷里，但里头有灯，人的影子是会被映在帐篷布上的。

没关系没关系，她说服自己，只不过是头影偶交叠而已，也可以是在递东西啊。

就这么胡思乱想了好一阵子，直到耳边传来"唰唰"的走笔声，才回过神来。

她向纸面瞥去，原来江炼先画的是况家的记述留言，繁体竖排。他以画的手法去写字，姿势颇有点好笑，但这并不妨碍那字一个个排布成列。

孟千姿心中一动，这是字，他一边写，她可以一边看，用不着等到全部写完啊。

她赶紧拿手撑挪身体，一边的腿发力，挪到了起始段那一边。字确实是繁体，但感谢简繁相通，认起来没有大的障碍。

第一列字是："况氏先祖口述，第三十九次转录，民国二十二年。"

这意思，孟千姿倒不陌生，山鬼的一些典籍也有这种记法。简单来说，就是一些记述资料，因为纸页老旧或者损坏，需要将内容誊写到新的纸上，由于并不是什么传世的出色文章，一般并不需要一字不差，把意思讲清楚就可以，例如原先是文言文的，到了近代转录，可能就是大白话。

民国二十二年的这次转录，显然更偏白话，不过本来嘛，先祖口述，口头上讲的东西也不可能太过晦涩。

第二列是况氏家训："况家儿孙，郎不出仕，女不外嫁，离土不离箱。"

若非知道了箱子的事，看到这最后一句，一定会莫名其妙，甚至以为是"离土不离乡"的错录。

边上又有一列备注："积年以来，况家外嫁者三，远走者七，一去杳然，再无音讯。"

孟千姿心下恻然，对于这些家规家训，难免会有违背或者反抗的，这"外嫁者三，远走者七"，估计都是病发死在外头了。

正文开始之前，又有一列字，这列字显然不是先祖口述，而是不知道哪一代转录者添加的："诳语讹言，梦中说梦，世代相传，姑妄听之。"

这意思是……

孟千姿心里"咯噔"一下。

况家的这则先祖口述，被孝子贤孙很用心地记述保存，但是，他们没当真？

【22】

再往下看,孟千姿很快就明白,为什么后人的态度是"恭谨传读",但"姑妄听之"了。

因为头一段话就是:"况祖类神,天帝工匠,擅以血为媒,开封箱器,天帝造宝箱百口,况氏独承四十。"

孟千姿这段日子以来,也算得上是知情人,所以一遍就读懂了:这个"天帝",指的应该就是黄帝。况家祖上果然是能工巧匠,"擅以血为媒"大概就是用血液为密码开箱锁箱。当年黄帝要造一百口箱子,况家名气大、工艺精,承包了其中四十口。

另外六十口的单子,也不知道是被哪几家接去的,但可以想见,另外几家,也不可能只是普通工匠,估计都有点让人咂舌的本事。

第三十九次转录是在民国二十二年,孟千姿历史再差,也知道那是二十世纪三十年代了。当时,西学东渐百余年,况家后人估计都已经在上洋学堂、学物理化学了,读到什么"况祖类神,天帝工匠",怕是能笑掉大牙。

她继续往下看。

为了记述方便,这个况家的老祖宗,就叫况大吧。

他当时也只是况氏家族里一个小人物,勤勤恳恳,用心造箱,那四十口,经由他手的,其实也就一两口。工匠都是有印记的,他也按照惯例,在那箱子繁复花纹处、不那么显眼的地方,留下了自己的印记。

然后,就交货了。当时战事已然明了,蚩尤战败,被黄帝枭首。蚩尤族人及追随者退入多毒气、瘴疠的南方一带。但形势依然不安稳,有传言说,蚩尤余孽,贼心不死,仍在蠢蠢欲动。

况大也不关心这些。在此期间,他娶妻生子,琢磨手艺,日子过得挺平静。

然后突然有一天,祸从天降,有几人于夜半闯入他家宅,将他一家三口全部掳走,那些人"臂如刀,面似虫"。一看就知道,是潜伏在中原地带的蚩尤族类。

况大吓得魂飞魄散。他听说过蚩尤族类的凶残,以为自己必死无疑,哪知对方居然跟他谈判,要他归顺,为蚩尤方效力。

况大考虑再三,同意了。非但如此,还积极配合,努力表现,俨然一副要成为骨干的模样。

真不知道况家子孙读到这一段，是个什么心情。中国古代，还是挺讲究气节的。变节这种事，向来不齿——好在事情荒诞，后人可以自我催眠，觉得先祖是在"梦中说梦"。

站在孟千姿的角度，虽不认同，但可以理解：况大在黄帝一方，只是个微不足道的小工匠，说句不好听的，死了也就死了，没人会在乎，而在蚩尤这头，却是砧上之肉，两大阵营撕扯下置身刃尖上的小人物，生路死路，全凭自己选择了。

他应该是想活，也想自己的妻儿活，不表现得积极点，不时刻表忠心，一旦没了利用价值，下场可想而知。

孟千姿见江炼还在写，也就接着往下看。

没过多久，况大就知道蚩尤族类绑架自己是为了什么了：他见到了带有自己印记的一口箱子。毫无疑问，这箱子不是偷来的，就是抢来的。

想打开这种箱子，的确只有况家人才知道方法。在况大的帮助下，箱子成功被打开了。

箱子里究竟有些什么，况大这种小角色也不可能知道。他只知道打开了箱子，自己越发没价值，于是更加小心，也更加卖力，以至于后来，大家渐渐忘记了他的来历，真把他当成自己人派遣了。

就这样，况大东奔西走的，参与了不少事儿——虽说每次都不是核心人员，只不过是跑腿的，但他处处留意、伺机打听，渐渐地，让他知晓了一个大秘密。

况大说，听说早几代，他的祖上，也就是况祖，是跟黄帝一样的、神一般的人物，这就是为什么口述开篇就来了一句"况祖类神"。

只是不知道为什么，况祖之后，渐渐稀松平常、和人无异，只遗留了些特殊本事，比如可以"以血为媒"——但即便是这本事，听族里长老的意思，也会慢慢消失的。

但是，如果得到麒麟晶，那就不同了，"得麒麟晶者成神，得长生"，是众口流传的事儿，不过，人人都知道，最后一头麒麟，百余年前就已经死了。

看到这儿，孟千姿心中一动，她想起神棍的梦境里，那些神族人围篝火而坐，吟唱的哀歌——

"最后一头麒麟已经离去，金翅凤凰也活到了尽头。"

时间节点和先后顺序都对上了。

而况大探听到的大秘密是：蚩尤族人派出一批精英，在祖山之畔、净水源头，找到了一只活的麒麟！

况大的兴奋之情简直溢于言表，"龙贵在骨，凤贵在翎，而麒麟最贵者，莫过于晶，麒麟寿数两千，只得一晶"。

麒麟能活两千岁，孟千姿是听说过的。麒麟两个特征，一是长寿，二是送子，都微妙地契合上了自体繁殖。但麒麟晶是个什么东西，她还真是没头绪。

寿数两千，只得一晶，难道是牛黄狗宝一类的？

再往下看，写着"伏羲后人打卦，神眼看命，曰'晶成之时，不羽而飞，不面而面'，集龙骨残片、凤凰翎，箝为牙错，山鬼叩门，其穴自现，下……"

山鬼？

孟千姿头皮一炸，居然提到山鬼了，果然提到山鬼了！

难怪阎罗费尽心机也要把段太婆拉进这潭浑水来——"叩门"和"启天梯"一样，是金铃九用之一，只不过也失传了，她并不知道是什么意思。

"下"字后面是什么，没写。

孟千姿愣了一下，这才发现江炼已经停下了。

他持着笔，整个人就定在那里，像是等谁来牵引。

孟千姿暗骂自己失职，江炼已经写完了，她居然醉心于看故事，忘了配合他了。

她赶紧将这张纸抽到边上，重新给江炼铺了一张新的，一手轻摁他后背，另一手握住他持笔的手腕，帮他做好伏案下笔的姿势，蓦地又生出促狭之心，拿手去抚他头发，怕惊扰了他，指腹只在他发梢上轻轻蹭过，还耳语般给他下指令："来，乖乖的，继续画，画好了给肉吃。"

江炼其实听不见，但他本就是要继续画的，所以她话音刚落，他已接着下笔，看上去，跟俯首帖耳、听命行事似的。

孟千姿暗自窃喜，仿佛占了江炼天大的便宜，心里别提多受用了。

她急着想知道况大的后续，又凑近前去。

出乎意料，江炼这次没写字了，笔在他手中上下左右滑动，拖拽出流畅线条——他在画画？

孟千姿一下子反应过来。

这牛皮卷应该不止一张，正面是字，反面是画，但江炼只看到了阎罗手中的那张，也就是说，这一趟的确有所得，但得到的信息和路线，都不一定完整。

"下"什么呢？孟千姿又把江炼写满字的那张展开了看，这一看，简直是要被气倒了。

"下"字下头，显然还有一句，且就在这一页上，但繁体竖版是自右往左书写的，阎罗当时又是手执地图，那句话，恰好被他攥图的左手给攥住了。

这贱手！

夜静更深，这山里冷得瘆人。

景茹司惦记着江炼贴神眼的进展，在帐篷里待不住，索性出来吹风透气，其他帐篷的灯都关上了，只孟千姿那一顶有光，这光被帐篷滤挡，再被大雾遮蔽，又浅又淡——山鬼进昆仑以来，一直避免晚上亮灯，怕被侦测到。

其实细想想，高处看这灯，只是一抹幽幽萤火吧。

身后有脚步声，紧接着，是冼琼花的声音："四姐，来一根吗？"

不看也知道她说的是烟，景茹司伸出手："来一根，解闷，也驱驱寒。"

她听到"哧"一声火柴燃起。这海拔，这温度，打火机远没有火柴好使。

再然后，冼琼花递了根点好的烟过来。

景茹司接过来，吸了一口，又徐徐吐出："云南烟？"

冼琼花的脸被笼在薄烟细雾里："嗯，小熊猫，大姐喜欢给我送洋烟，但我抽不惯那洋味。"

景茹司笑道："大姐那是……从没留过洋，洋派头比段娘娘还足，哎，我说……"

她拿嘴示意了孟千姿的帐篷。帐篷布上，两个安静的身影，偶尔相叠。

"咱们千姿，这趟是认真的？"

冼琼花把烟身在就近的石头上磕磕："咱们姿姐儿，哪趟不认真？"

边说边掰手指："第一趟，家不要，妈不要，要跟人私奔。说她两句，她还要跳楼呢。第二趟，王座不当了，还气得去祠堂发毒誓。这一趟，那个腿啊，我真是……"

景茹司想了想："大姐什么意思？由着她和江炼……好下去？"

"大姐嘛，肯定要出来说话的。她原先是想跟那个神棍聊聊，估计这些日子出了太多事，还没顾得上。"

景茹司"嗯"了一声："那你呢，到时候，什么态度？"

冼琼花没立刻说话，她又抽了两口，这才悠悠开腔："江炼救过姿姐儿，现在不时兴讲江湖了，但是江湖道义，得承人家的恩。恩将仇报这事，我做不出来。我没态度，别问我意见，我弃权。"

"五妹怎么说？"

"五姐也是这意思。"冼琼花把烟头在大石上摁灭，转脸看景茹司，"你呢？"

景茹司不紧不慢："我景老四你还不知道吗？七个姐妹，从前往后数行四，从后往前数也行四，中间派，永不出头，哪边人数多我站哪边。"

冼琼花皱眉："你这什么态度？"

138

景茹司说:"中庸啊,实用,也好用,浑浑噩噩都大半辈子了……"
正说着,忽见门帘一挑,是孟千姿探身出来,说了句:"好啦。"

神棍早在自己的帐篷里等得心焦,一听孟劲松过来通知他"好了",忙不迭奔了过去,中途又回来取氧气瓶——事情估计有大突破,还涉及段小姐,他怕自己又激动。

一进帐,就看到冼琼花和景茹司头挨着头在看有字的那张纸,另一张是路线,曲曲绕绕的。

但路线什么时候看不行啊,神棍眼巴巴望着冼琼花她们。那目光,简直是艳羡了。

孟千姿也是坏,等他抓心挠肝得不行的时候,才递了个平板电脑给他:"我拍下来了,不过平板电脑在这儿容易没电,你抓紧。"

神棍喜出望外,接过来急急打开,连道谢都忘了。

江炼刚耗费了大元气,头昏昏沉沉的,有点提不起精神,听到孟千姿问他:"喝葡萄糖吗?"

他点了点头。

俄顷,便有支掰开了头、插了吸管的葡萄糖送到嘴边。江炼顺手去接,也不知道是有意还是无心,握住了她的手。

她的手微凉,在他的掌心中安静地微蜷了一两秒才抽出。然后,借着起身之势,在他耳边轻声说了句:"你不要脸。"

这句话,一下子把江炼给说精神了。

我不要脸?我怎么不要脸了?我拼着半条命在半夜贴神眼,也就握了一下她的手,我就不要脸了?我……

慢着慢着,他想起来了。

原来在说那件事啊,小账本翻得"唰啦"响,在这儿堵他呢?

江炼乜斜了她一眼,换了一个更加舒展和从容的姿势,愣把啜吸葡萄糖喝出了品红酒的派头,还把微甜的糖水喝出了带酒味的醺。

怎么着,你能怎么着?这儿这么多人,都在忙正事,你能把我怎么着?

别看神棍读得晚,但他看得快,很快就一脸愕然地看江炼:"小炼炼,这就……没了?"

江炼顺手从他手里接过平板电脑,自己辛苦画的,都还没来得及看呢:"人要知足,怎么着,你还指望阎罗手里攥着大结局?"

那一头,冼琼花先看完:"怪不得况家后人没把这当回事,这又是蛊尤又是麒麟的,怕不是以为老祖宗精神错乱,编的。"

孟千姿"嗯"了一声:"况家的路子,是乡绅、富户、读书人,于三教九流了解得很少,反而是阎罗,在湘西常住,湘西是个流传巫蛊、符箓、赶尸的地方,阎罗平日里听得多,再加上那口箱子确实蹊跷,他反而容易相信。"

神棍点头:"没错,而且解放后,阎罗这样性格的人,走投无路后,反而能豁得出去。所以说,时也命也,阎罗掺和进来,也是因缘际会。"

这记述不全,阎罗找到了龙骨残片,还有凤凰翎,估计都是从这记述里来的。

景茹司忽然抬头,一脸惊愕:"这里说,伏羲后人打卦,神眼看命,这莫非就是……打卦看命?"

神棍说:"是啊,伏羲创八卦,后世那些熟习卦术的人,严格说起来,都是伏羲传人。有一位葛大先生,不知道你们听过没有,他就会打卦看命。"

冼琼花心头一突:"你知道葛大先生?"

"是啊,我的偶像。"

冼琼花和景茹司交换了一个不易察觉的眼神,又问他:"你觉得葛大先生,看得准吗?"

神棍猛点头:"那当然。"

冼琼花不死心:"他不会看错?"

景茹司忽然咳嗽了两声。

冼琼花反应过来,没再追问。

江炼蓦地冒出一句:"'晶成之时,不羽而飞,不面而面',这话怎么这么耳熟?"

孟千姿看得早,想到的也早:"水鬼的视频里有。"

江炼想起来了,水鬼之所以动了去找漂移地窟的念头,是因为他们开金汤不断翻锅,而水鬼的祖师爷曾经给过暗示,说是漂移地窟在"河流如寻处,地开门,风冲星斗",至于适合开漂移地窟的时间,正是"不羽而飞,不面而面"。

江炼倒吸一口凉气:"其实真正的原因,是'晶成'?"

晶成了,你们来吧,这让他想到猪羊肥了,磨刀霍霍。

景茹司说了句:"现在年轻人不是总爱说坑爹(坑人)吗,水鬼家这是反其道而行之,坑孙子啊。"

说到这儿,忽然想起了什么,心头一凉,问冼琼花:"水鬼家这做派,我们山鬼奶奶,会不会……也坑我们啊?那个'山胆'到底是什么玩意儿?只在那儿挂着,从来没听说过有什么用……我怎么越想越觉得,跟个定时炸弹似的呢?山胆现在哪儿呢?"

冼琼花让她说得头皮发麻:"四姐你别吓人,山胆不是那回事儿。"

嘴上这么说,到底心头惴惴,转头又叮嘱孟千姿:"姿姐儿,你赶紧安排人,把山胆换个地儿——放在山桂斋,我心里不踏实。"

孟千姿差点儿憋不住笑。

真是此一时彼一时,她把山胆带出悬胆峰林时,还挨了五妈一顿训,口口声声说这东西是要供着的,乱动太不尊敬了,这下好了,成烫手山芋了,急着发落出去。

她"嗯"了一声,凑向江炼,看他手中的平板电脑:"这里说,'集龙骨残片、凤凰翎,箱为牙错,山鬼叩门',可能是要集齐这些,才能得到麒麟晶?这个'牙错',是什么意思啊?"

这个问题,在场诸人中,还真只有神棍解答得了。

原来,古早的时候,社会生产力发展低下,没有箱子,也没有盒子,古人想收藏自己的私人物品,是拿兽皮层层包裹,然后用麻绳或者藤蔓什么的捆牢,为了保险,一般都打非常繁复的死结,而那些结扣,拿手是解不开的。

通常,会用石头或者兽骨磨成锥形,然后解结,这些被磨成锥的石头或者兽骨,就叫"石错"或者"牙错",说白了,是钥匙最古老的雏形。

"箱为牙错",看来这箱子是个关键,要用来打开什么。难怪阎罗入昆仑时,随行带了那口箱子,事成之后,箱子也就没了价值,被弃置在此了。

江炼自上一次发问之后,就一直看平板电脑上的记述,没再参与讨论,他放大图片,把中间的几列记述看了又看,终于忍不住说了句:"你们不觉得,这里有些地方,逻辑上说不通……自相矛盾吗?

"蚩尤族人在祖山之畔、净水源头,找到了一只活的麒麟。这件事,应该是不可能发生的。"

【23】

不可能发生?

冼琼花愁绪如麻:"你这是……什么意思?况家的口述是假的?"

合着况家祖上跟水鬼的祖师爷一个德行,都在欺骗后人?这祖宗和儿孙之间,还能不能有点信任了?

幸好江炼摇头了:"这倒不是,阎罗根据这份口述,确实得到了麒麟晶,也确实完成过一次'阎罗生阎罗'——从这一点来看,口述不是假的。

"我只是觉得,况家工匠探听到的这则消息,真实性要打问号。

"现在我们都知道，麒麟身上最宝贵的东西是麒麟晶，而麒麟晶是自体繁殖的关键，往大了说，是整个神族能否延续的基础。黄帝一族，如果不是十分确认麒麟晶再也不可能有了，怎么会做出'神人跨代'、跟人融合这样的决定呢？"

神棍咂摸出些意味来了。

是啊，只要有麒麟晶，就有希望。黄帝家大业大，人手也多，人家不知道要找麒麟吗？

江炼字斟句酌："我们用今人的观点来看，麒麟晶这么重要，麒麟都该是保护动物，是被官方圈养的，灭绝不是一天发生的，是一个过程，麒麟是慢慢变少的，神族人应该早在最后一头麒麟死去的很久之前，就察觉到了这个不祥的征兆。"

话说到这儿，相当直白了，景茹司点头："小江说得很有道理，这就好比对国计民生来说很重要的资源，在它耗尽之前，国家要么想方设法找新矿，要么拼命开发可替代资源，不可能坐等到耗尽的那一天才知道着急。"

江炼说："这是第一点，神族人拼命找了好多年，穷全员之力，都没找到。蚩尤方派出一个精英小队，居然就找到了。"

第一点就说到这儿，放任诸人自行体会。

江炼继续说第二点："我看到口述里提到'伏羲后人''神眼看命'，我才意识到，伏羲是八卦的创始人，而古早的时候，做重要的事习惯卜卦，要不要出征、要不要播种，打卦已经深入日常生活中了……"

孟千姿"啊"了一声，脱口而出："麒麟灭绝这件事，他们打卦确认过？"

江炼"嗯"了一声："这件事这么大，老话说，不到黄河心不死，想让全族死心、接受现实、寻求出路，必然要有个确凿的结果摆到面前。一次打卦，族人都未必相信，怕是一而再，再而三，由不同的人操刀，都得出了同一个结果，大家才最终接受。这是第二点，伏羲后人打卦的结果是麒麟灭绝了，但蚩尤方派出一个小队，找着了。"

听到这儿，这对比的讥讽意味，已经很浓了。

景茹司喃喃道："所以，根本就没有活麒麟这回事？它们对外放出这假消息，何必呢，有什么好处啊？"

孟千姿说她："好处多了去了。四妈，我们手下是带人的，我们没放过假消息吗？有时候，下头的人无所谓消息是真是假，他们最欢迎好消息。"

冼琼花叹了口气："是啊，那个时候，蚩尤方战败，还退进穷山恶水的地方，整体士气应该都很低迷，你一下子找到了麒麟，简直是为追随者打了一剂强心针，是不是有种天命所归的感觉？让人觉得，又有指望了？"

这倒也是，景茹司转过弯来，她一个快六十的人了，还要绕这种脑子，真是不容易。

哪知江炼就是不让她消停："不过，也不全是假的，还得往里看，里头有真的部分。"

我的天啊，景茹司手里要是有锤子，真能把江炼拽过来，在他脑壳上锤七八个包："到底真的假的？小江，你给我一次性把话说清楚。我这脑子，好不容易捋清，让你这一句话说得，又变成糨糊了。"

冼琼花失笑，觉得这四姐跟老小孩似的："四姐，你让江炼慢慢说嘛。"

江炼也笑道："之所以说不全是假的，是因为阎罗到这儿之后，确实找到了麒麟晶，所以这里头存在一个悖论——没有活麒麟，就应该没有麒麟晶，但现实是，没有活麒麟，却偏偏有麒麟晶。那么问题来了，这麒麟晶，是从哪儿来的呢？"

就在这个时候，神棍忽然冷哼了一声，说了句："从哪儿来的，还不是把死了的那头挖出来的。"

这话一出，帐篷里瞬间安静到了极点。

神棍浑然不觉，还在瞅冼琼花她们看完了搁下的那张字条。

顿了顿，孟千姿问他："你刚说什么？"

神棍莫名其妙，抬头时，一脸茫然："我说什么了？"

孟千姿只觉得事情诡异到了极点，身上的汗毛都竖起来了："刚江炼问，这麒麟晶，是从哪儿来的，你答什么了？"

神棍一怔："我说话了吗？我没说啊……"

什么情况？冼琼花和景茹司对视两眼，不约而同地坐远了些。

神棍终于反应过来了，自己的脸色也白了，求救似的看江炼："小炼炼，我是不是……又突然讲自己不知道的话了？我说什么了？"

江炼脑子里突突地跳，先向孟千姿解释："神棍之前不是会做梦吗？这一段日子，不做梦了，但会突然间说一些奇怪的话，他没意识的……等一下，你们先别说话。"

神棍刚刚突如其来的那句，虽说简短，但信息量好大，好像坝口开了闸，有什么东西，正源源不断流入他脑子里。

景茹司戒备似的看神棍，很是怀疑他被什么给附身了，思谋着是不是该绑起来比较稳妥。

外头的风又大了，从雪峰顶来，一路擦过帐顶，不知道其间是不是裹带了雪粒，帐顶不断发出"唰唰"的声响，江炼抬起头来，嘴唇发干，说了句："我知道了。"

最后一头麒麟已经死了，金翅凤凰也活到了尽头。

这话是真的，没有活麒麟，蚩尤族人派出的那个小队，确实背负秘密任务，不是找活麒麟，而是挖死麒麟的尸。

江烁说："我对这种上古神兽不太了解，不过，我听说有一种树叫'胡杨'，千年不死，死了千年不倒，倒了千年不朽——麒麟既然能活两千年，死后估计也没那么快腐朽。"

"那个小队不知道挖了多少具，或许，挖的只是那最后死的，这些不重要，总之，它们在某一头的体内，找到了麒麟晶。"

孟千姿嘴唇动了动，想说什么，江烁猜到了她的心意，很快补充："没长成的麒麟晶。如果长成，早就被取用了，所以，一定是没长成的、在神族人眼里没价值的。"

神棍激动地一拍大腿，满脸泛红，江烁一看就知道，他也想到关键的了——只是景茹司吓了一跳，还以为这人又发病了，险些扑上去把他摁倒。

因着太过兴奋，神棍说话的语调都走音了："早就没麒麟晶了，它们是走到绝路，诈谋奇计，想自己造啊。首先，麒麟晶是在麒麟体内孕育的，现在没麒麟了，先得找一个代替。"

孟千姿脱口说了句："太岁！"

说完了，才觉得哭笑不得："太岁居然有这种用途。"

江烁接茬："其次，一颗麒麟晶远远不够，蚩尤这头的人很多，需求量巨大。"

神棍抢答："息壤，得有息壤，才可以一生二，二生三，三生许许多多！"

江烁拿过空白的纸，又提笔在手："还得有水精，安放它们的原始意识，否则意识消散，'复活'就谈不上意义了。"

说着，他在纸上画了个方框，又看孟千姿："千姿，现在已知蚩尤方有了这么个计划，但是它们战败，一切神器也好，工具也好，都被黄帝给缴获走了，黄帝还准备整合一切物件封箱，你想达成计划，你都需要些什么？"

这问题适合孟千姿来答，她是山鬼王座，考虑时，会从实用性和可操作性入手，而不是简单答题。

果然，孟千姿沉吟了会儿，说："我需要一个内应，直接参与封箱这件事。这样，我才能明确我要的东西都在哪儿。"

江烁在纸上写下了"内应"两个字："那个时候，想在黄帝一方找内应，应该不难，很多神族人顺应他，是因为他打胜了，也是因为实在走投无路，而非心甘情愿真想和人融合……你接着说，还需要拿到什么东西？"

神棍的喉结滚了滚，看"内应"那两个字，觉得怪刺眼的。

孟千姿仔细思量："我需要水精、息壤、山胆……我也要，因为山胆是水精的天敌，把这东西留给敌人，对我来说，隐患太大了。"

江炼把这几样写在那个方框里，冼琼花这才反应过来，小声给景茹司解释说，方框就代表那口箱子了。

再多的，孟千姿就想不出来了："最主要的，就是这几样吧。"

很好，江炼转向神棍："你给我们讲过不少次你的梦。通过你的梦，我对点算箱子时的场面有个大致的概念。

"总体来说，箱子里都是神器，连女娲抟土的人偶、伏羲始创的八卦都有。水精也好，息壤也好，在那些物件中还真算不上金贵。而且，并没有硬性要求说哪个物件必须装在哪口箱子里——大家自由配合，互相之间还可以帮忙，比如我这口箱子装不下了，放到你那口去。"

神棍咽了口唾沫，他想起某一次的梦里，是有一个人抱了七块兽骨，跟他说自己的箱子放不下了，而他很热心地接了过来。

"也就是说，那个内应，其实是可以通过种种手段，偷换也好，明换也好，把蚩尤方要的东西都装进一口箱子里——偷一口，总比偷几口要方便吧。"

景茹司插了句："那是，一次性搞定嘛，贼也要讲效率的。"

看来这位四姑婆，已经不知不觉很认可自己的话了，江炼怪有成就感的。

"还有一个问题，那口箱子光装这些东西是不可能的，为了掩人耳目，总得装点别的，最不济也得装满吧，不然也不能封箱。现在我知道的，七块兽骨、盛家九铃，应该都是来自这口箱子。"

说到这儿，他瞥向孟千姿的脚踝："千姿，你的金铃，很可能也是。"

孟千姿猝不及防："啥？"

不过她很快想明白了：确实，金铃太不寻常了，应该也是本该封箱的古早物件。

江炼解释："盛家九铃，金铃九用，盛家的铃是用来和逝去的人沟通，你的铃是用来和山、山兽，甚至山上的风沟通，说白了，性质是一样的，应该是一个系列。我甚至怀疑，盛家的铃也跟你的一样，只是九种铃片，只是后来，到了不同的支系手里，被拆分，包裹上了花哨的外壳而已。"

神棍冒出一句："也有可能这金铃也是蚩尤方指定要的，无利不起早，山鬼追随蚩尤，总得有些奖励吧，而且有了金铃才能剖山藏胆啊。"

也许吧，江炼把这几样也写进那方框里，然后把纸张拈起来，朝向孟千姿："现在，箱子已经齐备了，你怎么偷？"

孟千姿想了想："天时、地利、人和吧，我需要在对方防守松懈的时候下手，还需要知道这个箱子摆放的具体位置——不然一百口箱子，看上去都差不多，根本认不出来。"

没错，江炼长吁了一口气："这些都需要那个内应从中活动，他在归置箱子的时候，要看似不经意但特意地，把箱子放在某个指定的位置，这样，他的同伙才能目标明确，一击得手，犹豫都不会犹豫。"

神棍想起自己最初的梦里，那双自浓雾中伸出的、偷箱的手，真是百感交集。

洗琼花也有点感叹，她的目光落在况家先祖的那页记述上："偷走了箱子，却打不开，所以才根据印记，找到了最初的工匠，这也是为什么况家人会被卷进来吧。"

孟千姿接过江炼手里那张画了简易箱子的图，看着看着，有些走神。

开箱之后，又是另一番安排了吧？水鬼得了水精，山鬼藏了山胆，山水不相逢。况家带了口空箱子远走，安分守己，不近江湖。盛家得了铃，避居深山。七块兽骨不知道扔去了哪儿，但七道戾气显然入了世，甚至惊动了圣人老子……

箱子里还有别的吗？也许有，但不那么重要，没准儿被蚩尤的追随者瓜分了吧，也不知道这分配的标准是什么，会不会因着分配不均频起争端……

无所谓了，大的框架轮廓已经形成了：漂移地窟、水鬼的传承、金汤穴以及神秘的"不羽而飞，不面而面"的预言，水鬼因着体质特殊，是最理想的转化皿，但万一人数不足，金汤穴里还有次一等的后备。

她听到江炼轻声说了句："我算是知道，水鬼家这几十年来的祸事，源头在哪儿了。"

为什么那些复活的人，哪怕样貌完美了，寿命却始终不长；为什么"阎罗生阎罗"只能一次，不能像上古时那样，自体繁殖，一代又一代。

因为那颗麒麟晶，是从被挖出的、死了的麒麟身上得到的，是还未生成的弃置品。

麒麟寿数两千，只得一晶，足见麒麟晶的获得有多艰难。这颗拿太岁当"孕母"、本就发育残缺的麒麟晶，也不知道经过了多少漫长的岁月才育成，又经过了多久，才由一生二，二生三，三生许多……

她呢喃了句："晶成之时，不羽而飞，不面而面，这打卦看命不是骗人吗？明明就没成功啊。"

江炼说："也不能这么说吧，我和神棍聊过这事。看命，本质上是超脱出了时间的维度，看到了未来的某些表象，看命不能回答问题，不能告诉你时长，不能指引你向东向西，只会给你一个画面，你自己根据这画面去揣摩。比如说，你看到未来的自己拿刀砍人，但你不知道前因后果，也不知道自己当时是自卫、蓄意伤人，还是无意为之。

"它们的'打卦',也许只是看到了有人以完美的样貌重生。至于这人活了多久,后续怎样,它们是不知道的。但这个画面,足以让它们不顾一切、投入所有,以为这条路可行。"

孟千姿轻轻"哦"了一声,又问:"这么说,水鬼是没救了?"

她想起宗杭的笑,想起他的一再拜托。

江炼沉默。

水鬼这件事,本质上,像是一场事故,集体用错了药,药已经吃进去了,吐不出来。有些人早早死去,有些人苟延残喘,有人给这死亡开端,有人给这死亡结尾。时长时短,都是同一批受害者。

孟千姿没再说话,像是为了分散注意力,她开始去收拾地上的那些纸页。

她听到自己的声音,轻悠悠飘在耳际:"可是,谁去跟宗杭说呢?"

景茹司看出她心情不好:"千姿啊,你帮人,别帮得感情太投入了。水鬼家的事,我也知道。他们出事的那批人,已经死得差不多了。再死,也就只多死一两个,不会再有大的损失了。他们其实心知肚明,找我们帮忙,只是想求一个明白。"

孟千姿抬眼看她:"什么叫'也就只多死一两个'啊?哪怕只有一两个,爱他们、关心他们的人也会伤心啊。"

一朵花谢了,山不知道,山不在乎,但紧挨着花的那一朵花,会在乎。

江炼伸手过来,似是想握住她的手,孟千姿躲开了,笑了笑说:"我没事。"

说话间,自己都没留意到,有一行泪,自颊上滑过,"啪嗒"一声,滴在整理好的纸上。

她低头去看。

原来最上头的这张,是江炼画的那幅路线图,大家都没来得及也没顾得上去看,眼泪滴在纸页的上半部分,濡湿的泪痕间洇着几个字。

昆仑天梯。

石人一笑

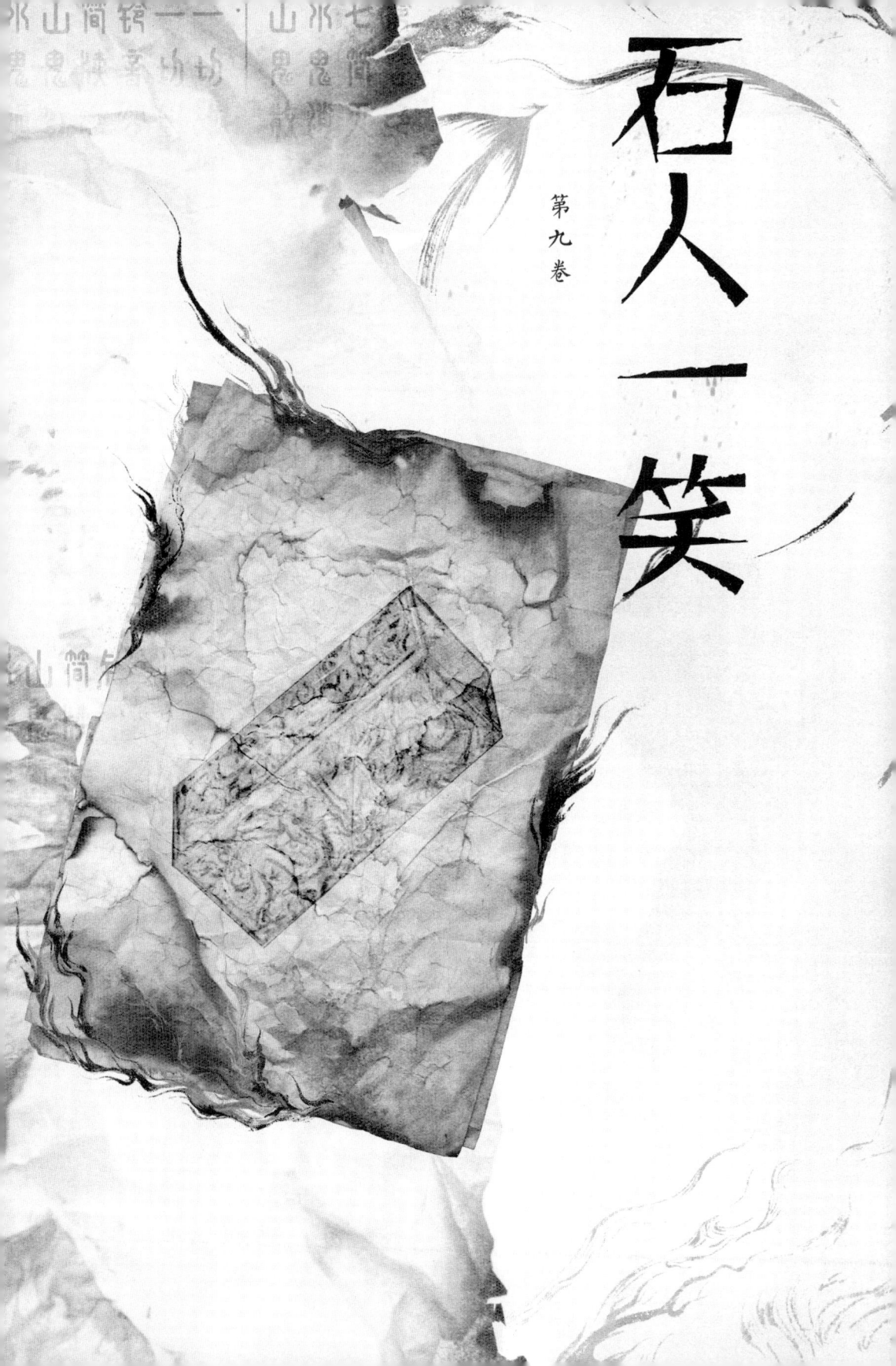

第九卷

【01】

江烁画的那份路线图有个问题。

它不像地图会列出蛛网般的路线和南北方向，而是趋近山鬼的山谱——整张路线图，就是幅风景画，让你看到栩栩如生的山头、山脊等形状。

也就是说，你得很笨地举着图，去比对周围的山头形状和高低排布是否和图上一致，形状对上之后，才能根据尺寸去确定具体地点——难怪骑在牦牛背上的阎罗是时时刻刻高举着图张望的。

好在，图的下方有片湖泊，这就大大缩小了排查范围，虽说昆仑山地界，高原湖泊不止一个，但有这特征，总好过在五十多万平方公里的山地中地毯式搜找吧，而且，洗琼花直觉，画的就是营地这一带——附近也有湖泊，又是史小海出事的地方，还出现了山蜃楼，这儿要是没点蹊跷，太对不住这些巧合了。

她嫌这图太不用心："从上古到现在，山间地震都不知道多少次了，加上雪崩、沉积、塌方，很有可能山形早变了，光凭山形去认，既不保险，出错的概念也高。"

景茹司觉得她太吹毛求疵了："况家先祖就是个工匠，他哪能考虑到这么多？再说了，阎罗既然根据这图找到了东西，就说明没有这种差错发生嘛。"

说话间拉下门帘，看外头的沉沉夜色："现在太晚了，看不清。等明儿天亮，就能确定位置了，希望咱们运气好点，能尽快找到段娘娘的尸体，还有另外那几个失踪的人。"

其实在景茹司心里想的是，万一真的前路凶险，段文希的尸体不找也罢，相信段娘娘也能体谅，还是那句话，总不能为了个死了几十年的，赔上活生生的人吧。只是，山户的八人小队，只回来一个痴呆的史小海。这么大的事，说什么也得追查出个由头，给大家一个说法——堂堂山鬼，死了人都不敢追查，也太窝囊了。

距离天亮还早，总不能干等，大家各自回帐补觉。

江炼走时，犹豫了一下，还是折回孟千姿身边，低声问她："没事吧？"

孟千姿笑笑，说："没事。"

说完了，又有点惘然："最初看完水鬼的视频，其实我心里没什么波动，就是觉得他们倒霉，还觉得水鬼真是没用，自家的事，要求到别人头上。但是啊，打过交道之后，就不一样了。"

打过交道之后，对方就不是平面的了，有血有肉，有喜有怒，有一张带笑的脸，会满怀希冀拜托，会忐忑不安等待。

她不想做那个带去坏消息的人。

江炼"嗯"了一声："我懂。"

孟千姿想了想："你说，如果那颗麒麟晶是完好的，事情……会不会就不一样了？"

明知这种假设没意义，还是忍不住去想。

江炼说："黄帝一族也不傻，蚩尤族人能想到的法子，他们会想不到吗？最终没去做，一定是有原因的。如果漂移地窟里那些'葡萄串'就是麒麟晶——麒麟要用两千年才育成一颗，息壤养成了成百上千颗，两者放在一起，真能一样吗？"

真能一样吗？

这个问题，一直在孟千姿的脑子里往复，果然有所思就有所梦。

她做了个梦。

梦见宗杭的女朋友易飒，那个在水鬼的视频里出现过的、安静清瘦、留着齐到颌边的短发的姑娘，眉目间却总透着股犟劲儿。

而自己拎了串好大的葡萄——孟千姿没实地见过漂移地窟里的那些，只是听说是葡萄串形状，所以折射进梦里，就是一大串葡萄。

她不断从梗上把葡萄揪下来，左一颗、右一颗地塞给易飒，话说得又快又急："吃，多吃点，没准儿多吃几颗，又能多活几年呢。"

易飒手里满捧葡萄，低头看了会儿，没吃，然后抬眼看她，问："如果吃多了，病发得更快呢？"

孟千姿被问住了，答不出来。

她只是愣愣站着。后来，易飒不见了，那串葡萄也不见了，她一个人站在昆仑山的垭口，天阴沉沉的，风声如同响哨，半空飘卷着一片灰白色的雪。

好冷啊。梦里，她蹲下身子，缩成一团，裹紧羽绒衣，再裹紧。

景茹司被身侧的动静惊醒，拿手机照着亮看时，就看到孟千姿把睡袋口攥得极紧，人在里头蜷成了一团。

瞧瞧把这孩子给冻的。

景茹司叹了口气，拽过自己脱下的羽绒衣，盖在了孟千姿的身上。

第二天不用拔营。

依着往常，孟千姿这一觉大概要睡到下午，但心中有事时，人很难睡得安稳，再加上一大早，外头就窸窸窣窣传来好多声音，她愣是正常醒了。

帐篷里没人，她的睡袋上又加盖了两层，应该是四妈和七妈给她添的。

孟千姿躺了会儿，听到史小海在外头嚷嚷："那里！那里！掉下来，轰！"

何生知压着嗓子训斥他："你小声点！孟小姐还在睡觉！"

这对答提醒了孟千姿，今天势必不得闲：得派人去探查史小海遇袭落崖的地方，还得根据江炼昨晚画的路线图，找出阎罗和段太婆当年的目的地。

她很快穿上衣服，先探身拉开帘门，一股冷风"嗖"地灌入，冻得她立马精神了。

今儿天气不好，跟她梦里一样，阴沉沉、灰蒙蒙，便携装的撕袋式漱口水和洗脸湿巾都快冻成冰坨坨了，孟千姿懒得喊人做事，索性塞进怀里去焐。

向外看时，见到四妈、七妈她们正带着人站在谷地边缘，或拿画纸，或捧平板电脑，或持手机，对着不同的方向比对。

孟千姿心中"咯噔"一下：就一幅画，一目了然，是或不是，那不是分分钟就能判定吗？拉这么多人一起看，看这么久都还不确定，大概率是因为，画上画的并不是这儿。

如此想时，忽然看到神棍从不远处经过，还大剌剌背着手，跟视察似的。

孟千姿皱眉，心说这人怎么忽然摆起派头来了，再一看，心头一惊，大叫："神棍！"

神棍循声回望，然后加快脚步过来："啊？"

孟千姿又惊又怒，指向他背后："谁把你绑上了？"

难怪神棍走路时是那么一副一言难尽的姿势——他的双手，居然是被反剪着绑在身后的。

神棍兴高采烈："我自己啊，主动要求的！"

不待孟千姿再发问，他已经滔滔不绝："鉴于我已经连续两次说出了非常古怪

152

的话,我觉得,我这个人太捉摸不定了,再发展下去,会不会更加失控呢?这可不行,本着对自己和他人都负责任的态度,我主动要求把我控制起来,这叫防患于未然。"

合着是这么回事。

孟千姿沉默了一下,其实她也觉得这样比较稳妥。神棍她是可以信任的,但如果这个神棍已经不再纯粹,掺进了别的什么呢?

她看向神棍:"你从前做梦,现在说怪话,你觉得……自己到底是个什么情况?是像阎罗那样,身体里还有第二个人吗?"

神棍白了她一眼:"孟小姐,我都五十多了,活了大半辈子,才发现自己身体里有第二个人,我也太迟钝了吧?再说了,我又没吃过麒麟晶,阎罗找到麒麟晶那会儿,我正吃百家饭呢。

"我觉得吧,这是一种潜意识,是随着我对整件事的切入,慢慢被激活的。一开始,在电信营业厅听到冼家妹子说出的'山胆'两个字,跟个开关一样,'咔嗒'一声,开启大幕。

"之后,每次有新的进展,我就会想起什么,想起的事儿以梦的形式呈现,后来,经历得多了,这种潜意识开始往显意识转变了,会突然从口头上蹦出来。也许,再过一段时间,那些事儿会完全成为我的意识和记忆,我都能给你们把前因后果讲出来。"

孟千姿"嗯"了一声,欲言又止,顿了顿,她压低声音:"神棍,你会不会真是……蚩尤方的那个内应啊?"

她声明:"我没有诋毁你的意思啊,他是他,你是你,咱们摆事实、讲道理。

"你做的那些梦,说的那些话,给人的感觉,是你在封箱现场,你偷偷和神秘人接头,你偷了凤凰翎和龙骨灰烬给对方,还表示要继续去找龙骨,你做了叛徒,东窗事发被开膛剖肚。你甚至还知道,蚩尤小队去挖死的麒麟。"

神棍想伸手推推眼镜,可惜了,手被绑着,鼻梁上渗汗,时尚的镜架欲坠不坠。

他结巴:"这个……是有可能的,但是,我们看问题,要……要考虑到多种情况,不能一叶障目,你看现在社会新闻上的反转很多啊,也许……也许……"

他拼命想"也许"出另一个可能性来,但越急就越没辙。这一下,不只鼻梁,连额头、鬓角都冒汗了。

孟千姿体贴地帮他把眼镜往上托了托:"还是那句话,就算你是,我也不会歧视你的,这都几千年下来了,谁这么无聊去翻这种旧账啊……江炼呢?"

话题终于从"内应"这事上移开了,神棍暗自松一口气:"睡觉呢,半夜贴神

153

眼，他也累得要命，昨晚回去，衣服脱了一半就睡着了……你找他有事啊？"

孟千姿"哦"了一声，如果腿脚方便，她多半要过去闹他了，但现在拖了条病腿，总不能爬过去。

正待找个借口搪塞过去，忽听到景茹司叫她，转脸一看，景茹司正揪捻着手里的画纸，气喘吁吁地过来，还没近前就抱怨："要命了，不是这儿。我这看来看去，画的都不是这儿。"

孟千姿一愣。

她跟冼琼花的看法一致，但这片营地既有湖泊，又是史小海出事的地方，还在山蜃楼中显像了两次，不可能只是巧合。

她想了想："会不会是地形变化？几千年了，各种各样的地质作用，不可能还跟当初一模一样。"

景茹司瞪她："你四妈是老了，人还不蠢。这种情况我会没想到？它可以是地质作用，也可以是雪崩或者塌方削了一块山头，但是大体的轮廓不该变，但现在的情况是，它的轮廓都是不对的！完全不对！"

【02】

不对就不对呗，孟千姿觉得景茹司未免也太沉不住气了："那就说明不是这儿，有山有湖，范围已经缩小很多了，再找呗。"

边说边从景茹司手中把画纸接过来。

神棍也发表意见："有时候看图，不是那么直白的。兴许图中藏图，要用火烤或者药水来看……"

孟千姿心中一动，想到山鬼的认谱火眼。

"兴许要反着看呢？兴许要倾斜一定的角度，在特定的光照条件下看呢？"

景茹司被这一连串的"兴许"搅得脑仁疼，孟千姿倒是很有耐心，还真把画纸上下翻转了来看。

反过来好像也不像，但是，说不清为什么，有些地方又似乎……挺像。

孟千姿正犯着嘀咕，冼琼花也回来了："实在看不出来。要不然，这个什么昆仑天梯先搁一边，咱们得派人去史小海出事的地方看看了。"

史小海站在谷地边缘，闭了一只眼，跟瞄准似的，手臂抬起四十五度，指向环抱谷地的诸多雪峰中的一座："那儿。"

顿了顿，又加上那句必加的："轰！掉下来！"

望山跑死马，经常进山地的人就知道，随手一指近在眼前的山头，徒步过去，至少要走好几个钟头。

派出的小队，一来一回，怎么着也得一天。

营地有四十来号人，景茹司细细看过各人的资料，选了最精干的二十人组队，除了必带的山鬼箩筐，又加带枪支、喷火器、臂发式弩弓。

步话机的通话质量已经不大好了，卫星电话也有罢工的迹象，山地就是这点麻烦，说不准石头旮旯里就富含什么影响磁场的矿物质——但还是带上了，聊胜于无。

至于谁来带队，也有一番争执。孟千姿先被排除了，此行得爬山，她那腿太不方便了，牦牛驮行不是不可以，太耗时。冼琼花有意接这担子："我来吧，我年轻。"

景茹司听着心里不乐意："老七，年轻了不起吗？你长年在云南，云南的山跟西北的能一样？不该长在西北的人来吗？"

也是，山有山的秉性，谁熟谁上，最后还是定了景茹司带队，孟千姿不放心，又安排了孟劲松同行。

吃完早饭，这大队人就出发了，史小海最激动，走在队伍前头，嚷嚷着"向前向前"，孟千姿坐在轮椅上目送，人走得看不见了之后，她又端着高倍望远镜一路追随：那些人越来越小，有时候，会突然看不见了，过了会儿，又突然一长串地进了视线。

除此之外，没有异状，山风也是森冷清冽的，这一带如果常起山蜃楼，有动物常居的可能性就不大。山蜃楼又叫"阴寮"，动物很不喜欢在里头待着，家安在这里，三天两头都要夜跑，搁谁谁也受不了啊。

看久了，孟千姿觉得无聊，她左右看看。

营地里一派平和。

冼琼花没留在营地，她带人送景茹司一行入山后，顺便侦测周围的情况去了；营地外围，有几个人来回巡守；剩下的，有在收拾装备的，有清理瓢盆的，还有准备接下来的午晚餐的……

孟千姿冲着神棍招了招手。

神棍还以为她发现了什么要紧的，小跑着过来。人跑步时，双臂左摆右晃，是为了维持身体的平衡，但他双手是反绑着的，跑起来像根摇摇欲坠的木头。

到了跟前，孟千姿问他："江炼还在睡呢？"

"是啊。"神棍纳闷，"你又问，你找他有事儿啊？"

孟千姿奇怪："怎么还不醒啊，不像他啊。"

回想一路以来和江炼的相处，他要么少睡，要么不睡，从没有睡到过日上三竿。

155

神棍反而觉得没什么大不了的:"孟小姐,你前几天说要养元气,还不是天天睡到下午?人家小炼炼,大半夜地被拉去贴神眼,人家也累啊。就兴你睡,不让他睡,你这不是只许州官放火吗?"

孟千姿不放心:"你推我过去看看他。"

神棍一拧身子,给她看身后反绑的手:"你看我有手吗?还让我推?"

孟千姿没好气,索性自己转动轮椅的手轮圈往那一处去,神棍原地站了会儿,忽然回过味来,又小跑着去撑:"怎么啦?小炼炼不正常吗?"

孟千姿先还只是有所怀疑,但被神棍这么一问,突然确定了:"不正常,肯定不正常。"

要说累,她才是最累的。进山这两天,一直都在施用"山风引",昨晚还看了山魇楼,她确实可以睡到下午,但那不代表有嘈杂声时不会被惊醒。从早上开始,四妈他们比对山形,然后营地用餐,全队出行,这么大的动静,江炼居然都没醒过。

这哪是睡觉啊,这差不多是昏迷了吧。

她越想越紧张:怎么着都得把江炼给叫醒,哪怕醒了之后塞回去再睡呢……

让人担心的事情发生了。

江炼果然叫不醒,你推他也好,晃他也好,对着他的耳朵大声说话也好,他只是没反应。有时候,闭着的眼皮下眼珠子会快速转动,似乎自己也想醒,但醒不过来。

孟千姿急得头皮都在突突跳,又安慰自己这事并不棘手——不是没发生过。两人第一次正式照面,江炼就是魔在贴神眼的状态里,被踹倒了都没醒。

神棍还在边上给她堵心:"我听说老一辈的规矩,贴神眼不能在半夜,因为夜晚属阴,百鬼夜行。啊,人的意识会飘忽不定……"

孟千姿反驳他:"江炼以前也不是没晚上贴过神眼啊。"

神棍一句话就把她堵得没了词:"晚上跟半夜,区别很大啊。"

时近中午,冼琼花一行回到营地,听说这事之后,也来瞧了江炼。

她对贴神眼素有耳闻,也熟知其中的道道儿,建议孟千姿:"要么上手打吧,火烧、水淋都好,总能把人弄醒的。"

孟千姿不同意:"这种地方,一盆水浇下去,他不得冻死啊?再说了,江炼伤还没好呢,哪经得住打?"

冼琼花说:"法子嘛,我是教给你了。你舍不得,我有什么办法?"

说着,自顾自走了,想来是没怎么当回事。

孟千姿正一个脑袋两个大，神棍又发表意见了："不对啊孟小姐，小炼炼这次这情况，有点特殊——他昨天半夜是贴了神眼，但后来，明明醒过来了，还参与了讨论。"

没错啊，孟千姿让他说得心里七上八下的："所以呢？"

"他是再次睡下之后，才这样的。小炼炼多次贴神眼，他跟我们不一样，他极容易发生意识层面的'梦游'，搁在民间传说里，这叫'丢了魂'，有人丢三五天，有人丢三五年——我劝你赶紧打他吧，我听说小炼炼人很能跑，魂大概也不慢，再迟点，谁知道他跑哪儿去了？"

这都什么跟什么啊，孟千姿哭笑不得，但神棍的话成功使得她更加焦虑了，她举棋不定，看江炼沉睡的脸，牙关一咬，"啪"的一巴掌就抽了下去。

虽说是神棍撺掇她打的，但他没想到孟千姿动作会这么快，自己反吓了一跳。反应过来之后，倒对她生出几分敬畏来：孟千姿坐王座久了，确实自带杀伐决断之风，说打就打，倒是半点不含糊。

江炼唯一的反应，就是半边脸很快泛红。如无意外，过一会儿还会肿起来。孟千姿这一打，可不是做样子。

打都打不醒，事情好像真严重了，孟千姿把身子挪开，示意神棍："我腿不方便，你来，拣他肉厚的地方，踢一脚。"

神棍犹豫了一下，冲着江炼腰际——他觉得那儿肉厚——猛踹了一脚，但他天生缺乏运动细胞，做任何瞄准动作，都像打弹弓那样脱靶八千里，这一脚，居然踹在江炼肋下。

孟千姿心头一惊，自己都替江炼疼。

神棍这一踹，把江炼踹得身体移了位不说，自己也失去平衡，一屁股坐倒——他那尾椎，当年坐死蛊虫，是留了旧伤的。当下痛得"哇哇"乱叫，在地上蜷了好久。

孟千姿脑子里突突地跳，一瞬间，脑际已过了千百个念头。说真的，"暴打"这一招儿如果行不通，她对江炼是真的束手无策了。

她病急乱投医："如果……如果江炼没法儿自然醒，我是不是得找人给他……招魂？"

"招魂"这两个字，提醒了神棍，他不哼哼了，顿了两秒，一个鲤鱼打挺，却没能坐起来："孟小姐你……拉我一下。我还有办法，我有神器！"

孟千姿一把揪住神棍衣领，硬生生把他拽坐起来："什么神器？"

神棍的脖子被衣领一勒，险些没喘过气来，饶是如此，他还是努力歪了歪嘴，示意了一下自己扔在帐篷一角的行李袋："老石寄给我的快递，你忘了？那个铃，

157

盛家有个路铃，我收到之后，一直带在身边，就在里头。"

孟千姿动作麻利地拉开行李袋，从里头一个气泡塑料膜的袋子里拎出那串路铃。

她头一次近距离看到这串路铃的样子：古铜色，有一个莲叶形的盖，盖沿坠下许多不同形状的古钱币，有方孔形的，也有刀币——听说刀币是春秋战国时期才出现的，足见江炼的推测不差：这铃从箱子里取出时，必然不是这个样子。后世的盛家人根据自己的喜好，给不同的铃"穿"了不同的外衣而已。

那个叫老石的，显然也不珍视这铃。铃身上遍布铜绿，有些凹纹处，还有积年的泥痕，拿到古玩市场，兴许能卖个仨瓜俩枣钱，说是神器，还真没个神器的样子。

孟千姿拎着那铃，催问神棍："然后呢，怎么弄？"

神棍说："你在小炼炼身上一直晃那铃，绝对没错。我和老石在一道住了好几年了，他给我讲过盛家的不少事儿。

"铃声，是唯一能够穿透阴阳两界的声音。科学一点来说，铃声，可以从这个物质世界，传入非物质的意识世界中去，意识的世界就太广大了。小炼炼多半是迷失了，回不来，铃声就是一道线，一根牵引绳，能把他引回来——当然啦，这些都是我的个人理论，未必真有用，但是你试试呗，试试又不花钱。"

前头说得煞有介事，跟真的似的，最后来这么一句，孟千姿简直是要被气倒了。

不过管他呢，有法子就试，孟千姿手一抬，正要摇铃，忽然听到"刺刺"的电流音。

是挂在轮椅边的那个步话机响了。

这步话机，是她用来跟四妈他们联络的，一直处于"on"状态，孟千姿愣了一下，抬手做了个"嘘"的姿势，示意神棍噤声。

但是很显然，目前的通话效果已经相当差了，景茹司明显是叽里呱啦说了一大段，但传送过来，全是杂乱的电流音，孟千姿从头到尾，只听清了三个字。

"姿……画……水……"

这上哪儿理解去？孟千姿尝试呼叫，也没有成功，真是越忙越来事儿。

好在七妈那里也有步话机，大家一个频道，让七妈去尝试联系好了，而且，听四妈的语气，还比较平和，不像是遇到了危险，山风引什么的，也都还正常。

孟千姿长吁一口气，稳住心神，先顾眼前。

她拎起那串风铃，在江炼脑袋边晃了晃，脸色一变，正待质问神棍，神棍先一步猜到了，赶紧解释："没错，没声音就对了，怨气撞铃，只有死人的怨气才能把这串铃铛撞响，你找个人而已，它响的那个声音，你就是听不到的。"

行吧，你说什么就是什么，只要最后有效就行。

孟千姿耐着性子继续。

江炼临睡前，还真没察觉出什么异样，只是觉得累，前所未有的疲惫。

以前贴神眼，也不是没贴到过晚上，但大多只是画得慢、拖延到日落之后而已，半夜起贴，绝无仅有，而且，不知道是不是心理作用，他总觉得，这儿跟别处不一样，太空旷，也太寂寥了。

前辈们留下"不在半夜贴神眼"的规矩，也许是有道理的，自己不该一而再，再而三地去触碰红线。

不过他太累了，羽绒衣脱了一半、一只胳膊还伸在衣袖里，就已经睡着了。

然后，他觉得自己起身了，慢慢地往外走。

这种感觉，其实并不陌生，历次贴神眼，都会经历。每一次，他都是这么起身往外走，走到事发地。那些人仍在那儿，那些发生过的事，仍在发生。他会站在一边，细细观察，仿佛自己是这幕戏的主导者，让他们倒回就倒回、静止就静止，直到他把一切看得清楚明白，才放他们散场。

他往外走，走到了日光下阎罗和段太婆的身边。段太婆在拍照，手很稳，姿势也潇洒，还剥了一颗巧克力糖，塞进嘴里。

继续走，走到了神族封箱的现场，还是老样子，像是无数残肢碎躯在半空中飘，他看到那个跟神棍长得一模一样的人——他觉得，这人一定跟神棍有着千丝万缕的关系。

这人在细细点算箱子里的物件，眼神有些闪烁，似乎注意力又不在箱子里——江炼看到有兽骨在箱子的角落中层叠成堆，还看到一小撮土，悬浮在箱子里，不断跃动，似乎想向各个方向生长，但又被什么所迫，长不出去，于是暴躁地不断跃动，停不下来。

看到了，都看到了，他该回去了。

江炼转身，向着营地的方向走。营地亮着灯，一顶顶蒙古包样的帐篷里，坐着三三两两看客。他看到孟千姿正朝着他笑。

他朝着她走，想告诉她，自己都看见了，不用担心，会画出来的。

但是，很突然地，他一下子走不动了。

走不过去了，那片营地像浮在无边无际的汪洋上，从眼前渐渐漂远，而身后似有巨大吸力，有蛊惑似的声音，铺天盖地般覆盖到他身上，又从他身上的每一个毛孔中渐入。

而每一道声音，都在对他说："你过来。"

【03】

江烁不想过去，但身体不听使唤。

他转过身，向营地相反的方向走。这一路并不顺畅，他觉得走得很费劲，有时攀高，有时滑坠，有时穿过幽深逼仄的甬道。末了，终于到达。

完全形容不出眼前是什么。

像团雾，巨大到接天连地，左右都望不见边。雾气是涌动着的，有的地方浅淡，有的地方浓郁，而浓浅转瞬即变。

没人跟他说话，但他神经极敏锐，如同翼翅能感觉到风的走向，他也能感觉到那雾流中释放出的情绪信号。

轻蔑的、讥笑的、看小丑般的、鄙视的……

江烁不是个轻易动气的人，但也不知怎的，在这儿，轻易就被激怒了。

而且，他的内心里激起极大的欲望。毫无缘由，就是想投身其中，和那雾团融为一体。至于进去了之后，会不会发生可怕的事，完全不在乎。

他继续朝前走，但只走了两三步，就跨不过去了，那里像有一层柔软的结界，坚决地把他阻挡在外。

江烁开始暴躁，他伸手去抓、挠、拽、拧，上脚去踢、去踹，后退几步，又拼命前冲去撞。到末了，像一头不管不顾的凶兽，眼里都要充血了，面目狰狞地去咬、啃。

进不去，就是进不去，江烁真是快疯了。越是进不去，那股子想进的欲望就越强烈，这种时候，能抛弃一切原则、做一切下贱下作的事，只要能让他进去。

也不知过了多久，忽然有一线铃音，闪电般蹿了过来，像是把头顶的天空撕开了一道口子，江烁浑身哆嗦了一下，忽然就清醒些了。

他想起自己是谁了，也想起来自己原本是要回营地的，怎么忽然像鬼附身一样，跑到这儿来了呢？还有，里头是什么地方？他为什么那么想进去呢？

江烁退后几步，以便能看清这雾团的全貌，但失败了。这雾团太大了，他就像一只孤独的蚂蚁，梭巡于巨山之前。江烁觉得自己几乎要患上巨大物体恐惧症了。他继续往后退，可腿又迈不动了——和先前一样，内心深处，再次燃起了对这雾团的渴望。

也就是说，理智让他远离，但是身体的自然本性和欲望，又不断敦促着他靠近。

江炼冒汗了。

好在，第二记铃音又来了，紧接着是第三记，像尖锐但连绵不绝的波线，切入这个他无法理解的世界。江炼也不知道这声音的源头是哪儿，但他直觉，发出声音的地方，一定是安全的。

他转身，循着铃音传来的方向狂奔，小腿止不住发颤。有时候，偶尔一两个瞬间，声音忽然停了——他不知道那是孟千姿晃得酸了手腕，停下来休息——只知道声音一停，世界立刻沉寂，方向全无。

好在，那铃音断断续续，总还是响着的，江炼凭着这声音，终于气喘吁吁回到营地。

还是晚上的营地，孟千姿坐在帐篷里，身边是景茹司和冼琼花，山户们在关闭射灯，那些明亮的光柱随着"咔嗒"一声轻响，渐次从黑暗中撤退。

江炼叫她："千姿。"

孟千姿侧向冼琼花那头，小声说着什么，一边说一边点头，显然在交换意见。

江炼心头有不祥的预感，又试探地叫她："千姿？"

这一次，他终于确定了。

孟千姿看不到，也听不到他。

孟千姿坚持了约莫两个小时之后，放弃了。

她对神棍说："我不能跟个傻子似的，一直晃一个摇不响的铃铛。"

神棍也没想到会这样。直到这个时候，他才发觉江炼沉睡这事没那么简单："不能这样吧，怎么会这样呢？"

已经是下午了，因为是阴天，天色看起来就跟将入暮似的。孟千姿问神棍："这种情况，你还能不能行？你几十年'研究'，我觉得你是能指望的，你要是不行，趁早跟我说，我再安排找别人。"

神棍咽了口唾沫："我能找到……专家问，有卫星电话吗？我去问老石。老石是正儿八经懂这个的，要么就找小棠子，这两人都有经验。"

卫星电话是有，但这儿信号不好，也就是说，至少得往营地外走个三五公里才能跟外界通上话。

这种时候，最忌讳人员分散，派神棍出去打电话，至少又要分出四五个人陪同——但万一路上出了岔子呢？

这决定太难做了，孟千姿叫来冼琼花商量。冼琼花看江炼这情形，也怕时间拖得越久越糟糕："这样，三五公里，快去快回，两个小时内应该能搞定。我带五个人,陪着神棍去。有我在,应该稳妥点。不过姿姐儿,营地这头,你可得分外警惕了。咱们的人数本来不少,现在越分越散,可不是好兆头。"

谁说不是呢。

冼琼花一行人走了之后,孟千姿觉得营地气氛都压抑了好多。她帮江炼盖好睡袋,然后就守在帐篷口,面朝着雪峰,一手拿望远镜,一手持步话机。

景茹司一行人,早就看不见了,她尝试着去和景茹司通话,大部分时候都是电流音,要么就是完全中断,只极偶尔的时候,能听到微弱却嘈杂的人声。

天色又暗下去些了,天上开始往下撒雪花,孟千姿心情不好,看这些雪花,片片都像灰败的旧棉絮。

有山户给她送了杯姜茶过来,硅胶折叠杯里,茶水滚烫,那些速溶的姜茶颗粒尚未溶尽……

就在这个时候,孟千姿突然鼻翼微动。

有味道出现了,臭、热、干、骚,不止一股,三五股应该是有的,方向是山上。

孟千姿心头一紧,下意识操起步话机,一声"四妈"出了口,才想起通信瘫痪。犹豫了一下,吼了声:"往山上,放红色信号弹,两颗!"

这是之前作为后备方案定好的,红色代表危险,放一颗表示自己危险,两颗用于提醒对方,绿色代表求助,黄色是快撤。

不到万不得已,孟千姿不想动用信号弹。要知道,信号上了天,人人都看得到,军队看得到,热心群众也看得到,万一误以为是迷路的人对外求助,组织了人进来援救,那可是不小的麻烦——但事急从权,也管不了那么多了。

边上的山户动作很快,只几秒钟时间,两颗鲜红的流星式信号弹"嗖嗖"上了天。

天色太暗了,浓雾几乎从雪峰顶盘下了半山腰,望远镜已然发挥不了效用了,孟千姿眼睛死死盯住那一处,手中的步话机被握得"咯吱"生响。

很快,冼琼花的呼叫就过来了。营地的信号接收不好,听起来断断续续:"姿……事了?我……去……电话……"

多半是看到了信号,向她了解情况。孟千姿也不管她能不能听到:"先管你的事,了结一件是一件。"

时间一分一秒地过去,约莫一刻钟之后,有枪声响起。

孟千姿脑子里一激。

居然放枪,事情棘手了:她放信号弹,是在谷地,而且信号弹那声响,根本不算个事。峰顶放枪,那可是会引发雪崩的。除非事态紧急,不然谁会放枪啊。

枪声不止一下，"砰砰砰"。山地沉寂，营地又在近乎合围的谷地，拢声效果非常好，所以这枪声似被放大了好几倍，每一下都震得孟千姿头皮发麻，这还不是最糟的，枪声过后，沉寂了一会儿，山头处忽然传来闷响。

有个山户眼尖，指着高处大叫："看！看！是不是雪崩？"

雪崩这种事儿，高处凛冽，成吨的雪倾泻而下，但受到山地地形的自然阻力，一般也在高处停止，严重点的泻到半山腰，很少说有直冲到山脚下的——营地在谷底，没受冲击，只能感受到震动。

而循向看去，山头那一带如同被滚滚灰白色的浓烟包裹，连颜色都比周遭深了一两度。

孟千姿在心里对自己说：雪崩了。

这是最坏的情况了，应该不会更坏了……

然而，事情还没完。

有一枚绿色的流星式信号弹，倏地钻透浓重的雪雾，在天上绽开。

这是求助。

也就是说，遇袭是真的，雪崩是真的，但雪崩之后，有人幸存，还对外求助了。

七妈还没回来，等七妈赶回来，怎么也是一个多小时之后了，不能等。

孟千姿转头看周遭，那些个山户都还错愕着，半张着嘴看高处。回头看，江炼还在沉睡——也好，他总在奔忙，总在第一线。这一趟，偷个懒也好。

孟千姿说了句："马上解三头牦牛，我要四个人，给牛上挂袋。"

这趟进山，驮人加驮装备的，共计四头牦牛，孟千姿只要三头，是以防万一，要留一头给后到的冼琼花。

至于挂袋，是借鉴了古时候骑兵的做法，骑兵为了防止骑在马背上成为靶子，会侧骑甚至将身子蜷在马腹下以便隐蔽，但很少人能只靠臂力就把身子吊住，久而久之，挂袋也就应运而生。

营地没现成的挂袋，拿睡袋现改了，孟千姿让人帮她钻进头牛的挂袋，剩下四个人，分坠在了另两头牛，看上去，颇像牛背侧驮着的圆滚滚的麻袋。

她再一走，营地就只剩下十来个人了，而且没个管事的。孟千姿后悔让孟劲松陪着景茹司去了，早知道会分成四拨人，怎么着都该把孟劲松留下。

她点了个看上去伶俐的出来，吩咐他："营地暂时交给你，守好江炼。所有人合围，枪上膛，弩上弦，天大的动静也别动了，等冼琼花到。"

那人紧张得面色发白，拼命点头。

孟千姿调整好身体的姿势，尽量不碰到伤腿，然后伸出一只手，攀上牦牛的弯角。

牦牛亦是山兽，是山兽，就能伏。

过了会儿，这头牦牛发出不耐的"哼哧"声，后面两头似被传染，不住摇头晃脑、踏蹄甩尾，再然后，头牛一声长哞，牛头一低，向着入山口的方向疾奔而去，后两头也没落后，随即跟上，三头牦牛，一字纵队，落蹄极重，居然也跑出了烟尘滚滚的效果。

孟千姿在挂袋里，真是被颠了个七荤八素。

有些招数，不到万不得已绝不动用，是有原因的。这牦牛跑起来，野得不行，哪怕是平地，人在挂袋里挂着，三分钟内也必然晕吐，何况是山地！而且牦牛可不会管你舒不舒服，遇到沟壑块石，甚至会纵跳腾跃——有两次，孟千姿若不是手上抓得紧，真能从挂袋里滑脱出去。

她强忍住心头恶心，在滚筒洗衣机般的晃动中控住方向，尽量护住自己的腿。

由于雪崩，山头的异味和人味几乎已经全部被覆盖了，好在有那道求助的信号弹，残留的烟味帮她定了位，"驾驶"牦牛也不难，跟骑马一个原理：感觉方向偏右了，她就揪住牦牛的毛往左薅，反之就往右薅，后头那两头反正是唯头牛马首是瞻的，不会掉队。

也不知过了多久，信号弹的起始位置就在前头了，孟千姿攥了撮牛毛往下薅，把牦牛拽停之后，再也忍不住，脑袋探出挂袋，"哇"一声吐了出来。

后头那几个人比她强不了多少，一个个双眼翻白，吐得天昏地暗。驭牛上山，快是快了，然而快，是要付出代价的。

孟千姿不敢大吐特吐，生怕这边吐得欢，放松警惕，反给对手钻了空子。她抹了一下嘴，臂弩上弦，另一只手伸出去，拍了拍牛身，示意它往前走。

那牦牛鼻子里喷着白气，又恢复了从前慢悠悠的步伐。雪崩过后，四周静得让人心慌，淡淡的烟味拂在鼻端，视线里蒙蒙的，那是悬浮着的雪粒还未及全部沉坠。

牦牛的蹄子踩进雪里，"咯吱"声一下接着一下，若不是鼻子还好使，孟千姿真要怀疑是有什么居心叵测的人跟在背后。

后两头牛也跟上来了，四个山户，两个防左右，两个防背后，五人三牛，倒是配合出了一个完美的攻守圈。

又走了十来步，前方影影绰绰，出现了一条人影。

孟千姿头皮一麻，立刻把牦牛拽停。

那一瞬间，她脑子里转过无数念头：这人影，可能是山户，也可能是对头……

她左臂前探，将臂弩的出箭口对准那个人影，身子尽量蜷进牦牛的肚腹底下，问了句:"是谁?"

那人一动不动。

如此对峙了约有十来秒,孟千姿觉得不对。一个活人,绝对不可能这么长时间动都不动,而且,山上极冷,人的口鼻处呵气,遇冷发生反应,怎么都会出现一团白气的。

这人,似乎不是活人。

【04】

孟千姿又伸手出去,轻轻拍了拍牛身。

牦牛可不知道怕,不紧不慢,慢悠悠往前走。天色太差,雪雾朦胧,那身影模模糊糊,孟千姿反手向身后做了个手势:这是要他们提高警惕,给她打掩护——这样,即便近前时那人暴起,她反应不及,身后的人还能快敌一步。

那人还是一动不动,孟千姿屏住呼吸。未知比什么都可怕,那儿要真是个螳螂人、牛首人什么的,她还不至于这么紧张。

越来越近了。

五步,三步……

孟千姿终于看清楚那是个什么东西。

那确实是个人,双目半睁,面色惨白,嘴唇青紫,一条腿支地,另一条腿上蹬,左手蜷在腰间,另一只手却向半空虚张。

一般来说,这样的姿势,是很难站稳的,即便能"金鸡独立",也是暂时的,但这人之所以能站得稳如泰山,是有原因的。

他被冻在了一大块冰块中。

这冰块也并非无规则,确切地说,这冰块是长条的细圆柱形,弯弯曲曲,曲面并不光滑,但通体透明,所以隔得远的话,根本察觉不到人体外头还冻上了冰。

雪雾还在飘,有泛白的雪粒沾在了冰柱上,在柱身沾得星星点点,孟千姿有一种不好的预感,她往后招了招手,唤人过来:"你们过来看一下,这脸……认不认识?"

后头的人不大会驱赶牦牛,索性跨出挂袋,小跑着过来看,头两个人看了直摇头,后两个却几乎同时认了出来。

"是我们的人!"

"是史小海那队的,失踪的一个!"

八人小队,四具尸体,一个脑损伤,现在,又有一个被冻在冰柱里的,算是找到六个了。

剩下那两个，孟千姿觉得，非常不乐观了。

不过，现在那两个，已经不是重点了，景茹司和孟劲松带着的那二十多号人，去哪儿了呢？

孟千姿环视周遭。

这儿还不是雪线之上，只是临近雪线而已。也就是说，可能存在着大片裸地，之所以现在满目素白，是因为雪崩之后，上头的雪大量流泻下来，把一切都给遮埋了。

其中一个山户也想到了："孟小姐，如果咱们的人是被埋了，光凭我们几个，挖不出来啊。"

孟千姿朝冰柱的下方看了看。

奇怪，这冰柱底部，不管哪个侧面，都没有积雪堆积，也就是说，不是雪崩前在这儿的。但要说是雪崩之后有人抬来的，也太匪夷所思了——地上没留脚印不说，水冻成冰，这么大块的体积，那重量，普通的成年壮汉，两三人合力都未必能抬得动。

孟千姿忽然想起，那四具被斩成了两截的山户尸体。

就在这个时候，头顶斜上方风声暴起。有眼尖的山户悚然变色，脱口叫了句："快躲开！"

人的反应自然是快的，几个人就地向着两侧滚倒，然而孟千姿因为腿脚不便，整个人是钻裹在挂袋中的，所以压根儿看不到背后发生了什么事。就算看到，再去驱策牦牛，也势必慢人一步。

万幸的是，她因为一直坠吊在牦牛肚腹侧下方，一般人换个角度是看不到她的，所以她并不是目标，对方应该是想砸倒那几个山户——头顶上方传来冰块撞击碎裂的声音，那是又一根冰柱被凌空掷来，撞到了立着的那根。

先头的那根立时碎了大半，掷来的这根也失了准头，擦着牦牛的后背，硬生生斜插进雪地里，但到底不是尖头的，这斜插之势只维持了一两秒，就轰然倒砸下来。

这根里头同样冻着个人，孟千姿不用看也知道，那必然是自己人。

孟千姿的牦牛没能受住惊吓，仓皇乱窜，剩下的那两头也掉头逃窜，孟千姿咬住牙根，先迎接这波堪比滚筒运作的颠簸，鼻端有腥臊气息传来，她忍着不适往外急瞥，晃动的视线里，有两条长满灰黄色长毛的腿一掠而过。

那腿如同肉柱，至少也是常人的两倍粗。

而几个山户已经滚爬骇叫起来，有人大吼："雪人！是雪野人！"

事实上，没人见过雪人，都是听说，但既然如此叫法，就说明来者必然是个庞然大物，符合雪人的一切传言。

孟千姿一手抓紧挂袋，另一手在牛身上不断结符以作安抚。不远处，激战已然开始。就听到"嗖嗖"破空之声不绝于耳，都是臂弩连续发射。然而仓促之下，很难讲究准头，不少弩箭击空，没命中的，也大多命中在雪人肉厚的肩背之上，大半箭身都没于长毛之中，显见能对它造成的伤害极小。

更何况，雪野人也不是死的，身形虽笨重，动起来并不迟滞，只须臾工夫，就蹿到了其中一个山户跟前，一手抓胳膊，另一手抓腿，作势就要开撕。

那人没命般号起来，边上的山户也顾不上可能引发二次雪崩了，张皇拔枪。就在这个时候，雪野人身后，忽然响起了迅疾奔冲的蹄声。

是那头最大的牦牛，低着头，尖角朝前，不管不顾，拼命向着雪野人冲过来。

这雪野人身形极壮，直立时差不多有三米高，但即便如此，体高接近它的一半、体重差不多有半吨的牦牛，也不是它能随意小觑的。它随手抓起的那个山户向着剩下的几个人所在的方向抡砸了过去。与此同时，喉间一声闷吼，转身奋起双臂，说时迟那时快，恰恰抓住了那牦牛的双角。

这臂力，简直叫人咂舌：疾进中的牦牛居然被生生控在了原地，四蹄在雪地上徒劳地蹬踏。

就在这雪野人喉间逸出又一声嘶吼、腰身扭力、试图把这牦牛扭翻出去的时候，孟千姿突然从牦牛的肚腹下探身出来，一手仍掩在挂袋之中，几下沉闷的声响之后，那雪野人滚翻在地，似是痛楚难当，滚着滚着，身下洇出大摊血来。

原来，孟千姿随着那牦牛一起颠簸时，就已经差不多想通了：她没能闻到这雪野人的味道。这就说明，先前这雪野人是被雪盖住的，只能听出大致的人数和方位，但不可能猜到牦牛身下还能藏着人。

她将计就计，留那几个山户牵制住雪野人的注意力，自己则趁机偷袭——臂弩对这种大块头的杀伤力不大，而挂袋是睡袋改制而成，内里的填充足够厚实，她用睡袋尽量缠裹枪头消音，探身出来时，直接对上雪野人下身，角度相当刁钻，足以保证子弹射入之后，直上肺腑。

雪野人还躺在地上不断痉挛，周遭重又恢复了死寂。

孟千姿看手中的枪，忽然奇怪起来。

连自己这样的都知道，为了避免引发雪崩，要在枪口包裹一定厚度的织物以消音。四妈是"老西北"了，不可能没这谋虑——即便事出突然，这季节，大家身上穿得都厚，想临时消音，也是很方便的。

为什么不呢？回想那几下枪响，真是响得肆无忌惮。

167

孟千姿心中一动。

难道说，景茹司一行，是故意开枪以引发雪崩的？

雪流是从高处来的，想在雪崩来时存活，最有效的法子是找到高大的山石，躲在背面，这样，雪流遇到山石阻挡，绝大部分会从石头的两侧分泻，而石头背面的人，也就可以大概率脱险。

四下看时，高大嶙峋的石块寥寥无几，且都已经被埋在雪下了，像山身上长出的巨大"雪瘤"。

孟千姿吩咐那几个山户："快，把那几处的雪清一下。"

再说神棍，他在冼琼花几个人的护送下一路往外走，好不容易等到卫星电话有了反应，赶紧把羽绒衣的拉链一拉到底。

冼琼花没见过有谁打电话还得先脱衣服的，凑过来看时，就见羽绒衣的内里上，拿荧光笔写了四五个号码。

懂了，这年头，通信太智能化了，很少有人再去记具体号码，神棍这是防患于未然，都记在衣服里呢。

神棍也顾不上多说，先拨了有雾镇大宅的。

石嘉信照例在家，也照例接得很快。

神棍顾不上跟他寒暄，急急把事情给说了："老石，你是有经验的，小棠子在敦煌掉了魂那次，不就是你给弄回来的吗？你看看我这小兄弟，该怎么弄？"

石嘉信沉吟了会儿，淡淡说了句："这个很棘手啊。"

神棍险些跳起来。他着急时，最受不了对方用慢条斯理的语气了，但奈何石嘉信就是个活死人。哪怕山崩了，他也是这么无所谓。

神棍吼道："我这十万火急，你能不能说快点？"

十万火急也急不了石嘉信："首先，你需要把他放置在开阔的地方，用一面竖起的镜子照着——他的意识，不知道落在哪里了。意识世界你是看不到的，但镜子会照出一切，照的范围越阔大就越保险。"

神棍紧张地点头。

"其次，你得摇铃。我不是把路铃快递给你了吗？那是最好的工具。记着，摇铃可以慢，但不要停下，铃声会把他带回附近——一旦停了，他又会远走，万一走得太远了，就难找了。"

江炼那头的摇铃已经停了很久了，神棍咽了口唾沫，冲着冼琼花说了句："冼家妹子，你快跟孟小姐说，要继续摇铃，赶紧的。"

冼琼花听得莫名其妙，但还是拿起了步话机。不过，营地的信号太差，即便这儿的通话环境好，也未必能拨得过去。

正尝试着，忽然浑身一个激灵，下意识抬头。

山地的传声很远，她确信自己听到了枪声，而且从方向来说，像是从高处扬下来的。

她也顾不上去调试了，直接对话："姿姐儿，是不是四姐出事了？你什么情况？我马上回去？神棍还在打电话。"

孟千姿的回复只有后半段传了过来："……一件是一件。"

这大概是让她做好手头的事，冼琼花心头猛跳，但遏制住了立马往回赶的冲动。从整个对战形势来说，孟千姿是景茹司的后援，而她冼琼花，会是所有人的后援——她也得打电话了，提前安排调人调物。

这一头，神棍结束了和石嘉信的通话，立马拨出了第二个。

这第二个电话，是打给岳峰的。

因为石嘉信说的第三条是："但即便把他带回附近，也很难保证他能醒过来。阴阳有壁，现实世界和意识世界之间也不是畅通的。你那个小兄弟需要一道'门'，才能跨回来。盛家女儿的血，可以在镜面上开一道门，等你在镜子里看见你那小兄弟的时候，你就拼尽全身的力气向着你这头拉拽，反正这事，你又不是没做过。"

挂电话前，又多说了一句："我知道你要去找小夏了。我提醒你，不要再把她拉进浑水里，小夏说过很多次了，现在就想过普通人的日子。"

神棍紧张地等待电话拨通。

岳峰接电话了："喂？"

神棍忙不迭大叫："小峰峰，是我是我。十万火急，生死攸关！不要挂我电话！一挂就会死人的！"

他必须做这样的声明。他的大多数朋友，都对他很客气，礼遇有加，唯独岳峰，很不拿他当回事，张口就能喊他"孙子"，不耐烦时，对他的电话也是说挂就挂——大概是因为两人相识得太早了，而相识的时候，他在"事业上"还没什么建树，完全是盲流面貌。

所以说，初见面时的强势弱势和彼此定位很重要，一定就定了型，想翻身逆袭，可就难了。

岳峰"嗯"了一声。

神棍说："小棠子在吗？我找小棠子。"

岳峰的声音里立刻表现出了几分抵触："神棍，我是不是跟你说过，那种乱

169

七八糟的事，别再找棠棠了？"

神棍急得一头汗，冷风一吹，汗珠子又凉没了："不是，小峰峰，道理我知道，真是只有问小棠子才行。你将心比心，你就想象，有人正处在你当年的境地里，举手之劳……"

那头传来奇怪的声音，像是葱姜下热油，油烟暴起，又有个熟悉的女声传来："神棍？"

神棍一愣："小棠子？怎么电话到你手里了？小峰峰没听我说话？"

季棠棠说："他不是向来不听你说话吗？刚进来把手机扔给我，接了我的锅铲炒菜去了——哎，哎，别放胡椒，儿子不吃。"

合着自己那一通换位思考、苦口婆心的话全喂了空气？神棍受到了冲击。

季棠棠换了个僻静的、方便说话的地方："什么事？"

神棍这才回过神来，忙把事情简略说了。

季棠棠"哦"了一声："这事简单，出个血是吗？我现在已经听不懂铃语了，但我是盛家的人，血统在，血应该还是管用的。"

神棍觉得有门儿："那……那你是……过来？"

季棠棠笑起来："不去了，这么点事，犯不着舟车劳顿的，而且小家伙要上小学了。现在的小学，都得面试，烦得很……你给个地址，我抽一管子，想办法给你送过去。"

上小学？面试？

神棍握着卫星电话，一阵恍惚。

有那么一瞬间，他也不知道是自己过得太不现实了，还是那小两口活得太接地气了。

连刨了两块巨石，都没见什么异样。

然而到第三块时，诡异的事儿发生了。

积雪刨开，微凹的地面上，居然出现了两口黑漆漆的……

孟千姿先以为是井，井口直径不到一米，但很显然，山体往下，都是坚石，怎么也不可能打得出井来，而且拿过手电往里照，这"井"也不是直上直下的。

这还不止，"井"口粗糙，有一口的边沿处，挂着一撮灰褐色的长毛。

孟千姿扶着山户的手下了地，伏身贴向井口，先深吸了一口气。

山风引只适用于山体表面，人或者兽一旦深入内里，无风可循，效力就会大打折扣了——饶是如此，她还是嗅察到了相当杂乱的气味，有腥臊的，也有很多人的。

她思忖片刻，向着其中一口"井"内大吼了一声："四妈！"

然后侧耳向下，凝神去听。

不多时，她听到了诡异而又繁复的声响，如万人嘶吼、猛鬼齐哭、飘飘悠悠、反反复复，如来自地心深处，自下而上，直抵耳边。

孟千姿脸色陡变。

【05】

孟千姿到了学龄时，开始接受小学教育，别的同学课外会上补习班，她也上，只不过修的都是和山相关的，授课老师也在七个妈之间来回轮转。

早前提过，孟千姿少时顽劣，上课睡觉、不写作业、回答问题东拉西扯是常事，即便是几个妈授课，她也没个正形。

她记得很清楚，给她上"山肠"这一课的是三妈倪秋惠。

当时，倪秋惠给她看了一张投影图，投影上是简画的山肠示意图：一座山，山腹内横亘了一条通道。

倪秋惠说："这就是山肠了，像人的肠子一样。有时候是贯通的，你从这个口进去，会从山对面的另一个口出来；有时候就是死路，只能原路返回……"

孟千姿"唰"地举手。

倪秋惠和颜悦色："千千，你有什么问题吗？"

"有！上次二妈带我看杀猪，猪肠子好多好多。三妈，是猪肠子多还是山肠子多？"

倪秋惠无语。

孟千姿自作聪明："我认为是山肠子多，毕竟山比猪大。"

倪秋惠哭笑不得："一般情况下，一座山中山肠只有一两根，多的也不过三五根。目前，山鬼探过的山中，最多的也不过五根，而且是那种比较简单的肠道。但是，传说中，最可怕的山，有九曲回肠。"

孟千姿一下子来了精神，小孩儿百无禁忌，听到"可怕"两个字，反而会兴奋。

她问："为什么可怕呢，里头是有鬼吗？"

倪秋惠比画给她看："九曲回肠，表示一座山在不同的方位，共有九个口，九道弯弯曲曲的肠子通入山腹。但是，九道肠子，不代表只有九条路——因为它们会缠绕、相交、分岔、穿插，它们盘结在山腹内，你想象一下，那就是一个巨型的山肠迷宫，一个岔口会有上、下、左、右各个方向，弯、斜各个走势。"

孟千姿想象了一下，说："那还挺好玩的，可以找人一起捉迷藏啊。"

倪秋惠说："你进去了，就知道不好玩了。千千，你学过'肝肠寸断'这个成语吗？"

她压低声音："你想想啊，山肚子里黑漆漆的，那些肠道有粗有细，细的那些，你只能跪着爬，说不定还会被卡住，爬着爬着，一个不小心，忽然跌进了肠断处，你知道跌下去有多高吗？真能把你摔得肠断。"

孟千姿被她这阴森森的语气吓出了一身冷汗，又不甘示弱："那我带上手电，爬得小心点，不就行了？"

倪秋惠摇头："万一那里头有鬼呢？它也跟着你爬，趁你不注意，拽你的脚后跟……"

孟千姿的脚下意识一缩。

倪秋惠"咯咯"笑起来，她很满意自己的教学效果，她觉得孟千姿这样的熊孩子，被吓一吓是好的。当然了，也得适当安抚，不能吓过头了："不过你放心，九曲回肠是个传说，没人真的见过。要是你将来见到了，记得一定要远远地避开，因为祖宗奶奶留下过话，叫'山鬼殒命，九曲回肠'——进了九曲回肠的山鬼，十进九不出，据说每一截肠道里都有恶鬼。它在里头困得太久了，太寂寞，会抓你去陪它。"

孟千姿眼珠子转了转："那怎么避开啊？我怎么知道，从一个口进去，是一截普通的山肠，还是九曲回肠呢？"

倪秋惠回答说，很简单，你可以把身子探入洞口，冲着里头大喊一声。

普通的山洞山肠，回音都是正常的，但九曲回肠不一样，如果里头是无人的、死寂的，你的声音进去了，也会瞬间被吞噬，连回音都没有；但如果里头有人，且正遭遇那些恶鬼，正在被恶鬼生吞活剥，你的声音就会如同一把钩子，钩出无数鬼哭一样的嘶吼声，这声音会不停回荡、良久不绝，非但如在耳边，还会逸出洞口，在山上响彻，连正在山上徘徊的野兽听了，都会瑟瑟发抖。

这是一个九曲回肠，眼前这两个"井"口，应该就是两道肠口，看似挨在一处，其实进去了，很可能一个"左撇"一个"右捺"，完全是绕往两个不同的方向的。

这当口儿，边上的几个山户也听到自"井"口内逸出的恶鬼哀嚎般的声响了，瘆得汗毛直竖，其中一个胆子大些的，小心翼翼问她："孟小姐，我们要不要……回去找救援啊？"

孟千姿说："用不着，我七妈知道事情不对，一定尽快往回赶了，能安排的话，她安排救援，会比我们回去叫人来得快。"

说着，转头环顾周遭。

景茹司一行到底发生了什么，她心里有了个大致的推测。以她之前嗅到的气味

172

来看，雪野人显然不止一个，动作奇快难以瞄准，杀伤力又巨大，四妈他们很可能诈谋奇计，想借助一场人为的雪崩，把这些玩意儿给了结了。

但很显然……

她的目光重又落在肠道入口处蹭粘的那撮长毛上。雪野人没那么笨，这场雪崩只是暂停了双方的对决，而非终止。

再然后，四妈他们发现这儿有肠口，情急之下入洞躲藏，并发出了求救信号——他们应该没想到，这里头居然是个九曲回肠。

她沉吟了一下，问了句："有绳子吗？"

建议回去叫救援的山户叫黄松，很快明白她用意："孟小姐你是想……派人进去探一探？"

孟千姿是有这想法。七妈再快，估计也得一个小时左右才能过来，这一个小时，他们总不能守着肠口，什么事都不做。

但派人进洞，风险又太大。

她说了句："你们先结绳。"

山鬼箩筐里都有韧而细的绳圈，黄松他们结绳的当口儿，孟千姿挽起裤脚，露出金铃，而后上身伏于地上，双手插进雪中，默念咒声。

过了会儿，她抬起头，四下顾盼。

没办法，这种情况下，实在不敢放人进去冒险。好在高山形雪峰虽然奇寒，总还是有些动物在的。由于肠道很可能收窄，她希望能招来些体形比较小的——但这要看运气了，驭使山兽，那得附近有山兽可动，倘若没有，这咒施了也是白搭。

黄松他们也猜到了，各自在心里头点数着昆仑山雪线附近可能存在什么动物：高山牦牛这种就算了，别把洞给堵死；棕熊也不行，属于块头太大的。

想来想去，也就狼和雪豹比较靠谱了……

正寻思着，孟千姿鼻翼微动，心头一喜，说了句："来了。"

来了吗？黄松他们没这个本事，只能茫然地四面去瞅。过了会儿，隐约听到翅膀扇动的声音，有个山户脱口说了句："山鹰！"

也不像，因为那翅膀扇动声挺杂乱的，而且从气质上说，完全没有山鹰那么强劲和飒爽，过了会儿，北面的坡地上，摇摇摆摆下来那么一群飞禽，粗略看去有近二十只，身形都挺小，跟大灰鸽子似的……

这是什么玩意儿？孟千姿不认识，正纳闷着，黄松已经叫出来："雪鸡！是雪鸡！"

鸡？这种连抱蛛都冻死了的地方，还能有鸡？

黄松是西北本地人，对这儿的山禽山兽都很熟，赶紧给孟千姿解释："孟小姐，这是雪鸡,是雉类当中海拔分布最高的,在海拔六千米存活都不成问题,不怕冷的。而且它们是成群活动的,一个雪鸡群,至少有十几只。"

雪鸡是一种在高海拔中活得比较滋润的动物,因为它们多以植物根茎为食,时不时吃点雪莲子、冬虫夏草什么的——解放前,有人抓到雪鸡,会第一时间剖开它的胃,看看有什么没消化的昂贵药材。

居然来了一群鸡?在湘西的时候,可是百兽应援,连老虎都露面了……

嗯……两地落差有点大。

那群雪鸡依旧是不紧不慢、你挤我簇,小脚爪一抬一踏,很快就来到了孟千姿跟前,一个个抬着鸡头,小眼一眨一眨的。

孟千姿从没被这么多只鸡包围过,觉得自己活像个喂鸡的。

不过,来什么用什么吧。

她选了两只看起来最难惹的,将两根长绳的绳套分别套在它们脖子上,从两个肠口处放了进去,考虑到鸡都是夜盲,雪鸡可能也好不到哪儿去,还在它们身上贴了夜光圈带。

两只雪鸡,就这么拖着细绳,晃晃悠悠地走进了肠道深处。

孟千姿一个人顾不了两头,分了一根长绳给黄松,自己手上虚拈一根,慢慢往肠道里放着长绳。

雪鸡的步子不慌不忙的,长绳也就放得慢慢悠悠,因为没人再探身往肠道里吼声音了,所以两个"井"口如两口幽深黑洞,死气沉沉的,看得人心里发慌——里头的声音再嘈杂,都是出不来的,得外头放声去"钓",所以雪鸡出了任何事,外头都不知道,只能从绳上的轻动去揣摩推测。

孟千姿突发奇想:这"九曲回肠",说不定是个很高级的控声结构,是自然形成的呢,还是人为的?

好像都说得通,神棍曾说,自然界有一切答案。

二十来只雪鸡,去了两只,还剩了十八九只,挤簇在边上。都说"安静如鸡",这雪鸡可一点都不安静,它们的叫声听起来像"哦",一群鸡在一块儿,"哦"来"哦"去,"哦"个不停,孟千姿嫌烦,狠狠瞪了它们一眼。

这一眼颇有威力,一群雪鸡陡变"木鸡"。

放了约莫有十分钟时,黄松那边先出变故,他手里的绳陡然往里抽了两米左右,然后就再也不动了。

他吓得头皮发麻,这么大动静,边上的人都看见了,孟千姿心头也是一凛,说了句:"你往回拉,看是什么情况。"

黄松咽了口唾沫，缓慢回拉。那头有无重量，一试便知。黄松只拉了一下，立刻摇头："没有，鸡不见了。"

说着，手上越拉越快，不到两分钟，绳子就被拉了出来。雪鸡确实不见了，绳子上有个断口，断口截面非常不平整，绝对不是刀子一类割断的。

大概率是被咬断的。

没了雪鸡的绳头静静摊在地上，往外传递着异常不祥的意味，剩下的那群雪鸡吓得瑟瑟发抖，一只挤一只，挤成了一团。

孟千姿手中的这根绳还在动，她怀了一丝侥幸，觉得自己放雪鸡的这根肠道也许相对安全，然而这侥幸只持续了不到五分钟，她这根绳，也不动了。

试了一下，那头似乎也没了重量。

孟千姿叹了口气。她原本以为，九曲回肠太过繁复，山户进而不出，极有可能是迷失了，放雪鸡进去，万一两相撞见，山户就能跟着长绳找到出路。

这一招儿看来是行不通了。

她有些丧气，慢慢往回拉绳——野外山地，绳子总是有用的，不能轻易丢弃。

拉了有两分多钟，忽然听到肠道口传来奇怪的声音。

九曲回肠是可以吞声，但如果声音距离肠口已经非常近了，依靠空气传播，人耳还是能够听到些的。

这声音很怪，说是振翅，又比空扇要重，其间夹杂着让人不舒服的"咔嚓"声，孟千姿心头一紧，枪口朝内，说了声："戒备。"

山户们反应很快，或持枪，或抬弩。都说一夫当关，现下四五个人手里都有家伙，对着一个小"井"口，哪怕是蹿出个雪野人来，也叫它有来无回，即便再引来一场雪崩——管他呢，反正人都在大石根处，雪来石挡。

就在这个时候，幽暗的洞口处，出现了那东西的轮廓。

不大，拼命飞蹿，两只肉翅扇扑……

这不就是那只雪鸡吗？

孟千姿立刻明白为什么之前拉绳时绳头上没重量了，那是因为这只雪鸡正在拼命往回跑，跑的速度快过了她拉绳的速度，所以她始终觉得自己在拉一根空绳。

慢着，有点不对。

孟千姿盯着那轮廓看，现在天色已经很晚了，得等雪鸡跑得非常近，她才能看清那雪鸡的样子……

她倒吸一口凉气，而边上的人已然骇叫起来。

是那只雪鸡没错，这雪鸡也还在跑没错，但是，它的羽毛已经全没了，肉皮也

175

没了，头也有些奇怪，看起来，就是个血淋淋的鸡形在扑跃腾跑。孟千姿听到细碎的"哐啷"声，像是小石子落地，但还没来得及细辨，那只雪鸡已经带着血气冲了出来。

孟千姿一个侧身，让那只雪鸡过，枪口仍然朝向洞内，她直觉这雪鸡疯跑如斯，必然是在被什么东西追。

然而，肠道里重又沉寂，没有任何东西追出来。打了手电去照，也只能照到一小截嶙峋石壁，再往里，那肠道就已经弯折转向了。

身后，雪鸡群的惊飞、惊叫声不绝于耳，孟千姿转头去看。

那雪鸡，或者叫血鸡，已经倒伏在雪地上了，赤红的血将身周一小块地染红，但又因为严寒而迅速冻上，黄松和一个山户正蹲在一边细看，过了会儿，黄松快步过来。

"应该是被什么东西啃的，全身皮毛都啃没了，头少了半拉，一条腿差不多断了，只有一点肉皮连着，一边翅膀也没了——冲出洞口，只是惯性，我估计那时候，它已经差不多死了。"

孟千姿"嗯"了一声，正想说些什么，忽然看到边上那群雪鸡丧胆落魄的模样，说了句："验清楚的话，赶紧拿雪埋了，别叫它们在边上看着。"

说到这儿，又想起了什么："一边翅膀也没了？你确定？"

黄松赶紧点头。

不对啊，她最初看到那雪鸡往外奔逃的轮廓时，看得很清楚：那只雪鸡，是用两只肉翅扑扇的。

也就是说，当时那只雪鸡，就在她眼面前，被不断啃噬？

她马上吩咐黄松："快，去看看那只鸡身上，是不是有什么虫子之类的？"

然而，检查的结果是没有，只是只血鸡。

孟千姿心头焦急，又将手电照向肠道内。

她记得，那只雪鸡快到出口时，她曾听见细碎的"哐啷"声，如同小石子落地。

然而没有，完全没有。肠道靠出口的那一截，地面非常干净，像是被清扫过，什么都没有。

正如孟千姿预料的那样，冼琼花在一个小时后赶到了。

一个人来的，因为只有一头牦牛，其他人来不了这么快。

从牦牛上下来，冼琼花也是大吐特吐。孟千姿候着她吐完，才把这边的情形跟她说了，又问起她那头的进展。

洗琼花知道她记挂着江炼："江炼没事。那个神棍的确有办法，说是要用到什么盛家的血，我安排山户去拿了，不过最快也得两到三天才能到。"

不止这个。洗琼花看到求救信号之后，知道不妙。景茹司带的可是二十多口人，而且全是好手，这拨人出了事，等于这趟进山的人实力折了大半。

所以趁着信号通畅，她向外要了增援，也说服高荆鸿，把存放在山桂斋的山胆和凤凰翎一并调了出来："那些东西，都像烫手山芋，放哪儿都不合适。我想着，既是你们一路发现的，没准儿还会用得到。"

这安排很妥当，但并没有让孟千姿心情轻松多少。她示意黄松他们站远些，拉过洗琼花在身侧坐下："七妈，现在不是来多少救援的问题，就算来一百个救援……"

她指向那两个幽深的洞口："我们敢把人往里放吗？这不是让人去送死吗？"

这问题，在洗琼花来之前，她已经想过无数次了。二十多口人没了下落，她真恨不得自己钻进肠道里找，但她的腿不行；身边四个人，她也不敢放任何一个进去，万一有去无回呢？

甚至于对那两只雪鸡，她都起了愧疚之心：人家这是招谁惹谁了？平时吃点雪莲子和冬虫夏草，小日子过得不知道有多滋润——突然被召唤着来给她应援，小命说丢就丢。

洗琼花沉默了会儿："二十多口人啊，总不能就这么丢了，四姐还在里头……自己的姐妹，还得自己去救，我去吧。"

怎么说着说着，又要往里进了？

孟千姿吓了一跳，一把攥住洗琼花的手腕："七妈！"

洗琼花笑了笑，伸手拍了拍她的手背："姿姐儿，你要知道，我们身居山鬼高位，吃香的喝辣的，有事随时支使下头的人去办，这福利不是理所当然的——最凶险的状况出现的时候，你就得自己上了，不能放普通山户去蹚道。

"你说得对。即便救援来了，都不敢放人进，但总得进吧，那谁进？就是我们进了，祖宗奶奶给我们一身本事，不是让我们带着玩的。

"而现时现下，最适合进去的人又是谁？还不是我吗？放心吧，我不知道啃咬雪鸡的是什么，但只要是山虫、山兽，'避'字诀应该还是有用的，而且，它多半怕火，我带上小型的喷火器进去。即便遇到雪野人，我也有枪——你都毙了一个，你七妈能比你差多少？"

洗琼花说着起身，去往自己乘骑的牦牛处翻找装备："四姐他们都有山鬼箩筐，两三天内的口粮不成问题，只要稳住阵脚，大概率都还活着，只是困在里头了。

"姿姐儿，我这儿有笔，也有纸，这山磁场很怪，那些个现代电子设备都不能

177

用了，只能以最原始的方式向你传递信息——你记着，我会像雪鸡一样带绳进去，沿途留下记号，发现了什么、后进来的人要注意什么、得备什么额外装备，我会写下来，用纸贴在绳上。万一我没成功，你把绳拽出来，就会看到我的话啦，希望能多写点对你们有用的吧。"

黄松他们看到冼琼花背起山鬼箩筐、挎上喷火器，猜到了是要进肠道，迟疑了一会儿之后，也各自去取自己的。

冼琼花喝住他们："干吗啊，让你们动了吗？"

黄松这才回过味来："七……七姑婆，你自己进去吗？这……这不行啊！"

雪鸡的惨状犹在眼前。

冼琼花指了指肠道口："二十多口人在里头呢，生死未卜的，你想跟着我进，我问你，结婚了吗？下头有孩子吗？有爸妈要养吗？凭你的本事，自信进去了不会拖我后腿吗？"

黄松被她问得张口结舌，另外几个山户也面面相觑，不作声了。

冼琼花没再瞧他们。

孟千姿目送着冼琼花往洞里走，胸口起伏得厉害，忽然心一横，说了句："七妈，我也去！"

冼琼花身形一滞，转身看她："你忘了自己没腿使了吗？"

孟千姿说："其实我都养了七八天啦，骨头又没事，如果是在住院，医生都会建议我下床走动——适当的走动也有利于尽早恢复啊，我包里还有强效针剂，我打一针止疼，一路慢慢地走，真遇到凶险，我尽量倚着、靠着解决对方。这样，就不会伤到腿了。"

听这意思，她居然是认真的。

冼琼花一口回绝："不行，你是山鬼王座！"

孟千姿说她："刚才还说身居高位，就该奔着凶险上，现在又拦我，七妈，你心虚不？"

"你不让我进，我就不进了吗？你进去之后，我照样进啊。山鬼王座怎么了？我之前，山鬼王座空悬三十二年，山鬼不也都活得好好的吗？"

"再说了，"说到这儿，她忽然笑了，随即压低声音，"七妈，我不能让别人说，那个孟千姿，为了个男人，就能不要腿拼命，现在，山户二十多口，还有跟了她十几年的助理，还有她两个妈，都涉险去了，她却怕腿有事，坐在边上看着。"

"那样，别人会瞧不起我的，我自己……也会瞧不起我自己的。"

【06】

　　某种程度上，孟千姿跟着一起进来，省了冼琼花不少事：冼琼花也可以"避山兽"，但需要用到血书人符，也就是说，必须得破个肉放点血，孟千姿有金铃，事情就方便多了。

　　再说了，这种凶险地方，两个人一前一后，互为防御，心里也会踏实些。

　　孟千姿拄了根登山杖，虽然注射了一管针剂，但因为要护着自己的腿，她还是走得很慢，边走边打着手电照向四面，她和冼琼花是从雪鸡狂蹿出来的那个肠道口进的，她很想弄清楚啃噬雪鸡的到底是什么东西——黄松说那只雪鸡"一条腿差不多已经断了，只有一点肉皮连着"，那得是很小的嘴和牙齿造成的。那东西一定很小，数量也多；她还听到了细碎的"哐啷"声，看来那东西不是软体虫，有硬壳。

　　不过，不知道是不是因为"避山兽"起了效果，往里走了一刻多钟了，并没有出现异样。

　　这"九曲回肠"还真是名副其实。这一刻来钟，已经经过七八个岔口了，但两人只能走一条道，每过一个岔口，冼琼花都要用夜光岩笔在石头上标一个小箭头，边上写个"7"字。

　　又进一个岔口时，冼琼花停下脚步，拿手电往上照。头顶上有个大洞，确切地说，是又一根肠道——这个大洞，是两肠相交处。

　　孟千姿走过来，借着冼琼花的手电光往上瞧："这种的，真像大型工厂里那种七横八竖的工业管道啊。"

　　冼琼花愁上心头，岔道太多了，别说后援不可能调一千个山鬼，就算真调来一千，也会被这无数岔道分隔得形单影只；如果要求大家集体行动——这种狭窄的肠道，人聚在一起其实没太大优势，很容易被关门打狗。

　　她捻着绳头，真不知道能给外头的人传递些什么有效信息。

　　又走了一段，冼琼花忽然看到，不远处的一条甬道入口处，有夜光岩笔的微亮。

　　这种笔，是山鬼的定制，分夜光和感光两种，看个人喜好，而且山鬼素有习惯，在迷路时要留下记号以备救援。

　　冼琼花大喜，三步并作两步过去。

　　是个箭头，边上也有个字，大米的"米"字。

　　这什么意思？冼琼花丈二和尚摸不着头脑，倒是孟千姿过来看到，脱口说了句："往这头走，劲松在这头。'米'字出八头，他们有八个人。"

冼琼花听不懂，但也懒得废话，知道照做准没错。她顺着那条道走，中间又经过了两个岔口，好在每次都能看到"米"字箭头，走着走着，手电光忽然照到一摊血，边上还落了一只手套。

这儿太冷，血已经冻上了，但看那颜色，不会是陈年老血，而且那手套，一看就知道是山鬼的装备。

孟千姿心头一悸，很显然，孟劲松这队出事了，但这现场看不出什么，她说了句："手套往边上放，算是个标志，回头好认路。"

放好手套，两人继续往前走，到最新的岔口时，箭头边的字变成了"主"字。

孟千姿默数了一下"主"字的出头数："死了一个，他们只剩七个人了。"

又死人了，冼琼花心头一沉。

不过为今之计，只有继续走，两人在死寂的肠道间继续穿行，偶尔能听到自己粗重的喘息。

没过多久，冼琼花再次停下。

正前方摊放着一堆衣服，冲锋衣、冲锋裤、靴挡以及另一只手套。

但没有尸体，仅是衣服。

冼琼花心下喟叹，正想近前去看。孟千姿一把拉住她，悄声道："七妈，劲松怎么会这么无聊，把死人的衣服带到这么远来扔？"

也是，冼琼花想了想："会不会是，像那只雪鸡一样，在刚才的地方遇了袭，逃到这儿的时候，被……吃光了？"

孟千姿被她说得心头发瘆，想了想又摇头："不会，留字从'米'变成'主'，表明已经死了一个人。"

冼琼花点了点头，表示知道了，然后小心翼翼走近。

孟千姿则后退了两步，帮她做外围防守。

冼琼花走到近前，蹲下身子，伸手去拈那衣服，就在这个时候，突然有什么东西从衣服下暴蹿而起，抓向冼琼花的头。

冼琼花心头一惊，好在早有防备，迅速偏转身子，与此同时，孟千姿的臂弩连发，尽数透过衣服，命中在那东西身上。

那东西"嗖"的一下就缩了回去，连带着把衣服也拉了下去。冼琼花这才发现，那衣服下盖着的，居然是个洞，下头连着又一根肠道。

那东西下去之后，洞下再无动静。

冼琼花喘得厉害，出了一身冷汗。她抬手抹了下额头，掏出纸，写下一行字。

——有埋伏，有偷袭，敌暗我明，头上脚下，需防陷阱。

写完了，她把纸裹上绳，绕开那个洞，继续往前走。说实在的，这绳是否会被绞断，是否还能成功拉出去，她心里已经没底了。

走了一段之后，她轻声说了句："姿姐儿，照这情势，我们山户应该死了不止一个了。"

孟千姿还没来得及说话，忽然隐约听到前方传来凄厉呼声。

九曲回肠吞声，能听到声音，就说明已经相当接近了，孟千姿心头一震，大叫了一声："劲松！"

冼琼花已经飞身奔了过去。

孟千姿速度不行，迟了片刻到。只一眼，就看到了一脸狼狈的孟劲松。再一数，还好，是七个。地上又有一肠洞，有个山户瘫倒在地，血流了一地。孟千姿起初都看不出他伤了哪儿，直到有个山户去卷他裤管，她才看到，这人双腿各少了一截。

孟千姿脸色发白，问道："怎么回事？"

孟劲松说话的音调都变了："千姿，你们进来，没看到石虫子吗？"

正如孟千姿猜测的那样，景茹司一行借雪崩驱赶雪野人不成，反而被撵进了九曲回肠。

当时情况紧急，景茹司生怕所有人都被撵进死路，被雪野人来个瓮中捉鳖，情急之下，大吼了声："大家分开跑！"

情形太过混乱，孟劲松也没看见景茹司跑进了哪条岔道。他只知道，跑到末了，自己这头，一共八个人。

这也算是个小队了。他位次最高，自然而然成了领头。方向已经乱了，他开始带人找路，拿夜光岩笔沿途做记号，也标明人数——进洞前，他应景茹司的吩咐发了求救信号，知道孟千姿应该会来救，也知道她看得懂。

找路伊始还算顺利，没遭遇雪野人。除了总有岔口、头上脚下会出现通肠，没再出现状况。走了一段之后，大家停下来休息，或站或坐，其中一个山户倚着山壁跟边上的人说话。

说着说着，那人突然脸色大变，尖叫连连。他身子扭曲，不断拿手拍打后背，又发疯般往山壁上蹭磨，孟劲松也猜到了可能有东西，奈何那人痛极，力道极大，两三个山户都摁不住他，只知道去拽拉他的时候，他身上"哐啷"掉下几颗小石子来，孟劲松以为是从山壁上蹭掉的，也没在意。

后来，集三人之力，终于把那山户摁倒在地，但那三人很快松了手，指着那个人，没命般骇叫起来。

181

孟劲松看到,那人躺在地上,脸向着他,周身痉挛个不停,如贴在地上跳舞,他的领口处,有石流不断涌入。

孟劲松还以为自己是看错了,伸手去揉眼睛:没错,像是边上的山壁忽然活了,一脉一脉"流"进那山户领口,又贴包上他的头,再然后,就是几乎能让人发疯的"咔嚓咔嚓"的声音。

那几颗"小石子"也窜动起来,孟劲松这才意识到,那些根本就不是石子!

救人已经太晚了,用喷火器的话,会连人一起烧死,而且,那山户的头已经明显凹下去了,甚至有几道石流,正向着余下的人过来,孟劲松一咬牙,喝令大家"跑,快跑"。

惨呼声留在了身后,又过一道岔口时,孟劲松把留言的"米"改成了"主"字,这条记号路线,指示出他们的方向,也暗示着他们的伤亡。

孟千姿打断他:"你没有去捡他的衣服?"

孟劲松苦笑:"这种时候,谁还去捡他衣服?收尸也得等日后了。"

孟千姿"嗯"了一声,示意了一下那个重伤的山户:"都栽了一次了,怎么又栽一次?"

孟劲松是真没办法:"实在看不出来,千姿,我们想到防虫子了,但是这种虫子不动的时候,跟山壁是一模一样的,一样硬,一样有棱角,我们总不能防这整座山啊,而且……"

他指向地上那根肠洞:"起初没有洞的,就是地面,我们有三个人走过去了,他是第四个,到他的时候,这地突然'流动'了,他的双脚就陷了进去。我们听到'咔嚓咔嚓',明知道他的腿正在被啃咬。我试了喷火器,根本没用。好在,听到你们的声音之后,这些石虫子往下头'流'走了,这才把他救了上来。要是你们来得晚点,他这下半身……估计都被吃没了。"

跟声音无关,应该是她走近之后,"避山兽"的范围也推进了,那些石虫子出于本性,纷纷回避而已。

边上的山户还在忙着给重伤的那个包扎,冼琼花飞快地在第二种纸上写着什么,又看孟千姿:"四姐也会避山兽,那些跟着四姐的,应该还好,和四姐跑散了的,凶多吉少了。"

孟千姿只觉后背一阵阵凉意:"你记得提醒他们,后援进来,一定要有姑婆带队。"

大娘娘身体不行,五姑婆一上高原就高反,脑袋会肿得跟脸盆一样大,能带队的,也就只剩下二、三、六妈了。

没姑婆带队,绝对不能进来,进来就是送人头。

孟劲松忍不住："千姿，你听说过这种吗？我从来没听说过，还有这种石头虫子。"

孟千姿摇头，顿了顿又说："没头没眼的，是不是虫子还很难说。这是九曲回肠，照我说，像肠道里的菌群似的，在忙着清肠呢。"

论理，该把重伤的山户先送出去，但前路、后路一样凶险，时间也不容浪费，继续往前走，说不定还能多救几个落单的山户。

冼琼花让人结了几件衣服当担架床，把重伤的山户抬上，九人成队，又有伤员，速度大大减慢，孟千姿反而成了前队。

冼琼花在后头压阵，过岔口时，她留了个"7+主"，意思是两头会合了。

前有孟千姿，后有冼琼花，几个山户心里都定了不少，均觉得自己实在幸运，挺过了一死一伤，如今大佬在侧，有望活着出山了。

又走了一段之后，有个山户忽然想到了什么："孟……小姐、七姑婆，你们说，别的人会不会往上或者往下跑呢？"

有这可能，冼琼花回了句："先管这一层的，这上上下下，上头还有上，谁知道一共几层？"

那个山户脖子一缩，不说话了。

又走了约莫半个小时，长绳放尽，好在这头的山户也都背着山鬼箩筐，于是停下来解绳、接绳。

孟千姿因着速度慢，就总习惯先走几步，前头头顶上，又有个肠洞，孟千姿拿手电照了会儿，提醒后队："过这种洞的时候，要小心点，要防上头落东西或者突然被拎上去。"

说完了，手电一扫，扫到前方几步处，又有记号，用的是感光笔，手电照上去，分外莹亮。

又有山户留言了？她心头一喜，趋近去看。

居然不是记号，是个小人，像三岁小孩画的。一个圆圈就是脑袋，几道线代表躯干、四肢，小人的眼睛里，还往外落着泪滴。

谁这么无聊？

孟千姿忽然想到了什么，回头去看孟劲松："劲松，这不会是史小海画的吧？"

孟劲松应声过来。

两个人之间的距离，大概是三到四米。

孟劲松走到洞边时，想起孟千姿的话，下意识抬眼上瞧。

就是这一瞧，救了他的命，孟千姿看到，孟劲松脸上突然变了色，疾步后撤，几乎是同一时间，"轰"的一声，一道石柱砸了下来。

这一节肠道很窄，最宽处也不过是两人并行，所以石柱宛如石楔，登时将那一处堵了个严严实实。

孟千姿猝不及防，怔了一两秒才大叫："劲松？七妈？"

没有回音，或者说，隐约有极微小的声音，那头必然闹嚷开了，但山肠吞音太厉害了，听不到。

孟千姿周身发寒，她想起很小的时候，看孟劲松打游戏机，有一种，也是在曲曲弯弯的迷宫里，小人在里头，有时会遇到怪物，有时会跌进陷阱，有时明明是通的路，会突然阻塞。

他们在山肠里，好像是误入了这种游戏，怪物会偷袭，也会突然之间把他们隔开。

没办法了，她是搬不开这石柱的，孟千姿平复了会儿，也不管那头能不能听到，大声说了句："我没事，大家分头走吧。"

说完了，深吸一口气，打起手电，继续往里走。

她是山鬼王座。

她可以动金铃。

她是祖宗奶奶给予了最多天赋的人。

所以，她理应是最强的那个，没关系，哪怕只有一个人，也没关系。

感光记号又出现了。

还在画小人。

又有凌乱的字，写着"害怕""要回家""不哭"。

孟千姿吁着气，手心微微出汗，一只手一直压着臂弩的机关，随时准备发动。

蓦地，手电的光柱笼在了一个人身上。

孟千姿面色如常，但一颗心险些跳停了。

她差点儿以为是一头熊！

再一看，才知道是人。只不过，这人穿着大翻毛的皮袍子，头戴藏式的、极保暖的皮毛毡帽，缩在角落里，拱成一团。因为皮袍和毡帽大部分都是灰褐色，所以起初她误认成了熊。

这不是山户。这山肠里，怎么还会有别人？

孟千姿松开臂弩，换枪在手，吼了句："谁？转过来！"

那人又是一阵瑟缩，过了会儿，哆哆嗦嗦地，双手高举过头，手里还举了个老式的英伦风扁银酒壶。

孟千姿看那人的脸。

居然是史小海！

她真是气不打一处来："你从哪儿搞了这么一身皮？"

史小海差点儿吓哭了："捡……捡的。"

孟千姿吼他："瞎说！我怎么没捡……"

她突然不说话了。

史小海这身衣服，看起来挺熟的，她好像……就最近，在哪里看见过。

电光石火间，孟千姿一下子想起来了。

阎罗！

昨儿晚上的山蜃楼，骑在牦牛背上的阎罗，穿的就是这一套！

【07】

孟千姿脑子里，有一条逻辑线完整地顺了下去。

阎罗的衣服，阎罗到过这儿，阎罗要去昆仑天梯……

莫非这儿，九曲回肠，就是昆仑天梯的所在地？

这个念头一经生出，再也抹之不去。江炼画的那张图，大家都说跟这儿的山形、山势一点也不像，可神棍认为，图要有技巧地看，再然后，她反着看图时，虽然还是对不上，某些线条却极为熟悉……

会不会是，虽然他们还没悟出正确的读图法门，但人已经确确实实地到了目的地？

孟千姿并不收枪，而是枪口略抬，示意了一下史小海手中的扁银酒壶："那是什么？"

"小……瓶子，也是捡的。"

"拿过来。"

见史小海作势要过来，孟千姿又改了主意："别动，扔过来！"

史小海嘟嘟囔囔，把银酒壶扔了过来。

孟千姿抬手抄住。

银酒壶非常精致，也相当洋气，堪称艺术品，壶面上的雕镂纹刻，即便放到今天也不过时——这酒壶是谁的，孟千姿心中已经有数了。

果然，翻到壶底时，边沿一处，有个小小的凹压的"希"字。

段太婆的。

再一晃，里头的酒应该被喝光了，空的。

孟千姿听高荆鸿说过，段文希年轻时巡山、探山，是行走江湖的女侠风格，用的都是中式匠人器具，及至上了年纪，反怀念起留英时的做派，喝早茶、看歌剧、吃西餐，随身的物件也更趋洋化、精致、优雅。

"这些东西，你在哪儿捡的？"

史小海一脸茫然，伸手挠了挠头，事实上，只挠到了厚实的皮帽子："我跟着四姑婆跑……姑婆说分开跑，我就分开，我记得我身边有人的，后来就没了！"

孟千姿"嗯"了一声。这也正常，人在逃命的时候慌不择路，你朝左我向右，确实很容易失散。

"后来我掉下去，一个洞，一下子掉下去，没死……"

真是命好，这种"肝肠寸断"，到底有多深纯看运气：有的黑幽幽不见底，掉下去粉身碎骨；有的只不过两米来高，掉下去等于是掉入了下一层而已。

"我就走，还留记号，路上看到袍子、帽子、瓶子，我就捡，后来我又爬上来，走着路，听到'轰'，我就躲在那儿……"

他伸手指向自己刚刚缩躲的角落。

逻辑上没问题，这九曲回肠太绕了，史小海跟孟劲松走的不是一条道，但迂回曲折的，又转到了孟劲松他们的前头。

"你一路上，有遇到石头虫子追你吗？"

石头虫子？史小海听不懂，又伸手挠帽子："有遇到石头，石头不追我。"

行吧，傻人有傻福，这九曲回肠，倒也不一定处处都盘着虫子，看来史小海逃窜的那一路，相对平稳。

孟千姿暗暗祈祷其他落单的山户也能有这好运气。

史小海忽然想起了什么："哦，哦，还遇到羊！"

他绘声绘色："挂在墙上，都干了。"

孟千姿头疼，跟这种说话颠三倒四的人，真是很难沟通。

她沉吟了一下："你还能想起来捡到这些东西的地方吗？带我过去，还有那什么羊，指给我看。"

史小海一张脸纠成了苦瓜："我不知道，我一直绕，头晕。"

"没关系，记起多远带多远，再说了，你不是还留了记号吗？"

史小海愁眉苦脸地给孟千姿带路。

他是真不记得了，一直挠头，彷徨得很，有时遇到岔口，要左看右看以确认轮廊形状。

好在，他没说谎，沿路还真找着了乱七八糟的记号，帮助两人定了向，那些记号，有时是全无章法的乱涂，有时是小人，有时甚至是一句自说自话的"我在这儿"。

孟千姿真是哭笑不得，但这些记号忽然给她提了醒：为什么她和七妈傻到那么执着，要用纸裹住绳子这种笨方法呢？要知道，绳子随时都会被截断的啊。

她为什么不在山壁上留言呢？这样，山户进来了，很容易就能看到提醒，实用也直观。

说干就干，趁着史小海苦思冥想找路的当口儿，她掏出夜光岩笔，在就近的山壁上写——小心活的石头，会啃吃人，"避山兽"有用。

下头留了个指向的小箭头，留言"1+申"，高荆鸿没来，"1"就是她，"申"字二出头，代表两个人。

写完时，史小海已经等得不耐烦了，指着一条岔口道："这儿，这儿！"

孟千姿应了一声，拄着登山杖过去。

手电光渐渐远去，因为没了光，那几行夜光字显得分外幽亮。

过了会儿，黑暗中传来"咔嚓咔嚓"的怪声。

无数的石虫，犹如潮水般漫过来，瞬间就把那几行字给盖住了。

又走了一段路，两人下了一层，因为史小海非常笃定，不管是捡到东西还是看到挂在墙上的羊，都是在"楼下"。

还真让他给蒙对了，下去之后，没走多久，羊就出现了。

怎么说呢，像羊被压扁、风干，然后悬挂在山壁上当装饰画，不过羊角还是立体的，突兀地支棱在外。

这儿太冷了，阎罗的衣服、帽子都能够保存完好，羊尸什么的自然不会腐烂——羊毛都根根分明，完全没法儿去推算死亡时间。

史小海带路成功，趾高气扬："看，看，我说的吧，有羊。"

孟千姿觉得这羊实在诡异，没敢靠近："你看到的时候，走近过吗？"

"走近过啊，没事。"

没等孟千姿反应过来，史小海已经跨步走了过去，还把脑袋一偏，和那个干瘪发枯的羊头摆在了一起，就跟要照相似的："没事。"

孟千姿怒道："你站开些！站那么近干什么？"

片刻前，还有诡异的东西试图借着衣服的遮盖去袭击七妈，吃一堑长一智，现在孟千姿看什么，都不敢信其表象。

史小海吓了一跳，赶紧站开两步。

孟千姿谨慎地上前，但还是离着有几步远，然后斜侧着身子，看羊身和山壁相接的地方。

这羊，到底是怎么"挂"上去的？总不会像家里挂艺术画一样，在墙上砸了根钉子吧？

不出所料，羊背后果然有蹊跷，孟千姿看到，羊身和山壁间狭窄空间处，有无数卷曲着的……草根？

看起来，就像细的梗枝，呈黑褐色，密密麻麻，如团团乱发，做两者间的纽带。

事出反常必有妖。孟千姿头皮发麻，直觉肯定不是什么好东西，下意识去摸腰间挂着的小型喷火器。

就在这个时候，史小海忽然尖叫一声："鬼啊！"

原来他被孟千姿喝令站开之后，百无聊赖，便拿手电往通道更深处照。他先前找路时，只是看到这具羊尸，但走了另一条路，并没往里去。

这一照才发现，居然不止一具羊尸，这条通道简直是"羊尸挂画"道。每隔几米远，山壁上就挂了一具，有时在左，有时在右，有的羊尸是完好的，有的是半耷拉的，还有的，压根儿就没羊尸，只看到一个孤零零的带着角的羊头滚落在山壁根处。

史小海正看得好奇，十几米开外的岔道口，忽然有条人影快步出来，他猝不及防，未及看清，一声"鬼呀"已经脱口而出。

就听那头惊喜道："史小海？孟……孟小姐？"

孟千姿循向看去。

这个人她有印象，是一路都在当史小海保姆的那个何生知。

何生知起初是跟着孟劲松跑的，他也记住了那一句"分开跑"，逢岔路就钻，这后果就是——跑着跑着，突然发现，肠道里除了自己，就只有自己的影子了。

他这一吓也够呛，这山肠寂静无声，又逼仄压抑，几乎把他逼出幽闭恐惧症来，又不敢高声叫唤，怕引来雪野人。

没头苍蝇般在这山肠里爬上蹲下了好久之后，忽然注意到这头有微弱的手电光亮。他还怕是饵，悄无声息走近，直到隐约听到絮絮话声，才认定是自己人，大喜之下，疾步跨出。

孟千姿见到熟脸，大为欣慰，山户在山肠中走散，自然不是好事，但从另一个角度想，这些肠道频繁相交连通，大大提升了"偶遇"的概率，而能在这种地方会师，简直不啻他乡遇故知。

何生知加快脚步，向着这边过来，兴奋之下，也没顾得上去看身周。

孟千姿这才发现沿途还有羊尸挂画，急忙提醒他："小心点，别靠近……"

其实，何生知等于是走在了通道中央，并不算靠近任何一边，但孟千姿的话还没完，他突然就不动了，就站在原地，没再往前走，脸上的表情有点怪，还有点僵硬。再然后，他痉挛了一下，倒退着趋近右手边的山壁。

那一块，是没羊尸的，只有个羊头静静歪在地上，羊眼空洞。

孟千姿心叫不好，这种时候，也顾不上要保护腿而慢慢走了，她提了喷火器在手，三步并作两步过去。

何生知并没有紧贴着墙站着，他离墙还有一拃左右的距离，脸上已经没了血色，眼珠子还在动，脸上的肌肉有点失去控制，动得异常诡谲，嘴唇微微翕张着，似是要跟她说什么话。

孟千姿顾不上说什么，先去看他背后，这一看，浑身的鸡皮疙瘩都起来了。

她看到，有成千上万根自山壁内伸出的梗，如一道道极细的输液管，已经全部扎进了何生知的后背。那些梗枝，本应该是黑褐色的，但此时都成了微微颤动的红色，如同密集排布的吸血绦虫，何生知的身体就在这些不知道什么东西的吸扯下微微颤动着。

孟千姿喷火器的口一抬，就要摁开关，那些东西似有所感，蓦地一缩，如同拉长了又突然回缩的皮筋，一下子把何生知的身体拉贴在了山壁上，也完全遮护了自己。

孟千姿不及细想，抬脚就向何生知踹去，她的本意，是想把何生知的身子踹开，然后再火焚这些梗枝。哪知道这些梗枝不但能回缩，亦能伸长，跟能拉丝的胶水似的，何生知的身子只往外倾侧了些，又有回弹的趋势。

说时迟那时快，边上看呆了的史小海终于反应过来。他这些日子得何生知照应，跟他很亲，真把他当奶妈了，见他受罪，热血冲上大脑，大喝一声冲上来，抱住何生知的身体，又坠上自己一百三十好几的体重，拼命往边侧的地上滚落。

两个大男人的体重，再加上势能，足够成事了，孟千姿看到，无数梗枝头从何生知身上拔出，但不是全部，有那么一二十根，被生生拽出了一米来长，但仍死叮进何生知的后背。

史小海这举动，其实并不明智，稍有差池，就会搭上自己，但这种时候，也顾不上说他什么了，孟千姿眼疾手快，一把摁下喷火器的开关。

炽热的火油带着浓重的烟油味，附着在那一处石壁上熊熊燃烧，然后有零星油火不断滴落，孟千姿疾冲到何生知身边，同时解下山鬼箩筐。

她脑子里一团乱。山鬼箩筐里，好像有度命的参片还是口服剂，放在哪一层夹袋来着？

何生知还没断气，眼珠子瞧着她，嘴唇依然在微弱地翕动着，孟千姿看他那神态，就知道了可能回天乏术，但还是伸手进包急急翻找，同时俯下身子，把耳朵凑近他唇边："你有什么话，交代给我，我帮你办妥。"

她听到何生知说："我……下……下个月，结……结……"

下头说了什么，孟千姿没能听到，因为身侧的史小海突然骇叫起来，她一抬眼，就看到无数焦黑的梗枝，如遮天蔽地的乱丝，向这头扫了过来。

她一激灵打了个寒噤：这些东西，连喷火器都不怕？

没时间去追究原因了，她一把推开史小海，同时身子滚倒，又去抓何生知。

其实，她已经抓到何生知的衣领，但又滑脱了——何生知像个被迅速充气的人偶，瞬间弹起身子，又贴回了山壁，再然后，浑身上下剧烈抖动，面皮渐渐瘪缩下去，末了头往边上一耷拉，不动了。

他像一具新鲜制成的人形挂画。

孟千姿怔怔看着。史小海先还吸鼻子，后来就掉眼泪了。他一边啜泣着，一边抬手去抹眼睛。

过了会儿，孟千姿打起手电，朝前后看了看，本应有六具羊尸的，其他五具都还挂着，只这一块的这具掉了，现在，补了个人上去。

她问史小海："那些袍子、帽子，是你在附近捡到的吗？"

史小海边擦眼泪边点头。

孟千姿"嗯"了一声，喃喃地说了句："这些羊，可能是被阎罗赶进来的。"

史小海不知道什么阎罗，听不懂，只继续吸鼻子、擦眼泪，看到孟千姿忽然起身，向着这条通道深处走，唯恐自己被扔下，赶紧站起来紧跟。

孟千姿死死攥紧手电。

如果猜得没错，这些羊，是阎罗赶进来的，山蜃楼里，阎罗一行并没有赶羊，但这一带是牧区，牛羊并不罕见，他很可能路上撞见，拿钱买，或者拿牦牛换的。

阎罗跟他们不同。这人不管是去凤凰眼，还是来昆仑天梯，手里头都是握着况家的通关地图的。也就是说，他可能早就知道有这么一条会吞食人畜的通道，得拿祭品去供，才能保证他安全通过。

其他那几具羊尸还没掉，也许是还没到再次进食的时候，但掉了的那一块，显然已经准备好继续进食了。

孟千姿有点恍惚：如果何生知没出现，祭品就是她或者史小海了吧？

何生知那么欣喜地向着他们过来，大概是以为终于找到同伴，有望出山，如果他知道，跨出的这一步……

阎罗为什么要通过这里?这条通道尽头,有什么呢?

她停下脚步。

没路了,路就在这里断了,截面像一扇小小的门,然而探身出去,就知道那是一个巨大的无底洞。

"门框"边沿的山壁上,有人拿匕首刻了一列字。

——山鬼叩门。

落款:段文希。

【08】

孟千姿打着手电,小心地探头朝"门"内看了看。

真的就是个巨大的无底洞,洞壁并不光滑,起伏坑洼,手电光只下去几十米,就被吞没了,再往下是什么样,根本看不到,不过……也许能一路攀爬下去。

山鬼叩门,门在哪儿呢?不会是这个门形的截面吧?还是说,这儿本来是有门的,但早被段太婆给叩开,一脚踹进无底洞里了?

还有,金铃有一道符纹,就叫"叩门",但和"启天梯"一样,早就失传了,所以,即便立个门在这儿,她也不会叩。

这黑暗太过空洞和巨大,孟千姿看着看着,不寒而栗。又劝说自己:这趟进来,主要的目的不是搜救吗?现在形单影只的,身边连个能倚仗的人都没有,叩什么门呢?

不叩,门送到跟前她都不叩,万一把自己叩出个三长两短来,岂不是亏大了。

她正想收回身子,手电被身体的动作一带,照到了斜下方五六米处。

光柱的尽头,留着一片巴掌大、边缘不齐、灰褐色的……纸?

孟千姿觉得奇怪,蹲下去细看。

看着看着,心中一动。

不是纸,是牛皮残片,就斜搭在一块斜凸的山石上。这无底洞里,虽然有空气,但对流极其微弱,所以残片就静置在那儿,也不知道多少年了。

孟千姿一下子想起了山蜃楼里,骑在牦牛背上的阎罗高举地图,那地图,就是牛皮硝制的。

这块残片,不会是阎罗……丢失的吧?

她心跳得厉害,手电更仔细地往那一处来回照看。果不其然,在第一片下方七八米处,又发现了两片,形状都不规则,一片更小些,一片更狭长。

感觉上，像是阎罗曾站在这儿，撕破了手中的牛皮卷，然后往下抛撒——有那么几片，被嶙峋突出的石壁挂住了。

孟千姿回头看了眼史小海。

他似乎是有点怕黑，也恐高，头是探在了门内，但身子全部缩在了外头。

孟千姿问他："放哨还会吗？"

史小海说："就是站岗。"

一边说，还一边睁大眼睛，做了个警惕地观望四周的姿势。

孟千姿叹气，怎么就这么倒运，让她摊上这么个"搭档"。说句真心话，她一个人行事，方便多了。

她说："你在这儿放哨，放机灵点，有坏人来你就喊。我下去拿个东西，很快。"

不等史小海回答，她已经把身子挪下了山壁。

山鬼本来就擅长攀爬，孟千姿又有"壁虎游墙"的功夫打底子。这种石壁，还是难不倒她的，只不过总要注意不在伤腿上借力，颇费了一些时间，才把三片都拿到了手——她怀疑更下头的地方还有，但手电没照到，加上人在山壁上，总会疑神疑鬼，怕下头出现怪物，又怕上头有人暗算，所以很快就上来了。

史小海好奇道："东西呢？"

他的想法里，"东西"必然形状惹眼也很大。

孟千姿懒得理他，往周遭看了看，确信没异样，才吁了口气倚住石壁，看手里的残片。

先看最狭长的那张。

——山肠九口，七死二走，进不空手，走不全走。

孟千姿并不擅长去解谜，但这几句还算浅显：九曲回肠盘在这山里，估计对外有九个出入口，"七死二走"，应该类似于古代机关里的"生门""死门"，可见有七个是死路，两个是能走出去的。

她心跳得厉害，也不知道山鬼进肠的那两个口，到底是生门还是死门。

"进不空手"，大概是说进来得准备一些东西。

"走不全走"，这意思是……

孟千姿想起被石虫子啃噬而死的山户和何生知，不觉打了个寒噤。这是在暗示进来的人一定会留下几个当祭品吗？

当年只有阎罗和段太婆进来了，走不全走，阎罗走了，段太婆……留下了？

她看第二张。

——备人六，牛羊六者亦可。吸髓吮肉，无祭不得过，不过不临门……

孟千姿忍不住又看向何生知的尸体。

这说的，应该就是这一段路了，原来最初是要"备人六"，自己这趟还算运气好，这种地方，应该很难进食，而进食一次，能抵不少年，二十世纪七十年代它们刚进过食，还不至于饿得发慌，所以六处梗枝中，只有羊尸已经掉了的那一处有活动迹象……

"不过不临门"，门指的八成就是山鬼叩门的"门"了。从另一个角度说，这些梗枝，真像是守门的。

第三张残片。

——晨昏相割，门内见门，九曲回肠，一日三转肠，欲出肠口，门左寻手。

这几句话，信息量太大了，孟千姿头遍都没读懂，她更理解况家后人为什么不把况祖留下的话当回事了，她这种知道前因内情的人都看得一头雾水，更何况是他们。

她背倚着石壁坐下，史小海也跟着蹲下，他没兴趣看那些残片，又拿起感光岩笔在石壁上画画。

孟千姿把这几句话默念了好几遍。

头两句好像是说在特定的时候，门内还会出现一个门，孟千姿隐约觉得，这第二个门，才是山鬼要叩的，也是关键的那个。

但"晨昏相割"又是什么时候？她惦记起神棍的好来——有他在，自己就不用为了这些涉古的说法犯难了。

不过管他呢，不是子夜，就是黎明。

重要的是后几句。

"九曲回肠，一日三转肠"，这话大大不妙，听上去，这山肠像是活的——她之前在肠道里绕来绕去时，曾想着要是有个路线图就好了，现在看来，这是绝不可能的，这山肠"一日三转"，平均八小时一转，九根肠，得有多少上下穿插的接口啊，只要稍稍挪转几个、换搭几个，路线就会截然不同。

他们之前留下的什么箭头、指向，居然是有时效性的，再多的人摸来绕去都没意义，找不到法门，只会困死在这里。

"欲出肠口，门左寻手"，看来无论如何，她都该在这儿守着，守到"晨昏相割"时，等着见门内的门，好去"门左寻手"。

反正是要蹲守，闲着也是闲着，孟千姿在那段羊尸挂画的两头都写了警示——她当年涂抹过马桶，恐吓过孟劲松，写这种夺人眼球的内容，很有天赋。

史小海跟个跟屁虫似的，亦步亦趋地追看，追到后来，呵欠一个接着一个，嘟

193

嚷着说:"孟小姐,你该睡觉了。"

是该睡觉了,她身上本来就有伤,这一天又是"山风引"又是"避山兽",早累到筋骨酸软,尤其史小海还在她边上打呵欠,勾得她上下眼皮直往一块儿粘。

但目下这种情形,她哪敢睡啊?

她敷衍史小海:"你想睡就睡好了。"

史小海居然还挺有责任感:"按照规定,应该你睡,我放哨,因为你官大。"

什么叫"因为你官大"?孟千姿懒得搭话了。

一行字写完,再回头看,史小海四仰八叉倚靠在一处,嘴巴半张,已经睡着了。

这睡得……可真香啊。

孟千姿从山鬼箩筐里掏出一小捆塑料线,在两人休息的外围布防。这种塑料线是特制的,极细且透明,很容易绕缚在山壁的凹凸处,这样,看似两人是在角落里小憩、周围无遮无护,但其实靠近的那一段,都是或横拉或斜挡的细线——有东西过来的话,多少能挡一下,也是个预警。

做完这些,孟千姿才在史小海斜对面坐下,长长吁一口气,还是不敢合眼,看史小海那睡相,嫉妒得心里直泛酸水。

她想起江炼。

之前,也有过数次绝地遇险,每一次江炼都坚持值夜,尽量把睡的机会让给她。

那时候,她睡得可真安心啊!没操心过,也没惴惴不安过,享受得还挺心安理得的——如今也要打起精神守护别人了,怎么守护的是史小海呢?

不过……江炼现在,应该也是在熟睡着的,他难得能这么睡着,没心事,也不用为她担心。

孟千姿笑了,就当她现在也同时看护着江炼好了。

她打了个呵欠,两手撑住上下眼皮,努力不让自己睡着,然后默默计算着江炼那头的时间。

七妈说,已经让人去取那个盛家女儿的血了。取血很快,飞到青海也很快,慢的是进山这一路,靠人走、靠牦牛驮,怎么样也得……两天吧?

她有点发怔。

两天后,自己在哪儿呢?是出山了呢,还是继续困在这儿呢?应该还……活着吧。

还有四妈、七妈他们,不知道转到哪一根山肠去了。往好处想,也许再等等,他们就会从某一边绕过来了。

想睡却不得睡时,时间总会过得特别慢,这山有强磁,连有防磁材料的机械表都瘫痪了，孟千姿只能数数字计时，但她太累了，数着数着，会脑子里一片空白、突然卡壳，还有些时候，会明明睁着眼睛，但忽然惊恐地发觉自己刚刚在打盹。

又一次数数字数到发怔时，边上的史小海翻了个身，然后坐起来："孟小姐，我要上厕所。"

这什么日子啊，还得管人家上厕所。

孟千姿站起身，把通道一边拉设的几根塑料线解下，指了指自己看得到的地方："就在那儿，转过身，别朝着我就行。"

史小海居然脸红了，局促地攥着裤边："那样……不好吧。"

孟千姿没好气："我都不嫌弃你，你矫情什么劲儿？"

史小海脸更红了："脱……脱裤子那种。"

这是给她找事儿吗？孟千姿瞪了史小海足有五秒钟，压下火来，吼了句："走！"

最好是找到一条死路，把他扔里头，她在就近的岔道里等，然而这儿没死路，孟千姿没办法，只好找了一条相对长的岔道，让史小海去中央处方便，她在岔口盯着。谢天谢地，史小海捡了阎罗的皮袍子，爱蹲蹲，爱脱裤子脱裤子，有皮袍子罩着，反正她看不着。

史小海却尴尬到几乎哭出来："孟小姐，你能不能别看着我啊？你看着我，我解不出来。"

孟千姿只好转过身。

史小海还是不行，他现在傻归傻，羞耻心还在：上厕所会臭的啊，万一再放个屁，会很响的……

他半蹲着，一点点往远处挪。

孟千姿抱着胳膊站着，为了保险，还得跟他说话："你每隔一段时间吭个声，让我知道你在那儿，不然你被人掳走了我都不知道。"

史小海"嗯"了一声，继续往远处挪。快到尽头处时，他也是实在憋不住了，起身就往岔道里跑。

孟千姿听到动静，迅速回身，见到这情形，真是气不打一处来，还不得不追，刚追过尽头，想骂他两句，一眼瞧见史小海已经蹲下了，同时闻到一股吃坏了肚子的臭味儿，又不得不退回来。

再退后两步。

想想也是憋屈，她居然要做这种事儿，但凡她身边有个能办事的在，她哪需要做这个！

孟千姿捂住鼻子走开几步，又吼他："你能不能出个声？"

195

过了会儿，她听到史小海在那头扔石子儿，还挺有节律的。

　　行吧，扔石子就扔石子吧，反正有她的"避山兽"在，也不会是石头虫子。

　　那单调的扔石子声持续了好一会儿，史小海才慢吞吞从岔道里出来，不知道是不是不好意思，低着头不敢看她。

　　这一身的出恭味儿，孟千姿捂住鼻子，懒得废话："走，赶紧回去。"

　　史小海含糊应了一声。

　　回到休息的地方，孟千姿重新把塑料线拉好，回头看时，史小海又缩在一边，低着头睡着了，大毛毡帽压得低低的，皮袍子笼住了半张脸。

　　孟千姿完全没了睡意。

　　不知道为什么，史小海现在给她的感觉怪怪的。

　　她盯着史小海看了会儿，叫他："史小海？"

　　史小海眼睛都没睁，含糊而又不耐烦地"嗯"了一声。

　　她找话说："你上了厕所，怎么不拿湿纸巾擦手呢？"

　　史小海连"嗯"都不"嗯"了，看那情形，是真快睡着了。

　　孟千姿盯着史小海看，她闻到了血腥味，还有诡异的臭味。

　　她心头渐渐发凉，伸手摸握住了枪，却还抱着一线希望："史小海，你站起来一下。"

　　又提高声音："别装听不见，马上，你给我起来！"

　　史小海不耐烦地"嗯"了一声，挪了挪身子，慢慢站了起来。

　　孟千姿看了他一会儿，猛然抬起枪口对准了他："抬头，别低着头。还有，睁眼。"

　　史小海慢慢抬起了头。

　　他还是没睁眼，嘴唇惨白，面色诡异到了极点。

　　孟千姿也站起了身："你是谁？"

　　话音未落，皮袍子底下突然蹿出什么东西来。与此同时，史小海的头，骨碌碌滚落地上。

【09】

　　严格地说，那东西从袍底蹿出来的速度太快了，以至于在极短时间内，那袍子将坠未坠，史小海的头也欲滚未滚。

　　一时间，这情形诡异到了极点。

孟千姿只猜到了史小海有问题，因为他从岔道里再次现身之后，就只发出过含糊的"嗯"声，再也没完整说过一句话，细想来，他起初低头，后来装睡，也再没睁过眼。

但谁能想到，是有个东西顶着他的头鱼目混珠呢？

她的枪原本是指向史小海的头部位置的，仓促间下移，但来不及了，那东西瞬间就滚到她跟前，把她撞飞出去。

孟千姿身子重重落地，眼前一阵眩晕，好在手里握得紧的枪没脱手。她迅速翻身坐起，正想扣动扳机，眼前黑影一晃，那东西又到了跟前，两条手臂毫不费力地抓起了她的身子，又一次往外砸落——像厨师杀鱼时把鱼一再摔掼，要活活摔死一样。

这一下，孟千姿被摔得眼冒金星，五脏六腑都险些移了位，还未及坐起，一片暗影兜头罩上来，她只觉得双腿双臂俱是重重一沉，显是被那东西踩住了——腿上的伤口虽然没被正踩住，但被这股力道一挤，还是痛得她额上、后背尽是冷汗。

直到这个时候，她才看清这东西的样子。

毫无疑问，有双手双脚，还是个人形，但是，它没有头。

是没有头，原本该是人的双乳处、皮层的褶皱间，偶尔翻出类似眼珠的东西，这形状、姿态，让她想起古代神话里的刑天，而它原本该长着头颈的地方，有一块略略凹陷的肉槽，里头血肉模糊。

史小海的头，刚刚就接在了那儿，现在掉了——也许它待会儿捡起来，再把皮袍子一围，又会像披上了画皮般，人模人样。

孟千姿想挣扎，拼尽了所有的力气，只头能略动。她忽然想笑，从前学武时，姑婆教她"实在到了绝路，头也能当摆锤用。别怕疼，拼的就是谁的脑壳硬"。

姑婆们一定想不到，她有一天会遇上个没头的，想拿头去撞都没辙。

她不再挣扎，收回力气，忍住心头的恶心，看向它褶皱皮层间狭长的眼："你是什么东西，又是水鬼变的吗？"

这东西身上的味道，跟螳螂人极其相似，她想起在三江源始终找不到的那第五个"人"。

没回答，也是，连头都没有，当然没法儿像人那样说话。

她的脚略略转了一下，脚踝上有金铃。

一般山鬼进山，遇到的山兽分两种：一种是连山鬼都会伤害的，这种要"避"；一种是视山鬼为同类、朋友的，这种可"动"，可"伏"，所以"避+动+伏"，三者并举，足以应付一切凶险山兽——山肠里，好像没什么山兽能让她"动"了，但还是要试一把，万一呢？

手臂不能动，但万幸，手臂上还有手，手上，还有手指头。

两手准备，活命的概率会大点。她悄悄拿手指去钩腰间挂着的喷火器，一次、两次，都差了那么点，始终没钩到。

她想分散这东西的注意力，于是继续跟它说话，它即便不能说，也该听得懂，没准儿，会像螳螂人一样，也给她写几个字。

"你是水鬼的话，姓什么？丁、姜，还是易？记得吗？"

依然没回答，而且，它的两个腋窝下，有什么东西蠕动着伸展开来。

孟千姿依稀记得，牛首人的脖子上，还长了一对小胳膊，跟围脖似的，这个……刑天人，也长了？

很快，她看清楚了，那并不是胳膊，如两条肉舌，但舌沿上生满了锯齿，当肉舌伸直绷紧的时候，直如一把锯条。

它把那锯条向着她的头凑过来。

孟千姿的脑子里瞬间反应：史小海的头就是这样被锯掉的吗？这刑天人自己没有头，觊觎一切人的头吗？

这么冷的天，她的贴身衣物都被冷汗给浸透了。孟千姿身子拼命扭动，一再去抓扯喷火器，有两次，指甲的边沿已经剐蹭到了喷火器的曲面，但仍然没抓住。

肉舌锯齿的边沿已经到脖颈边了，孟千姿感觉到了表层皮肤的破裂和细锐的疼痛，她尽力把头往另一侧偏，但肉舌是能卷曲的，已然绕上了她的颈，可以想见，只要大力那么一紧、一拖、一拽，她的头就会被旋离脖子……

孟千姿呼吸急促，手上伸抓得更厉害了，情急之下，什么招都上，一口唾沫吐向刑天人的一只眼，然而它只是眼皮急闭了一下，挂上了她的唾液，又睁开……

就在这个时候，孟千姿听到了"哦哦"的声音。

这声音，怎么有点耳熟呢……

还没等她反应过来，有一只灰褐色的、身上某一处还贴了夜光圈带的雪鸡，也不知道是从哪儿冒出来，一头飞撞在了刑天人的胸膛上，翅膀扑腾个不停，仿佛左右开弓，正扇人大耳刮子。

雪鸡的力道简直不堪一击，然而有这么个毛茸茸的东西乱扇，始终是恼人的，那刑天人抬起一只手，一巴掌把雪鸡拍飞了出去，那只雪鸡被拍得半空飞转，一路飘落鸡毛……

而几乎是同一时间，孟千姿察觉到了胳膊上的钳制松懈，她用尽所有气力，一把扯过喷火器，喷口一抬，向着刑天人胸腹——或者说是它的口眼处——急喷了过去。

喷火器喷出去的，其实并不是火，而是燃烧着的液体油料，温度接近一千摄氏度，就是奔着高温碳化去的，那刑天人发出诡异的"嗯"声，向着边上翻滚而去。孟千姿也迅速往反方向滚开，这要是把火引到自己身上，不死也得半残。

滚开了几米远之后，她才拎着喷火器站起来。

已经看不清刑天人了，甬道里只有一团疯魔般到处冲撞的"明火"，史小海的头原本滚落在边上，"明火"冲过去，那头也裹满了明亮的火焰——那只被拍飞出去的、撞得七荤八素的雪鸡，本来是瘫倒在山壁根处的，忽见有零星的油火自半空甩落，吓得鸡毛抖擞，如踩风火轮，飞跑着溜远了。

孟千姿本想再给刑天人补一喷，想想还是算了，省点油料。

碳化的速度很快，刑天人很快就不动了，那"火"也伏趴在了一处，渐小渐熄。

孟千姿拿手摸了摸脖子，全是血，好在伤口都不深，没有切到要害。

她抓过山鬼箩筐，从里头摸出清创棉片和绷布，给自己包扎伤口。包扎期间，火已经全灭了，半空飘着黑色的油屑，甬道里全是恶臭味。

那只雪鸡一瘸一拐地走了过来，孟千姿低头去看，它的脖子上，还有一个拖了条断绳的绳套。

懂了，这就是她放进山肠里的两只雪鸡之一。其中一只，遭遇了石头虫子，被咬成了血鸡冲出肠口，而另一只，黄松只拉出了断绳，于是大家都以为它死在里头了。

现在想想，它进的那个肠口，可能石头虫子不多，遇到的是别的，虽然绳子被咬断了，但它身形小，跑得又快，让它逃了。

这世上的事，可真是有意思，她召来救自己的，是她放进来的。

孟千姿瞧了它一会儿，说了句："你没死啊。"

她从山鬼箩筐里掏出一根能量棒，撕开之后，拿手碾碎了些在地上。雪鸡瞧了瞧她，拿爪子拨了拨，然后低下头，一点点啄食起来。

甬道里安静极了，火臊气渐渐遁去，孟千姿看着它吃，伸手摸了摸它的脑袋。

它的脑袋一动一动的，彰显着小身体里旺盛的活力，羽毛很柔，身子很暖。

过了会儿，孟千姿疲惫地起身，去找史小海的尸体。

走了两条甬道就找到了，没有头，静静地躺在那儿，颈部的切口很平齐，流出的血已经凝固了，晦暗的红色，从某个角度看过去，正接着颈口，像一个被压扁的、形状怪异的头。

孟千姿忽然落泪。

这一路她都盯着他，就差他方便时在边上陪蹲了，没想到，还是没保住。

之前，何生知向她汇报史小海的伤情时，曾说起过医生的诊断，"不属于严重脑损，有复原希望"，当时她还说，有希望就好，要选最好的医院，最好的医生，花多少钱都没关系。

现在，没有复原的希望了。

孟千姿走回原处，又在山壁上留了几行字，她把牛皮残片上的话都写了上去，也写了自己的推测。

出口应该就依赖于那扇还没出现的门了。希望四妈、七妈他们，能早些绕到这里，看到她的留言，别再没头苍蝇般在状况百出的山肠里乱绕。

做完这些，她坐到了甬道尽头处那个断截面边，自己也剥了根能量棒吃。雪鸡在边上守着，有碎屑掉下时，就凑上来啄两下。

吃完了，人不动，雪鸡也不动。孟千姿给它解释：" '门内见门'，可能人得在这个门内，才能看到另一个门吧？你说会是什么样的呢？是个石头门呢，还是个木头门？"

说着说着，就困了。

她攥着枪，努力不让自己打盹，有时拧眉心，有时掐自己的手，有时会忽然打盹儿，但顶多几秒钟就会醒过来。

最后一次打盹时，做了个梦。

梦见自己裹着皮袍子，不紧不慢地向前走，前方有江炼、神棍，还有四妈、七妈。

他们都很紧张她，问她："没事吗？"

她诡异地笑，颈后的断口处，皮肉绽开流血，嘴上却说："没事儿。"

雪鸡忽然"哦哦"叫起来，孟千姿一个激灵，猛然睁开眼睛。

还好，甬道里依然静悄悄的。

她抬手抹了把额上的汗，又转头看向无底洞内，见目光所及处，一颗心忽然狂跳不停。

洞底下，约莫几十米深处的山壁上，出现了一块明亮的日光投影，粗略一估，两米多宽，四五米高，那形制，颇像一扇大门。

这还没完，还有一行零星散落着的光斑通往那扇门。

外头是……天亮了吗？

但这儿是山腹深处，日光想这么打进来，完全不可能。若非奇迹，那就是有一整套极其精密的反射、折射布局，把天亮时的第一缕晨光，给引了进来。

孟千姿站起身。

陶恬拧干热毛巾的水，把毛巾折好，小心地帮江炼擦拭脸和脖子。

他睡得很好。这整个营地，怕是只有江炼才能睡得好了。

陶恬叹了口气。

他们这些留驻在公路"社区"的，因为离得近，接到七姑婆的电话之后，最先出发，马不停蹄赶路，于凌晨时分到达，属于第一批救援队。

然而啥用也没有，群龙无首。什么姑婆，什么孟小姐，都消失在了半山上那两个诡异的洞口里，目前整个营地位次最高的，居然是神棍，因为他是孟小姐的三重莲瓣。

总不能听神棍的。

而半山上那个叫黄松的又有话传下来，说是对洞里的情形一无所知，和后来进去的孟小姐和七姑婆也失联了，让大家先观望，别冒冒失失往里进。

这可真是急死人了，哪有救援的人不作为、干等着的。

陶恬端了折叠水盆出来倒水，又看到坐在帐篷边的神棍。

她真是搞不清楚这个神棍，据说他自请把自己给捆上，本来是反绑，太不方便了，于是绑成了现在这样，跟上了脚镣、手铐似的，能用脚走路，但只能迈小碎步；能用手做事，但两只手之间有绳连着，撑不过十五厘米。

神棍正聚精会神地看一张纸，边看边默念。

老实说，就这么一张纸，哪用得着看这么久啊。

倒完水，陶恬觉得好奇，也凑过来看。

很快，她就把神棍念的和纸上写的，给对上了。

"晶成之时，不羽而飞，不面而面……"

陶恬看不懂，也知道不该打听这内容，但她忍不住："你干吗要念出来啊？"

神棍不满地看了她一眼："你不懂，这样有助于思考。"

陶恬不敢反驳他，继续听着他念。

"……山鬼叩门，其穴自现，下九阶，祭凤翎，焚龙骨，见天梯，天梯影尽处，即为钓台……"

陶恬一头雾水，实在忍不住了："你是背下来了吗，这上头没有啊。"

神棍没好气回了句："这就是我写的。"

陶恬"哦"了一声，嘟囔着说了句："你写的，你又会背，你还在这儿看个没完……你这人，可真奇怪。"

说完，拎着空盆走了。

她走了几步远之后，神棍才打了个寒噤，如梦初醒。他拈起那张纸，看了又看，突然像被火烫了似的缩回手去，任那张纸跌落在地上。

这一次，他清楚记得自己说了什么。

201

——这就是我写的。

怎么是他写的呢？这不是……况祖口述吗？葛大先生说得清楚，自己祖上……姓彭啊。

【10】

孟千姿生怕一旦耽搁，日头高起，那扇"光门"以及光斑都会消失，是以爬得很快，好在那无底洞的洞壁凹凸不平，爬起来并不算很难。

她也没招呼那雪鸡，但那雪鸡似乎自觉吃了她的食，就是她的鸡了，也一溜烟小碎步跟下。爬得还没她好，经常失足跌跟头，然后惊慌失措瞎扑腾。

孟千姿之前捡牛皮碎片时，只下到十几米深处，太深处手电照不着，便推测是个无底洞，及至晨昏相割，在百米深处看到光斑，又觉得自己是想错了，这洞也许深百余米左右，那一列光斑是打在洞底的。

百米深度，换算成楼层，也有三十多层了，身上又没安全绳，不是三两分钟就能下的事儿，孟千姿屏住呼吸，小心翼翼，下到半途时，觉得空气对流比之前要明显，不像是要到洞底的样子。

她心头犯起了嘀咕，再下了一段，终于看清楚了，腿肚子也开始打战了。

什么光斑，压根儿不是，分明是几根摇曳的绳，从山壁这头拉到那头，长度在三十米左右，如同半空架设的绳桥。其中有两列绳，绳身上粘连着巴掌大的、镜片一样的东西。镜片能反光，所以高处看去，跟光斑似的。

而孟千姿下来的方位，恰在那扇"光门"的对面，也就是说，她想到达那扇门口，得先过这不知道什么玩意儿的"桥"。

她心头火起：这都谁想出来的坑人玩意儿？！

下到桥头处，看得更清楚了，一共四根绳，高的两根应该是作扶手用的，低的两根是踩脚的。那些"镜片"，就错落分布在低的两根上，两片间相隔的距离跟人的步子差不多——不言而喻，就是让人踩着过的。

孟千姿伸手撼了撼那绳桥，也不知道是什么材质，居然没朽，感觉还挺结实，但说真的，这种地方，让她孤身走悬桥，她还真是犯怵。

谁知道这桥有没有什么幺蛾子？

她的目光落在身侧的雪鸡身上，雪鸡虽然飞行距离不长，但飞个几十米应该是没问题的。早知道，把一群都赶进来，一只带不动她，一群总可以吧？

孟千姿蹲下身子，跟那雪鸡说话："我觉得，还是得过去，才能知道是怎么回事……你觉得呢？"

她想念江炼和神棍，不习惯身边没人，有事都没法儿商量，所以她一定要说点话，哪怕是跟雪鸡说。

说完这话，她拿手摩挲雪鸡的小细脖子。她跟别人不同，"伏山兽"是真正能让山兽知晓她的用意的，就好比在湘西时，支使小白猴那样。

她示意了一下那道绳桥："要不然，你先过去走一趟，让我看看是个什么情况。反正你能飞，大不了扑腾回来。"

雪鸡一定是"大惊失色"了，因为它小眼瞬间溜圆，孟千姿作势把它身子往桥头推，它两条腿拼死不动，妄图凭借脚爪和山石间的摩擦力赖定在这儿。

孟千姿说它："行吧，你也就剩点小鸡胆子了。"

然后拿手指点它脑袋："在这儿放哨，不管是上头来东西还是下头来东西，有动静你就叫，懂吗？"

说着起身，活动了一下双手指节，又甩了甩胳膊，这才抓住绳子上桥。

才刚走了两步，手心就已经一片汗液。她是山鬼王座没错，也接受过严苛的训练，但她毕竟不是耍马戏的。这绳子一上人，就晃个不停，还有那镜片，鞋底踏上去直打滑。

孟千姿咬紧牙关，找话给自己打气：阎罗显然是过去了。阎罗都能过去，你不能？

这打气挺管用。绝大多数人，可以接受自己做不到某件事，但不能接受自己瞧不上的人做到了自己却做不到。

念及阎罗，孟千姿忽然想起一件事儿。

那个况祖的留言里说"箱为牙错，山鬼叩门"，理论上说，应该按照前后顺序，先有箱、再叩门。

但现在，箱子一直都没影儿，她还叩得了门吗？

她心里一动：会不会是因为，阎罗没把箱子带出去，一直留在了这儿？所以他们进来时，"箱为牙错"这一道关卡，被略过了？

很有可能。

神棍给她解释时，曾说"牙错"是最古老的钥匙模型，最初是用来解繁复的结扣的——现在想来，九道山肠，九曲回肠，山鬼不是没来昆仑探过山，但从来都没发现这么诡异的山肠。难道是因为，古早时候，这些山肠是像死结那样，盘结缠绕在一起的？压根儿就没打开？

阎罗来了之后，"箱为牙错"，如同钥匙解开缠结，这些山肠才舒展"身躯"，在这山腹内缓慢蠕动？寄生于山肠内的那些石虫也好、梗枝也好，也就随之复活？

一定是这样的，孟千姿激动得一颗心直跳，这么些年来头一次，她发现自己偶尔也可以……聪明极了。

但可惜了，难得聪明一回，没观众，只能聪明给自己看。

孟千姿就这么晃晃悠悠、一步一小心，终于踩上了最后一块镜片。

这儿距离那扇高大的"光门"，还有一两米的距离，以她的能力，足可以跨跳过去，但她不敢轻举妄动——有些机关，挪错一步都是要人命的，没确认之前，她宁愿原地戳着。

她抬头看向那扇光门，差点儿失声叫了出来。

原来，这一路走来，她知道自己的影子打在了"光门"上，但因为一直在走动，身影巨大而又摇晃，兼之注意力都在手脚之上，所以无暇细看。

现在终于站定，才发现那上头的，好像不是自己的影子。

那分明就是道骷髅影！

孟千姿一惊之下，向后急倾，蓦地又发现了什么，微微一怔，重新站定身子。

看出来了，这道骷髅影，是随着她的动作而动的。她急倾，它也急倾，她站定，它也不动。

这确实是她的影子，然而跟一般的人影又不一样，像是 X 光打出来的，每一根骨头，包括骨头的接合处、脊椎、骨盆等形状都清清楚楚，看久了，会很不舒服，觉得自己像个怪物，又觉得，自己确乎像个山"鬼"了。

接下来呢，是不是该"叩门"了？孟千姿抬起手，做了个敲门的姿势，却不知道该往哪边敲，看"光门"上那个骷髅肘关节抬起，五根尖长的手指扬在半空，如同古时候的骷髅幻戏图，止不住一阵恶寒，又忙不迭缩回来。

到底该怎么叩呢，还是说，这门上有什么玄虚？

孟千姿不敢抬脚，生怕离了脚下的镜片会出状况。她抓紧扶手绳，身子尽量向光门的方位倾去，又拧亮手电，对着那扇门照个不停。

这一下，终于让她看出端倪来。

那门上，有极浅的人形凹纹，以怪异的姿势伏趴在地。但这怪异，于她来说算不得什么，因为山鬼的符纹身法里，姿势大多是古怪的。

而且，那人形凹纹的膝盖以下部分，与她的小腿轮廓是几乎重合的。也就是说，她的位置站对了。

孟千姿恍然大悟。

原来"叩门"不是敲门的意思，这儿的"叩"，指的是叩拜。

金铃九用，前七个符纹"动山兽""伏山兽""避山兽""剖山""断胆""看楼""山风引",她都知道操作的手法,唯独最后两个"叩门"和"启天梯"不知道。但其实没关系,她一路从绳桥上走来,就是步法。她在指定的位置依照图例下拜,就是身法。只要一步一步衔接得当,她所做的,就是一整套早已失传的"山鬼叩门"。

孟千姿长吁了一口气,稍稍挪动了一下身体以扎稳下盘,然后比照着图上那人的身形,松开扶绳,低头下拜。

神棍没想到,山鬼的第二批后援来得这么快。

当时,他刚用完午餐,守在江炼身边攥着那份纸发呆,偶尔抬起脚,踢一下悬挂路铃的摇杆——老石说,铃要一直摇,这样才能保证小炼炼的意识不会越走越远,但一直拎着铃铛晃来晃去多傻啊,所以他让人做了个带环圈的摇杆,把铃悬在江炼的铺位边,想起来时就踢一脚。

也不知道是踢到第几回时,外头忽然人声鼎沸,他听到有人兴奋地大叫:"三姑婆来啦。"

哦,老三又来了,神棍也探头出去看,他觉得山鬼这七个姑婆,跟葫芦娃似的,这个娃出事了,那个娃又来救。

他对三姑婆是什么样的人没什么兴趣,只是有点好奇:怎么会来这么快呢,难道是用飞的?

从边上人的议论声中,神棍才知道,还真是用飞的。这两年,雪域高原的直升机旅游已经发展起来了。在某些路线上,只要获得中国民航许可及空域使用批复同意,就可以投入飞行,比如西藏,以前从拉萨到羊湖,越野车往返至少要一天,但现在,只要出得起价钱,两个小时就能飞个来回兼观光——昆仑山一带也在试行,虽然由于山势复杂和磁场影响,并没有深入这里,但只要借飞一段,足可节省大量时间了。

约莫一刻来钟之后,陶恬提了个十八寸的密码拉杆箱匆匆过来,神棍只瞅了一眼,心就止不住狂跳了。

那箱子上方,氤氲着七色的流光。这里头,是装着凤凰翎吧。

远远不止,输入密码之后,打开箱门,里头还有好几个大小盒子,都用气泡膜包裹得很严实。陶恬催他:"你快看看,说是你要的、七姑婆点了名的,都在里头了,确认没问题,我好去回三姑婆。"

神棍手忙脚乱,忙不迭开盒探看。

凤凰翎,在;山胆,在;还有气泡膜包着的大镜片,真是好东西,实用。

小棠子的一管血,居然是用最大的盒子装的,因为里头还塞了七七八八带给他的东西,大多是零食,其中一袋锅巴上别了张便笺,上头歪歪扭扭写着"11叔,这是我 ài 吃的,送给你吃"。

神棍心里头那个甜啊,这必然是岳峰家的小家伙给他寄的。"1"就是一根棍子,"11叔"就是"棍棍叔"。小家伙太贴心了,爱吃的都肯分他,比他爹有前途。

他猛点头:"是,是,都没问题。"

本该顺手送一袋给陶恬的,没舍得,不住拿手往自己边上扒拉。

江炼觉得,自己做了有生以来最漫长也最累的一个梦。

梦里,他有两次去到了诡异的雾团边,而人一到那里,就会分外暴躁,不住冲撞,如疯似魔。好在,后来都响起了铃声,又把他带回营地附近。

第二次回到营地,他梭巡了好久,起先还能看到孟千姿、神棍以及那些山户,后来,人就都不见了,只剩了他孤零零一个人,伴着黑得化不开的夜,以及那些空荡荡的帐篷。有几次,他止不住想离开,觉得这儿已经没了意义,但也不知道为什么,只要铃声响起,他的心绪就会平静下来。

最后,他静静坐在那里,一下一下地数那些铃声到底响了多少次,脑子里揣摩着一个模糊的念头:这一切一定都会结束的,在某一次铃声响过之后。

这一刻终于来临,他抬起头,看到不远处的夜色间,悬空、竖向地出现了一圈血红色。

他站起身,走近去看,血红色圆圈的那一头朦朦胧胧,压根儿什么都看不到。他正在那儿左右探看,忽觉一股大力拉拽,整个人就向着那个圈内栽了进去。

江炼终于睁开了眼睛。

总算是醒了,这一觉,睡得可真漫长啊!连看东西都有些模糊了。

他闭眼,又睁开,然后再闭,反复几次之后,视线里,慢慢映现出了神棍乱蓬蓬的卷发,以及卷发下那张架着斯文、时尚眼镜的大脸。

神棍又惊又喜:"小炼炼,你终于醒啦?!你知不知道,你已经睡了三个月了?"

三个月?

江炼头皮一麻,往边上看了看,整个人又松弛下来:"三个月,你不说给我换个好点的环境,还把我扔这破帐篷里?"

神棍激动:"智商还在,小炼炼,你没睡傻!"

他在自己的那堆零食间挑拣,一狠心,拿了袋最小的虾条给江炼:"三个月是没有,三十六个小时是有的,都怕你睡过去了。喏,送给你,恭喜你又回来了。"

三十六个小时？

江炼一怔，慢慢撑着身子坐起来，接过那袋虾条："我怎么睡这么久……千姿呢？"

神棍叹气："变天了小炼炼，你睡得四仰八叉的时候，发生了很多事，我一件件给你理哈。"

他掰着手指头："首先，失踪了二十五个人，包括孟小姐、四姑婆、冼家妹子、孟助理。"

头一件就给他理了个这么重磅的，江炼没反应过来，只是笑，拈着手中那袋虾条，塑料纸皮"嘎吱"作响："你开什么玩笑。"

神棍瞅了他一眼，继续往下说："失踪到现在，差不多也快二十四小时了。营地目前是三姑婆倪秋惠当家。我还没见过她，但是听说，位次很高，她跟当初的段小姐一样，是山髻。"

江炼的笑渐渐隐去了："你说真的？"

神棍抬起手，给他看手上的绑绳："你老哥哥我……的祖上，当年应该是个叛徒。还有啊，况祖的那个口述，好像是我……写的，因为我把那些纸上没出现的话，都给顺下去了，'山鬼叩门，其穴自现'之后，就是'下九阶，祭凤翎，焚龙骨……'"

这都什么跟什么啊，江炼脑子里一团乱，说他："慢着慢着，你一件件说，千姿发生什么事了，她怎么失踪的？"

【11】

神棍从昨天早上开始讲起。

那张和周围的山形、山势完全对不上的路线图，江炼突如其来的沉睡，景茹司一行的遇险，孟千姿和冼琼花的先后驰援，两个诡异的肠口以及两只先行探路却惨遭不幸的雪鸡。

他只能讲到这儿，洞里情形如何，谁也不知道，毕竟截至目前，进去的人没再出来过。

江炼听得很仔细，但坦白说，这些信息，于现状无补，于教授也没什么参考价值。

他问了句："那你觉得，千姿他们是出事了吗？"

神棍摊手："不好说啊，也许是出大事了……"

见江炼脸色不对，又改口："又也许是在里头迷路了，还可能走岔了道，走去另一个山头了——雪鸡是出事了，但鸡不能跟人比啊，更何况孟小姐他们装备还那么齐全。"

也对，江炼心下稍安，虽然这"安"，是自己硬"哄劝"的。

他追问："那现在怎么说？三姑婆来了，她怎么打算？"

神棍朝不远处的一顶帐篷努了努嘴："她把那个黄松叫下来了，估计是想问得更仔细点吧……至于怎么打算，肯定得进去救啊！二十五个人呢，还包括好几个重量级的，总不能就这么不管了。"

江炼也看向那顶帐篷："这种的，不到实地，没法儿知道出了什么事，我也得去。"

说着，像是才反应过来，一把掀开睡袋，赶紧穿衣、穿鞋，又拽过背包，急急整理进洞要用的东西。

神棍说他："不着急，没人跟你抢……"

话还没说完，江炼已经抓起牙刷和杯筒出去了。神棍跟出来时，他正站在谷地边沿上，刷了一嘴的牙膏沫子，边刷边看周围的山形——今天天气还算不赖，总体算阴，但没雾，偶尔还有一两线转瞬即过的阳光在半空返照。

江炼含糊地向着他说了句："那个图，你展开了让我看看，真不像吗？"

那两页纸，神棍一直卷插在兜里，闻言掏出了展开，江炼看了图，又看山，百忙间还漱了口："还真不像。"

神棍忽然想到了什么："不过孟小姐说，倒过来看，比正着看有感觉。"

他服务非常到位，又把图倒过来展示。

会画画的都知道，那种一连串起伏不定的山，你把它倒过来看，其实还是"山"，只不过原先的山尖成了山谷、山谷成了山尖而已。

江炼盯着看了会儿，又去看山，千姿既觉得"有感觉"，就不会是信口说的——他看了好一会儿，有两次还退后了几步，眉头蹙起，若有所思。

神棍的心跳得有点快，他觉得有门儿。

果然，江炼开口了。

"你知道是哪儿像吗？确实有些地方是相似的。"

有吗？神棍后悔自己拿孟千姿的话当过耳风，没继续深究。

江炼指向那幅图："山的下半部分，确切地说，是山根部分，靠山根的部分都很像。"

神棍不蠢，怔了会儿之后，"啊"地叫出声来。

懂了，之前大家一直聊说，山会塌方、会雪崩，所以上古的山形跟现在不大可能一样，但忽略了一点：除非是整座山彻底崩塌，否则山根部分，是很难变化的。

这就好像一棵枝叶茂密的大树，被风吹、被雷劈、被掰折，树冠的形状时刻会发生改变，十年前和十年后，也许大相径庭，但树根处的轮廓走势，却基本不会变。

神棍激动得有点结巴："所以，确实就是这……这儿？"

真是绕了一个大圈子。起先，大家都猜是这儿，后来看到图对不上，又都以为是别处……

原来还是这儿。本来嘛，就该是这儿：这儿出现了封箱现场和阎罗他们赶路的山蜃楼，这儿有诡异的肠口，小炼炼又是在这儿长睡不醒……

想到这儿，他问江炼："你睡了这么久，就是……睡着的？还是说有点意识？"

江炼随口答了句："做了点噩梦，没什么特别的。"

神棍好奇："什么噩梦？"

江炼没心思给他讲梦："还不就是……跑来跑去的那种。"

他盯着倪秋惠那头的帐篷，盼着下一秒，里头的人就能掀帘出来，整装待发。

神棍很是不满："小炼炼，你态度能不能端正一点？不管好梦、噩梦，都折射出了人的精神世界，每次我做的梦，都很关键……"

江炼心头有点焦躁："你的梦当然关键，但我又不是你。"

神棍奇道："你怎么知道你的梦就不关键？我问你，你确认你这次昏睡只是因为半夜贴了神眼？万一是因为别的呢？万一是……跟这个地理位置有关呢？你在湘西、广西，也半夜贴神眼的话，也会做这样的梦？"

江炼心里"咯噔"一下。

还真不好说。

他想起了梦里那大得没有边际的雾团，还有自己面对雾团时那无法自控的冲撞欲和渴求欲。

他迟疑了一下，把自己的梦说了。

神棍果然来了兴趣："你去了那儿两次？第一次铃声消失了之后，你又回了那儿？"

江炼点头。

"为什么回去？"

说不清楚，睡了这么久，脑袋有点昏沉，江炼伸手摁压了一下太阳穴："不知道，自然而然地就去了。似乎心里觉得，就该去，而且想去。"

"你怎么找到路的？听你的说法，去那儿并不顺畅，一会儿攀山，一会儿滑坠，有时还得穿过幽深的通道。"

江炼答不上来："就……很自然地，找到那儿了。"

"然后，你想进去，还进不去？"

"对，"江炼想起梦中情景，不觉打了个寒噤，"忽然之间，变得很狂躁，自己都不认识自己了，完全控制不住内心的那股欲望，有点像……"

他也不知道这比喻是否合适："有点像吸毒的人，看到毒品，那种没廉耻、没下限的状态，不择手段，特别疯魔。"

神棍"哦"了一声，表情有些讳莫如深。

江炼留意到了他的表情变化："你是不是有什么想法，直说。"

神棍选择了说得隐晦："小炼炼，科学点说，你那叫意识迷失；迷信一点，那就叫灵魂出窍。我问你啊，你的灵魂……渴求什么？"

江炼没领会到他的意思："……自由？"

神棍没好气："你是不是散文诗看多了？灵魂！出了窍！身体！躺在那儿！你的灵魂渴望回到哪里？啊？"

都说到这份儿上了，这是道送分题。

江炼懂了："灵魂想回到身体里？"

"哎，对啰！"神棍点头，"就跟鸟归巢、刀入鞘一样……"

江炼皱眉，怎么听起来像骂人呢。

"这是天性，灵魂和身体分了家，它当然想回到皮囊里去，但是，你却被巨大的欲望驱使着，往别的地方去了。也就是说，那个雾团，比你原装的身体，对你的吸引力还要大。我问你，那会是什么？"

简直匪夷所思，有什么会比回到原生的身体里更重要？江炼下意识说了句："没有吧，宁可舍去旧皮囊，总不会是羽化成仙得永生……"

他蓦地顿住。

神棍知道他已经开始悟到了，简直比他还激动，攥起拳头，仿佛要为他打气似的："你再接着……接着往下说……"

灵魂想觅个归处，身体只是暂时的归处，但有一样东西，比身体更稳固、更持久……

江炼喃喃地说了句："水精？"

"对了！"神棍激动地一拍大腿，奈何手是被绑着的，这忘形之下的一拍，险些把自己拍了个趔趄，"你说像不像？我开始还没想起来，后来你说了我才发觉，那是一种特别强烈的需求——但身体的需求，你还可以凭借理智去控制，但如果是精神上的需求呢？"

"还有，"他说到兴起，滔滔不绝，"你提到，能从雾流中感觉到各种各样的情绪信号，轻蔑的、讥笑的、鄙视的——像不像是很多人？像不像是'它们'？"

江烁浑身一震："你是说，漂移地窟的那些'它们'？"

没错，神棍索性敞开了说："它们在水精里安身，而你，是个过路的孤魂野鬼，你想进去，怎么可能进得去？它们看你，当然像看痴心妄想的跳梁小丑。你以前贴神眼，也不是没贴到过晚上，虽然这次更晚些，但也不至于几乎回不来吧？这种种迹象，让我觉得……"

他压低声音："我们之前，关于漂移地窟漂回了昆仑山的猜测是对的，而且，很可能就在附近。"

江烁没来得及答话，他的注意力被突如其来的喧嚣吸引了过去。

那是倪秋惠带人出帐，准备开始拔营了。

孟千姿低头下拜的瞬间，明白了什么叫"欲出肠口，门左寻手"。

因为她看到，脚下那两根绳桥的端头，分别套系在光门下侧的两只……"手"上。

这么说也不确切，光门下方原本有两个大石疙瘩，看上去就像附着于山壁上的不规则凸起，绳桥的端头似乎是穿透、卡死在里头的，所以不管如何摇晃，都相当坚固。

但现在，那两个大石疙瘩张开了，像极了攥着的拳头伸展开五指，孟千姿还没来得及反应过来，整个人连带着绳桥，就跌落了下去。

身子急速下坠，耳边"呼呼"风声，孟千姿下意识抓紧绳边，脑子里掠过两个字。

完了。

她脑子里有了个大致的轮廓：这绳桥的两头，一定都是被攥在那看似石疙瘩形状的、怪异的"拳头"里的。她这一"叩门"，不知道触发了什么，"拳头"松开，整个绳桥都往无底深渊处坠落。

九曲回肠，她这一趟，怕是要摔断肠了。

都说人死前，一生中重要的人和事都会走马灯般在眼前掠过。接下来，她的"走马灯"看来是要开始了。她希望江烁能早点出场，别当压轴的那个，现在是拼速度的时候，别他还没"走马"，她就摔扁了。

正思潮起伏，身子突然一顿，那感觉，像是这绳桥忽然被什么人接住了。她的身体像空竹般，在绳桥上来回震荡，耳边嗡嗡作响，因着急坠。已经听不清声音了。抬眼时，只隐约看到前方不远处有个洞口，正在缓缓移动。洞口的两侧，同样有两只石疙瘩手，而绳桥的这一侧端头，正被攥在那两只手里。

孟千姿胸腔内翻江倒海，头晕目眩，恶心得想吐，但这两天吃得不多，什么都吐不出来。

洞口为什么在移转呢？"九曲回肠，一日三转肠"，难道说，现在到了"转肠"的时候了？

这念头刚起，要命的又来了。她看到，那两只石疙瘩手，同时向外撤开。

下一秒，那几乎让人抓狂的急坠又来了，好在一回生、二回熟，孟千姿咬紧牙根，双目紧闭，两手死攥着不放——果不其然，感觉上过了五六秒，另一次又来了。

孟千姿在绳上急荡。这一次，她扭头去看：没再听到那只雪鸡的扑腾声了，是摔没了，还是途中急蹿到山壁上了？

这一回头，真叫她哭笑不得，那只雪鸡居然还在。也不知道它使了个什么法子，两只脚爪相交相错，竟将身子倒挂在了绳上——它身子轻小，不住摇荡，就跟卤水铺里倒挂着的鹅似的。

但不管怎么说，有只鸡跟她共进退，好过孤身一人。

孟千姿吼了句："你抓紧了啊……"

话还没完，急坠再次开始。

这急坠，孟千姿在心中默数了，一共九次，到后几次时，她整个人都已经迷乱了，半空吐了酸水。偶尔睁眼，也不知道是真的还是幻觉，偌大洞壁上，有肠口缓缓移转，像巨大的眼，目视着她一坠再坠。

最后一次之后，好久没再有动静，孟千姿把头探向绳桥外侧，气喘不匀，半张着嘴欲呕不呕，狼狈得如同一条垂死的狗。

直到这个时候，她才发现，绳桥下方半米处，好像就是……实地。

太想念脚踏实地的感觉了。她这辈子，都不想经历这种让人碎心裂胆的急坠了。孟千姿从绳桥上翻了下去，滚了一圈之后，后背贴地，大口大口喘着粗气。

背心处一片冰凉，那是内层的衣服早湿透了，也凉透了。

这一通急坠下来，孟千姿暂时失聪，眼睛也看不清了，看什么都是模模糊糊的重影，重得还不止两三层。她空睁着眼睛，觉得满眼发白，透着阵阵阴寒，而半空中，有个硕大的、形状诡异的头在盯着她。

什么玩意儿？

孟千姿心头一凛，用尽全身的力气跌跌撞撞爬起，伸手就去拎腰间的喷火器——已经用过好几次了，喷火器已然很轻，但这是她最称手的武器了。

这一爬一走，天旋地转，模糊间，也分不清是自己往那东西走，还是那东西朝着自己冲过来，孟千姿觉得它像蛇，却又披着牦牛才有的长而厚密的毛。

她吼了句："什么东西！"

抬手就是一喷。

果如预料的那样,喷火器里的油料已经不多,这最后一喷,只有零星的火焰和废气,但还是附着在那东西身上,微弱地燃烧起来,但又烧不持久,油星子"扑哧"往下落。

孟千姿站不稳,一屁股坐倒在地上,就这么坐着,睡着了。

其实也没睡多久。这儿太冷了,人像是置于冰窖里,一股股阴森冰凉的寒气,从身周的每一个毛孔里透进去。那只雪鸡在边上,拿毛茸茸的脑袋拱她冰凉手心。

孟千姿把唇肉送进牙齿间,用力咬了一下,铁锈味的血腥在嘴巴里泛开。她哆嗦了一下,终于清醒了,也看得清了。

她第一时间抬头,去看之前自己意识模糊时拿喷火器攻击的东西。

那居然是一条……冰龙。

没错,是冰龙,像绳桥一样,盘曲横跨于山壁上,却又距离地面不远,龙身巨大,整个儿由冰制成,并不精雕细镂,甚至稍显古朴粗陋,却气晕流转、栩栩如生。

她也搞清楚那些被她误认为是牦牛长而厚密的垂毛的,是什么东西了——是龙身上挂下的冰凌。这儿太冷了,水挂成冰。久而久之,一层一层,绵绵密密,这冰龙就如同披了一层厚重的毛毡。

这没准儿是人家上古时的艺术品,居然就被她拿喷火器给喷了。

孟千姿瞧向自己刚喷过的那一处,喷火器果然霸道,即便只剩了最后一点油料,烧的还是千年坚冰,还是把那一处烧凹了一块。

那里头,露出的白森森的部分……

那不会是……骨头吧?

孟千姿心中一颤,也不知哪来的力气,腾地一下从地上站起,大踏步向着那一处走了过去,才刚走到跟前,未及细看,脚下忽然传来"咔嚓"的冰块碎裂声,还没等她反应过来,整个人已经落下去了。

这是个……地洞?陷阱?

孟千姿大惊失色,急坠间伸手去抓,居然让她抓到了一条冰凉的青铜锁链,但锁链冰凉,又覆了层冰,仓促间手上借不着力,仍止不住下坠之势。正惶急间,身体一顿,抱住了个吊锤般的冰坨,又止住了。

她喘着粗气,定了定神,这才抬眼去看。

明白了,刚刚她以为的平地,其实并不是地,现在看来,只是如同高楼的某一层,层下还是无底洞——但那一层上,有个井口大小的口,口沿处垂下一条青铜锁链。她现在,就被孤零零地吊在这条接近二十米的青铜锁链的尽头处,荡在空洞的黑暗里。

　　真不知道该以什么心态去面对今儿发生的一切。她是上辈子造了多少孽，才遭遇这一连串的凶险，又是积了多少福，才总能在最后一刻保住命？

　　感谢这个冰坨，虽然她就快抱不住了，手上也冻到几乎麻木，但没这个玩意儿，她刚刚也就直坠下去了。

　　孟千姿暂时没劲了，她允许自己休息个半分钟，再往上爬。

　　她疲惫地大口吸气、呼气，温热的气息喷在了冰坨的上沿，渐渐融掉了上头覆着的、遮蔽视线的白霜。

　　孟千姿忽然不动了。

　　那白霜融化的部分，透明的冰面渐渐展露，现出了被冻在里头的一张苍老的、女人的脸。

【12】

　　孟千姿眼睛里是滴过亮子的，不过亮子只能看个大致，没法儿支撑她看到更多的细节——手电就在背包里，但现下性命攸关，她腾不出手去拿。

　　这不是什么冰坨，这是个人，全身挂上了冰，一年又一年，白霜尽覆。如果不是掉下来、抱住了，又呵上了热气，只从上头往下看，会真的以为只是个冰吊锤。

　　孟千姿脑子里"嗡嗡"的，她想往上爬，但人在半空，不好借力，心里又止不住发慌，试着攀踩了几次，脚下都打滑。有一次，甚至险些滑坠下去，而且这一再尝试带动了锁链，一人一冰尸搂在一起，在这寂静和空旷的黑暗中悠悠摆荡，这场景，真是只想想都要透不过气来。

　　太冷了，手指都已经冻得僵硬麻木，孟千姿尽量把手缩进衣袖里，靠着双腿和双臂的力量去搂紧冰尸——皮肤是不能裸着抓住冰面的，不然抓着抓着，就会冻在一起，扯都扯不下来。

　　她气喘更急，呼出的大股白气一再融掉冰面的白霜，使得她能看到更多。

　　这个女人是头上脚下、正向挂在这儿的，脖子上缠了一圈锁链，但不是被吊死的，活活吊死的人一般会舌尖外露、眼球突出，但她没有，大概率是先被杀，再被吊的。

　　她猜到这女人是谁了。

　　段太婆失踪时，年逾七旬，确实已经苍老了，年龄对得上。

　　阎罗亲口承认过，杀死了段太婆。

大娘娘高荆鸿做过一个关于段太婆的梦，曾红着眼圈跟她说，段娘娘"死得不安生，上不着天下不着地，每天都很辛苦"……

原来"上不着天下不着地"，是这个意思。

她尽量不去看那张冰下的脸。

阎罗为什么要杀死段太婆呢？

这一路进山肠，需要用到山鬼的地方很多，能痛下杀手，只能说明一件事——

他想要的都拿到了，段太婆对他来说没有利用价值了。

孟千姿茫然四顾。

阎罗是在这儿拿到麒麟晶的吗？不是说，漂移地窟里的那些"葡萄串"，才是麒麟晶吗？

还有，理论上，都到这儿了，那口箱子对阎罗来说，也已经没价值了，那口箱子，又被弃置在哪儿呢？

倪秋惠只比唐玉茹小一岁，前些日子，刚过六十五岁生日。

她身子单薄，个子也小，被一众山户拥在中间，不像能发号施令的山鬐，反像个干杂务、打下手的小老太太。

江炼生怕自己找错了人，跟边上的人一再确认之后，才朝着她走过去，开门见山，自报家门，表示这趟救援，他也想参加。

倪秋惠脖子上挂了个没镜腿的链条老花镜。她把老花镜拈到眼前，眯着眼睛看了江炼半天，说："哦，你就是江炼啊。"

江炼直觉，自己虽然还未见全七位姑婆，但七位姑婆，怕是连他的星座、癖好都搞清楚了。

倪秋惠看完了他，又看向他身后："这个是……神先生吧？"

神棍赶紧点头，也主动请缨："我也想一起去，我虽然不能打，也跑不快，但是……"

倪秋惠打断他："我懂，办事不能只靠拳头，还得有一两个脑子好使、能提供意见的。想去就去吧，反正什么线索都没有，到了那儿，也是摸着石头过河。"

说完，佝偻着身子，慢悠悠地去吩咐别人了。

神棍看着她的背影，不觉一阵失望。老实说，他对倪秋惠，是抱了一定的期许的，毕竟是能和段文希比肩的人物。

居然稀疏平常到这份儿上。

他捅了捅江炼："这三姑婆，真是山鬐？看着不像啊。"

215

是就是，哪有什么像不像的？江炼回了句："也许人家真人不露相呢。"

出发前，除了自带的山鬼箩筐，山户又统一去物资处领了额外装备。

说是物资处，其实只是个略大点的帐篷。里头堆着牦牛新驮进来的器物，大多是枪支和喷火器，也有些便携式的刀具、钻具什么的。

江炼也去了。到了才发现，在那儿负责登记发放的，居然是陶恬。

他有点意外："你也在这儿啊？"

陶恬垂了眼帘，有点不自然："是，我不够格去救援，所以做点后勤工作。"

江炼觉得陶恬有点让人捉摸不透。按理说，人跟人该是越来越熟的，两人还一道经历过凶险——怎么现在，反而这么生疏客气呢？

不过这想法只是一闪而过，他瞧向帐篷内形形色色的物资："哎，有好吃的吗？"

陶恬愣了一下："有能量棒，你是干粮不够吗？"

"不是，嘴馋，想吃点别的，"江炼笑，"老是能量棒，你们就不能准备点别的？山里头这么枯燥，吃的还这么没劲。"

陶恬有点局促，耳根处悄悄泛了红："真没有……我下次，注意一下。"

没有啊……

江炼想起神棍那一大包花花绿绿的零食，又回来找他讨。

神棍大为紧张，拿睡袋把一堆零食裹了个死紧："不是给了你一袋虾条吗？小炼炼，你怎么这么贪心呢？"

江炼说："我不是为我要，千姿在里头，二十四小时没吃过别的。她是你领导，人家安排你住五星级酒店，还给你配了这么时尚的眼镜……"

言下之意是：你掂量着看吧。

神棍忍痛，又交了一袋锅巴出去。

江炼拉开包，那袋虾条也在里头，因着高原反应，袋子都胀得圆鼓鼓的，发出轻微的塑料响。

他把锅巴也往里塞。

两袋都给她。

不会出事的吧？

她应该……不会出事吧。

和景茹司一样，倪秋惠点了二十个人，再加上江炼、神棍，共计二十三个。

一行人，尽量轻装快行，趁着天还没黑，往山上去。

倪秋惠心事重重，她盯着黄松问了半天，也没问出有价值的来。这趟救援，心里连个大致的谱儿都没有,只能走一步看一步。这种感觉,相当不好。

头儿既不说话,众山户自然也就成了锯嘴葫芦,只有神棍絮絮叨叨的,一直跟江炼说起自己的问题。

"你说,我是怎么想的?怎么就当了叛徒呢?"

江炼纠正他:"能把主语给用对吗?说过多少次了,那个不是你,顶多是你老祖宗。"

神棍没听进去:"还有,况祖那口述,我真的觉得是我写的!"

江炼叹气,再次给他纠错:"不可能是你写的。上古时候,连字都没有,哪有文言文?那篇况祖口述,是况家后人用自己熟悉的文言语法重录出来的,你最多是知道那篇口述的内容,然后下意识依照着那种半白话的行文,往下顺了几句。"

神棍穷追不舍:"是啊,但我怎么会知道口述的内容呢?难道我就是况祖?我跟况小姐……是一家人?是况家人把我扔在小村村的村口的?"

这人啊,真是当局者迷,分析起别人来一套套的,一到自己就犯迷糊。

江炼白了他一眼:"你醒醒吧,况家人都快断代了。你被遗弃的时候,我干爷带着况云央,在南洋开超市呢。"

说到这儿,他顿了一下:"不过,你确实是提醒我了。"

神棍紧张:"提醒你什么了?"

"这个况祖,知道得太多了。你想想,他只不过是个小工匠,还是个被迫变节的,别说权力核心层了,连外环都算不上。

"鸟尽弓藏。这种人,被利用完之后能保全一条命已经很幸运了,蚩尤方怎么可能还对他委以重任,让他知道这么多秘密呢?

"山鬼、水鬼,尚且被蒙在鼓里,一个小工匠,居然知道凤凰眼、昆仑天梯、麒麟晶,这是不是太不合常理了?这么大的秘密,被他'仔细打听'就打听出来了,蚩尤方的保密工作,是不是也做得太差了?"

神棍接连吞咽了好几口唾沫:是啊,这么简单的道理,他怎么没想到呢?

他结结巴巴:"那,你的意思是?"

江炼沉吟:"这里头,应该还有一个人,地位不低。况祖的那份口述,八成是出自那个人。"

神棍如处五里雾中:"这人又是谁啊?我吗?我不是已经暴露了,被黄帝一方开膛剖腹了吗?"

江炼觉得好笑:"你别急着自认叛徒。截至目前,你也只是看到了一些场景而已。就像你说的,一个人拿刀砍人,可能是行凶,可能是自卫,也可能是见义勇为……"

话未说完，前队徐徐停下，很快有话传过来，说是原地休息五分钟。

五分钟，江炼连坐都懒得坐下，他极目下望，恰好能看到山脚下的那个湖。

天色已经有点暗了，但湖面上还是隐约现出了群山的倒影，这一处视野开阔，人在半山，郁闷都为之一舒。

正看得出神，余光忽然瞥到倪秋惠。她站在山崖边，又掐着那个链条眼镜，也在看山脚下的那个湖。

这个三姑婆可真有意思，难不成高度近视？做山髻的，需要经常进山，眼睛却不好使……

江炼失笑，他移开目光，看向别处。

哪知过了会儿，转回来时，发现倪秋惠还在看。这还不止，她身边的人也渐次站起，向着那湖指画，江炼听到有人嘀咕："是不一样，确实不一样……"

什么不一样？江炼再次看向那湖面，看着看着，心头一阵猛跳。

湖面上的倒影，跟边上矗立着的山，居然是不一样的。也就是说，湖面上的倒影，看似是湖畔的山的倒影，乍一看也确实有几分相像，但仔细看就知道了，其实不是。

他急忙吩咐神棍："那张路线图呢，拿来给我。"

神棍不明所以，抽了递给他。

江炼迅速展开，和水里的倒影反复比对，而这一次，几乎完全对上了。

明白了，前人早已经预料到山形会产生改变，或者说，前人自己已经大刀阔斧地改了山形——但他们把真正的山形，放在了湖水里，也不知道是用了什么手法，使得这真正的山形，可以厚重到盖过山的倒影，从而清晰呈现出来。

这样，后人在依图找山时，不需要找到形状一致的：眼睛得透过表象，去看影，只要影对了，这山就是对的。哪怕影是狭长，而山是矮圆的——没关系，就在这矮圆的山里，找对应的方位。

江炼手持着图，迅速去对应湖里的山形，时而后退，时而往边上走。很快，所有人的目光都投注到了他的身上。

江炼的手心都出汗了。是这座，是这座没错。虽然他们身在此山中，但只要比对一下左右两侧的山形就会知道，阎罗的最终目的地，就是这座山。

他快步走向倪秋惠，也不及解释这图的由来，先问站在边上的黄松："你说的洞口，那两个洞口，距离这儿还有多远？"

黄松答不上来："还得走……三刻钟？"

"不是,"江烁索性指向图上的那山,"我们在这儿,山有这么高,那两个洞口的大致方位,你觉得,在哪儿?"

黄松迟疑了一下,指头在纸面上挪移:"这、这儿吧。"

他指的方位,恰恰是那四个字。

昆仑天梯。

应该不是巧合,那两个肠口,就是进天梯的入口。

天快擦黑儿时,一行人到达肠口处。

肠口外,还留了两个山户值守。这两人冻得缩手缩脚、蜷身子焐手,跟二十世纪八九十年代笼袖口取暖的老农民似的。

两人急急迎上来,不待倪秋惠发问,先报告情况:"三姑婆,早几个小时,很奇怪,这山好像在颤,站着感觉不到,全身趴在地上就能感觉得出来,好像山里头有什么变化似的。"

又拈来一条断绳给她看:"七姑婆之前说,会把纸缠在绳上,给我们传递信息。起先,我们怎么拽都拽不出来。后来拽出来了,是断的,也不知道是被什么东西咬断的。"

倪秋惠接过断绳,看了会儿之后,又俯身去看肠口。

她第一次看到这肠口,也说不出有什么不对。再说了,山"里头"的变化,从这肠口也看不出来。

她沉吟了一下:"还是先得派人……探个洞。"

话音未落,四周一片寂静,没人说话了。若是点到自己,那没二话,袖子一卷就进;但若没点到……什么八人小队、什么血鸡,早已传得沸沸扬扬,人人心头都带三分怵,不想主动请这个缨。

江烁四下看了看,说了声:"那我去吧。"

他没有勉强,是真的想进。

怎么说也是山鬼自己的事,反而是外人先行,倪秋惠脸上有点挂不住:"我跟你一起吧,这儿是山地,有山鬼在会妥当点。"

神棍赶紧表态:"我……我也想进。"

倪秋惠这阵子对神棍的事也风闻不少,知道某些普普通通物件,在他眼里,很可能就是典故或者突破口,所以也不阻止:"行,那我们三个打头阵。"

219

【13】

老大们既然都冲在前头了，山户们也瞬间主动，纷纷表示愿意随行。

那俩守肠口的，依然干本行。剩下的二十个人，倪秋惠按五人一组，分了四组，暂定的做法是先带一组人进去，另三组候在肠口等待指令。

八个人，前三后五，还是从雪鸡被啃成了血鸡的那道肠口进。

下洞之后，倪秋惠不急着往里进，先摊开手，边上的黄松忙递了把匕首过去，倪秋惠把匕首往手心一划，然后攥起拳头，血便自她拳眼处断续滴下。

这是在"避山兽"了，趁着这片刻工夫，江炼把神棍脚上的缚绳放长了些。

他实在受不了神棍一溜小碎步状行进，如果神棍进了山肠真会受到什么刺激失智作怪……

反正低级别的作怪，这么多人呢，制得住；高级别的作怪嘛，区区两根缚绳，也是形同虚设。

几个人一路向里走。

倪秋惠走在最前头，黄松在边上帮她打探照灯，江炼和神棍在中间，剩下四个殿后，每走十几米左右，就会有人把带有不干胶的夜光片粘在山壁上。这是新调来的装备。这样一路走，身后一条"灯带"，指向很明确。

而每走百多米，还会用感光和夜光两种笔，在山壁上写下"平安"俩字。

江炼觉得这法子不错，消息送不出去，把字写在山壁上也是一样的，后来者入洞的时候，多少能够参考：这么简单的道理，四、七姑婆她们，应该想得到啊。

这念头刚起，倪秋惠就停下了，黄松的手电光照在一处山壁上，声音有点激动："是咱们的人写的，还有箭头……"

有记号？大家都拥了上来。

非但有记号，还有字，是个"米"字。

倪秋惠问黄松："进肠的人，有姓米的？"

黄松想了半天，果断摇头："没有。"

神棍拧起眉头，喃喃有声："米……难道需要大米？煮饭吃不大可能，驱邪嘛……不是用糯米吗？"

江炼总觉得这"米"字有深意，看了几秒，忽然想起来了："这个应该是孟助理写的，或者孟小姐写的。孟小姐说过，孟助理祖上入过估衣行。这是暗语。'米'

字八出头,他们有八个人。"

听到"估衣行"三个字,倪秋惠也明白了:"二十五个人,本来应该是'23+2'的排布,看来已经分散成小队了,不过,这个箭头……"

这箭头很古怪,居然是逆着众人的行进方向,往外指的。

此时众人进洞,只十分钟左右,沿途也没有什么岔口,如果真有八个人,沿着这箭头方向走,按理说,应该已经顺利走出山肠了。

神棍"啧啧"道:"会不会是鬼打墙啊?明明已经走到出口了,就是走不出去。"

倪秋惠点了两个人:"你们现在往出口去,加快速度,看能不能走出去。"

那两人应了声,快步朝外走,约莫一刻钟之后,又气喘吁吁地回转:"能走出去,我们一直走到出口,才回来的。"

这就奇怪了,难道这记号是造假的?倪秋惠沉吟了一下:"先圈起来,真实性待定。"

黄松依言而行,拿笔圈过之后,在边上打了个问号。

一行人继续往里走,约莫五分钟之后,居然走到了尽头,尽头处有个地洞,黄松扒住地洞边缘往下看了看:"往下十多米,就到下一层了。"

十多米不是问题,倪秋惠吩咐人绾绳、结绳,绳子结了两根,下时两人同下,方便互相策应。

江炼和黄松先下,才下了一半,黄松眼尖,先看到了什么:"停!停!这儿又有字!"

上头放绳的人忙勒住绳身,黄松一时没稳住身子,在绳上晃来晃去,手电光也不定,但仍能照出斜上方的几个字。

不害怕。

边上还画了个简笔的小人。

诡异的是,"不害怕"的"不"字,还少了半边——这是个井一样的筒道,字在筒道侧壁和顶面的接合处,看那架势,少的那半边,是卡进了接缝里。

江炼忍不住说了句:"你确定这是山户写的?"

黄松很肯定:"这种笔是我们内部设计定制的,前两年才投入使用,我就没见别的人用过。"

江炼没吭声。字所在的位置太刁钻了。这通道如筒,人从绳上悬吊下来,身体跟筒壁是平行的,抬手写字的话,要么是一行横字,要么是一列竖字。

但这行字的效果,是横写、竖列,打个比方,就仿佛有一条走廊,人在走廊墙壁上写了一行字,后来,这走廊被竖立起来了,那行字也成了竖的,但你读的时候,还得把脑袋歪个九十度。

人怎么可能爬到那个角度去写字呢?而且,这留言太低幼了,正常人谁会写个哄小孩样的"不害怕"?

二十五个人中……

他心中一动:还真有,史小海应该会这么写。

正想着,又一条绳直坠下来,原来倪秋惠在上头等得不耐烦,索性自己下来看——她身体瘦小,动作却敏捷如猿,只瞬间就缒到了江炼身侧。

她抿着嘴,看那几个字,眸子里明晦不定,顿了顿,说了句:"你们怎么看?"

黄松不知道该怎么答,没敢吭声。江炼则实话实说:"正常来说,没人会这么写字,而且,'不'字还少了半边,要么是有人故弄玄虚,要么是……"

这最后一句,他觉得太荒唐,咽回去了。

倪秋惠却对他的话很有兴趣:"把话说完啊,要么是什么?"

江炼硬着头皮:"要么是这山肠……故弄玄虚。"

没想到,倪秋惠居然点头了:"很有可能,刚刚一直在这儿值守的那俩小伙子,说山里头好像有什么变化,站着感觉不到,趴在地上就能察觉得出——当时我就觉得奇怪了,山有震动那还得了。"

江炼一点就透:"不是山动?是……肠动?"

黄松在边上听得一头雾水,又不敢插话。

倪秋惠"嗯"了一声:"九曲回肠,是缠绞连通在一起的,它只需要稍微打乱一下拼接,里头的结构就会完全不同……这趟救援是没意义的。"

江炼糊涂了:"怎么会没意义呢?"

倪秋惠说:"你还不懂吗?迷宫本来就难走,更何况是一个随时翻新的迷宫?通常情况下,救援是外头的人把里头的人带出去,但这儿,来多少人困多少人——出去的关键,是里头的人自救,而不是外头的人救援。"

说着看向黄松:"趁着肠道还没变,你赶紧把人带出去,我估计老六也快到了,出去之后告诉她,就说我说的,所有人都在外等,不用朝里头派人了。"

黄松听得似懂非懂:"那……三姑婆,你不出去吗?"

倪秋惠说了句:"我和他们会合,能出得上力,这自救就多几分胜算。里头不是拼人头。你们……出力的概率小,出事的概率大。"

黄松面上发窘,但还是应了一声,抓住绳子振了振,吼了句:"把我拉上去。"

倪秋惠目送着他上了洞,才看向江炼:"你呢,不出去?"

江炼摇摇头,向上头喊话:"神棍,这肠道好像自己会动,什么路线、记号,留了也白搭，你还敢不敢进？"

很快，上头飘下神棍又惊又喜的声音："这么带劲的？还能自己动？那我得仔细考察一下。"

八个人，又变回了三个人。

现在，换了江炼给倪秋惠打光。

人少，就好说话，神棍跟倪秋惠套近乎："三姑婆，听说你是住四川？"

倪秋惠说："青城山。"

"在那儿……伴山？"

"出家。"

江炼一怔，不过他很快恢复如常，照旧打他的灯。

神棍却没能掩饰住惊讶，话说得磕磕巴巴："出……出家？三姑婆，你是遇到了什么……事吗？"

他原本是想说，是不是遇到了变故，或者有什么想不开的，又觉得不够委婉。

倪秋惠笑了笑，说："这问题，好多人问过，我都答出个模板来了……我啊，有家有子，没遭遇不幸，过得很好，儿女也争气。我想出家，和家里人说了之后，就出家了。出家就是个选择，不是避世，不是断绝尘缘，不是走投无路，也不是心灰意冷。"

神棍没想到是这么个答案，仔细揣摩一番，顿觉自己狭隘，再看倪秋惠，忽然就觉得她虽然干瘦、矮小、不起眼，但身上，是有那么一股子山鬈的气派。

接下来，就是兜兜转转，或直行，或拐弯，或下缒，山肠吞音，脚步声很轻，喘息声更轻，走着走着，江炼心中竟生出了奇异的安定感：千姿也许只是迷路了，正像他一样，只是在不断地走路和转向而已。

也许下一刻，拐过一个弯，就会遇到她了。她一向很不耐烦，能想象得出，一定是怒气冲冲、满腹气恼。

江炼不觉微笑。他伸手进兜，瞥瞥左右，刻意落下了一两步，然后迅速摸出那一小管香水，在自己的脖颈上滚了两下。

万万没想到，倪秋惠的鼻子也很灵，江炼正待将香水揣回兜里，她已经转头望向他了，目光先掠过他的脸，又精准落在了他的手上。

江炼故作淡定，强行挽回脸面："这个是……驱虫的，有点香。"

倪秋惠和颜悦色："年轻人，活得讲究些，不丢人。"

不是……

223

江炼想解释一下，但是"驱虫"的名号已经打出去了，又不好改口。

他安慰自己，至少在三姑婆心里，他是个"讲究"的小伙子。

正如此想时，倪秋惠身子突然一顿，说了声："有味道。"

前方不远处就是岔口，看来是岔口内有异样。江炼心头一紧，提枪在手。神棍则侧身让路，和江炼换了前后位置。

三人屏住呼吸，慢慢向岔口处行进。临近时，江炼略停了两秒，然后心一横，端枪抢出。

见触目之处，先是打了个寒噤，然后吁了口气，说了句："死了。"

是一个已经死了的雪野人，按说这条肠道已经不算窄了，可容两人并行，但雪野人身形实在太大，伏倒在地，如同一座长毛肉山，把路给挡死了。

雪野人身上，弹孔密布，还插了不少箭，一看就知道是山户手笔，垂在身侧的手里握了根人的手臂，想必是暴力撕扯下来的，雪野人的半边身子被啃没了大半。山壁上，有成千上万道往远处延伸的血线，密密麻麻，不过并没有距离得太远，长的七八米，短的只有两三米。

看这一地狼藉，也能想到这一战是怎样的激烈、惨烈。

倪秋惠叹了口气，轻声呢喃了句："罪过，罪过。"

神棍喉头发干："这是……跟雪野人遭遇过了？"

江炼点了点头，又跨过雪野人的身体，从背包里抽出薄的胶皮手套戴上，去抹了抹山壁上的血线，还没干透，能抹下点颜色来。

倪秋惠说了句："啃吃野人的，应该跟啃吃雪鸡的是一种东西。数量多、体形小，看来'避山兽'对这种东西有用。我们靠近之后，它们就遁避了。那些血线，就是它们逃走的痕迹。"

"避山兽"有用……

江炼脱口说了句："也就是说，这些东西，伤不了孟小姐他们？"

倪秋惠却脸色凝重："很难说，希望人别太分散，跟着老四、老七和千千的人，应该没问题，但万一落单、迷路，那就不好说了……你们也一样，不能离我太远。"

说完，看了一眼那半条胳膊，双手合十，旋又放下："走吧。"

神棍结巴："不……不收尸？"

问完了，自己都觉得荒谬。怎么收，难道扛条胳膊走吗？

倪秋惠跨过雪野人的尸体："人已经走了，皮囊收在这片山跟收在那片山，没什么区别。咱们山户，习惯死后与山同葬，他这也算收骨在昆仑了。"

神棍惦记着"不能离三姑婆太远"，见她已经往前走了，也想跨大步跟上，奈何脚上有缚绳，一脚跨不过去，急得鸡皮疙瘩都出来了，大叫："小炼炼！小炼炼！"

江炼回头一看，心里真是要叹倒一座山。他大步过来，身子一低，神棍还没弄清楚是怎么回事，江炼的肩膀已经顶住他胸膛，把他整个人扛转过来，又放下，顺便埋汰他："你说你这捆手、捆脚的，除了造成行动不便，顺带麻烦他人，还有什么作用？"

神棍坚持己见："那不一定，说不定什么时候，作用就凸显出来了。"

江炼懒得理他，大步去搀倪秋惠，又走了约莫一刻钟，一个转弯，眼前豁然开朗。

居然顶高底也阔，像是肠道上生出的大瘤子，面前是一片斜向下的坡地，而对面远处，接着这个"大瘤子"的肠道里，隐约有杂乱灯光。

江炼心头一喜，回头看倪秋惠："三姑婆，会是咱们的人吗？"

声音很难传过去，他把手电调到最大挡，向着那一处乱晃。很快，里头的人就被惊动了，那一头的手电光柱也多起来，隐约能看到人影晃动，还向着这头招手，声音也嘈杂，但被吞得厉害，听不真切。

江炼大喜，几乎要笃定孟千姿也在里头了，第一个下了斜坡。

对面休憩着的，是含景茹司在内的八个人。

他们刚刚被灯光惊动，这才注意到有人影下坡，猜到了是自己人，个个变了脸色，小跑着往这头来，双臂举过头顶，不断交叉又分开，大吼："别过来，千万别过来！"

【14】

既找到了人，又是在众山户面前，身为行三的大佬，自然要注意行止，倪秋惠反而是那个不紧不慢最后下的。

刚走了两步，她忽然注意到那些手势。

山鬼不像水鬼那样有专用的"水鬼招"，但大致的手势她还是熟的，这可不是欢呼雀跃式的招手……

她心头一紧，喝了句："先别下！"

来不及了，江炼脚下一空，整个人忽然向下跌落。

事情发生得太快了，谁也没看清是怎么回事，跟在江炼身后的神棍见到江炼瞬间跌了下去，还以为他踏中了什么陷阱，想也不想，伸出双手就去抓他肩头。

抓是没抓到，但神棍的两只手之间，是连了条缚绳的，那条缚绳倒是无比精准地套住了江炼的脖子。

然而神棍这人没什么功夫底子，手臂上无力，下盘也虚浮，所以这一套，没能套上人来，自己反给带得大头朝下，两个人如两根挂在一起的香肠，顷刻间都下去了。

江炼也说不清楚自己掉进哪儿了。

只知道是筒状，但不是直上直下的筒状，有点像乐园里的滑滑梯，时而旋转，时而扭曲，但总体是往下的，极滑、冰冷——手电比他先掉，一直在前方磕碰，发出单调而又空洞的声响，手电光四面转摆，时不时照出一些画面，也印证了他的想法。

的确是冰，四面都覆盖着冰，滑不溜的，人根本就定不住身子，只能身不由己地迅速往下滑。

当然，这还不是最可怕的。最可怕的是，他被勒得双眼翻白，舌头都止不住要外吐了，这杀千刀的缚绳，神棍口口声声说什么"说不定什么时候，作用就凸显出来了"，现在，这作用终于凸显了！

合着是要把自己给勒死。

江炼先是拼命屈肘蹬腿，想蹬住筒壁，止住下滑之势，然而这摩擦力实在是太小了。他又抽出腰间的匕首，忍着就快被勒窒息的不适和眼前的团团金星，拼命拿匕首往身侧去插去戳。

也不知道是不是时来运转，某一个瞬间，还真让他定住了几秒。他一把抓住脖子上的勒绳，只来得及说了句"你是不是要勒死我"，又往下滑去。

这一次，他两招并行，再次乱蹬乱踏，同时拿匕首不住戳插。神棍也反应过来，学着他的样子又撑又抓。十几秒后，两人又一次达成了颤巍巍的、微妙的暂停局面。

手电筒已经先一步滑到看不见的地方去了。江炼连气都不敢喘重，动作异常小心，慢慢去抽背包侧袋里的袖珍手电——毫不夸张，冰可是地球上摩擦力最小的物质，气喘大点，或者动作重点，一旦打破平衡，两人又该加速下去了。

俄顷手电光亮起，江炼先往上照，心头猛跳，却又止不住好笑。

原来，这一趟两人定住，居然多亏了神棍。他乱蹬时，一条腿蹬进岔道里去了，强行"被劈叉"，这一叉，再加上匕首插凿，才有了这宝贵的"一停"。

江炼又往下照，这一下，两人同时倒吸一口凉气，心跳都差点儿停了。

就在下方十几米远处，洞壁上竖着一片锋利的冰片，边缘又薄又韧，可以想见，如果不是暂时停住，而是加速下滑的话，只消一秒工夫，人就会被切成两半，都不带哼一声的——而由于惯性，那两半身体大概还会合在一起下滑，好一会儿才

226

会出现运动不同步的挪移。

只看了一眼，江炼额上就冒冷汗了，心口处也凉飕飕的，如冷风过境。这可完了，摩擦力这么小，指不定下一秒，两人又会往下滑了。

他喉结滚了滚，轻声说了句："你那条腿，是在岔道里是吗？"

神棍"嗯"了一声，"嗯"得又惶恐又小声。

江炼咽了口唾沫："我托你，你得……两条腿都进去。得换道，赶快！"

哪消他说，神棍另一条腿，已经拼命往那个岔口里送了。其实另一条岔道，也未必安全，但总好过眼前这条随时要命的。

江炼把袖珍手电的卡口别进衣领，背心处用力抵住筒壁，仰头看神棍的进度，神棍的两条小腿已经进去了，但他是头朝下的，身子怎么也扭不过去。

江炼一咬牙，伸手钩住缚绳，脚往筒壁上一蹬，一个挺身，把神棍推蹬了上去，神棍瞬间滑入那道岔口，正如江炼所希望的那样，下坠的势头之强，把这头的他也拽拉了过去——不过，两人虽然成功实现了换道，但本质上说，还是两截"香肠"，还是不断往下，只不过，换了上下位置而已。

但是，谁知道这条新换的筒道里，会不会还有冰片刀或者尖刺呢？

两人还是老一套，更加激烈地去蹬撑，如同两只翻滚在筒壁里垂死挣扎的大蜘蛛，但这一次，运气没那么好了，一直没能止停。好在多少和缓了降速。再然后，很突然地，一下子跌撞到什么，脚底下终于踩实了。

神棍已经滑晕了，眼前金星乱晃。江炼忍住五内翻滚，拈起领口夹着的手电去看。

这筒道的最后一截相当窄，两人面对面站着都有些局促。往上照，就是一截扭曲的筒壁，泛着冰面特有的莹亮，看着特别绝望。

江炼心算了一下滑坠的时间："那个坡面上，大概有不少根通下来的……"

他本来想说"肠子"。再一想，"山肠"这词已经被用了，而且，这些筒道比山肠要细多了："……'血管'，表面上看不出什么，走上去了就会出事。"

神棍终于缓过气来："是啊，先头那根，人滑过去肯定死了，这根……安全吗？"

在这种地方谈"安全"，似乎有点不切实际。

江炼又把手电往下照，心头不觉"咯噔"一下。

脚下踩着的，居然不是实地，像块镂空的青铜板。他蹲下身子，努力想透过板上的空隙看清外头，但手电光尽头，只有一片古怪的、看不清是什么的黑亮。

他又拿手去摸青铜板的边缘。

筒壁上结满了冰，按理说，这块青铜板的边缘处也该是被冰冻住、"焊"死的。

然而并没有。

江炼心头升起不祥的预感："这块板，好像是从外头装卸的，而且，最近应该装卸过。"

神棍半张了嘴，秒懂："那这不就像个笼子？人家在外头把板一抽，就……逮到我们了？"

江炼示意了一下腰间的喷火器和枪："那不一定，我们在这儿，也是一夫当关。"

现代火器和装备让神棍稍稍放了心，他仰头看上方的筒壁："那咱们……怎么出去呢？"

江炼解下背包："从上头走不现实，攀冰需要专业的工具，我俩这样的……没戏。我倒是希望，真有人从下头抽板。"

这样，还能有机会从下头脱困。

不过，不知道要等多久才会有人来抽板。江炼拉开包链，抽了根能量棒给神棍："先吃点东西，补充体力。这事，一时半会儿不会完。"

神棍接过来撕开，拗了半根递回给江炼，江炼接在手里，却不忙吃，怔了一会儿，才问他："你说，千姿会掉进这种……'血管'里吗？"

他眼前又掠过那片竖插着的阴森寒冷的冰刀。

神棍边嚼边皱眉："不会吧，她要是滑进那条冰刀'血管'，那也……太惨了吧。"

江炼的手不觉颤了一下。

若让孟千姿选，她大概不会觉得自己眼下的处境，比滑进冰刀"血管"强多少。

她就快抱不住段文希的冰尸了。

起初，她是抱住冰尸的肩颈部位的，努力了几次想爬上去，非但没成功，身子还不断往下移坠，她自己都说不清是什么时候，抱的已经不是冰尸的肩颈，而是腰部了。

更糟糕的是，她腿伤的麻药，药劲过去了，偶一抽动，就痛得半边身子直哆嗦。

不能这么长久地吊下去了，她意识都快涣散了。有几次，甚至只想不顾一切，闭上眼睛睡觉。

头顶上方传来"哦哦哦"的声音。

孟千姿仰起头，吼了声："你！"

"哦"声停了，过了会儿，雪鸡小小的脑袋从那个洞沿处探了下来。

孟千姿说："你去给我找救援，懂不懂？找救援！我们有二十几号人困在这里，总能找到一两个的，懂吗？快去找！带人来！你不是会飞吗？给我飞！"

哪怕只带回一个人来，也能拽动锁链，把她给拉上去。

雪鸡的头又缩回去了，过了会儿，她听到雪鸡的翅膀扇动声，心下大感安慰。

然而，又过了一会儿，再过了一会儿，那翅膀扇动声还在上头。有一两次，她甚至看到雪鸡滑掠过那个洞口。

我是让你飞行表演吗？

她怒吼了一句："我是让你去找人！"

也不知道是不是这句话吼得太凶了，正忙着飞来飞去的雪鸡吓得一个哆嗦，居然从洞沿处倒栽了下来，孟千姿眼睁睁看着它惊慌失措、翅膀乱扇，滑撞在一侧的山壁上，又骨碌滚了下去，很快，就滚得看不见了。

孟千姿气得眼前发黑。

这就是鸡。

江炼半根能量棒还没吃完，忽然隐约听到"咕噜"冒泡的声音。

他"嘘"了一声，侧耳去听。过了会儿，忽然意识到什么，俯下身子去看。

果不其然，那片诡异的黑亮逼近了。

神棍什么都没看见，但见江炼脸色发白，自己也有点变腔调："怎么了？"

"下面是水，涨水了。"

涨水了？神棍愣了会儿，忽然意识到事情的严重性："如果让它涨上来，我们是不是就……淹死了？"

江炼冷笑："不止，如果涨上来，它很可能会结成冰。到时候，我们就会被冻在冰柱里。"

冰柱？

神棍突然想起黄松提起过的，那两个被冻在冰柱中的山户。

难不成，就是在这儿被冻成的冰柱？

他慌得牙关直打战："快快快，小炼炼，我们赶紧往上爬。"

这怎么爬啊？江炼背心发凉，迅速翻动背包，他虽然不是山鬼，但也领了山鬼同等装备，山鬼的装备，多为攀山准备……

找到了，他掏出一包岩钉和一把折叠手锤，让神棍帮他拿着岩钉，自己则紧张地寻觅有可能下锤的地方。

"咕噜咕噜"的冒泡声更近了，江炼额上渗汗。好在，终于让他找到和肩同高的一处可以下岩钉的地方。

他迅速将钉尖抵上冰面，重重下锤，一时间冰屑乱飞，一根凿好，水已经漫过了青铜板。

江炼屈起一条腿，吩咐神棍："快，先踩着我的腿上。上去了赶紧找高处还有没有能下锤的缝。"

神棍一脚踩上江炼的腿，又伸手去抓岩钉，一抓之下，连人带钉，"扑通"一声砸落下来。

这岩钉，连抓力都吃不住，更别说去承受一个成年男人的体重了。

此路不通，江炼只觉得耳膜处"嗡嗡"震响，他给自己也给神棍打气："没事，咱们再想办法，一定有办法的……"

水已经漫到脚踝处了，从登山靴的靴口灌了进去，脚下一片冰凉。

就在这个时候，半身水湿、刚爬起身的神棍忽然一把攥住江炼的胳膊："小炼炼，你……你听见了吗？"

江炼和神棍对视了一眼，两人的嘴唇都有些不受控地发颤。

听见了，那是愈来愈近、由高及低的、"咔嚓咔嚓"的声音。

顿了顿，两人一起抬头，看向高处。

那是铺天盖地的……说不清是什么，灰褐色的，如同山石，成千上万、密密麻麻、团团滚滚，似潮水，如蝗团，顺着这"血管"、沿着筒壁，向着下方卷了过来。

【15】

神棍吓得魂飞魄散，上路不通，下路重新成为首选。他大吼："小炼炼，快，你有枪，把这青铜板打掉，咱们到水里去！"

其实神棍压根儿也不会游泳，但管他呢，先顾眼前，到了水里，再想水里的法儿。

也是条出路。江炼拔枪在手，错开脚，对着青铜板和筒壁的接缝处就射，神棍在边上用力踩踩，只盼着奇迹出现——那青铜板突然被踩下去。然而并没有，倒是水下有什么东西，被水的浮力所带，撞贴在了镂空的青铜板的那一头。

水位已经到小腿了，透过漾动着的冰水，江炼依稀看到那东西的轮廓，他脑子里蓦地一惊，大叫："箱子！那个是不是箱子？"

水流急涌，那东西在青铜板下只贴停了不到两秒，就不见了，神棍急低头，什么都没看见，情势紧急，他早忘了"箱子"是什么，声音和身体一起筛糠般抖："什么箱子？"

再然后，世界忽然静止了。

筒壁里那潮水般卷席而来的"咔嚓"声,消失了。

什么意思?冷汗自江炼脖颈滑落,没入衣领,他和神棍对视了一眼,慢慢抬头。看到了,来了,就在头顶,最靠前的那些,距离他们的眼睛,不过两三厘米。

江炼也不知道这是什么。看上去,就是一粒粒的小石子,个头跟蝗虫差不多大小,和山壁一个颜色。如果它们不动、落在地上,他会以为是碎石块;停在山壁上,他会以为只是嶙峋山石的凸起。

然而,它们是在动的。

这场景就有点恶心了,数以万计、密密麻麻的石虫子,像蜂巢里无数爬进爬出的蜜蜂那样垒成一团,几乎堵塞了整个筒壁。看着看着,人会怀疑自己的眼睛,以为是石壁裂成了无数的小块,在蜿蜒"流淌"。

水到大腿了。

神棍的喉结滚了一下:"小……小炼炼,它们怎么还不下来啃我们?"

江炼说:"不知道。"

腰间还有喷火器,但根本没用,你朝着上头喷,油料滴落下来,他和神棍会死得更惨——火烧加高温碳化,不会比被石虫子啃吃了舒服多少。

只对答工夫,水到腰了,江炼握枪的手尽量高抬。这些石虫子攻击,他们会被活活啃碎啃吃;不攻击,他们会困死在水中,然后被冻在晶莹的冰柱里。

就这样吧,江炼反而平静下来:"如果它们下来,或者水淹过头,我就给你一枪吧,至少咱们能死得舒服点。"

神棍"嗯"了一声:"照着头打,你别枪法不准,还让我受一遍罪。"

江炼笑了。

就在这个时候,大群的石虫子忽然动了。江炼心头猛跳,扣在扳机上的手险些压下,但他立刻发现,这些石虫子是在离开。

什么意思?怎么会走呢?这儿没别人,三、四、七姑婆乃至孟千姿都不在,没人会避山兽,它们怎么走了?

神棍的声音都变调了:"它们……走了?小炼炼,你做了什么?"

不可能是因为自己,只可能是……

江炼突然大吼:"快,你抓住它们!抓住!"

神棍的头皮一阵发麻,它们不来啃吃他,他就谢天谢地了,他还抓住它们?嫌死得不够快吗?

江炼的声音也嘶哑了:"你不懂吗?是因为你,就像山胆断在你手里,巨鳄冲着你去一样,是因为你!只要它们不动你,你攀住它们,就能上去了!"

神棍也不及细想，只把那句"就能上去了"听入了耳，然而石虫子退得也不慢。他这片刻迟疑，水已经到了胸口，伸手也已经够不着那些石虫子了，说时迟那时快，江炼一个深吸气，瞬间沉入水中，抱起神棍的双腿往上一送，神棍大吼一声，两只手掌拼命扒按住无数石虫。这手感怪异无比：时而冷硬，时而温软，仿佛这东西还能呼吸……

骇得他根根汗毛倒竖，但这骇意很快被巨大的狂喜淹没，两只手掌乃至手臂仿佛粘上了吸盘，根本不用他使什么力气，身子已经如搭顺风车……不……"顺风虫"，蛇行而上。

他激动道："小炼炼，我上来啦……"

就听"哗啦"一声水响，江炼紧抱他的双腿，也被带出了水面，神棍急闭了嘴，这才知道自己责任重大，他要是一个不慎挂不住，那可是生机尽丧、一跌两命啊。

他掌心冒汗，手底下扒得更紧。恍惚中，觉得这些石虫子像成群的蚂蚁，而自己和江炼是被蚂蚁拖回巢的大虫子。

他战战兢兢朝下头喊话："小炼炼，咱们就一直被这么……拖着走吗？"

江炼浑身水湿，现在又被拖着在冰壁上游走，发梢都已经结冰碴儿了，嘴唇也冻得青紫。他说了句："看情况，只要不在这鬼地方，安全了，咱们就撒手。"

接下来，就是一番"血管"游走，江炼的猜测没错，这些"血管"不止一根，真的像神经元树那样交叉错通，洞壁都挂了冰。

他想起那诡异的涨水，也许在这儿，水涨、水落是反复进行着的。水落之后，洞壁上挂着的残水瞬间成冰。年复一年，才形成了今日这交错如网的冰"血管"规模。

人失足跌进了这种地方，真是比进陷阱还可怕……

他心中一跳，忽然又想起了透过漾动着的冰水、隔着镂空青铜板看到的那个东西。

是那口他一直在寻找的箱子吗？

像，太像了！当时只匆匆一瞥，东西又在水下，为青铜板所隔，不可能看清楚什么花纹，但他百分百肯定，那是一口箱子。

一口浮动在诡异的水面上的，随着水涨而升、水退而落的箱子。

虽然山壁上仍挂有薄冰，但已经不像"血管"那么紧窄，而且终于是平路而非竖筒了，神棍这才撒手。松手时才发现，由于一直死抓，手指头都麻木得动不了了。

他又甩又抖，终于脱离了那群石虫子。目送着那股诡异的"石潮"消失在错综

232

复杂的山肠间。

两人瘫坐在山肠里,一般无二的双目呆滞,脑子都还没转,尚未从方才的惊险中回过神来。

过了会儿,神棍呢喃了句:"小炼炼,你怎么这么香呢?"

让他这么一说,江炼也觉得自己怪香的,他伸手进内兜,摸出了一手的玻璃碴儿。

他把碎碴儿甩掉。刚刚在那些"血管"里又摔又撞,那管香水不知道什么时候被压碎了,又经水一浸,味儿全散了出来,整得他跟一朵人形的大花似的。

江炼脑子依旧发木:"不经一番寒彻骨,哪得梅花扑鼻香……"

说着,他拿匕首砸了砸冻硬结霜的衣袖:"看见没,我刚'寒彻骨',现在'扑鼻香'了。"

"你不脱掉?"

江炼摇头。

不脱,他沉水时起得很快,衣服还没浸透,冰又结得迅速,衣服的某些地方还是暖和的。

几句对答之后,神棍终于缓过来了:"小炼炼,我怎么也能'避山兽'呢,难道我也是山鬼?"

江炼没好气:"你找不着祖,也别乱归宗,一会儿彭祖,一会儿况祖,现在又成山鬼了——你那不叫'避山兽'。避山兽,是你还未至,它已经闻风而遁,双方不会有照面的机会。

"那石虫子,只是不动你,兴许你们是老熟人。你不是说,况祖的口述,是你写的吗?你祖上八成来过这里……"

神棍忽然打断他:"什么声音?"

江炼心头一凛,迅速抬起枪口,又把袖珍手电的一端拨向声音传来的方向。

那是一条岔口。

手电是防水的,但这一番冲撞浸泡之后,光似乎晦暗昏黄了许多,打在那一处,显得诡谲而又阴森。

声音近了,窸窣而又细碎,还间杂着一两声"哦哦"。

神棍紧张到呼吸都停了,又来了,又来了,更近了,灯光逐渐把一个扭曲、巨大而又诡异的影子映出了岔口。显然,它的嘴是尖长的,它的头是畸形的。它明知道这里有灯光、有人,却不紧不慢。这说明,它压根儿就没把他们放在眼里……

那东西行将跨出的刹那,神棍绷着的那根弦秒断,用尽浑身的力气嘶吼了句:

"杀呀！"

狭路相逢勇者胜，他一定要先声夺人！

刚跨出岔道的雪鸡吓了一跳，脚下一个趔趄，险些滚翻在地。

咦，鸡？

神棍茫然。

江炼吁了口气，把枪收回。

神棍拿肘捣了捣江炼："小炼炼，是只雪鸡。"

江炼"嗯"了一声："黄松不是说过吗？千姿放进来两只雪鸡，一只壮烈"牺牲"了，一只失联，这可能就是失联的那只，真是命大。"

说到这儿，心头忽然升起希望，一只雪鸡，进来之后都存活到如今，那千姿，应该也……差不到哪儿去吧？

他撑着山壁站起："走吧，我们还得找人。"

神棍指了指雪鸡："把它也带上吧，相逢也是有缘——不是我说，我这个人，很有'鸡缘'的，一般有鸡出现，都是好兆头。"

带上就带上，扯这么多有的没的，江炼没好气。

神棍朝那只雪鸡走去，嘴里还"哦哦哦"地学声。那雪鸡也怪，站在原地不动，等神棍近了，又"扑棱"跑远，但只跑几步就停下，滴溜儿着一双小眼睛看神棍。

如此反复几次，江炼不耐烦了："你还玩上了是吗？"

神棍皱起眉头："不是，小炼炼，这鸡，好像想带我们去哪儿。"

是吗？江炼乜斜了那雪鸡一眼："万一是把你带进圈套呢？"

"那万一不是圈套，是真有要紧事呢？"

说不好，五十比五十的概率，反正往左是走，往右也是走，江炼怎么都行："那去看看。"

那只雪鸡真是在带路，摇摇晃晃在前头甩屁股，走一阵子，还很不放心地回头，唯恐两人跑了。

江炼一直斜眼看那鸡，这要是只狗，他还能给予点信任，但一只……雪鸡？

神棍给他扫盲："小炼炼，你不要看不起鸡，有科学研究表明，鸡的智商差不多相当于一个四五岁的小孩。"

是吗？江炼不置可否。

又走了会儿，雪鸡拐进一条略矮的岔道，江炼得低着头才能走路，而且，这岔道还越来越矮，到末了，江炼简直无语了。

对人来说，差不多是死路了。对鸡来说，还能通行，因为底端有个洞。毫不夸张，比狗洞还小。

雪鸡抖擞着羽毛钻了进去。

神棍没词了，江炼叹气："白跟了，走吧。"

正待转身，那只雪鸡又钻回来了。大概是见人没跟过去，赶紧折回来找，看到江炼他们有要走的趋势，大惊失色，一溜儿小跑着过来，拿小脑袋拱江炼的登山靴。

如此弱小，踢它下不去脚，江炼抬脚绕过它，又往外走。

雪鸡急得不行，忽然扑腾着蹿过两人，挡住去路，小翅膀一张，一副很强悍、拒不放人的架势。

江炼哭笑不得，长得跟个鹌鹑似的，你还当自己是老鹰吗？

他蹲下身子："鸡哥，不是我们不去。听说你有四五岁小孩的智商，你看看我这体形，像是能从这洞里穿过去的吗？行了啊，别强人所难了。"

说完这话，正待起身，心中蓦地一紧，又蹲回去了。

神棍奇怪，想说什么，江炼抬手制止。

他好像……听到孟千姿的声音了。

江炼的心"怦怦"狂跳起来：山肠吞音，除非孟千姿在近处，而且叫得很大声，否则他是不会听到的。

他额头又开始渗汗了，好像是真的，虽然声音缥缈、四下发散，但他真听见了，而且，她好像叫的就是他的名字。

江炼瞬间反应过来，他俯下身子，向着那个洞口大吼了句："千姿？"

他百分百确定，声音就是从那头过来的。

江炼全身的血一下子沸了。他咬紧牙根，拼命向那个洞里钻，实在钻不过去，到肩那儿就卡了，江炼抽身出来，迅速脱衣服，扯了外套，又脱毛衣。神棍急道："你脱了皮你也过不去啊，钻什么钻？"

江炼不理他，几件衣服后甩，又往里钻，还吼神棍："你帮个忙，推我一下！"

这能是推一下就成的事吗？再怎么推，猪也拱不进狗洞，狼也钻不了蛇窝啊，神棍真是顿口无言，但没办法，只好在后头使劲推他。

雪鸡目瞪口呆，如看西洋景。

江炼拼命吸着气往里挤，好在这洞不长，他用尽力气，才把半边脸和一只眼堵到了那头洞口。看不见，黑洞洞的，他又拿压在身底的那只手往外推袖珍手电，终于把亮着的手电从被挤压变形的脸下慢慢推了出来。

他喘着粗气，往前看，往下看，眼皮又斜往上翻。

看到了。

这一看，他血都涌上脑子了，然后那血又瞬间冰凉，激得他浑身一个哆嗦。

孟千姿悬空吊在上方中央十几米处，似乎抱着一个人的腿，而那人是吊在一根锁链上的，锁链"哗啦"作响，孟千姿的身子在半空晃动，颤颤巍巍，看得人心惊肉跳。

他吼了句："千姿，你坚持一会儿，我马上到！"

【16】

喊完这话，江炼自洞口缩回来坐起，鼻尖渗满细汗，脑子里飞快地转着念头：该怎么办？怎么才能过去？

神棍虽然没能看到那头的情形，但听到江炼喊话，也知道多半是找到孟千姿了："小炼炼，这儿过不去，咱们赶紧想办法找新路吧。"

这种九曲回肠，走两步就迷向，找新路谈何容易，再说了，找到新路，黄花菜都凉了。

江炼试着去推踹石洞，可惜这是石头而非豆腐。他一遍遍扫视着自己脱扔在地上的衣服装备：有枪，有喷火器，还有背包……

他一把操起喷火器："快，把我们的水都拿出来，盖子都拧掉。"

说完，一揿压阀，大股的油火便向那小洞内卷扬过去。

雪鸡怕火，"哦哦"叫着跑远，神棍虽然不明白江炼的用意，但还是埋头照做。

两人都背了包，共计四小瓶矿泉水。因为在水里泡过、冰"血管"里待过，瓶身都冰凉，甚至有点冻手，神棍犹豫了一下，给四瓶都去了盖。

石头不是木柴，没法儿助燃，烧了一会儿之后，那火就熄了。江炼抓过矿泉水，用力攥捏瓶身，把冰水激射在烧过的洞内壁上。

刹那间，白烟腾起，发出"哧哧"的声音。很快，又传来石块因热胀冷缩而裂开的脆响。江炼退后两步，拔枪向着洞里连击，然后上脚猛踹。

神棍听到碎石崩落的"哗啦"声，这洞虽然没有轰然塌垮，但拓大的程度已经相当可观了。

江炼眼见差不多能通人了，也顾不得那一处的山石仍旧烫热，再次俯下身去，手脚并用，终于成功爬了过去。

片刻前，他也曾勉力看过这头的情形，但当时注意力都在孟千姿身上，现在要部署救人，通观四面，才觉得直如一盆冰水，兜头浇下。

这是一个无底洞，周围山壁如桶，他爬出来的那个洞的洞口，如同开在桶壁上，再多跨几步就是悬崖。

而孟千姿悬吊的位置，差不多是在洞的中央，距离桶壁远不说，还高出了十几米。

这要怎么救？岂不是只能干看着？

江炼脑子发麻，不忘向她喊话："千姿你千万抱紧了！我在想办法了，很快。"

现下唯一还可算"优势"的，大概就是这山壁嶙峋粗糙、易于攀爬，江炼从爬洞内抓过神棍塞过来的物事，穿好衣服，背好背包，一横心，徒手向着上方爬去。

其实爬上去，除了能更近点看到孟千姿、跟她说话方便，他也不知道还能再做些什么。

但管他呢，先爬再说。

爬了几米之后，江炼左侧的肩膀开始隐隐作痛。这些日子，他伤口还算愈合得不错，但徒手攀爬这种强度，还是超出了目前身体所能承受的范围。

江炼憋红了脸，嘴里吁着气继续往上，孟千姿垂目看他，见到他脚下不断滚落碎石，紧张到手心冒汗，一时竟把自己的处境给忘了。

神棍也从洞口里探出头来。这一瞧，虽然人是趴跪在地上的，腿肚子还是直打战：老天，这两个人，两种处境，两头他都不敢看——这边是脚一滑就完蛋，那边是手一松就会去见马克思。还有，孟小姐抱着的那又是谁啊，难道是冼家妹子？

身侧突然有温软的拱动。低头一看，是那只雪鸡也钻过来了，同他一样仰着脑袋看上头的进展。

江炼爬到和孟千姿差不多平齐的位置，大口喘息着停下。

袖珍手电的光有限，神棍又从下方给补了一道。这一补，把孟千姿抱着的那具冰尸照得发亮，反而更看不清楚面目了，只知道是个"冰人"。

江炼心头一悸：孟千姿也和七姑婆一起进洞的，那个难道是……七姑婆？

不过，他也管不了那么多了，眼下活人要紧。他抽了绳索在手，手上微微发抖，他可以扔个绳头给她，只要她抓住了……

不可能，距离太远，扔不过去，而且以孟千姿目下的情形，她也绝对腾不出手来抓绳子。再说了，就算她抓住了，也只会猛荡下来，直直冲撞上石壁，不死也残……

他的目光忽然落到了下方看热闹的雪鸡身上。

"千姿，你还可以伏山兽是不是？"

孟千姿双臂发木。现在，她抱住的已经是冰尸的脚，再往下就没退路了。

她艰难地"嗯"了一声。

237

"它能飞吗？把它叫过来，让它到我身边来。"

孟千姿发出了一声很轻的呼哨。那雪鸡脖子一挺，过了会儿，"扑棱"飞扑到了江炼身边，小脚爪扒住一块拳头大小的石头。

背包里的绳索够用，江炼四下看了又看，先拈出一根，将端头捆死在一处斜出的山石上，又绕过自己的腰，然后把另一端递给雪鸡："来，咬、咬住。"

又教它："你飞过去，绕着上头那个人，绕一圈，绕一圈，懂吗？"

雪鸡显然是不懂，这事得指望孟千姿，江炼尽量放慢语速，不让声音带出自己的焦躁来，以免影响孟千姿："千姿，你听好了。我过不去，但雪鸡可以把绳头带过去。我要把绳子绑在冰尸身上，你懂吗？用绳子给你架桥，你要让它明白你的意思。"

这太复杂了，但孟千姿没那力气往回喊话了，能做到几分做几分吧，她尽量提高音量，"嗯"了一声。

江炼拍了拍雪鸡。

雪鸡扑着翅膀，带着那绳头，一路掠飞过去，它果然不会转弯绕圈，擦过冰尸的腿部时，就把绳头扔了下去，然后余势不尽，持续飞掠到了对面的山壁上。

万幸，这绳子挂在了孟千姿的头上，孟千姿喘着粗气，拿牙齿咬住绳头，把它拽绕过冰尸的小腿。

江炼看得呼吸都快停了。很好，这绳已经绕过冰尸双腿了。问题在于，该怎么打结呢？

孟千姿也在想这个问题。她咬着绳头，双臂又抱紧了些，然后只拿鼻子呼吸气，尽量扭转头，把绳头往这边拉紧的绳身上凑去。

好不容易，终于把绳头搭上了绳身。她继续一再挪头，把绳头搭挂在绳身上的部分一点点扯长。再然后，一口咬住两者的搭挂处，拿舌头去搅挑，试图用嘴来打结。

也亏得山鬼携带的绳索都是比较柔韧但直径偏小的静力绳，要都是麻绳粗细，她得长一张雪野人那样的血盆大口才能这么操作。过了会儿，江炼就见她头猛然一偏，咬着绳头一紧到底。

第一个结打上了！

不过，这还不是最关键的，孟千姿后背汗出如雨。她急喘了几口气之后，猛然松开一条手臂，闪电般缠绞上绳身，又迅速抓住了绳头。与此同时，一条腿急速抬裹，脚踝也成功钩住了绳身，且缠绕了一圈。

她这个策略是对的，绳子已经跟冰尸接在了一起，她就得尽量把身体跟绳子捆绑在一起。

但是这一系列动作动静极大，在下头的神棍看来，之后她几乎是要掉下来了，于是没能忍得住，惊呼出声。

孟千姿就在神棍的惊呼声里，把打好的那个结又加固成了死结，这才筋疲力尽地垂下头去。

现在，她有部分的身体重量搭在了绳上，比起方才绝望的抱吊，好很多了。

江炼也长吁了一口气，声音轻松了不少："让雪鸡回来，还得多搭几根。"

他选了另一块斜出的山石捆绳，分散受力点。这根绳，从自己的肩肘绕过，而被雪鸡带飞过去之后，缠绕在了冰尸的腰上。

第三根如法炮制，捆死在了冰尸的膝盖处。

三根绳一牵成，形势顿时改观，孟千姿的双臂、双腿及上身分搭在三根绳上，身体几处着力，轻松太多了。

她开始尝试着往江炼的方向爬。

这爬也不容易，因为冰尸是吊在锁链上的，并非固定。这头一扯，整条锁链都在晃动，那三根绳也像颠簸在浪上，忽颤忽颤的。

好在孟千姿是个练家子。这种凶险对她来说，远谈不上要命，倒是神棍看得心惊肉跳，嘴里喃喃着把远近诸神，什么玉皇大帝、山鬼奶奶、耶稣基督，都给求了一遍。

江炼先还紧张，不过内行看门道。看了会儿，他就知道孟千姿足以应付，渐渐放下心来。

心境一变，看她在三根绳上挪抓翻转，不觉好笑，说了句："千姿，你这爬的，好像一只蜘蛛啊。"

孟千姿人在高空，下头就是无底渊，再有把握也免不了战战兢兢，忽听江炼来了这么一句，哭笑不得，一口气岔住，腿酥脚软，在绳上趴伏了好一会儿，才没好气地抬头看他："你才是蜘蛛呢！蜘蛛是结网的，网又不是我结的。"

也对，江炼笑："我结的，网住你了吗？"

孟千姿"呸"了一声。不过老实说，还真像，每一根绳都是从他身上过了一道，或腰臀，或大腿，然后才牵拉出来的——她记得《西游记》里，蜘蛛精就是从身上放丝的，跟他这五花大绑的模样如出一辙。

一只大蜘蛛精。

她可真不想爬过去，但不爬能怎么着？就这一条路，她又不能飞。

快到跟前时，她吁了口气，向着江炼倾过来。江炼伸出手去，一把揽住了她的腰，把她搂进怀里。

孟千姿伏在江炼胸口，"咯咯"笑起来。

她原本身体绷得死紧，而今终于松弛，只觉得于愿足矣，不过笑着笑着就顿住了，起初气喘不匀，后来只觉得心跳如鼓，和江炼的心跳声混在一起，乱作了一团，那些后怕、畏怯、发怵，后知后觉，此时才把人攫住。

江炼的身体微微颤抖，手上搂得更紧了些。看犹在半空晃动的那些绳索，觉得方才的一切，恍惚如梦。

但这梦做得太有运气了！每个节点、每一环、每个瞬间，好像如果抓不住，就永生永世抓不住了。

他埋首在孟千姿发间，舍不得撒手。

好像几辈子没见过了。

过了会儿，孟千姿抬头看他，说了句："江炼，你香得好难闻啊。"

说实在的，江炼也觉得自己香得太过了，但这话从她嘴里说出来，还是说在这样劫后余生的温馨时刻，让他怪没面子的。

他昂了头，抬了下巴，睥睨着她。

袖珍手电还别在他的衣领上，光更暗淡了，笼着他年轻而又狼狈的脸。脸的一侧，磨破了皮，有细小的破皮卷起，还有一处皮下渗了血、泛了青。

孟千姿伸手出去，轻轻贴住他脸颊一侧，柔声问了句："脸这儿，怎么啦？"

江炼一下子笑了。

他那点别扭和故作不悦，都没能持续到两秒。

那是拼命钻洞时，在地上磨的，没感觉到，也没觉得疼，现在，拢在她手侧，有些痒。

他说："没什么，地太硬了，擦的。"

说着，低头看她。手电光也随之低下，被她蓬松而卷曲的长发遮挡，在根根柔顺的发丝上泛着柔和的莹亮。

江炼忍不住去吻她的嘴唇。

将吻而未至时，忽然，一道雪亮的手电光，"唰"地一下照过来，恰自两人的中间穿过，这光照之强，江炼忍不住闭眼，孟千姿忍不住皱眉。

下方传来神棍惊讶的声音："小炼炼，你和孟小姐是在……谈恋爱吗？什么时候的事？怎么没听你说过啊？"

【17】

江炼觉得，问这话的如果是况美盈，他还能接受，美盈本就是个不护细行的，这些日子，跟他的交集也不多。

但是神棍……

拜托，他跟孟千姿初识在湘西，湘西有神棍；更进一步在广西，广西有神棍；稳中有进是在青海，青海还是有神棍……

三人行，两人成了双，另一人居然毫不知情，你那心，是大到能投篮吗？

江炼垂眼看他，淡定自若："不是的，我跟千姿一点都不熟。"

骗鬼呢，神棍愤然。

不过，看孟千姿那表情，神棍又觉得那具冰尸应该不是冼琼花了，否则她的七妈新丧，再怎么绝境逢生，应该也轻松不起来。

他拿手电照向那具冰尸："孟小姐，这个……是谁啊？"

一句话，把孟千姿拉回到现实中来。她沉默了一下，说："应该是我段太婆。"

顿了顿，又向上指："上头有一条冰塑的龙，我也不知道是不是看错了——那冰里，好像冻着骨头。"

问题来了。

江炼等于是把自己绑着"固定"在山壁上的，原本，该解开绳，把孟千姿带下去，但上头有段文希的遗体，还有疑似龙骨……

如果最终还是得上去，他这解了还得绑，不是多此一举吗？而且两人身上都有伤，也不适合频繁地蹿上爬下。

但如何上去，他目前也想不到什么好主意，一时间，还真僵在这山壁上了。

孟千姿终于盼到了人，提着的那口气过去，全身都松懈了，眼皮真是沉到了千斤重，说了句："我先睡会儿，就五分钟，你再叫我。"

江炼还没来得及回答，她往他颈侧一伏，眼皮合上，瞬间就入了梦乡。

这是得多累啊，江炼又是心疼又是好笑。好在身下的石壁略有倾侧，脚下也有踏点，她这么伏在他身上，睡得也不算不舒适。江炼单臂搂紧她，腾出一只手来，向神棍示意了一下往上的方向。

神棍点了点头，长叹了一口气，在洞沿坐下，呆呆看着在半空中悬吊的人。

其实这个角度、这个高差，也看不出什么。那具冰尸，只不过是一个视线里看来颇可笑的人形冰块罢了。

我饮半壶，留君三口；无缘会面，有缘对酒。

他伸手往腰间摸，摸了个空，这才想起那个酒葫芦遗失在凤凰眼的巨鳄洞里了。

江炼看他那副模样，再看那具冰尸，心下也有点恻然。

在下头仰视，终究看不清楚，而且反正还是得上的，神棍朝江炼招招手，示意自己也准备上。

江炼又抽出一根绳来，单手在一块凸出的山石上结了套，又从自己腰间绕了一圈，这才扔给神棍，权当是一根简单的安全绳了。

山壁凹凸不平，适合攀爬，连神棍这样的爬得都不是很吃力，只是适合踏脚的点没那么多。他在江炼斜下方半个身位处停下，先喘了会儿气，才抬头看看睡着的孟千姿："你们……真的啊？"

江炼笑，神棍这问得，可真滑稽，不是真的，难道是闹着玩的？

神棍嘀咕："那你可得辛苦了。"

江炼奇怪，压低了声音问他："为什么？"

神棍说："孟小姐这种家世，天生是跟人有距离感的。她家里人多，意见也多，你要上下委屈周全，能不辛苦吗？"

江炼笑笑，说："还好。"

他从小就在周全四方，于狭缝里给自己的人生拓路，习惯了。现在这种"周全"，比之从前，简直是和风细雨，算不得什么。更何况，他也不觉得委屈——争取自己喜欢的人，怎么能说是委屈呢？

神棍没再发表意见，一半是因为这种事儿，如人饮水冷暖自知；一半是因为，他那点经验，也不好做人家的情感导师。

他看向那具冰尸："段小姐这辈子，活得多洒脱恣意啊，谁知道死得这么……"

他找不出合适的词来形容，用"凄惨""凄凉"之类的，总觉得辱没了段文希，人家需要你来哀叹吗？没准儿她一点都不在乎，生如繁花盛放，死如凉灰荡扬，她的选择而已。

江炼轻声说了句："人这一生，真像一本书一样，不翻到最后一页，你不知道会以什么形式收场——哎，你想过自己会怎么'谢幕'吗？"

神棍说："想过啊。"

这浩荡深洞，幽寂无声，死亡就悬在不远处，谈这个话题，似乎也没什么忌讳。

神棍的声音在黑暗里飘，然后慢慢往深处沉。

"我喜欢热闹，我希望我死的时候吧，我那些好朋友都来送我，我应该会先死，我年纪大嘛。

"到时候，我就把我攒下来的遗产，分一点给这个，分一点给那个。每个人我都叮嘱一两句话——虽然像小峰峰那样的，很不耐烦听我说话，但死者为大，那时候，他就得老实了，得对我毕恭毕敬。

"说完了，我就可以蹬腿了，我要使劲一蹬，了无遗憾。"

语毕，转头看江炼："你呢？"

江炼说："我嘛……"

他笑起来，他还年轻，想的多是如何更好地生活，于死亡之类的，很少涉及："我希望到时候，千姿会陪着我吧。"

这可不好说，人生的路那么长，好像坐长途车，中途那么多站点，乘客上了又下、来了又走，谁知道最后陪在身侧的是哪一个呢？

这些话在神棍喉口滚了滚，又咽回去了，别人需要祝福的时候，就别送什么凉薄而又悲辛的人生哲言了。

两人没再说话，悬荡的锁链终于静止了，段文希的尸体如同一个沉滞的钟摆，周遭连一丝风都没有，只有雪鸡在下头的那个洞边不紧不慢地踱着步子。

过了会儿，江炼忽然冒出一句："真奇怪。"

神棍随口应了句："哪儿奇怪了？"

"你说，阎罗费那么多心思，把段太婆诓来，利用她的本事一路进山肠，利用完之后，为什么一定要把人杀了呢？就算是杀，何必用这种……残忍的方式呢？"

上不挨天，下不着地，就这么吊了接近半个世纪，真是死了都不得安生。

神棍没吭声，只是看段文希的尸体，还有青铜锁链垂下的那个孔洞，看着看着，脊背上爬上凉气，脱口说了句："钓台！"

江炼一怔："什么钓台？"

神棍一只手死死抓住山石，另一只手哆哆嗦嗦指向高处："你记不记得，你贴神眼的那张字纸，我看看看，就把你没写完的部分给顺下去了，'下九阶，祭凤翎，焚龙骨，见天梯，天梯影尽处，即为钓台'……

"你看看，上头那个洞，像不像冬天垂钓时，在冰上凿的钓孔？那根青铜锁链，像不像钓竿上垂下的钓绳？而段小姐……"

江炼身子一阵森寒，如掠阴风："钓饵？"

可能是两人的声音大了点，孟千姿身子一动，醒了。其实，真的任由她睡，怕是睡上个一天一夜都不够，但人在危险的境地里，再累也很难睡死，总绷着一根易醒的弦，更何况她合眼前，还提醒过自己"只睡五分钟"。

她听到了江炼最后的那句话："什么钓饵？"

没人回答，但她从两人的表情和目光里捕捉到了些许端倪，也转头去看冰尸，有"钓饵"这两个字先入为主，再看那情景，越看越像，细思极恐。

她喉头发干，起初只以为，阎罗是利用段文希开路，现在才发现，远远不止，段文希是他捏在手里的金豆子，碾碎了还要榨油。

"阎罗拿我段太婆当饵吗？钓什么？"

有个答案在她心中渐渐成形，但没敢说。江炼帮她说出来了："阎罗是冲着麒麟晶来的。这是个钓台，我想阎罗的最后一步，就是在钓台下饵。"

神棍也叹了口气："孟小姐，这两天发生了一些事，你在里头不知道——我跟你说了，你就明白了。"

他长话短说，把外头发生的事，尤其是江炼昏睡时的经历讲了一遍："我们怀疑，漂移地窟已经回来了，而且就在附近。现在看来，也许就在这山肠里，我再大胆地说一句，可能就在……"

他往下方幽深而又漆黑的无底洞努了努嘴。

孟千姿的一颗心猛跳。漂移地窟是有水精的，而水精可以用来长久存放人的意识，那些葡萄串一样的东西，他们一直怀疑是麒麟晶，根据水鬼进入漂移地窟时的所见，水精和麒麟晶，正在进行着诡异的融合。

如果那些"葡萄串"就是麒麟晶，而阎罗又在此处下饵垂钓，那漂移地窟的隐匿处，确实很可能就在他们的脚底下。

她压低声音，仿佛怕自己的话被地底深处的无数上古幽魂给听了去："阎罗在这里钓麒麟晶？"

神棍点头："阎罗根本不知道什么漂移地窟。他拿到的指引，只是告诉他在这里、用这个法子，可以钓到麒麟晶，而得麒麟晶者，得长生。"

江炼补了一句："他以为自己钓上来的是纯正的宝贝。谁知道下头那些都是复制的，用来当'种子'的，还是从死麒麟身上剖出的残次品。更糟糕的是，先有人在'里头'了。"

多荒诞的事啊！阎罗不惜杀人越货，铤而走险，满怀欣喜地钓上麒麟晶，自以为从此将拥有无穷无尽的寿命，谁知道那颗麒麟晶里，已经栖息了一个贪婪的、垂涎他身体的恶魔。

恶人自有恶人磨，同走一条道，难免相遇，贪婪的人，总会遇上更贪的。

孟千姿胸口剧烈地起伏着，实在没忍住："那为什么，一定要用我段太婆呢？我仔细看过，段太婆应该是先死后吊的，如果一定要用死人，他哪怕……花钱买具尸体呢。"

江炼安慰她："四十多年前的事了，段太婆死了，阎罗也没得善终，都过去了。"

神棍想了想，摇了摇头："孟小姐，你这话不对。随随便便的死人，应该是不行的。我这么说可能不合适，但段小姐，是性价比最高的那个。

"麒麟晶只有和人体相结合，才能发挥复生的功能，但这不意味它会主动往人身边跑。钓鱼你还得用鱼饵呢，得放鱼喜欢吃的蚯蚓、红虫。

"你还记不记得，水鬼三姓在一些金汤穴里，建了尸巢？但截至目前，那些尸体，它们有启用吗？没有，祖师爷留下话，把水鬼引去了漂移地窟。它们最优先用的，还是水鬼，也就是说，麒麟晶是亲近水鬼的。

"宗杭是个例外，但仔细一想，也没有太例外：他被杀死之后，是和易飒的姐姐易萧绑在一起沉湖的。而易萧，是天生水鬼。很可能，当时水里的麒麟晶是奔着易萧去的，一并便宜了他。"

孟千姿有点沉不住气："但我段太婆，是山鬼啊。"

江炼轻握了一下她的腰，示意她先听神棍说下去。

"我们曾经讨论过，说水鬼的血脉特殊，是最适合的转换载体。换言之，水鬼是第一等的。但水鬼之外，是不是就直接跳到普通人了？我认为不是。

"至少，截至目前，我们已经知道，当年追随蚩尤的人里，有几大支系还存在着，这些人的血脉同样特殊。比如山鬼，可以和山同脉同息；比如盛家的女儿，可以听懂铃语；再比如况小姐，她的血也不一样。这些人，是次于水鬼，但优于一般人的存在。下钓饵，没最优的，当然要退而求其次。

"我们再来看当时的实际情况，阎罗能找到水鬼吗？不能，水鬼太隐秘了。能找到盛家吗？也不能，盛家太孤立了，一直东躲西藏。能找到况家吗？更不能了，况家几乎被杀绝了。唯一的血脉，还被况同胜带去了南洋。"

孟千姿苦笑："所以，只剩下山鬼了？也没错，段太婆是山鬓，能给他提供便利、帮他开路，死了都能帮他钓麒麟晶，确实是……性价比最高的。"

她看向段文希的尸体，眼眶突然发烫："还好，总算是被我们找着了。出去之后，段太婆可以收骨在她的本命山，不用在这儿……吊着了。"

神棍指了指青铜锁链垂下的那个洞："阎罗当时，应该一直在上头，拿到了麒麟晶之后，他也顺利出去了，所以我觉得，山肠的出口，应该还得到上头找……"

说到这儿，忽然想起了什么："孟小姐，你是怎么到钓台上的？不是应该先下九阶，然后祭凤翎、焚龙骨吗？"

孟千姿一头雾水，她把自己的经历择要说了："我没看到什么九阶，但是在绳梯上坠了九次，可能就是'下九阶'了？"

神棍半张了嘴，忽然反应过来："啊，我知道了……"

他心跳加速，指向那条青铜吊索："那个钓台，开始可能是个机关，隐藏着的，要靠找。阎罗来的时候，用凤凰翎烧着了龙骨，然后现出了天梯……"

江炼也反应过来："'天梯影尽处，即为钓台'，阎罗是根据天梯的投影找到了

245

钓台，但是段太婆……"

孟千姿紧张得手心冒汗："然而我段太婆唯一关心的，是点燃龙骨，看到来生——焚龙骨之后，见天梯，会不会是……"

她一直很奇怪，段太婆的功夫，不敢说已臻化境，但绝对也是上乘中的上乘，阎罗这种三流货色，是怎么杀了段太婆的呢？

想来想去，唯有偷袭了。

但得什么样的情形，会让段文希这样见过大世面的人如此疏于防备，以至于失察到连命都送了？

难道就是"见天梯"？

她仰起头，头顶上除了那个垂下青铜锁链的洞，就是厚重的石盖——站在石盖上，以凤凰翎焚烧龙骨，就能看见天梯吗？伏兽金铃的最后一用是"启天梯"，然而，她从小到大，就没听说过该怎么去启。

孟千姿的脑子里忽然掠过在三江源的那个深夜，幽寂的山洞里，螳螂人写的那句话。

天梯，你在那里，你要小心，你会死在那里。

【18】

想上去没有捷径，还得靠硬爬，而三个人中，也只有江炼有点胜机了。

江炼那肩伤，虽说好了有七八成，但为谨慎起见，他还是朝孟千姿要了强效针剂。孟千姿还剩了三针的剂量，拿了一针给他。江炼注射完了，又把其他两针也揣进了兜。

孟千姿急道："哎，你倒是留一针给我啊，我也有伤。"

江炼凶她："你那腿，还注射？注到最后，你就不怕那一块的肉彻底坏死，再也吃不进药了？"

好像也有理，杀虫剂喷多了，虫子还会产生抗药性呢，她这药注多了，多半也不太好，孟千姿嘟囔："那我也得往上爬呢。"

"我上去了之后，把你们拉上去。"

"那我出山肠，也得走路啊。"

江炼没理她，自顾自解绳重缚，觑着神棍没注意，忽地凑近她，轻声说了句："我背你。"

说完了，轻咳两声，支使神棍："那根绳头递我一下，要接牢了。"

再看孟千姿时,她抬着下颌,垂了眼,一副很不在乎的样子。

先爬绳桥,再通过冰尸爬上锁链,哪一步都不轻松。好在江炼有备而来,腰上、肩上光安全绳就绑了两根,比孟千姿之前徒手悬吊,保险系数不知道要高多少倍了。

孟千姿目不转睛看江炼行进。内行看门道。看着看着,心里就有了底:艰难是艰难,但只是时间问题。

她往洞底瞧了瞧,低声对神棍说了句:"听说漂移地窟里有息壤,你说会出来攻击人吗?"

神棍拍了拍腰间的喷火器:"所以我们每个人都配了这个,水鬼拿命换来的经验教训呢。"

水鬼入漂移地窟时,死在息壤手上的人不少。据说息壤无限生长,能分裂成无数根尖头的长索,蛇一样攻击,瞬间就把人体贯穿。

有喷火器,的确是让人安心不少,孟千姿想了想,声音更低了:"还有水精呢。"

神棍哼了一声:"水精如果没人给它跑腿当傀儡,跟废物也没两样——洞神厉害吗?跑前跑后的,不一直是白水潇?再说了……"

他拍了拍背包:"我们可是有备而来的。就是可惜,没带凤凰翎,我想着反正没龙骨,带着也没用,还把自己搞一身七彩晕光……谁能想到居然能在这儿找到龙骨呢。"

孟千姿抬眼看江炼:他已经攀过绳桥,成功转移、抱上了冰尸了。

也真是讽刺,倘若那只是一具普通的悬尸,是绝对经受不住反复的拽拉和攀登的。段太婆成了冰尸,反而方便了后来人。

她不好把话说死,以免让人空欢喜:"也不一定是龙骨,只是看上去像骨头,我还没看清楚,就失足掉下来了。"

神棍却很有信心:"一条冰龙。把龙骨冻在里头,冰有了龙的骨架,可不就是'冰龙'了吗?几千年一层层结霜覆冰,肉眼根本瞧不出来,如果不是你碰巧喷火去烧,谁能发现得了?藏得太巧妙、太自然了,我看八成就是。"

孟千姿皱起眉头:"不对啊,我记得你做的梦,那个人不是说找不到龙骨吗?只找到了凤凰翎和龙骨灰烬。"

神棍不以为然:"孟小姐,人要用发展的目光看问题——我的梦只是片段,又不是全集。当时没找着,说不定后来又找着了呢。然后,就藏到了这里。"

好像有点道理,但孟千姿还是觉得怪怪的。

江烁开始攀锁链了，锁链在半空不住晃动，发出"铮铮"的撞声，单调，也枯燥。

孟千姿说："你老是说看事情要有全局眼光。你觉不觉得，从全局来看，这整件事，有点蹊跷？"

神棍没领会她的意思："何止蹊跷，复杂得很哪！我们到现在还没理出完整的头绪来。"

孟千姿摇头："不是，况祖这条线太奇怪了。"

神棍心中一惊："你也觉得况祖不太对劲？小炼炼也说了，他说况祖作为一个叛徒，知道得太多了。"

孟千姿斟酌了一下用词："我们之前猜测，它们安排好了一切之后，把大家都拆散了，水鬼得了水精，山鬼得了山胆，盛家带走了铃，七道戾气入了世，况家带走了箱子——前几个都合理，但'况家带走了箱子'，我现在感觉，不像是它们安排的。"

神棍愣了一下，也无所谓当伸手党："为什么？"

孟千姿说："将心比心，换位思考，我坐王座，也算是个头儿。以我的行事经验来看，第一，一件事，我如果交给几个人做，这几个人，一定得是实力相当的——而况祖跟其他几家比，根本不是一个量级的，更何况还是个叛徒。

"第二，千里之堤，溃于蚁穴。你有没有发现，况家就是那个'蚁穴'。这整件事，做得极其隐秘。唯一的漏洞，就是况家。没有况家，根本泄露不了。漂移地窟漂回昆仑山之后，理应是最稳妥、没人找得到的，但况祖留下了路线图。'箱为牙错'，没有那口箱子，谁能进得了山肠？没有况祖口述的'祭凤翎，焚龙骨，见天梯'，阎罗能找到这个钓台？"

她朝下方努了努嘴："你说漂移地窟在钓台下头，这么隐秘的位置，被况祖的口述给泄露了——你自己说，况家这条线，像是'它们'安排的吗？"

神棍听得脑袋一阵热一阵凉。

不像，这安排何止不妥，完全是败笔。

况祖的这份口述，简直像是带出去的一份情报，把蚩尤方的布置探了个八九不离十……

他喃喃地说了句："所以况祖是……卧底？我就说，这么久以来，就只见蚩尤方忙这忙那，又是安排水鬼，又是安排洞神——那黄帝方在干什么？他们明知道箱子被偷了，就没点举措？如果况祖是它们安排的，那就合理了……"

话未说完，听到锁链"哗啦"作响，急抬头看时，链身上已经没人了。再然后，江炼的脸自洞口探下来："我找到绞轴了，在冰龙背后。这锁链是可以绞上来的。"

有绞轴操作，事情就方便多了，江炼分两次，把孟千姿和神棍给拉了上来。

那只雪鸡原本在下头的洞口悠闲踱步的，后来见人都走了，也着了急，扑棱着翅膀，及时扒住了孟千姿的鞋子，也上了石盖。

段文希的遗体已经被江炼放置在了角落处，头脸还盖了件衣服，孟千姿看得眼眶发热，这么多年了，段太婆终于安稳地躺下来了。

神棍本想过去鞠个躬的，哪知一抬眼，注意力就完全被冰龙给吸引了过去。

老实说，这龙塑得并不精细，但颇有上古时的雄浑气韵，盘曲舞爪，昂首垂须，神棍看得呼吸都慢了下去，发痴般绕着这龙走来走去。

江炼把孟千姿扶坐在一边："行了，你就坐着看吧。事交给我们做，必要时给点意见就行。"

正说着话，雪鸡也过来坐下，就蹲在孟千姿身边，乖乖巧巧，安安静静，跟要生蛋抱窝似的。

江炼啼笑皆非，又有点感慨，人看似全能，有些时候，又无能到连只雪鸡都不如——刚才，要不是有它飞过去架绳，他还真不知道怎么救孟千姿。

他拿手指点了点雪鸡的脑袋，雪鸡蒙蒙的，被他点一下，脑袋就缩一下。

江炼问孟千姿："这雪鸡，是雄的还是雌的？"

孟千姿说不清楚："不知道，是个小姑娘吧。"

江炼笑着对雪鸡说话："你住在哪儿啊，成家了没有啊？要是无牵无挂，要不要跟着我，去逛逛花花世界？"

孟千姿说他："人家是雪鸡，习惯了住高海拔地区。你那花花世界，不适合它。"

江炼说："懂，它是山生山养的，昆仑山才是它的家。这世上，中道相逢，太多喜欢的人和物了。有缘就行，记住就好……哎，我给你起个名吧。"

他想了想："好了，你从此就跟我姓吧，就叫……"

他凑近雪鸡的小脑袋边，耳语般说了几个字。

然后直起身子，一脸满足："好了，以后就叫这个名字。"

孟千姿莫名其妙："叫什么名啊？"

江炼还没来得及回答，就听到神棍在不远处激动地大叫："是龙骨，就是龙骨，这些龙骨是我冻的！"

江炼转头看他，真是顿口无言。

他实在没忍住："彭祖是你，况祖也是你，石虫子不动你，你还怀疑自己是山

249

鬼，现在龙骨又成你冻的了，你是电，你是光，你是那唯一的神话啊？"

孟千姿"扑哧"一声，笑得肚子都疼了，连雪鸡都连扇了好几下翅膀凑热闹。

神棍委屈："这又不赖我，我突然……就有了这感觉啊！哎，小炼炼，有刀吗？刀借我用一下。"

江炼拔出匕首，神棍看了看，嫌小，摇了摇头，自己解下背包，从里头抽出一把折叠的马刀来。

很显然，是出发之前从陶恬那儿领的。真不懂他一个肩不能挑、手不能提的，领这么多齐全的装备干吗——因为免费，就往死里领？

神棍操刀在龙身上用力刮。一处刮完了，又去到另一处，冰屑霜粒自上"簌簌"落下。他没什么体力，干了一会儿就喘得不行："小炼炼，你别看着啊，你倒是过来帮忙啊！"

江炼应了一声，正待起身，忽然想起了什么，把背包拿过来，拉开拉链："吃东西吗？"

孟千姿示意了一下自己的包："我有，不想吃，吃腻味了。"

江炼"嗯"了一声，又把自己的包拉好："那你别翻我的包啊。我的包里，除了能量棒，绝对没有别的。"

说完了，还把自己的包往远处推了又推。

起身时，又郑重强调了一次："别翻啊，绝对没东西！"

他攥了匕首在手，帮着神棍一起刮。他的动作就要快多了，砍瓜切菜般一阵"咔嚓咔嚓"，然后抬眼看孟千姿。

她已经抓过了他的背包，正伸手在里头翻拣。

江炼忍住笑，低头继续刮。过了会儿，听到"嘎吱嘎吱"的咬嚼声。

这嚼得，是不是也忒挑衅了点？江炼乜斜了眼。孟千姿正等着这一刻，见他看过来，不紧不慢，拈了好几片锅巴，一起塞进嘴里。

锅巴掉屑，惹得边上的雪鸡一阵兴奋，三步两脚地地上猛啄。

行吧，他辛苦攒下的口粮，给了她，还有刚随他姓的江鹊桥，好歹没便宜外人。

刮得差不多了，冰龙内的骨头轮廓清晰可见。

大概有接近二十块，形状……很难描画，反正谁也没真正见过龙骨，不过排布得很有规律，是依着龙身盘曲的走向，每隔一段距离就列上一块的。

神棍咽了口唾沫："拿……拿出来，小炼炼，把它们都弄出来。"

大部分龙骨都还冻在坚冰深处，最方便下手的是孟千姿拿喷火器喷烧过的那一处——拿捏得很巧,既烧去了大部分的覆冰,又没有烧着龙骨。

清理完周边之后,神棍小心翼翼地伸出手去。江炼喝止他:"这东西,你别乱摸吧?万一上头有上古的病毒、寄生虫什么的……"

一句话提醒了神棍,他赶紧缩回手。

两人从背包里取出胶皮手套戴上,还嫌不够,又拿了马刀和刀鞘当"镊子",这才屏住呼吸,把第一块龙骨取了出来。

孟千姿反正是看客,取出的龙骨就交由她看管。她凑上去瞧了好一会儿,很想上手去摸,又忍住了,顿了顿,问忙着取第二块的两人:"我能留一块做纪念吗?"

江炼奇道:"你要这个干什么?"

很难理解吗?孟千姿也奇怪:"纪念品啊,什么黄金、矿石呢我不在乎,但龙骨,在家里摆一块很有面子的。二十多块呢!只留下来焚一口箱子,肯定用不完,给我一块怎么了?还有凤凰翎,也给我留一根,我带回去供起来。"

说话间,第二块龙骨也已经拿了出来。江炼转战第三处,神棍则照旧以马刀和刀鞘作镊子夹着龙骨往这儿走。快到跟前时,雪鸡碍事,也不知道忽然蹿出去啄什么,神棍眼前一花,还以为自己落脚要踩着它,慌得一个趔趄,手上一晃,那块龙骨就跌落下来。

孟千姿刚把一块锅巴送进嘴里,忽见有东西跌落,想也不想,一把抄住。

抄住了之后,才发现是被怀疑带了上古"病毒"和"寄生虫"的龙骨。

身侧一下子安静下来,神棍脸色都白了:"孟小姐,你、你……摸它了?"

江炼也慌了,手扶住残破的龙身,掌心一片冰凉,连雪鸡都瞪大了眼睛、炸起了毛。

孟千姿促狭心起,很想现场表演个呼吸急促、双目翻白,吓两人一把,但见他们已经是一副天塌下来的模样了,又觉得好笑。

她抬起手:"没什么啊,什么事都没有。骨头有什么好怕的?还是被冻在冰里的——阎罗还摸过龙骨残片呢,不也好端端的吗……咦……"

江炼听她前半截说得在理,本来心已经放下了,又被她这一声"咦"惊得头皮发麻:"怎么了?"

孟千姿低下头,伸手过去,慢慢摸捻那骨面:"这上头好像有字……又不像字,好奇怪啊,明明看着是平的,但是有凹陷。"

神棍的心剧烈地跳起来,说话的声音都抖了:"什……什么字?孟小姐,你……你能写下来吗?"

孟千姿拿手反复摩挲了几次,从背包里抽出感光岩笔,在身侧的石面上原样誊出。

神棍的脑袋"轰"的一声炸开了。

难怪她说好像是字,又不像字。

一短一长,两条相交但不错头的怪异的线,那是个甲骨文的"刀"字。

巴梅法师的那句话,忽然又回荡在耳边。

——眼睛会受蒙蔽,但手会帮你认出它们。

【19】

神棍僵了一会儿,大喜过望:"兽骨!这一块是兽骨!七块兽骨啊!"

他唯恐孟千姿摸错,三步并作两步过来,从她手里接过,自己也摩挲了一回,然后不住点头:"没错没错,是这个字,是这么写的。"

忽地瞥到之前的那一块,赶紧也拿起来,什么"上古病毒""寄生虫",早抛到九霄云外去了。

这一块平平展展,骨质紧密,摸上去没有任何凹陷,神棍怔了一下,又旋风般折回龙身处:"快快,小炼炼,如果我没猜错的话,兽骨应该是混在龙骨里的。"

江炼对这事还有印象:"是跟七根凶简有关的那个什么……眼睛受蒙蔽,手会认出来?"

神棍点头如捣蒜:"是,是,这兽骨很特殊,刻的字看不出来,亏得孟小姐摸住了。我的天!要是光拿马刀和刀鞘去夹,谁能知道上头还有字啊!"

说到末了,喜气洋洋,红光满面。关于七块兽骨的事,之前只是猜测,单凭巴梅法师模棱两可的预言和箱子上的凤凰鸾扣,没点切实的佐证,他还真不敢对外瞎嚷嚷——但现在不同了,他找到了!

没白来,这趟真没白来!吃点苦头、在冰"血管"里摔滑了个七荤八素算什么,心里甜啊。

他愈加卖力地去刮擦龙身,看得出心情极愉悦,都哼上小曲了。

江炼听到他哼:"猪啊,羊啊,送到哪里去啊,送到那人民群众的煮饭锅里去啊……"

这改的什么词儿!江炼皱眉。还好,送的是猪羊,不是鸡鸭,不然可能会给江鹊桥造成一定的心理阴影。

这龙身堪称坚固,近二十块骨头拿出后,周身都支离破碎成那副狼狈模样了,居然还支撑着没倒。

三人聚在一处点数兼甄别，神棍预料得没错，共计十九块骨头，刻了字的有七块，都是象形甲骨文，分别对应了古早时的七种凶死方式，比如"刀"代表砍杀，"吊"指代缢亡。

明明还身处困境，出路未卜，神棍却笑得合不拢嘴，仿佛在过大年。

江炼有点好奇："有了这些，你的那几个朋友，就没事了？"

神棍话头如开闸的水，滔滔不绝："还不敢说，但止损是肯定的——七道戾气被他们引上了身，以身体作樊笼，暂时困住了凶简。但这七块兽骨才是戾气的原始出处，只要把戾气引回到兽骨上，他们就能解脱了……"

孟千姿皱眉："引回到兽骨上，也不是长久之计吧，不是说东西放进箱子里才真正保险吗？"

没错，神棍点头："不管是山胆啊、兽骨啊、九铃啊，进了箱子才是猛兽拔牙，就是这口箱子，目前还没个头绪……"

一句话提醒了江炼，他赶紧把之前逃生时隔着板见到的那口可疑箱子给说了。

在他这儿还只是"可疑"，到了神棍嘴里，已成定论："肯定是，阎罗把箱子带进来之后，弃置在了这儿，想不到掉进了水里……"

话还没说完，孟千姿忽然"嘘"了一声："听。"

听什么？

神棍茫然，耳朵都要竖起来了，也只是听到了半垂着的那根青铜锁链在"哗啦"作响。

他蓦地紧张："有人在晃锁链？是什么东西要……爬上来吗？"

孟千姿摇头，拿手推了推雪鸡的身子。雪鸡会意，翅膀腾地扑起，向着不远处低空飞掠。

前一段倒还好，但飞临那个洞口时，突然之间如遭气浪，在空中一连几个颠扑滚翻——要不是实实在在滚栽到了一旁，神棍真要以为它是在空中炫技。

他有点反应过来了："下头是……有风？"

这话刚说完，他就确定了，因为那条冰龙的龙身有一段恰恰置于那个洞口上方，龙身上有不少刮擦黏附的冰屑，刚才还是静止着的，现在正不断向着正上方飘扬。

这昆仑山可真是处处透着古怪，山腹里居然能有风，风还是从下方来的……

江炼忽然冒出一句："地开门，风冲星斗。"

神棍一下子想起来了。

水鬼的视频里曾提到过，这漂移地窟在外漂移的时候，半夜时会"地开门"，也就是说，原本密实的地面上，会现出一个不大的洞来。

而"风冲星斗"的意思，就是洞里会有自下而上的风猛烈地吹出，仿佛能吹拂到天上的星斗——明末的时候，有个水鬼叫姜射护，醉心寻找漂移地窟。还真让他给找到了。当时是夜半，他骑马赶路，尿急下马小解，结果正撞上"地开门"。他的马被劲风吹到了半空，又摔落下来，当场摔死了。

算算时间，现在确实差不多是夜半了，至于"地开门"，漂移地窟既然藏进了山底，自然没法在地面"开门"，风当然也就冲不上"星斗"，只能在山肠内松筋活骨……

神棍正要说什么，孟千姿抬手下按，还是示意他噤声。

江炼却知道，孟千姿的"山风引"于有风时最为灵敏，循味听音都要高出一般人很多。当下拉了拉神棍衣角，示意他看着就行，别添乱。

果然，顿了会儿，孟千姿说了句："下头有东西，活的，很大……巨大，但没什么味道，也没什么动静。"

能称得上"巨大"，还这么迟滞，江炼心里有数了："太岁？离我们有多远？"

孟千姿摇了摇头："估摸不出来，三五百米，也可能更远。"

她往洞口处挪了挪，身子伏低，仔细去听，又说了句："有水声，你们听见了吗？'咕噜咕噜'的。"

水声？神棍是没听见，但他于这一情况，太有资格发表意见了："我们刚刚在冰'血管'里的时候，下头也在涨水，'咕噜咕噜'的，难道跟这儿是连通的，大家一块儿涨？"

这最后一句话，是向着江炼说的。

江炼答非所问："刚刚我们在冰'血管'里往下滑了那么久，深度也不会浅，怕是比三五百米还多，如果洞与洞之间是相通的，那一处涨水，这一处当然也会涨……"

说到这儿，他蓦地想到了什么："我记得，下过漂移地窟的水鬼说过，太岁好像是被淹在水里的？"

神棍纠正他："不是一直被淹在水里的，有时全泡在水里，有时又放水，似乎是会定期换水。"

这就没错了，江炼一颗心跳得厉害："都说黄河之水天上来，又说昆仑雪水是万水源头，这儿不缺水，但海拔太高，地下水涨到一定的高度，气温下降，就会逐渐结冰……"

神棍"啊"的一声叫了出来："定期涨水、退水，水退下去之后，那些挂在山壁上的残水就会结冰，长久反复，就会挂厚厚一层冰……"

他伸手指段文希的冰尸："段小姐就是这样，冻成了冰尸的？"

江炼打了个冷战："咱们进山肠的位置都很高，那些位置，虽然极冷，但因为山腹内没水，所以没冰，也就是说，水到不了那个高度。然后我们两个，往下滑了很深，进入了冰'血管'，千姿是'下九阶'，也往下掉了很深，这个位置，水定期涨落，冰也就随处可见了。"

又指向那根青铜锁链："那儿是钓台，锁链是钓线，往下放了大概二十米，段太婆是钓饵，钓饵自然是要垂进水中的，也就是说，涨水的时候，至少会没过段太婆原始悬吊的位置。涨到这个石盖下头？"

孟千姿听了有七八分懂，她扬起手电，往冰龙身上照了照，又照了照石盖，确实，虽然冰龙在石盖上方，但石盖上是没冰的。

钓台钓台，当然应该建在水面以上，这样才方便"垂钓"。

再联想到那口漂在水里的箱子，江炼脑海里蓦地晃过一线亮："箱为牙错。阎罗是带着箱子进来的，没得到麒麟晶之前，按照他的性格，绝对不会丢掉箱子，因为他也说不准需不需要再次、三次进来，所以这些东西，都是有用的。但得到了麒麟晶之后，兔死狗烹，这些东西对他来说，就是累赘了……"

孟千姿心中一动："你的意思是，他在这儿弃置了箱子？"

江炼喉头发干，吞了口唾液才继续："没错，要么丢在石盖上，但石盖上没有；要么就是扔下了洞，当时他放段太婆垂钓，下头是水，箱子掉下去之后，落进水里，浮在了水上，后来水退，箱子也就跟着退到了低处。"

孟千姿喃喃道："然后，涨水的时候，箱子就再……浮上来？"

莫非在这近半个世纪的时间里，那口箱子就一直在这口漆黑的山腹中，随着水涨水落，不断地高高低低？

江炼点头："我不知道这山底的结构是什么样子的。就目前来看，下头的，除了冰'血管'，就是这口无底洞。我和神棍掉入的那根冰'血管'，底部是有青铜板的，所以箱子进不了冰'血管'，但其他冰'血管'下头有没有板，我就不太确定了……"

神棍插了句："应该也有，你还记不记得，雪野人朝孟小姐他们扔了两根冻人的冰柱？人只有被困在冰'血管'的末端，才有可能被冻成冰柱，然后取出来，而且，冰'血管'太细了，又曲曲绕绕的，箱子如果浮了进去，很可能卡住，或者'搁浅'。"

冰"血管"的可能性排除了，那就只剩下……

孟千姿忽然激动："江炼说，看到箱子被青铜板阻隔，之后不久，就漂没了，如果水还在涨，持续涨到石盖下，会不会那口箱子，就这么漂上来？"

江炼的手心渐渐出汗。

会的，按照目前的推论，那口箱子，十有八九，会随着水涨而慢慢上浮，慢慢地，漂到他的眼皮子底下。

他嗫嚅着说了句："千姿，你帮忙听听看，水……还在涨吗？"

孟千姿重又俯下身子，静静听了会儿，轻声说了句："还在涨，是在往上涨的。"

又问他："你要不要挨着洞口看看？说不定再过一时三刻，你就能看到那口箱子在水上漂着了。"

江炼笑了，居然不敢过去看："不会吧，难道这么突然、这么容易……就找着了？"

孟千姿没说话，只是又往洞边挪了下身子。

哪儿突然了？又哪儿容易了？江炼这大半生，或者说一生，都几乎在为了箱子奔走，从他把匆忙啃吃的鸡腿扔向况同胜开始。

只是找得太久了，人就容易迷失在过程中，当结果到来的时候，反而不敢置信。

孟千姿低下头，从她这个位置，可以看到下头的无尽黑暗。

没人说话，似乎最轻微的语声都会使得事物的发展偏离方向，让预计好的结果出现偏差——神棍脱下一件毛衣，小心翼翼地将七块兽骨包了进去，又珍重地塞进背包；江炼坐着不动，江鹊桥不知什么时候拱进他怀里，很舒服地窝在他垂搁的手心间，时不时拿小脑袋挠挠他的腕根。

只有孟千姿坐在洞边，专注地看下头。

那黑暗原先是迷离的，然后渐渐清晰；原先的颜色是惨淡而缥缈的，然后"漾"成了一片近乎激滟的水光，孟千姿把手电的亮度调到最大，在水面上不断地梭巡、换扫，不放过任何一处角落。

再然后，她声音有些发颤："江炼，你过来看。"

江炼的耳膜处瞬间"嗡"声一片。他定了定神，这才起身过来，挨着孟千姿单膝接地，一只手握住她持拿手电的手腕，屏住呼吸往下看。

看到了。

在很靠边的地方，箱子紧挨着边侧的山壁，箱底沉了些许在水下，箱身微微浮动着，很不起眼，光柱略转时，能依稀看到箱身上的镂空花纹。

孟千姿轻声说："恭喜你啊！你这辈子，念叨箱子，有没有念叨过一万次？人家说，'念念不忘，必有回响'，终于找到啦！"

也该恭喜神棍，他找到了七块兽骨。

自己呢，自己也值得恭喜，她找到了失踪近半个世纪的段太婆的尸体。

孟千姿笑起来。

三个人，这一趟，谁都没有落空，求什么就得了什么，之前，因为何生知和史小海他们的死，她觉得这是个受诅咒的地方，现在看来，也是个宝地呢。

【20】

箱子现在的位置还太低，江烁想等水涨得更高些，这样，捞起来也方便。

三人一鸡，四个脑袋，都探在洞口处，殷殷期待。

然而奇怪的是，水线就停在那一处了，似乎已经涨到了最高。

孟千姿纳闷，这位置也太低了，距离段太婆的冰尸曾经悬吊的地方，还有七八米呢。

江烁也犯嘀咕："水涨不上来？阎罗当时总不会是隔空钓的麒麟晶吧。"

而且，段太婆成了冰尸又怎么解释呢？难道说，方才那一通推理是错的？

一番沉默之后，神棍语出惊人："这些年全球变暖了，雪线升高了，融雪量一年比一年少，水少了，水位当然上不来了。"

江烁猝不及防："啥？"

神棍奇道："难道不是吗？还有啊，咱们往下滑了好久，孟小姐连下九阶，我们现在的海拔低了很多了——雪线升高，外头同位置的雪都化掉了，里头的冰当然也就融了。"

说到这儿，拿手电往下照了一圈："你还记得吗，我们在冰'血管'里搭石虫子的顺风车，是到了冰少的地方才撒手的。刚刚往上爬，山壁上也没什么冰，说明了什么？化掉了呗。"

借着手电光，江烁还真看出了点端倪：他们刚刚踏足绑绳桥的地方，确实是没冰的，但往上去点，就有冰了。

他心里一动："这是不是说明，我们要是再晚来几年，段太婆的这具冰尸，就会融掉了？"

神棍"嗯"了一声："那可不，气候继续变暖的话，上头的冰龙也得融，没准儿哪天，昆仑雪顶都没雪了。"

这话引发了孟千姿的感慨："真的，现在这个环境，对山地影响挺大的，湘西山里，也差不多没老虎了。"

神棍接过话茬儿："所以说啊，现在全球是个大系统，处处是蝴蝶效应，这儿出了问题，那儿就受影响，哪行哪业都逃不过。"

这两人忽然聊上了环境问题，江烁真是哭笑不得，细想又觉得魔幻：还真是的，哪行哪业都逃不过，连做他们这种"行当"的，居然都绕不开。

不过神棍的话似乎有点道理，水应该是真的上不来了，再过了会儿，非但没涨，还有下降的趋势了。

这可不妙，总不能眼睁睁看着箱子又落下去！机不可失时不再来。谁知道这"定期"是怎么个"定法"，下一次涨水又要等到什么时候？

江炼让神棍负责绞轴，听到指令时就往下放链，但即便放到最长，估计最末端离着水面仍会差不少距离，而且锁链悬吊的位置居中，箱子却是靠边的，人想捞箱子，得入水。

入水的风险有点大，江炼寻思了一回，目光落到了江鹊桥身上。

江鹊桥正探着脑袋瞧下头的热闹，瞧着瞧着，似乎是察觉到了某种危险的目光，很是警惕地抬起头来。

江炼凑过去："鹊桥，来，有事让你帮忙。"

他拈了根绳子在手上："待会儿我把这绳子缠你爪子上，你呢，就飞下去，看见那口箱子没有，你站上去，箱子上有很多镂刻的纹，你拿爪子死死扒住就行，我会拉动绳子，把你和箱子一起拉过来……听懂了没？"

能听懂才怪呢，江鹊桥一脸蒙。

江炼求助孟千姿："你来。"

孟千姿跟江鹊桥的沟通，就要顺畅多了，也没见她怎么嘀咕，只摩挲了几下江鹊桥的小细脖子，手上又做了几个符印，江鹊桥就显出了一副俯首帖耳的架势。

待到缚上绳子，都不需要人催，"哦哦哦"地飞掠下去，精准"登陆"了箱子，身体随着箱子一起晃荡了几下之后，又悠悠站定，颇有点一苇渡江的高人风范。

江炼把江鹊桥的牵绳套在腕上，借助绳索和搭扣，把青铜锁链缠在了腰间，然后向神棍点了点头。

这是要开始了，神棍憋红了脸，扳动绞轴。

"嘎吱嘎吱"的声响之后，江炼的身子慢慢缒下，孟千姿跪趴在洞沿上看他，忽然想起了什么："你给它起了什么名儿？鹊桥？"

彼时，江炼的头已经隐入洞下了，闻言抬头："没错，江鹊桥，它搭的桥嘛。"

孟千姿心说：真不要脸。

也不问问人家雪鸡想不想跟你姓，没准儿人家想姓孟呢，叫孟小乖什么的。

锁链放到了尽头之后，江炼依照着之前计划好的，牵绳、反吊、捞箱。

整个过程，孟千姿都捏足了汗。她觉得好事多磨，越顺畅就越可能不顺畅，害怕最后一秒会出变故,害怕水里会冒出什么东西来,是以始终绷着一条手臂,臂弩的射口一直向下。

然而全程都很顺利,神棍反向转动绞轴,江炼就那么臂下挟着箱子、肩上立着雪鸡,随着寸寸上升的锁链,又上来了。

没等他立定,神棍已经小跑着过来:"是吗?真是那口箱子吗?"

江炼把箱子搁在地上,任他观看。

还真是,跟之前3D打印出来的那口一模一样,但又不一样,颜色、质感都不同,更重要的是,神棍觉得,面对着箱子的时候,有一种莫名沉重的压抑感扑面而来。

他大口吸喘着气,拿手摩挲着箱面,又把箱子翻了个面。

没有任何接缝。

抬起来晃晃,空的,也就是口普通箱子的重量。

江炼说他:"怎么样?你也念叨了很久的箱子,还梦见过——现在东西就在眼前,想起什么了吗?有什么特殊的感觉没有?"

神棍摇头,脑子好像真成了一截烂棍头,带不动任何思绪,只喃喃说了句:"太压抑了,我忽然就……喘不过气来,太沉重了,我……缓一缓。"

说着便瘫坐到地上。坐了会儿之后,大概是觉得离箱子太近,仍然压抑,爬起来走远了些,重又坐下。

坐下时,长长吁了口气,似乎离远了些,终于没那么压抑了。

压抑吗?孟千姿完全没这种感觉。

她盯着箱子看了会儿,问江炼:"你的事,是不是到这儿,已经可以……画句号了?"

江炼点头:"理论上,把这口箱子带到美盈身边,我的事,就全做完了。我对干爷的承诺,也总算是达成了。你也一样吧?"

孟千姿点了点头。

山鬼搅和进来,起先是为了帮水鬼的忙,后来是为了收段太婆的尸,这两件事,怎么说呢,都算有结果了:段太婆的尸体已经找到了,可以预见,出去之后,会有烦琐的追思和下葬仪式,够大家忙上好一阵子了。

至于水鬼……

她有些恻然,山鬼已经出现了不小的伤亡,用二妈的话说,"帮人适可而止",大概也只能帮成这样了。事实上,再往下,她也不知道该怎么帮了。

有这个结果,可以收队了。

两人一起抬头，看向不远处的神棍。

神棍呆坐在那儿，又在神游太虚了。

江炼轻声说了句："他的事儿，还远远没完呢。除非他想起过往，一日没想起来，这些事就一日没完。"

是啊，神棍的事太复杂了，从箱子到山胆、龙骨、凤凰翎、开膛剖肚，又是什么彭祖、况祖、叛徒、卧底，孟千姿光想想都觉得闹心。

顿了顿，江炼问孟千姿："出去的那句指引，是什么来着？"

而今万事俱备，只差脱困了，漂移地窟是在下头，水精也在其中，但有水鬼的惨痛经历在前，他唯恐避之不及，并没有深究的兴趣。

至于神棍，虽然他念叨过什么"凤凰浴火，龙骨焚箱"，但依江炼所见，念叨只是念叨，他并没有焚箱的动机，哪怕左手凤凰翎、右手龙骨，他也未必去焚。

焚来干吗呢？

孟千姿仔细回想了一下："说是，欲出肠口，门左寻手。"

欲出肠口，门左寻手。

短短八个字，江炼真是想破了脑袋。

按理说，孟千姿是在高处见到了晨昏相割时投影的光门的，门边确实也有"手"——可以屈伸撑起的、兜抛绳桥的石手。

但孟千姿压根儿没接触到石手，就已经下了九阶了。理论上，阎罗也应该是同样的经历。而且，阎罗显然是从这石台上走出去的。也就是说，机关也好、玄虚也罢，就在附近。

他杀了段太婆，说明出去的路用不着山鬼；弃置了箱子，说明脱困也用不着箱子。

江炼和孟千姿秉持着同样的理念：阎罗都能办到的事，我能办不到？

他在石台上踱来踱去，从残破的冰龙龙身这头钻到那一头，看到了那道绳桥，也看到了生根于山壁、兜住绳桥两侧端头的四只石手。

也许石手就是机关？

江炼兴冲冲地过去，把每只石手都研究了一遍，还使劲扳过，均告徒劳。

折腾了一番之后，他气喘吁吁、士气低落，又回到了孟千姿身侧坐下。

不会吧，找到了段太婆的尸体、兽骨以及箱子，却只能在侧枯守，出不去？

这种感觉太糟糕了，比没找着还要糟糕。

他忍不住骂阎罗："这人手也太贱了，干吗要把况祖的口述给撕掉？"

孟千姿笑笑："有人就是这样，自己过了桥，还要回身把桥砍断，因为不希望别人也得到同样的好处……哎，神棍！"

神棍终于自混沌和茫然中回过神来："啊？"

"这龙骨是你冻的？"

神棍犹豫了一下，决定跟着感觉走："是啊，我就是这么……觉得的。"

"那你再多感觉一下。你冻完了龙骨，又干什么了？从哪儿出去的？"

神棍没好气："那谁能记得啊。"

不记得，这可不好办了，孟千姿上下打量着神棍，蓦地垂下眼帘，往江炼身边凑了凑，同时压低声音："你会催眠吗？"

江炼苦笑："这么专业的事，太难为我了吧。"

他明白孟千姿的意思。神棍这些日子注意力涣散的时候，总会潜意识冒头，说一些奇怪但又关键的话，如果懂催眠，也许能适当引导一下。

"那把他掐得半晕不晕、神志不清呢？"

江炼想扶额叹息："你下得了手？什么叫半晕不晕，这度怎么控制？"

孟千姿没把他这话听进去。他发现，她看神棍的目光，愈加像看鸡的黄鼠狼。

显然，她走上"邪道"了，已经不想靠什么摸索和钻研去找路，就想从神棍身上逼出答案来。

江炼还想劝她："千姿……"

孟千姿打断他："他肯定知道，这是最快的法子……你配合我啊。"

说着，朝神棍招手："神棍，你过来。"

"过来干什么？"

孟千姿作势把手伸进兜里："有个东西，你帮我看看。"

神棍不疑有他，嘟囔着走近。

江炼别过脸去，实在不忍心看。

走近了，神棍一脸嫌弃，蹲下身子："看什么啊，还不拿出来……非叫我过来，哎哟我一看这箱子就不舒服……"

孟千姿觑他后颈，预备往外抽手："哪儿不舒服了？我觉得这箱子挺正常啊，你不喜欢它的设计？"

神棍脱口就来了句："不是箱子，是里头的东西！"

江炼一怔，瞬间回过头来，孟千姿也忘了要做什么了，两人几乎是异口同声："里头的东西？"

不是说，这口箱子是空的吗？

神棍挠了挠一头卷毛，他也说不清楚："不是，我觉得，这箱子里头有什么东西,让我很不舒服,而且……怪危险的。"

说得这么玄乎,孟千姿心头发毛,再看那口箱子,也觉得有点怪怪的。她撑起身子,坐远了些:"那东西……活的死的?"

不知道,神棍看向那口箱子,摇了摇头。

"太危险的话,就不要开箱了呗。"

这怎么能行,神棍不同意:"等七根凶简归了位,我还要把兽骨放进去呢,你忘啦?只有箱子才能最终困住这些东西。"

说话间,他凑近箱子。到底是什么东西呢?离得近点,是不是就能感应到了?

后颈上忽然重重挨了一下,神棍眼前一黑,哼都没哼一声,就软软栽了下去。

江烁没提防孟千姿下手这么突然:"哎,你……"

孟千姿甩了甩手:"不疼的,这种招式,我保证他没痛楚,就跟睡觉一样。赶紧的,该你了。"

江烁没办法,把神棍翻了个面朝天,大力摇晃他的身子:"神棍!哎,神棍!"

几次三番,持续不停,过了会儿,神棍的眼睛终于微微睁开了一道缝儿。

他没看到江烁,第一眼,看到的就是模糊的、巨大的冰龙。

他的唇角露出了一丝奇怪的笑,说了句:"它们怎么都不会想到,龙骨被藏在这儿的。"

【21】

江烁倒吸一口凉气。

他尽量偏侧身子,让自己在神棍面前"隐形",也示意了一下孟千姿:神棍的意识正介于模糊和清醒之间,现在看到的和听到的,对他来说都会是提示和引导——要么继续浑噩,要么逐渐清醒。

孟千姿会意,也不动声色地往旁侧挪开了些,同时甩了江鹊桥一记白眼。

江鹊桥的脑袋立刻耷拉下来,蜷缩在原地,一动不动。

神棍压根儿没看到周围还有别人,他眼里只有那条冰龙。

他坐起身子,一脸满足地看那条冰龙。那眼神,仿佛在看什么生平杰作,看着看着,就"嘿嘿"笑起来。

孟千姿头皮发麻,老实人发起疯来,可比疯子撒泼要可怕多了。

就听神棍喃喃道:"好啦,可以了,就这样了。"

边说边爬了起来,因为头还晕着,脚下虚浮,身子直打趔趄,他自己浑然不觉，只念叨着："可以了，走了。"

眼见神棍转身，江炼一个猫腰，避开神棍目光，瞬间闪到了他身后，江鹊桥也精神抖擞，攥着江炼脚跟，一溜儿疾跑。至于孟千姿，她本来就是坐在地上的，压根儿没进神棍的视线范围。

神棍还在低声地絮絮念叨："一块骨头、一块皮都不能剩下，烧掉，都得烧掉。"他向着一侧的山壁走去。

这话没头没尾，孟千姿被勾得心痒痒，几次想搭茬问话，又忍住了，一来怕惊了神棍，他一旦清醒，可就什么线索都没了；二来是她听到了神棍的那句"走了"……

统共这么大点地方，江炼摸索了那么久都没头绪，神棍要怎么"走"呢？

她有点紧张，呼吸都放轻了好多。

她看到，神棍走到山壁近前，高高抬起左手，像是要跟谁打招呼，但才刚挥了两下，就"扑通"一声摔坐到了地上。

过了会儿，他拿手撑着脑袋，嘴里"哎哟"个不停，抬起头时，眉头拧得两只眼都成了往中央挑高的斜三角，说了句："怎么这么累呢？"

这是清醒了，孟千姿气定神闲地回了句："爬上爬下的，谁不是又困又累啊？"

是吗？神棍半信半疑，忽然想起了什么："你不是要给我看东西吗？我怎么坐到这儿来了？"

孟千姿说："对啊，我让你看看那儿有没有门，你就过去了。然后脚下一绊，跌坐在那儿了……你怎么跌一跤，就跟跌失忆似的？"

江炼没孟千姿这种编瞎话的本事，又怕表情会暴露，只能偏转了脸，装着逗江鹊桥玩儿。

神棍半张了嘴，半天应不上话，过了会儿才喃喃自语："真老了，这脑子都开始不记事了。"

依着孟千姿的意思，还想故技重施，江炼没让。这种事儿，本来就是碰运气，有头遭没二回的，而且，神棍晕了一次，这智商明显下降了，再来一次，怕是吃不消。

他走到那片山壁前，又叩又敲，还把耳朵贴上去听声。过了会儿，迟疑着举起左手，学着神棍刚才的样子，冲着山壁招手。

神棍奇道："小炼炼，你这是干什么，得癔症了吗？"

江炼缩回手，若有所思。

孟千姿一条道走到黑，就认定神棍了："别白费功夫了，照我说，不如再来一次，反正也不疼。"

江炼问了句："千姿，当你看到'门左寻手'这几个字的时候，你第一反应是

263

什么？"

还能有什么？孟千姿说："先找门，再找手啊。"

"你觉得是哪扇门？"

"投影的那扇光门啊。那扇门边确实也有石手，但是我碰都没碰到，就下来了。"

江炼摇头："不对，'门内见人，门左寻手'，一共三个门字，很多人都会以为，有两扇门，第二第三是同一扇门——其实，指的应该是三扇不同的门。"

他一一点数："第一道门，是段太婆刻了字的那扇；第二道门，是投影的光门，是你叩的门，也是你进到这儿的门；第三道门，是你从这儿出去的门。进和出，不是一扇门。"

这话有点拗口，孟千姿琢磨了一阵子。

明白了，第二道门之后，要下九阶。如果那扇门就是出口，就意味着出去之前，还要"上九阶"。

但阎罗大概率是从这石台上走的，也就是说，确实还有第三道门。

这第三道门，会在哪儿呢？孟千姿皱起眉头，四下环顾："总得有个门的样子吧，人家第一道和第二道，一看就知道是个门。"

江炼示意了一下面前的山壁："神棍已经帮我们找出来了，应该就是这儿。"

神棍茫然："我找的？"

江炼没搭理他，继续往下说："咱们之所以不觉得这是个'门'，是因为对比阎罗，我们少做了一个重要的步骤。"

重要的步骤？

孟千姿怔了会儿，忽然反应过来："祭凤翎，焚龙骨？"

江炼点头："祭凤翎、焚龙骨之后，就是见天梯，我不知道天梯是什么样子，但是阎罗曾经提过一个词，叫'入口'，而从某种意义上说，'入口'也就是门。"

孟千姿口唇发干："这道'门'是看不到的？"

江炼纠正她："不是看不到，是得在特定的条件下才能看到，然后去往门左方寻找——幸运的是，神棍刚刚那一站，已经把大体的位置圈画给我们了。"

是吗？神棍更迷茫了，他觉得自己应该跟这俩看的是同一本书，但他的是缺页的，少了什么。

这当口儿，孟千姿可顾不上神棍了。她的目光向着那一片山壁急扫："那上头有手吗？手的图样，或者雕刻的轮廓？"

江炼摇了摇头："不过，神棍刚刚招手，提醒了我。"

自己刚刚还招手了？摔了一跤的短暂失忆里，他还做了这么多事？

"门左寻手,你可以理解为在这一处,去找跟手有关的图样或者刻纹,也可以理解为……"

江炼高抬起左手,向着那片山壁挥了挥:"……是这片山壁的某个特定区域,要找一只手。"

孟千姿不说话了。

她看着江炼的手在那一处上下晃动,不断变换位置去试探。

其实也并不奇怪,神族人如果能做出用特定的血当密码的箱子,设置一扇用手掌感应才能打开的门似乎也不是难事……

也不知道过了多久,江炼的手探到了一处,正待移往下一处时,蓦地又停下了。

山腹深处,似乎起了极轻微的震动,这震动牵五挂四,都延伸到了石台处。

石台开始不稳,沉闷而又厚重的摩擦声中,石台接合那侧山壁的地方,慢慢倾侧下移,露出了一个……洞。

接下来的事,发生得很混乱。

孟千姿记得,江炼过来背她,而她背上了那口箱子,神棍背上了段太婆的冰尸,又挎起了装有七块兽骨的包——龙骨太多也太大了,神棍一狠心,扔在当地,没拿。

其实没拿是对的,反正拿出去了也没用,"祭凤翎,焚龙骨"只能在这儿操作。

活人死人,大箱小包,外加一只雪鸡,鱼贯入了那条漆黑的山道,三人的手电都已经开始缺电,昏暗的光柱混着粗重的喘息,在黑暗中四下相碰。孟千姿看着光柱里舞动的细尘,想起了依然被困在山肠内的几位姑婆和山户——自己逃出去了,他们要怎么办?

难道说,还得再组织营救?

正想着,山腹内忽然"隆隆"有声。

这不再是"九曲回肠,一日三转肠"了,转肠的震动是极轻微的,山外的人甚至很难感觉到,但这一次,似乎山都在震颤,山壁上滚落细小的石子,还有细线般的尘灰"簌簌"落下。

难不成是雪崩?或者地震?

这突如其来的震动加剧了诸人的恐慌,孟千姿能明显感觉到前后脚步声愈加急促,再后来,脚下的路开始颠簸不定,人如同进了滚筒,东磕西碰,孟千姿越想越不对,难道出来的路这么不安稳?难道阎罗出来时,也是这么……

就在这个时候,神棍大吼了句:"我知道了!是因为我们把箱子给带出来了!山肠开始收肠了!"

265

孟千姿的脑子里一片雪亮。

箱为牙错。这些山肠，原本是扭结在一起的，阎罗带进了箱子，山肠才"展筋延骨"，在山腹内盘曲成今日的规模。

但现在，他们把箱子带出来了，这是出肠口的路，山肠开始收了，又要往内盘结，回归到原始的状态了。

姑婆们怎么办？还有那些山户，他们会因着这变动得到生路，还是被永久困死在这山肠里？

孟千姿大急，正想说点什么，山道内又是一阵剧烈翻转，江炼没能定住身子，一下子滚翻开去，孟千姿摔落地上，腿上一阵剧痛，脑后磕到了箱角，眼前一黑，就什么都不知道了。

孟千姿再次醒来，已经是三天后的事了。

醒来的时候是下午，温暖但不炽烈的日光透过帐篷的明瓦天窗，斜映在她的床边，而外头，隐约传来絮絮的热闹的人声。

她认出这儿了，这是位于公路边的那个小"社区"，山鬼此行最后方的大本营。这屋子，是她住过的毡房。

已经不在九曲回肠里了？江炼呢？神棍呢？姑婆们还有山户呢？

孟千姿慌起来，腾地从床上坐起，也顾不得伤腿麻木，正待掀开盖毯下床，又停下了。

床头的一把帆布椅上，赫然窝着那只雪鸡江鹊桥，身下垫着毛茸茸的毡垫，正瞪着一双乌溜溜的小眼看她。

孟千姿的脑子一空，就这么跟江鹊桥大眼瞪小眼，也不知过了多久，屋内一亮，抬眼看时，是门帘起落，而进来的人……

孟千姿大喜："三妈！"

进来的正是三姑婆倪秋惠。

倪秋惠也笑："千千醒啦。"

她走到床边，先去点江鹊桥的小脑袋："去，报信去吧。江炼不是说，千姿醒了之后，让你通知他吗？"

又向孟千姿解释："江炼昨儿醒的，比你早一天。"

江鹊桥扑腾下了帆布椅，然后不紧不慢、摇摇晃晃地向着门口走去。

【22】

孟千姿收回目光:"那其他人呢?"

太多想问的了,只是不知道从何问起。不过,看倪秋惠面色平和,她心下先定了几分:伤亡应该不大吧,如果太大的话,三妈的表情应该会……更凝重点?

倪秋惠在床边坐下,帮孟千姿把盖毯拉好,这才把相关的情形一一给她说了。

倪秋惠当时,会合的是景茹司。

景茹司这头十三个人,死了四个,一个死在雪野人手上,后来被石虫子啃吃得只剩残肢了,三个滑进了冰"血管"。

由于那片坡地太诡异了,肉眼根本看不出哪里有问题。景茹司他们最后是绾绳攀壁,从山壁上绕过去的——这也是为什么一行人看见江炼三人要下坡时要拼命挥手阻止。

冼琼花会合了孟劲松。孟劲松这头原本八个人,死了一个,重伤一个,都是折在石虫子手上。

何生知和史小海失散,后经证实,均已死亡,一个死于羊尸挂画处,一个被刑天人枭首。

这就是景茹司一行进山肠之后的人员伤亡简报。之前的八人小队,基本可以算是全军覆没,所以折算下来,昆仑山一行,截至目前,十四死一重伤,轻伤那些还都没计入。

倪秋惠叹气:"这种伤亡,几十年来都没有过。大姐心里也很不好受,说早知道这样,她就不要找段娘娘的尸体了——但这种事,没法儿说的。"

孟千姿沉默。

是啊,是没法说,山鬼家大业大,自诩看重传承,各人皆有本事,结果老一辈暴尸荒野,都不去找收,自己人想不通,外人也会笑你窝囊。

找是没错的,但大家满怀期望出发时,想的无非是从犄角旮旯处、山缝雪堆下翻出段太婆的尸体,谁能想到会找进九曲回肠?

"那……三妈,你们后来,是怎么出来的?"

倪秋惠笑了笑:"这就要多谢你们了。"

这两拨人马,各自在山肠内摸索找路,阴差阳错,始终也没能实现会合,不过好在由于之前都挨了刀、流了血，对山肠的凶险有了认知，也就有了戒备，没再出现大的伤亡。

倪秋惠和景茹司他们到过"羊尸挂画"处，看到了何生知的尸体、孟千姿的留言以及段太婆刻在门上的字，但那个时候，早已不是晨昏相割时，门内也已经没有门了，所以他们往门内探身，也只能看到一口幽深的无底洞。

冼琼花一行则摸到了冰"血管"，好在倪秋惠见识了这一处的凶险，生怕后来者吃亏，让人用夜光岩笔涂抹长绳，然后结在臂弩上射出，在那面坡地上方结了个特定形状、划分空间的交叉线网——冼琼花到时，交叉线其实都已经摊落大半了，不排除是被石虫子啃咬断落的，但夜光和大体的线形还在，一看就知道是有危险，她当即后撤，没敢过那一处。

后来，就等到了"收肠"。

倪秋惠说："你们那条路是真正的出路，跟我们所处的山肠还不一样，听江炼说，你们那条只是比较颠簸，可能是受到了'收肠'的波及，我们的……那才真正像是在人肠子里翻呢。"

据她说，很突然地，那根山肠就开始颤动了。如果说先前还是微微蠕动，到后来，简直是搅动、翻动了。

而且，山肠开始从水平转为倾侧。

任谁都知道，这种情况，人会往低处滑的，而这儿的低处，意味着很多可怕的事情。

好在，山鬼到底是山鬼，应险能力比一般人强很多。山肠甫一出现动静，倪秋惠就命人结绳，把一行十几个人都连串在了一起，宛如一条巨大的蜈蚣，防止混乱中失散。

再后来，山肠倾侧时，大家以匕首插攀石壁，行动一致，真如蜈蚣般往高处攀爬。当时情形也极混乱，有石块落下，有人失足，好在大家是连串在一起的，没造成什么严重后果。还有成群的石虫子，"哗啦哗啦、咔嗒咔嗒"，潮水般自上头涌下。因为"避山兽"的威力尚在，遇到人时，它们便自动从两边分流。那场景，现在想想都还头皮发麻。

孟千姿喃喃道："这种石虫子，大概只能在山肠内存活，它们预感到山肠要收了，所以争先恐后赶往更深处。"

倪秋惠喟叹："是啊，当时它们拼命往下涌，我们拼命往上爬……想想也是好笑，各赶各的科场，各回各的家乡。"

正奋力爬着，前方十几米处，突然传来让人毛骨悚然的崩裂声响。

孟千姿听得心惊肉跳，忍不住攥住倪秋惠的手："三妈，那又是……怎么了？"

倪秋惠笑了，孟千姿从小就这样，爱听故事，也极易入戏。高荆鸿曾经说她："咱们姿宝儿，给糖是骗不走的，漂亮衣服她也不稀罕，但谁给她讲个故事，没准儿就哄走了。"

倪秋惠抽出一只手，紧攥成拳头，另一只手隔了段距离，虚覆在那个拳头上："其实我后来想明白了。那个山头，是有两层嵌套，外面有个山壳，里头有个山核，那个核，就是收紧的山肠。

"山壳上，本来就有九道入口，山肠舒展开的时候，九根肠，会连接到九个入口上，但收肠时，连接处就会断开。"

孟千姿一下子明白了："你听到的断裂声响，就是那根肠的连接口断开了？"

倪秋惠点头："幸好当时离得不是很远，我望一眼就明白了：这根肠在扭动，那一截断口却纹丝不动，说明那边才是安全的。"

当时，倪秋惠也急红了眼，喝令大家拼死也要快爬，断裂处的缝隙尚小，但势必会越拉越大，大到一定程度的话，可就再也过不去了。

生死关头，没一个拖后腿的，所有人铆足了劲儿登攀。到断口时，两边的距离其实已经超过一个身位了，不过"蜈蚣"也是会腾跃的，在两位姑婆的喝令下，后半截的"蜈蚣身"拱起，奋力将前半截的人抛掷出去，而前段的两个人，也稳稳攀住了对面的断口。

现在回想起来，倪秋惠还心有余悸："你是没看到，当时真是好险啊！那根山肠瞬间就缩回去了，只剩下我们这一串'蜈蚣人'悬空攀在断口上。说实在的，差点儿没攀住。"

毕竟一行十几个人呢，只靠前头那两三个，哪儿吃得住啊。

万幸的是，她把足够的人留在了外头。黄松他们一行二十来号人，都在洞口守着。听到里头巨变，黄松壮着胆子进来查看，恰好看到倪秋惠一行悬挂在断口，就快掉下去了。他赶紧扑上来抓住，又大吼着朝外叫人。外头的人纷纷进来，就这么一个抓住一个，然后迅速挨个结绳，结队拔萝卜般，终于把倪秋惠这一"串"给稳住了。

说到这儿，倪秋惠感慨了句："有些时候啊，真是差一秒、快一分都不行，那时候，也幸亏我们这'串'在那儿吊着呢。"

都是山鬼，应急的手法是一样的，冼琼花他们同样结成了"蜈蚣人"，也同样向着高处急攀，但大概是他们的始发点太深了，到断口处时，那根山肠早已距离对应的那个断崖口太远了。

孟千姿听得冷汗都出来了:"然后,他们恰好看到了你们还吊着,就……"

倪秋惠微微颔首:"我们也向他们喊话了,让赶紧跳过来。"

怎么说呢,就跟空中飞人似的,冼琼花一行在颠簸扭转的山肠中觑准方位角度,一起整齐划一地纵跃,抓住了倪秋惠这一头的"蜈蚣尾"。

要知道,冼琼花这头可是一共八个人啊,八个人的重量,飞纵过来,那势能非同小可,把所有人拉得急往下坠,上头拉人的人即便做足了准备,都瞬间被拉入崖下六七个。

崖上崖下,四十多号人连成了一长串,有一多半还在半空悬荡,有如进行着一场最凶险的拔河,下头的人使不上力,惊魂未定,上头的人则龇牙咧嘴,拼尽吃奶的力气往上拽拉。

孟千姿呼吸都快连不上了,她抬手抹了把鼻尖渗出的细汗:"那不对啊,理论上是下头的人多啊?"

三妈和七妈他们,两串"蜈蚣人"加起来,大概有十八个,守在洞外的人有二十一二。原本是上头的人略占优势,但上头的人既被拉落下了六七个,双方力量陡然悬殊,怎么可能还能以少胜多呢?

倪秋惠看了她好一会儿,才揭晓答案:"你忘啦?我们还有好几头牦牛驮物资上山,也守在洞外呢。这种力气活,放着大块头不用,留着吃肉吗?"

孟千姿恍然大悟,直到这时,她才长长呼出一口气,虚脱般倚回床头,仿佛这场命悬一线的角力,她也曾参与其中似的:"三妈,真是被你讲的,吓也吓掉半条命了。"

倪秋惠笑了笑,正要说什么,毡房内又是明暗一换,来人掀开帘子,人还没进屋,声音已经过来了:"三姐,既然大姐过来,我看我还是先走……"

孟千姿认出这声音了:"六妈?"

来的正是曲俏。

她没预备会听到孟千姿的声音,怔了一下,这才款款一笑,声音是惯常的温柔婉转:"千姿醒啦,之前雷都惊不醒你,我也忘了该压低声音说话了。"

边说边走到床边,身段儿和姿态像在台上时一样好看,孟千姿也不知道自己是不是看错了,总觉得她双颊带粉,比前次见时多了好些妩媚。

不过刚刚那句话的信息量好大,孟千姿也顾不上跟曲俏寒暄,忙问倪秋惠:"怎么我大娘娘也要来吗?"

话要一句句说,倪秋惠不慌不忙,语调柔和:"刚忘记跟你说了,老四和劲松出去接大姐了,估计今明两天就到——段娘娘的尸体不是找着了吗?大姐等不及,说找的时候自己没出力，现在找着了，她不能还干坐着，加上这趟，山户伤亡不小，她也想过来看看。"

孟千姿是王座没错，但高荆鸿是山鬼中资历最老的，她过来，意义到底不一样。

倪秋惠说完这话，又回头看曲俏："老六啊，你也不要死心眼，都好几年了，那件事，要么说开，要么放下吧——大姐这岁数，这身体，还能挺几年啊，这口气，你要跟她犟到死？"

曲俏眼圈一红："也不是……"

孟千姿好奇："什么事啊？"

她大娘娘和六妈都不像小心眼的人啊，什么了不得的气，好几年了还揣心窝子上？

倪秋惠答非所问："我是个出家人了，看得比从前更明白。各人有各人的命数，各人有各人的缘法，何必强求呢？强求如攥水扑风。攥不紧，留不住，扑不着。水有水的去处，风有风的归向，来来去去，都是在咱们命里留影。随它吧，记得就好。"

孟千姿听不懂："三妈，知道你悟性高，跟我们这种俗人说话，能不能通俗点？"

倪秋惠没吭声，目光却往门边溜了过去。

是江鹊桥，从门帘底下拱了进来，大概是任务达成，姿态中带点趾高气扬，还带了点不耐烦，像是在说：烦人！老支使人家做事儿！

但它身后，并没有跟着人。

倪秋惠的目光往门帘缝下瞅。果然，让她看见外头踱步的影子，还有一双想进来、脚尖却老向旁挪的脚。

孟千姿循向看去，猜到了是江炼，颊上没来由一热，手在盖毯里揪毛拧疙瘩，脸上还要装作什么都没发觉，若无其事。

倪秋惠偏不让她如愿，拿胳膊肘碰了碰曲俏："老六，你说他能在外头站多久？"

曲俏说："不想跟咱们照面，还装呢。上次，我跟老七和他面对面，他装作低头找东西，硬是跑了。"

倪秋惠说："我没长角，也没爪子，他还怕被吓着？"

曲俏"扑哧"一笑："谁知道，跟我们差着辈分，面皮薄吧。"

孟千姿还是不说话，盖毯里的那一处，快被她揪秃噜毛了。

倪秋惠看了她一眼，心里头蓦地一柔，想起刚把她抱养来时，那软乎乎的小粉团儿，好像只一溜烟的工夫，就这么大了。

越大，这命数就越难看透了。水有水的去处，风有风的归向。水去了，再看不

271

见，风去了，也再摸不着。

她眼眶有点发酸，一声几不可察的叹息慢慢在胸腔间化开，伸手拉了下曲俏的衣角："走吧老六，还有事做呢。"

江炼听到脚步声出来，赶紧绕到毡房一侧，目送着三、六两位姑婆走远，这才松了口气，掀开帘子进屋。

一抬眼，便笑了。

孟千姿坐在床上，拥着盖毯，乜斜着眼打量着他。

江鹊桥立在帆布椅上，两只小眼有点翻白，好像在问：你磨叽啥呢，这么久才进来！

孟千姿故意问他："我三妈和六妈刚出去，见到了吗？"

江炼惊讶："是吗？没看见，我才过来。"

他在床边坐下，清了清嗓子，顿了会儿，伸手去握孟千姿的手。

孟千姿手指一蜷，他握了个空。

江炼没吭声，停了一停，又伸手去握。

江鹊桥立在边上，小眼珠一会儿溜向这儿，一会儿溜向那儿，一个要握，一个偏不让，一个偏要握，一个偏不让，男人的手宽厚，女人的手纤细，手指原来也能说话，一蜷一探，进退迎拒，那么多意味。

啊啊啊，握住了。

啊啊啊，还抱上了。

孟千姿和江炼闹了会儿，终于"咯咯"笑着伏进他怀里。江炼搂住她，一瞥眼看到江鹊桥看得目不转睛，想也不想，抬脚就把帆布椅踢转了个向。

江鹊桥没提防，一个跟头翻下了椅面，亏得爪子揪住了椅沿，倒挂着扑腾了会儿之后，终于又爬上椅面，气得毛发奓起。

这个过河拆桥的男人！

孟千姿对边上这段小插曲一无所知，忽然想到了什么，忙抬起头："箱子带回来了？"

江炼笑道："能不带回来吗？"

"那美盈，现在怎么样？"

江炼笑笑："不好说，我们不在的时候，美盈又发了两次病，手臂上添了四五道口子。箱子拿回来之后，她的伤口没再恶化，出的血也没再沸腾——究竟是不是能好彻底，我觉得还得再观察两天。"

孟千姿心中一动，坐直了身子。

这些日子，她和江炼已经很熟了，对他的微妙情绪也很能察觉，总觉得，他不是那么兴奋。

"怎么了？出什么事了？"

江炼也不瞒她："不是我，是神棍。咱们出来之后，到了有信号的地方，他就兴高采烈，通知了他那几个朋友了。我看，就这两天，那几个人就快到了。"

孟千姿帮他转折："但是……"

江炼苦笑："但是，神棍打不开那口箱子。"

打不开？孟千姿一怔："不是说什么烈火、血，就可以……"

没错，江炼帮她把话补全："巴梅法师的预言，是烈火滚过沸腾着的血，可以打开机关的结扣，这两天，我们什么法子都试过了。"

况美盈的血，滴进凤凰鸾结扣的刻纹处，确实是沸腾的，拿火去点，烈火也确实是"滚"过血面的，但"滚"完之后，箱子是什么样，还是什么样。

怕烈火不够"烈"，他们还突发奇想，点了根凤凰翎，然而，点着的凤凰翎只是再次印证了之前的认知：凤凰翎是不怕火烧的。

而且，用凤凰翎点起的"烈火"，也没烈到哪儿去，箱子沉默如石，毫无异样。

江炼叹气："可把神棍给郁闷坏了，揪着他的卷毛苦思冥想，现在又赖上环境了，说是空气污染、水污染，改变了况家人的体质，使得美盈的血感应不那么灵敏了。"

孟千姿没吭声，过了好一会儿才说："我记得，况家做了四十口箱子？"

江炼点头："况祖经手的，大概有一两口吧。"

"箱子做好了，是交给黄帝的，等于交货了？"

是啊，江炼看孟千姿："你是有什么想法吗？"

孟千姿答非所问："你和神棍，都没用过密码箱吧？"

江炼的第一反应就是：你这瞧不起谁呢？

但一番追忆之后，爽快认怂："是，人穷啊，我从小到大，哪有什么金贵的东西值得塞进密码箱呢？没用过这种高级货。"

孟千姿说："我用过，从小就用。我手边常备密码箱，各种样式的都用过。有些密码箱是有初始密码的。到手之后，我做的第一件事，就是改密码。还有的密码箱，是双重密码。出厂时，给你一个独特的密码。你再加一个，形成一套组合。组合密码，更难破。"

江炼慢慢咂摸出点味儿来了。

是啊，况祖是擅"以血为媒，开封箱器"，但如果用的只是况家人的血，这下订单的客户得多没安全感啊：我家的密码箱，你滴点血、点个火就能开了，我的财产还能有保障吗？"

他迟疑着说了句："所以开箱，用的其实是另一个人的血？或者组合嵌套，需要美盈的血加另一个人的血？那这另一个人又是谁啊？"

孟千姿说了句："这另一个人，我也不知道。但我可以猜一下，当然，只是猜测啊——是谁，跟箱子有最深的羁绊，做梦都梦见在找箱子，从一露面开始，就在喋喋不休地念叨箱子呢？"

【23】

这另一个人究竟是不是神棍，试试就知道了。

收到消息，神棍很快挟着箱子到场了。

然而可惜的是，孟千姿难得一次自信满满的推测，遭遇迎头一盆冷水。

人家况美盈的血滴上镂纹的结扣，好歹还会沸腾两下，神棍的血滴上去，那真个叫"安静如鸡"，如的还是死鸡。

孟千姿自觉很没面子，不过很快找到理由安慰自己：她本来也不是什么绝顶聪明的人嘛，推测失误也正常。

希望来得快，去得更快，神棍郁闷坏了。回房之后长吁短叹，连晚饭送过来都没心思吃。

他不时挠头，间或瞅手机，还让江炼支招儿："小炼炼，你说……要不，我让他们先别来？"

大老远把人叫来，给了人家那么大一希望……

这可让他怎么面对、怎么收场啊。

江炼咽下一口餐饭，啼笑皆非："你涮着人家玩呢？这都几天了，你那些朋友肯定快到了，你现在让人回去？"

他敲了敲神棍的餐盘："吃吧，吃完之后去洗个澡，老朋友见面，把自己捯饬得体面点——这样，即便挨打，挨打之前，你至少还是人模人样的。"

神棍差点儿叫江炼给气死。

不过话糙理不糙，要见朋友了，他怎么着也得修修边幅。

临睡前，神棍拿了条毛巾去澡堂。

所谓澡堂，其实是临时建造出来的，分男女，专供山户使用。水是从井里打上来的，太阳能供热，一晚上只够十来号人洗——好多山户知道这儿用水紧张，自觉排不上，也就不来凑这热闹，只拿盆接点水擦洗，或者几张湿纸巾凑合着了事。

这一晚，澡堂挺冷清，只接待了几个山户，神棍去得晚，前几位洗时攒下来的热气都没了，神棍哆哆嗦嗦地往身上泼水、打洗发露、搓肥皂。洗完时，整个浴室里便飘着一层微温的稀薄蒸汽，和昏黄的灯光互裹，迷迷蒙蒙，恍恍惚惚。

神棍拿大毛巾擦拭身体，很自然地走到了墙上挂的那面理容镜前，镜子上聚了许多蒸汽，很多处都模糊了，但模糊里又间杂了几处清晰。

有一块清晰的镜面，映出了他小腹上的那道狭长的疤。

神棍瞥了一眼，继续擦干身体，擦着擦着，动作就慢了下来。

他拿手抹了一把镜面上的水渍，手掌抚过的地方，清晰出现了一条如同被抻长变形的"S"形印记，暗红色，很像胎记。

电光石火间，神棍的脑子里蓦地闪过一个念头。

他把大毛巾一扔，连内衣裤都顾不上穿，光脚趿拉着浴拖，把长外套一裹，一阵风一样卷了出去，还不忘跟看门的打招呼："我还没完，我忘带换的了，我回去拿。"

那人正忙着在手机上打小游戏，随口"嗯"了一声，头都懒得抬。

神棍一口气跑回了屋。

这一趟，因为来了不少增援，营地的住处名额颇紧张，毡房实在挤不下，空地上都扎了许多帐篷，但神棍他们是客，所以还是维持原样，四人共用了一间。

江炼几个已经睡下了，不过尚在半醒半睡之间，况美盈听到动静，嫌冷，懒得起身，含糊地问了句："嗯？"

神棍还是那话："我，洗澡忘带东西了，回来拿。"

说话间，他挟起箱子，又开门出去了。

江炼在被窝里翻了个身，眼皮都懒得睁，只心里吐槽了句：丢三落四的。

回到浴室时，里头的蒸汽早散了，屋里很静，藏着秘密的那种静。

神棍单膝支跪在地上，把箱子端端正正地摆好，又将拢紧的衣襟敞开一线，露出心口处往下蔓延的那条胎记。

然后，他从衣兜里掏出一把小折刀，是之前从陶恬那儿领的：山户的装备都是上乘的，刀身打开，刀头尖锐锃亮，仿佛"栖"了日光，刀锋密布崭新绵密的磨纹。

他向着胎记上的一处下刀。

刀尖划下去很浅，血却像等待了很久似的，一下子溢满流出，颜色鲜亮，神棍抹了一把，擦在箱子凤凰鸾身的第一个结扣上。

275

小游戏轻快的乐音隐约从门缝处透进来，血在箱面上翻沸作响。

神棍撳燃了打火机，点着了血的边沿，烈火像有生命，从一侧向着另一侧卷过，然后，他听到箱子深处，传来"咔嚓"一声轻响。

他重复之前的动作，第二个、第三个结扣，每一次，都有轻响声传来。

三声响过，箱子归于沉寂，屋里安静得连呼吸声都没了，屋外也没声，那个看门的，大概已经打完游戏了。

神棍没有失望，他直觉，这一次，一定会发生些什么，他所需要的，只是等待和耐心。

外头的沉寂，和群山的沉寂，搅裹在了一起，一寸寸侵入这冰冷的浴室。

蓦地，有不知名的夜鸟低空掠过，发出怪异难听的"嘎嘎"声，而几乎是与此同时，那个箱盖，"咯噔"一下，开了。

江烁半夜时，被响动惊醒过一次。

当时，他睁着惺忪的睡眼，就着昏暗的灯光，看到神棍满腹心事地躺下，他还没来得及分辨清楚那心事究竟有多沉重，神棍揪着灯绳的那只手往下一拽，光便没了。

江烁在黑暗里同情了一把神棍，便又睡着了，"有所思"的原因，还做了个梦。

梦里，他白发长须，俨然智者形象，老成且慈祥，开解神棍说："没关系，总会有办法的。"

神棍仰视着他，凄苦的表情渐渐转作无限信赖，说："江烁老师，我全听你的。"

被人视为人生导师，还真是怪得意的。这得意从梦里延伸到现实，延到江烁熟睡的唇角。

就在这个时候，他忽然听到一声响亮的"喝……多……啰……"。

什么意思？他喝多了，才会做这样的梦吗？

又是一声嘹亮的"呵……哆……啰……"。

江烁一下子惊醒了。

窗外有蒙蒙亮白，天亮了。

所以刚刚那是……鸡叫？但江鹊桥不是一直走"哦哦哦"路线的吗？再说了，鹊桥一直叫得很婉约，不会这么中气十足、气吞山河……

又一声鸡叫过后，韦彪不耐地叹气。况美盈则把脑袋缩进睡袋里，喃喃抱怨着哪家的鸡这么没眼色。只有神棍，腾地一下从床上坐了起来。

怔了两秒之后，他反应过来，大吼一声"是我们解放啊"，就扯过外套，连滚带爬，像是滚下床去的，紧接着又滚出了屋。

解放？神棍曾经提过的，勇斗凶简的山鸡曹解放？

江炼一阵好奇，也没了睡意，外套一裹，麻利地下床跟了出去。才刚出门，就听见神棍的惨叫。紧接着，就是绝望的控诉："我们解放，怎么胖成这样了？"

其时，有一部分山户已经起床了，正在门前帐口洗漱。西北早间多雾，淡淡的雾气笼罩着毡房和大小帐篷，也弥漫到了路面。

来客就是来客，自带行尘，和住客的安稳截然不同，江炼一眼就把这新到的车和人都尽收眼底。

车是老车型，黑色的外壳，风尘仆仆，沧桑中带一点雾的濡湿，车顶横列了一排狩猎灯，但在这细雾里，并不咄咄逼人，反像安静的眼睛。

驾驶座上下来一个高大的男人，约莫三十岁。身形极衬衣服，一件普通的黑色夹克到了他身上，登时出众可身，人明明是在笑的，但极偶尔的瞬间，目光会忽然阴沉、锐利。

这人大概是罗韧。

罗韧关上车门，并没有抬头看谁，只是一条手臂下意识抬起。后头一个正穿外套的年轻女人刚下来，便很自然地靠了过去，刚好被他圈搂住。

这应该是梅花九娘的关门弟子，木代。温柔秀气又纤弱，一点也不像身上有上乘功夫。

罗韧转头看时，大概是觉得木代衣服没扣好，于是缩回手，很细心地帮她扣拢领口。

江炼有点羡慕，得要很熟很契合，才能培养得出这种自然到几乎会被人忽略的默契吧。他和千姿，也不知道什么时候才能发展到这样。不去言爱，但举手投足时满心爱意。

车子的另一侧，也站着一对男女，年纪看不大出来，估计都在二十五到三十之间。女的一身红色羽绒衣，脸庞圆润，眉眼是很传统的那种漂亮。男的身形挺拔修长，气质偏文艺，又带点放荡不羁。

这多半是神棍极想撮合但又一直无从下手的炎红砂和一万三了。听说一万三也姓江，跟他五百年前是一家——果然如神棍说的那样，这两人之间气场有点别扭，明明很登对，不当情侣可惜，但当了……好像又跟大众意义上柔情蜜意的情侣相去甚远。

不过，最吸引江炼眼球的，还是走在最前头的那个胖子。

这胖子三十多岁，油光满面，体形富态，一身名牌。那架势，活像前来开发大西北的暴发户。就是他亮着嗓子接了神棍的话茬儿："棍哥，它能不胖吗？作为一只中年'男鸡'……"

他停顿了一下，似乎是觉得这称呼怪怪的，又临时修正了一下："……中年雄性山鸡，不健身、不进取，没有危机意识，整天和一群凤子岭的山鸡妹子混在一起，沉迷女色，它能有什么前途？"

神棍痛心地蹲下身子。

直到这个时候，江烁才看到，神棍面前有只肥嘟嘟的山鸡，毛羽极鲜艳油亮。鸡和人一样，都有适合自己的位置。在他看来，这鸡很适合下锅。

神棍怒其不争："解放，你当初也英俊过。看看现在，你这脖子粗得，挂鸡牌都嫌勒，你就这样自暴自弃了？"

曹解放轻蔑地看了神棍一眼，挪着步子，支撑着肉嘟嘟的身体，从他身边绕了过去。

看来，这是一只高傲的鸡。没颜值可以，没身材也淡然，但断不能没有架子。

神棍忽然想起了什么，问那胖子："曹胖胖，怎么把解放带来了？你们不同路啊。"

这五个长住丽江，但曹解放早归隐山林、落户函谷关的凤子岭了，一南一北，山长水远。

曹严华伸手捋了捋即便长途跋涉，但依然一丝不乱的头发："当年收凶简，解放也是出过力的，现在你跟我们说要彻底了结了。这历史性的时刻，还能不带解放一道经历？"

说话间，一阵急促的"哦哦哦"声由远及近。

江烁回头看，原来是江鹊桥，正一溜儿小跑着下坡。估计是听到动静，尤其是有同类的动静，按捺不住，跑出来瞧热闹。它跟一干人不熟，于是直奔江烁。到江烁脚边时，也不知道是不是怯生，反常地把身体藏在江烁的裤管后，只羞涩地探了个脑袋出来。

罗韧一行倒没太在意江烁，把他当成了看热闹的山户，倒是曹解放，忽然一改之前的松松垮垮，脖子昂起来了，身子挺起来了，连目光都凌厉起来了，愣是从中年发福的身躯中，努力挺出了一丝早年的英俊风采。

罗韧几个人，都不是喜欢到处结交的。神棍知道他们的性子，也不打算主动把他们引见给山户。再说了，时间还早，孟千姿他们还都没起床呢。

不过，他估摸着，山户会主动来拜访。山户不是喜欢结交有本事的人吗？而且，段文希和梅花九娘有旧，就是孟千姿和木代有旧，双方怎么着都会见个面的。

三重莲瓣，身份到底不同，山户们很快腾出一间小毡房给神棍做会客室。

江烁没跟进去。人家老友见面，他在边上戳着算个什么事儿？

不过，他从毡房边经过时，下意识停了会儿。

听到里头笑语不绝。

听到曹严华说："棍哥，真要收啊？这几年，它让我身强体壮、力大无穷，壁虎游墙都游得贼快，我跟它处出感情来了。哎哟，真要分别，我怪舍不得的。"

一万三哼了一声："曹兄，你这是什么心理？凶简给你点好处，你就跟它讲感情了？我们中要是出个叛徒，是你没跑了。"

罗韧说："还是应该收，老在我们身体里，始终不是好事。"

炎红砂"咯咯"笑："当然应该收，不然木代跟你，孩子都不敢生，我这干妈做的，有名无实啊。"

再然后，门帘放下，毡门带起，里头的声音，就再也听不到了。

江炼绕过毡房，一路走到坡上，捡了块石头坐下，看渐渐散去的薄雾，也看那个紧闭了房门的毡房。

他觉得怪羡慕的。

【24】

有那么一段时间，江炼也搞不清楚自己到底在羡慕什么。

反正吧，要不着的糖，吃不着的饭，都进不了他的嘴，但能痒得着他的心。

他坐在石头上，看毡房，看人，也看远远近近的山。看到起灶生烟，看到各屋送饭，看到况美盈进进出出。

没人喊他吃饭，他这两天的饭搭子神棍当然是想不起他了。至于美盈，眼里估计只能看得到韦彪吃得好不好……

江炼正出着神，忽然听到孟千姿的声音。

"你这一脸向往加哀怨的，什么表情啊？"

江炼还以为自己听错了。回头一看，真是她！没坐轮椅，一手拄着登山杖，一手扶着辛辞。

江炼没立刻迎上去，就着晨光看了她好一会儿。

真是好看，清清爽爽，唇红肤白，发髻高绾却松束，许多碎发垂下，但并不显乱，别有风致——他不知道那又是辛辞的手笔，给她束好发之后左一拉右一扯的，一定要扯出松而不垮的"凌乱美"来——只是颇为陶醉地想着，咱们千姿，真是好看，胡乱扎个头发都美。

孟千姿不满意了，拿登山杖戳点地面："你还坐着？不知道过来搭把手？"

江炼这才笑着过来,把辛辞换下:"怎么没坐轮椅?"

"该练着走路啦!三妈说,对轮椅越依赖,越站不起来。"

边上的辛辞清了清嗓子:"那……千姿,我回避?"

孟千姿"嗯"了一声:"没你的事了,待会儿江炼送我回去。"

说完了,人却不挪窝,只是颇为玩味地看辛辞走远,然后偷偷向着江炼说了句:"辛辞有点情况。"

是吗?江炼好奇:"怎么说?"

"以前恨不得二十四小时戳我边上,不叫他走,他就高高兴兴待着。这两天,屁股上长针似的,坐不住,动不动就是'千姿,那我走了''我忙去了',他有什么好忙的?我不就是他忙的重心吗?"

真的,江炼看了眼辛辞的背影:那小步子迈得,的确挺松快。

他忽然想到自己:每次去找千姿时,大概也是这样。要遮掩,又遮掩不住。步子、肢体,哪怕一根头发丝儿都会背叛他,会叫外人看出端倪来。

他扶着孟千姿在石头上坐下。

孟千姿打量他:"还没回答我呢,你刚刚那什么表情啊?"

说完,又去看不远处坡下、江炼之前一直盯着看的那座毡房:"听说神棍的朋友们来了?"

江炼"嗯"了一声。

"他们给神棍带好吃的了?没分你一口,所以你一直坐这看,气得要哭,还流口水?"

江炼哭笑不得:"我就是看看。"

孟千姿显然不相信,乜斜了眼。那睥睨着的小表情,好像在说:小样儿,还想瞒我!

江炼让她看得有点底气不足,想以笑带过,又觉得太不自然,末了终于"缴械":"其实也没什么,就是忽然觉得,我好像一直没什么朋友。"

怎么会?孟千姿想反驳,但思忖了会儿,觉得还真是。

她不死心:"况美盈不是吗?"

"美盈是和我一起长大的,感情好是好,但如果你一早就知道,这辈子是要为她奔走甚至送命的,那你们之间的关系永远不会是平等的。"

"那韦彪呢?"

韦彪啊,江炼耸耸肩:"也是一道长大的情分,但和我想的那种朋友,还是差了点感觉。"

孟千姿有点明白了,她拿手掌托住下颌,纤长手指在颊上慢慢点着,指甲在晨光下泛着润泽的粉:"那神棍?"

江烁承认得有点勉强:"他那样的……算是吧。"

懂了,孟千姿狡黠地笑:"你在这儿条分缕析,觉得神棍算是,但是啊,你只有他一个朋友,他有那么多,他是你的全部,你是他的一丁点儿,心里泛酸水,嫉妒了是不是?"

江烁又好气又好笑,人有他无,人家地里的玉米棒子多到满出来,他掰来掰去掰不出几个,难免有那么点微妙心理,但怎么话经她的口说出来,就跟爱而不得、争风吃醋似的呢?

他往坡下看去,江鹊桥在毡房不远处踱步,姿态怪优雅的,但踱来踱去,始终在那一块。

孟千姿忽然冒出一句:"其实,仔细想想,我好像也没什么朋友。"

怎么着,跟我"攀比"上了?江烁转头看她。

她还是托着腮,眼神有点迷茫:"你别看我从小到大身边围满了人,但是啊,不是要我听话的,就是听我的话的。

"劲松人很好,但是他对我总要顾忌分寸,和我说的话,也总要符合身份;辛辞嘛,更像朋友,可我到底是他的雇主。他打我的工,拿我的钱,感觉不一样。"

她叹了口气:"所以,我也没什么朋友。"

江烁"哦"了一声。

孟千姿有点不得劲:也不安慰我两句,只这么轻描淡写地"哦"一声,"哦"什么?要听"哦",我不会找江鹊桥吗?

顿了顿,江烁拿一侧的肩膀轻轻碰了碰她:"这么巧啊,大家都没什么朋友。"

来了。孟千姿的唇角差点儿没藏住笑,她马上点头:"是啊是啊。"

"要么,咱俩凑合着……做个朋友?"

"可以啊,"孟千姿积极献策,"然后我们再去抢神棍的朋友。他朋友多,人又傻,肯定不会防备的。"

好主意,江烁附议:"有一个抢一个,有一对抢一双。到时候,朋友多得我都嫌烦。"

孟千姿非常赞同。

两人就这么你看看我,我看看你,看到末了,几乎是同时"扑哧"一声笑了出来。

真好啊,那揣了一早上的艳羡和微妙的心思,就在这笑里全没了。能笑出来,

281

合该感恩。更值得感恩的是，有个能让你笑出来的人。

江烁低头，吻向孟千姿的唇。

即将吻上时，忽然停住。他这才反应过来，这是大白天，人来人往，坡上坡下，都是人。

他不是那种大庭广众之下肆意拥吻的热烈性子。情感是私人的，不愿分享的。他需要遮掩物，或是夜色，或是望不尽的空茫，或是拉紧的帘、密闭的窗，两个人的事，彼此相互私藏，容不下多一点的目光。

孟千姿看着他，没躲，但轻颤的眼睫上跃着一点慌，群山和人屋，在她眼底层层失色，败成不重要的模糊衬景。

如果这个吻落下来，她豁出去，接住就是，可是，那么多人呢，那么多议论，自己的事，何必摊开了给那么多双眼看……

江烁侧过脸去，略粗的喘息拂向她耳际，拂动了鬓角、耳畔那几丝很细的、淡成了浅褐色的鬓发。

他轻声说了句："这样，别人看起来，是不是跟在讲悄悄话似的？"

孟千姿笑起来，耳根处慢慢泛了红，正待说些什么，不远处忽然传来一个苍老但又熟悉的声音："姿宝儿。"

孟千姿一怔，旋即转头，还没看清来人，已经脱口叫了出来："大娘娘？"

江烁循着她的目光看了过去。

这是高荆鸿，在山鬼里，她一定是特别的存在，一头雍容的白发，气质霜雪般凛冽，年岁如此之高，仍称得起贵气、精致和优雅，她穿黑色的长呢大衣，领口处系了色彩鲜艳的丝巾。侧身时，耳垂上挂的珍珠耳链轻荡，给脖颈间留下一抹珠光。

她真是出众，哪怕容颜早已不年轻，哪怕皱纹爬上了眼角唇侧，身后的景茹司和孟劲松等所有人，都忽然暗淡。

高荆鸿笑着朝孟千姿点了点头，又看了江烁一眼。

这一眼，风急云卷，山高水长。

江烁回以一笑。

这一笑，不畏缩，也坦荡。

高荆鸿既然来了，孟千姿自然就不得空了。更何况山鬼眼下一堆白事待办，江烁也不好去耽误她的时间。

他一个人回了房，跟况美盈和韦彪闲聊，说起山鬼这头大概要撤。况美盈皱眉："韦彪的伤还没好呢，这动来动去的，不合适吧。"

伤也分三六九等。江炼的伤在肩膀，这几天摸爬滚打下来，他几乎要忘记自己还带着伤了。况美盈嘛，自然更不记得。

但韦彪的伤在肚腹，用况美盈的话来说："肚子里头那么多脏器，哪一个都是要命的，万一养出个差错，可是一辈子的事！"

所以，韦彪必须得躺着，连坐起身都不应该，更加不可以舟车劳顿了。

江炼斜了她一眼："人家山鬼走，你不用跟着走。只要交足房钱，你爱住多久住多久。"

况美盈恍然："对啊，这一阵子老跟着他们一起，我都忘记我们可以自主行事了。"

自打江炼把箱子带回来以后，她的心情就好得很。过往磨难都成了历练，否极泰来，昆仑山也成了福地。她对韦彪说："那我们索性再养两周，等你恢复得好些了，再回家给太爷上香不迟。"

又看江炼："你呢？是陪着我们一起，还是自己想……去哪儿玩？"

江炼含糊应了句："再说吧。"

中午，第一拨回撤的山鬼离开营地——营地不够住，那么多人待着也是闲着，所以无关人等先走。

江炼站在门口，看七八辆车一溜儿长排，缓缓离开，心中腾起极强的不真实感。

美盈在规划给干爷上香报喜的事了，山鬼开始往外撤人，在大家眼里，事情已经结束了吗？

可他怎么觉得，还差了些什么呢？

午饭后，那座毡房终于开了门，却没人出来，似乎开门只是为了透个气。

后来，神棍探出身子，喊住一个过路的山户，吩咐了些什么。那山户大步流星地离开。俄顷折返，抱了一箱的便携式氧气瓶送了进去。

又过了会儿，那个胖子曹严华出来了，脸色有点灰败，鼻子紧贴住氧气瓶的吸氧口，鼻翼大幅度地翕张，然后一屁股瘫坐到了毡房门口的帆布椅上。

什么情况？收个凶简而已，怎么跟打了败仗似的？

幸好江鹊桥一直在那一块溜达，为江炼提供了借口。他抓了把草籽，装作是过去投喂，路过门口时，往里扫了一眼。

除了神棍，每个人都有些精神不济，木代一脸倦容，眉头紧皱，伏在罗韧怀里，一声不吭。炎红砂坐在一边，垂着头，一万三在帮她拍背，又递了瓶氧气给她，她似是连氧气都嫌恶，一直摇头。

还听到神棍问罗韧："要么，我跟这里管事的说一声，把你们往西宁送？"

是收出什么后遗症来了吗？江炼不好逗留，径直走到空地上，把草籽撒给江鹊桥。

曹解放也出来遛弯了，江鹊桥吃得很优雅，有姿有态。

曹严华吸了会儿氧，大概是觉得无聊，跟他搭话："哎，小兄弟，你那鸡……什么鸡种啊？"

江炼抚了抚江鹊桥的小软背："雪鸡，你们那个呢？"

"山鸡，野山鸡，可不是所图不轨哟！我遇见它的时候，它瘦着呢。"

江炼笑了，这胖子挺有意思，自己只随口问一句，他叽里呱啦答这么多。

他指了指曹严华手里的氧气瓶："你高反啊？我看你早上还挺适应的。"

曹严华有气无力，大概是觉得解释了他也不懂，于是没往下说，只喃喃地说了句："由俭入奢易，由奢入俭难啊。"

说话间，神棍急急地走了出来，大概是要去找人，一眼看见江炼，乐得抓他跑腿："小炼炼，来来，帮个忙。"

边上的曹严华眼睛一亮："哟，小字头的，棍哥，自己人哪？"

神棍懒得跟他废话，把江炼拉到一边："你帮我去找找孟小姐，或者哪个姑婆都行——山户不是要下去吗？安排两人，送我朋友出去，顺道把他那车也开出去。"

江炼皱眉："这才见面……这么快赶人？都没好好吃顿饭呢。"

神棍叹了口气："你以为我想啊，我跟你提过没有，凶简上身，是有个好的……附带作用。"

原来，这凶简在迷惑人的心智的同时，会使人肢体强健。通俗点说，体能是之前的好几倍，偶尔受点伤，都能立马痊愈，连疤都不留。

罗韧他们引凶简上身之后，这"附带作用"也自然显现。毫不夸张，跟普通人一比，那就是"超人"。连一万三这样不走武学路线的，都能单挑好几个人后不变脸色。

几年下来，他们早已经习惯了，也有了错觉，真把这个"超人"的自己当成真实的自己了，所以，曹严华才会嘟囔什么"和凶简处出感情来了，怪舍不得的"。

江炼懂了："现在这凶简一收，他们的体质瞬间回去了？"

神棍垂头丧气："可不嘛，本来这种抽离过程就挺煎熬的。我估摸着多少都会病一场，更何况还是在高原。高原，你懂的。氧气稀薄，生存环境又比较恶劣。他们真是瞬间……个个都不舒服了。罗小刀说，车都不想开了。他们长住丽江，西宁的海拔跟丽江差不多。我想着，送他们去西宁，会好点。"

这是对的，江炼点了点头，正要跑这一趟，忽然想到了什么："你是怎么……

收的？"

"这容易啊，当初凶简溶在血里，他们又把血分注进身体里。这么些年，身体像个坚韧的囊，偶尔受伤也不会流血。也就是说，凶简是被很牢固地困住的。

"但是有七块兽骨就不一样了，人家是原装的——我让他们割破手掌，依次摸过七块兽骨，嗯，我还拍下来了。"

反正送人这事又不是十万火急，不在乎这一时半会儿。神棍掏出手机，给江炼看自己刚刚拍的视频。

怪不得要拍视频，视频太震撼了：兽骨上，原本什么都看不见，要靠手去"识别"，但现在，骨上出现了嫣红的象形文字。这还没完，那字是起伏流转着的，一笔一画，都像有生命、有呼吸，并且渴求着什么。

江炼皱眉："但是，这不是长久的法子啊！这东西得被装在箱子里，才能真正被困住。箱子打不开，可怎么办啊？"

神棍的面色微微一变，但他瞬间恢复如常，没事人一样说了句："没关系，总会有办法的。"

江炼乐了："这话，是不是做梦的时候，江炼老师跟你说的？"

几位姑婆一定都在孟千姿的毡房里。江炼近前时，反而却了步，觉得就这么一头扎进去，怪不稳重的。

最好，里头有人出来。这样，他就能托人家传个话了。

说来也巧，正犹豫着，冼琼花出来了。

江炼跟这位七姑婆还算熟，赶紧迎上去，把事情说了。本就是举手之劳的事儿，冼琼花一口答应，说是待会儿就叫人过去。

话说完了，她欲言又止。

江炼察觉到了："七姑婆，还有事吗？"

冼琼花笑了笑："本来，也是想找你的。江炼啊，是这样的，你晚上有空吗？大姐说，想跟你聊聊。"

江炼心里"咯噔"一下，面上却不露，只点了点头："好啊，有空。"

冼琼花迟疑了一下："还有啊，这事，就……别跟姿姐儿说了。"

懂了，是要避开孟千姿，跟他单独聊聊。

江炼继续点头："好啊。"

285

【25】

罗韧一行最终定于第二天早上再出发。

两个原因，一是路途太远，现在出发的话，没多久就会赶夜路。路上万一出点事，荒野茫茫，连个后援都找不着；二是第二天早上，又会有一拨山鬼撤出，到时候大家一起走，人多，照应起来也方便。

几个人便就地休息，队医还过来瞧了一回，最终躺倒了三个，罗韧、木代和一万三；别看曹严华半死不活的，但他坚实，病病歪歪，始终不倒；症状最轻的是炎红砂，吸了会儿氧之后，虽说头晕恶心，但好歹能扶着墙遛弯。

她拖了张帆布椅出来，挨着曹严华而坐，听他"呼哧呼哧"吸氧。

不远处，两只鸡离了有一丈远，一个独自优雅，一个继续高傲。

江炼澡堂归来时，看见的就是这么个场景。

他洗澡，理由只有一个：以最佳的精神面貌迎接晚上的会面——曲俏曾经说过，千姿身边的人，基本都不会欢迎他，所以这会面一定不轻松。

冲澡的时候，他设想过好多情形：高荆鸿言语恫吓，想让他知难而退，他不卑不亢，铿锵有力地还击；高荆鸿又甩给他一张支票——电视剧里的有钱人总爱这么搞——他微微一笑，极其潇洒地掷回去。

自己都被自己帅到了，居然还对这会面生出期待来。也说不清为什么，他好像笃定了高荆鸿不会对他友善，也不在乎给这位大姑婆留个坏印象。

回屋的路上，他无数次润色自己的台词，务求字字珠玑还押韵，正出着神，忽听曹严华嚷嚷："哎，哎，那个小字头的，火东小兄弟。"

"小字头的"可能是在说他，但"火东小兄弟"又是谁？江炼左右看看，并没别人。

曹严华冲他招手："哎，小兄弟，就你。"

说完这话，气又上不来了，凑到吸氧口一通猛吸。

江炼终于反应过来："火东"这两个字，是把他的"炼"字给拆了。

他不大认可这名号，感觉自己被叫成了乳臭未干的毛头小子，不过，曹严华大了他七八岁，这么叫他，也不算占他便宜。

他折了向走过去。

曹严华打量他："我棍哥说，这次找到兽骨，多亏了你和那个孟……"

炎红砂真是见不得他这说一句话就要断气的衰样："孟小姐。"

"对，孟小姐。"曹严华半张脸都堵到了吸氧口上，有气无力地点头。

江炼觉得好笑："你现在没力气，不用耗费精力讲话。"

曹严华绝不认输："棍哥的朋友，也就是我的朋友，你曹爷我……平时那是龙精虎猛，现在……我小罗哥他们，平时也不……这样，见笑。"

他又歇了会儿气："听说你们都要去西宁，等到了那儿，我请你们喝酒，喝……通宵，花……生米，猪……猪头肉。"

大概是把他当山户了，江炼笑："好。"

曹严华忽然想起了什么，先指炎红砂："哦，没自我介绍，这……这是二火，祖上都采……采宝的。"

又伸手往裤兜里摸："这是我……我名片。"

名片！居然还有名片。

江炼接过来看，正面中央，三行醒目名号，气势真是直迫面门。

来自解放碑的曹爷
丽江聚散随缘娱乐有限公司副总经理
丽江凤凰楼餐饮集团董事长兼工会主席

曹严华谦虚地笑："没事投了点资，搞点……事业。"

江炼还没来得及表示钦佩，炎红砂已经做干呕状："曹胖胖，话悠着点说。你那点底，揭开了就没了。"

她抬头看着江炼笑："谢谢你啊，到时候，我也请你们吃饭，我做东，不蹭曹胖胖的局。你放心，我不像他那么抠，只请人吃花生米。"

曹严华急了，奈何气顺不上，斗不过炎红砂："这……这叫抠？我郑……郑师伯每次都这……这么请……"

炎红砂冷笑："郑师伯这么请，那叫有气度、有风范。你这么请，就是附庸风雅，守财奴。"

这些人，太有意思了，江炼不打扰他们休息，揣上名片，笑着告了辞。

临走时，他看到江鹊桥和曹解放：哟，已经在同一块地头啄食了。

几分钟之后，炎、曹二位，也研究上了这对鸡。

炎红砂："这两只鸡，还玩到一块儿去了。"

曹严华："嗐，鸡……鸡那可直白，又不……不谈恋爱，看对眼，就钻……钻草丛……"

287

炎红砂："这鸡种不同吧？"

曹严华："爱……爱情，不分……种……种类，当初女……女野人，还不是被我三三兄……兄的才华征服……"

炎红砂没好气："解放在凤子岭，谈了多少妹子，一出来就拈花惹草，这坏鸡！"

高荆鸿没有指定具体时间，江炼只能坐等。

没法儿去找千姿，这个时候去找，太没眼色；不好去找神棍，人家老友重逢，自当作陪，他老觍着脸去插一脚，太不知趣了。再说了，这样会显得他太无所事事——他也很忙的，有自己的事办，哪怕是装呢。

晚饭过后，他决定去找陶恬。陶恬应该是明早撤。这一别，估计不会再有见面的机会了，认识一场，该去打个招呼。

刚出门，就看到孟千姿陪着高荆鸿进了罗韧他们的毡房，估计是去叙段文希和梅花九娘那一代的旧，看来属于他的会面，一时半会儿还不会开始。

他绕过毡房，才走了几步，一抬头，瞥见不远处的曲俏。

不只曲俏，还有辛辞，曲俏正低声向着辛辞吩咐着什么。辛辞一惊一乍的，又不断点头。

江炼不想扰人私聊，正想再次绕道，曲俏似有所感，一偏头，就看见了他，还朝他和气地笑了笑。

这一笑，让江炼忽然生出个念头。

他犹豫了一下，上前一步："六姑婆，能借一步说话吗？"

曲俏有些错愕，随即点头："好啊。"

她打发了辛辞，跟着江炼走到坡后一处僻静的地方。

江炼迟疑了半天，索性直白道："六姑婆，早先，七姑婆找我，说是大姑婆晚上约我见面。"

曲俏"哦"了一声，脸上有刻意做出来的惊讶："是吗？"

江炼笑了：这位六姑婆，一定早知道了。

"你是想找我打听大姐的性子？"曲俏揶揄似的看他，"没事，大大方方就行，不用刻意表现。大姐这样的，道行深，一眼就能看得出你是装的还是真的。你该怎么样就怎么样。"

江炼打断她："不是。

"我记得早些时候，我向你打听过千姿的事，那时候你顾左右而言他，没说。现在，还是不能说吗？"

曲俏尴尬，顿了顿，轻声说了句："不好意思啊江炼，这事，我向大姐发过誓，烂自己肚子里，绝不对外说。我们山鬼，很重誓约的——大姐愿意告诉你，是大姐的事，我是真不能乱开口。"

"誓约"都提出来了，江炼也不好强人所难，只笑了笑："原来千姿不嫁人这事，这么秘密啊。"

曲俏脱口说了句："哦，你问那个啊。"

江炼心中一动：怎么，原来两个人说的是两件事吗？

曲俏意识到说漏了嘴，有点发愣道："那时候千姿年纪小，脾气大，情感上受了点挫折就走极端。她冲动起来，别人拉不住。"

江炼试探着问了句："千姿之前，是不是有个……男朋友啊？"

曲俏叹了口气，算是默认。

江炼心里有那么点醋心："然后，是被大姑婆她们拆散了吗？故意制造……曲折阻碍的那种？"

小说里，影视里，常有这种情节。

曲俏笑了笑："如果是，你知道了，你要怎么做？继续瞒着不讲，还是帮他们尽释前嫌？"

江炼愣住了。

过了会儿，他才轻声说了句："我应该不会瞒着吧。如果瞒着她才能留住她，那说明，她始终也不是我的。"

曲俏笑起来："那你放心吧，不是你想的那样。千姿嘛，是很喜欢那个男人，但那个男人，不喜欢她。"

虽说有点不地道，但听曲俏这么说，江炼还是轻松了不少。

他找话说："千姿不像是会钻牛角尖的。我觉得，对方不喜欢她，她会痛快放手的。"

曲俏说："是啊，但那人要是装作喜欢她，她也很难看出来。"

江炼一怔："为什么要假装喜欢她？"

曲俏没吭声，只是从兜里掏出烟盒。她抽女士香烟，烟盒比化妆盒还漂亮，烟也美，纤长精致，像艺术品。

她点着了，却没吸，只把那烟夹在指间，任它烧，像烧华美的香。

过了会儿才说："起初，是为了钱。他女朋友重病，需要用钱。咱们千姿，一看就很有钱不是吗？"

懂了，一个男人，为了自己的爱情，以让人不齿的手段，去骗另一个女人的钱。这行为，还真难用一两句话评说。

江炼忽然想到了什么："然后呢，以姑婆们对千姿感情的关注，很快就能查清这个男人的底吧？"

曲俏点了点头。

"是这样拆散的？"

"没拆散。"

江炼没听明白："什么叫没拆散？"

曲俏没敢看他："就是没拆散。江炼，她们查底之后，和那个男的见了面，达成协议，给他行方便，变相促成了这件事，看着他们越来越好，等着千姿越来越喜欢他，等到千姿自己欢欢喜喜跑来说，要结婚了。"

江炼觉得自己的声音很遥远："为什么？"

曲俏的眼眶渐渐泛红："没为什么。气球吹大了，放了气还是气球。吹爆了，就没有气球了。一个人只有爬到最高，才会跌得最重，重到再也不想爬高……对不起啊江炼，我当时反对了的，但我也没做什么。我摔了门，几年不跟大姐来往，但那又能怎么样呢，该发生的就是发生了，千姿那个时候的痛苦，是有我'插了一刀'在里头的……"

她声音哽咽，没再说下去，扭头走了。

孟千姿本来是和四、七两位姑婆住在一起的，这两天撤走了一些人，毡房重新分配，几位姑婆都挪到大帐去了，反落了她一人清静。

晚间洗漱完，正对着镜子擦抹水乳，帘门忽然被掀开了一道，辛辞探头探脑进来。

孟千姿从镜中看到，气不打一处来，吼了句："你又跑哪儿去了？"

辛辞吓了一跳，有点口吃："忙……忙去了啊。"

"忙？"孟千姿冷笑，"我看你是这两天在大营待得太清闲，吃太饱，穿太暖了。"

这话太意有所指了，就差点明他是饱暖思淫欲了……

辛辞正待分辩两句，孟千姿眼睛一亮："陶恬啊？"

这趟同来的山户中，女山户虽少，但也占了十来个，其中又以陶恬最为亮眼。孟千姿虽只见过几面，倒也记住了。

辛辞想了好一会儿陶恬是谁："哦，她啊，好看是好看，但我你还不知道吗？皮相于我如浮云，我只欣赏情态美。"

孟千姿"啧"了一声："我懂，白水潇嘛。"

辛辞一时语塞，孟千姿继续忙自己的，过了会儿从镜子里瞥，辛辞还站在那儿，欲言又止的。

她有点奇怪："有事啊？"

辛辞赶紧凑上来："千姿，我告诉你一件事，你可千万别说是我说的，你就假装不知道，心里有数就行。"

孟千姿最烦这种遮遮掩掩的，但又想知道是什么事，只得耐住性子："什么事啊？"

辛辞神秘兮兮："我听说啊，大姑婆今晚约了江炼聊事情，还说别让你知道。"

孟千姿一怔："什么时候？"

"大概会挺晚的，总得等人都睡下了吧。"

孟千姿不说话了，留辛辞一个人展开了想象的翅膀："大姑婆估计是不喜欢他和你来往吧，非得等夜深人静，好下手。不知道是会给他钱呢，还是吓唬他呢，还是以情动人……"

这是肥皂剧看多了，孟千姿懒得理他，顿了顿又问："单独见面？还是说其他几个姑婆也会在场？"

辛辞答得含糊："应该……都会在场吧，六姑婆可能不去，她不是一向跟人关系不好吗？"

孟千姿再次陷入沉默，顿了顿，突然一把抓住辛辞的手腕："辛辞，你要帮我，我得知道他们说了什么。"

辛辞脸都白了，赶紧往回抽手："千姿，你别坑化妆师好吗？上次拉我做卧底，我成宿做噩梦，现在又让我搞窃听……"

孟千姿的手死抓不放："不难的，陶恬是负责后勤装备的。有种听音蝶，很小，可以当窃听器用。是我们入山时，夹在枝上、叶上，然后藏身听鸟雀音的。范围有限，不到二十米，我可以在毡房外头找一处听，现在大家穿得都多，你往姑婆雪帽里，或者衣沿上一夹……"

辛辞本来觉得这听音蝶怪好玩的，听到后来，又慌了："我往姑婆身上夹，她们都是有功夫的，一个察觉，回手一劈，我可能就死了……"

孟千姿哭笑不得："不会的，那都是武侠小说里骗人的，你装作不小心撞到……"

辛辞头摇得跟拨浪鼓似的："不行不行不行，你找老孟吧……"

"劲松不可能答应的，我给你涨工资，加钱！"

"不是，这个事儿太难为我了，我不是这块料……"

"那就是不行？"孟千姿眼梢挑起，语气低缓，"没得商量了？"

辛辞怒了："千姿！我要给你提个意见！"

291

孟千姿心里犯嘀咕：怎么着，她这先利诱后恐吓，伤害了辛辞的自尊了？

辛辞愤愤："当你说要给人涨工资、加钱的时候，能不能具体一点？具体到数字？明确的数字才更有激励意义好吗？随口一句加钱，加多少？一块钱也是加啊！"

"三倍！"

辛辞掉头就走。走到门口，又回身强调："我可不是为了钱。千姿，我始终站在你这边。不管是上次偷枪还是这次搞谍报，我这个人，立场从不摇摆！"

说完，一掀门帘，傲然走了出去。

江炼直到临近夜半，才见到了高荆鸿。

除了曲俏，几位姑婆都在，高荆鸿坐在炕桌边。桌上的咖啡冒着馥郁的香气，杯碟很精美，咖啡勺上都有悬珠，一看就知道是自带的，也算是讲究到极点了。

倪秋惠在一旁坐着，垂眼敛眉，仿佛自己和这场合无关。冼琼花关心地询问景茹司："四姐，没叫辛辞给撞出什么来吧？我回头让千姿说说他。上个厕所，横冲直撞的。"

景茹司哼了一声："他那二两骨头，能撞着我？"

氛围倒是挺融洽，江炼在一旁的帆布椅上坐下，脸色很平和。

景茹司觉得奇怪，偷偷跟冼琼花咬耳朵："小江今天怎么了，我看他平时挺热情的。"

冼琼花也有点纳闷，看了看江炼，没说话。

是戏总得开场，高荆鸿拿咖啡勺在杯中搅了搅，看上头一层虚浮白沫绕转如涡，才很和气地开口："江炼是吧，听说你和我们姿宝儿在……"

她想了想，用了个很书面的词儿："……交往？"

江炼点头："很认真的那种交往，不是一时兴起。考虑得也很周全了，不需要再考虑一下、审视一下什么的。"

高荆鸿一愣，察觉出了这话上来就带刺。

景茹司向着冼琼花递了个眼色，仿佛在说"我就说吧"。倪秋惠略抬了下眼皮，又垂下，唇角掠过一抹很淡的又带点无奈的笑。

过了会儿，高荆鸿又说："是这样的，你也知道，姿宝儿是山鬼王座，我希望，她能专注山鬼的事务……"

江炼说："首先，我听千姿讲过她的日常，山鬼的事务并不多，至少，需要她过问的事务不多，她还不至于忙到无法专注；其次，我记住这话了，以后，我会常提醒她要专注的。"

高荆鸿拈勺的手微微一顿:"江炼,你是不是对我有什么偏见,或者误会啊?"

江炼笑道:"没有。"

没有才怪呢,景茹司无语。冼琼花眼帘一垂,忽然看到,景茹司背后的衣角下方,夹了只小小的听音蝶。

她下意识伸手去抓,手刚伸出,又止住了,然后改成向上抬,很不自然地理了理头发。

高荆鸿笑笑:"没有就好。有件事你可能不知道,我们山鬼,很重誓约的。姿宝儿有誓约在身,她是没法儿嫁给你的,这一点我要跟你讲明。"

江炼"嗯"了一声:"那就不嫁呗,她嫁不嫁我,不影响我们的交往,也不影响双方的感情。"

高荆鸿好久都没说话,末了点了点头,脸上又现出了和气的笑容:"行吧,我就是跟你聊聊,没别的。这么晚了,耽误你不少时间,早点回去休息吧。"

她居然没再说什么,江炼有点意外,他起身向外走,快到门边时,心一横,又大步折回来,问她:"你是不是不习惯撕破脸、很直白地跟人说话?其实没什么的,你有什么想法,可以坦白说,用不着只是点到即止,让我意会。"

冼琼花觉得江炼有点反常,想喝止他:"江炼!"

江炼好像没听到一样,只是盯住高荆鸿:"我有个从小一起长大的朋友,叫况美盈。

"美盈的母亲、外婆,都因为患了怪病,婚姻生活不幸福,我干爷在美盈很小的时候,就起了给她物色伴侣的心。他像台精密的仪器,列了无数标准,去挑人的人品、体格、信用、诚心,生怕哪一项有疏漏。他其实挑中了我,但后来,他发现我和美盈互不喜欢,于是没强求,只是留了份遗嘱,让我要对美盈的事上心。

"我还以为,全天下的父母、长辈都是这样的,现在才知道,不一定。"

他笑了笑:"一个人渴望感情的时候,遇人不淑,大概跟吃了怪东西一样恶心,但是,喂东西的人,更恶心吧?"

冼琼花厉声喝了句:"江炼。"

江炼说完了,转身就走,他也不在乎会给她们留什么印象了,随便吧。

高荆鸿半天没说出话来,倪秋惠还是坐着,唇角还是挂着一抹很淡的笑,冼琼花揣摩着高荆鸿的脸色:"大姐,您别生气,他不知道情况……"

高荆鸿摇了摇头,示意她不用说了:"约了神棍了?"

"约了。"

"去请他过来吧。"

景茹司和冼琼花一前一后，出了毡房。

才刚走了几步，冼琼花忽然看到，景茹司的手在衣服后沿上一抹，抄了那只听音蝶在手上，向一侧坡下的黑暗处远远扔了过去。

她失声叫了句："四姐，你……知道？"

景茹司说了句："我景老四再不济，能让辛辞这小崽子在我身上弄鬼？"

【26】

江炼甩了门帘出来，余怒未消，觉得还该多说几句，不过……留白很重要，说得简短没关系，关键是得有力度。

他步子迈得既重又急，几步上了坡，才走了一段，忽然看到，前头的夜色里，有个更暗些的、熟悉的人影。

江炼放慢脚步："千姿？"

孟千姿低低应了一声。

江炼走近她："你在这儿干吗？"

"睡不着，练练走路。"

大半夜的还出来练走路，江炼失笑，伸手虚握住她一侧的胳膊："我送你回去。"

孟千姿"嗯"了一声，却没走的意思。过了会儿，撒了手里的登山杖，身子一倾，伏进江炼怀里，还伸手环住了他的腰。

夜晚就是好，该怎么笑就怎么笑，不用装矜持。江炼觉得，自己弯起的唇角怕是能钩住两斤土豆了。

他回搂住她，顺势拿下巴蹭了蹭她发顶："怎么了啊？"

孟千姿不说话，江炼于是也不说话，只轻拥住她，脑海中忽然冒出一个挺莫名其妙的比喻，觉得她像一声巨大的叹息，叹一声就会没了。

他抬起头，高原地带空气清冽，看星空分外清楚，有条浅浅的银河当空拖过——离人间那么远，人间还是编派了它的故事。

顿了会儿，孟千姿轻声说了句："不用气，过去好久了，我早就忘了。"

江炼心里"咯噔"了一下，说实在的，他宁愿孟千姿不知道内情。

他试探着问了句："你知道？"

孟千姿把一侧脸庞贴在他胸口，静静听他心脏的有力搏动："不知道，猜的。我也不蠢，姑婆们突然就有点怕我。我发脾气，她们会赔笑，好像亏欠了我似的。我猜来猜去，就猜着了几分。"

"没去找她们对质？"

"没有，那是很久以后了，不值得的人、无聊的事，我不想提。再说了，永不原谅和痛快原谅，对我来说都挺难的，就这样好了。"

就这样好了，大部分时间忘记，偶尔想起来，心里窝着一团不舒服，于是拉一堆人陪她不舒服，作个怪，发泄一下，再翻篇儿——像另类而顽固的生理期。

不知就里的人反觉得正常：孟小姐是大小姐嘛，脾气就是有点骄纵乖戾的。

"那现在……还委屈吗？"

孟千姿说："我现在有最好的，干吗要委屈自己很久之前吃过一口烂苹果？"

江炼笑："我就说嘛，咱们千姿，从来也不是钻牛角尖的人。"

孟千姿也笑，顿了会儿，低声说了句："对不起啊，誓约的事，应该一早就跟你说的。"

江炼"嗯"了一声："那干吗一直不说呢？"

孟千姿说："首先……"

江炼差点儿笑出来："还'首先'？你是写论文吗，还列了主次？"

孟千姿不理会他的揶揄："首先，我也不确定你是怎么想的，是交往着玩呢，还是有长远考虑。如果你压根儿没想过娶，我干吗急急跑去通知你我不能嫁人。到时候你回一句'孟小姐，你想多了，我没考虑过这事'，那我不是自讨没趣。"

江炼说："有道理。其次呢？"

孟千姿沉默了好一会儿："其次，你从小有那么多不愉快的……经历，我觉得，你一定是很渴望完整的家的人。我说了，你会很失望，所以不想说，也不敢说。"

江炼笑了，眼眶微微发烫，视线里，夜色融进银河，银河也隐进夜色。

他顿了好一会儿，才说："千姿，其实你想错了。

"我确实从小没爸没妈，也没有一个传统意义上的美满家庭，但我并不觉得我缺了什么爱。我妈妈很爱我。我爸爸，我虽然没见过，但我相信，他也差不到哪儿去——尤其是长大之后，我更能理解并且感激这种爱。"

母亲完全可以给他播下仇恨的种子，也可以让他背负复仇的责任，把自己的不甘"涂抹"进下一代的生命，但她没有，她把一切都干脆利落地结束在自己手上，一把火消尽情仇，只告诉他："不用管，不用恨，不用打听，妈妈把一切了结，你只管往前跑，你得有个干净的人生。"

"我有完整的家，只是这家，不是你们想的那种形式而已。所以对我来说，形式是最不重要的，你嫁给我，没有你爱我重要。再说了……"

他语气忽然轻快起来："咱们都是成年人了。成年人讲究实际。名分嘛我可以不要……"

　　说到这儿，他压低声音："但是千姿，实际的好处，你多补偿我点就可以了。"

　　孟千姿耳根瞬间发烫，低低说了句："你这人……真不要脸。"

　　江炼奇道："我怎么了？"

　　他想了想，恍然大悟："你是不是想歪了？千姿，我说的好处，是山鬼在各地都有酒店、客栈，以后我出去玩儿，让我免费入住，可以省不少钱……你想到哪儿去了？我今天可算看清你了，想不到你思想这么不纯洁……"

　　他往外推她："我发现我对你不太了解，我得重新审视一下我们的关系了。"

　　孟千姿笑得说不出话，只是不屈不挠，被他推开，又觍着脸去抱，再被推开，又再去抱。几次三番之后，江炼拥她入怀，问她："没事了吧？"

　　没事了，她有最好的了，老天即便从前对她有亏欠，她也不计较了。

　　江炼忽然想起了什么，从兜里掏了张卡片塞给她。她还以为是什么重要的，接了攥进手心。

　　他邀功一般："神棍的朋友，我已经抢走一个了。曹严华说，到了西宁，请我们吃饭。到时候，我们再接再厉，保一争二再望三……"

　　孟千姿笑倒在江炼怀里。江炼低头看她，也止不住笑，笑着笑着，也不知道是谁上弯的唇角碰到了另一个的。那笑，便悄悄在两人唇齿间藏起来了。

　　孟千姿合上眼睛，攀住江炼背心的手微微冒汗，偶尔轻轻一痉挛。

　　她的指腹挨着布面起起伏伏的纤维纹理，越来越多未明的感觉，涌进眉梢、发丝、指甲的末端——那些人体上她原本以为没知觉的地方，都活了过来、蠢蠢欲动，像无数极细的草芽挤挨，争相破土露头。

　　辛辞一晚上坐立不安，怕穿帮、怕倒霉、怕横生变故。

　　孟千姿还不回来，他只能溜出来找。

　　时过夜半，营地里静悄悄的，只有零落昏暗的悬灯。他才爬上半坡，忽然愣住了。

　　那对人影，是在……拥吻吗？

　　也说不清什么原因，辛辞心里甜丝丝的。他欣慰地向着那头笑。笑着笑着，忽然反应过来。

　　我在这儿傻笑啥呢？万一倒扣三倍工资……

　　爱情是别人的，爱咋咋的，钱可是自己的！

　　他掉头就往下奔。步子跨急了，一脚踩滑，差点儿劈了叉。辛辞忍住痛，一溜小跑，还是踮脚尖跑的。

他什么都没看到。

神棍跟着景茹司和冼琼花走进毡房。

他打着呵欠，睡眼惺忪，一头卷发睡得一侧竖起，棉服半拢，塞在鞋里的脚还是光着的，天冷，他露一截脚脖子，让人看了更觉得冷了。

他这明显是刚从床上爬起来的。

高荆鸿愕然，先看冼琼花："怎么你没约过吗？神先生都睡了，就别硬喊了……"

神棍赶紧解释："不是不是，冼家妹子跟我说过，我忘了。这两天可能太累了，脑子里不记事，颠三倒四的。"

这样啊。

高荆鸿看着神棍在帆布椅上落座，这才开了口："神先生，都这么晚了，我呢，也不说客套话。有件事，想请你帮忙，或者说，上个心。"

大半夜的，几个姑婆都在，登这三宝殿必然是有要紧事，神棍坐直身子："大姑婆，你直说吧。"

"神先生有听说过打卦看命的……葛大先生吗？"

神棍来精神了："有，有，我偶像，葛大先生……那是很厉害的。"

听说过就好，用不着她赘述了，高荆鸿迟疑了一下："那你觉得，葛大先生看得……准吗？会不会哪次有失误呢？人嘛，做事总是很难保证百分百……"

神棍没给她这机会自欺欺人："不不不，葛大先生，那一定是准的。他说的，都是看到的。看不到，是不会说的。"

他又把自己关于"打卦看命"的推理介绍了一遍，然后总结："总体说来，这就是个维度的问题。葛大先生应该是超越了维度，看到或者感应到了人一生中的某个片段。当然了，他是旁观者，只能看表象，但是，表象也是一种真实啊。"

几位姑婆都是接受过良好教育的，不至于不理解这话，高荆鸿端起咖啡杯，低头呷了一口，又放回碟中。

神棍听到杯底和碟身相磕的颤音。这大姑婆，不应该连放个杯子都手抖，她心里一定很乱。

高荆鸿定了定神："是这样的，神先生，接下来我说的，希望你保密，别传出去，尤其不想让姿宝儿知道。

"我们山鬼，跟葛大先生是有交情的。当年，姿宝儿三岁，抓山周的时候，我们请过葛大先生看命。你可能不知道，葛大先生的眼睛，就是那个时候瞎的。

"葛大先生那时候正当壮年，人也傲气。本来我说看不出来就算了，他非不认

297

输。一夜看过去，眼睛看瞎了，连头发都花白了不少。我听人回报，赶紧过去瞧他，谁知道他已经走了——葛大先生这个人，居无定所，很难找，而且算起来，他今年也该八十多了，人还在不在，都很难说。"

是难说，神棍前些天见过葛大，但这个年纪的老人，这么颠沛流离、风餐露宿，有今天也未必有明天。

"我在葛大先生住的客房里，找到几张纸，上头写了些话，你看一下。"

她朝冼琼花使了个眼色，冼琼花拿了个平板电脑过来，调到图片模式，然后递给神棍："都拍下来了，翻页就行。"

第一张已经打开了，神棍低头看，这好像是首偈子。

"前是荣华后空茫，断线离枝入大荒。

山不成仙收朽布，石人一笑年岁枯。"

神棍浑身一个激灵，如被蜂蜇，脱口说了句："大荒？"

居然会在这儿看到"大荒"两个字，这不是他们猜测的天梯入口吗？忘记了是他还是小炼炼，还说大荒可能是指"宇宙"呢。

高荆鸿误会了他的意思："是啊，我们也不知道是什么意思，咱们这年纪的人，最熟悉的应该是'北大荒'，但总觉得，不应该是指那儿……你再往下看。"

第二张上的字很简单，四个字，写得很潦草，往上斜飞，显然葛大先生写的时候，自己也很迷乱。

——无情保命。

神棍有点蒙，又点下一张，这次，是七个字。

——绝情断爱保此身。

再往后，就没有了，神棍又往前翻，把三张图，翻来覆去看了好几遍，心中才慢慢有了点大致的概念。

高荆鸿知道他看完了："葛大先生是个老派人，接受私塾教育长大的，所以他写东西，有点文绉绉的，看着有点夸张，意思你明白就行。

"我把几个姐妹召集起来，研究了很久，最后觉得，姿宝儿可能就是这个命。她这辈子，不适合谈什么感情，就独个儿过，能安安稳稳，过完这一生。

"神先生，我不怕跟你直说，年轻的大姑娘、小伙子常为了感情要死要活，但五六十的老头、老太，很少见这样的吧？我是希望儿女有幸福的姻缘，但命最重要，她独个儿过也行，只要平平安安的，我们也就满足了。"

神棍忽然想起江炼："你们是不是，不想让她和江炼往来？找我是……让我当说客？"

高荆鸿疲惫地摆了摆手："你听我说啊，姿宝儿小时候，我们是想把她往冷漠这条道儿引的，可是这孩子，从小感情就丰富，听个故事都能抹眼泪，她心肠哪硬得起来啊。转眼到了年纪，谈情说爱是免不了的。我当时觉得吧，不狠心成不了事，长痛不如短痛，让她狠狠伤一回，灰了心，也许就一劳永逸了。"

一旁一直默然而坐的倪秋惠叹了口气，说了句："后来想明白了，人想寻情找爱，是本性，像要喝水吃饭一样自然。咱们这么做，违天道，也背人理啊。"

高荆鸿笑了笑："老三，你不用内疚，我出的主意，我担责，我也活不了几年了。下去之后，有什么报应，我也受着，该认都认。"

说完了，长吁一口气，又看神棍："那次之后，安稳了好几年，说真的，这几年，喜欢姿宝儿的人也不少，都让她给拒了。谁知道，让她遇到江炼。当时老五在湘西，她说她看到江炼，就觉得这次可能不大一样，明里暗里想作梗来着。不过后来她也跟我说，江炼是救了姿宝儿的命的，没江炼，姿宝儿就死了。

"后来，老七、老四也这么说，事再大大不过命。人对你有恩，你不能负义。我这趟来，也见了江炼，顺便探他口风，他真是认真的，那我也没话说。"

神棍松了一口气："那你们找我……"

"老早之前就想找你了，后来出的事太多，也没顾得上。我听说，你知道许多事儿，也经历过许多。很多事儿，你能追根究底，给出个究竟来。姿宝儿这事，我想拜托你上个心，看看有没有什么法子，给破了，或者解了，不然，始终是块心病。"

神棍低下头，又滑动着看那几张图片，蓦地想到了什么，问高荆鸿："我听说，你们这两天，都要去西宁？"

高荆鸿点了点头："准备在西宁给段娘娘治丧，是大事。估计未来半个月，都会在那儿。"

神棍把平板电脑搁下："我暂时也没什么头绪，不过，有个建议，让孟小姐早点离开这儿吧，明天就让她撤回西宁。以后，昆仑这个地方，也别叫她来了。"

他说得含糊："我也不是很确定，但这个地方，可能对她……不是很好。"

高荆鸿有点奇怪，但这种时候，有建议好过没建议，尤其是从神棍嘴里说出来，她还是觉得可信的，当下点了点头。

聊到这儿也差不多了，神棍又说了两句，起身告辞。快走到门口时，想到了什么："对了，山胆还在我这儿。这东西……应该不是你们的，我可以代为处理，你们的意思呢？"

这些日子发生的事，高荆鸿也略有耳闻，而且冼琼花曾通知过她，说什么山胆不能留在山桂斋，怕有隐患——不过神棍忽然这么提起，还是大大出乎她的意料。

她说得委婉："说起来，你也是山鬼的人，姿宝儿的三重莲瓣嘛。东西暂时放在你这里保管，我没什么意见。"

她着重强调了"暂时"和"保管"。

神棍点了点头，掀帘出去了。

这一晚上，可真是心力交瘁，高荆鸿又呷了一口咖啡，呆怔了半晌，忽然嗅了嗅鼻子，说了句："有点腥臭的，闻到了吗？"

冼琼花笑："大姐，你是太精致了。这种野外的毡房，什么恶臊味儿没有，我们呢，是糙惯了，你是睡豌豆的公主，太讲究啦。"

也是，说好听点，是讲究；难听点，估计就是矫情了。

高荆鸿失笑："都七老八十了，还公主呢，可别埋汰我了。"

【27】

第二天一大早，孟千姿就收到了上午要随大队一起撤离的消息。

当时，她正梳妆打扮，没露什么表情，只漫不经心"嗯"一声，以示知道了。

一边的辛辞愤愤，等通报的人一走，就忍不住发牢骚："哇，至于吗，谈个恋爱而已，又不是家里有矿要继承……"

他忽然想起来，好像是有矿，于是改口："千姿，姑婆们是不是一计不成，又生一计，想搞什么事啊，先把你们给分开，然后对付江炼。"

孟千姿皱眉："我看你以后要是转行，当编剧挺合适的。"

辛辞耸了耸肩，拿软齿梳替她理头发："可别说我没提醒你啊！你这一走，万一江炼被打晕，塞进麻袋卖去了异国他乡，那人海茫茫的，可就再也见不着啦。"

孟千姿没好气："你这人真烦。"

辛辞哼了一声："是你心烦吧。"

早饭过后，营地一片闹腾，昨天是热身，今天才是大撤，到处人声鼎沸，丁零哐啷，倒是比工地还热闹。

江炼记得罗韧一行人也会跟着走，想着过来打声招呼。才刚走到毡房附近，迎头碰上神棍。

神棍昨儿没回房，是在这头睡的。

他跟江炼打招呼："小炼炼，早啊。"

江炼正要回一声"早",鼻子忽然嗅到了什么味儿,他眼睛一下子瞪大了,不可置信地盯着神棍:"你喷香水了?"

神棍说:"嗯哼。"

还"嗯哼",江炼真是顿口无言:"你喷香水干吗?"

当然了,大叔不是不能喷香水。一个儒雅老者,用着叠得方正的手绢,再喷点古龙水,是件很让人舒服的事儿。

但神棍,一身街头卖豆浆的气质,跟香水……格格不入好吗?

神棍眼一翻:"怎么了?就准你'寒彻骨'之后'扑鼻香',不准我香喷喷的?"

潜台词是:管得着吗?

好吧,江炼只得闭了嘴。这营地,估计只有辛辞才有化妆品的储备,神棍八成是向他讨的。

但是,总归是有点……怪。

江炼略一恍神,也忘了自己是来干什么的了。正发愣间,忽然听见孟千姿叫他。

他转过头。

孟千姿号称"从小吃遍山珍,体质远优于常人",还真不是盖的,昨天出入还要人搀扶,现在居然能挂着根登山杖一瘸一拐晃荡了。

江炼不想她多走路,大步迎上去。

到了近前,犹豫了一下,还是抬手扶住了她一条胳膊,防她站不稳。众目睽睽,不好太过亲密,但扶一下,助人为乐,总还是可以的。

孟千姿说他:"你这衣领,怎么翻的?"

她把登山杖搭靠在腿侧,伸手就去理他衣领。

江炼下意识想躲,转念一想,人家落落大方的,自己何必畏缩。

他站住不动,低头看她把自己歪斜的领口理正。

她的手指很凉,偶尔会蹭到他脖际。江炼装作不经意似的瞥了眼左右,压低声音:"哎,让人看见了啊。"

自己是无所谓,只是不想让她被人当谈资。那些边上经过的山户,虽说目不斜视的,但他毫不怀疑,这一幕会瞬间传遍营地,传到昨儿已经撤离的那批人耳中,再经由各类即时聊天工具,传遍山南水北、大小山系的筑、舍、巢。

孟千姿说:"看见就看见呗,早晚有这天的。"

又笑嘻嘻添了句:"有人没有名分,那我在其他方面更要关怀照顾一下,做好细节,省得他背着人时偷偷抹眼泪。"

江炼哭笑不得,正要拿话撑回去,孟千姿一句话让他落了兴致。

"对了，姑婆早上让人通知我，我今天也随队撤。"

这消息有点突然，但也可以理解：接下来山鬼上下，估计得着手为段文希治丧以及忙那十几号亡者的身后事了，孟千姿没理由总在这营地待着。

江炼点头："行，保持联系就行，希望咱们过两天见面能安适如常，别出现什么避而不见、见异思迁、一去杳然这种事儿就行。"

孟千姿垂了眼，指腹慢慢捻他领口："你呢，你不走吗？"

"韦彪还在养着，一时半会儿不能动。美盈嘛，还在跟箱子磨合，观察期，得多看一两天。还有就是……"

江炼略停了一会儿，决定不瞒她："我觉得神棍有点问题。"

孟千姿身子一震，愕然抬眼。

老实说，她不怕对手出幺蛾子，就怕自己人没事舞出个好歹。

江炼安抚她："还不确定，只是怀疑，两个原因。第一，他那几个朋友，倒了大半，要撤回西宁，于情于理，他都应该陪着，但他明显不会跟着去，这就奇怪了，他有什么事要做吗？第二，他现在有些举动，让我觉得……挺违和的，我留下来，也好注意着他。"

孟千姿让他说得也有点忐忑，她看向不远处的神棍，他和炎红砂一左一右，正协助那个叫曹严华的吸氧，这人娇弱起来，还真是挺耗人力的。

"那你……行吗？我们这一撤，只留下零星几个善后，要么，我拨点人给你？"

江炼摇头："这不是拼人数的事。再说了，山鬼这一趟，死伤挺大的。大太婆让人撤，估计也是想早点离开这种是非之地。你拨人给我，万一再死几个，我扛不起这责任。"

说到末了，又笑起来："也许只是我多心，人家神棍，可能只是想留下来搞钻研……先看看再说吧，有什么情况，我会及时跟你联系。"

现代人离别，因着科技的发展，比古人要洒脱多了。古人的信要寄几个月，上京赶考三年不还，一道别可能就是一生。哪怕到了二十世纪九十年代，那些言情剧里，男主没追上女主的飞机或者女主没赶上男主的客船，都昭示了故事就此终结。

江炼眼里，这次根本不算什么分别。

但他万万没有想到，因为两只鸡，骤然把这场分离拔高到了"长亭外，古道边，芳草碧连天，问君此去几时来，来时莫徘徊"的高度。

曹解放不上车，江鹊桥垂着头，一山鸡一雪鸡，只管在车侧的空地上相对无言。

十余辆车陆续起行，最后只剩了罗韧他们的这辆。

曹严华坐在打开的车门处，"呼哧呼哧"吸氧。罗韧和木代都已经半昏睡了——高反这事儿，很怪，平时体力、体质越好的，遭遇高反时，反而会越严重。

一万三经过一夜休整，总算是适应些了。察觉到车老不开，他睁开眼睛往外看了一眼，有气无力地说了句："要么，带这个一起走吧。"

江炼太阳穴处轻微地跳了一下。

他舍不得，在这一瞬间，超前且跨物种地，忽然体会到了老父亲嫁女般的不舍。

神棍提醒一万三："小三三，这是雪鸡，生活在高海拔地区，走不了。跟着解放走了，没准儿就活不成了。"

江炼的太阳穴又跳了一下：这可不成，雄性的山鸡朋友，没了可以再找，小命没了可就玩完了。

一万三又闭上了眼睛："要么，就把解放留在这儿，我看它好像挺能适应高原的。"

曹严华觉得这建议不错。反正，曹解放本来就是跟他们分隔在两地的，住昆仑还是凤子岭，于他来说，没太大分别。

他只想车能快点开，高反不是病，发作起来要人命，他急于呼吸到低海拔的空气。

边上的炎红砂会意，她伸手拉合车门，冲着曹解放嚷嚷了句："解放，那你留在这儿了啊。"

又示意了一下司机："行了，走吧。"

车声响起，曹解放全身的毛陡然一抖。

车轮往前转动了，曹解放明显躁动不安。它扇了两下翅膀，脑袋忙转动起来，一时看车子，一时又看江鹊桥。

车子开动了，且开始加速，一路往前。

再不走，可就真留下来了！说时迟，那时快，曹解放一声嘹亮的"呵哆啰"，那中年发福的鸡身，居然可以如此迅捷，如一阵急风般向着那辆车飞掠过去。

车子没停，但中途开了门，曹解放瞬间扑进了车子。

然后，车子就一路下去了，江炼确信自己听到了曹严华声嘶力竭的嚷嚷："火东……西宁……喝酒啊！"

也听到了炎红砂的怒喝声："我早说了，这是只坏鸡。"

再然后，公路就安静下来了。

车子、车声、尾气，都没了，只剩一条安静的路，从这头的山间蜿蜒而来，又向着那头的山间迤逦而去。

这安静也传进了营地，那么多毡房，先前不够住，现在空空落落，门上窗上，都露着落寞。

江炼看到，江鹊桥还站在原地，呆呆看车子驶离的方向，然后小脑袋垂了下来。

他走上前，蹲下身子，把江鹊桥抱进怀里。

江鹊桥乖巧极了，不乱动，直往他怀里缩，像一个伤心的人，求一个温暖的怀抱。

手机响了，江炼腾出一只手来，点开了看，是孟千姿发了条微信语音过来，问他："刚那两只鸡，怎么啦？鹊桥是对那个什么革命有兴趣吗？"

她老记不住那只山鸡的名字，好像不是革命就是解放，总之很热血。

江炼笑了，回了句："咱们这姑娘，就是见的世面太少啦，没见过花丛，叫一朵随随便便的花给填了眼。"

说完了，又伸手去抚江鹊桥柔软的背，安慰它："没事，咱们将来，会遇到更好的。"

这一晚，韦彪、况美盈、江炼、神棍，还是同住。

其实，营地的毡房空了十之八九。江炼的本意，是想挪出去住的，但况美盈嚷嚷说，营地忽然没人，她觉得害怕。神棍也说，挪来挪去太麻烦，就这样将就着好了。

美盈害怕，是正常的，营地突然安静成这样，江炼晚上出去方便，都有些心头发怵，但神棍，可不像是个嫌麻烦的人。

要不搬都不搬，反正，他要跟神棍睡一屋。

临睡前，江炼跟孟千姿聊了几句，但是信号不好，几分钟才能传一条信息过去。到后来，不知道是不是外头山风太大，把本就微弱的信号给刮没了——那个代表"传输"的"菊花"转啊转，像是能转到天长地久。

江炼咬牙，狠狠扯过睡袋蒙头，睡了。

半夜时，他被一阵极轻微的窸窣声吵醒了。

也不能说是吵醒，他本就睡得不沉，一直绷着神经，像是等着某些事的发生，也终于等到了。

他屏住呼吸，尽量动作很轻地慢慢压下睡袋的一角，向外看去。

屋子里没开灯，但朦朦胧胧，借着夜光，能看清大致的轮廓。这屋里除了他就三个人，他对每一个人的轮廓都太熟悉了。

这是神棍，他蹑手蹑脚下了床，直如做贼，连呼吸声都屏得很轻。先悄无声息打开了门，拿什么东西——大概是鞋子——夹在了门缝中以防门会忽然关上，然后去抱箱子。

江炼没有发出任何声音，只静静看着他悄悄把箱子抱了出去，又极轻地带上门。

门一关合，江炼立马从床上弹了起来，他事先多少有点准备，除了外套、外裤，衣服都穿得很匆忙，穿衣穿鞋，不费什么时间，很快就跟了出去。

刚一出门，一股子猛烈夜风扑面而来。江炼拿手遮眼，大部队走了，营地就不设夜灯了。这茫茫夜色，一时间，还真难锁定人往哪儿去了。

好在，他很快就有了指引，他看到了移动着的极暗淡的七彩晕光。

那是凤凰翎。凤凰翎的光，一直是很让人头疼的事，很难完美遮掩。人身上带了凤凰翎，直如头顶上自动竖了根灯塔，谁都能知道你的去向。

很显然，神棍出了屋之后，又去到别处，拿了事先放在那儿的别的物件。

那晕光是向着停车场去的。

远远望去，停车场里，只剩了三两辆车，给留守人员作最后撤退时用的。

不对啊，神棍好像不会开车啊。

江炼愈加纳闷，悄悄跟了过去，其实一路都没人，神棍又是个没功夫的，压根儿不会察觉，但江炼还是不时伏身掩藏。近前时，他看到，有辆越野车开了车灯，车后厢也打开了，一个山户正等在那儿，见到神棍，他忙迎上来，接过神棍手里的大箱小包，往车后厢里放。

神棍径直往前走，进了副驾坐下。

那山户放好东西，又拿手推了推以试稳固，这才关上后车厢。刚准备绕过车身往前头走，口鼻忽然被人捂住，身子也瞬间被拉拽至低处。与此同时，耳边响起一个极低的男人声音："是要出发？"

那山户拼命扭头挣扎，手试图探向腰间，不过下一瞬，他就安静了。借着尾灯的光，他看清楚，这人是江炼。

白天的时候，有个消息已经流传开了：这位炼小爷，未来很可能是孟小姐的"那一位"，大家要认清形势，别贸然得罪了，到时候他向孟小姐吹吹枕边风，可了不得。

从他的眼神里，江炼意识到自己这么剑拔弩张没什么必要，于是松开了手。

那山户赶紧点头："出发。"

这儿不好说话，江炼指了指不远处的毡房后："去跟他说，你要方便一下，然后去那儿找我。"

几分钟后，江炼大踏步走向那辆车子，那山户的身材跟他差不多，互换的衣服很合身，风大，他紧了紧雪帽，又拢了拢围巾。

坐进驾驶座时，他很快地瞥了神棍一眼。

神棍压根儿没注意他，只是有点发怔。

江炼伸手揿灭车内灯，压着嗓子说了句："走了。"

神棍这才反应过来，忙点头："走，就去那个叫'才旦'的沟口。"

才旦,是之前进山时的那条狭沟,车子只能开到那儿。那之后的路,得靠脚走。一直走的话,两天多的时间,就会到达九曲回肠。

江烁发动了车子。

夜晚的昆仑山间公路比白天时更安静,静得会让人产生时空错乱感,这儿的现代痕迹本就不多,人在车里,路在车下,往外看,都是荒芜、古朴、数万年如一日的恒久不变。

车轮碾过一米又一米的路面。

神棍还在发怔,某个发怔的间隙。他忽然想起了什么,问江烁:"那个,你有没有闻到什么怪味儿?比如腥臭腥臭的?"

江烁依然压着嗓子作答:"没有。"

他拿余光去看,神棍似乎松了口气,有一只手,下意识地护在了肚子上。

又一次拐过一条弯道之后,车子忽然靠边,缓缓停下。

车子一停,就连车声都没有了,巨大的安静有了质感、重量,甚至恶意,沉甸甸地四面包抄过来。神棍觉得紧张,下意识抬了头,转向江烁:"怎么啦?你是又要……上厕所……"

他话没能说完。

有乌洞洞而又冰凉的枪口,直直顶在了他的脑门儿上。

【28】

神棍吓得蒙住。

过了会儿,他听到熟悉的笑声,再然后,车内灯就亮了,驾驶座上的那人扯下脖子上的围巾,露出一张熟悉的脸。

神棍瞪大眼睛:"小烁烁?"

江烁收回枪:"枪抵到脑门儿上,你都没辙,看来你还是那个你,没有变成别的什么。"

他向车后示意了一下:"我其实隐约感觉,你是想焚箱的,但是我一直觉得,你没有强烈的动机,现在看来,是不是这动机已经有了?"

神棍没吭声,只叹了口气,默默倚上座椅靠背——这路太静了,连辆过路的车都没有,他想假装被别的事分了心都做不到。

江烁继续往下说:"你明知道美盈没了箱子,命都保不住。大半夜的,字条都没留一个，偷偷卷了箱子走，现在被我抓了个正着，是不是该有个合理的解释？"

神棍还是不说话。

江炼笑笑，也往椅背上一靠："不说啊，那咱就耗着，反正我年轻，体力好，看谁耗得过谁。"

神棍耷拉着脑袋，又是一声绵长叹息，江炼试图跷个二郎腿，以展示自己的稳操胜券，可惜驾驶座可供他施展的地方太小，只得作罢。

也不知道过了多久，神棍终于开了口："小炼炼，你有没有闻到什么……怪味儿？"

江炼用力嗅了两下，没有，倒是又闻到了隐约的香水味。

神棍将外套的拉链一拉到底，又往上卷毛衫，卷完了毛衫卷秋衣，秋衣下头，居然还有厚厚一层绷布，像是受了伤，拿绷布包扎——但普通包扎，绝不会叠到这么厚。

事实证明，那确实不是包扎，只是神棍拿绷布做了个厚厚的贴垫，垫在肚子上而已。

他看了江炼一眼，心一横，把布垫拿了下来。

那一瞬间，江炼还以为是自己看错了。他倒吸一口凉气，迅速移开目光，然后，就是止不住的心惊肉跳。

那还是肚子吗？他觉得，自己看到了一片腐烂的血肉沼泽，即便瞬间就扭了头，那情景还是挥之不去，仿佛长在了他的视网膜上。

神棍默默地又把布盖上了："我自己凑近闻，总觉得能闻到腥臭味。看来还好，捂了这么多层衣服，没白捂。"

江炼的声音都有些发颤："多久了？"

"就前天晚上。当时，我的血开不了箱，小萝卜他们又要到了，我愁得要命，不过还是听了你的建议，去澡堂洗澡。

"洗澡的时候，看到了胸腹上的那条疤。这疤的颜色，当然是比别处重的。也不知道为什么，看着看着就觉得，这疤像个血条、血包。再然后，忽然冒出个念头：我这儿的血，会不会跟我别处的血不一样呢？

"我就偷偷回了趟房，把那个箱子给抱了出来，想试试看。"

江炼有点印象了，他记得况美盈那时还出声询问来着，神棍答说，是洗澡忘了东西了，回来拿。

"我在那条疤上只戳破了一个小口，但是血不断地涌出来，然后，我就把箱子给打开了。"

居然打开了，江炼亲临现场一般紧张："里头真有东西？"

307

他记得，困在山肠中时，神棍曾说过这箱子里有东西，让他不舒服，还怪危险的。

神棍点头："里头有一封信，给我的。"

"信呢？"

江炼这话一出口，就知道自己理解错了：那个时代，怎么会有信呢。即便有，今人也读不懂那些"文字"吧。这所谓的信，一定不是他设想中的书信。

果然。

"也不是信。确切地说，像某种讯息。开箱之后，我接收到了，而且理解了——你要信的实体，我拿不出来。"

行吧，这可能是神族人的隐秘手法，基于某种生物感应的讯息传递，江炼也不想深究，他有更关心的："那个讯息，说了什么？"

问完这话，他的心已经狂跳起来，车里的空气太闷了，他把车窗撬下一条缝，外头冷冽的风从那条细缝间狂涌而入，车窗玻璃被撼得发出"嗡嗡"震响。

"说了事情的真相。"

江炼周身泛起细小的鸡皮疙瘩，也不知是冻的，还是让这句话给激的："那你现在，知道你是谁了？"

神棍点了点头，顿了顿又补充了句："大概知道吧。"

"你是谁？彭祖，还是况祖？"

神棍摇头："其实都不是，我就是神棍。那个和我长得一模一样的人，确实也和我有渊源。他比彭祖还要早。可以说，一切都是从他那儿衍生出来的，就叫他……彭一好了。"

神棍定了定神，先拧了瓶矿泉水喝了几口润喉，这才慢慢开讲。

这一路以来，大家的猜测差不多都是对的：绝地天通，神人跨代，蚩尤方和黄帝方意见不合，一场轰轰烈烈的大战之后，蚩尤被黄帝枭首，而蚩尤的追随者们，则撤进了当时被视为多瘴疠恶气之地的南方。

然而，败局虽定，心犹未死，自体繁殖能力都是走向消亡的，但麒麟晶是药，只不过，这药亡在了它们前头——如果能想办法，复制麒麟晶呢？哪怕效用只有正品的一半，甚至十分之一？

它们启用了一颗长期潜伏在黄帝方的"棋子"，密切关注着来自黄帝方的一举一动，很快，就知道了即将"龙骨焚箱"的消息。

神棍长叹了一口气："黄帝方知道，代代繁衍之后，自己将变得和人一样，再杰出也会有窝囊的后代，以往的高高在上将不复存在，每个人都是蚂蚁，一生忙忙碌碌、拼杀、营造，你雄起或是他蛰伏，都像海浪一样，没有定势，全凭造化。

"在这种情况下，保留宝器成了一件危险的事。首先，当社会发展水平还只停留在用刀枪木棍，某个人却拥有枪支火炮，后果可想而知。万一他用这个为自己谋私利，践踏他人，这个世界，会变成什么样子呢？其次，神族人的灭绝是有先后的，你只是找个地方收藏，万一后死者反悔呢？或者哪一天被找到呢？找到的话，就意味着权力、能力凌驾于他人之上。谁都想自己找到，谁都不想别人找到。"

"患不均"是老课题了，怎么安排都不会让人满意，除非都没有，就像二桃杀三士，没了桃，谁都不会争——想要绝对的公平，绝对的保险，只有让这批宝器消失。

蚩尤方知道届时会有大型的点算和装箱活动，筹划再三，有了偷箱的计划。

"宝器的点算和装箱，对外是保密的，但内部来说，并不十分严苛。调换物品或者借调人手的事时有发生。这使得那个'棋子'很成功地将自己想要的物件都集中在了一口箱子里，并且没有引起任何人的怀疑。而直到那口箱子丢失，黄帝方才反应过来：自己内部，出了大鬼。"

有鬼，就要除，但一番调查下来，种种迹象，都指向了一个叫彭一的人，这个彭一，也恰好负责那口被偷走的箱子。

江炼心思转得极快："栽赃？"

神棍"嗯"了一声："那个'棋子'心思非常缜密。他早知道箱子一丢，必然有人追查，所以事先就安排好了替罪羊，安排得非常完美。这彭一，基本上是辩无可辩、叫天天不应的那种。

"彭一自然是不甘心屈死的。他赌咒发誓，求黄帝给他机会。只要给他机会，他一定会找回箱子，也亲手揪出陷害自己的人。"

江炼脱口问了句："黄帝答应了？"

真可惜千姿不在这儿，她那么喜欢听故事。

江炼瞅了眼手机，很想给她直播或者帮她揿个免提通话。可惜了，在移动、联通、电信没有彻底征服广袤无人区之前，类似的遗憾还将重复上演。

神棍回答："黄帝确实有远见，而且说起来，这彭一算神族人中的后辈，也就是我们聊过的，他会是最后灭绝的那批神族人。

"彭一绝处逢生，感激涕零，恨不得肝脑涂地以报。一番筹划之后，它们做了四件事。一，继续推进焚箱这件事；二，派人追查丢失的箱子，表明追查的态度；三，对外放话说，留下了一部分龙骨和凤凰翎，以备来日焚箱；四，在公开场合，以'奸细''反叛'之名，对彭一处以开膛剖肚之刑。

"我先前一直奇怪，人家鲧又不是什么大奸大恶，治水也是勤勤恳恳，又不是偷奸耍滑，只不过没治成而已，至于要被杀了吗？现在知道了，天帝杀鲧，鲧复（腹）生禹。这种杀伐，只是消耗了他一次自体繁殖的机会。但开膛剖肚之刑这种就不一样了。这是罪大恶极、彻底杀绝，别想再复生了。"

江炼沉吟了一下："这应该是假杀吧？"

"当然是假杀。但为了戏做得逼真，下的是真手。那道狰长的'S'形伤疤，就是当年开膛剖肚的刀口。这幕戏，是做给那个'棋子'看的，赌的就是让他自以为计谋得逞、掉以轻心，毫无顾虑地再去偷龙骨和凤凰翎。"

江炼头皮犹如被电，一阵阵发麻："而你们事先布下了埋伏。他再去偷的时候，就会暴露？"

一连串的事情，一下子就有了解释。江炼的喘息开始发沉："所以你曾经做过的几个梦，确实都是彭一的视角。彭一点算箱子，看到自己放置山胆，发现箱子被偷走，于是追跑，看到凤影、堕龙和神族人吟唱哀歌，也感受到是自己被开膛剖肚。还有，引那颗'棋子'偷了凤凰翎之后，偷偷跟着他去了他和同伙接头的山洞，听到了这两人窃窃私语？"

没错，神棍默认。

中间居然有这么多曲折，难怪自己一直以来都很难界定"神棍"在其中的立场和他所扮演的角色，还一度觉得他是个叛徒……

不对，江炼忽然想起之前在山地扎营时，晚上出去方便，误打误撞看见的山罹楼：那个和牛首人接头的，想必就是那个'棋子'了。那牛首人拿异生的胳膊套住'棋子'的脖子。原来只是把他拉入暗处防人看到，而不是什么绑架。

但是……

"你怎么会跟那个'棋子'长了张一模一样的脸呢？你祖上姓彭，彭一是你的远祖，你该长得像彭一啊。"

神棍抬手往下压了压："小炼炼，有点耐心，还没讲完呢。"

行，这一段先搁到一边，江炼急于知道后续："那后来呢，发现那个'棋子'在山洞密谋之后，你们就把这两人给抓了个现行？"

神棍摇了摇头。

也对，应该没抓，要是抓了，凤凰翎就会被追回，而不是失落在外了，江炼一时间想不明白："为什么不抓啊？"

神棍回答："还是那句话，做事要有全局眼光。那人只是个'棋子'，对方到底在布一个什么样的局，他不可能知道。而单凭丢失的物件，黄帝方也没法猜得透彻——斩杀一个'棋子'，是找不回箱子的。但是，如果能把这个'棋子'变成我们的人，再反插回去，意义和作用就大不相同了。"

江炼长长吁了口气："很难吧？而且，你们能相信他吗？"

有些事，有一就有二，今日他可以背叛蚩尤，来日可以再背叛你，从某种角度来说，人有一次背叛，就永远不值得信任了。

神棍也感叹："那当然了，所以，最终反插回去的那个人，并不是那个'棋子'。"

江炼心中一动："彭一？"

也只能是他了，这件事如此隐秘，知情者一定不多，而且所谓的"士为知己者死"，彭一即将屈死，但被黄帝开了一条生路，不指派他，他估计都会主动请缨，更何况，他自己也曾发誓要"找回箱子"。

"彭一是……易容了？"

想想也太凶险了，卧底这事，可不是好玩的，而且万一遇到熟人露出破绽……

神棍白了他一眼，聊了这么久，从前的神棍终于又回来些了。老实说，江炼还真不习惯神棍在那儿一脸愁苦、长吁短叹的。

"小炼炼，你也太看不起神族人了，人家那科技发展水平，我们现在还赶不上呢，易容……如果只是易容，我作为彭氏后人，能长得跟那个奸细'棋子'一样吗？"

确实，江炼再猜："生物工程？基因改造了？"

神棍提醒他："差不多吧，你记不记得我曾经提到过，箱子里装的物件，有女娲的抟土人偶？"

想起来了，神棍还曾猜测说，抟土人偶也许是神族人的"机器人"。

人死后化为飞灰尘土，飞灰尘土又抟而为人，人和土之间，确实存在着微妙的勾连——植物自土内生长勃发，大地厚积着人类至今都难以理解的力量，但也许，神族人已经领悟到了。

"我也不知道该怎么解释。用今天的话来说，那个'棋子'的一切认知都被'下载'进了抟土人偶，而彭一，也同样被抟土改换成了那个棋子的模样，因为两者有相同的'材质'，可以对接，所以他'读取'了那个棋子的认知。"

还好，解释得不算拗口，江炼有八九分明白：这样，彭一去反卧底的时候，就不至于因为不认识这人的发小、初恋，等等而暴露了。

他追问："那然后呢？"

然后，彭一就转场了，顶着张陌生的脸，在蚩尤一方出头露面。

【29】

奸细都已经被开膛剖肚"处理"了,凤凰翎居然还会接着丢,显然鬼还没除尽,再待下去有暴露的危险,彭一就以这个理由,向接线人提出了撤回的请求。

龙骨还没找着,但其他的东西都已经到手,龙骨的优先级也就不那么高了:龙骨得配合凤凰翎才能使用,没了凤凰翎,龙骨也是孤掌难鸣。

彭一顺利完成了转换身份,然而后续的事情,并不像他想象的那么顺利。

首先是,他回到蚩尤方的时候,况祖早已变节。

开箱有两道程序,况家人的血和封箱人的血,封箱人就是他自己。他仔细回想了一下,想窃取他彭一的血,也不是什么难事——至少被处刑的时候,他那血,流得到处都是。

箱子打开之后,里头的东西四散,而东西去了哪儿,他无从得知。

其次是,他是功臣,级别虽然不一般,比况祖之流,高了不知道多少倍,也能打听到些颇有价值的消息,但毕竟是前线"棋子",高到中流已经是顶天了,不可能知道核心部署。

也就是说,这卧底生涯,必然旷日持久。

彭一踏实待了下来。很快,他留意到,蚩尤方在同时进行着两大秘密工程,一处在湘西,另一处在广西,两处人员没有重复。也就是说,你参加了这一处,就别想参与那一处。

彭一被派去了广西。在那儿,他是不大不小一个头目。也正是在那儿,他知道了龙骨灰烬被抛撒,残片入了山岩。那山,由此被人叫作了镇龙山。

而在地理上和镇龙山遥遥相对的那山脉,被选中密藏凤凰翎。

彭一不动声色地观察凤凰眼的结构,知道如果最后青铜浇了顶,让这凤凰眼成为一块铁板,那从地面之上,是绝难进入的了。一个好的卧底,应该懂得给无懈可击的工程埋雷。

他建议为了稳妥,在这凤凰眼的地宫内,还要设置疑阵。这样,万一敌人真的误入,会大意地以为那一根就是全部,得意之下,不再查找。这样,就可以舍小保大。

这个意见被采纳了,不过,即便是只有一根凤凰翎,也会有七彩晕光,为了掩饰,需要九铃盛家设置三重棺,用死人枯骨镇压。这事,由彭一负责督办。他做手脚很方便——棺材底本该是在青铜盖之上的,在他的安排下,棺材底深了几寸,那一处的青铜没有合拢,而是围着棺材底焊死。

至此，他埋下了第一个雷，这个凤凰眼，是有漏洞的。

可惜的是，湘西那一处的安排，于他来说，始终是个谜，他一直找不到人打听。

凤凰眼之后，他收到通知，马上被调去另一个秘密的新工程地。

昆仑。

这调动太突然了，跨度也太大。彭一临走前，只来得及和自己的接头人见了一面，告知对方凤凰翎的藏处。

知道了藏处，也不好去挖。一来打草惊蛇，二来反正其他物件也没下落，挖出来也是找地方收藏，还不如就在凤凰眼藏着，需要时，再取用不迟。

当时的昆仑，是黄帝方的属地，去昆仑参与工程，是件极其隐秘的事儿，没到达之前，哪怕是参与者本人，也不知道具体目的地，所以，彭一的计划是，先沿路记下路线，到达之后，再想办法对外联系。

然而，这计划没能行得通。

原因是，它们根本不是在地面上走的，走的多是山窟暗河，曲曲绕绕，路绝处，有山鬼负责剖山通路，然后，到达一处地下巨窟，再由这巨窟在地下漂移，经过了也不知多少个日夜，到达终点站。

这地下巨窟，就是漂移地窟。而终点站，就是九曲山肠的地下深渊。

说到这儿，有卡车过路，用的大概是重油，"轰隆轰隆"，震得路面隐隐作响。神棍就此停住，歇了口气，又喝了几口水。

江炼趁机关心了一下他的伤："你那……肚子，就戳了个小破口，就烂成这样？"

神棍点了点头。

"什么时候开始烂的？"

"从打开箱子开始。"

江炼倒吸一口凉气，也就是说，神棍接待罗韧一行人的时候，伤口正在不断溃烂——自己之前还和孟千姿说神棍没心机、好骗，看来是走眼了。这老实人要是装起来，真没别人什么事了。

再一想，身体在溃烂，神棍当时估计也挺煎熬的。

"那伤口……会疼吗？"

"现在还好，不怎么疼，要是疼得死去活来的，早被你们发现了……说到哪儿了？"

江炼想了想："说到，到达终点站了。"

神棍那被卡车过路震断了的无数思绪又丝接丝、股捻股，陆续接合上了。

"当时那个山头，没有九曲回肠、没有冰'血管'，甚至没有你看到的那个无底洞——无底洞是后来打通的，相当于它们从山底逐渐往上，给那座山做了个拆筋换骨的大手术。而且，那座山头很特殊，山上头，还有黄帝方的人镇守。"

江炼没听明白。

神棍嫌弃似的看了他一眼，又换了个更直白的比喻："这么说吧，等于你把地下工程，挖到了敌人的大楼底下。"

江炼一下子反应过来。

这也太刺激了，山的中上部分是黄帝方的办事处，蚩尤方在地底展开工程，还一路悄悄上拓——这远古时代的地道战，真是玩得了不得。

不过……

他有点纳闷："这山头是什么地方啊？黄帝方居然还特意派人镇守？"

神棍讥评："你以为那是什么地方？那是昆仑天梯，是焚箱处，之前大量箱子，都是运进这山腹中烧掉的。龙骨焚箱，不是在哪儿都能操作的，必须在这儿。彭一找回箱子、集齐物件之后，也必须回到这儿才能焚毁。"

江炼纳闷："是焚箱处，我可以理解，那片石台不小，想在那儿焚烧东西是可行的，但昆仑天梯，到底指的是什么啊？"

神棍指了指自己的脑子："不知道，我接收到的讯息，没告诉我天梯是什么。"

好吧，江炼也不多打岔："你继续。"

神棍想了好一会儿才接上话茬儿："但是，这儿之所以有人镇守，并不仅仅因为它是焚箱地，还因为……"

他压低声音，像是提防被别人听了去似的："剩下的龙骨，就藏在这儿。"

从某个角度来说，龙骨藏在这儿，是合理的：焚箱处好比锅灶，龙骨就好比柴火，柴火离锅灶近，才方便取用。

昆仑工程从这座山头底下开始，一箭双雕：一来，趁机找寻龙骨。二来，最危险的地方就是最安全的地方。黄帝方怎么也不可能想到，它们把最秘密的巢穴设在了这儿——当时，黄帝方的主力已经撤回了黄河流域，这儿充其量是个边远哨防，镇守的人数并不多，很好解决。届时，"皮"上是你的哨防，"皮"下都是我的人。

黄帝方如果派人过来查看，为免秘密泄露，有一个解决一个。不过，应该不会有更多的人被派过来了。神族人都在往普通人转变、过普通日子了。这个哨防，势必会渐渐湮没，成为尘封的秘密。

这些，都是到达之后，彭一才陆续知道的。这山腹如一个巨大的囚笼，所有人都不能与外界联系，他唯一能做的，就是抢先一步找到龙骨。

好在他是头目，负责监督筹划，多的是机会到处探看。不过，龙骨还没找着，先让他发现了一个人。

况祖。

况祖能活到现在，还真不是因为他拼命干活、曲意逢迎，上头是看他身为工匠，确实有一技之长，保不齐什么时候就会用到，所以先暂时留着他的命。不过，也只安排他做最末等的琐碎活。

彭一便有意识地把况祖安排到自己手下，处处加以照顾。这个人，当然是不能绝对信任的，但可以利用——有个人跑腿办事，两相配合，好过一个人左支右绌，必要的时候，拿他当替死鬼或者垫脚石也未尝不可。

况祖不明就里，只当是遇到了贵人，对他感激涕零。

不久，工程接近山中段，对镇守人员的剿杀、逼供也随之开始。彭一抢先一步，和镇守人员中的管事者接上了头，提前转移了龙骨。只不过，也只能藏在山腹里，工程还在进行，人来人往，藏哪儿都不保险，得时不时东挪西转。

江烁猜到了："后来，他就以安置兽骨为名，把龙骨藏在了冰雕之中？"

神棍点头："九曲回肠初具规模之后，相关的布置就开始了。那口箱子不能流落在外，自然也在这儿收藏。箱子里，只剩了几块没了炭气的兽骨。

"你回忆一下那个石台的位置，其实正好位于山中段。底下掏空，挖到那儿不挖了，一是因为那石台是焚箱处，意义不一般。二是那里上观山肠，下瞰地窟，用今天的话来讲，是视察工程进度的好去处。"

江烁咂舌，彭一这等于是把龙骨冻在了无数人的眼皮子底下，实在大胆，但也出奇制胜，冰身上一旦层层覆结厚霜，就没人能看见里头的骨头了，即便某个人极无聊在那儿削铲冰霜，无意中露出一块，也可以说是兽骨而非龙骨。

这九曲山肠里布置的，当然不仅仅是兽骨。在暂时停息的漂移地窟里，彭一陆续看到了水精、息壤、从地下挖出来的半腐的麒麟尸身以及太岁。

直到这个时候，对蚩尤方的图谋，他才醍醐灌顶般醒悟，箱子里头的物件组成，也愈加意味深长：里头有山胆，山胆能制水精，但山胆哪儿去了呢？

他有了重要的情报，想送出去，却递送无门，虽然黄帝方镇守的人员已经被扫除了，但因为漂移地窟里的秘密已见端倪，各种监视和防守更加严密了，偶尔出山肠放风，也只能在谷地的范围之内，彭一唯一能做的，就是观察山形、山势，绘图做记，积累更多的情报。

同时，他也听到了越来越多的小道消息。

——据说上头的人打卦看过，麒麟晶的育成会在很久之后，所谓的"不羽而飞，不面而面"，没人知道那是什么时候。

——瓜熟蒂落，成熟的麒麟晶会脱落下来。当漂移地窟被水淹没的时候，麒麟晶也会浮在水中，它会避开活人，但亲近尸体，拿死人的尸体作饵，可以钓到它，它会沿着死人的嘴进入喉管、进入身体，使得重生成为可能。

当然，不能让麒麟晶便宜了"钓饵"，得学习水鬼训练乌鬼（鱼鹰）时用的法子：拿东西狠狠绑住钓饵的咽喉，使咽喉细到让麒麟晶不能通过，然后，再把麒麟晶从死人的咽喉和嘴巴里挤出来就可以了。

——这里的防守将是最严密的，尤其是通往漂移地窟的那一条。过几天，会有一批石蝗送到，在彻底把它们放进山肠之前，由彭一负责照料。这东西的个头跟蝗虫似的，喜吃活物。但没活物吃时，也饿不死，因为它们可以吃石头。它们僵眠时是石头，吃的是石头，死了也是石头。

——这世上，有被牛羊吃的草，也有能吮血、嚼肉的"草"。通往无底洞的最后一段，就会被种上这种"草"。

但是，知道得越多，彭一心头盘桓着的不祥之感就越强烈：这么多秘密，不该被披露的，除非是披露给死人。

山肠即将竣工的时候，更上层的管事者把彭一叫去，通知他一件事：山肠的开结是需要牙错的，它们设置了箱子作为牙错，反正箱子是要藏在山腹中的。这就意味着，山肠锁住之后，从外头再也无法打开。

而困死在山腹中的人，将被区别对待：那些苦力、没利用价值的，就地杀掉，抛入地窟，就当是给太岁的肥料了；而那些有功的、有身份的，可以"神魂入水精"，留下的尸体，会有专人负责净洗焚化——息壤是可以在很长时间内给尸体保鲜，但麒麟晶的育成太久了，久到用息壤保存没什么意义。

管事的安慰他说，没关系，这些都考虑到了，届时会有最新鲜、血液最纯正的身体提供给他，它们也会储备尽量多的样本。万一最优选的身体不合适，也会有足够多的别的尝试。

然后恭喜彭一说，他是有功之人，可以入水精，请他做好永生的准备。

彭一表现得很惊喜，但内心里，他知道，留给他的时间不多了。

他不能进水精。他的身体，在净洗的那一刻，会原形毕露，暴露出他那张抟土改造过的脸以及有着抟长的"S"形伤疤的胸腹。

【30】

从管事的那儿出来，彭一陷入了深深的焦灼情绪之中。

难怪湘西那头的工程他怎么也找不到人打听，原来不够格的都已经死了，而够格的则入了水精，现在，估计正安稳待在漂移地窟里呢。

凤凰眼那头，应该也一样，他是因为被选中继续参与昆仑的工程，才又多活了这么多日子。

看来，蚩尤方已经差不多完成了部署，准备全面地安静蛰伏。它们忽然偃旗息鼓，黄帝方长久得不到线索，必然会渐渐失去对这事的关注。接下来，就看谁更能熬了。

它们会蛰伏在水精之中，熬到黄帝方尽数变成了普通人，熬到麒麟晶成熟，熬到重见天日，熬到自己的时代卷土重来。

彭一悚然心惊，深感自己责任重大。这信息，他必须得递送出去。只要能出去，事情就好办了：先找山胆，集齐物件，再入九曲回肠，灭水精，焚箱。

但关键是，怎么出去呢？

更关键的是，如何才能悄无声息、不为任何人察觉地出去呢？如果这一逃沸沸扬扬，管事者察觉到事情有变，很可能会改换计划。这样一来，他辛苦探听到的信息，一夜之间就会一文不值。

彭一有了第一套计划。

他仔细审视了工程图。这山，分上、中、下三个部分。

上段是九曲回肠，没法儿动手脚，下段是漂移地窟，也没出路，只有中间一段可以下手。

中间这一段，颇似个环形柱体。除了那石台，内柱都是虚空，而外环柱是密布蛛网般的冰"血管"。

这个时候，冰"血管"已经完工，等同于封闭状态，上承山肠，下接深渊之水。

彭一看中了一条横生的冰"血管"。如果能从石台的一侧，打一条密道接入冰"血管"，接一段道之后，尽头处再打一条密道，就可以通往山外。

这是计划的第一步。不过这事，得由死人来干。

江烁没听懂："什么叫'得由死人来干'？"

神棍整个人已经瘫软着窝进座椅里了，这事太复杂，基本是他一个人讲，委实不轻松："你想啊，它们用的工具肯定是比什么凿子、铲子要先进多了，但两截密道，那可不是短时间内能打出来的，当时的监管防守那么严密，时不时点算人数，你老是突然消失，能不引人怀疑吗？"

江炼明白了："所以，如果一个人诈死，那就方便了——死人可以从早到晚在冰'血管'里偷偷开凿密道，反正当时的冰'血管'已经封闭了，也不会有人去。"

说到这儿，呢喃了句："彭一不能自己诈死，他一死，就会有人来料理后事……这个时候，就得用到况祖了吧？"

彭一找来了况祖，开门见山告诉他，工程一完，就是他的死期。

况祖背井离乡、不惜变节，图的还不就是能活着。一听这话，吓得面无人色，立马成了彭一外逃最死心塌地的同盟。

按计划，彭一先编造了况祖的死。他向上头劝说，石蝗养了几天了，但不够凶悍，攻击性也不强，他要找几个人，饲喂一下。

反正这山腹里不少人都是要死的，去做太岁的肥料或者石蝗的养料，没什么区别。

这要求很快被批准了。

为示没有藏私，彭一还大方邀了几个头目过来看，只不过在时间上略动手脚：观看的人到达的时候，况祖已经"成了"石蝗的腹中餐，地上只余了衣服和残血，而其他那几个，要么才开始，要么刚进行到中途。

那场景够惊骇，观摩者"啧啧"赞叹。况祖就这样，"死"得合情合理。

紧接着，况祖的专长再一次得到了发挥。所谓密道，也可以看作是个异形的箱子，密道入口，也需要遮掩的箱盖和开启的机关——欲出肠口，门左寻手。神棍他们之前出逃的生门，就是出自况祖的手笔。

从此，况祖就如地洞里的老鼠般，藏身于那道门内，在里头不分昼夜，一点点按计划推进。为了保险，防止况祖胡乱开门出来被人看到，门只能从石台这头由彭一打开，因为石台的工程是他负责的，他多的是机会过来探看，顺便给况祖送吃喝，或者转移多出的石料，安排石蝗吃掉。

密道的进展顺利，彭一开始实施这套计划的第二步，旧伤变新伤。

江炼也说不清楚自己是第几次一头雾水了："什么叫'旧伤变新伤'？"

神棍斜了他一眼："小炼炼，你怎么越来越傻了呢？"

边说边指了指自己的肚子："我这肚子，不就是活生生的例子吗？如果你事先根本没看到我肚子上有条'S'形的胎记，现在我肚子烂成这样，我一掀，你会知道那儿原先有胎记吗？"

这话有点拗口，江炼想了好一会儿，蓦地心头一激："你的意思是……"

"哎，对啰。"神棍很是神气，"他在众目睽睽之下，一个失足，从山壁上滑下，被尖利的岩石划破了肚腹，然后一掀衣服，把伤口展示给大家看——人人都知道他有这道伤了，也都会认为，这伤是新的。"

江炼想错了方向："这样的话，就能混过死后净洗那一关了？"

神棍摇头："他永远混不过去，除非是自己把自己烧成灰。别忘了，彭一是有自体繁殖能力的，但那个'棋子'没有，彭一死后暴露的概率比生前大多了。他这么做，只是让大家知道，他身上，有这样一道非常明显的伤疤，不能凭面目认人的时候，可以凭特征认。"

江炼愣了一下，电光石火间，一道凉气掠过心头："他这么做，是想杀况祖？"

神棍"嗯"了一声："可以伪装成意外，给况祖换上自己的衣服，让他从高处摔下，摔得面目模糊，只肚腹上留一道好多人见过的伤痕——山腹中就这么多人，数目是一定的，死的当然就是他了，谁也不会怀疑。"

江炼消化了好一会儿，才长长吁了口气："这彭一，也是心思用尽，把况祖的死利用到极点了。"

一个"死了"的况祖帮他设密门、挖密道，然后又帮他金蝉脱壳，人力、技能包括尸体，都被他压榨了个干净。

他忽然想到了什么："这么说，死的是况祖？美盈的祖上，其实是彭一？"

神棍摇头叹气："没有，这套计划进行到最后，放弃了。因为彭一发现，有个漏洞他没想到。

"密道工程太慢了，按照进度，至少也得一两个月，但是，九曲回肠，最多几天，就会完工了。也就是说，大限到时，密道还没挖完。你还记不记得，我们曾经聊过，说人死的时候，意识没那么快消亡，所以有头七？"

彭一是有"神魂入水精"的资格的，昆仑工程地每天都会核查人数。人一死，尸体必然很快会被找到。到时候，况祖被当成彭一入了水精，还不瞬间露馅？再把什么都给招了……

届时，移花接木，接过况祖的凿铲继续挖密道的彭一，密道还没挖上两米，就会被揪出来了。

江炼把自己代入彭一的境地想了想，还真是一筹莫展：既要逃走，又要逃得不引起注意、不招来怀疑，这也太……

过了会儿，他厚着脸皮当伸手党："那他……到底是怎么弄的？"

神棍回答："彭一最后想明白了。他出不去，但况祖能出去的概率却很大。与其浪费时间在那儿琢磨自己，不如好好想想怎么从况祖这头入手。"

说到这儿，他忽然转了话题："小炼炼，我有没有跟你讲过，九铃盛家有一个法子，叫作'蝶变'？"

江炼点了点头。

有印象，具体来说，是一种"融血换血"。某个人，即便不是盛家人，把她体内的血换成了盛家人的，她也有可能生出有掌铃能力的盛家后代。

只不过，"蝶变"的当事人，往往活不久，死得也会很痛苦。神棍在有雾镇大宅的那个室友石嘉信，他曾经的女朋友尤思，就是因为被"蝶变"，年纪轻轻撒手人寰。石嘉信为此一夜白头，终身痛悔，至今仍活得如同行尸走肉。

神棍说："彭一没有出去。他让况祖带出去的，是从自己伤疤中取出的、落过咒的血和那口箱子。山肠收起之后，石蝗就会被放出。彭一饲养过石蝗，他的血能帮况祖躲过石蝗的威胁。

"这两样东西，都被送到彭氏族落去——况祖虽然当过叛徒，不足以托付大事，但彭一觉得，自己救了他的命，让他帮这点忙，还是可行的。"

江炼心中一动："你刚刚讲'蝶变'，彭一让况祖带自己的血出去，不会也是想让家人帮他融血吧？"

神棍没正面回答："小炼炼，你还记不记得，我们去三江源的路上，翻看关于彭祖的书。当时你说，彭祖有那么多儿子，都是亲儿子，完全没继承到他的能力，还说，彭祖家族繁衍到现在，得是一个巨大的家族，规模不输山鬼、水鬼。"

有吗？江炼早忘了。

神棍说得很慢，眼神里带些许恍惚："当时的神族，按支系来说，没有几十支，也有上百支，各家应该都有些特殊的能力，但后来，说成普通人就成普通人了，能力也消失了。

"可是，为什么，山鬼、水鬼、九铃盛家，乃至况家的能力没有消失呢？每代总会有那么几个，你觉得，他们的共同点在哪里？"

江炼说不上来，他觉得今天的自己是有点笨："共同点是……都追随了蚩尤？"

神棍叹了口气，都懒得鄙视他了："你不觉得，他们是因为，都有某些特殊的物件吗，山胆其实跟山鬼的关系不大，只是在他们那儿收藏而已，所以我之前开口，让大姑婆把山胆交给我处理，她犹豫得很，我也就没明说——山鬼有的，其实是金铃；盛家的，是九铃；水鬼的，是水精；而况家的，是箱子。这些家族，伴着这些物件代代繁衍，物件的存在，催生了他们天赋异禀的能力，有了这种能力，又能反过来使用这些物件。"

让神棍这么一说,还真是"共同点",江炼心跳得厉害:"那……物件的销毁,会使得他们的这种能力,也就此消失?"

神棍没承认,也没否认:"现在,再回到我身上,很早的时候,都是多生多育的,彭氏家族繁衍到现在,得是一个巨大的家族,规模不输山鬼、水鬼——如果确实有这么一个家族呢?"

"彭家具体是怎么融血的,我收到的讯息里没说,不过同族同姓融血,跟盛家那种伤天害理的操作应该不一样:和彭一融血的那个人,渐渐开枝散叶,繁衍子嗣。和山鬼、水鬼、盛家一样,他的每一代,也许都会有一个或者几个特殊的人。这些人生来就有执念,对怪异诡谲的事儿有浓厚的兴趣,要去追寻一些东西,不死不休。"

江炼的头皮发麻:"你是说你吗?"

神棍的目光有些失神,看向车前的远处:"也许这样的人,生下来就有些怪异,会被遗弃,又也许只有我在特殊的年代被遗弃了——他们拥有的物件,就是'S'形胎记里那下了咒的血,所以生来带着彭一那使命未完的执念,时机合适的话,就会慢慢激活记忆。如果真是这样,小炼炼,过往的千百年里,每一代都有这么几个神棍,在不断探寻访求,也许现在,这世上,就不止一个神棍。"

每一代都有神棍。这一代,不止一个神棍。他们在不同的时空里,有着同一个执念,向着同一个目标进发。如同爬同一座山,但因着际遇不同,有人始终不得其门,有人爬到了山脚,有人攀到了半腰。

江炼的鸡皮疙瘩都起来了:"这些神棍,应该……都长得不一样吧?"

要是都一样,顶着同一张脸,想想真是怪瘆人的。

这话成功阻断了神棍的心潮,他没好气:"当然不一样,山鬼、水鬼包括盛家的女儿,还不是一人一个模样?只不过,也许是天注定,我长得最像彭一,我也是众多人里,最接近真相的那个。"

此时,再回顾之前,一切历历在目,忽然就多了点宿命的意味:"时间隔得太久了,那些记忆越埋越深,有时终其一生都不会苏醒,只在特定的时候才能被激活。现在想想,彭一当时最大的执念,是始终找不到山胆,而山胆又偏偏最重要,是关键。"

江炼心头一惊,险些叫出声来:"你当时,好像就是在营业厅……听到'山胆'两个字,一下子跟上了七姑婆,然后又梦见了箱子……"

神棍感慨:"是啊,然后就这么一路走到了现在。我连彭一没去过的地方都去了,湘西的悬胆峰林、广西的凤凰眼,最后是昆仑的九曲回肠。"

说到这儿,他重新拉起衣服,露出被绷布遮盖的肚腹:"没找到箱子也就算了。找到了,还以血开箱了,就再也不能停下。你不是问我焚箱的动机在哪儿吗,就在这儿了,这就是他在血里落下的咒。"

明白了,还真是个漫长的故事,往外看,夜色似乎都有些稀薄了。

又有辆车过路,是辆物流车。车厢里,大概有无数快递。司机看到这辆车一直停靠路边,许是有些奇怪,放缓车速,揿下车窗向这头喊话:"朋友,是抛锚了吗?要帮忙不?"

江烁也揿下车窗,朝那头摆手:"谢啦,聊天呢。"

物流车开走了,夜风把那头的嬉笑声送过来:"大半夜在这种地方聊天,肯定是跟女的。"

江烁想笑,或许是因为故事太沉重了,笑不出来。

顿了顿,他问神棍:"不是说,让况祖把箱子和血都送去彭氏族落吗?况祖把箱子给……扣了?"

神棍叹气:"人心哪,隔着肚皮。那条讯息,是彭一在山腹里留的。他不可能知道况祖出山后做了什么。我只知道,况祖当时是发了誓的,说一定送到,绝不贪扣,否则世世代代受折磨,直到最后一个人。"

最后一个人,美盈可不就是最后一个人吗?

风太大了,在车里来回灌扫,吹得手边搁着的抽纸"哗啦"作响,江烁又把车窗揿上:"彭一都能给自己的后人落咒,我想,在箱子上,他应该也做了手脚,就是怕况祖出尔反尔,况家的怪病其实是由此来的——你不是想要吗?那你就一直守着它吧。算是帮我保管,等我来取。别弄丢了,离远一点,你都会不得好死。"

神棍也是这想法:"况祖八成是盯上了麒麟晶。作为神族人,他知道这东西的金贵。我先前一直以为,况祖的口述是我写的。现在才知道,确实是他:他当时在山腹内做工,又是跟着彭一的,听到不少事儿,当时在九曲回肠内,消息又传得到处都是,他应该是早就起了心思了。"

口述是况祖写的,山形路线图,也应该是他画的,包括湖中的倒影——作为工匠,这对况祖来说,都是小菜一碟。

江烁默然。

彭一留下的讯息,为防意外,应该不是任谁开箱都能读取的。如果况祖践诺,血、箱子都送回,再转交黄帝。以黄帝的神通,安排融血,以血开箱,拿到讯息,应该都不是难事,甚至能帮其后人免除血咒。

他忽然后怕:"幸亏这况祖没有坏到底,他要是直接扛着箱子跑了,把彭一的血也给扔了，那彭一的一番心血，可就真白费了……说正经的，美盈的病，有解吗？要是焚箱她死，不焚你死，这也太让人难做了吧。"

神棍回答："有，别忘了，箱子回到我这里，就是回到了彭一的后人手上，成功焚箱，就是彭一的心愿达成——况家的诅咒，也就至此到头了。"

江炼瞪了神棍半天："所以，你一声不吭带着箱子跑了，是因为你觉得不是在害美盈，而是在做好事，默默帮她？"

神棍那脸上，还真浮现出了做好事不留名被人撞破之后的谦虚。

江炼哭笑不得："这又不是坏事，你干吗偷偷摸摸不跟我们说呢？"

一句话，让神棍重又发蔫，顿了顿才说："山鬼伤亡了不少人，为了我这活不活、死不死的肚子，不好再拉人家去涉险了，这完全是我个人的事。你呢，伤又还没全好。

"挺容易的，就是灭个水精、焚个箱，我能搞定。再说了，葛大先生不是说过吗，好命，长命，可见我可以搞定了，不用你们操心。"

江炼笑道："一，你都能搞定，可见没什么危险，我跟着去也没关系；二，兴许正是因为我去了，你才搞定了，只是葛大先生没看到而已；三，帮美盈彻底断病根的事儿，我怎么着都该在边上压阵……咱们到了那儿，就只是掏出山胆，然后点燃凤凰翎焚烧龙骨，把箱子架在上头就行了？箱子里的物件，你都找齐了？"

神棍推了推眼镜："以我收到的讯息，就是这样。物件也差不多了，最关键的那几个备齐就行。"

江炼重新发动车子："那挺容易的。我就说嘛，上次离开的时候，我总觉得还少了点什么、事情还没完，果然，这感觉是对的。"

又低头看手机："有信号的时候，我跟千姿也说一声，免得她担心。"

神棍说了句："我建议你别跟她说了。说了的话，她十有八九会跟来，孟小姐，她这辈子都别再去那个九曲回肠才好。"

江炼一怔："为什么？"

有些话，答应了高荆鸿不外传，神棍也不好多嘴，只能说得委婉："你还记不记得，在三江源的时候，那个螳螂人，曾经写字咒过孟小姐？"

江炼反应很快："你是说，那句什么，你会死在天梯那儿？"

神棍把一切推给感觉："不要问我为什么，我就是感觉。那句话空穴来风，孟小姐想平平安安的，最好别再去那儿了。"

江炼不说话了，只是慢慢把手机收了回去。

车内重又归于沉寂。风小了不少，偶尔，能听到车皮和路面摩擦的声音。也不知道过了多久，江烁忽然又冒出一句："你刚刚讲的彭一的事，还有一处我没想明白。"

神棍"嗯"了一声："你说。"

"彭一去哪儿了啊？他没有离开那里，也就是死在那里了。你不是说他死了之后，暴露的风险更大吗？"

神棍也不确定，可他收到的讯息里，完全没提这一节。

他想了想："可能把自己给烧了吧。烧得一块皮、一根骨头都不剩。被烧成了灰的人，应该就没法自体繁殖了。"

好像勉强说得通，江烁记得，神棍被孟千姿打晕发吃语时，也说过诸如"一块皮都不剩，烧掉"这种话。

"那箱子呢？况祖拿走了箱子，里头的人就一直没发觉？"

"里头都没人了之后，况祖还挖了一两个月的密道呢，可能是等里头的人死光了，他才把箱子拿走的。"

这属于强行解释了，江烁反驳："那扇生门是单向的，只能从石台那头打开，彭一一死，就没人为况祖开门了，怎么可能是等里头的人死光了才出来拿的？"

也对，神棍皱了皱眉头："那，可能做了个赝品，把真的换走了？"

江烁没吭声。

还是有点牵强。那口箱子的材质那么特殊，山腹里，上哪儿去找类似的材料做赝品呢？

【31】

接下来，神棍完全被"彭一去哪儿了"这个问题给魔住了。

后半段的路程中，针对这事，他两次语出惊人，给出大胆假设。

第一次时，他说："彭一会不会入水精了？"

理由是，把自己烧成灰，就不怕暴露了，但神魂还在，可以入水精，彭一入了水精，深度潜伏了。

江烁的回答是："神魂入水精，他的神魂也得交待，干吗要突然自焚？你要说就是喜欢火化这种死法，完全可以死后委托别人，急匆匆地自己烧自己，怎么都会引起怀疑的。"

而且，这个假设，还是没能解决箱子的问题——箱为牙错，作为开启九曲回肠的钥匙，那个箱子那么引人关注，况祖到底是怎么做到拿走了箱子、里头的人却没发觉的？

324

第二次时，神棍问："他会不会……叛变了？"

江炼叹了口气："到了那种时候，他叛变还有意义吗？"

也对，蛊尤方都要全面蛰伏了，这时候收个叛徒纯属无聊，不杀还留着当朋友吗？而且，他要是叛变了，况祖哪还有机会挖完密道啊。

真是让人头痛，神棍嘟嘟囔囔的，脑袋一歪，就睡着了。

江炼继续开车，时不时把手机拿出来看信号。

他觉得，还是得跟孟千姿打声招呼，这一趟，来回得失联四五天，要是一句交代都没有，她准得急死。

还有，美盈那头也得说一声，不然一觉醒来，人没了，箱子没了，她多半会疑神疑鬼。

又走了一程，大概是附近有基站，信号一下子恢复了四分之三。江炼犹豫再三，还是停了车，虽然时间有点早，天还没亮，但他怕过这村就没那店了。

下车之后，他把电话拨了过去。

没多久就通了，果然，那头的声音含含糊糊的，还带了点清梦被扰的愁苦愤懑："喂？"

江炼笑，几乎能脑补出她睡眼惺忪、缩在被窝里的气恼模样："我。"

能听得出来，孟千姿清醒些了："这么早打电话？"

"想你了呗。"

孟千姿"扑哧"笑出来，说他："又胡说八道。"

江炼故意说得轻松："你们走了，我待着也挺无聊的，美盈反正是天天守着箱子，我准备这两天开车四处逛逛、看看风景……你到西宁了？我过几天就去找你。"

"没呢，昨天才赶了一半路，大娘娘年纪大，嫌累，我们就找地方住下了。倒是神棍那几个朋友没停，一路往西宁去了。我估计，等你们过来，他们也该恢复了。"

说到这儿，又向江炼抱怨："我路上才知道，这一趟还挺麻烦的，段太婆的葬礼要办，那些遇难的山户，也有很多后事要处理……我怀疑，筹备时间都得超过半个月，早知道我就多陪你两天了，这么早催我出发，到了西宁，其实也是干等。"

琐碎事自然有山户跟进，定场馆、选日子以及下帖这种重要的事，论亲疏，也该高荆鸿拿主意，她戳在边上，也就是个陪衬。

江炼安慰她："丧事嘛，你大娘娘肯定很难受，你就多陪着点呗。"

孟千姿"啧啧"了两声："你不是不喜欢我大娘娘吗，怎么突然又关心起她来了？"

江炼敷衍过去："那……长辈总还是长辈嘛。"

挂线前,他"无意"间透露,开车出去逛,信号大概不太好,要是一时半会儿联系不上,不用太着急。

孟千姿哼了一声,说:"谁会为你着急啊。"

挂了电话,孟千姿揿下床头灯,翻了个身,准备睡回笼觉,但说来也怪,辗转反侧,就是没睡意。

过了会儿,她又揿亮了灯,"噌"一下坐起来,沉吟了会儿之后,披衣下床,开门出去。

这是家老宾馆,装修有点陈旧,但在这种地方,已经算是豪华住处了。

孟千姿去揿对面的门铃,手上连按,并不顾忌。

很快,屋里传来踢踏的脚步声,那声音到了门后,大概是从猫眼里看清她了,开门的动作很快,整个人也立马恭谨:"千姿。"

这是孟劲松。

孟千姿"嗯"了一声,信步就往里去。

孟劲松忙退到一边。

见到他这几乎是条件反射般的动作,孟千姿突然有点后悔。

上一次,她也许不该跟孟劲松大动肝火。这段时间,孟劲松唯唯诺诺了很多,仿佛高抬的腰肩忽然垮了下来——那之前,孟劲松会给她提意见,会撑她,也会取笑辛辞,那之后,就再也没有了,甚至会下意识避着她。见到时,客气到近乎诚惶诚恐。

她发脾气时,没有预想到会这样。

孟千姿清了清嗓子:"营地那头,你能联系上人对吧?"

孟劲松赶紧点头:"能,我们还有人在那儿善后。"

"拨个电话,我有事问。"

营地信号不太稳定,孟劲松拿卫星电话打了过去,接的那人还没睡醒,嘴里嘀嘀咕咕的,忽然听到孟劲松的声音,睡意去了大半,再听到孟千姿也在,立马精神了。

这一日夜,营地唯一值得汇报的,也就是神棍和江炼的事了,那人嗫嗫嚅嚅地把事情说了,又结结巴巴回答问题。

"是,七姑婆吩咐的,说神先生有事,就尽量配合。后来神先生要半夜用车,还说在沟口给他准备牦牛,我们当然……是配合的。

"对,炼小哥好像不知道这事,还跟司机换了衣服,开车走了——我们想着,炼小哥跟神先生是朋友,乔装上车,可能是为了给神先生一个惊喜,他们一起办事,很正常,就没……当回事。

"带的东西……哦,司机说,帮神先生搬过一个箱子,还挺沉的,其他就是些咱们的常用装备,车上自备的,足够用,山鬼箩筐、喷火器,枪应该也有。

"对,就是去那个叫'才旦'的沟口。"

挂了电话,孟千姿看了眼时间。

才七点多,这里天亮得晚,这当口儿,外头还黑着呢。

就说嘛,江炼从来也不是特别腻乎的人,天不亮就打电话说什么"想你了",摆明了欲盖弥彰。

带着箱子,去才旦沟口,这是……又要回九曲回肠?

孟千姿又给江炼打电话,信号不好,连不上了。

一行人,好不容易才从九曲回肠出来,伤的伤、亡的亡,怎么又要去了?还只有两个人,神棍这种武力值为零的,万一遇上点什么事,江炼连个帮手都没有。

孟千姿的头皮一阵阵发紧,略一沉吟,马上吩咐孟劲松:"帮我安排车,我要回去一趟。大娘娘她们估计都没醒,醒了你帮我跟她们说,我会快去快回,不会误葬礼的事的。"

电话是她接的,孟劲松没能听到太多,但从她的询问里,也猜到了几分:"千姿,你一个人回吗?要不然,我跟你一起吧,再调几个人。你一个人,又是这腿,想再走才旦那条路,很难的。"

这也是事实,孟千姿马上点头:"好,尽快。"

车到才旦沟口,和之前一样,已经有藏族人骑着马、牵着牦牛在那儿候着了。

江炼真是顿口无言:这就是神棍的计划,一个人,一堆东西,一头牦牛!

语言不通,那藏族人"哦呀哦呀"了几声,就把牦牛交托给了神棍。江炼帮神棍把装备抬上牛背。搬箱子时,明显察觉出,箱子重了许多。

他心念一动:"兽骨装进去了?"

"不止呢,还有路铃。"

想起来了,石嘉信从有雾镇快递来的那个路铃,之前江炼"失魂"时,还多亏了它。

"这也烧?烧一个管用吗?我记得盛家的铃不止一个吧?"

"是不止一个,但不可能集齐九铃。盛家最后一次齐聚它们的地方是八万大山。几年前散了,谁都不知道它们去哪儿了。好在路铃是九铃之首,这一个又是镇山铃,就好像串联电路,烧一个,其他的也会受波及,即便不毁,也会失掉效用。"

听着有点道理，江烁好奇："这也是讯息里提到的？"

神棍摇头，指了指自己的脑子："讯息是死的，给我多少我读多少；但别忘了，因为我身上有彭一的血，所以他的记忆和感觉，我时不时能提取到，表现在行为上，就是直觉或者下意识。这一部分，我觉得最可靠——因为讯息可以加工，但感觉，是最真实的。"

关于路铃，这之前，神棍分别打电话问过季棠棠和石嘉信。

季棠棠当时沉默了好一会儿，才说了句："没这东西也挺好的。盛家人为了它，东躲西藏、担惊受怕。我还记得那一大群女人像坐牢一样生活在溶洞里的样子呢，以后，她们应该就能过上正常人的日子了。"

石嘉信同样沉默，只说了一句话就挂了。

他说："你要是能早点处理它，该多好啊。"

神棍明白他的意思，早点处理了，尤思也许就不会死了。但话又说回来，早点处理了，盛、石两家早早地散了，石嘉信还会是这个石嘉信吗？还会认识尤思吗？

江烁的话打断了神棍的思绪："还有什么？里头还应该装什么？"

神棍回过神来，一一点数："山胆，我带着了；水精，在漂移地窟里头，山胆灭了水精之后，应该就没水精了，跟烧掉也差不多；息壤，也在漂移地窟；还有就是……"

即便旁侧没人，他还是压低了声音："孟小姐的金铃，我不好去要。"

江烁接了句："要了她也不给吧，能跟你急。"

神棍低头看自己的肚子："所以啊，那么小的东西，我觉得就算了吧，反正，金铃也不是关键，少这么一样，不至于要命。顶多，我这伤口不能百分百愈合呗，只要不再往下烂，愈合个九成，我也就满意了。"

进山开始，两人的遭罪也开始了，江烁万万没想到，横生在焚箱路上的第一号敌人，居然是牦牛。

他不会赶牦牛，神棍也是半吊子。那牦牛，开心就往前走，不开心就不走。你让它往左，它偏行右。两人费了九牛二虎之力，才把它那执拗的牛角扳对方向。

神棍气喘吁吁："怎么会这样呢，上次来，牛明明很好赶的。"

江烁也是汗流浃背，冷笑道："上次一切都有山鬼负责，你就是跟着走的，当然有热汤饭吃、有安稳觉睡。这次，谁给你的勇气一个人走？没我在，我怕你没走几步，就被牦牛给踏平了。"

这一日，两人下午就扎营休息了，因为野外住宿需要守夜，江烁打死也不敢让神棍守，但开了一夜的车、走一天的路再紧接着值夜，铁人也吃不消，他只能调整作息，抓紧白天的时间补觉。

这样一来，赶路的速度大大降低。

第二天，江炼照例是下午就钻进了帐篷。他伤刚好，又每天耗费体力，补觉时间远少于值夜时间，是以眼一合，睡得特别沉。

一觉醒来，天已经擦黑儿了。

江炼睁开眼睛时，想起了孟千姿，觉得自己那所谓"信号不好"的鬼话，大概撑不了多久，千姿又不蠢，这白天黑夜的老是信号不好，换谁都不会信啊。

他叹了口气，坐起身子，去拉帐篷门的拉链。

拉链是从上往下解开的，边沿的布渐渐往两边塌坠，刚拉开一小截，江炼猝不及防，"啊"了一声，居然吓得跌坐回去了。

孟千姿居然就坐在他帐篷的正门口，那兴师问罪的架势，好似三曹对案。

不对，可能是做梦，刚醒，脑子有点不清楚……

江炼又小心翼翼凑向那个缺口。

才刚近前，又被唬了一下，孟千姿"噌"地一下就凑了上来，两只乌溜溜的眼睛正卡在缺口里，顿了顿，眉梢翘起，满眼傲气。

她说："你怕什么啊？躲什么啊？躲得过吗？"

说着哼了一声，再然后，就不见了。

谎言被戳破，江炼灰溜溜地尴坐了会儿，觉得还是得勇敢面对，于是拉开帘门出来。

天已经全黑了。他看到不远处多了几头牦牛，也多了几座大小帐篷，高处设了岗哨，有人在望风，熊熊的篝火燃起来，发出"噼啪"的声响。

这是要做饭了。

孟千姿的架势摆了个十足，不高兴全在派头和高仰的下颌里，挂了根特制的杖子，如指点江山的领袖，宁可去视察半沸的汤锅，也没正儿八经瞧过江炼一眼，更别提去搭他的话茬儿了。

江炼打定主意，只要她看他，他就笑。反正她那点气，全在姿态上，撑不了多久。

果然，吃饭时，气氛就松动了，江炼和神棍被请去和孟千姿一起吃。

孟千姿在自己的帐篷里用餐，见两人过来，头也不抬，依然细嚼慢咽，边上摆着两份没动的汤饭。

江炼拉着神棍坐下，汤碗捧起，先批评神棍："早知道最后还是这么多人，你说你何必搞出那么多幺蛾子，还害我拽了两天的牦牛。"

孟千姿忍住笑，冷哼一声："活该。"

可不嘛，江烁继续批评神棍："听见没，说你活该。"

这脸皮，也是没谁了，孟千姿瞪了江烁一眼，江烁立马"贯彻方针"，赶紧笑了回去，那种"随便你怎么讨厌我，我就是喜欢你"的笑。

孟千姿哭笑不得，清了清嗓子，先去看神棍："神棍，有件事，大娘娘让我问你。"

神棍正夹起一块土豆，闻言筷子一个不稳，土豆就滑脱了："啊？"

孟劲松点了五个人，两台车，赶往才旦。

他和孟千姿两个人单独乘了一台车，出发还没一个小时，高荆鸿的电话就追过来了。

孟千姿自觉做得并不过分："大娘娘，江烁他们可能有危险，我赶着去看看。我知道丧葬的事重要，我不会误了的。"

高荆鸿有口难言，只反复强调"不行""那里危险"。

孟千姿耐住性子："我知道那里危险，但我都去过一次了，知道分寸，会注意的。大娘娘，你别老说不行，不让我去也可以，总得给出个让人信服的理由。"

高荆鸿脱口说了句："不信你去问问神棍，他也不会支持你去的。"

孟千姿心里"咯噔"一下，旋即接了句："好，我问他。"

孟千姿掉转筷尾，敲了敲神棍的碗边："没我，你能吃得上热汤饭？你说，你为什么不支持我来？"

神棍迟疑了一下，其实，这种事，他觉得当事人应该有知情权，不过，他又答应了高荆鸿要保密。

他折中了一下："是这样的，这趟我见过你大娘娘，知道了你的一些事儿。"

还真有缘故？孟千姿一怔，不觉坐正。

"你知道葛大先生吧？你小的时候，葛大先生给你看过命。具体呢，你以后有机会再了解。总之是，他说的，跟三江源那个螳螂人写下的话，有点……类似。"

孟千姿反应很快："说我会死在天梯上？"

也不是，葛大先生说的是"断线离枝入大荒"，但姑且让她先这么理解吧。

神棍点头："祭凤翎，焚龙骨，见天梯。上一次你平安出来了，是因为压根儿就没见到天梯，但这一次是去焚箱。我觉得，你别去比较好。"

孟千姿心里有点打鼓，她看向江烁："这种预言……真的可信吗？"

江烁轻声说了句："千姿，宁可信其有。你都知道了，干吗不规避呢？哪怕这预言不可信，你也照做就是，至少图个心理安慰。"

也是，孟千姿倒也不拿小命玩闹："那我送你们去总行吧？或者我离得远远的，时刻谨记避开天梯？"

好像也是个法子，神棍迟疑着点了点头，至于什么"无情保命""绝情断爱"之类的话，反正跟这事也没关系，索性先咽下。

这件事可以翻篇儿了，不过，还有下一件呢。孟千姿不紧不慢："焚箱又是怎么回事？忽然火烧火燎地就要焚箱，不焚箱，还能要你的命了？"

说对了，真就是要命的事儿。

事实胜过一切言语，神棍下意识就去掀衣服，江炼眼疾手快，一把摁住他的手："咱们这儿，还吃饭呢。"

彭一种种，神棍已经讲过一遍了，懒得复述，也没兴趣温故，饭后拍拍屁股走人，留江炼在那儿慢慢讲给孟千姿听。

这可真是个漫长的故事，江炼讲了很久。先是坐在帐篷外讲。后来入夜，外头太冷了，又转进了帐篷里。再后来风"嗖嗖"往帐篷里灌，又拉上了门。

到末了，一人拥一条睡袋，半蜷缩着挤靠在一起，故事讲完，外头都没声息了。

孟千姿听得头昏脑涨的，试图理出一条头绪来："所以，彭一让况祖带出了他的血和箱子，神棍是彭一融血之后的无数代子孙。他这样的人，天生就是有使命的，在完成彭一未完的执念？"

江炼"嗯"了一声："彭一当时，应该是想把情报送出来。不过我怀疑，他知道况祖一定会贪箱子。"

孟千姿接口："所以他也设法，让况祖成为保管箱子和提供尽量多信息的人。"

没错，江炼感慨："彭一也是，什么都能利用，懂得不能把鸡蛋放在同一个篮子里——利用凤凰眼，去藏凤凰翎；利用况祖，去保管箱子和进昆仑的必要信息；真正的后人窥见法门之后，打开箱子，又能接收到他留下的真正任务。"

孟千姿琢磨出点意味来了："他还给自己的后人设下了'山胆'的关键词，反正麒麟晶的育成要很久，他有足够的时间一再尝试。他的后人会一代接着一代，去找。"

找到山胆，就是找到了灭水精的关键。

找到况家人，找到箱子，就是拿到了龙骨残片、凤凰翎以及开启山肠的钥匙。

打开箱子，就必须要按照他的设计，进昆仑、入山肠。

最后，灭水精，焚箱。

这漫长的年月里，彭一的计划几乎都赶上了变化。唯一发生的波折是：杀出了个阎罗。

阎罗使得山肠的开启提前了好几十年，而他匆匆一入，只是为了钓个麒麟晶。

可是，如果没有阎罗呢？没有阎罗，就不会有况同胜和况家几代女人的纠葛，江炼就不会被收养，会长久地在街头徘徊，也就不会出现在湘西，和她一打结缘……

人的相识，真是很玄妙的事。往小了想，只是擦肩而过，往大了想，居然有几千、几万年层层叠叠的铺垫。

孟千姿不觉就倚进了江炼的怀里。

江炼顺势搂住她，低头吻了吻她鬓角、额头："现在，唯一最想不通的事情，就是彭一去了哪里。"

根据神棍收到的讯息，山肠完成之后，需要收肠，而箱子是唯一的牙错，也就相当于，房门已经反锁，钥匙也被锁在了屋内——彭一到底是做了什么样的设计，使得箱子被带走了，山腹里的人却丝毫没察觉？

他喃喃地说了句："真是，这两天，想得头都疼，神棍每天都要念叨二十句'彭一去哪儿了'，自己爸爸去哪儿了，他估计都没这么念叨过。那山腹里，到底还有什么地方可去呢？"

孟千姿随口回了句："有啊。"

江炼一愣："哪儿？"

孟千姿奇道："你们都没想到吗？来生入口啊！段太婆是为了什么去的昆仑？是为了点燃龙骨、照见来生。祭凤翎、焚龙骨、见天梯，阎罗也说，点燃龙骨时，见到的是'入口'，山腹里，到底还有什么地方可去呢？入口啊，还有一道入口。"

有那么一瞬间，江炼的心脏都快跳停了。

对啊，入口，他和神棍怎么都没想到，石台之上，有一道入口呢。

心脏短暂的近乎停止之后，又疯狂地暴跳，他还不知道入口到底是怎么回事，但假如，彭一进了入口，而且是在众目睽睽之下，抱着一口假箱子进去的，那么，所有人，都会以为彭一带着箱子走了。

这样，况祖带走箱子，就不会有任何问题了：一个已经死了的人，带走了一口消失在入口里的箱子而已。

【32】

神棍正睡得迷糊，被江炼从睡袋里给拖了出来。

听完江炼的话，他也蒙了，蒙完之后一拍大腿："对啊。"

他们居然都没想到，那儿还有个"入口"。

关于这个入口，其实一直以来，断断续续，已经不止一次接触到了。

最早是段文希，她很执着，还曾透露过"焚烧龙骨，可以照见来生"——入口对她来说，是来生的通道。

然后是巴梅法师的解读，他说"能帮你听到……徘徊在入口的人……不甘的声音"，就是因为这话，他们联想到了盛家的铃，铃音能让人听到的，就是逝去者不甘的声音——在这里，入口是阴阳分割之处，生死之码头。

再然后，在五百弄乡，孟千姿逼问阎罗，燃起龙骨时，是不是真看到来生了，阎罗写的是"不知道，我只知道，是个入口"——对阎罗来说，那就是个诡秘的入口。

紧接着，神棍的梦里，看到黄帝一族点算箱子的现场，听到有人唱念《山经》一卷，《海经》一卷，《大荒经》一卷"，他猜测山海是对应地理，大荒是对应天文，是六合之外，茫茫宇宙，而绝地天通，是断绝和天外的联系，留下的唯一通道，就是昆仑天梯——他由此得出，天梯是大荒入口。

这也是为什么看到葛大先生的判词"断线离枝入大荒"之后，他立马联想到螳螂人的那句"天梯，你会死在那里"，从某种意义上说，这两句话，完全是一个意思。

所以，他给高荆鸿的建议，是让孟千姿尽量远离昆仑，再也不要回来为好。

想到这儿，他心头发寒，不觉就看了边上的孟千姿一眼。

孟千姿奇道："你看我干什么？我知道，这个入口八成就是天梯，我会避开它的，绝不靠近。"

江炼回过味来："其实我和神棍一直没想到入口，也是有原因的。通俗点说，入口是神魂去处，人死了，身体腐烂，神魂消失，用现在的话说，消失在茫茫宇宙深处了——蚩尤一方费尽心思找到水精，为的不就是长久保存意识，怕神魂消散吗？所以对它们来说，山腹内的这条'入口'，是最可怕的地方，进了入口，就全完了。"

龙骨焚箱被安排在这个地方，是有道理的。所谓的彻底焚毁，也许本质是一场盛大献祭。

孟千姿喃喃道："是最可怕的地方，那蚩尤的人在里头做工程，不害怕吗？"

江炼笑："我们在那个石台上待过，也明知道天梯就在那儿。那时候，你害怕吗？"

孟千姿耸了耸肩："那谁会害怕，根本没看到啊。"

神棍发表意见："所以啊，上古传说里，天梯是沟通天外的桥梁，后来绝地天通，陆续毁弃了，只剩下昆仑这一道，还被封印了。被锁住的天梯，有什么好害怕的？天外的东西进不来，人间的种种也出不去，只有神魂从那儿过路，而且一去不复返，对人世再眷念，也只能徘徊在天梯入口。"

怪不得总也没想到这个"入口"，下意识里，他们就没觉得那是人能去的地方。

孟千姿听着听着，心头突然猛跳，脱口说了句："我们山鬼的金铃九用，其中有一项，就是启天梯。"

神棍一点也不惊讶："我早就说过，山鬼不只和山同脉同息那么简单。你们很可能就是钥匙，是有能力开启天梯的人。"

江烁心中一动："等会儿。"

他梳理了一下："也就是说，截至目前，天梯的开启有两种方式，一是祭凤翎、焚龙骨，二就是山鬼的启天梯？"

好像可以这么说，神棍迟疑着点了点头。

江烁等的就是他这句话："好，那么已知，当时山腹里只有龙骨，没有凤凰翎——肯定没有，凤凰翎是自带七彩晕光的，彭一要是在身上藏了一根，老早就被人看出来了。

"也就是说，他想进入口，只能启天梯。但启天梯，又是山鬼才有的技能……彭一不是山鬼啊。"

话说完了，又觉得自己说得太绝对了："他应该……不是山鬼吧。"

神棍也说不好："应该不是，他隶属彭氏族落，是彭祖的亲戚啊。"

那些野史正传、大小传说，好像从没提过彭祖一脉还跟山鬼有关系。

哪知边上的孟千姿若有所思，冷不丁冒出一句："我觉得他是。"

顿了顿又补充："不是他是，而是他冒充的那个人是。"

冒充的那个人……那个"棋子"。

神棍只觉匪夷所思：关于那个人的信息很少。彭一留下的讯息里，也只是几句带过，孟千姿凭什么说那人是山鬼呢。

江烁也有点好奇。

孟千姿瞥了两人一眼，她觉得，她跟他俩，智商大概是互为反比的：他们聪明的时候，她只有瞪眼听的份儿，而她聪明的时候，这俩……真是傻透了。

她说："很简单啊，因为山腹里那么多人，石蝗送到之后，只让彭一养啊。蚩尤方的人不知道那是彭一，只以为是那个'棋子'——这么理所当然地把石蝗交给他养，说明他有那个能力，石蝗是山兽，谁有和山兽打交道的能力？山鬼呗。"

江烁倒吸一口凉气。

还真的，石蝗送到之后，是彭一养的。他之前还想着，亏得是交给彭一养的，不然想策划况祖的完美死遁真的挺难。

334

原来从"养石蝗"这么小的细节，也能推导出微妙的信息来。

神棍结结巴巴："那……那我，石蝗避开我……不是因为彭一养过它们？而是因为，彭一是山鬼？不对，因为那个'棋子'是山鬼？"

他舌头都有点捋不直了。

孟千姿说："古早时候的山鬼，能力肯定是比我们这种隔了千八百代的强。想开启天梯，他要么有金铃，要么得会血书人符。

"已知他没金铃，'启天梯'对应的符术现在是失传了，那个时候没有啊，他读取过那个'棋子'的认知，肯定知道符术，只需要体内流有山鬼的血就行。

"彭一是被抟土改造成那个'棋子'的样子的，不是简单的易容。他的改造，强大到后代传承的样貌都不是他原有的。"

江炼顺着她的话去想："也就是说，改造过的彭一，体内是有山鬼的血的？"

孟千姿点头："不一定很多，但一定得有。那个'棋子'是山鬼，彭一想扮他，那么山鬼该会做的事，他都得会做，没有山鬼血脉，什么动山兽、避山兽，他根本操作不了。

"而且我觉得，蚩尤方不会只凭一张脸认人，人有相似，也许只是碰巧长得一样呢？"

说到这儿，她看向神棍："但时隔这么多年，阎罗体内的那个人，一看到你，就笑得很诡异；三江源掳走你的螳螂人，压根儿没问过你是谁，抓了就走，这就说明，它们非常确定你就是它们知道的那个人。另外，它们并没有见过况美盈，却不杀她，也把她抓走，说明认出了她是况家人——是靠什么认人的？"

没错，抓况美盈，凭的绝对不是脸。

江炼心念微动："靠的是……血？"

那个时代，血好像某种特定的密码。况家以血开箱，水鬼讲究血脉纯净，盛家有融血之说，山鬼的术法，又必须流有山鬼血脉才能操作。

看来，彭一抟土改造时，确实融有那个"棋子"的血。不然，他没法施展山鬼的技能，人家让他养石蝗，他反被石蝗追咬，这不是等着暴露吗？

至此，彭一带着箱子进入天梯的推论，可以成立。接下来，就看能不能发现些实际的佐证了。

江炼试着去设想："彭一反正是无畏无惧了。他可以装癫发狂、制造混乱，拿走或者抢走箱子，乘人不备时，以假换真。他可以当着众人的面启天梯，然后抱着假箱子进去，没人会追的，只会眼睁睁看着——也许他这行为会让人费解，但至少不会有人怀疑他是什么黄帝方派来的奸细，因为他进了六合之外、莽莽大荒，跟这个世界再也没联系了，箱子进了入口，这个工程只会更安全。

"所以，彭一的这个计划是稳妥的，直到几十年前，他才暴露。"

孟千姿一怔："他暴露了？"

江炼笑道："他必然是暴露了。你忘啦，在湘西的时候，那些飞虫攒成的肉舌只攻击神棍；在凤凰眼，巨鳄还没看到神棍，隔着青铜盖就发狂了；阎罗体内的那个人，诡异地看着他笑；到了三江源，他又被螳螂人掳走。不是因为暴露，还能是什么？"

孟千姿好不容易聪明了一会儿，脑子又木了："怎么……暴露的？"

边上的神棍一声长叹："还不是因为那个唯一的意外，阎罗呗。"

本该从这个世界上消失的箱子，居然出现了，还被人带进了山肠。再蠢的人也会猜到，当年彭一的失常，其实是个精心的布局。

在三江源，那几个水鬼转化出的怪人，对其他人痛下杀手，却只带走神棍和况美盈，也许就是察觉了箱子里有东西，想尝试着再打开。

不过，知道了也晚了，这么久下来，当初的布局早已成型，想做些什么也是有心无力，只能等，等着第一批水鬼的到来、第一轮转化的成功。

第二天的行程很顺利，日暮时分，顺利到达之前的营地。不过今儿个天气好，没雾，想看到山蜃楼，应该是没指望了。

本来，江炼是希望孟千姿就待在营地的，但她说什么都不同意："营地到山肠口，大半天的路呢，你怎么不说让我待到西宁去？"

江炼心说：我倒是想让你待，你这不是来了吗？

最后商定的结果是，她可以在肠口外等，但不可以进。

不过，可不可行看她是否自觉了，毕竟留在外头的人，谁都制不住她。

一想到第二天就要焚箱，所有事，就此完结，孟千姿总有种不真实感。晚饭时，揪住神棍问个不停。

"当初洞神已经把消息传递回来了，它们会不会做什么防备啊？"

神棍说："会啊，从三江源开始，不就对我们围追堵截了吗？你算算，死了多少人了？什么雪野人、石蝗、冰'血管'……怎么你还觉得这防备不够血腥刺激？你还觉得它们对付我们时很克制、很隐忍？"

也是，孟千姿又生出奇想来："漂移地窟，会不会跑了？"

神棍想了想："应该还在，漂移地窟的漂移是有规律和轨迹的。一般在外漂流很久，休整也要很久——去年水鬼不是还在三江源进过地窟吗？前两天小炼炼失魂的事，足以证明漂移地窟回来了。这么一减，回来的时间不算长，基本可以确定还在。"

"那你们进去，就是先把山胆给拿出来，然后点燃凤凰翎，就这么烧？"

神棍推了推眼镜："应该是吧，彭一留下的讯息里，也没说要玩什么花样才能烧啊。"

孟千姿嘀咕："那也挺简单的啊，我去了也没什么吧。"

江炼皱眉："千姿……"

"我隔着一百米看可以吗？这种场面，八辈子也轮不上一回，我居然看不到？我也算是为龙骨焚箱出过不少力了，要么一百五十米？"

她眼睛亮晶晶的，一会儿看神棍，一会儿看江炼，眸里都是寻找同盟的热切情绪。

没人理她。

孟千姿长叹了一口气。

大场面，自己偏看不到，真是一生的遗憾啊。

荒郊野外的没消遣，大家一般都是饭后即洗漱，然后互扯些闲话，各自就寝。

江炼洗漱了回来，看到孟千姿一个人，坐在帐篷帘门处发呆。

他径直过去，在她面前蹲下："这表情，怎么有点愁苦呢，不像是要'全面解放'的样子啊？"

孟千姿"扑哧"笑了出来，身子往边上挪了挪，腾地方给他坐。

江炼坐下了，无意间往左看了看，心中一动，低低"咦"了一声。

孟千姿好奇："咦什么？"

江炼压低声音："有没有发现，那些山户，没人往这儿看，我坐下了之后，那些本来朝向这头的，都把脸转开去了。"

孟千姿不置可否："现在知道，劲松办事细致了吧。"

原来是孟劲松向下头交代过，真够细致的，都不只是细致了。

江炼朝不远处站着的孟劲松看了一眼。他正在抽烟，不知道从什么时候起，孟劲松整个人像他抽的烟一样沉默。

江炼收回目光，问孟千姿："刚在愁什么？"

一句话，又把孟千姿拉回到之前的惆怅中了。

"在想，事情结束了，那些冗长烦琐的丧礼仪式倒都还好办，可是，我怎么去跟宗杭讲这件事呢。"

她找到了水鬼这场灾祸的源头，却给不出解药，好比看大雨冲垮房屋，救不了任何一片瓦，只能看房子一座座倒下，等着雨过去，等着天晴，等着清理废墟。

江炼沉默了一下："开不了口是吗？"

孟千姿笑了笑："我从小就不喜欢给人带去坏消息，因为那样，不管你愿不愿意，你都会成为坏消息的一部分。哪怕很多年以后，他看见你，第一时间联想到的，还是你带给他的那个坏消息，以及与之相关的种种痛苦、崩溃还有绝望。"

江炼握住她的一只手，又把那手拉进怀里好好搁住："等事情完了，我跟你一起去跟他说。他是个明白人，什么都懂。说不定，不想让你难做，还会笑着安慰你说，自己没什么。"

孟千姿被他一番话说得眼圈儿都红了。

江炼说："其实，最有效的安慰，是没手的安慰断指的，全瘫的安慰没腿的，不用讲话，人往那儿一戳，效用就出来了。有的人，一辈子都遇不上真心的爱人，还有的人，遇到了却没机会相守，易飒还能陪宗杭五年……还是七年？把一天天'碾碎'了细细地过，得到的幸福，未必会比别人一辈子来得少。

"就譬如我，千姿，我和你在一起了，特别满足，哪怕只再给我一天，我也觉得幸福……"

这是什么扯犊子的惊天胡话？孟千姿气得一把把手抽了出来，接连"呸"了三声，唾沫星子都险些喷到了江炼的脸上："你胡说八道什么？！"

江炼辩解："我就是打个比方。"

"比方也不能！什么一天！事多得很呢，很多事！你等会儿！"

她腿不方便，转身趴下，上身探进帐篷里，在背包中一阵翻找。

然后翻了笔和记事本出来。

山鬼，沿袭的传统比普通人多，几个年岁大点的姑婆，就更有些近乎执念的老讲究。

大娘娘教她："姿宝儿啊，出门在外呢，乘船走马三分命。想平平安安的，得多揣点家里头的'惦记'。惦记你的人和物多了，老天也知道，会保你平安回来的。"

比如，离开时，别把家里搞得齐齐整整的，可以把盘盖儿挪开，于是它记挂着你回去给它盖盖儿；可以把衣服胡乱往沙发上扔两件，于是衣服盼你回来收它，沙发巴望你回来理它。

出门时，留点未尽之事，你挂着它，它惦着你，念着惦着，也就如愿回归了。

她把笔记本和笔都扔给江炼："一天，我们要做的事一天做得完吗？你开始写，从'一'开始编号，想想我们还得做多少事啊。"

江烁乖乖握着笔杆，脑子里闪现出的第一个画面，是在湘西悬胆峰林里，那只小白猴。

"咱们得回湘西，看看那只小白猴？还得给它起个名字，叫起来好听。"

孟千姿努了努嘴，示意了一下纸面："那写啊。"

江烁动笔开写，又提出建议："鹊桥已经随我姓了，要么它就随你吧。一只猴，还那么臭美做面膜，不如叫'孟小美'。"

不过，提到鹊桥，第二件事也来了："我得帮鹊桥找个高富帅。到时候拍张结婚照，寄给曹解放，气死它。昨日的'桥'你爱答不理，来日的'桥'你高攀不起。"

孟千姿哭笑不得。

行，怎么着都行。

第三条。

江烁落笔又顿，转头看孟千姿："千姿，跟我回趟家，看看我长大的地方。"

"况同胜那儿？"

江烁点头："给你看我写的作业，一个人玩时雕的木刻，还有风筝。你知道吗，最小的风筝叫'掌中星'，可以窝在人的手心里。我放得特别好。我一直想着，追女朋友的时候，给她放个夜光的'掌中星'。这样，天上没星，也能为她升起一颗，然后再慢慢给她摘下来，这是我的绝招。你说，这么浪漫，什么样的姑娘追不着啊。"

说完了又叹气："可惜了，这么多年，都没挑中，白练了那么久的放飞技艺，我家'掌中星'都落好厚一层灰了。"

孟千姿笑得受不住，身子倚挂在江烁一边胳膊上："行，太婆的葬礼之后，就回你家，给我放风筝，再写，怎么着也得凑足一百个。"

写到夜深人静，写到人都倦了，也才写到六十九个，因为写每一个都要掰扯，都要发表意见，都要笑。

没写满，留着以后慢慢写吧，多的是时间。孟千姿把写满字的那张折好，塞进江烁的贴身内袋：他比较需要这个，他时刻需要知道自己还有很多事没做，谁让他不知天高地厚，说出"一天"那种丧气话来？

江烁看着孟千姿躺进睡袋，帮她把充气枕垫正，这才准备起身开帘门出去。

孟千姿说："你不亲亲我吗？"

对，这么重要的事，他居然给忘了。江烁笑着俯身，孟千姿伸出胳膊，环住他的脖颈，"哧哧"笑着，笑着笑着，笑声便没了。

换作了无声的缠绵情意。

也不知过了多久，江炼起身时，觉得腰上微微一沉，是她拿手摁住了。

江炼笑着凑向她耳边，温热气息直往她耳郭里探扰，痒得她直躲："千姿，你再这样，我可不走了啊，我拼着老脸不要了，也不怕这帐篷隔音不好。"

孟千姿一直笑，眼睛水亮，那亮上染眉梢，往下，便停在红润的唇上。

她说："你们明天要办事，你早点休息吧。"

她坐起来，看江炼出去，在外头帮她拉上拉链。那两片门布，一路上合，就快合到江炼的脸。

孟千姿忽然叫他："江炼？"

江炼手上顿住，只从门布未合拢的那一小块里看她，一如她刚追上他们时，也从那一小块方寸里看江炼。

孟千姿说："你要记得，你还有那么多要跟我做的事儿，箱子焚完了，赶紧来找我。"

江炼笑了，任何时候，他都有一双温柔带笑的眼睛。

他说："当然找你，我不找你，我找谁啊。"

说完就走了，也忘了帮她拉合门帘。

孟千姿坐起身子，准备自己去拉，才刚凑到近前，江炼的眼睛，又冒出来了。

他说："那时候，我妈妈让我拼命跑，一刻都不要回头。还说，我总有一天，会遇到值得的人，过上最好的生活的。

"千姿，那个时候，我要是知道，前头会遇到你，我会跑得快点的。那样，我们认识的时间，就会比现在更久了。"

他拉合门帘。

孟千姿坐在帐篷里，只是笑。

外头静极了，山风也温柔。隔着帐篷，她视线穿透不出去的地方，沉默蠢立着明日要去的山头。

她也不知道为什么，后来笑着笑着，居然哭了。

【33】

第二天，仍然是个难得的好天气。

一干人早饭后拔营，几头牦牛也同行。不过，除了孟千姿因为腿伤还没痊愈、全程乘坐，其他人都没那么热衷骑牛——在牛背上晃悠，实在谈不上舒服。

所以，大部分人都是乘一段，再走一段，调剂着来。

江炼步行的时候，大多走在孟千姿身边，陪她说话。有几次，略一分心、步子一慢，也会落到后头去。

某次，无意间抬头，发现跟在自己身后的，是孟劲松。

江炼放慢步子等他上来，孟劲松也看到他了，下意识想回避——但前后就这么寥寥几个人，也不好装作没发现，只得礼貌地朝他笑了笑。

两人很套路又不失客气地寒暄了两句，关于天气、装备、牦牛的负重以及西宁那头正在筹备着的段太婆的葬礼。

末了，实在没可聊的了，江炼才生硬转入正题："待会儿，可不可以麻烦你一件事？"

孟劲松有点意外："你说。"

江炼看向不远处骑乘的孟千姿："这一趟，我们跟千姿说好了。进洞之后，她只走到第一扇门那儿。再往后，她就不下了，只我和神棍下。"

最初的设想里，孟千姿是连肠口都不该进的。

早起再合计时，才发觉有个大问题。

下到那个石台，有个必经的程序，叫"山鬼叩门"。

江炼和神棍之前到达石台，是误入冰"血管"滑下去的，后来又由江鹊桥引路，牵绳攀爬、借冰尸而上，完全略过了这道程序，所以对"山鬼叩门"没什么特别印象，只知道要下去很深，于是想当然地觉得，只要绳子带得够长，缒绳下去，也是可行的。

但孟千姿想到了一件事：山腹内有石虫子到处游走，没错，它确实不攻击神棍，但是，你们谁也不会沿路布置"避山兽"，缒绳下去之后，万一它在上头把绳子咬断呢？

这下棘手了，冰"血管"不能再考虑，里头如蛛网乱布，再滑一次，不可能是之前的路径。更何况，再多借他们几个胆子，也不敢再滑了。

所以思来想去，不管是选择放绳还是下九阶，都离不了孟千姿。神棍体内，可能是有那么丁点儿山鬼血脉，但你让他现学，继而操作这么高深的符术，有点难。

所以，还是给孟千姿放了行，她可以进入山肠，帮忙"山鬼叩门"，但她身上另牵系绳。这样，那道绳桥急坠之后，她可以挂吊在山壁上，进而退入山肠，神棍这头结束之后，从下头往上打信号弹——一般信号弹的发射高度在两三百米左右，山鬼用的信号枪要更牛些，而且亮度更大，上头应该可以看得到。

届时，她就可以安排缒绳而下了，或者，等到绳梯复位，她再带人下九阶也行。那时候，凤凰翎、龙骨早已焚尽，天梯也关了，再登石台，应该不会有风险——大家会合之后，再一起从"门左寻手"的那条密道出去。

整个步骤，孟劲松也有耳闻，他点了点头："我知道我们会和千姿一起待在山肠里，等你们的通知。有什么问题吗？"

江炼斟酌着话该怎么讲，想来想去，还是从那个螳螂人切入比较方便："你还记得，三江源事件的那份调查资料，那个螳螂人写过一句诅咒千姿的话吗？"

孟劲松点头，当然记得，那份调查资料他也看过。

"天梯就在我和神棍要去的石台那儿。现在有一些迹象，让我们觉得螳螂人的话空穴来风，所以要求千姿尽量远离那一处，直到我和神棍确认没问题。"

孟劲松懂了："你是怕她会忍不住下去，想让我适时阻止？"

是这意思。

孟劲松沉吟了一下："这要视实际情况而定，千姿知道事关性命，应该不会乱来。但如果你和神棍在下头有生命危险，我想拦估计也拦不住她。"

江炼心头泛起一种异样的感觉。

就是焚个箱子，应该……不会有什么危险吧。

到达肠口时，已经是日暮时分。

肠口处有大小石块堆叠。这是山鬼上次离开时，为防人畜误入给堵上的，孟劲松安排几个山户将石块移开，一行人打着手电、射灯，鱼贯而入。

肠道内黑漆漆的，但因为是第二次入山肠，大家的心情倒都没那么紧张。有两个山户还小声打趣那个帮忙拎箱的，说他身周笼着七彩晕光，跟身背彩虹似的。

往深处走了有两百米左右，路断了。再进一步就是悬崖和空旷的黑暗。几道雪亮的手电光柱齐齐射向前方略低处，那儿，就是倪秋惠形容过的山的内核，由九道山肠盘陀扭结而成，阴森、扭曲、巨大。

神棍深吸了一口气，示意那个拎箱的山户把包放下。

取出箱子之后，他双手捧端，又上前一步，站到了断口边沿。

孟千姿看神棍站得颤巍巍，气都有点喘不上来了。正想吩咐人从旁抓住神棍衣角以防他掉下去，忽然听到山核深处传来沉闷的声响，如雷鸣石滚。

再然后，山核开始慢慢蠕动，能看到一根根山肠，像有生命的软体般慢慢探头、抽展、扭曲，有那么一瞬间，孟千姿甚至觉得，这不是什么山肠，就是巨兽，石质的巨兽。

没人出声，这么多人，喘息声似乎都同时屏住了，看那条条山肠四下延伸，去对接断口。

有人从旁握住她的手,孟千姿笑了,她不用转头看也知道是江炼。他的手干燥,也温暖,因着受过伤的关系,掌面有些粗糙,但她喜欢拿自己滑腻的掌背去蹭他掌心。

江炼轻声说了句:"这么大场面,也是八辈子都见不上一回,人得知足常乐,别得陇望蜀。"

又瞎敲打她,孟千姿没好气,想抽手出来,江炼手上一紧,她抽了几次,都没抽出,于是由得他握着了。

山肠接起之后,一干人重又前行。

这路跟之前进来时又不一样了,好在距离能"门内见门"的晨昏相割时还早,多的是时间摸绕找寻,孟千姿还不止一次看到了感光岩笔的留言,有孟劲松留下的记号,也有史小海的笨拙简笔画。

兜兜绕绕,约莫是在夜半时分,终于找到了段太婆刻过字的第一道门。

这个时候,体力恢复最重要。除留人值守,其他人一律休息,等待天亮。

山肠内其实没时间可看,但孟千姿总像能听到分秒"嘀嗒"的流逝声。突然间,她就有很多话要跟江炼交代,哪怕是曾经交代过的。

她偎依在江炼身边,喁喁私语。

"要小心一点啊,我总觉得水精里的那些'它们',不会这么坐以待毙的。"

江炼笑着安慰她:"咱们不是讨论过吗,它们估计也没什么招了。"

"那不一样,"孟千姿忧心忡忡,"上次,咱们确实进来了,但咱们没放山胆,所谓'图穷匕首见',上次没图穷啊,它们也犯不着跟你拼命。这次,是见真章儿了。"

江炼"嗯"了一声,向她保证:"我会小心,特别小心。"

这保证没用,她之前也没发现,自己居然有那么多担心。

"都说按照比率,水鬼被转化成的怪物,有五六个,到底是五个还是六个呢?我们对付了五个,万一有第六个呢?

"你如果感觉不对,一定要相信感觉。理智是用来做事的,感觉是拿来救命的。尤其是在危险的地方,一定要相信感觉。做不成就算了,该撤就撤。留得青山在,不怕没柴烧……"

江炼笑着看她:"千姿,你将来老了,一定是个很唠叨的小老太太,儿子孙子都被你烦得堵耳朵,只有你老伴儿喜欢听你说话。"

居然还撑她,孟千姿没好气,想回撑、想瞪眼、想凶他,但最后,只是低头窝进他怀里,拿手紧揪住江炼的衣角,好像揪住那一小片布,就能把这人紧紧攥在掌心一样。

她就揪着那衣角，睡着了。

做了个梦，但梦里什么都没有，一片空茫，像大风刮尽，留千万里荒芜，只能拿脚去走、去丈量，一走就是一世，一丈量就是一生。

再后来，她就被惊醒了。醒时，听到不止一个声音在嚷嚷："门，那个门，出来了。"

门出来了，该做事了。

孟千姿赶紧站起身。

她看到，神棍刚往腰上绑挂好喷火器，又去背那个装箱的背包。背包被箱子撑出了四角，不像包了，更像箱子的软壳。

孟千姿忽然想起了什么："神棍，你最初看到箱子，说觉得压抑、喘不过气来，太沉重了，就是因为预感到它会让你烂了肚腹吗？"

神棍没反应过来："什么？"

孟千姿没再重复发问，她已经转过身，帮江炼锁缚装备了。

神棍怔了好一会儿。

是啊，最初靠近箱子时，感觉那么不舒服，甚至要远远挪开了坐，是因为这个吗？

好像是，但又好像不是。真的亲眼看到肚腹开始腐烂时，他的心情还挺平静，只慌乱了一下，既不沉重，也不压抑。

说不清楚，有点怪怪的。

一切都如计划的那样，江炼和神棍顺利下了九阶。

顺利归顺利，罪可一点也没少受。江炼滚下绳桥，滚落石台上。眼前发虚，脑子发涨。蚩尤方的人大概很喜欢坐跳楼机？从山肠到石台，就不能修个楼梯？

耳畔传来神棍哼哼唧唧的声音。江炼睁开眼，在一片浓重的重影和模糊中扫视石台上的一切：没变，还是那样——被削凿得近乎破败的冰龙，团成一堆的青铜锁链，还有散落一地的龙骨。

据说，龙性极傲，绝不暴尸荒野。龙骨摊放于地，只一炷香的工夫，遇石没于石，遇土没于土。

幸亏这儿不是荒野，这是山体中央、昆仑腹心，上有顶盖，下有承台，说是建造良好的龙冢也不为过了。

江炼歇过了气，这才撑地坐起，将散落的龙骨拢到一起，边上的神棍也坐起身，先取出箱子，又拆开包裹凤凰翎的气泡膜。凤凰翎不愧是神鸟之羽，原先是被压覆着的，一经拆开，片片翎毛悬浮于半空，很快达成动态的平衡，悠悠流转，环光之外，带着淡金色晕环。

他最后拿出来的，是山胆。

江炼还以为山胆一出，水精即告消亡，如在湘西对付洞神那样有大动静。转念一想，那次大动静是因为有白水潇。如果只是洞神，山胆制水精的过程，应该是……转瞬即逝，无声无息的？

他忍不住问了句："就这样……就行了？"

神棍奇道："小炼炼，你是不是傻？这儿离着漂移地窟还远呢——上次洞神感应到山胆，也是因为山胆靠近了。就跟枪似的，得在射程内开枪才行啊。"

怎么靠近啊？江炼往石台上的那个洞口处看了看："拿绳子绑了送下去，还是扔下去？"

神棍摇头："都不是。"

他走到洞口边沿，蹲下身子，托住山胆的那只手慢慢翻下。

江炼想说：这不就是扔下去吗……

话未出口，就知道不是了。那山胆似有黏性，牢牢黏附于神棍掌心，但胆身之上，渐渐有一滴液体往下悬垂，悬线呈温润莹白，不断往下延伸，只那一根，但不绝如缕，似针下探，直直往那无尽深处而去。

渐渐地，神棍掌心处的山胆就小了。

江炼看得一颗心猛跳，一会儿去看那根下垂的、目光再也追随不到的山胆线，一会儿又去看神棍倒覆的掌心，掂量着那山胆还剩多少……

也不知过了多久，又一次探头下看时，忽然觉得，如同有看不见的波荡过，大脑如被冲撞，蓦地一突，紧接着，下方深处，有幽幽莹亮，正以极快的速度往上升起。

那是什么东西？山胆吗？被反弹回来了？

也不像，江炼好生纳闷。凝神去看，那幽光越来越近，他心头的不祥之感也越来越强烈。

下一刻，幽光已映进他眸里，江炼脑子里"轰"地一响，一把推开神棍，吼了句："息壤！"

神棍跌坐在地，急抬眼时，只看到一道莹亮似柱，瞬间穿过那洞口，如生长不绝的树，速度奇快，直直向着上方去了。

江炼口唇发干，说话时，声音都不像自己的了。

他问神棍："它怎么……还往上头去？"

孟千姿叩门之后，送走了江炼和神棍，就被孟劲松和一干山户拿预先设好的系绳给牵了回来，回到那扇门外。

她和孟劲松他们便待在山肠里等，聊天，检查装备，偶尔也起身走动，有两个山户无聊，在边上画格子，拿石子当棋，就地展开了"杀伐"。

孟千姿没心思去看棋，和孟劲松聊天也有点心不在焉。她在心里头念数计时，数过头了，又从零开始。

就在这个时候，有个靠近门边的山户忽然"咦"了一声，拿手指向下方："那里有亮，又不像信号弹，那是什么？"

有亮，又不是信号弹，难道是……出状况了？

孟千姿赶紧起身，连手杖都不拄了，步态略显滑稽地冲到了门侧。

是有光，隐现的幽光，自下而上，来势极快。初时只是一根，近前时，蓦地裂分开来，也不知裂了八道还是九道，如妖藤鬼索，似长爪缠丝，其中一根的端头就正向着这扇门内。

孟千姿听到了自己的声音。感谢姑婆的教诲和特训，这种时候，她的声音都还是平静的。

她说："拿喷火器，是息壤上来了。"

【34】

眼见那根息壤长索就要窜入门内，孟劲松提起喷火器，用力揿喷——水鬼的经验还是有用的，息壤的确怕火，火未至，它已瞬间转向，缩了回去。

这门洞不大，基本上可以做到一夫当关，一两个人就能守住，孟千姿急凑上去看，那一根是没再来了，但其他那些，还在窜向各个方向，手电的打光不够远，看不到它们那么拼命疯长，究竟是为了窜向哪儿。

孟千姿心跳如鼓，也不知道江炼和神棍他们怎么样了，但这种时候，再担心也没用，鞭长莫及，只能各守各的地头，她马上吩咐剩下的人："分两个人，把后头也守住，一有不对，马上……"

话还没说完，身子突然猛晃了一下，脑袋差点儿撞上对面的山壁。

孟千姿的第一反应，就是抬手抵住山石、稳住身子，而几乎是同一时间，她发现，不止她一个人晃，所有人，都不同程度地打了个趔趄。

一股寒气袭上心头，难道是山肠又要动了？

孟劲松也想到了，急喝了声："快，结绳子。"

346

这趟来的人，上一趟逃出山肠时都当过"蜈蚣人"，经历过崖上崖下拔河的凶险，做这事已经驾轻就熟了。一根长绳很快被递出，一个人在身上缚结完毕，立马转递给下一个。正结得紧张，上方不远处，传来让人心生不祥的石块折裂声。

什么情况？周围立马静了下来，只有斜打的光一道一道，或照着山壁，或笼着一张煞白的、惊惧不定的脸。

孟千姿注意到，他们所在的这条通道，好像有些倾斜。

崩裂的断折声更大了，门外的虚空中，"簌簌"落下纷扬的浮尘。

孟千姿一下子反应过来。

掰折山肠！这息壤疯长而上，如触手般探入不同的肠道，是要……掰折山肠！

不知道江炼和神棍在下头做了什么，"它们"已经狗急跳墙了：山肠中空，又盘陀铰接在一起，息壤探入肠道，只要用力攀住山肠的"通肠"处往下拽拉，山肠很可能就会段段砸落。

这是宁可同归于尽了：你要我死，我也不让你活，或者，我死之前，能先把你给弄死，我也就不用死了。

所以，他们能一夫当关，拿喷火器驱赶息壤也没用，山肠的工程是个整体，别处的部分抽离，可能会产生连带效应，使得他们这一处也往下砸落，而且根本不知道该往哪儿躲——任何一部分，都有塌垮的可能。

又是一声断折声响，一干人身处的肠道陡然一倾，孟千姿脑子一空，自觉这下子是坠落无疑了，哪知像是在和她开玩笑，绝望的惊叫声里，那山肠倾斜了约莫三十度，又颤巍巍顿住了。

能不能真正"顿住"，全看接下来的运气，孟千姿舔了舔发干的嘴唇："快，找找有没有凸出的山石或者可以插刀借力的山缝，用尽各种办法，一定要把我们跟这肠道'粘'在一起！"

这样，或许还能有那么丁点儿……活命的希望。

同一时间，江炼这头，也是险象环生。

那息壤的柱身并不是仅仅往上去的。很快，柱身上就裂分出了几道尖索，半空中似妖魔狂舞，作势就要往两人的方向穿刺。

好在江炼早拆了腰间喷火器的锁扣，喷头上仰，大团的灼焰立时喷涌出去，那几道尖索避得也快，高高舞于半空，尖头如蛇头，呈攻击状下探，看来，是要伺机再动。

江炼心中暗暗叫苦，这趟下来，他们背了不少物件，即便知道喷火器重要，也只能一人配一个，多了也背不动——眼下虽然还能暂时抵御息壤，但息壤能无限生长，两人身上共计两筒喷火器，却是几次之后就要告罄的，到那个时候……

还有，息壤为什么直往上去了？千姿怎么样了，也遭遇息壤的攻击了吗？

正想着，尖索的第二轮攻击又到了，江炼头皮发麻，一咬牙，正面迎上，摁住扳手不放，向着柱身的方向直喷而去。

他得把这玩意儿喷断、喷绝了，也许上头的息壤断了根，就没法再抽长了。

神棍也爬了起来，手心黏附的山胆只有原先的一半大了，垂线还没断，不过疯长的息壤已经差不多快把那个洞给堵死了。

他操起喷火器，但没扳扣，江炼现在的攻势足够把息壤压住，他没必要也加喷一道浪费油料。

一筒油料很快耗尽，江炼喘着粗气，看向那一处。

那几根狰狞的尖索已经不见了，柱身也直接被烧断，断口处一片焦黑。

这样就……可以了吗，还是说待会儿又会卷土再来？

江炼一口气还没松下，焦黑处蠕蠕而动，更新的、泛着幽亮的沙粒已经如新芽破土般拱开焦层，迅速长了上来。

他暗骂了一句脏话，又去提喷火器，这才想起自己的已经耗光了，只这略一停顿，十数根尖索重又裂分出来。

神棍赶紧凑上来帮忙，不过他不是临阵对敌的材料，手脚也不利索，一喷之下，焰头出是出来了，但准头差得太多。

江炼心急，劈手从他手里夺过喷火器，对空划过一道半弧，烈焰就如扇面般扬开来。

神棍生怕油料不足，叫了句："你省着点用。"

江炼已经急得满头包了，能省的话，谁不想省着点用！

油料筒明显轻了，那些尖索却每每被逼退后仍能卷土再来。江炼左支右绌，也不知是热的还是急的，额上沁满汗珠。

某一个瞬间，他突然看到，那些尖索在避开火焰时，似乎也同时……避开了凤凰翎。

他脑子里如同过电，瞬间闪过一个念头。

——息壤怕火，凤凰是火性神鸟，凤凰翎是可以烧着的。

普通的火灭不了息壤，但如果是凤凰翎燃起的火呢？

又有尖索袭到近前，江炼急揪出火焰去挡，然后转头朝神棍大吼："快，我掩护你，点火烧凤凰翎！"

348

神棍没能想明白他是什么意思，不过，字面意思是领会了，他跌撞着急走了两步，从包里翻出高原打火机，"啪嗒"摁着去点。

这一头，江炼已经快抵挡不住了，油料只剩了点底，出的火焰油气不足，越来越弱，看着让人心焦，他又急又躁，正想喝问神棍好了没有，身后传来神棍号丧似的声音："我点不着啊！"

能指望你干什么？这点事都做不好，不就是点个火吗？

眼见尖索又至，江炼急中生智，一把将空了的喷火器掷向尖索，然后转身向着神棍疾奔，近前时长臂一捞，攥了打火机在手，顺势揿出火苗，同时身子一矮，从悬浮着的那圈凤凰翎下冲了过去。

他自己没能看到，这一下其实极凶险：打火机的焰头一起，就如同被吸附般笼上了凤凰翎。同一时间，有两根尖索已经挨到了他的脑后，而他，正矮身避往凤凰翎下方。

但凡有一处迟了那么一两秒，必然血溅当场，结果大不相同。

再说那两根尖索，本待直戳入江炼后脑的，哪知他身子矮下，露出的居然是凤凰翎焰，它们再想退避，已收势不及，直直戳进了翎焰之中。

只这一瞬间，形势陡转，江炼看到，后续的息壤，不管往上去的，还是从下头来的，全像是无法挣脱般，源源不断被吸了过来，而且说来也怪，进焰即逝，仿佛那点焰头能吞万顷沙壤。

看来，这一步棋，是走对了。

江炼看那息壤随来随灭，长舒一口气，这才想起去骂神棍："差点儿就被你害死了，你点个火，能不能利落点？"

神棍心头一片乱，下意识辩解："不是，小炼炼，刚才我真点不着。"

江炼没好气："赖打火机吗？山鬼配的都是高原专用打火机，装备我们都试过，不会出低级失误。你要说点不着，千姿也点过凤凰翎，我也点了，就你点不着？"

神棍真不知该怎么说，不是装备的问题，当时，打火机他是揿着了，但是，凤凰翎死活不着，任那焰头怎么烧，就是不燃，但是，江炼一过来，只把火头往上一凑，凤凰翎就被笼上焰了。

为什么？为什么自己点不着？为什么江炼能点着？

江炼看出神棍的表情有些不对了，心头也觉出点异样来，问他："怎么了，你……"

话还没说完，就听一声迸裂声响，江炼只觉面上迅速掠过锋利的一线寒，下一秒才反应过来，是那条冰龙雕塑被高空坠落的石块砸了个塌碎，刚脸上掠过去的，应该是飞溅的冰碴儿碎片。

349

他伸手摸了摸，脸上出血了。

江炼抬头去看，什么意思，上头在往下掉东西吗？

按说，山肠吞音，大多数声音都是听不到的，不过，这儿已经不是山肠的范围，而且从那上头传下来的声音太大了，"轰隆轰隆"，如同滚雷，连四壁都起了震颤。

不会是山崩了吧？

又有细小的石块"簌簌"落下了，再小的石块，高处落下都能要人命，江炼赶紧拢起地上的龙骨，拽拉着神棍紧贴到山壁根处。

息壤还在源源不断地涌入凤凰翎焰。

神棍手心的山胆越来越小，那条细而莹白的山胆线，穿过石台，被拖入那个洞中，坠向茫茫但可知的深处。

神棍没再看山胆，他脑子还盘桓着那个问题：为什么江炼能点着？为什么自己点不着？

他觉得自己就差那么一点儿，只差那么一点儿，就快想到原因了。

江炼则将狼眼手电调至最高亮度，向着高处不断探照。

照着照着，他的面色就变了。眸里映出巨大的、正蹭着山壁往下塌落的山肠。

他的脑海里掠过两个字。

——完了。

息壤忽然全部回收的时候，孟千姿还以为危机过去了。

但是没有，之前息壤的那一番攀抓狠拽，已经摧垮了部分山肠，平衡没能被守住，即便息壤已经消失了，那断裂的声响还是不时传出。

偶尔在上，偶尔在下，有时很闷很远，有时又似乎近在肘侧，总之是，每一下，都叫人毛骨悚然。

后来，有短暂的寂静，大家还当是终于过了这一劫，没想到，这寂静只是崩塌前奏。

天翻地覆，只须臾之间，大崩塌开始了，如一锅乱粥，似下铲胡搅。孟千姿看不到外头的形势，她只隐约知道，有不止一根山肠，往下断裂砸落。

这些，如果一股脑儿砸下去，下头不管是什么，都叫它压成齑粉、肉泥。

好在，幸运的是，也正是因为数根齐下，每一根都巨大且扭曲，挤簇之下，居然有不少根两头被山壁卡架住，于中途跌停。

不幸的是，有那么两三根，还是跌坠下去，孟千姿所在的这根，就是其中之一。

尽管已经事先做了准备，一行人或拿绳绑，或拿刀插，都尽量牢地把自己贴缚在了山壁上，但剧烈的震荡下，还是有两三个山户被甩脱了手，即便腰间有缚绳和他人相连，仍然免不了在肠道内上磕下撞。

不过，还是残存了那么点运气，这深洞的洞壁非常粗糙且凹凸不平，这根山肠的长度又比深洞的直径要长，竖向直坠了一段之后，就转为断断续续的横卡，如一根跌落的钢管，不断跌坠、滑坠，但又不断被凸出的山石托住，落得时断时续。

孟千姿死死抓住肠壁的一块凸起，整个人被颠扑冲撞得差点儿吐出来，掌心都磨破了，正盼着能运气好点，山肠会被一块较大的山壁凸起给卡停，可一个巨大的冲撞过来，手上没把住，整个人直直朝山肠的出口处飞了出去。

不止她一个人，这一次，几乎所有人都没把住。一时间，惊叫声四起，刀尖和山壁的用力摩擦声不绝于耳。

众人齐心，堪堪于滑进出口前停住了，有两个人撞得不轻，满头满脸的血，孟千姿腿伤处又被撞到，痛得要命，但还是先探头出去看。

说来也巧，她探头出去时，下头也恰好有手电光打了上来，只不过没打着她而已，孟千姿一见手电光晃动，心头一突，不及细想，脱口叫了声："江炼？"

打手电的正是江炼。

听到孟千姿的声音，他大喜之下，又是好一阵头皮发麻，手电光急换快转，终于锁定了她的位置。

孟千姿这才看清楚下头的形势。

江炼所在的石台，已经有一半被撞没了，有一根山肠正撞在石台上，直接把那一处撞塌，但同时也因着这巨大的阻力，卡停了。

而她所在的这根山肠后到，正好被那一根阻住，刚刚那一记大的撞击，就是来源于此。

撞击之后，下头的那根没倒，这一根自然也就搭靠着悬住了——像高楼的坍塌，因为梁柱太多，左支右架，反在石台上方架出了个覆顶，使得石台不至于全毁。

顺着这搭靠的构架，她可以下到那个石台。

江炼也看出来，孟千姿和这个石台之间已经有了通路，急忙提醒她："千姿，你不要下来，离这儿远点。"

孟千姿应了一声，这才看到江炼身侧悬浮着的凤凰翎焰。这时候，息壤差不多都燃尽了，无料可烧，焰头渐小，孟千姿不知道前因后果，只当是焚箱开始了："你们……已经在烧了吗？"

一句话提醒了江炼。

他回头去看，息壤确实烧光了，但还剩下一团巴掌大、不断腾跃扰动着的奇怪沙壤，渐渐从半空沉下，神棍反应过来："这应该是息壤内核，由一生多，所有息壤，都是从它生出来的。"

这个，得入了箱子才能烧得掉，神棍赶紧开箱，箱口正对着息壤内核下沉的方向，待到它入箱之后，又急急盖住，像是生怕它跑了。

好了，息壤也入箱了，接下来就只剩……

神棍低头看掌心。

没有山胆了，只有一根莹白线头，还执拗地挂在那儿。

这是山胆放尽了，下头，也应该开始了吧？

神棍喉头发干，大气也不敢喘，只死死盯着掌心还黏附着的那一点。

说不清过了多久，那线颤颤一动。

倒流开始了，放出的山胆又要回来了。

他喉结滚了滚，喃喃了句："这是，结束了吗？"

不需要回答了。

有巨大的震荡波从下方轰然而上，其实说"巨大""震荡""轰然"，都只是人的感觉，现实中，连风都没起、地上落着的沙粒都没滚动一下。

可是感觉不同，颅脑一阵一阵凉意，又涨又痛，仿佛有风穿脑。

很快，神棍眼前出现无数幻象。

——他看到上古战场，两军对阵，无数山兽过路。

——看到湘西悬胆峰林，巨大的天坑口，数不清的藤蔓如有生命般，顺着牵拉开的长绳不断生长。

——看到广西的镇龙山，有人立于崖口，抛撒龙骨灰烬，风起龙从、洋洋洒洒，灰烬居然乘风而行，在半空中显出龙形，身周云卷云舒，蔚为壮观。

神棍一下子明白过来：水精被制，神魂失所，无数的精神体一起释放，使得附近人的意识也受到冲击和扰动，他现在看到的，就是"它们"曾经经历和看到过的。

这波扰动极强，连在石台上方十多米高处的一干人等，都感受到了。

孟千姿也看到了无数怪异场景，如循环切换的胶片：巨鳄吞食了水精，沉入地下洞穴的湖水之中；无关紧要的工匠被斩首，头颅骨碌碌滚落地上；神棍抱着箱子……

不对，那不是神棍，那是彭一。

他全身都在流血，这是血书人符典型的十二刀。他抱着箱子，但拖着的衣角盖住了箱子的绝大部分。

孟千姿看到了他的手势，这是金铃九用失传的一招儿。

352

启天梯。

神棍猛晃了晃脑袋。

掌心处，山胆已经回来了。不只山胆，白色的胆身上，陷着漆黑莹亮的一块东西，被牢牢裹缠，动弹不得。

这应该就是水精，据水鬼说，漂移地窟里有个水精形成的漏斗池，量大得足以将丁盘岭溺毙其中——但箱子也就这么大，怎么可能装得下那么多水精呢？

看来，同样是息壤的力量，使得水精由一生多，不过没关系，这水精核也被制住了，实实在在的"制"，山胆制水精，原来是这么个"钳制"法。

神棍的喉咙里逸出激动到有些颤抖的声音："齐了！可以烧了！"

为免夜长梦多，他迅速开箱，将山胆、水精一并关入，又拢齐龙骨，将箱子置于龙骨堆上，这才伸手抓了一根凤凰翎，也忘了自己前次的失败，用力去撳打火机。

可能是太激动了，上一次，至少让他撳出了火苗，这一次，手有点抖，连撳了两次，火苗都没冒起来。

边上的江炼嫌弃他："你到底还能不能行了？"

说着，一把攥过打火机，只轻轻一撳，火苗就蹿上了翎身。

那根凤凰翎几乎是瞬间就点燃了龙骨，而那些悬浮于半空的翎毛似有灵性，纷纷沉坠而下，如绚烂尾羽投入焰中，流光摇转，煞是好看。

江炼朝神棍笑了笑，年轻的脸上满是戏谑似的神色："手得稳住，你是没吃饱饭吗？"

那种异样的不祥之感又来了。

神棍半张着嘴，看龙骨焚箱，看江炼的笑，看江炼身后的山壁上渐渐出现入口。那个入口，像竖向的细长眼眸，张开，又张开，看不清里头是什么，漆黑一片，一片漆黑。

神棍的脑子里，忽然冒出两句话来。

——凤凰右眼里，会飞出活的凤凰。

——凤凰浴火，龙骨焚箱。

当初，凤凰眼里，并没有凤凰飞出来，但是，江炼和孟千姿两个人，都是身上披覆了凤凰翎出水的——设想得大胆一点，如果凤凰翎主动选中和贴附的，都是"凤凰"呢。

藏匿凤凰翎的那个水下洞穴，是被定水困堵住的。宗杭说，活人别贸然进定水困。进去了，多半被困死在里头，除非是有大力拽拉。

孟千姿是被大力拉进去的,这大力来自凤凰翎,凤凰翎被禁锢在那儿,渴望有人带它出去——飞出活的凤凰。

后来,江炼也被拉了进去,是因为那时孟千姿失血过多,快不行了,凤凰翎需要寻找新的人选。

再回想一下,他所知道的,天梯的打开,每次都带走了人,不管是生入还是死进。

彭一,很可能是生入天梯。

段小姐,死在了天梯附近。

自己初见那口箱子的时候,为什么会感觉沉重、压抑,透不过气来?

彭一的口讯,也许就是隐瞒了这个:天梯开启,会伴随牺牲。

自己点不着凤凰翎,不是因为手不稳,而是因为凤凰翎不是他带出来的,他不是凤凰翎选中的"凤凰"。

凤凰浴火,以"祭凤翎,焚龙骨"的方式开启天梯,需要"凤凰"献祭。

神棍猛然抬头,大吼:"小炼炼,你快跑!"

啊?

这突如其来的一嗓子,彻底把江炼给吼蒙了,但他没再细问,神棍那死一般的面色足以说明一切。

江炼僵了两秒,突然就生出了一种时间所剩无几的紧迫,想也不想,拔腿就跑。

他三步并作两步蹿上山肠,直奔孟千姿。

孟千姿一直在往下探看,冷不丁听到神棍让江炼"快跑",也是一头雾水,但不知道为什么,看到江炼疯跑,她蓦地也手脚发冷,下意识就想探身出去。

腰间骤然一紧,她几乎忘了,身上还有缚绳。

她伸手去解缚绳,但手指抖得太厉害,只能抽刀断绳,江炼还在往上蹿爬,龙骨焚尽,灰烬和残火如被吸附,打着旋儿飞涌进入口。

那股吸附的力量更大了,劲风旋起地上的冰屑碎尘,渐渐地,在江炼身后卷成旋涡。

很快,江炼就爬不上来了,那股劲风吸扯的力量太强,他的衣服都兜了风,头发也开始向后扯拉头皮。

孟千姿正待冲下去,孟劲松一把拽住她的胳膊:"千姿,你不能下去!你会死在那儿的!"

这个时候,谁还管那什么预言,孟千姿吼了句:"死就死!"

她搡开孟劲松,连滚带爬地往下奔。孟劲松没法儿,但也看出江炼确实危急,急忙从边上的山户手中抢过一捆绳,向着孟千姿扔了下去:"千姿,想办法把他跟石头绑在一起！"

孟千姿头也不回，扬手接住，跌跌撞撞奔向江炼。隔着段距离，已经看出江炼扒住的那块石头太小，不可用，而那附近也没有什么其他凸出的可供借力的石块。

她脑子里突突直跳，想起刚刚经过一块，忙反身回去绑结。确定绑死之后，这才急攥起绳头奔向江炼。

来不及了，才刚到近前，江炼已经扒不住脱手了，身子瞬间腾空。

说时迟，那时快，孟千姿用尽浑身的力气往前腾扑，同时手臂急转，和绳身绕在了一处。

万幸，这一扑扑住了江炼，孟千姿几乎是条件反射般搂住了他，但那股吸附力极强，刚一搂住，两人已同时被强劲的旋涡力吸向入口，不过半途又生生定住——是绑绳起了作用，绳身放尽，绷直如弦，将他们给拉住了。

高处，孟劲松带人冲扑而下，都欲去抢拉那绳子。

石台上，神棍面无人色，蓦地起了念头：让我去好了！我替代小炼炼好了！

念头一起，他再无犹疑，向着那入口冲去。哪知冲到近前，居然进不去，整个人如陷棉花，如挤气囊，怎么都进不去。

神棍急得大叫："开门啊！换我还不行吗？开门啊！"

半空中，孟千姿的长发被风卷起扯乱。江炼低下头，看到圈圈绳索已经深陷入她胳膊，眼眶一烫，说了句："千姿，松手吧。"

孟千姿只是不住摇头，正待开口说什么，身后突然一松。

绳子断了！

此刻，一干山户刚刚冲到近前。最前头的孟劲松一声大喝，一把扑住了绳子，后头的人一个扑一个，如挤簇而成的人球，争相上手，又把两人堪堪拽停了一两秒，但很快，又被齐齐带着向入口处寸移挪。

江炼心下雪亮，知道再这样下去，个个陪葬而已。他紧紧回搂了下孟千姿，低头狠狠在她唇上吻了一下，说了句："千姿，我永远都爱你！"

同时，两手重重钳住她的胳膊，用力往外一推。

孟千姿失声尖叫。抬眼时，江炼如断线的风筝，自她眸前迅速后退，那漆黑的入口，也开始还原为山壁的本貌。

她重重跌落在地上。

这一摔，摔得她眼前金星乱冒，但她也顾不得这许多了，迅速爬起来，嘶哑着嗓子直扑到山壁前。

迟了，入口没了，江炼也没了。那一处，只剩了阴森冰凉的粗糙石壁。

也不只这些,山壁上,微微凸起一个人像,那是江炼。

也许,是入口恢复的速度太快了,按着江炼回望她的脸,摹刻下了他最后一刻面上的表情。

一如初见。

他走的那一刻,仍是向着她微笑的。

曲终

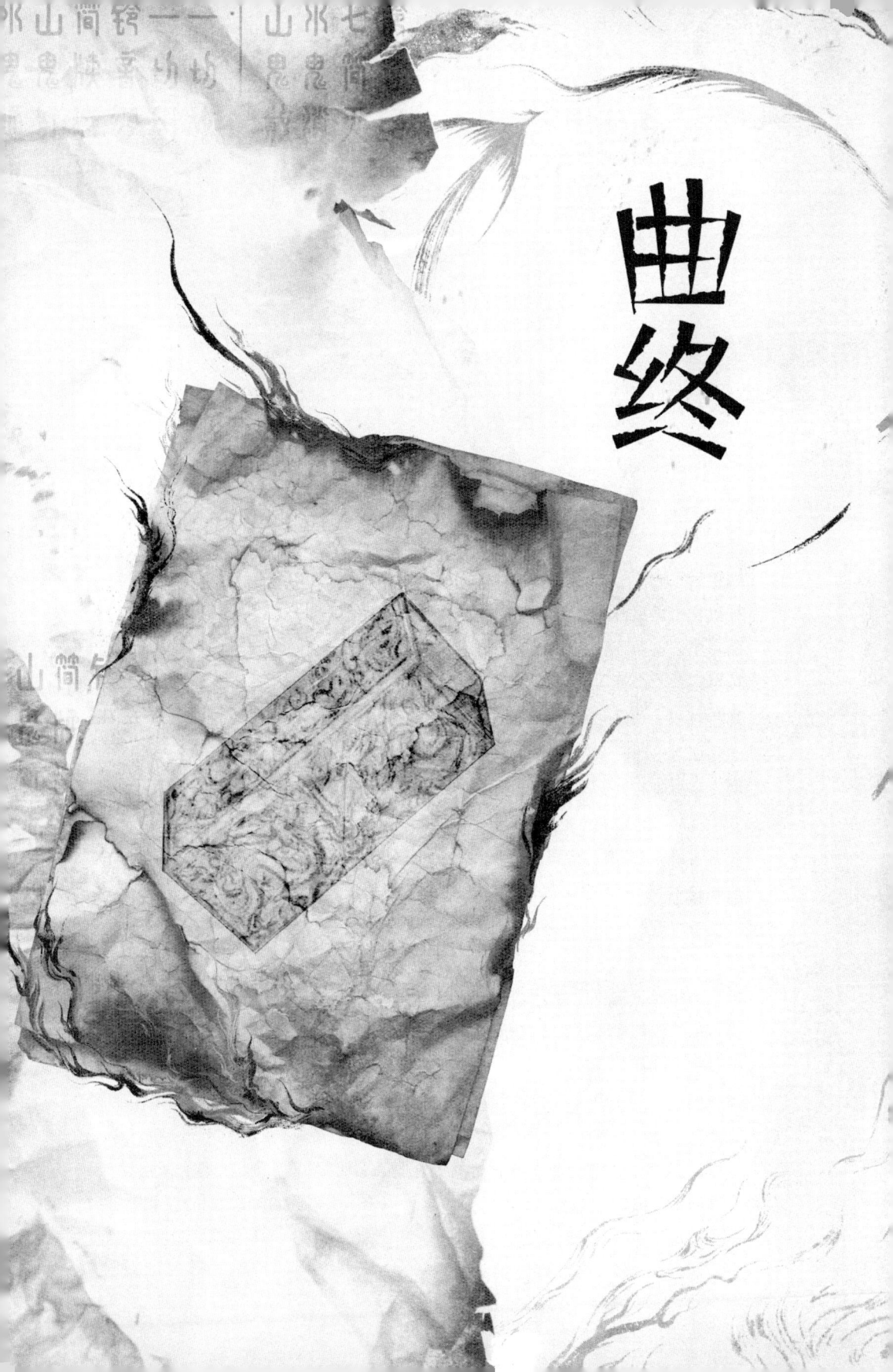

【凤凰】

两年后，湘西。

神棍从机场出口出来，一眼就看到了接机的二沈。

两年了，这两人没怎么变，还那样：一个高大，一个瘦小；一个脑袋更秃，一个发顶更盛；一个扛接机牌，一个捧欢迎花束。

神棍怀疑，沈万古是故意让沈邦捧花的——沈邦个儿小，脑袋也小，花束巨大，沈邦那么一捧，基本不露头了。

两人一见神棍，拔足狂奔。到了跟前，一通絮絮聒聒，基本没让神棍有说话的机会。

沈万古说："棍爷，你可来了！孟小姐都来好几天了。"

沈邦说："我柳哥也在凤凰古城，一天叨叨你三遍。说等你过去了，请你喝老酒呢。棍爷，这两年忙什么啊？"

神棍两年没见过孟千姿了。

两年前，江炼生入天梯，孟千姿大恸之下，曾试图开启天梯，但她受到的刺激太大，对彭一的那番操作，总是记一忘二，试了很多次都没能成功。

新伤旧伤，加上急火攻心，当场呕血休克。孟劲松吓得面无人色，出了山肠之后，紧急把孟千姿转移去了西宁。

及至神棍到了西宁，参加段文希的葬礼时，又听说，孟千姿一场病来得猛烈，已经被送回山桂斋了。

身为山鬼王座，她连段文希的葬礼都没能主持。

358

再后来，神棍回到了有雾镇大宅。

冼琼花仍在云岭伴山，偶尔会来看他，有时聊起孟千姿，冼琼花会叹着气说："咱们姿姐儿，以前对山鬼的事务不大理的，现在上进多了，财报也看，各地的产业也去瞧，忙得想见她一面都挺难。"

又说："忙点也好，能分点心，这样，她就不会老想着江炼了。"

神棍没搭茬儿，也没告诉冼琼花，孟千姿每隔半个月，都会给他打个电话。

每次，都问他同一个问题。

——神棍，你想起来大荒那头，是怎么回事了吗？

她寄希望于神棍，觉得他既有彭一的记忆，神族人又著有《大荒经》，那没准儿神棍能想起来，大荒那头是怎么回事。

可惜的是，神棍一直想不起来。有一次通话时，他对孟千姿说："孟小姐，我感觉神族人虽然在对自然、自我的认知方面，走得比我们远，但说到天外、大荒，也没有先进多少。"

不然彭一生入天梯时，边上的人何至于只敢看着、不敢靠近？这就说明了，它们对大荒也是一知半解、满含畏惧。

孟千姿沉默半晌，又问他："我也是'凤凰'。那天，如果是我在石台上，是我点燃的凤凰翎，那入大荒的，会不会就是我了？"

神棍艰难地应了一声。

那天，孟千姿因为预言的关系，被他们三令五申地要求"远离天梯"。如果她也上了石台，还真不好说当时会是谁去点燃凤凰翎。

彭一的设想里，凤凰翎该是彭氏后人从水洞里带出来的。那么，这后人便是"凤凰"，也是龙骨焚箱时浴火的献祭——他大概没想到，人很多时候，并非孤军奋战，身边往往是有朋友的。

孟千姿说了句："那我猜，段太婆也是'凤凰'。当初，供台上的那根凤凰翎应该是她取的，后来也是她点燃的，她即便不被阎罗杀掉，也会被入口带走吧。"

神棍默然，听说段文希死时毫无怨气。她那时年事已高，对"大荒"和"来生"的向往，估计早已远超对人世的眷恋。

这两年在忙什么呢？

他也在研究"大荒"，可惜资料太少，进展甚微，倒是午夜梦回，常梦见昆仑那个寥落冷清的山洞里江炼的石像。

石人总是在笑，唇角微弯，落了一身的孤寂。

359

此行的目的地是凤凰古城，从张家界过去，还有很长的路要走。

神棍在车上睡了一觉。

醒来时，已经进了县城。华灯初上，满目繁华。所谓古城，居然就在县城里头，现在是全国著名的旅游景区，愈夜愈热闹。

柳冠国在入口处等着，先带神棍去吃饭。选了家临河小馆，吹着和风，尝清江鱼、血粑鸭、吊锅饭，顺便赏"夜凤凰"，也赏熙熙攘攘的客人游"夜凤凰"。

席间，他交给神棍一张贵宾戏票："孟小姐说，在戏场等你，今晚请你看戏。"

神棍接过来看。

跟《印象丽江》《印象九寨》一样，都是古城的大戏。

这戏叫《边城》，说是改编自名作家沈从文的著作。

戏场距离吃饭的馆子不远。饭后，神棍没要柳冠国送，自己一路逛着去了。

没想到，短短的一段路上，竟遇到两次熟人。

一次是孟劲松。他坐着夜游船，神棍恰从岸边过，忙冲他招手，但他神色郁郁，并没有看见。

第二次，是辛辞和曲俏。神棍在风雨桥上走，看到辛辞和曲俏迎面过来，他又想打招呼，但这两人心事重重的，也没看到他。

神棍想想算了，不打扰了，既然都在凤凰，回头再见不迟。

戏场很大，据说满员时，能坐下一两千号人。

神棍先到，他的座位在前排，也在中央。

人越来越多，渐渐坐满，喧嚣声满耳，身边的那个位置却一直空着。他怕孟千姿不来了，一直频频往外张望。快开场时，终于看到一抹熟悉的身影。

她从边缘往中间走，不时低头向座位上的人道一声"不好意思"，神棍看着她越走越近，眼睛忽然有点酸，赶紧别过脸去。

俄顷，孟千姿在他身边坐定。神棍想抓住开场前的时间跟她说点什么，斟酌再三，问了句很俗套的："孟小姐，最近还好吧？"

孟千姿说了句："大娘娘两个月前过世了。除了这事，其他都还好。"

神棍便呆呆的，觉得自己问得不合适。

场内暗下来，舞台上各色的灯光渐起。就在这个时候，孟千姿问他："神棍，你看出我跛了吗？"

神棍"啊"地叫了出来，说话都结巴了："怎……怎……怎么会？看……看不出啊。"

360

孟千姿笑了,舞台上彩光流转,光的边沿映上她眉梢、唇角。她说:"因为那段时间,一伤再伤,又没及时调理。不过还好,走路用力一点,别人就看不出来了。看戏吧。"

于是看戏。

神棍的脑子如同一片糨糊,戏看得也心不在焉,只知道,这什么实景真人大戏,讲的是一个叫翠翠的姑娘。

故事很简单,翠翠是个船家女,和爷爷相依为命,靠帮人摆渡度日。

县城船总家的两个儿子,老大天保,老二傩送,都喜欢上了她。而翠翠偷偷喜欢傩送。两兄弟公平竞争,要以情歌赢得爱人的心,天保知道自己不敌,郁郁远走,跑船时不慎淹死了。

消息传回,傩送无法释怀大哥的死,也借口外出闯荡,一去不归。

故事的最后,翠翠的爷爷过世了。她一个人,守着一条船,在河边日复一日地等待。

大戏保留了这一结局,演出的结尾,很多声音问翠翠:"翠翠,你还在等吗?"

翠翠便答:"还在等。"

终于候到散场。

观众或感叹,或兴奋,一边讨论演出,一边陆续退场,孟千姿坐着不动,神棍便也不动。

到后来,戏台上灯光散尽,安安静静,只余沉默的布景。偌大戏场,也只剩了他们两人。

神棍扭头去看,有工作人员大概是想进来清场,被人拦住说了两句,也就暂时放弃了。

孟千姿就在这个时候开口:"神棍,我决定入大荒。"

神棍没说话,也没觉得震惊,只有绵长叹息掠过心头。似乎这一刻,早在预料之中。

孟千姿的目光落在空落的舞台上:"你知道吗,那一次,就是你的那几个朋友去营地的那次,江炼很羡慕,坐在远处眼巴巴地看着,像吃不着糖的小孩。

"我过去问他,他才吞吞吐吐地说,羡慕你有这么多朋友。

"江炼朋友不多,从某种角度来说,他甚至是个挺孤独的人。他还说,以后要交很多朋友,这样,日子就会很热闹。

"他小时候,从那个大山里拼了命地跑出来,从没对不起任何人,有情、有义、有担当,我舍不得让他跑着跑着,跑进那么一个……"

她也不知道该怎么形容那个地方。

大荒大荒，总觉得大而茫茫，大而荒凉。

她其实来湘西好些日子了，来凤凰古城之前，还去了趟悬胆峰林。

她想再看看那只小白猴。

一切都很顺利，她甚至没下到谷底，在段太婆留言的那个山间石台上，就遇到了它。

小白猴已经不认识她了。它长大了，骨架撑开，是大猴的架势了，再不复曾经的软萌娇憨。

它警惕地看着她，畏缩又紧张。

孟千姿盯着它看了很久。

江炼走了之后，她很少哭，更不会歇斯底里。极偶尔地，长时间发怔之后，一抹脸，发现抹了满手的泪，会拿纸巾慢慢擦去。

但这一次，忽然就没收住，这么久以来，头一次失声痛哭。

她不想这小白猴长大，希望它还是记忆中的模样。她希望江炼不变，连带着希望这个世界也不要变，但偏偏，一切都在变，如流云兜不住，如疾风抓不牢。

时光不会倒转，过去的也不会再来，江炼会越走越远，她再不去追，也许就追不上了。

孟千姿指向空荡荡的舞台："我比你早两天到凤凰，也早看到这出戏。那个年代，翠翠应该算是很勇敢了，宁愿孤守，也要一直等下去。可是我又想，她为什么不出去找呢？"

神棍说："大概是受时代等客观条件的局限吧。那个时候，兵荒马乱的。她一个女孩子，连县城都很少去，让她去外头找，谈何容易啊。"

孟千姿"嗯"了一声："我想也是。好在，我不是她，我敢去找，也能去找。我不想等，我宁愿死在找的路上，也不要等死在屋檐下。

"你们都不知道大荒外头是什么，但没关系，不管那儿有什么，只要江炼在那儿，我就去找他，生也一起，死也一道。我要让江炼知道，他生不孤，死也不独。哪怕他的世界都空了，我也还会在的。"

神棍静静听着，他很清楚，孟千姿不是在征询他的意见，只是知会他一个不再变更的决定。

良久，他才说了句："孟小姐，你有这想法，很久了吧？"

很久了，从江炼生入天梯的那一刻，就有了。

只是后来，一场大病来势汹汹。醒来时，人已在山桂斋，离着昆仑山长水远，几个姑婆轮番陪着她，怕她想不开。

她却平静得很。想着，这样也好，江炼的离别太仓促，而自己的，可以从容些。

这两年，她去看了山鬼的每一处产业，也开始去啃财报。这种事，以前都是孟劲松安排，她瞥都懒得瞥一眼。

看完之后，颇感欣慰，山鬼产业，早已是一个运转良好的大系统。她交出去的，不会是一个烂摊子。而即便没了她，于全局，也无大损。

就好比，山鬼王座曾经空悬三十二年，那又怎么样呢，王座是锦上添花，织锦无花，还是锦缎。

高荆鸿于两个月前作古。这样也好，大娘娘为她悬了半世的心，生怕白发人送黑发人，现在，不会有这忧心了。

她去了泰山，辞别二妈唐玉茹。唐玉茹在清冽的山泉水里洗了个红艳艳的西红柿塞给她，看着她吃完，才说了句："女大不由娘了。"

她去了青城山，拜别三妈倪秋惠。倪秋惠沉默半响，才说："想去就去吧。江炼这孩子，也苦得很。你们在一处，互相能有个照应。"

她去了武汉，陪仇碧影吃了顿小龙虾。仇碧影一直埋头剥虾，半天憋出一句："小千儿，要么你再等等？也许过两年，江炼就回来了呢？"

她还和自己的亲生母亲一起吃了顿饭。那个女人下厨，给她做了一桌子菜，客气而又局促地招待她。还问她："孟小姐，跟着姑婆生活，挺好的吧？"

她点头称是。

那个女人便很高兴，说："姑婆们都是有见识的，跟在她们身边，比跟着我强。你是个有福气的，好命，才能有这机会。"

人世牵绊，万缕千丝，她一一断线，渐次离枝。

孟千姿对神棍说："你是我通知的最后一个人了。二妈、三妈她们上了年纪，不想再见离别，就不去送我了，五妈上不了高原，有心无力。四妈、六妈、七妈、劲松、辛辞，还有况美盈、韦彪他们，都会去昆仑。你看吧，有时间不妨送我一程。不想去，我也算是在这儿，向你告别了。"

神棍赶紧点头："我去，去，当然去。"

孟千姿说："那行，我会跟劲松说，加你一个。"

她没再说什么，起身向外走去。

神棍没跟，只是坐在那儿，看她的背影。

她走得很稳，看不出腿脚上有任何不便。孟千姿任何时候，都是个讲究姿态的人。

神棍忽然就想起了葛大先生。

葛大先生看到的，果然还是准的，"断线离枝入大荒"，孟千姿，还是决定入大荒了。

几位姑婆严防死守了那么久，终究是误会了葛大的意思，所谓的"无情保命""绝情断爱"，应该是说，孟千姿如果能做到对江炼的用情不那么深，也许，她就可以把这一页翻过去，安安稳稳过她的下半生。

但她，到底是做不到。

神棍又坐了一会儿，才颓然起身，慢慢地向外走。出口处还留了个工作人员，见到神棍出来，松了一口气，对着步话机讲了句："人走清了，散场了。"

神棍闻言回头。

那一刹那，戏场内唯一还亮着的几盏灯也灭了，黑暗迎面覆下来。

没观众了。

曲终了。

散场了。

【昆仑】

神棍九十四岁这一年，最后一次上昆仑。

他没要任何人陪同，如同早年那样，一个人上路。和早年不同的是，少了个麻袋包，因为背不动了；多了根拐杖，因为光靠自带的两条腿，确实也有些吃力了。

路上和人聊天，大家都夸他身体好、长寿。

神棍便笑，说："我跟彭祖老爷子还是本家呢，估计是基因好。"

然后，就到了昆仑。

神棍曾经以为，昆仑的雪顶会消失的。

幸好没有，环境保护还是做到位了。四十年，外头风云变幻，昆仑却还只是昆仑，只不过雪盖又厚了几分。

进山他力所不逮，拨了这头山鬼的联络人电话，留言说，自己需要进山肠。

来的是个六十多岁的老太太，慈眉善目，笑意满满，神棍没认出她来。直到报上名字，他才反应过来，问她："你是陶恬吧？"

陶恬笑了，眼角满是深浅纹路，对他说："神先生，你记性真好。是我没错，当年在三江源，我们一起遇过险呢。"

是熟人。

神棍便笑得分外欢畅。他这把年纪，满世界也不剩几个熟人了。

两人坐车到了才旦沟口。沟口处，已经有山户候着了。不过没牦牛，停了两辆山地疾行车。这车有伸缩攀爪，平地可行，不平可"走"，虽不能完全替代行路攀山，但省个七八成力不成问题。

为灵活计，一车只两个座，神棍于这些新技术早已跟不上趟儿，只能老实听陶恬安排，笨拙地调整座椅、绑带、气囊。

车子启动，陶恬尽量开得平稳，又跟神棍介绍山肠的情况："那条通路，我们一直定期维护，为防止人误入，入口处封死了，不过收到你的消息之后，我已经提前安排人去开了。"

神棍"嗯"了一声。

箱子焚毁，山肠已塌，孟千姿四十年前入山，是安排人力、动用机械，花了近两个月时间，打通了那条"门左寻手"的通道——那条通道，也成了进去的唯一步道，由昆仑这头的山户负责维护。

一路无话，神棍看窗外景致。人热衷于改变。有人的地方一直在变，而这种无人区却几乎一成不变。他甚至能认出曾经扎营、用餐的地方，几度酸了眼眶。

途中，也忘记了是要拿什么，手一抬，碰到一个背囊。陶恬余光瞥到，解释说："这是山鬼箩筐，现在不少器具越做越精简，背囊也没那么重了。"

神棍打开了看，手上没把住，里头掉出花花绿绿的一包东西来。

原来是迷你装的各色零食装了一包，神棍奇道："现在不都是服用各种营养粉剂吗？还吃这个？"

陶恬不好意思地笑："不是，这不是标配，我个人习惯。"

顿了顿，又补充："很久之前，有个朋友跟我说，进山本来就辛苦，吃的还总是能量棒，太枯燥了。我就养成了这习惯，背囊里总会带点……好吃的。"

第二天上午，到达目的地。

神棍上山时，心情倒还平静，中途还看了会儿风景，但进入口时，一下子沉默了。

这通道修凿过，堵住了通往其他冰"血管"的岔道，沿途还装了日光灯，大概是因为高原的关系，日光灯不是很亮，暗暗的。

这幽暗加剧了通道的幽深，无数前尘往事，如通道里蛰伏的幽灵，渐次抬头。

四十年前，孟千姿于此入大荒。

最亲近的人都来送她，现在想想，那时的气氛真怪，谁也不知道孟千姿需不需要行李，却个个争着往她的行李包里塞东西；谁都清楚送的是一列也许再也不会归来的列车，却人人都装作这只是一场普通的送站。

辛辞给孟千姿化了最后一次妆，山上太冷，许多瓶瓶罐罐里的乳液都凝了，辛辞把它们都焐在怀里，"哗啦啦"装了一满兜。

孟千姿笑着说："可得把我化得好看点，江炼两年没见我啦。"

又压低声音说辛辞："你得主动点。"

辛辞原本红了眼的，让她一说，又红了脸，呆呆地回了句："这种事儿，又不是光我主动就行的。"

况美盈给江炼买了新的四季衣衫，因为"在那头，也不知道他有没有衣服换"，衣衫叠得整整齐齐，上头放了张她和韦彪的婚纱小照片。

冼琼花帮孟千姿理好了行李包，又过来吩咐她："姿姐儿，到了那头，如果有办法，你尽量给我们……捎个信儿。"

孟千姿"咯咯"笑，说："神棍说，人家大荒，是天外、宇宙呢，我怎么捎啊？还是托梦吧。以后，你们做到的关于我的好梦，都是我托的。"

又正色吩咐所有人："大荒既然是天外，跟这儿多半不是一个维度，等我带着江炼回来的时候，这儿没准儿已经过了好几十年了，你们有什么人生大事，记得都在这儿知会一声。我一回来，就能看到，不至于错过了什么。"

启天梯前最后一句话，是指着踝上的金铃，向着景茹司说的："四妈，我用完了之后，把金铃交给你带回去，留给下一任的山鬼王座吧。"

陶恬引着神棍，步入阴暗的通道。

神棍问她："这儿常开吗？"

陶恬想了想："也不是。起初那几年，人来得勤。后来，慢慢就不那么频繁了，一般是几年一来的。只有孟助理，每年都来。不过，他三年前，已经过世了。"

神棍"哦"了一声：自己认识的人，又少了一个了。

打开第二道门，终于步入石台。

神棍条件反射般，先抬头往上看。

那几道搭靠着的山肠还在，看似摇摇欲坠，实则稳固住了，没有大的山崩或者地震，应该不会再倒。

石台上下，都安了玻璃罩，罩外还结了铁丝网，这是防石蝗的，虽说这么多年，鲜有人见过石蝗了。

神棍在石台上走了几步，这才抬起头，看向山壁。

山壁上，石人依旧，江炼在，孟千姿也在。

神棍对陶恬说了句："你不用陪着我，让我自己待会儿吧。"

孟千姿入大荒时，用的是金铃。

和江炼那次一样，山壁上，如有竖向的黑色眼眸缓张，而就在眼眸开启的刹那，金铃一下子崩断，落在了地上。

孟千姿想俯身去捡，景茹司说了句："千姿，别管它了。晚点我收拾，补接起来就行。"

孟千姿没再去捡，她拎起行李包，说了句："好沉啊。"

又说："我走啦，说不定江炼从来也没有走远。我走几步，就能遇见他啦。"

她没有一头扎进去，只是笑着看所有人。这尘世，她大半的依恋都在这儿了，她想再多看几眼。

曲俏小声地啜泣起来，冼琼花搂着她的肩膀低声安慰；况美盈流着眼泪，一直紧攥韦彪的手；孟劲松呆呆站着，手里握着一幅卷起来的画儿。

那是江炼曾经贴神眼为孟千姿画的肖像。柳冠国没舍得烧，一直留着。孟千姿再次去湘西时，他已经听说了江炼的事，于是郑重取出，又交还给了孟千姿。

孟千姿很喜欢这画儿。临走前，她把画送给了孟劲松，以留作纪念。

孟千姿就这么一直看着，直到入口闭合。

渐渐恢复的石面顺着她的脸一路描摹而下，石面复原之后，曲俏失声叫了句："你看他们！"

石面上，留下了两人的石人面塑，他们像是一齐离开的，看不出前后隔了两年的时光，两人都在笑，挨得很近，一生一代，一对璧人。

后来，景茹司去收拾金铃。这才发现，金铃不仅仅是崩断，代表"启天梯"的那个符纹的铃片，裂了。

盛家九铃，焚一铃而毁九。神棍当时就怀疑，这个铃片的损裂，也许昭示着伏兽金铃的从此沉寂。

他又想起那个螳螂人写下的话。

——天梯，你要小心，你会死在那里。

这话，不一定是在诅咒孟千姿。那个螳螂人只是认出了金铃。在"它们"眼中，入大荒是条不归路，与死无异。也许金铃的最后一用，本就是要施术者付出献祭般的代价。

所以，到了天梯，你要小心，一旦开启，你会"死"在那里。

而今的石台，更像个祭台，或者说留言台。

如孟千姿期望的那样，很多人的人生大事，都在这儿遥寄给了她。

神棍看到况美盈一家三口的合影，那个小胖墩长得很像韦彪，边上还有一张自制的感谢卡，上头写着：谢谢江炼叔叔和千姿阿姨救我爸爸妈妈。

神棍看到一本影集。翻开了，是辛辞和曲俏的合影。每年一张，到了第六年，没再继续。

这世上的感情，有长长久久，也有中道别离，并不稀奇。

神棍在石台上伫立良久，才拄着拐杖出来。

陶恬不知道忙什么去了，守在入口处的山户想过来搀扶他，神棍摆了摆手，示意自己想静一静。

他一直走，走到僻静的崖口边，拣了块大石头坐下。

天很阴，浓云密布间，窸窸窣窣，已然在落雪了。

神棍的眼前渐渐模糊。

一晃，居然都四十年了。

他也说不清自己是从什么时候起，开始敬畏时间。

天大地大，时间最大。爱耗不过它，恨也熬不过它。它是釜底永不熄灭的薪火，把那许多不情、不甘、不平、不忿，煎作了青烟一缕。

神棍真的做过很多关于孟千姿和江炼的梦。梦里，他们或笑，或闹，或嗫嚅私语，或只是肩并着肩走远——神棍从来接近不了。每次想接近，他们就像水中波影，渐荡渐消。

孟千姿找到江炼了吗？

这个问题，最初几年，神棍还挺纠结的。后来，当他的朋友们逐渐离开，越来越多地离开，他也就释然了。

最早是易飒，她于九年后逝世。

神棍跟宗杭这一对不熟，消息都是陆陆续续从冼琼花这儿得到的。

据说，易飒生了个女儿，宗杭给她取名宗忆飒，小名"念念"，取念念不忘之意。

这个女儿跟易飒长得很像，性情却截然不同，她温柔又有耐心，小小年纪就懂得照顾爸爸，比如冬天要多加衣，夏天别吃太多冰的、冷的，像个生来就懂事的小大人，给了宗杭许多安慰。

念念出嫁的时候，宗杭的父母已经过世。宗杭在那之后，便从周围人的视线中消失了，再也没人看见过他。

不过有消息说，他去了东南亚，在不同的水域置办了很多很小的产业，比如买了条船，租给别人开；再比如购置了不少渔网，渔民可以自领，只要缴纳很少的租金或者拿自打的水产抵使用费就可以——宗杭行踪不定，会去不同的地方收租，而不收租的时候，他喜欢在水边待着，还养了群会捉鱼的乌鬼。

还有人说，他很爱笑。

也不知是真是假。

然后，就是罗韧他们。

神棍当初的担忧成了真。曾引凶简上身的这五个人，身体都有内耗，无一长寿，木代是五人中最后辞世的，但也远在十年之前了。

神棍在木代辞世当年见过她。那一年，他去祭拜罗韧他们，木代带着他去了墓园。神棍记得，木代含笑看罗韧他们的遗照，鬓边一片苍苍。

他还记得，木代跟他说："最近做梦，老梦到罗韧他们，还梦见解放。我看，我也就这一两年了。"

神棍让她别多想，千万保重身体，还约定说，明年自己还会来。

第二年，去是去了，木代已不在了。坟头多了一座，遗照多了一张。他的朋友，又少了一个。

五年前，岳峰和季棠棠夫妇去世。

这一对，走的日子很接近。季棠棠先走，她走后第七天，岳峰于睡梦中过世，走得很平静。

神棍原是去参加季棠棠的葬礼的，还没来得及走，于是又留下来，参加岳峰的。

他年纪大了，岳家人怕他累着，不肯让他帮忙。大多数时候，他都在边上坐着，看又一起白事慢慢成形。

岳峰的小孙子总爱蹲在他脚边玩。小家伙年纪太小，不懂什么叫死，玩着玩着，会拉拉他的裤脚，问他："爷爷去哪儿了？"

神棍便摸摸他的脑袋，说："开着大越野，玩儿去了。"

都说长寿是好事儿，神棍却觉得，人其实活得越长越孤独吧。他经历过的事、爱听的歌、熟悉的人，渐渐地，都找不到人去聊了。只能揣在心里，在每一个白天黑夜、风里雨里，慢慢发酵。

他想念自己的朋友们。

刚开始，时间那么多，未来那么长，大家挤拥成潮，卷成大浪，声势浩大，一起向着堤岸出发，欢声笑语，何等热闹。

渐渐地，有人消于半空，有人被堤岸打回，有人被沙砾汲取。浪头渐小，浪势渐消。

也不知他是运气好还是不好，始终是最前头的那粒水珠，走了最远的路，划过最长的痕，却也最孤独寂寞，静悄悄，无人做伴，干涸在最远的岸头。

朔风越来越紧，雪片在苍色的半空中乱飞。

孟千姿找到江烁了吗？也许吧，也许下一个明媚的日子，两人就会双双归来。

只不过，神棍知道，自己看不到了。

又也许，他们还在大荒。

大荒是什么？是天外，是宇宙，是未知，如果人死后，神魂真的都会入大荒，那么，大家终将在大荒相遇吧。

届时，该多么热闹啊，那么多他思念的、想念的，都会济济一堂。

神棍向着这空寂的山间微笑，然后慢慢闭上了眼睛。

大雪很快在他发顶、肩头堆集。他的手松开了，拐杖顺坡落下，在山石上一路磕碰，最终定住时，惊着了一只在附近觅食的雪鸡。

如果神棍还能看见，他一定会发现，这只雪鸡，长得颇似四十年前的江鹊桥。

他不知道，孟千姿有一阵子，热衷于给江鹊桥"拉郎配"，可惜三番两次都没成功。末了，孟千姿"哈哈"一笑，放弃了。

她说："算了，我自己都搞成这样了，不帮你操这份心了。鹊桥你个儿去遇，自个儿去选吧。喜也一生，憾也一生。好好过你这辈子，就行了。"

《山鬼志》载：山鬼末代王座孟千姿，生于一九九三年，卒年无考。小蒙山终不能收其骨，山无人伴，设衣冠冢以代之。传昆仑有山，腹内陈其石人面塑，款款一笑，栩栩如生，有缘者可得瞻。

是谓：

前是荣华后空茫，断线离枝入大荒。

山不成仙收朽布，石人一笑年岁枯。

【大荒】

石台上的众人在黑暗里消去，最后那一瞬，群像模糊，如前世波影。

而前方有一缕光。

孟千姿就在这一片暗里向着光走，脚下很稳，并不跌跌撞撞。这片暗无味，也无声，手中的行李包很重，这坠感是截至目前唯一真实的感觉。

她并不害怕，因为这是江炼走过的路。

光亮越来越强，她终于走到黑暗和明亮的衔接处。

这光太盛，除了来处，到处都是白茫茫的一片，孟千姿闭上眼睛适应了会儿，才重新睁开。

这一次，影影绰绰，她看到了人影，不止一个，高矮胖瘦，都半隐在那片茫茫中。

每一个人，都在向前走，每一个人，留给她的都是背影。

孟千姿紧走几步，朝最近的那个赶去。临近时，呼吸蓦地急促。

她认得这背影，这是高荆鸿。

传说这条入口是来生通道，死亡是一世终点，也是又一世的起点，大娘娘又从这儿，一步一步，走入来生吗？

她朝别的人影看去，又认出了史小海、何生知，还有三三两两在走，是她这半世印象中已经作古离开的人。

死亡本就是条恒长的直线，每个人都会附上定位，或早或晚、或远或近而已——她看到的，是在自己这一生里离开的人。那大娘娘看到的，又是另一拨人吧，个中会有段太婆吗？

段太婆呢？她会看到早年的恋人吗？

看到之后，追上去会怎么样？追上去了，是今生情缘未尽、来生再续吗？

你会追谁？

孟千姿绕过一个又一个人，始终只能看到背影——而每次绕过，他们又会瞬间出现在前方，像是执拗地提醒她不可乱序。

末了，她终于看到江炼的背影。

和从前一样，挺拔，也孤寂，但绝不颓丧。江炼任何时候，都不会让人觉得颓丧。

他会追逐着谁的背影？况同胜，抑或他的母亲？

孟千姿伸出手，轻轻地触了一下他的肩头。

这一刻，风云突转，天地陡变，五感重又清明，孟千姿有久违的再临人世的感觉。

山风清冷，冷里带枯叶的气息。

孟千姿听到恶毒的咒骂声，还有哭叫声。

她惶然回头，看到一间破败的土坯混砖房，一个瘸腿的男人正手持火钳追打一个蓬头垢面的女人。

那女人只是"嘻嘻"笑，有时去夺火钳，有时又抱头鼠窜。孟千姿看得气极，正想一把操开那男人,目光及处,一下子愣了。

她看到江炼。

很小的,只两三岁的江炼。

他穿很脏很破的棉袄、鼓鼓的大头棉鞋,站在压水井的井台边,含着手指头,呆呆看这一追一躲。

没过多久,那女人就被打回了屋。瘸腿的男人骂骂咧咧从院子里走过,忽然看到江炼,骂了句"小杂种"之后,飞起一脚踹在他的屁股上,把他踹得滚了出去。

孟千姿脑子里一蒙,下意识抬手想接住江炼,却接了个空——江炼从她挡过来的手掌中穿过。

这业已发生的一切,她只能旁观,无从干涉。

那男人一瘸一拐地走了。

孟千姿心疼极了,蹲在江炼面前看他。

江炼就在地上趴着,一动不动。眼瞅着那男人走远,不会再来揍他了,才慢吞吞从地上爬起来,摇摇晃晃地往院外走。

一边走,一边拿手揉屁股,棉裤上恰有个破洞,露出了白白的屁股蛋儿。

孟千姿眼圈泛红,"扑哧"一声就笑了。

过了会儿,她撑着身体起来,拎起行李包,又往前走。

这一次,走着走着,天就黑了,山路盘曲,仿佛永远看不到尽头,夜虫幽鸣,夜雾也朦胧。

孟千姿听到背后传来由远及近、"啪嗒啪嗒"的奔跑声。

才刚一回头,就看到江炼栽倒在跟前。他抱着一个布口袋,里头的冷馒头和糖果滚落了一地。

江炼吸了吸鼻子,撅着屁股逐一去捡。

孟千姿想帮他捡,和之前一样,捡不起来。

她怔怔看手底下怎么也触不着的那块水果硬糖。

有一只脏兮兮的小手伸了过来,飞快地把那块硬糖攥在了掌心。

孟千姿抬起头,叫他:"江炼。"

江炼仿佛是听见了,又似乎只是凑巧抬了下头,稚气的小脸上泪痕未干,一双眼睛里空空蒙蒙。

孟千姿柔声说:"别怕,你向前跑,一直向前跑,我会在前面等你。"

江炼扎紧布口袋,搂在怀里,又迈开步子跑了。像一阵风,在这阴森寒冷的夜里刮走,瘦小的身影在山道上晃着晃着,就不见了。

孟千姿在山道上站了很久，才又继续往下走。

向前走，他和她，都得向前走。

再一次遇到江炼时，是在桥底下。

他又长大了些，正于寒风呼啸中，一层层地往自己身上裹报纸，然后蜷缩着躺下。

孟千姿听到他嘟囔："要吃香香的饼，里头有肉，还有甜甜的奶油。"

看来江炼品鉴美食的能力不太行，这种组合，该多难吃啊，孟千姿坐在他身边，守着他入睡，拿手虚抚他的脸，低声应他："会有的，都会有的。"

离开了桥底，前路依然漫漫，江炼的人生如徐徐展开的长卷，她便在这长卷中游走。

她觉得自己很幸运：江炼的前半生，她错过了，又都没错过。

她看到况同胜牵着拾掇得干干净净的江炼，而边上的保姆抱着小小的况美盈，况美盈穿得像个小公主，衣边领边，都是可爱的绣花，她伸出一根肉乎乎的小手指，一直指江炼，嘴里含混不清，叫："你，你。"

江炼目不斜视。

况同胜打开房门，这是典型的男孩子的房间，有小床，有玩具，有松软的枕头，有蓬松的被子。

况同胜指着房间对江炼说："以后，你就住这儿了，全都是你的。"

江炼面无表情地"嗯"了一声。

孟千姿有点惊讶：江炼小时候，这么酷吗？不可能吧，他是个酷不起来的傻孩子。

况同胜带上门走了。

而她猜对了。

江炼那刻意装出来的酷，一下子没了。他笑得嘴角弯弯的，两只眼睛眯成了两条欢快的小鱼，蹿上床，抱着羽绒的大枕头在床上滚来滚去，还拿脸去蹭枕面，脸上写满了满足，说："好软啊，世界上最软的棉花枕头。"

孟千姿倚住门，笑着看江炼在那儿直蹦跶，笑着笑着，眼泪就下来了。

她感谢况同胜。

况同胜选中江炼，当然是有目的的，但那又怎么样呢？

谢谢他结束了江炼童年中的那一段颠沛流离，让他枕到了世界上最软的棉花枕头，如此快活。

她看到江炼长大了，整个人有了蓬勃的少年气，看到他在况同胜的督促下学这学那，看到他对况美盈爱答不理，看到他故意抽烟、去舞厅、结交狐朋狗友，然后被况同胜吊起来打，半个月下不了床。

还看到他在夜风中放飞"掌中星"，那颗小小的星星，从他的手心间升起，颤颤巍巍、幽幽亮亮，是他揣藏着的、终有一日要向一位姑娘倾诉的希冀。

　　江炼，江炼，每一幕，每一秒，都是江炼。

　　时间终于走到了她和他的相遇。

　　从此，江炼的人生里，就全是她了。

　　这些，其实大半是她亲历过的，但站在旁观者的角度，一切又有不同，多了太多酸甜苦辣的意趣。

　　原来，她被白水潇烧的高香熏得半迷半醉时，曾狠狠揪过江炼的脸，把他的脸扯到变形。

　　原来，况同胜病危时，江炼匆匆离开湘西的那一路上，都曾不断地翻看手机，想看看有没有什么新消息、新联络人申请。

　　况美盈问他："你看什么啊？"

　　他只是笑笑，说："看看护工有没有发干爷的消息。"

　　原来，在桂林的那一次，他曾经追过孟劲松的车，追得上气不接下气。那些她觉得难以启齿的事儿，他一早就知道了。

　　难怪他会说："我敢保证，你担心的问题，都不会是问题。"

　　她一路走，一路看，哭哭笑笑，旅程再长，终有尽头。

　　石台上，江炼最后一次吻她，说了句："千姿，我永远都爱你！"

　　永远有多远，不知道，但古往今来，总不断有人，愿以有涯之生，承载无边无际、缱绻深情。

　　江炼的人生就到这儿，尽头处一片漆黑。

　　行李包太重了，孟千姿的手腕有点儿酸，她换了只手，继续往前走。

　　心若无畏无惧，不管是尘世，还是大荒，都没有什么能阻住她的脚步了。

　　风大起来。

　　这一下，是真切的风了。

　　那些影影绰绰的影像，都不见了，不见得很彻底，也再找不到来处，什么入口、通道，仿佛从未存在过。

　　眼前一片空空茫茫，前后无边，左右无际，有点像戈壁，地面浮动沙砾，但很远很远的地方，又隐有起伏山线。

　　这是个什么世界？

孟千姿茫然往前跨了两步，几乎是电光石火间，她忽然明白过来。

都说人死时，会如走马灯般，脑海中闪过一生，又说神魂入大荒。那么，那些回忆完一生的人，就会理所当然去往下一程了吧？

山的寿命都那么长，作为万物灵长，人的旅程不该这么快就有尽头，应该还有下一程、再下一程，历尽世俗、览尽河山。

但她去不了，她是生入大荒，时辰未到。

这儿，应该就是……

说是停留的驿站也好，说是困守之处也行。

古往今来，生入大荒的，也许只有彭一、江炼和她三个人了。

会有别人吗？她也不知道，这世界谜题太多，那么多人书写，从不仅仅是几个人的故事。

孟千姿也不知道自己走了多久。

这儿的路并不平，有高低。

总有风，偶尔劲烈，间或和煦。孟千姿有时会恍惚，觉得这一阵阵风，好像一个个人，来如轻尘去如风。也许某一天，掠过她身周的一阵清风，就是她熟识的某个人，离了尘世，又路经大荒，向她打个招呼。

还有雾，迷迷蒙蒙，缥缥缈缈，有时分散，有时伴着她同行，像人的心事，说不清来处，也讲不好归处。

然后，她遇到一座坟冢。

不大，远远看去，像个馒头包，走近了，看到坟冢的前方有个箱子。

石头雕刻的、有凤凰鸾花纹的假箱子，静静搁在坟冢边，这应该就是彭一鱼目混珠、瞒天过海的那一口吧。

箱子边有块石头，上头有刀刻出来的几个字。

彭一之墓。

"彭一"是个假名字，没人知道他叫什么，这名字只不过是神棍编出来方便讲述整件事儿的。

谁会给彭一收葬呢，只有江炼了。他受过很多苦，但仍有一颗柔软的心。

他会这么做的。

行李太重了，孟千姿就在这儿把包放下，歇了口气，又往前走。

她不担心有谁会把包拿走，这么安静荒芜的地方，真出现个小贼，反而会是让人欣慰的事。

不过，走着走着，就不荒芜了。

她看到了画，画在地上的画，那是庞大的、日积月累的图幅，最早看到的那些，甚至被风蚀得只剩浅痕。

画里种种，都是她熟悉的。

有悬胆峰林里的那只小白猴。瞪着眼，在贴面膜。

有老嘎家的吊脚楼。楼底下，还堆着巫傩面具、木头凿下的刨花以及老嘎为自己准备的那口棺材。

有推着眼镜的神棍，那架势，似乎下一秒就要开始长篇大论。

有江鹊桥，一副摇摇摆摆的娇憨模样，如同往昔一般鲜活。

当然，最多的还是她：得意的、泫然的，还有"咯咯"笑着的。

这些，都是江炼的回忆吧。

她顺着这些画走，画痕由浅渐深，这画蔓延上长长的斜坡，又顺坡而下。

孟千姿站上斜坡，泪水忽然滚落。

她看到江炼了。

他一个人，就在坡底，半蹲着身子，低着头，好像在画画。这儿的画都很新，刻痕很深，仿佛是地面盛放出的花，无声对抗着大荒无涯无际的孤寂。

孟千姿放轻脚步，慢慢走近。

她走到江炼身后，他没察觉，还在刻画。手边有不少工具，木头的、石磨的，也有刀具。

孟千姿又绕到江炼身前蹲下。

懂了，他在贴神眼。

他并不狼狈，他尽己所能，在这种地方，仍把自己收拾得清爽而又干净，笔下画的还是她，是她腿脚没好时拄着登山杖的模样。

她依稀想起来，当时自己不满意他不过来扶，拿登山杖戳点地面，说他："你还坐着？不知道过来搭把手？"

江炼闭着眼睛，唇角带笑，手上一刻再刻，分外专注，极其仔细。

孟千姿记得，江炼曾经说过，贴神眼讲求时效，否则强记强画，人会很累，甚至损耗自身。

这些都是贴神眼画出来的吗？

这是他一生的记忆、半世的珍藏。他需要靠记忆活着，他活在记忆里，不在乎累或者损耗，只想一一都画出来。

江炼停了下来。

他搁了笔，然后伸出手，慢慢摸寻着，去摸另一支。

孟千姿这才注意到，他那些工具，都是按照顺序一一摆放的。在这儿，没人配合他贴神眼，他改了自己的习惯，用完了就搁回原位，再去摸另一支。

孟千姿看他的手，他大概是想摸那支笔头被磨得尖尖的石笔。

她抢先一步，把笔拿了起来。

江炼摸了个空。

他怔了一下，眼角眉梢掠过一阵茫然，手将收未收，停在半空，有些无措。

孟千姿笑了，然后将笔递到他手中。

指头挨到笔身的刹那，江炼的身子震了一下。他僵了一会儿，手顺着笔身，一路摸过去，触到她的手时，略顿了一下，忽然握住，死死握住。

孟千姿的眼前一片模糊。透过这模糊，她看到江炼合着的眼皮底下，眼睛在快速地转动。

他想醒过来。

他想赶紧醒过来。

孟千姿挨近江炼，额头轻轻贴近他的额头，低声说了句："江炼，不着急。"

江炼，不着急。

我们还有很长很长的时间。

一生那么长。

不着急。

【完】